江苏文学思想史

周群 刘立群 著

江苏文库

研究编

江苏文化专门史

江苏文脉整理与研究工程

江苏人民出版社

图书在版编目(CIP)数据

江苏文学思想史/周群,刘立群著. --南京:江苏人民出
版社,2025.4. --(江苏文库). -- ISBN 978-7-214
-29550-7

Ⅰ. I209.953

中国国家版本馆 CIP 数据核字第 2024TL5755 号

书　　　名	江苏文学思想史	
著　　　者	周　群　刘立群	
出 版 统 筹	张　凉	
责 任 编 辑	张　凉　张　文	
责 任 监 制	王　娟	
装 帧 设 计	姜　嵩	
出 版 发 行	江苏人民出版社	
地　　　址	南京市湖南路 1 号 A 楼,邮编:210009	
照　　　排	江苏凤凰制版有限公司	
印　　　刷	苏州市越洋印刷有限公司	
开　　　本	718 毫米×1 000 毫米　1/16	
印　　　张	32.5　插页 4	
字　　　数	468 千字	
版　　　次	2025 年 4 月第 1 版	
印　　　次	2025 年 4 月第 1 次印刷	
标 准 书 号	ISBN 978-7-214-29550-7	
定　　　价	108.00 元	

(江苏人民出版社图书凡印装错误可向承印厂调换)

江苏文脉整理与研究工程

总主编

信长星　许昆林

第二届学术指导委员会

主　任　莫砺锋

委　员　（按姓氏笔画排序）

邬书林　宋镇豪　张岂之　茅家琦
郁贤皓　袁行霈　莫砺锋　赖永海

编纂出版委员会

出版说明

　　江苏文化源远流长、历久弥新,文化经典与历史文献层出不穷,典藏丰富;文化巨匠代有人出、彪炳史册,在中华民族乃至整个人类文明的发展史上有着相当重要的地位。为科学把握江苏文化的内涵与特征,在新时代彰显江苏文化对中华文化的贡献,江苏省委、省政府决定组织实施"江苏文脉整理与研究工程",以梳理江苏文脉资源,总结江苏文化发展的历史规律,再现江苏历史上的文化高地,为当代江苏构筑新的文化高地把准脉动、探明趋势、勾画蓝图。

　　组织编纂大型江苏历史文献总集《江苏文库》,是"江苏文脉整理与研究工程"的重要工作。《文库》以"编纂整理古今文献,梳理再现名人名作,探究追溯文化脉络,打造江苏文化名片"为宗旨,分六编集中呈现:

　　(一)书目编。完整著录历史上江苏籍学人的著述及其历史记录,全面反映江苏图书馆的图书典藏情况。

　　(二)文献编。收录历代江苏籍学人的代表性著作,集中呈现自历史开端至一九一一年的江苏文化文本,呈现江苏文化的整体景观。

　　(三)精华编。选取历代江苏籍学人著述中对中外文化产生重要影响、在文化学术史上具有经典性代表性的作品进行整理,并从中选取十余种,组织海外汉学家翻译成各国文字,作为江苏对外文化交流的标志性文化成果。

　　(四)方志编。从江苏现存各级各类旧志中选择价值较高、保存较好的志书,以充分发挥地方志资治、存史、教化等作用,保存江苏的地方文献与历史文化记忆。

（五）史料编。收录有关江苏地方史料类文献，反映江苏各地历史地理、政治经济、文化教育、宗教艺术、社会生活、风土民情等。

（六）研究编。组织、编纂当代学者研究、撰写的江苏文化研究著作。

文献、史料、方志三编属于基础文献，以影印方式出版，旨在提供原始文献，以满足学术研究需要；书目、精华、研究三编，以排印方式出版，既能满足学术研究的基本需求，又能满足全民阅读的基本需求。

"江苏文脉整理与研究工程"工作委员会

江苏文库·研究编编纂人员

主　编

王月清　张新科

副主编

徐之顺　姜　建　王卫星　胡发贵　胡传胜　刘西忠

一脉千古成江河

——江苏文库·研究编序言

樊和平

"江苏文脉整理与研究工程"是江苏文化史上继往开来的一个浩大工程。与当下方兴未艾的全国性"文库热"相比,江苏文脉工程有三个基本特点:一是全面系统的整理;二是"整理"与"研究"同步;三是以"文脉"为主题。在"书目编—文献编—精华编—史料编—方志编—研究编"的体系结构中,"研究编"是十分独特的板块,因为它是试图超越"修典"而推进文化传承创新的一种学术努力。

"盛世修典"之说不知起源于何时,不过语词结构已经表明"盛世"与"修典"之间的某种互释甚至共谋,以及由此而衍生的复杂文化心态。历史已经表明,"修典"在建构巨大历史功勋的同时,也包含内在的巨大文化风险,最基本的是"入典"的选择风险。《四库全书》的文化贡献不言自明,但最终其收书的数量竟与禁书、毁书、改书的数量大致相当,还有高出近一倍的书目被宣判为无价值。"入典"可能将一个时代的局限甚至选择者个人的局限放大为历史的文化局限,也可能由此扼杀文化多样性而产生文化专断。另一个更为潜在和深刻的风险,是对待传统的文化态度。文献整理,尤其是地域典籍的整理,在理念和战略上面临的最大考验,是以何种心态对待文化传统。当今之世,无论对个体还是社会,传统已经不仅是文化根源,而且是文化和经济发展的资源甚至资本。然而一旦传统成为资源和资本,邂逅市场逻辑的推波助澜,就面临沦为消费和运作对象的风险,从而以一种消费主义和工具主义的文化态度对待文化传统和文献整理。当传统成为消费和运作的对象,其文化价值不仅可能被误读误用,而且也可能在对传统的消费中使文化坐吃山空,造就出文化上的纨绔子弟,更可能在市场运作中使文化不断被糟蹋。"江苏文脉整理与研究工程"的"整理工程"以全面系统的整理的战略应对可能存在的第一种风险,即入典选择的风险;以"研究工程"应对第二种可能的风险,即消费主义与工具主义的风险。我们不仅是既往传统的继承者,更应当是未来传统的创造者;现代人的使命,不仅是继承优秀传统,更应当创造新的优秀传统,这便是传统的创造性转化与创新性发展的真义。诚然,创造传统任重道远,需要经过坚忍不拔的卓越努力和大浪淘沙般的历史积淀,但对"江苏文脉整理与研究工程"而言,无论如何必须在"整理"的同时开启"研究"的千里之行,在研究中继承和发展传统。这便是"研究编"的价值和使命所在,也是"江苏文脉整理与研究工程"在"文库热"中于顶层设计层面的拔群之处。

一　倾听来自历史深处的文化脉动

20 世纪是文化大发现的世纪,20 世纪以来西方世界最重要的战略,就是文化战略。20 世纪 20 年代,德国社会学家马克斯·韦伯的《新教伦理与资本主义精神》,揭示了西方资本主义文明的文化密码,这就是"新教伦理"及其所造就的"资本主义精神",由此建构"新教伦理＋资本主义"的所谓"理想类型",为西方资本主义进行了文化论证尤其是伦理论证,奠定了 20 世纪以后西方中心论的文化基础。20 世纪 70 年代,哈佛大学教授丹尼尔·贝尔的《资本主义文化矛盾》,揭示了当代资本主义最深刻的矛盾不是经济矛盾,也不是政治矛盾,而是"文化矛盾",其集中表现是宗教释放的伦理冲动与市场释放的经济冲动分离与背离,进而对现代西方文明发出文化预警。20 世纪 70 年代之后,亨廷顿的《文明的冲突与世界秩序的重建》将当今世界的一切冲突归结为文明冲突、文化冲突,将文化上升为西方世界尤其是美国国家战略的高度。以上三部曲构成西方世界尤其是美国文化帝国主义的国家文化战略,正如一些西方学者所发现的那样,时至今日,文化帝国主义被另一个概念代替——"全球化",显而易见,全球化不仅是一种浪潮,更是一种思潮,是西方世界的国家文化战略。文化虽然受经济发展制约甚至被经济发展水平所决定,但回顾从传统到现代的中国文明史,文化问题不仅逻辑地而且历史地成为文明发展的最高最难的问题,正因为如此,文化自信才成为比理论自信、道路自信、制度自信更具基础意义的最重要的自信。

在全球化背景下,文脉整理与研究具有重大的国家文化战略意义,不仅必要,而且急迫。文化遵循与经济社会不同的规律,全球化在造就广泛的全球市场并使全球成为一个"地球村"的同时,内在的最大文明风险和文化风险便是同质性。全球化催生的是一个文化上的独生子女,其可能的镜像是:一种文化风险将是整个世界的风险,一次文化失败将是整个人类的文化失败。文化的本质是什么? 梁漱溟先生说,文化就是人的生活的根本样法,文化就是"人化"。丹尼尔·贝尔指出,文化是为人的生命过程提供解释系统,以对付生存困境的一种努力。据此,文化的同质化,最终导致的将是人的同质化,将是民族文化或西方学者所说地方性知识的消解和消失;同时,由于文化是人类应对生存困境的大智慧,或治疗生活世界痼疾的抗体,它所建构的是与自然世界相对应的精神世界和意义世界,文化的同质性将导致人类在面临重大生存困境时智慧资源的贫乏和生命力的苍白,从而将整个人类文明推向空前的高风险。应对全球化的挑战和西方文化帝国主义的国家战略,"江苏文脉整理与研究工程"是整个中华民族浩大文化工程的一部分和具体落实,其战略意义决不止于保存文化记忆的自持和自赏,在这个全球化的高风险正日益逼近的时代,完整地保存地方文化物种,认同文化血脉,畅通文化命脉,不仅可以让我们在遭遇全球化的滔滔洪水之时可以于故乡文化的山脉之巅"一览众山小"地建设自己的精神家园和文化根据地,而且可以在患上全球化的文化感冒甚至某种文化瘟疫之后,不致乞求"西方药"来治"中国病",而是根据自己的文化基因和文化命理,寻找强化自身的文化抗体和文化免疫力之道,其深远意义,犹如在今天经过独生子女时代穿越时光隧道,回首当年我们的"兄弟姐妹那么多"

和父辈们儿孙满堂的那种天伦风光,不只是因为寂寞,而且是为了中华民族大家庭的文化安全和对未来文化风险的抗击能力。

"江苏文脉整理与研究工程"是以江苏这一特殊地域文化为对象的一次集体文化自觉和文化自信,与其他同类文化工程相比,其最具标识意义的是"文脉"理念。"文脉"是什么?它与"文献"和文化传统的关系到底如何?这是"文脉工程"必须解决的基本问题。

庞朴先生曾对"文化传统"与"传统文化"两个概念进行了审慎而严格的区分,认为"传统文化"可能是历史上曾经存在过的一切文化现象,而"文化传统"则是一以贯之的文化道统。在逻辑和历史两个维度,文化成为传统都必须同时具备三个条件:历史上发生的,一以贯之的,在现实生活中依然发挥作用的。传统当然发生于历史,但历史上发生的一切,从《道德经》《论语》到女人裹小脚,并不都成为传统,即便当今被考古或历史研究所不断发现的现象,也只能说是"文化遗存",文化成为传统必须在历史长河中一以贯之而成为道统或法统,孔子提供的儒家学说,老子提供的道家智慧,之所以成为传统,就是因为它们始终与中国人的生活世界和精神世界相伴随,并成为人的生命和生活的文化指引。然而,文化并不只存在于文献典籍之中,否则它只是精英们的特权,作为"人的生活的根本样法"和"对付生存困境"的解释系统,它必定存在于芸芸众生的生命和生活之中,由此才可能,也才真正成为传统。《论语》与《道德经》之所以成为传统,不只是因为它们作为经典至今还为人们所学习和研究,而且因为在中国人精神的深层结构中,即便在未读过它们的田夫村妇身上,也存在同样的文化基因。中国人在得意时是儒家,"明知不可为而偏为之";在失意时是道家,"后退一步天地宽";在绝望时是佛家,"四大皆空",从而建立了与自给自足的自然经济结构相匹合的自给自足的文化精神结构,在任何境遇下都不会丧失安身立命的精神基地,这就是传统。文化传统必须也必定是"活"的,是在现实中依然发挥作用的,是构成现代人的文化基因的生命因子。这种与人的生活和生命同在的文化传统就是"脉",就是"文脉"。

文脉以文献、典籍为载体,但又不止于文献和典籍,而是与负载它的生命及其现实生活息息相关。"文脉"是什么?"文脉"对历史而言是

"血脉"，对未来而言是"命脉"，对当下而言是"山脉"。"江苏文脉"就是江苏人的文化血脉、文化命脉、文化山脉，是历史、现在、未来江苏人特殊的文化生命、文化标识、文化家园，以及生生不息的文化记忆和文化动力。虽然它们可能以诸种文化典籍和文化传统的方式呈现和延续，但"文脉工程"致力探寻和发现的则是跃动于这些典籍和传统，也跃动于江苏人生命之中的那种文化脉动。"江苏文脉整理与研究工程"的最大特点就在于它是"文脉工程"而不是一般的"文化工程"，更不是"文库工程"。"文化工程""文库工程"可能只是一般的文化挖掘与整理，而"文脉工程"则是与地域的文化生命深切相通，贯穿地域的历史、现在与未来的生命工程。

　　"江苏文脉整理与研究工程"是"整理"与"研究"的璧合，在"研究工程"中能否、如何倾听到来自历史深处的文化脉动，关键是处理好"文献"与"文脉"的关系。"整理工程"是对文脉的客观呈现，而"研究工程"则是对文脉的自觉揭示，若想取得成功，必须学会在"文献"中倾听和发现"文脉"。"文献"如何呈现"文脉"？文献是人类文明尤其是人类文化记忆的特殊形态，也是人类信息交换和信息传播的特殊方式。回首人类文明史，到目前为止，大致经历了三种信息方式。最基本也是最原初的是口口交流的信息方式，在这种信息方式中，信息发布者和信息传播者都同时在场，它是人的生命直接和整体在场并对话的信息传播方式，是从语言到身体、情感的全息参与，是生命与生命之间的直接沟通，但具有很大的时空局限。印刷术的产生大大扩展了人类信息交换的广度和深度，不仅可以以文字的方式与不在场的对象交换信息，而且可以以文献的方式与不同时代、不同时空的人们交换信息，这便是第二种信息方式，即以印刷为媒介的信息方式或印刷信息方式。第三种信息方式便是现代社会以电子网络技术为媒介的信息方式，即电子信息方式。文献与典籍是印刷信息方式的特殊形态，它将人类文化史和文明史上具有特殊价值的信息以印刷媒介的方式保存下来，供后人学习和研究，从而积淀为传统。文字本质上是人的生命的表达符号，所谓"诗言志"便是指向生命本身。然而由于它以文字为中介，一旦成为文献，便离开原有的时空背景，并与创作它的生命个体相分离，于是便需要解读，在解读中便可能发生误读,但无论如何,解读的对象并不只是文字本身,而是文字背后的生命现象。

文献尤其是典籍是不同时代人们对于文化精华的集体记忆,它们不仅经受过不同时代人们的共同选择,而且经受过大浪淘沙的历史洗礼,因而其中不仅有创造它的那个个体或文化英雄如老子、孔子的生命表达,而且有传播和接受它的那个民族的文化脉动,是负载它的那个民族的文化生命,这种文化生命一言以蔽之便是文化传统。正因为如此,作为集体记忆的精华,文献和典籍是个体和集体的文化脉动的客观形态,关键在于,必须学会倾听和揭示来自远方的生命旋律。由于它们巨大的时空跨度,往往不能直接把脉,而需要具有一种"悬丝诊脉"的卓越倾听能力。同时,为了把握真实的文化脉动,不仅需要对文献和典籍即"文本"进行研究,而且需要对创造它们的主体包括创作的个体和传播接受的集体的生命即"人物"进行研究。正如席勒所说,每个人都是时代的产儿,那些卓越的哲学家和有抱负的文学家却可能成为一切时代的同代人。文字一旦成为文献或典籍,便意味着创作它的个体成为一切时代的同代人,但无论如何,文献和它们的创造者首先是某个时代的产儿,因而要在浩如烟海的文献和典籍中倾听到来自传统深处的文化脉动,还需要将它们还原到民族的文化生命之中,形成文化发展的"精神的历史"。由此,文本研究、人物研究、学派流派研究、历史研究,便成为"文脉研究工程"的学术构造和逻辑结构。

二　中国文化传统中的江苏文脉

江苏文脉是中国文化传统的一部分,二者之间的关系并不只是部分与整体的关系,借助宋明理学的话语,是"理一"与"分殊"的关系。文脉与文化传统是民族生命的文化表达和自觉体现,如果只将它们理解为部分与整体的关系,那么江苏文脉只是中国文化传统或整个中华文化脉统中的一个构造,只是中华文化生命体中的一个器官。朱熹曾以佛家的"月映万川"诠释"理一分殊"。朗月高照,江河湖泊中水月熠熠,此番景象的哲学本真便是"一月普现一切水,一切水月一月摄"。天空中的"一月"与江河中的"一切水月"之间的关系是"分享"关系,不是分享了"一月"的某一部分,而是全部。江苏文脉与中国文化传统之间的关系便是"理一分殊",中国文化传统是"理一",江苏文脉是"分殊",正因为如此,关于江苏文脉的研究必须在与整个中国文化传统的关系中整体性地把握和展开。其中,文化与地域的关系、江苏文化在中华文化发展中的贡献和地位,是两个基本课题。

到目前为止的一切人类文明的大格局基本上都是由以山河为标志的地理环境造就的,从轴心文明时代的四大文明古国,到"五大洲四大洋"的地理区隔,再到中国山东—山西、广东—广西、河南—河北,江苏的苏南—苏北的文化与经济差异,山河在其中具有基础性意义。在这个意义上,可以将在此以前的一切文明称为"山河文明"。如今,科技经济发展迎来一个"高"时代:高铁、高速公路、电子高速公路……正在并将继续推倒由山河造就的一切文明界碑,即将造就甚至正在造就一个"后山河时代"。"后山河时代"的最后一道屏障,"山河时代"遗赠给"后山河时代"的最宝贵的文明资源,便是地域文化。在这个意义上,江苏文脉的整理与研究,不仅可以为经过全球化席卷之后的同质化世界留下弥足珍贵的"文化大熊猫",而且可以在未来的芸芸众生饱尝"独上高楼,望尽天涯路"的孤独之后,缔造一个"蓦然回首"的文化故乡,从中可以鸟瞰文化与世界关系的真谛。江苏独特的地域环境与江苏文化、江苏文脉之间的关系,已经不是所谓"一方水土一方人"所能表达,可以说,地脉、水脉、山脉与江苏文脉之间的关系,已经是一脉相承。

我们通过考察和反思发现,水系,地势,山势,大海,是对江苏文脉尤其是文化性格产生重大影响的地理因素。露水不显山,大江大河入大海,低平而辽阔,黄河改道,这一切的一切与其说是自然画卷和自然事件,不如说是江苏文脉的大地摇篮和文化宿命的历史必然,它们孕生和哺育了江苏文明,延绵了江苏文脉。历史学家发现,江苏是中国唯一同时拥有大海、大江、大湖、大平原的省份,有全国第一大河长江,第二大河黄河(故道),第三大河淮河,世界第一大人工河大运河,全国第三大淡水湖太湖,全国第四大淡水湖洪泽湖。江苏也是全国地势最低平的一个省区,绝大部分地区在海拔50米以下,少量低山丘陵大多分布于省际边缘,最高峰即连云港云台山的玉女峰也只有625米。丰沛而开放的水系和低平而辽阔的地势馈赠给江苏的不只是得天独厚的宜居,更沉潜、更深刻的是独特的文化性格和文脉传统,它们是对江苏地域文化产生重大影响的两个基本自然元素。

不少学者指证江苏文化具有水文化特性,而在众多水系中又具长江文化的特性。"水"的文化特性是什么?"老聃贵柔",老子尚水,以水演绎世界真谛和人生大智慧。"天下莫柔弱于水,而攻坚强者莫之能胜。"柔弱胜刚强,是水的品质和力量。西方文明史上第一个哲学家和科学家泰勒斯向全世界宣告的第一个大智慧便是:水是万物的始基。辽阔的平原在中国也许还有很多,却没有像江苏这样"处下"。老子也曾以大海揭示"处下"的智慧:"江海所以能为百谷王者,以其善下之,故能为百谷王。"历史上江苏的文化作品、江苏人的文化性格,相当程度上演绎了这种"水性"与"处下"的气质与智慧。历史上相当时期黄河曾经从江苏入海,然而黄河改道、黄河夺淮,几番自然力量或人力所为,最终黄河在江苏留下的只是一个"故道"的背影。黄河在江苏的改道当然是一个自然事件或历史事件,但我们也可能甚至毋宁将它当作一个文化事件,数次改道,偶然之中有必然,从中可以发现和佐证江苏文脉的"长江"守望和江南气质。不仅江苏的地脉"露水不显山",而且江苏的文化作品,江苏人的文化性格,一句话,江苏文脉,也是"露水不显山",虽不是"壁立千仞",却是"有容乃大"。一般说来,充沛的水系,广阔的平原,往往造就自给自足的自我封闭,然而,江苏东临大海,无论长江、淮河,还是历史上的黄河,都从这里入大海,归大海,不只昭示江苏的开放,而且演绎江苏文化、江苏文脉、江苏人海纳百川的博大和静水深流的仁厚。

黄河与长江好似中华文脉的动脉与静脉,也好似人的身体中的任督二脉,以长江文化为基色的江苏文化在中华文脉的缔造和绵延中作出了杰出贡献。有学者指出,在中国文明史上,长江文化每每在黄河文化衰弱之后承担起"救亡图存"的重任。人们常说南京古都不少为小朝廷,其实这正是"救亡图存"的反证,"天下兴亡,匹夫有责"的口号首先由江苏人顾炎武喊出，偶然之中有必然。学界关于江苏文化有三次高峰或三次大贡献，与两次大贡献之说。第一次高峰是开启于秦汉之际的汉文化，第二次高峰是六朝文化，第三次高峰是明清文化。人们已对六朝文化与明清文化两大高峰对中国文化的贡献基本达成共识，但江苏的汉文化高峰及其贡献也应当得到承认，而且三次文化高峰都发生于中国社会的大转折时期，对中国文化的承续作出了重大贡献。在秦汉之际的大变革和大一统国家的建构中，不仅在江苏大地上曾经演绎了波澜壮阔的对后来中国文明产生深远影响的历史史诗，而且演绎这些历史史诗的主角刘邦、项羽、韩信等都是江苏人，他们虽然自身不是文化人，但无疑对中国文化产生了深远影响。董仲舒提出"罢黜百家，独尊儒术"的主张，奠定了大一统的思想和文化基础，他本人虽不是江苏人，却在江苏留下印迹十多年。江苏的汉文化高峰对中国文化的最大贡献，一言概之即"大一统"，包括政治上的大一统和思想文化上的大一统。六朝被公认为中国文化发展的高峰，不少学者将它与古罗马文明相提并论，而六朝文化的中心在江苏、在南京。以南京为核心的六朝文化发生于三国之后的大动乱，它接纳大量流入南方的北方士族，使南北方文化合流，为保存和发展中国文化作出了杰出贡献。明朝是中国历史上第一次在南京，也是第一次在江苏建立统一的帝国都城，江苏的经济文化在全国处于举足轻重的地位，扬州学派、泰州学派、常州学派，形成明清时代中国文化的江苏气象，形成江苏文化对中国文化的第三次重大贡献。三大高峰是江苏的文化贡献，在重大历史转折关头或者民族国家危难之际挺身而出，海纳百川，则是江苏文化的精神和品质，这就是江苏文脉。也正因为如此，江苏文化和江苏文脉在"匹夫有责"的担当精神中总是透逸出某种深沉的忧患意识。

　　江苏文脉对中国文化的独特贡献及其特殊精神气质在文化经典中得到充分体现。中国四大文学名著，其中三大名著的作者都来自江苏，这就是《西游记》《红楼梦》《水浒》，其实《三国演义》也与江苏深切相关，虽然罗贯中不是江苏人，但却以江苏为重要的时空背景之一。四大名著中不仅有明显的江苏文化的元素，甚至有深刻的江苏地域文化的基因。《西游记》到底是悲剧还是喜剧？仔细反思便会发现，《西游记》就是文学版的《清明上河图》。《清明上河图》表面呈现一幅盛世生活画卷，实际却是一幅"盛世危情图"，空虚的城防，懈怠的守城士兵……被繁华遗忘的是正在悄悄到来的深刻危机。《西游记》以唐僧西天取经渲染大唐的繁盛和开放，然而在经济的极盛之巅，中国人的精神世界却空前贫乏，贫乏得需要派一个和尚不远万里，请来印度的佛教，坐上中国意识形态的宝座，入主中国人的精神世界。口袋富了，脑袋空了，这是不折不扣的悲剧。然而，《西游记》的智慧，江苏文化的智慧，是将悲剧当作喜剧写，在喜剧的形式中潜隐悲剧的主题，就像《清明上河图》将空虚的城防和懈怠的士兵淹没于繁华的海洋一样。《西游记》喜剧与悲剧的二重性，隐喻了江苏文脉的忧患意识，而在对大唐盛世，对唐僧取经的一片颂歌中，深藏悲剧的潜主题，正是江苏文脉"匹夫有责"的担当精神和文化智慧的体现。鲁迅说，悲剧将人生的有价值的东西毁灭给人看。《西游记》是在喜剧形式的背后撕碎了大唐时代人的精神世界的深刻悲剧。把悲剧当作喜剧写，喜剧当作悲剧读，正是江苏文化、江苏文脉的大智慧和特殊气质所在，也是当今江苏文脉转化发展的重要创新点所在。正因为如此，"江苏文脉研究"必须以深刻的哲学洞察力和深厚的文化功力，倾听来自历史深处的江苏文化的脉动，读懂江苏，触摸江苏文脉。

三　通血脉，知命脉，仰望山脉

江苏文化的巨大魅力和强大生命力，是在数千年发展中已经形成一种传统、一种脉动，不仅是一种客观呈现的文化，而且是一种深植个体生命和集体记忆的生生不息的文脉。这种文化和文脉不仅成为共同的价值认同，而且已经成为一种地域文化胎记。在精神领域，在文化领域，江苏不仅有灿若星河的文学家，而且有彪炳史册的思想家、学问家，更有数不尽的才子骚客。长江在这片土地上流连，黄河在这片土地上改道，淮河在这片土地上滋润，太湖在这片土地上一展胸怀。一代代中国人，一代代江苏人，在这里缔造了文化长江、文化黄河、文化淮河、文化太湖,演绎了波澜壮阔的历史诗篇,这便是江苏文脉。

为了在全球化时代完整地保存江苏文脉这一独特地域文化的集体记忆,以在"后山河时代"为人类缔造精神家园提供根源与资源,为了继承弘扬并创造性转化、创新性发展中国优秀传统文化,2016年江苏启动了"江苏文脉整理与研究工程"。根据"文脉"的理念,我们将研究工程或"研究编"的顶层设计以一句话表达:"通血脉,知命脉,仰望山脉。"由此将整个工程分为五个结构:江苏文化通史,江苏历代文化名人传,江苏文化专门史,江苏地方文化史,江苏文化史专题。

"江苏文化通史"的要义是"通血脉",关键词是"通"。"通"的要义,首先是江苏文化与中国文明的息息相通,与人类文明的息息相通,由此才能有民族感或"中国感",也才有世界眼光,因而必须进行关于"中国文化传统中的江苏文脉"的整体性研究;其次是江苏文脉中诸文化结构之间的"通",由此才是"江苏",才有"江苏味";再次是历史上各个重要历史时期文化发展之间的"通",由此才能构成"史",才有历史感;最后是与江苏人的生命与生活的"通",由此"江苏文脉"才能真正成为江苏人的文化血脉、文化命脉和文化山脉。达到以上"四通","江苏文化通史"才是真正的"通"史。

"江苏文化专门史"和"江苏文化史专题"的要义是"知命脉",关键词是"专",即"专门"与"专题"。"江苏文化专门史"在框架上分为物质文化史、精神文化史、制度文化史、特色文化史等,深入研究各类专门史,总体思路是系统研究和特色研究相结合,系统研究整体性地呈现江苏历史上的重要文化史,如哲学史、文学史、艺术史等,为了保证基本的完整性,我们根据国务院学科分类目录进行选择;特色研究着力研究历史上具有江苏特色的历史,如民间工艺史、昆曲史等。"江苏文化史专题"着力研究江苏历史上具有全国性影响的各种学派、流派,如扬州学派、泰州学派、常州学派等。

"江苏地方文化史"的要义是"血脉延伸和勾连",关键词是"地方"。"江苏地方文化史"以现省辖市区域划分为界,13市各市一卷。每卷上编为地方文化通史,讲述地方整体历史脉络中的文化历史分期演化和内在结构流变,注重把握文化运动规律和发展脉络,定位于地方文化总体性研究;下编为地方文化专题史,按照科学技术、教育科举、文学语言、宗教文化等专题划分,以一定逻辑结构聚焦对地方文化板块加以具体呈现,定位于凸显文化专题特色。每卷都是对一个地方文化的总结和梳理,这是江苏文化血脉的伸展和渗入,是江苏文化多样性、丰富性的生动呈现和重要载体。

"江苏历代文化名人传"的要义是"仰望山脉",关键词是"文化"。它不是一般性地为江苏历朝历代的"名人"作传,而只是为文化意义上的名人作传。为此,传主或者自身就是文化人并为中国文化的发展、为江苏文脉的积累积淀作出了重要贡献;或者虽然自身主要不是文化人而是政治家、社会活动家等,但对中国文化发展具有重大影响。如何对历史人物进行文化倾听、文化诠释、文化理解,是"文化名人传"的最大难点,也是其最有意义的方面。江苏历史上的文化名人汗牛充栋,"文化名人传"计划为100位江苏文化名人作传,为呈现江苏文化名人的整体画卷,同时编辑出版一部"江苏文化名人辞典",集中介绍历史上的江苏文化名人1000位左右。

一脉千古成江河,"茫茫九派流中国"。江苏文脉研究的千里之行已经迈出第一步,历史馈赠我们一次千载难逢的宝贵机遇,让我们巡天遥看,一览江苏数千年文化银河的无限风光,对创造江苏文化、缔造江苏文脉的先行者们献上心灵的鞠躬。面对奔涌如黄河、悠远如长江的江苏文脉,我们惟有以跋涉探索之心,怵惕敬畏之情,且行且进,循着爱因斯坦的"引力波",不断走近并播放来自江苏文脉深处的或澎湃,或激越,或温婉静穆的天籁之音。

我们一直在努力;

我们将一直努力!

目　录

绪　论

　　江苏乃中国古典文学高地。古典文学佳构往往带有鲜明的地方特色，诚如屠隆所说："燕赵尚气，则荆、高悲歌，楚人多怨，则屈《骚》凄愤。"①江苏文学亦然，无论是吴侬软语的低吟，还是大风起兮的高歌，无不带有浓郁的地方特色。但文学思想则稍有别于文学本身。文学的表现内容与形式往往具有区域文化特色，而文学思想往往依循着人类普遍的理性思维规律，根植于中国学术思想土壤上而形成。江苏文学思想史同样如此。古代的江苏先贤基于对文学的审美体认与学殖根基的自身逻辑，从不同的维度揭示了文学的一般规律，成为中国文学思想发展史的有机组成部分。尽管先贤们文学思想的表达也会时常涉及具体的作家作品，但这些仅是表现其思想理论的材料或证据而已，且形诸思想，需要具备一定的逻辑性与学理性。加之，江苏文学思想史上学理性强的著述十分丰富，为了不至于本书篇制过大，在选择材料方面仍以文学思想家的理论性文献为主，主要依循理论的内在理路，将江苏文学思想史置于中国文学思想发展的过程之中，从对中国文学思想演进的贡献来判断其价值，厘定其历史地位，展示江苏文学思想本身的理论逻辑及推衍过程。

　　江苏滨海拥江跨淮，具有优越的自然条件。在悠久的历史开发与南北文化交融的过程中，形成了浓郁的崇文重教的优良传统。从泰伯

---

① 屠隆著，汪超宏主编：《屠隆集》第八册《鸿苞集》卷十八《诗文》，浙江古籍出版社 2012 年版，第 452—453 页。

奔吴到吴王称霸,再到其后的楚汉文化的兴起,都为江苏文学思想的兴起与发展创造了条件。西晋末年,中原士族南迁,尤其是东吴、东晋、宋、齐、梁、陈"六朝"定都于南京,前后延续 300 余年,使得江苏成为全国的文化中心,江苏文学思想也随之形成了第一个高峰。其后,随着大运河的开挖,江苏的文化格局更加多元,文学与文学思想也伴着社会经济的发展不断演进。公元 1368 年,朱元璋定都南京,江苏土地上首次出现统一国家的都城,江苏成为全国经济最发达的地区,这为文学思想的繁荣创造了良好的政治、经济环境。与经济发展相联系,小说、戏剧等文学样式及其思想得到了充分的发展。在政治、经济等多元因素的影响下,明清时期,江苏文学思想又一次形成了高峰,诸多江苏先贤也成为这一时期中国文学思想的代表。

基于社会政治、经济、文化多元发展的历史视角,考察江苏文学思想史,概有这样的基本史实:

首先,在一定的历史时期,江苏文学思想演进历史体现了中国文学思想发展的主脉和水准。这在南北朝、明清等中国文学思想发展的高潮期表现得尤为突出。魏晋南北朝是中国文学思想的繁荣时期,其代表作品《文心雕龙》即出自江苏文人刘勰之手。明清时期文学流派林立,思想纷呈,其中或以江苏文人作为盟主(如王世贞、钱谦益、吴伟业、陈维崧、恽敬、张惠言等),或以江苏文人为流派的理论核心(如徐祯卿、唐顺之等)。他们的文学思想也成为文坛的主导性倾向。不但如此,在中国文学理论史上,除《文心雕龙》之外,另一部建构宏大理论体系而又具有诗性化品格的著作《原诗》,同样是由江苏文人叶燮完成的,中国文学思想史上最杰出的两部"体大思精"的巨制,都是出自江苏先贤之手。从这个意义上说,江苏文学思想从某种程度上体现了中国文学思想的精华与高峰。

其次,江苏文学思想史中对于俗文学史的重视尤其突出。中国古代的戏曲小说理论,尤其是成就突出的小说理论,几乎都与江苏先贤有关。从叶昼、冯梦龙到金圣叹、毛纶、毛宗岗、张道深,这些中国小说批评的大家,都出生于江苏。其原因颇值关注。小说这种文学样式是与民间俗文学联系在一起的。江苏文化既有崇雅的一面,同时也有尚俗的一面。而后者在注重传统的文学中显得尤为可贵。这里我们不妨举一例以说明古代江苏文学所具有的这一特征。晚明文学思潮的中坚是湖北公安人袁宏道，体现其文学思想的代表性文章是《叙小修诗》，其中有这样的表述："吾谓今之诗文不传矣。其万一传者，或今闾阎妇人孺子所唱《擘破玉》《打草竿》之类，犹是无闻无识真人所作，故多真声，不效颦于汉、魏，不学步于盛唐，任性而发，尚能通于人之喜怒哀乐嗜好情欲，是可喜也。"①这篇文章是万历二十四年（1596 年）其任吴县县令时所作，楚人仕吴而提出了尚俗的文学思想。但袁宏道连上七牍而得辞吴县县令不久，尚俗的取向以及革新的锐气随之逐渐消减，这看似偶然，但恰恰在某种程度上传达出江苏，尤其是吴地文化对于尚俗文学思想的影响信息。而这一取向，又是与因时适变的文化观念相联系的，体现出其背后灵动鲜活的文化基因。其对于促进文学思想发展的作用尤其值得珍视。

最后，江苏文学思想往往具有为中国文学思想首著先鞭的作用，这突出地体现在两个方面。一是季札观乐之于儒家文学思想的先导作用。儒家思想是中国传统文化的核心，文学思想亦然。孔子注重文学的社会功能，即所谓"《诗》可以兴，可以观，可以群，可以怨"。（《论语·阳货》）孔子重视诗乐的中和之美，他说："《关雎》乐而不淫，哀而不伤。"（《论语·八佾》）而年长孔子且深受孔子敬重的吴国公子季札在鲁襄公二十九年观乐时，即论述了这些儒家文艺观的核心思想。季札观乐，无疑是孔子之前儒家文学思想最显著的文献记载。季札观乐所言体现出的中和之美，以乐观世，无不对孔子文艺思想的形成具有明显的启示作用。其次，近代江苏曾朴、徐念慈、黄人为首的一批文人，在译介外国小说的基础上，对现代小说理论进行了深入的探讨，将传统的小说批评与现代小说理论相结合，对小说的审美特征等方面进行了全面讨论，为中国传统文学思想的现代转型作出了有益的尝试。

要言之，江苏文学思想演进史，是时常代表中国文学思想特定历史时期的理论水准，并成为中国文学思想有机组成部分的历史。江苏文

① 袁宏道著，钱伯城笺校：《袁宏道集笺校》卷四《叙小修诗》，上海古籍出版社 1981 年版，第 188 页。

学思想,是江苏先贤对中国文化贡献最为显著、地域特色最为隐微而"中国"特色最为昭著的领域之一。基于这样的史实,我们不惮其详,力求较全面具体地评述江苏文学思想史,以更好地展示这一最能体现江苏历史文化光彩的"名片"。

第一章　先秦两汉文学思想

虽然先秦《韩非子》等文献中已有"文学"的概念,但其内涵类似于今天的"学术"。诚如郭绍虞先生所说:"当时所谓'文学',是和学术分不开的,文即是学,学不离文,所以兼有'文章''博学'两重意义。"①江苏文学思想的肇端期也鲜明地带有这一时代烙印。但江苏文学思想起步雄迈,以季札观乐为代表的诗乐思想肇启了儒家文艺思想的先声,体现了古代江苏先民对于中国传统思想文化的卓越贡献,以极高的起点揭开了江苏文学思想史的第一页。西汉刘安的《淮南鸿烈》主张艺术应因自然之化,崇尚朴素自然之美,从自然与法度的关系、艺术接受等不同的维度,深化了对文艺作品价值实现途径的认识。从先秦时的吴、楚,到秦皇统一后的两汉,在中国文学思想的肇始期,江苏先贤作出的一系列理论创制,其理论带有明显的文化初创期一体综合的特色。无论是诗乐一体,还是刘安"鸿烈"所蕴含的道体底色,刘向论"文"所包含的丰富意蕴,无不如此。

兹就这一时期最为突出的季札、刘安、刘向及刘歆的文学思想分述于次。

第一节　季札乐论

季札(约前 576—约前 485),姬姓,名札,春秋吴国国君寿梦之子,

---

① 郭绍虞:《中国文学批评史·绪论》,上海古籍出版社 1979 年版,第 3 页。

排行第四,故称季札。曾以延陵(今江苏常州)为采邑,又被称为延陵季子。季札年少时饱饫群书,课习礼乐,寿梦爱其贤能,欲传国于季札,他坚辞不受,先后让位于兄长诸樊、余祭、余昧及余昧之子僚。余祭四年(前544年),季札奉吴王"通嗣君"之命聘问中原,先后到访鲁、齐、郑、卫、晋。期间,他观乐知政,讽评时贤,既向中原诸国展现了吴地的文化风尚与精神面貌,也留下了"挂剑酬心"践诺守信的千古佳话。季札在江苏文化史乃至整个中国文化史上都影响深远,他在当时以博通礼乐著称,孔子观礼时曾称赞:"延陵季子,吴之习于礼者也。""延陵季子之于礼也,其合矣乎!"[1]后世历代文人学者,对季札多有强烈的追慕之情,左思《吴都赋》云:"有吴之开国也,造自太伯,宣于延陵。"[2]陆机《吴趋行》云:"穆穆延陵子,灼灼光诸华。"[3]季札出聘鲁国时观赏乐工演奏周乐,并次第予以品评。这些评论,既体现了季札自身的文艺观念,也成为目前最早的较为系统的文艺评论文献,对后来的文艺思想具有深远的影响。

首先,观乐知政。季札观乐论乐,注重借此考察政治风俗。据《左传》记载,季札观乐时,除《秦风》《唐风》《陈风》《郐风》《曹风》等外,对其他诗乐多予以类似"美哉"的褒赞。如评《邶风》《鄘风》《卫风》云:"美哉渊乎!"评《齐风》:"美哉!泱泱乎,大风也哉!"评《魏风》:"美哉,沨沨乎!"[4]这里的"美",杜预谓之"美其声",孔颖达曰:"先儒以为季札所言,观其诗辞而知,故杜显而异之。季札所云'美哉'者,皆美其声也。"[5]先秦时期诗乐一体,所以对于季札"美"之所指,后世论家常常颇难确定。但无论何者,这种观演诗乐形成的切身感受与感叹,都反映了季札对诗乐之审美属性的充分重视。不过,季札更强调通过诗乐来考见政德之厚薄、风俗之盛衰。如评价《周南》《召南》时曰:"美哉!始基之矣,犹未

---

① 孙希旦著,沈啸寰、王星贤点校:《礼记集解》卷十一《檀弓下》,中华书局1989年版,第294页。
② 严可均编:《全上古三代秦汉三国六朝文·全晋文》卷七十四,中华书局1958年版,第1884页。
③ 丁福保编:《全汉三国晋南北朝诗·全晋诗》卷三《吴趋行》,中华书局1959年版,第331页。
④ 左丘明传,杜预注,孔颖达正义:《春秋左传正义》卷三十九,《十三经注疏》标点本,北京大学出版社1999年版,第1097—1100页。
⑤ 《春秋左传正义》卷三十九,《十三经注疏》标点本,北京大学出版社1999年版,第1096页。

也,然勤而不怨矣。"①《周南》《召南》位列十五国风之首,一般认为是文王风化之诗,孔颖达谓:"此实文王之诗,而系之二公者。"②季札称"犹未也","勤而不怨",亦即通过诗乐看出,此时虽然王业未成,未尽其善,但百姓勤劳,志气振拔,并无怨恨之声。这是一种典型的以诗乐论政治民风的逻辑。季札评《郑风》时说:"美哉!其细已甚,民弗堪也,是其先亡乎!"杜预对"细"的解释侧重于郑国治政之"烦碎",孔颖达则将政教与诗乐合论,"郑君政教烦碎,情见于诗,以乐播诗,见于声内",由此指出"民不堪命,国不可久"③。郑、卫两国的声乐多用繁声促节,悦耳动心,能予人以更多的愉悦感受,季札在肯定其愉悦之"美"的同时,将其与郑国的"细碎"治政紧密相连,由此断其"先亡",这一方面反映了季札在音律层面有敏锐的辨识力与感受力,同时他基于音乐之道来判定国家兴亡,可以说也开后世之先河。与其对《郑风》的评价恰恰相反,其评《秦风》时称:"此之谓夏声。夫能夏则大,大之至也,其周之旧乎!"对此,杜预注曰:"秦本在西戎汧、陇之西。秦仲始有车马、礼乐。去戎狄之音而有诸夏之声,故谓之'夏声'。及襄公佐周,平王东迁,而受其故地,故曰'周之旧'。"④季札由《郑风》之"细"而断其"先亡",由《秦风》之"夏声"而谓其"大",背后体现的都是由诗乐来论政教兴衰的思路。而这样的思路,成为后世文人省思文学之升降衰替的重要资源,明人陶望龄《戴玄趾制义序》反思文运与世运之关系时,即引季札之论:"夫声大兆王,细征替,由此言之,纤俭寒弱者,细之类,大之反也。是故言文体,今日宜振其弱态,以强其神干,有是人焉?"⑤季札通过观乐来觇决政治风俗的观念,近乎是其所有文艺评述的基础,评《唐风》:"思深哉!其有陶唐氏之遗民乎!不然,何忧之远也?非令德之后,谁能若是?"意指唐地百姓思深忧远,尚留唐尧之风,评《王》曰:"美哉!思而不惧,其周之东乎!"⑥意指平王东迁,百姓虽然思念宗周但遗泽仍在,所以"思而不惧",等等。

① 《春秋左传正义》卷三十九,《十三经注疏》标点本,北京大学出版社 1999 年版,第 1096 页。
② 《毛诗正义》卷第一,《十三经注疏》标点本,北京大学出版社 1999 年版,第 20 页。
③ 《春秋左传正义》卷三十九,《十三经注疏》标点本,北京大学出版社 1999 年版,第 1098 页。
④ 《春秋左传正义》卷三十九,《十三经注疏》标点本,北京大学出版社 1999 年版,第 1099 页。
⑤ 陶望龄:《歇庵集》卷四《戴玄趾制义序》,续修四库全书第 1365 册,第 252 页。
⑥ 《春秋左传正义》卷三十九,《十三经注疏》标点本,北京大学出版社 1999 年版,第 1100、1098 页。

其次,强调中和之美。季札论乐的另一显著特征,是有强烈的崇尚中和的审美意识。如论《豳风》:"美哉,荡乎! 乐而不淫,其周公之东乎!"关于"乐而不淫",杜预注曰:"乐而不淫,言有节。周公遭管、蔡之变,东征三年,为成王陈后稷、先公不敢荒淫,以成王业,故言'其周公之东乎'。"①指逸乐须有节制,不可荒淫无度,强调的是一种生活上的持节有度。评价《大雅》曰:"广哉,熙熙乎! 曲而有直体,其文王之德乎!"②季札多以"美"字褒赞列国诗乐,评《大雅》则用"广"字,"熙熙"指"和乐声","和"而能"广",这类乎是一种对中和之美的特征描述;杜预解释"曲而有直体"说:"其声委曲而有正直之体。"③声音抑扬顿挫、高低婉曲,但又不失其"直",季札的评论既恰切描绘了《大雅》的舂容正大气象,也清晰反映了他在音乐上的中和追求。与此相应,季札论《颂》的内涵更为丰富:

> 至矣哉! 直而不倨,曲而不屈,迩而不偪,远而不携,迁而不淫,复而不厌,哀而不愁,乐而不荒,用而不匮,广而不宣,施而不费,取而不贪,处而不底,行而不流。五声和,八风平,节有度,守有序,盛德之所同也。④

按孔颖达所述,以上"十四事","或取于人,或取于物",都用来"明王者之德"。如,"直而不倨"指王者性体质直,但不傲慢;"曲而不屈"指能以尊接下,但不屈桡;"迩而不偪,远而不携"指与在下者的亲疏关系上,近而不相逼,远而不乖离;"哀而不愁,乐而不荒",是指情感上的克制有度;等等。十四事的语句特征,都是"下字破上字",季札所论或指性情,或指德行,或指处事,但都明确反对偏执一端、流荡不返,而强调中节和合。"五声和,八风平,节有度,守有序",描述的是音律的"和""节"之美,这与《尚书·舜典》"八音克谐,无相夺伦"的说法相似。尚中和,是中华文化的核心精神,春秋时期孔子也主张"乐而不淫,哀而不

---

① 《春秋左传正义》卷三十九,《十三经注疏》标点本,北京大学出版社1999年版,第1099页。
② 《春秋左传正义》卷三十九,《十三经注疏》标点本,北京大学出版社1999年版,第1102页。
③ 王道焜、赵如源编:《左传杜林合注》卷三十二,文渊阁四库全书第171册,台湾商务印书馆1986年版,第683页。
④ 《春秋左传正义》卷三十九,《十三经注疏》标点本,北京大学出版社1999年版,第1103、1104页。

伤"，但季札在孔子尚幼之时，就能心慕先王之道，提倡中和之美，这在历史上具有不可忽视的意义。

最后，季札观乐对后世文艺思想产生了深远影响。比如，季札评《周南》《召南》"始基之矣，犹未也"，《毛诗序》中曰："《周南》《召南》，正始之道，王化之基。"后者的说法显然受到季札的影响，对此孔颖达即称："季札见歌《周南》《召南》……亦谓二《南》为王化基始，序意出于彼文也。"①《毛诗》中《江有汜》的小序云："美媵也。勤而无怨，嫡能悔过也。"②这同样源自季札对二《南》"然勤而不怨矣"的评价。季札观《秦风》时谓："此之谓夏声。夫能夏则大，大之至也，其周之旧乎!"《毛诗》中《车邻》的小序，也受到这种观点的启发："美秦仲也。秦仲始大，有车马礼乐侍御之好焉。"③除此之外，季札观乐知政，强调通过诗乐来观察政教兴亡、风俗盛衰，这一方面与孔子"诗可以观"等主张相通，另一方面"声音之道与政通"是后世历代君臣与文论家持取的重要论调，季札立足列国诗乐而沟通历史古今之盛衰的评论模式，在漫长的文论长河中堪称典范，为后世带来了诸多启示。刘勰即赞之曰："师旷觇风于盛衰，季札鉴微于兴废，精之至也。"④清代屈大均对季札的影响予以高度肯定，《送田子游吴序》中说道："季札善审《诗》《乐》，其风流所及，后之学者，多能得其精华。"⑤

第二节 《淮南子》

刘安(前 179—前 122)，沛县丰邑(今属江苏徐州)人，汉高祖刘邦之孙，淮南厉王刘长之子，汉文帝前元十六年(前 164 年)被立为淮南王。为人好读书鼓琴，不喜犬马弋猎，辩博善文辞。曾奉汉武帝命作

① 《毛诗正义》卷第一，《十三经注疏》标点本，北京大学出版社 1999 年版，第 20—21 页。
② 《毛诗正义》卷第一，《十三经注疏》标点本，北京大学出版社 1999 年版，第 97 页。
③ 《毛诗正义》卷第六，《十三经注疏》标点本，北京大学出版社 1999 年版，第 408 页。
④ 刘勰著，范文澜注：《文心雕龙注》卷二《乐府》，人民文学出版社 1958 年版，第 101 页。
⑤ 屈大均著，欧初、王贵忱主编：《屈大均全集·翁山文外》卷二《送田子游吴序》，人民文学出版社 1996 年版，第 81 页。

《离骚传》，"旦受诏，日食时上"①，又曾献《颂德》及《长安都国颂》，受到汉武帝的赏识。刘安曾召集门客，"讲论道德，总统仁义"，编撰了《淮南子》一书，又名《淮南鸿烈》。全书文富义丰，"物类之事"无所不载，而旨近道家是其突出的思想特征。东汉高诱称："其旨近老子，淡泊无为，蹈虚守静，出入经道。"②同时，由于处于从崇重黄老到儒学独尊的思想转变时期，且因书成众手，《淮南子》也带有鲜明的"兼儒墨，合名法"③的杂家色彩。《淮南子》并非专门的文艺著作，在文化史上丰蕴了吴韵楚风④，对后世文学影响颇大："淮南之书，俶诡超忽，世所称挟风霜、饮沆瀣者，盖文士多沈酣焉。"⑤其中蕴含丰富的文艺观念，且其兼宗博采的思想风格，也使其文艺观颇具特色。

首先，崇尚自然的文艺观。道家思想是《淮南子》文艺观的底色，在关于"文"之本原与产生的问题上，常求诸"道"或"自然"。《原道训》云："无形而有形生焉，无声而五音鸣焉，无味而五味形焉，无色而五色成焉。"⑥所谓无形，"一之谓也"，"道者，一立而万物生矣"。可见，形、音、色等"文"的形成，从无到有，根本于道。《本经训》云："太清之始也，和顺以寂漠，质真而素朴，闲静而不躁，推移而无故，在内而合乎道，出外而调于义，发动而成于文，行快而便于物。"⑦太清之始朴素无文，推移发动方"成于文"，这也是将道作为文的基础。《淮南子》还论述了音乐的产生，将其归诸自然："乐生于音，音生于律，律生于风，此声之宗也。"⑧此处的"风"直承《庄子·齐物论》而来，即"大块噫气"的自然之音。这种根柢于道与自然的文艺观，使其在审美旨趣上与老、庄一致，都推崇朴素之美，不喜人工刻镂，而将天生化成视为"大巧"："天地所包，阴阳所呕，雨露所濡，化生万物，瑶碧玉珠，翡翠玳瑁，文彩明朗，润泽若濡，

---

① 班固著，颜师古注：《汉书》卷四十四《淮南衡山济北王传》，中华书局1962年版，第2145页。
② 刘安编，刘文典撰，冯逸、乔华点校：《淮南鸿烈集解·叙目》，中华书局2013年版，第2页。
③《汉书》卷三十《艺文志》，中华书局1962年版，第1742页。
④ 周勋初主编：《中国地域文化通览·江苏卷》，中华书局2013年版，第67页。
⑤ 董其昌著，李善强校点：《容台集》文集卷一《刘向说苑序》，上海书画出版社2013年版，第20页。
⑥《淮南鸿烈集解》卷一《原道训》，中华书局2013年版，第29页。
⑦《淮南鸿烈集解》卷八《本经训》，中华书局2013年版，第244页。
⑧《淮南鸿烈集解》卷九《主术训》，中华书局2013年版，第296页。

摩而不玩,久而不渝,奚仲不能旅,鲁般不能造,此之谓大巧。"①还曾结合宋人用象牙制作楮叶三年方成的例子,引列子的话说:"使天地三年而成一叶,则万物之有叶者寡矣。夫天地之施化也,呕之而生,吹之而落,岂此契契哉!"②这都体现出一种"已雕已琢,还反于朴"的审美追求。另外,《淮南子》的核心思想之一,是要使个体契合于道,《本经训》谓之"与道沦",即"神明藏于无形,精神反于至真""闭四关,止五遁",因此也就更容易否定外在的形、声、色之"文","是故五色乱目,使目不明;五声哗耳,使耳不聪;五味乱口,使口爽伤。"《诠言训》中亦曰:"饰其外者伤其内,扶其情者害其神,见其文者蔽其质。……故羽翼美者伤骨骸,枝叶美者害根茎,能两美者,天下无之也。"③这已近乎是一种否定"文"的论述。但是,《淮南子》在崇尚自然的同时,有时也肯定规矩法度、人工技巧,如《修务训》中,认为毛嫱、西施等天生丽质的美人,如果饰物有别,美丑效果自会迥然不同,这实际又肯定了人工之美。这种前后差异,固然与各自的阐述语境有关,但也反映了《淮南子》一书思想的复杂特点。

其次,论礼乐。《淮南子》颇为重视礼乐,尤其是对于礼乐治政的功能常有肯定性论述,《本经训》中曰:"古者圣人在上,政教平,仁爱洽……夫人相乐,无所发贶,故圣人为之作乐以和节之。"④且认同观乐知世:"乐听其音则知其俗,见其俗则知其化。孔子学鼓琴于师襄,而谕文王之志,见微以知明矣。延陵季子听鲁乐而知殷、夏之风,论近以识远也。作之上古,施及千岁而文不灭,况于并世化民乎!"⑤不过,由于崇尚自然,《淮南子》认为礼乐是"因其自然"而产生,"夫物有以自然,而后人事有治也……有喜乐之性,故有钟鼓管弦之音;有悲哀之性,故有衰绖哭踊之节。故先王之制法也,因民之所好,而为之节文者也。"⑥正由此,五帝三王制礼定乐,也往往是因自然之时变,能制礼乐而不"制于礼

①《淮南鸿烈集解》卷二十《泰族训》,中华书局 2013 年版,第 664—665 页。
②《淮南鸿烈集解》卷二十《泰族训》,中华书局 2013 年版,第 665 页。
③《淮南鸿烈集解》卷十四《诠言训》,中华书局 2013 年版,第 478 页。
④《淮南鸿烈集解》卷八《本经训》,中华书局 2013 年版,第 266 页。
⑤《淮南鸿烈集解》卷九《主术训》,中华书局 2013 年版,第 275—276 页。
⑥《淮南鸿烈集解》卷二十《泰族训》,中华书局 2013 年版,第 670 页。

乐":"尧《大章》,舜《九韶》,禹《大夏》,汤《大濩》,周《武象》,此乐之不同者也。故五帝异道而德覆天下,三王殊事而名施后世,此皆因时变而制礼乐者。"①值得指出的是,《淮南子》主要推崇的是先王礼乐,对于衰世之作颇有非议,认为衰世仁义礼乐乃针对世人的忿争之心、机械巧故之心以及不守伦常、性情"淫而相胁"等刻意而作,这与先王"因民之所好,而为之节文"的自然而然截然不同,认为这种仁义礼乐"可以救败,而非通治之至也"。并云:"仁义立而道德迁矣,礼乐饰则纯朴散矣。"②不难发现,《淮南子》的礼乐观,既含有尚自然的因子,同时更有以世道升降为标准的逻辑。从这个层面上讲,《淮南子》对衰世所作的儒家经典有所非议,也就不难理解:"王道缺而《诗》作,周室废、礼义坏而《春秋》作。《诗》《春秋》,学之美者也,皆衰世之造也,儒者循之以教导于世,岂若三代之盛哉!"③

再次,"文情理通"与文质关系。《淮南子》并不完全否认"文"的作用,《泰族训》以儒家尊奉的诗乐为例阐述道:"今夫《雅》《颂》之声,皆发于词,本于情,故君臣以睦,父子以亲。故《韶》《夏》之乐也,声浸乎金石,润乎草木。"④这既肯定了诗乐艺术具有"君臣以睦,父子以亲"的社会功能,同时揭示了声、词、情之间的关系,强调了声、词皆本乎"情"的重要性。重内在之"感""情",是《淮南子》的显著特征,《缪称训》中云:"情系于中,行形于外。凡行戴情,虽过无怨;不戴其情,虽忠来恶。"⑤《本经训》云:"钟鼓管箫,干戚羽旄,所以饰喜也。衰绖苴杖,哭踊有节,所以饰哀也。兵革羽旄,金鼓斧钺,所以饰怒也。必有其质,乃为之文。"⑥尚内在之"情",反映了《淮南子》以"质"为先的文质观,对此,《缪称训》还有相应的"文情理通"之论:

　　申喜闻乞之歌而悲,出而视之,其母也。艾陵之战也,夫差曰:

① 《淮南鸿烈集解》卷十三《氾论训》,中华书局 2013 年版,第 425 页。
② 《淮南鸿烈集解》卷十一《齐俗训》,中华书局 2013 年版,第 343 页。
③ 《淮南鸿烈集解》卷十三《氾论训》,中华书局 2013 年版,第 427 页。
④ 《淮南鸿烈集解》卷二十《泰族训》,中华书局 2013 年版,第 693 页。
⑤ 《淮南鸿烈集解》卷十《缪称训》,中华书局 2013 年版,第 320 页。
⑥ 《淮南鸿烈集解》卷八《本经训》,中华书局 2013 年版,第 266 页。

"夷声阳,句吴其庶乎!"同是声,而取信焉异,有诸情也。故心哀而歌不乐,心乐而哭不哀。夫子曰:"弦则是也,其声非也。"文者,所以接物也;情,系于中而欲发外者也。以文灭情则失情,以情灭文则失文。文情理通,则凤麟极矣,言至德之怀远也。①

"同是声"而取信"异",说明了情、质对于声、文的决定性作用。"以文灭情则失情,以情灭文则失文",又可见《淮南子》不废外在之声、文,而是讲求"文情理通"、文质相得。这与孔子"质胜文则野,文胜质则史。文质彬彬,然后君子"的说法有相通之处,但出发点稍有不同。《淮南子》重情尚质,多基于道家尚自然的意识,"情"是"心愉而不伪""心有忧丧则悲"的天性流露。儒家虽讲"发乎情,止乎礼义",但《淮南子》尚"情"的程度更深。而且,《淮南子》强调"有诸情",谓"强哭者虽病不哀,强亲者虽笑不和"②,又与对衰世拘泥礼乐形式而华实不副、"礼义饰则生伪匿之本"等批判紧密结合在一起。

最后,对艺术接受的认识。《淮南子》在论及与文艺接受相关的问题时,揭示了接受的差异性,如曰:"夫歌《采菱》,发《阳阿》,鄙人听之,不若此《延路》《阳局》,非歌者拙也,听者异也。"③这提示文艺创作,需充分考虑受众者的不同,必要时应"量凿而正枘"。但《淮南子》同样指出,作者若能在艺术上造诣非凡,也不必过求从众,曾结合晋平公令人为钟的例子说:"昔晋平公令官为钟,钟成而示师旷,师旷曰:'钟音不调。'平公曰:'寡人以示工,工皆以为调。而以为不调,何也?'师旷曰:'使后世无知音者则已,若有知音者,必知钟之不调。'故师旷之欲善调钟也,以为后之有知音者也。"④既凸显出"知音"的重要性,也强调了作者应有坚守自我的严谨与自信。此外,与艺术接受问题紧密相关,《淮南子》还指出作者情感对艺术接受的重要影响,《修务训》中说:"故秦、楚、燕、魏之歌也,异转而皆乐,九夷八狄之哭也,殊声而皆悲,一也。夫歌者,乐之

---

① 《淮南鸿烈集解》卷十《缪称训》,中华书局 2013 年版,第 329 页。
② 《淮南鸿烈集解》卷十一《齐俗训》,中华书局 2013 年版,第 354 页。
③ 《淮南鸿烈集解》卷十八《人间训》,中华书局 2013 年版,第 619—620 页。
④ 《淮南鸿烈集解》卷十九《修务训》,中华书局 2013 年版,第 658 页。

征也；哭者，悲之效也。愤于中则应于外，故在所以感。"①认为音乐的表现形式虽有不同，但只要情动于中，皆可引发受众的同情感受。与此相应，《览冥训》中还有这样的例子："昔雍门子以哭见于孟尝君，已而陈辞通意，抚心发声，孟尝君为之增欷呜唈，流涕狼戾不可止。精神形于内，而外谕哀于人心，此不传之道。"②这虽非专论音乐文艺，但也从主体性角度说明了充沛的内在精神、情感对接受活动的巨大作用。

另外，据《汉书·淮南衡山济北王传》，刘安受汉武帝之命曾作《离骚传》，今已失传。司马迁《史记·屈原贾生列传》与班固《离骚序》中，都对刘安之作有所征引，只是司马迁在引用时未标刘安之名，较难确指具体内容，结合班固所引，从中可以觇见刘安对屈原及《离骚》的基本态度。其一，"《国风》好色而不淫，《小雅》怨悱而不乱，若《离骚》者，可谓兼之。"③《离骚》在内容上多写"香草""美人"，由此寄寓其系心怀王而愤恨子椒、子兰等复杂感情。刘安指出《离骚》既能"好色而不淫"，又能"怨悱而不乱"，这其实充分肯定了《离骚》之作，认为是对《诗经》精神的接续。其二，评价屈原其人，对其志洁行廉的高尚品格予以肯认，谓："蝉蜕浊秽之中，浮游尘埃之外，皭然泥而不滓。推此志，与日月争光可也。"④刘安既认同屈原其人，也肯定其文，这对后世的屈《骚》评论产生了极大影响，司马迁在《史记》中就对刘安的说法予以充分吸收。同时，他由作者、文本双重角度作出评论的方式及以《离骚》比拟《诗经》的方法，都深刻影响了后来的评论模式。班固认为刘安"斯论似过其真"，反驳时就是既从作者入手，称屈原"露才扬己"，又从文本入手，称其"多称昆仑冥婚、宓妃虚无之语，皆非法度之政，经义所载"⑤。此后，刘勰、王逸、朱熹等人论及屈赋，多难绕开这两种不同意见，而刘安在屈赋评论史上的先导之功，尤其不容忽视。

---

① 《淮南鸿烈集解》卷十九《修务训》，中华书局 2013 年版，第 637—638 页。
② 《淮南鸿烈集解》卷六《览冥训》，中华书局 2013 年版，第 194 页。
③ 《全上古三代秦汉三国六朝文·全后汉文》卷二十五《离骚序》，中华书局 1958 年版，第 1221 页。
④ 《全上古三代秦汉三国六朝文·全后汉文》卷二十五《离骚序》，中华书局 1958 年版，第 1221 页。
⑤ 《全上古三代秦汉三国六朝文·全后汉文》卷二十五《离骚序》，中华书局 1958 年版，第 1221 页。

第三节　刘向、刘歆

一、刘向

刘向（约前77—前6），字子政，原名刘更生，后改名向，沛（今江苏沛县）人。楚元王刘交四世孙，12岁因父荫任辇郎，因"行修饬"被宣帝擢为谏大夫。其间，宣帝循汉武帝故事招选名儒俊材，刘向因通达能属文辞，与王褒、张子侨等人并进对，献赋、颂凡数十篇，后因事下狱，被赦免。从师学习《谷梁春秋》十余年，于石渠阁讲论《五经》。元帝时曾任谏大夫、给事中、光禄勋等，曾以"阴阳灾异"谏言元帝。成帝时以故九卿起用为中郎，迁光禄大夫，奉命领校秘书。所撰《别录》是我国第一部图书目录学著作，《汉书·艺文志》著录赋作三十三篇，多亡佚。另有《新序》《说苑》《列女传》等。文学思想主要体现在以下几个方面。

首先，论"文"。刘向常论及的"文"，不专指文学词章，而是包含礼乐、谈说、衣服、宫室、器物等所有人文之总称。他认为"文"与王道政治密不可分，"是故圣王修礼文，设庠序，陈钟鼓。天子辟雍，诸侯泮宫，所以行德化。"①其中，"德"是文的核心，"文王始接民以仁，而天下莫不仁焉。文德之至也。德不至，则不能文。"②天子有仁德方称"文"，孔子虽无天子之位，但能明素王之道、行仁人之德教，"是以百王尊之，志士法焉，诵其文章，传今不绝，德及之也"③，所以也是德至之"文"。而由个体言，君子珍爱玉石之"文""美"，亦应是德、智、义、勇、仁、情的外在表征："玉有六美，君子贵之……望之温润者，君子比德焉；近之栗理者，君子比智焉；声近徐而闻远者，君子比义焉；折而不挠，阙而不荏者，君子比勇焉；廉而不刿者，君子比仁焉；有瑕必见之于外者，君子比情焉。"④当然，刘向所说的"德"并不专指德性，还包含伦理道德之外的才学、贤能

---

① 刘向撰，向宗鲁校证：《说苑校证》卷十九《修文》，中华书局1987年版，第476页。
② 《说苑校证》卷十九《修文》，中华书局1987年版，第476页。
③ 《说苑校证》卷五《贵德》，中华书局1987年版，第95—96页。
④ 《说苑校证》卷十七《杂言》，中华书局1987年版，第437页。

诸要素:"辨然否,通古今之道,谓之士。进贤达能,谓之大夫。敬上爱下,谓之诸侯。天覆地载,谓之天子。是故士服黻,大夫黼,诸侯火,天子山龙。德弥盛者文弥缛,中弥理者文弥章也。"①辨然否、通古今、进贤能,都偏重能力才干,弥缛、弥章之文,也特指基于尊卑礼秩的衣裳之制。

刘向还常常谈及文质关系。如《说苑·修文》中说:"夏后氏教以忠,而君子忠矣,小人之失野。救野莫如敬,故殷人教以敬,而君子敬矣,小人之失鬼。救鬼莫如文,故周人教以文,而君子文矣,小人之失薄。救薄莫如忠。……周则又始,穷则反本也。诗曰:'雕琢其章,金玉其相。'言文质美也。"②三代王者"三教",是汉代董仲舒等人论述王道正统时常予辨析的问题,刘向谓"三王术如循环""周则又始,穷则反本",强调"文质美",说明他在坚持一质一文、文质相复的历史观外,更重视文质相兼之美,这一点他深受儒家影响。《说苑·修文》载:"孔子曰:'可也,简。'简者,易野也。易野者,无礼文也。……故曰文质修者谓之君子;有质而无文谓之易野。子桑伯子易野,欲同人道于牛马。故仲弓曰太简。"③不过,刘向要求"抑其文而抗其质"的态度同样鲜明,这既与其对孔子以质为先等观点的理解、引申有关,如《反质篇》载孔子得《贲》卦称"吾思夫质素,白当正白,黑当正黑""质有余者,不受饰也"④,但其返"质"意识更深受道家、墨家影响。《庄子·山木》载北宫奢为卫灵公赋敛作钟时云:"既雕既琢,复归于朴。"⑤《说苑·谈丛》亦称:"已雕已琢,还反于朴。物之相反,复归于本。"⑥《说苑·反质》还载有墨子的尚质论,批评齐景公奢而忘俭、商纣王穷奢极欲,从而不尚黼黻之用、不崇宫室之高,而仅以饱暖、完坚等实用性为追求。《反质篇》由此也列举了秦始皇"宫室台阁,连属增累;珠玉重宝,积袭成山;锦绣文彩,满府有余"等奢侈失本、坐而亡国的众多相似事例。整体以观,刘向在文质关

---

① 《说苑校证》卷十九《修文》,中华书局 1987 年版,第 479 页。

② 《说苑校证》卷十九《修文》,中华书局 1987 年版,第 477—478 页。

③ 《说苑校证》卷十九《修文》,中华书局 1987 年版,第 498—499 页。

④ 《说苑校证》卷二十《反质》,中华书局 1987 年版,第 511—512 页。

⑤ 郭庆藩撰,王孝鱼点校:《庄子集释》卷七上《山木》,中华书局 1961 年版,第 677 页。

⑥ 《说苑校证》卷十六《谈丛》,中华书局 1987 年版,第 395 页。

系问题上,既与孔子"周监于二代,郁郁乎文哉!吾从周"的态度相似,有鲜明的兴复礼乐的尚文倾向,同时又能兼采儒、道、墨家的尚质观点,主张节省民力、无伤国道,这都是其文质关系论的内在意义。

其次,宗经文学观。汉代是经学昌明兴盛的时代,尤其是元、成以后刑名衰落、儒学独尊,"上无异教,下无异学。皇帝诏书,群臣奏议,莫不援引经义,以为据依。"①刘向既通达善属辞,又是博通五经、讲道石渠阁的学者,经学是其学术参政之本,也是著述为文之本。他领命校理藏书,每逢一部"条其篇目,撮其指意",依经立义、本经为文的意识,在其对前代著述文章的评价中体现鲜明。《晏子叙录》中云:"其书六篇,皆忠谏其君,文章可观,义理可法,皆合六经之义。……又有颇不合经术,似非晏子言,疑后世辩士所为者,故亦不敢失,复以为一篇。"②"文章可观",说明刘向已有较为显明的文学词章意识,而既重义理又重文章,并谓"皆合六经之义",则表明无论文辞层面抑或义理内容层面,他均以六经为定鹄。《管子书录》中还说:"凡《管子》书,务富国安民,道约言要,可以晓合经义。"③"道约"指简捷不滥,"言要"谓文辞简质,这与批评《邓析书》"操两可之说,设无穷之辞"的说法正好截然相对,所以前者才"可以晓合经义"、折中六经。刘向对《管子》的评价,固受司马迁论管仲"将顺其美,匡救其恶,故能上下相亲"的影响,但与其强烈的宗经意识同样密不可分。此外,他裁定《列子》时也称:"秉要执本,清虚无为,及其治身接物,务崇不竞,合于六经。而《穆王》《汤问》二篇,迂诞恢诡,非君子之言也。"④《列子》以道家言为主,"以至虚为宗",刘向谓之"合于六经",反映了其以儒为主却能融通黄老的思想特征。《周穆王篇》多记梦觉虚幻,《汤问篇》多载夸父追日、愚公移山一类的神话,刘向称其"迂诞恢诡,非君子之言",也反映了他原本经义、崇尚典实、反对虚无荒诞的文章著述观。

刘向原本经义的观念在创作中体现得淋漓尽致。申阐五经之道、援用五经例证,是《说苑》一书的突出特点。《说苑·建本》起首云:"孔

---

① 皮锡瑞著,周予同注释:《经学历史》,中华书局 1959 年版,第 103 页。
②《全上古三代秦汉三国六朝文·全汉文》卷三十七《晏子叙录》,中华书局 1958 年版,第 332 页。
③《全上古三代秦汉三国六朝文·全汉文》卷三十七《管子书录》,中华书局 1958 年版,第 332 页。
④《全上古三代秦汉三国六朝文·全汉文》卷三十七《列子书录》,中华书局 1958 年版,第 333 页。

子曰：'君子务本，本立而道生。'夫本不正者末必陭，始不盛者终必衰。《诗》云：'原隰既平，泉流既清。'本立而道生。《春秋》之义，有正春者无乱秋，有正君者无危国。《易》曰：'建其本而万物理，失之毫厘，差以千里。'是故君子贵建本而重立始。"①人才培养、君子行身、国君治国，皆"贵建本而重立始"，刘向为明此意，先后引《论语》与《诗经》《春秋》《周易》为据，足见宗经观念的强烈。《正谏篇》起首说："《易》曰：'王臣蹇蹇，匪躬之故。'人臣之所以蹇蹇为难而谏其君者，非为身也，将欲以匡君之过，矫君之失也。"②该篇主旨陈述规谏之道，他先引《蹇》卦六二爻辞立义在前，然后顺此语脉带出人臣蹇蹇规谏的主题，也可见其依经立义的独特用心。《说苑》是刘向以旧传《说苑杂事》为基础，增补新事、条别篇目、以类相从而编撰的杂著，欲求借前人行事阐发道理，这与其宗经观相结合，便形成引经据典再加"此之谓也"的话语模式。如《君道篇》载宋国遭遇雨灾，宋君自悔过错、励精图治，三年后岁丰政平，刘向继此说："《诗》曰：'弗时仔肩，示我显德行。'此之谓也。"③《贵德篇》载齐桓公北伐借道燕国，燕君出境相迎并不合诸侯礼数，齐桓公特将燕君所至之地割予燕国，刘向就此称赞："《诗》云：'靖恭尔位，好是正直，神之听之，介尔景福。'此之谓也。"④这种言说方式在《说苑》中屡屡可见，体现了刘向本经发论的思维习惯。

再次，重视语言修辞。《说苑·反质》载老子之言："夫说者流于听，言者乱于辞。如此二者，则道不可委矣。"⑤"流于听"，即强调"大音希声，大象无形"，道乃"不可得闻之音"⑥；"乱于辞"，近乎道不可"道"，可见刘向语言观不乏道家色彩。但他对言辞仍有充分重视，《新序·杂事》载楚庄王的话："忠信者，士之德行也；言语者，士之道路也。道路不修治，士无所行矣。"⑦以忠信为本，以言语为道路，这与孔子所言"言之

① 《说苑校证》卷三《建本》，中华书局 1987 年版，第 56 页。
② 《说苑校证》卷九《正谏》，中华书局 1987 年版，第 206 页。
③ 《说苑校证》卷一《君道》，中华书局 1987 年版，第 23 页。
④ 《说苑校证》卷五《贵德》，中华书局 1987 年版，第 101 页。
⑤ 《说苑校证》卷二十《反质》，中华书局 1987 年版，第 529 页。
⑥ 王弼注，楼宇烈校释：《老子道德经注校释》，中华书局 2008 年版，第 113 页。
⑦ 刘向编著，石光瑛校释，陈新整理：《新序校释》卷二《杂事》，中华书局 2009 年版，第 275—276 页。

无文,行而不远"颇为相近。刘向对战国时期的纵横辩士颇为推崇,《新序·杂事》载齐楚攻魏、唐且出使秦国说服秦王救魏之事,他就此发论:"唐且一说,定强秦之策,解魏国之患,散齐楚之兵,一举而折冲消难,辞之功也。孔子曰:'言语,宰我、子贡。'故《诗》曰:'辞之集矣,民之洽矣;辞之怿矣,民之莫矣。'唐且有辞,魏国赖之,故不可以已。"①策士之言可存亡保国,在刘向看来这最足以说明语言的重要。刘向还强调借言辞观志、观风,如《列女传·辩通传》载孔子南游遇到阿谷女子:"孔子谓子贡曰:'彼浣者其可与言乎?'抽觞以授子贡曰:'为之辞,以观其志。'……子贡以告孔子,孔子曰:'丘已知之矣。斯妇人达于人情而知礼。'"②子贡在孔门四科以"言语"见长,他领命往返三次,分别以乞饮、调琴、赠绨绤等方式与女子交谈,对方既能如实相告,又秉礼有度,孔子谓其"达于人情而知礼",刘向在颂词中曰:"孔子出游,阿谷之南。异其处子,欲观其风。子贡三反,女辞辨深。子曰达情,知礼不淫。"③此类事例在《新序·辩通传》中甚多,既反映了刘向对语言文辞的重视,亦展现出对富于言辞之女性的赞美。另外,刘向还强调对语言规律与修辞技巧的把握,《说苑·善说篇》主要记叙辩说事迹,载荀子论谈说之术云:"齐庄以立之,端诚以处之,坚强以持之,譬称以谕之,分别以明之,欢欣愤满以送之。"即由容色、态度、技巧等层面揭示了辩说的一般规律。载鬼谷子论"矫"人之言:"辩之,明之,持之,固之,又中其人之所善,其言神而珍,白而分,能入于人之心,如此而说不行者,天下未尝闻也。"这些皆清晰展现了刘向对言辞辩说的重视,如其所说:"夫辞者,乃所以尊君、重身、安国、全性者也。故辞不可不修,而说不可不善。"④

最后,刘向《说苑·修文》曾以大量的篇幅论乐,并主要征引了《礼记·乐记》与《荀子·乐论》中的观点。如,强调音乐的风化功能,"乐者,圣人之所乐也,而可以善民心,其感人深,其移风易俗。故先王著其

① 《新序校释》卷三《杂事》,中华书局 2009 年版,第 328—329 页。
② 《列女传补注》卷六《辩通传》,华东师范大学出版社 2012 年版,第 245—246 页。
③ 《列女传补注》卷六《辩通传》,华东师范大学出版社 2012 年版,第 246 页。
④ 《说苑校证》卷十一《善说》,中华书局 1987 年版,第 267 页。

教焉。"①接续观乐可以知政治、察风俗的理念,指出"感激憔悴之音"可见百姓"思忧","啴谐慢易繁文简节之音"可见百姓"康乐","粗厉猛奋广贲之音"可见百姓"刚毅","廉直劲正庄诚之音"可见百姓"肃敬","宽裕肉好顺成和动之音"可见百姓"慈爱","流僻邪散狄成涤滥之音"可见百姓"淫乱",等等。另外,刘向还继承了《乐记》感物而动、声音成文的思想,"凡音之起,由人心生也。人心之动,物使之然也。感于物而后动,故形于声。声相应,故生变。变成方,谓之音。"②这种重视本乎心而动乎情的文艺观,在刘向诸多论述中都得到了印证,《说苑·贵德》云:"善之故言之,言之不足,故嗟叹之,嗟叹之不足,故歌咏之。夫诗,思然后积,积然后满,满然后发,发由其道,而致其位焉。"③引孔子之言曰:"钟鼓之声,怒而击之则武,忧而击之则悲,喜而击之则乐。其志变,其声亦变。其志诚,通乎金石,而况人乎?"④这不仅说明了内在情志之于诗乐艺术的肇启作用,更揭示了不同情感类型之于艺术风格形成的决定意义,如若感不至、情不深、心不诚,即"唱而不和,动而不随,中必有不全者矣"⑤。

二、刘歆

刘歆(? —23),刘向之子,字子骏,后改名秀,字颖叔。西汉末经古文学派的领袖人物,曾继父业,总校秘府群书。在刘向《别录》基础上,撰成《七略》,已佚,然"语在《艺文志》"。⑥ 原有集,已佚,后人辑有《刘子骏集》五卷。由于刘歆的文学思想主要见于《七略》,《七略》的主要内容源于刘向《别录》,但又保存在《汉书·艺文志》之中,因此,《汉书·艺文志》主要体现了刘向、刘歆,也包括班固等人的思想。其文学思想的重要体现是《汉书·艺文志》专列《诗赋略》,将诗赋从其他著作中别出。对辞赋的重视,显示了文学地位的提高。此前《诗经》被列为官学则是因其作为儒家经典。经学家解《诗》也是为了说明圣王教化之功。而

---

① 《说苑校证》卷十九《修文》,中华书局 1987 年版,第 502—503 页。
② 《说苑校证》卷十九《修文》,中华书局 1987 年版,第 506 页。
③ 《说苑校证》卷五《贵德》,中华书局 1987 年版,第 94—95 页。
④ 《说苑校证》卷十九《修文》,中华书局 1987 年版,第 497 页。
⑤ 《新序校释》卷四《杂事》,中华书局 2009 年版,第 619—620 页。
⑥ 《汉书》卷三十六《刘歆传》,中华书局 1962 年版,第 1967 页。

《汉书·艺文志》中的《诗赋略》虽然也列有歌诗二十八家,但此之"歌诗"不是《诗经》之诗,而是纯粹文学意义的诗。而《诗经》类则在《六艺略》之中,共录有《诗》六家,四百一十六卷。《诗赋略》中对民间歌谣有精到的论述:"自孝武立乐府而采歌谣,于是有代、赵之讴,秦、楚之风,皆感于哀乐,缘事而发。"①这比《艺文志》中论《诗经》基本固守于传统之说,显然要通脱与近实得多。《诗赋略》着重论及了其抒情("感于哀乐")和叙事("缘事而发")两方面的功能,拓展了人们对诗歌功能的认识,了无牵合附会的解《诗》之风。这是在《诗》被尊为经典之后,学人们对诗歌本身难得的一次不受经典的光芒笼罩的自由的评说。当然,对于《诗》,《艺文志》也有论及。对于诗的特征,《艺文志》继承了"诗言志"的传统,并且强调了诗歌"观风俗,知得失,自考正"的社会功能。

《艺文志》还凸显了辞赋在汉代独特的地位。《诗赋略》著录诗赋百六家,千三百一十八篇。分为五类,一类为歌诗,而赋分为四类:屈原赋、陆贾赋、孙卿赋、杂赋。从《汉书·艺文志》可以看出,赋是汉代的主要文学样式。同时,也体现了当时艺术分类更加明确,此前诗乐交融,而歌诗与辞赋的分列则体现了文学与音乐舞蹈等艺术形式的分野,其《诗赋略序》载:"传曰:'不歌而诵谓之赋,登高能赋可以为大夫。'"②当然,将诗赋别出,应该主要体现了刘歆的思想。班固《艺文志序》有这样的记载:

> ……会(刘)向卒,哀帝复使向子侍中奉车都尉歆卒父业。歆于是总群书而奏其《七略》,故有《辑略》,有《六艺略》,有《诸子略》,有《诗赋略》,有《兵书略》,有《术数略》,有《方技略》。③

刘向、刘歆父子在《汉书·艺文志》,尤其是在《六艺略》之外别列《诗赋略》以及在《诗赋略序》中体现的文学思想,显示了文学地位的提升,并载诸史籍。

---

① 《汉书》卷三十《艺文志》,中华书局 1962 年版,第 1756 页。
② 《汉书》卷三十《艺文志》,中华书局 1962 年版,第 1755 页。
③ 《汉书》卷三十《艺文志》,中华书局 1962 年版,第 1701 页。

第二章　两晋南朝文学思想

　　魏晋南北朝是文学的"自觉"时代,是中国文学思想的繁盛时期。而古代的江苏大地,则是先贤们展示思想风采的中心区域。从某种意义上说,这一时期的江苏文学思想几近于中国文学思想的基本规模,是江苏文学思想史最为绚丽的篇章之一。从陆机的《文赋》,到葛洪的《抱朴子》;从沈约的声律论,到《昭明文选》《文心雕龙》,都是在古代江苏域内产生的。兹分别论之。

第一节　陆机

　　陆机(261—303),字士衡,吴郡吴县(今江苏苏州)人,吴国丞相陆逊之孙,吴大司马陆抗之子。年少有异才,文章冠世,"年二十而吴灭",遂退居乡里十年,闭门读书,而声闻"独步江东""著名诸夏"。西晋太康末,与弟陆云一同入洛阳,受到太常张华的推誉,称"伐吴之役,利获二俊"①,名重一时。因卷入统治集团内部斗争而入狱,有赖成都王颖、吴王晏营救,得以免死徙边,后遇赦而止。陆机感全济之恩,于是委身事从成都王颖,参大将军军事,任平原内史。太安初,率兵讨伐长沙王司马乂,因战败为人构陷被杀。著有《陆平原集》,作品才多藻赡,注重排偶声律,与潘岳并称"潘陆"。陆机的文学思想,主要体现在他以赋体形式书写的《文赋》一文中。

---

① 房玄龄等撰:《晋书》卷五十四,中华书局 1974 年版,第 1472 页。

陆机在《文赋》序文中表述了他的写作目的及欲希望解决的问题：

> 余每观才士之所作，窃有以得其用心。夫放言遣辞，良多变矣。妍蚩好恶，可得而言。每自属文，尤见其情。恒患意不称物，文不逮意。盖非知之难，能之难也。故作《文赋》，以述先士之盛藻，因论作文之利害所由，他日殆可谓曲尽其妙。至于操斧伐柯，虽取则不远，若夫随手之变，良难以辞逮。盖所能言者，具于此云。①

陆机结合为文经验，直抉创作用心，指出"意不称物"与"文不逮意"，乃创作过程中的两大难关。所谓"意不称物"，指作者构思之"意"难以有效契合所要描写的人事物状。"文不逮意"，则指作者择取选用的语言文字，不能恰切地传达构思内容。由物到意、由意到文，是创作过程中先后相续而又密不可分的两个环节，更是文学作品由精思准备到现实完成的根本途径。陆机洞悉精微、抉其利害，为解决这两方面问题，提升才士作文之"能"，进行了细致深入的探讨。

首先，论创作准备、构思与过程。陆机论创作准备，一方面认为作者应有博观经典的阅读经验，所谓"颐情志于《典》《坟》"，"咏世德之骏烈，诵先人之清芬。游文章之林府，嘉丽藻之彬彬"，即要在经典作品中涵泳优游、颐养情志、撷其菁华。另一方面，更主张以"玄览"的精神状态，切身感受现实，所谓"伫中区以玄览"，"遵四时以叹逝，瞻万物而思纷。悲落叶于劲秋，喜柔条于芳春。心懔懔以怀霜，志眇眇而临云。"②阅读经典能够兴起、辅翼创作冲动，汲取前人"宣之斯文"的经验模式，从而为"以文逮意"给予帮助。"玄览"四时，不仅可加深对四时万物的熟悉与了解，更能感兴于其中，使主客之间"意""物"相融，从而为"以意称物"奠定基础。值得注意的是，陆机论述创作准备时，虽也涉及"世德之骏烈"的人事层面，但更侧重的是感时咏物、借物抒情，这与先秦两汉时期论及为文起兴而多本于社会政教层面有着较大不同。

陆机按时间发展线索，对构思创作过程的具体情状予以详细的想

---

① 陆机著，张少康集释：《文赋集释》，人民文学出版社 2002 年版，第 1 页。
② 《文赋集释》，人民文学出版社 2002 年版，第 20 页。

象性描述。《文赋》中云:"其始也,皆收视反听,耽思傍讯,精骛八极,心游万仞。其致也,情曈昽而弥鲜,物昭晰而互进。倾群言之沥液,漱六艺之芳润。浮天渊以安流,濯下泉而潜浸。"①与创作准备需直观而外放地感受外部世界不同,构思阶段首要"收视反听",即收敛、摒绝耳目的视听功能,以便快速进入一种虚静专一的构思境界,由此气充力积,凭借"精骛八极,心游万仞"的超时空遐想与想象,万物纷至沓来,情志兴起,如此形成创作之"意"。继而通过对"群言""六艺"的搜讨与运用,采藻敷词,完成对构思之"意"的再现与传递。陆机描述了其间或畅达流利、或吐辞艰涩的不同遣词情状:"于是沈辞怫悦,若游鱼衔钩而出重渊之深;浮藻联翩,若翰鸟缨缴而坠曾云之峻。收百世之阙文,采千载之遗韵。谢朝华于已披,启夕秀于未振。"②陆机着重凸显了灵感之于构思创作的重要性:

> 若夫应感之会,通塞之纪,来不可遏,去不可止。藏若景灭,行犹响起。方天机之骏利,夫何纷而不理。思风发于胸臆,言泉流于唇齿。纷葳蕤以馺遝,唯毫素之所拟。文徽徽以溢目,音泠泠而盈耳。及其六情底滞,志往神留,兀若枯木,豁若涸流。揽营魂以探赜,顿精爽于自求。理翳翳而愈伏,思乙乙其若抽。是以或竭情而多悔,或率意而寡尤。虽兹物之在我,非余力之所勠。故时抚空怀而自惋,吾未识夫开塞之所由。③

创作灵感难以理性意志予以切实推断,"来不可遏,去不可止",如景灭响起,瞬息万变,不可预测,难以力求。陆机凭借丰富的创作经验,形象地描绘了灵感活动飘忽不定的种种特征,亦揭示了灵感之于构思创作的巨大作用,所谓"方天机之骏利,夫何纷而不理",作者灵感涌动,不仅思如"风发"、言如"泉流",其所形成的作品更是尽态极妍、音韵悦耳。相反,灵感不来则才尽思竭、心如废井。在这里,陆机表达了对灵感难以强求的无奈,又指出"或竭情而多悔,或率意而寡尤",说明在构

---

① 《文赋集释》,人民文学出版社 2002 年版,第 36 页。
② 《文赋集释》,人民文学出版社 2002 年版,第 36 页。
③ 《文赋集释》,人民文学出版社 2002 年版,第 241 页。

思创作问题上,他更重视自然为文而反对刻意强作。

其次,放言遣词与写作技巧。创作构思完成后的"放言遣词"阶段,是陆机孜求"以意称物""以文逮意"的关键,也是《文赋》着重论述的内容。对此,陆机强调"选义案部,考辞就班",充分考虑构思中的艺术形象,根据构思内容来有效谋篇布辞,由此形成妥帖的篇章结构:

> 然后选义按部,考辞就班。抱景者咸叩,怀响者毕弹。或因枝以振叶,或沿波而讨源。或本隐以之显,或求易而得难。或虎变而兽扰,或龙见而鸟澜。或妥帖而易施,或岨峿而不安。罄澄心以凝思,眇众虑而为言。笼天地于形内,挫万物于笔端。始踯躅于燥吻,终流离于濡翰。①

"抱景者咸叩,怀响者毕弹",是注重对构思意象的精准刻画。按其所论,采藻摘辞应以"意"为主,所谓"理扶质以立干,文垂条而结繁"。而在属辞达意过程中,陆机总括了"因枝以振叶""沿波而讨源"等不同的篇法结构,揭示了创作结撰的纷繁复杂性。但他指出,只要澄心凝思、随变所适、一以贯之,终会连缀成文"流离于濡翰"。继而,陆机进而论述了文章剪裁、辞采选择、辞理关系以及巧立警策之句等一系列问题。他指出作者剪裁应注意篇章结构的合理性,"或仰逼于先条,或俯侵于后章",即需通过相应的损益调整,以使结构前后圆合、首尾条贯。他还指出了辞采选择的重要性,云:"考殿最于锱铢,定去留于毫芒。苟铨衡之所裁,固应绳其必当。"考炼辞句虽属枝节,但只有精心入微,才能保证文章的称平妥当。陆机还强调了警策之句对于整篇文章的重要性,所谓:"立片言而居要,乃一篇之警策。虽众辞之有条,必待兹而效绩。亮功多而累寡,故取足而不易。"②除此,陆机还总结了五种应规避的文章弊病:

> 或托言于短韵,对穷迹而孤兴。俯寂寞而无友,仰寥廓而莫承。譬偏弦之独张,含清唱而靡应。或寄辞于瘁音,徒靡言而弗

---

① 《文赋集释》,人民文学出版社2002年版,第60页。
② 《文赋集释》,人民文学出版社2002年版,第145页。

华。混妍蚩而成体,累良质而为瑕。象下管之偏疾,故虽应而不和。或遗理以存异,徒寻虚以逐微。言寡情而鲜爱,辞浮漂而不归。犹弦么而徽急,故虽和而不悲。或奔放以谐合,务嘈杂而妖冶。徒悦目而偶俗,固声高而曲下。寤《防露》与《桑间》,又虽悲而不雅。或清虚以婉约,每除烦而去滥。阙大羹之遗味,同朱弦之清氾。虽一唱而三叹,固既雅而不艳。①

陆机所论第一种弊病,指文章枯索而无照应,究其缘由,或因体制短小而蕴含不丰,或因事景孤立而无比配,这样文章即如"偏弦独张"、内容单薄而形式单调。第二种指文辞之弊,批评了徒具绮靡之美而无充实之气以及妍媸混杂的文辞风格。第三种指斥文辞虚浮及由此导致的情、理不备问题。第四种由文辞与声调着眼,反对作者一意逢迎时俗而文辞浮艳、声调嘈杂。第五种由风格立意,主张文质相参、雅艳互补。整体以观,陆机所论五种文病,既揭示了一些文章创作的常规,也反映了其自身的审美旨趣,他讲文辞、重声调,同时又能不废义理与情感,虽不满一味偶俗,但也能参酌古今、因应时变,提倡一种雅俗相得之美。表明陆机想要通过文辞技巧"以文逮意",实又不仅是艺术内部规律的问题,还渗透着社会时代的影响。

再次,论风格的多样性。陆机围绕书写内容与作者性情层面揭示了文学风格的多样性问题。云:

体有万殊,物无一量,纷纭挥霍,形难为状。辞程才以效伎,意司契而为匠。在有无而僶俛,当浅深而不让。虽离方而遁员,期穷形而尽相。故夫夸目者尚奢,惬心者贵当。言穷者无隘,论达者唯旷。②

文学风格的多样性与内容紧密相关,"体有万殊,物无一量","其为物也多姿,其为体也屡迁",客观事物多元不一、情状复杂,作者程才敷辞、运思刻画,期以"穷形尽相",这从根本上决定了作品风格的呈现必

---

① 《文赋集释》,人民文学出版社 2002 年版,第 183 页。
② 《文赋集释》,人民文学出版社 2002 年版,第 99 页。

定丰富多样。同时，陆机指出文学风格又与作者的性情特点密不可分，"夸目者尚奢"，即偏好外在形式者更喜辞采惊艳；"惬心者贵当"，指偏尚内在思意者更喜义理的妥帖恰切；"言穷者无隘"，是说崇尚简约者言尽辄止而不给人迫隘之感；"论达者唯旷"，指言语畅达者作品旷逸。由主体性情层面来解释文学风格，这在曹丕《典论·论文》以及此后的《文心雕龙》中都有揭示，整体上都是一种以人论文的思路，这种思路不仅抉发了作品风格的主体性根源，更为后世破斥模拟僵化等问题开启了诸多法门。除此，陆机还从文体、体裁角度辨析了文学风格的多样性：

> 诗缘情而绮靡，赋体物而浏亮。碑披文以相质，诔缠绵而凄怆。铭博约而温润，箴顿挫而清壮。颂优游以彬蔚，论精微而朗畅。奏平彻以闲雅，说炜晔而谲诳。虽区分之在兹，亦禁邪而制放。要辞达而理举，故无取乎冗长。①

文体不同，体式风格自然有异，陆机总括诗、赋、碑、诔、铭、箴、颂、论、奏、说等十种文体的特征，比曹丕《典论·论文》四科八体之论更显细密，反映了其对文体认知的深化。同时，也提出了一种共同的规约标准，认为文体即使繁富，但殊途同归，终究需以"辞达""理举"为统一。其中，陆机对"诗""赋"的定义，反映了他对当时最为流行的两种文体的态度。"赋体物而浏亮"，既涉及内容功能，又论及文辞风格，李善称"赋以陈事，故曰体物"，"浏亮，清明之称"。② "诗缘情"，强调诗歌的抒情性，"绮靡"，李善注为"精妙之言"。陆机对诗歌两方面的界定，对此后的诗学思想产生了很大影响，"缘情"说在一定程度上与"言志"说相通，如李善称"诗以言志，故曰缘情"，但先秦"言志"的内涵多与政教有关，且在儒家诗教影响下更具有发情止礼的道德色彩，陆机特标"缘情"，则指向了个体本源化的一己之性情。这种解释，使后世论家聚讼纷纭，如谢榛曰："陆机《文赋》曰：'诗缘情而绮靡，赋体物而浏亮。'夫'绮靡'重六朝之弊，'浏亮'非两汉之体。徐昌谷曰：'诗缘情而绮靡。'则陆生之

① 《文赋集释》，人民文学出版社 2002 年版，第 99 页。
② 萧统编，李善注：《文选》卷十七，上海古籍出版社 1986 年版，第 766 页。

所知,固魏诗之查秽耳。"①即认为陆机的论述实开南朝绮靡文风之先河。而明人顾起元则称:"昔士衡《文赋》有曰:'诗缘情而绮靡。'玷斯语者,谓为六代之滥觞。不知作者内激于志,外荡于物,志与物泊然相遭于标举兴会之时,而旖旎佚丽之形出焉。绮靡者,情之所自溢也,不绮靡不可以言情。"②则充分肯定了陆机的观点。整体上,陆机对诗歌的论述侧重于文学审美特质的探寻,"其遣言也贵妍",喜"音声之迭代",又重"缘情",而较少儒家诗学传统所讲求的道德政教内涵,这反映了魏晋时期人们对文学自身规律的认知已经愈渐深入。当然,正因其越过儒家诗学的藩篱而走向审美之途,不免引来了儒家诗教维护者的批评,由此也折射了文学艺术中尚审美与尚功利两种不同倾向的差异性。

第二节　葛洪

葛洪(283—363),字稚川,自号抱朴子,丹阳句容(今江苏句容)人,生于世代簪缨之家。祖父葛系曾任吴国御史中丞、吏部尚书、大鸿胪等职,封吴寿县侯,学无不涉,长于文艺。父葛悌曾任吴会稽太守、晋邵陵太守,文武博综,以孝友称。葛洪13岁时,父葛悌逝世而家道中落,尽管纸笔缺乏、书籍不备,但能勤勉力学,或伐薪自给,或行借图书,于书过目而暗诵精持,自谓"自正经、诸史、百家之言,下至短杂文章",批览近万卷③。曾任丞相掾、咨议参军等职。性喜丹道、好神仙家言,又尊奉儒家思想,所著《抱朴子》内外篇中,内篇多言神仙方药、鬼怪变化、禳邪却祸之事,外篇则多言人间得失、世事臧否。其文学思想主要体现在《抱朴子》外篇中。

首先,助教尚用的文学观念。葛洪的文学观既与此期诸多专意诗赋辞章并以此相高的文人有异,亦与务以经术道德为期而鄙弃文艺的思想家有别。他承认文学词章之用,谓"荃可以弃,而鱼未获,则不得无

① 谢榛:《四溟诗话》卷一,丁福保辑:《历代诗话续编》,中华书局 2006 年版,第 1146 页。
② 黄宗羲编:《明文海》卷二百六十七《锦研斋次草序》,中华书局 1987 年影印版,第 2789 页。
③ 葛洪著,杨明照校笺:《抱朴子外篇校笺》卷五十《自叙》,中华书局 1991 年版,第 655 页。

荃;文可以废,而道未行,则不得无文"①,并因此强调文学助教裨益的现实功能,直谓"不能拯风俗之流遁,世涂之凌夷,通疑者之路,赈贫者之乏。何异春华不为肴粮之用,荳蕙不救冰寒之急",故更注重"古诗刺过失"的价值意义而批评"今诗纯虚誉"的"损而贱"②。又云:"夫制器者珍于周急,而不以采饰外形为善;立言者贵于助教,而不以偶俗集誉为高。若徒阿顺谄谀,虚美隐恶,岂所匡失弼违,醒迷补过者乎?"③文章之作要切于实用、有助教化、褒贬善恶、醒迷补过,而不单以辞采藻饰为追求、以声名虚誉为高,这对于经纬邦国的君主而言尤需如此,否则即便"文则琳琅堕于笔端""心苞万篇之诵,口播涛波之辩",亦属"不居其大,而务其细"④的本末倒置。

　　葛洪儒家传统文学观的形成,与其切身的为文经历密不可分。他在十五六岁时曾明确以诗赋杂文为人生目标,出于"集誉"目的而"自谓可行于代"。然伴随其思想的转变,在 20 余岁时"乃计作细碎小文,妨弃功日,未若立一家之言"⑤,遂对世人贵爱的虚华浅近之诗赋杂文渐露鄙弃意味⑥,而将人生志意转向了不废"助教之言"的子书撰述。就此而言,其所孜求的关怀现实、助教尚用的文章精神,就更多地体现在其"言人间得失,世事臧否"而"属儒家"的《抱朴子外篇》这样的子书中。例如,葛洪虽然生性淡泊、不乐驰逐,但他"高尚勿用,身不服事,而著《君道》《臣节》之书;不交于世,而作《讥俗》《救生》之论;甚爱骬毛,而缀《用兵》《战守》之法;不营进趋,而有《审举》《穷达》之篇"⑦。在《外篇》中,他提倡崇儒宗经,主张"竞尚儒术""释老、庄之不急,精六经之正道"⑧,批评耽于"新声艳色""歌讴管弦""相狗马之剿弩"等不良士习,指斥汉末以来士人"经耳过目""不辨人物之精粗"便妄自"区别臧否"的品藻现象,批评他们借"以文会友"之名"结党合誉,行与口违",等等。

①《抱朴子外篇校笺》卷三十二《尚博》,中华书局 1991 年版,第 109 页。
②《抱朴子外篇校笺》卷四十《辞义》,中华书局 1991 年版,第 398—399 页。
③《抱朴子外篇校笺》卷四十二《应嘲》,中华书局 1991 年版,第 414 页。
④《抱朴子外篇校笺》卷五《君道》,中华书局 1991 年版,第 230 页。
⑤《抱朴子外篇校笺》卷五十《自叙》,中华书局 1991 年版,第 695、697 页。
⑥《抱朴子外篇校笺》卷三十二《尚博》,中华书局 1991 年版,第 105 页。
⑦《抱朴子外篇校笺》卷四十二《应嘲》,中华书局 1991 年版,第 408 页。
⑧《抱朴子外篇校笺》卷四《崇教》,中华书局 1991 年版,第 173 页。

整体而言,葛洪身处"兵兴之世""世道多难"的时代,写就的这些凝聚着强烈现实关怀和反思批评意识的《外篇》之作,庶几正是其助教尚用文章观的鲜明体现,也与其"进德同归""合于兴化""开口动笔,必戒悟蔽"①的子书写作宗旨相合。这也使《抱朴子外篇》同此期深受"老、庄之诞谈"等玄风影响及受靡丽文风影响的子书相比,呈现出了不同的风格。

其次,文章与德行关系论。在儒家传统文论中,德行乃言辞文章之本,《论语·宪问》中曰:"有德者必有言,有言者不必有德。"《论语·先进》褒扬四科,以"德行"在前而"文学"在后。葛洪同样强调德行之于文章的重要性,《弹祢篇》即对祢衡"修己驳刺,迷而不觉。故开口见憎,举足蹈祸"②的事迹深表喟叹,但其对世人常持有的"德行者,本也;文章者,末也。故四科之序,文不居上"③之论多有不同意见,认为文章与德行皆为君子立身之本,"德行文学者,君子之本也"④,有德之士兼擅文章更显难能可贵:"方之于士,并有德行,而一人偏长艺文,不可谓一例也。"⑤由此,葛洪时常流露出抬高文章的意识,如:"德行为有事,优劣易见;文章微妙,其体难识。夫易见者,粗也;难识者,精也。夫唯粗也,故铨衡有定焉;夫唯精也,故品藻难一焉。吾故舍易见之粗,而论难识之精,不亦可乎?"⑥客观而言,"文章微妙,其体难识",尽管葛洪对诗文韵略的宏促、属辞比事的疏密、博采汲引的深浅、作者的天赋气质等诸种文学问题皆有充分的认识,但相比而言,人之德行事迹亦并非"粗"而易辨、"铨衡"易定,如葛洪所自述,这其实需具备"瞻形得神""明并日月""听闻无音"⑦等能力方可,其《品藻》《清鉴》《行品》等篇目就为此铺叙了诸多文字。其指出德行易见而为"粗"、文章难辨而为"精",这显然是一种抬高文章文学的有意之举。与之相应,他还综括天地自然之文、历史

①《抱朴子外篇校笺》卷四十二《应嘲》,中华书局1991年版,第416页。
②《抱朴子外篇校笺》卷四十七《弹祢》,中华书局1991年版,第488页。
③《抱朴子外篇校笺》卷四十五《文行》,中华书局1991年版,第445页。
④《抱朴子外篇校笺》卷四十一《循本》,中华书局1991年版,第401页。
⑤《抱朴子外篇校笺》卷三十《钧世》,中华书局1991年版,第74页。
⑥《抱朴子外篇校笺》卷三十二《尚博》,中华书局1991年版,第107页。
⑦《抱朴子外篇校笺》卷二十一《清鉴》,中华书局1991年版,第512页。

人文、河洛之文以及文的价值和实用性等,指出文章与德行相比并非"余事":

> 且文章之与德行,犹十尺之与一丈。谓之余事,未之前闻。夫上天之所以垂象,唐、虞之所以为称,大人虎炳,君子豹蔚,昌、旦定圣谥于一字,仲尼从周之郁,莫非文也。八卦生鹰隼之所被,六甲出灵龟之所负。文之所在,虽贱犹贵。犬羊之鞟,未得比焉。且夫本不必皆珍,末不必悉薄。譬若锦绣之因素地,珠玉之居蚌、石,云雨生于肤寸,江河始于咫尺。尔则文章虽为德行之弟,未可呼为余事也。[①]

葛洪在此所说的上天垂象之文、古代圣人的人文活动等,虽不专指纯粹意义上的文学,但却常被追溯为文学、文章的源头,且常成为后世文学词章所承载的内容。葛洪借此发出"莫非文也"的感叹,意在申述文章与德行相比也应有崇高的地位。他从本末视角,以锦绣之于素地、珠玉之于蚌石、云雨江河之于源头为例,说明"末"与"流"亦会比"本"与"源"更具实用价值,肯定了文章的重要性。整体来说,葛洪的文章与德行关系论,将文章提升到了与德行并列的位置,且称"树勋立言,出处殊途,而所贵一致"[②],又将立言、立功并列。这些思想,基本反映了葛洪对立德、立功、立言三者等秩关系的新认识,也代表了自三国曹丕提出"文章者,经国之大事,不朽之盛业"之论后,文学文章的地位在两晋时期所达到的新高度。

再次,批评贵古贱今,坚持今胜于古的文学发展观。葛洪身处社会动荡、世道多变时期,有鲜明的损益古今、因变趋时意识。如他既能针对汉末以降愈发骄慢倨傲的士风,积极提倡"守礼防""入道检",又能认识到当下礼仪形式的繁重琐碎之弊,从而建议"删定三礼,割弃不要"[③]。这种灵活通变,也体现在其古今文学发展观中。对于古人之作,他知晓"斟酌于前言"与"使属笔者得采伐渔猎其中"的道理,如他在子书方面

① 《抱朴子外篇校笺》卷三十二《尚博》,中华书局 1991 年版,第 113 页。
② 《抱朴子外篇校笺》卷三十八《博喻》,中华书局 1991 年版,第 289 页。
③ 《抱朴子外篇校笺》卷三十一《省烦》,中华书局 1991 年版,第 86 页。

对汉代王充就颇为推崇,但面对世俗之士盲目贵古贱今的行为,他更有猛烈批评:

> 又世俗率神贵古昔而黩贱同时,虽有追风之骏,犹谓之不及造父之所御也;虽有连城之珍,犹谓之不及楚人之所泣也;虽有疑断之剑,犹谓之不及欧冶之所铸也;虽有起死之药,犹谓之不及和、鹊之所合也;虽有超群之人,犹谓之不及竹帛之所载也;虽有益世之书,犹谓之不及前代之遗文也。是以仲尼不见重于当时,《太玄》见蚩薄于比肩也。①

葛洪指出,贵古贱今、贵远贱近、贵所闻而轻所见等习惯,是古今常有而"非一世之所患"的通病,究其原因也多种多样。比如,有人谓"古之著书者,才大思深,故其文隐而难晓;今人意浅力近,故露而易见"②,认为古胜于今是因为当今作者在才力、思想深度和文意蕴含诸方面都远逊古人,从而对古人产生热烈崇拜;有人则指出"今世所为,多不及古;文章著述,又亦如之",认为包括著述、文章在内的各个方面都今不如古,且其根本原因是"气运衰杀,自然之理",等等。针对此类偏见,葛洪各有批驳。如由作者才思方面,他认为后世作者虽然身生古人之后不免步趋前人,但他们也多"出硕儒之思,成才士之手,方之古人,不必悉减",且在宗法前人之外,常能包蕴着独特的绅绎之妙与旁通之功③;对于古人"文隐难晓"、今人文章"露而易见"的问题,他更多从古今语言演变等角度,认为是"世异语变""方言不同""简编朽绝,亡失者多"等原因所致④,并不能完全据此判断作者的才思高下。基于此,葛洪谓"往古之士,匪鬼匪神",不必刻意神化古代作者,"其精神布在乎方策,情见乎辞,指归可得"⑤,后世对古代作品也不必过分盲目崇拜。葛洪这些论述,无疑是对贵古贱今者进行的纠偏补正。而与之相关且更进一步,他还从古今文质之变、形器的发展和文章辞采等角度进行了相应论述,展

①《抱朴子外篇校笺》卷三十二《尚博》,中华书局 1991 年版,第 118 页。
②《抱朴子外篇校笺》卷三十《钧世》,中华书局 1991 年版,第 65 页。
③《抱朴子外篇校笺》卷三十二《尚博》,中华书局 1991 年版,第 116 页。
④《抱朴子外篇校笺》卷三十《钧世》,中华书局 1991 年版,第 67 页。
⑤《抱朴子外篇校笺》卷三十《钧世》,中华书局 1991 年版,第 66 页。

现出一种鲜明的今胜于古的文学发展观。他说：

> 且夫古者事事醇素，今则莫不雕饰，时移世改，理自然也。至于丽锦丽而且坚，未可谓之减于裳衣；韬辂妍而又牢，未可谓之不及椎车也。……若舟车之代步涉，文墨之改结绳，诸后作而善于前事，其功业相次千万者，不可复缕举也。世人皆知之快于曩矣，何以独文章不及古邪？①

伴随社会的发展，"质"变为"文"，器具可在功能上日益完备、形式上愈发多彩，文学词章也同样可以后出转精，在诸多层面超迈前人。如在辞采形式上"古书者虽多，未必尽美"，"今诗与古诗俱有义理，而盈于差美"②。他甚至直言经书的辞采不足：

> 且夫《尚书》者，政事之集也，然未若近代之优文、诏、策、军书、奏、议之清富赡丽也。《毛诗》者，华彩之辞也，然不及《上林》《羽猎》《二京》《三都》之汪濊博富也。……若夫俱论宫室，而奚斯"路寝"之颂，何如王生之赋灵光乎？同说游猎，而叔畋、卢铃之诗，何如相如之言上林乎？并美祭祀，而清庙、云汉之辞，何如郭氏南郊之艳乎？等称征伐，而出军、六月之作，何如陈琳武军之壮乎？则举条可以觉焉。近者夏侯湛、潘安仁并作补亡诗：白华、由庚、南陔、华黍之属，诸硕儒高才之赏文者，咸以古诗三百，未有足以偶二贤之所作也。③

《尚书》不及近代政用文"清丽富赡"，《毛诗》不及汉晋辞赋"汪濊博富"，《诗经》表现不同题材、具有不同功能的作品，也在其效果和"艳""壮"等风格特色上不及后世之作。葛洪的这些观点虽属一家之见，但他从辞采审美等角度肯定今胜于古，实属难能可贵。总体而言，葛洪虽在文学观念上保留着浓重的助教尚用色彩，甚至不乏尚质实、黜虚美的思想，但他毕竟生活在崇尚赡丽藻饰的两晋时期，他能接通风气并认识

---

① 《抱朴子外篇校笺》卷三十《钧世》，中华书局 1991 年版，第 77—78 页。
② 《抱朴子外篇校笺》卷三十《钧世》，中华书局 1991 年版，第 73、74 页。
③ 《抱朴子外篇校笺》卷三十《钧世》，中华书局 1991 年版，第 69—75 页。

到"时移世改,理自然也",并得出今胜于古的文学发展论,这可以说与他损益古今、因变趋时的精神密不可分。

《抱朴子·外篇》中还有一些其他可贵的文学思想。如在文学批评层面,葛洪深知"人之未易知也"①的规律以及不客观的月旦品藻给士人带来的伤害,故其论人常常"独举彼体中之胜事而已",论文也常"撮其所得之佳者,而不指摘其病累"②,这虽然有为了免除毁誉之争而退然自守的心态,但也表现出充分的宽宏,与文学思想史上"文人相轻"而动相凌驾的情况迥然有异。与之相应,他在读者阅读层面上,也主张应抱持一种和同存异的阅读态度,不应"爱同憎异,贵乎合己,贱于殊途"③,而应认同文章多元性的存在;读者也不能因所知有限而妄予批评,他说:"若夫驰骤于诗论之中,周旋于传记之间,而以常情览巨异,以褊量测无涯,以至粗求至精,以甚浅揣甚深,虽始自髫龀,迄于振素,犹不得也。……于是以其所不解者为虚诞,娄诚以为尔,未必违情以伤物也。"④当然,葛洪也从作者角度进行了分析,他说:"夫才有清浊,思有修短,虽并属文,参差万品。或浩漾而不渊潭,或得事情而辞钝,违物理而文工。盖偏长之一致,非兼通之才也。暗于自料,强欲兼之,违才易务,故不免嗤也。"⑤葛洪阐述了作者天赋、气质、构思等与文章之间的关系,也揭示了作文的兼通之难,这一话题,至宋代时期尤其引起激烈回响。此外,他还分析了作家的种种弊病,云:"属笔之家,亦各有病:其深者,则患乎譬烦言冗,申诫广喻,欲弃而惜,不觉成烦也;其浅者,则患乎妍而无据,证援不给,皮肤鲜泽,而骨鲠迥弱也。繁华炜晔,则并七曜以高丽;沈微沦妙,则侪玄渊之无测。"⑥这种言辞繁简与事义沉浅的关系问题,在此后唐代樊宗师、清初顾炎武等人那里都有一系列的论述,本原性的问题相通,启示意义也大。

---

① 《抱朴子外篇校笺》卷五十《自叙》,中华书局 1991 年版,第 682 页。
② 《抱朴子外篇校笺》卷五十《自叙》,中华书局 1991 年版,第 677 页。
③ 《抱朴子外篇校笺》卷四十《辞义》,中华书局 1991 年版,第 395 页。
④ 《抱朴子外篇校笺》卷三十二《尚博》,中华书局 1991 年版,第 117 页。
⑤ 《抱朴子外篇校笺》卷四十《辞义》,中华书局 1991 年版,第 394—395 页。
⑥ 《抱朴子外篇校笺》卷四十《辞义》,中华书局 1991 年版,第 399 页。

第三节　沈约声律论

沈约（441—513），字休文，吴兴武康（今浙江德清）人。元嘉三十年（453 年）刘劭篡弑之后，沈约之父淮南太守沈璞被强令将全家迁往京城（今江苏南京）。沈约在南齐时，与萧衍、谢朓、王融等人俱为竟陵王萧子良招致门下，被称为"竟陵八友"。入梁后，封建昌县侯，任散骑常侍、尚书左仆射、尚书令等职。沈约年少孤贫，但笃志好学，读书不倦，博通群籍，性检束，少嗜欲，善为诗文，为文坛领袖。著作除了《四声谱》之外，还有《晋书》《宋书》《齐纪》等。今存《宋书》，其他著作均已亡佚。明人辑有《沈隐侯集》。

沈约在文学思想史上的贡献主要在于声律论方面。对此，《南齐书·陆厥传》载：

> 永明末，盛为文章。吴兴沈约、陈郡谢朓、琅琊王融以气类相推毂。汝南周颙善识声韵。约等文皆用宫商，以平、上、去、入为四声，以此制韵，不可增减，世呼为"永明体"。①

《梁书·庾肩吾传》亦载："齐永明中，文士王融、谢朓、沈约文章始用四声，以为新变。"②可见，"文章始用四声"的是王融、谢朓和沈约。对于何人作用最显，声律论始自王融还是沈约，文献记载不一。其中，阮逸在《中说·天地篇注》云："四声韵起自沈约。"③《梁书·沈约传》亦载："（沈约）又撰《四声谱》，以为在昔词人，累千载而不悟，而独得胸衿，穷其妙旨。"④王融、谢朓都享年不永，唯沈约由齐入梁，官至尚书，位尊誉隆，且撰有专著《四声谱》。虽声律论未必始于沈约，但集其成则几无疑问。永明声律论虽非一人独创，但沈约应是其中最主要的人物，这从甄深、陆厥等人的攻讦都集中于沈约一人也可以看出。据《南齐书》记载，

---

① 萧子显撰：《南齐书》卷五十二《文学》，中华书局 1972 年版，第 898 页。
② 姚思廉撰：《梁书》卷四十九《文学上》，中华书局 1973 年版，第 690 页。
③ 王通著，张沛校注：《中说校注》第二《天地篇》，中华书局 2013 年版，第 43 页。
④ 《梁书》卷十三《沈约传》，中华书局 1973 年版，第 243 页。

陆厥曾致信沈约说："自魏文属论,深以清浊为言,刘桢奏书,大明体势之致。岨峿妥帖之谈,操末续颠之说,兴玄黄于律吕,比五色之相宣,苟此秘未睹,兹论为何所指邪? 故愚谓前英已早识宫徵,但未屈曲指的,若今论所申。"①陆厥所论虽然并非全无道理,但总体颇为牵强。曹丕在《典论·论文》中曾将文气清浊与音乐相比况:"曲度虽均,节奏同检;至于引气不齐,巧拙有素。"②但其论在于节奏,在于气之不齐,与声韵有所不同。而所谓"操末续颠之说",则是转述陆机《文赋》所言。陆机《文赋》云:"苟达变而识次,犹开流以纳泉。如失机而后会,恒操末以续颠,谬玄黄之秩叙,故淟涊而不鲜。"③陆机述及了声调问题,他所尚主要是自然之音。但陆机是以描述的语言述及,与沈约等人具体的讨论四声、音韵尚有不同,沈约的《四声谱》虽已不存,但名之曰"谱",必是详细地以声韵与具体文字一一对应的专著,绝非陆机几句形象描摹所能代替。同时,声律论的形成当是将四声以及以此制韵并运用到五言诗之中。运用是声律论的要害。从这个意义上说,"永明体"之称更准确地体现了声律论的关键所在,亦即声律见于用,方能形成"体"。而其运用,恰在永明年间。创作"皆用宫商"的沈约即是主要代表。

声律论的核心是以四声制韵。关于四声的起源,迄今无定论。陈寅恪认为"四声"与转读佛经有关。他说:

> 所以适定为四声,而不为其他数之声者,以除去本易分别,自为一类之入声,复分别其余之声为平上去三声。综合通计之,适为四声也。但其所以分别其余之声为三者,实依据及摹拟中国当日转读佛经之三声。而中国当日转读佛经之三声又出于印度古时声明论之三声也。……中国文士依据及摹拟当日转读佛经之声,分别定为平、上、去之三声,合入声共计之,适成四声。④

但郭绍虞先生对此存有疑问。他说:

①《南齐书》卷五十二《文学》,中华书局 1972 年版,第 898—899 页。
②《全上古三代秦汉三国六朝文·全三国文》卷八《典论·论文》,中华书局 1958 年版,第 2195 页。
③《全上古三代秦汉三国六朝文·全晋文》卷九十七《文赋》,中华书局 1958 年版,第 4026 页。
④ 陈寅恪:《金明馆丛稿初编》,上海古籍出版社 1980 年版,第 328—329 页。

四声之定，固然与当时转读佛经之声调有关，但决不能只凭这一点来说明这问题。因为这只是近因而不是远因；何况，这只是人为的次要原因，而不合语言自然演变的主要原因。求其远因，则四声之起可能还与以前经师一字两读之例有关。……汉字的读音早已打好了这个基础，所以沈约等受到转读佛经声调的影响，自然会受到启发而创为四声之论。①

　　四声的缘起虽然尚难定论，但就文学思想史而言，应该重点关注四声及制韵对于诗歌发展的影响。

　　据《南齐书·陆厥传》可知，永明声律论的要素主要有二：一是四声，即平、上、去、入。二是"制韵"，也就是利用四声制定出创作诗歌的规范。虽然沈约《四声谱》今已不传，但宋约在《宋书·谢灵运传论》中有一段论声律的文字：

　　　　若夫敷衽论心，商榷前藻，工拙之数，如有可言。夫五色相宣，八音协畅，由乎玄黄律吕，各适物宜。欲使宫羽相变，低昂互节，若前有浮声，则后须切响。一简之内，音韵尽殊；两句之中，轻重悉异。妙达此旨，始可言文。至于先士茂制，讽高历赏，子建函京之作，仲宣霸岸之篇，子荆零雨之章，正长朔风之句，并直举胸情，非傍诗史，正以音律调韵，取高前式。自骚人以来，多历年代，虽文体稍精，此秘未睹。至于高言妙句，音韵天成，皆暗与理合，匪由思至。张、蔡、曹、王，曾无先觉，潘、陆、谢、颜，去之弥远。世之知音者，有以得之，知此言之非谬。如曰不然，请待来哲。②

　　这段文字，主要有两层意思：一是对声律论的描述，总体要求是"宫羽相变，低昂互节"。宫、羽本是五音中的两种，但此处显然并非实指，许是指平仄。陈澧《切韵考》释之曰："此但言宫羽，盖宫为平，羽亦为仄欤？"③"低昂互节"则是指文字的音节高下互相变化。总之，这是指一联中的文字音节需高低相间，抑扬相对，以求和谐之美。具体而言，则是：

① 郭绍虞：《照隅室古典文学论集·声律说考辨》，上海古籍出版社 1983 年版，第 266 页。
② 沈约撰：《宋书》卷六十七《谢灵运传论》，中华书局 1974 年版，第 1779 页。
③ 陈澧：《切韵考》卷七，中国书店 1984 年版，第 280 页。

"若前有浮声,则后须切响。一简之内,音韵尽殊;两句之中,轻重悉异。"其"浮声""切响",何焯谓其"即是轻重"①。这是沈约依四声以制诗韵的具体方法。二是列举"先士茂制"以释四声制韵的范例。所谓"子建'函京'之作",即曹植《又赠丁仪王粲》中之"从军度函谷,驱马过西京"。"仲宣'霸岸'之篇"则是指王粲《七哀诗》中的"南登灞陵岸,回首望长安"。"子荆'零雨'之章"是指孙楚《征西官属送于陟阳侯作诗》中的"晨风飘歧路,零雨被秋草"。"正长'朔风'之句"是指王赞《杂诗》中"朔风动秋草,边马有归心"。这些诗句体现了"一简之内,音韵尽殊。两句之中,轻重悉异"的音律美。所谓"一简之内,音韵尽殊",依刘师培的解释,则是"谓一句之内,不得两用同纽之字及同韵之字也"。② 而"两句之中,轻重悉异",则是当指每一句结尾声调的变化。

沈约是否论及八病则颇有疑问。论四声的六朝文献,如《梁书·沈约传》《宋书·谢灵运传论》等均无"八病"的记载,仅在《南史·陆厥传》中提到平头、上尾、蜂腰、鹤膝"四病"。因此,清代纪昀在《沈氏四声考》中认为,沈约仅言四声五言,未言"八病","八病"之说始于唐人。纪昀所言亦非的论,因为隋人王通《中说·天地篇》中有引李伯药所言:"吾上陈应、刘,下述沈、谢,四声八病,刚柔清浊,各有端序。"③其中已有"四声八病"。对《中说》中这段话,阮逸注曰:"四声韵起自沈约,八病未详。"④亦即,当时对于"八病"说出于何人,已不可知。最早将"八病"与沈约相关联的是卢照邻,他在《南阳公集序》中说:"八病爰起,沈隐侯永作拘因。"⑤其后皎然等人也认为"八病"为沈约所创。对"八病"的内容,此前的文献没有系统论述,直至宋代李淑的《诗苑类格》、魏庆之的《诗人玉屑》中始有较详细的记载,对其内容的理解歧义甚大。更难以圆通的是,以此"八病"来绳尺沈约的作品,病犯颇为多见。因此,宋人理解的"八病"已不是沈约所言之"八病"。但清代末年从日本传回的《文镜

---

① 何焯著,崔高维点校:《义门读书记》卷四十九,中华书局1987年版,第968页。
② 刘师培:《中国中古文学史讲义》,上海古籍出版社2000年版,第105页。
③《中说校注》卷二,中华书局2013年版,第43页。
④《中说校注》卷二,中华书局2013年版,第43页。
⑤ 卢照邻著,李云逸校注:《卢照邻集校注》,中华书局1998年版,第321页。

秘府论》中"文二十八种病"一节列举的前八种，就是平头、上尾、蜂腰、鹤膝、大韵、小韵、傍纽、正纽。此书由日僧遍照金刚编成。遍照金刚唐德宗时来华，宪宗时归国，带回大量著作，删去其中诗文的作者而成此书。《文镜秘府论》中解释这"八病"时征引的是齐梁至初唐的材料，因此，一般认为这是最为接近"八病"原意的解释。兹引述如下：

一、平头："平头诗者，五言诗第一字不得与第六字同声，第二字不得与第七字同声。同声者，不得同平、上、去、入四声，犯者名为犯平头。"

二、上尾："上尾诗者，五言诗中，第五字不得与第十字同声，名为上尾。"

三、蜂腰："蜂腰诗者，五言诗一句之中，第二字不得与第五字同声。言两头粗，中央细，似蜂腰也。"

四、鹤膝："鹤膝诗者，五言诗第五字不得与第十五字同声。言两头细，中央粗，似鹤膝也，以其诗中央有病。"

五、大韵："大韵诗者，五言诗若以'新'为韵，上九字中，更不得安'人''津''邻''身''陈'等字，既同其类，名犯大韵。……除非故作叠韵，此即不论。"

六、小韵："小韵诗，除韵以外，而有迭相犯者，名为犯小韵病也。"

七、傍纽（亦名大纽）："傍纽诗者，五言诗一句之中有'月'字，更不得安'鱼''元''阮''愿'等之字，此即双声，双声即犯傍纽。"

八、正纽：（亦名小纽）："正纽者，五言诗'壬''衽''任''入'四字为一纽，一句之中，已有'壬'字，更不得安'衽''任''入'等字。如此之类，名为犯正纽之病也。"①

尽管如此，这样的解释仍有令人费解之处。诚如郭绍虞《中国文学批评史》中对蜂腰、鹤膝的解释存疑的原因："（一）与蜂腰鹤膝的名称没有关系。（二）永明体的声律只讲两句间的关系，此却论到三句。

① （日）遍照金刚著，卢盛江校考：《文镜秘府论汇校汇考》，中华书局 2006 年版，第 913、931、949、973、1000、1008、1015、1039 页。

第二章 两晋南朝文学思想

（三）后来的律体诗也不以此为病犯。"因此，郭绍虞认为《蔡宽夫诗话》中的解释最为近实。蔡氏谓"所谓蜂腰鹤膝者，盖又出于双声之变。若五字首尾皆浊音而中一字清，即为蜂腰；首尾皆清音而中一字浊，即为鹤膝。"①但蔡氏依何所据尚不清楚。同时，清音、浊音乃后世所说的声母，而不是永明体所要求的声调、韵母。因此，"八病"之首倡者、内容都需讨论。尽管如此，永明声律论在诗歌发展史上具有巨大影响则是不争的事实。永明体之前的汉魏古诗一般依内容而形成自然之音，永明体则给诗歌在音律上提出人工的规范。此前的诗与音乐的关系比较密切，采取的是歌的音节，以五音状其声。而南朝诗歌则与音乐逐渐疏离，诗歌供吟诵之用，主要通过四声和韵达到"宫羽相变，仰昂互节"的效果。永明声律论为其后律诗的形成打下了声律基础。诗歌的形式逐渐走向严整，音律的要求逐渐严格，永明体作为古诗到律诗之间的过渡，其作用不应被忽视。当然，这也衍成了拘泥形式，过分雕琢之病，流波一直延及唐初。《文镜秘府论》云："声谱之论郁起，病犯之名争兴，家制格式，人谈疾累，徒竞文华，空事拘检，灵感沈秘，雕弊实繁。"②当然，这一现象的产生究竟与沈约有多大关系尚待讨论。因为，"八病"是否为沈约所倡尚有疑问。即便是，后人所理解的"八病"是否合乎沈约原意都有待进一步考论。

第四节　萧子显、萧统、萧纲、萧绎

帝王贵胄是六朝文学的重要实践者，著述之富为历代帝王所罕见。同时，他们或通过撰著《南齐书》，或主持编集《文选》，留下了珍贵的传世文献。这些文献也体现了各自的文学思想，且因其独特的身份，对文坛产生了重大影响，写就了中国文学思想史的重要篇章，也成为江苏文学思想史的重要特色之一。

---

① 郭绍虞：《中国文学批评史·永明体与声律问题》，上海古籍出版社 1979 年版，第 90 页。
②《文镜秘府论汇校汇考》，中华书局 2006 年版，第 887 页。

一、萧子显

萧子显(约489—约537),字景阳,南兰陵(今江苏常州西北)人,齐高帝萧道成之孙,齐豫章文献王嶷第八子。7岁时封宁都县侯,永元末拜给事中,入梁后历任安西外兵仁威记室参军、司徒主簿、太尉录事、太子中舍人、建康令、丹阳尹丞等职,官至吏部尚书。萧子显性凝简、富史才,曾博采众家、考订异同,撰写《后汉书》100卷,又著《南齐书》《普通北伐记》等,有文集20卷。现除《南齐书》外,均已佚。萧子显长于史学,同样富于才气,颇好文藻,所作《鸿序赋》曾深得沈约褒赞,被誉为"得明道之高致,盖幽通之流"。天监十六年(517年),萧子显朝宴赋诗,梁武帝甚至降旨称之"可谓才子"[①]。作为声名卓著的史家和文学家,萧子显的文学思想主要体现在《南齐书·文学传论》及其《自序》等文献中。

首先,"文章者,盖情性之风标,神明之律吕也"。萧子显在《文学传论》中,是以史家身份来为一代文学作出整体性综论的,但作为好学工文之士,他对曹丕、挚虞、陆机、李充、张视、颜延之等历代文论家"各任怀抱,共为权衡"的情况颇为了解,深知文学评论"机见殊门,赏悟纷杂"的复杂微妙。他对文学内在质性的熟稔,使其对待文学本原及其特质等问题与史家常依循的王道教化逻辑有异,而多从创作主体角度着眼,将文章视为作者情性与精神思意的外化表现。《文学传论》中曰:

> 文章者,盖情性之风标,神明之律吕也。蕴思含毫,游心内运,放言落纸,气韵天成。……属文之道,事出神思,感召无象,变化不穷。俱五声之音响,而出言异句;等万物之情状,而下笔殊形。[②]

萧子显认为文学乃"情性之风标",是作者本身情性发动后的自然表现。所谓"登高目极,临水送归,风动春朝,月明秋夜,早雁初莺,开花落叶,有来斯应,每不能已"[③],作者在现实中感物而动、不能自已,情动

---

①《梁书》卷三十五《萧子显传》,中华书局1973年,第511、512页。

②《南齐书》卷五十二《文学》,中华书局1972年版,第907页。

③《梁书》卷三十五《萧子显传》,中华书局1973年,第512页。

性出、发而为文,作品形成的过程,亦即作者情性抒发的过程,所形成的作品也就成为反映作者情性的"风标"。同时,萧子显还描述了"蕴思含毫""游心内运""感召无象""变化不穷"等复杂的文学想象和心理活动,认为正由于作者各用"神明",各有其不同的精神思理,才会有"出言异句""下笔殊形"的作品产生。所谓"文章",亦即人"神明之律吕"。萧子显的"情性之风标""神明之律吕"论,折射了陆机以来推崇情性、个性的时代特征,也反映了人们对文艺内部规律之探索日渐深入的情状,而这种论述即便在后世以宗经尚道著称的论家那里,也不时泛出涟漪。

在围绕作者情性与构思层面发论外,萧子显还就作者灵感、诗文词韵、雅俗风格与创作体制等不同问题做了阐述。《文学传论》中曰:

> 若夫委自天机,参之史传,应思悱来,勿先构聚。言尚易了,文憎过意,吐石含金,滋润婉切。杂以风谣,轻唇利吻,不雅不俗,独中胸怀。轮扁斫轮,言之未尽,文人谈士,罕或兼工。非唯识有不周,道实相妨,谈家所习,理胜其辞,就此求文,终然翳夺。故兼之者鲜矣。①

萧子显虽强调"天机",重视作者之神明、神思与灵感,但他认为这既凭天赋,也靠学养。尤其是在"应思悱来"的情况下,就不可"构聚",反对强作。这种主张,与刘勰《神思》以及此后王昌龄《诗格》中的观点庶几相近,都反映了他们对客观规律的尊重。另外,"言尚易了"而不"过意",韵如金石而"滋润婉切",风格雅俗适中,以"独中胸怀"为尚,体制上也不强求兼备谈士名理之文与文人诗赋之文,这反映了萧子显具有推崇自然、反对刻意雕琢、追求中和平允的思想,与同期钟嵘的一些诗学观颇为相近。事实上,这也正是萧子显平日追求的为文旨趣,如其《自序》中即称:"每有制作,特寡思功。须其自来,不以力构。"②显然,他以"体兼众制,文备多方"③著称的《鸿序赋》,在不求文体"兼工"的萧子显那里,或更多可算例外之作。

其次,作为一代之史的文学传论,萧子显对汉魏以来的文学状况进

---

① 《南齐书》卷五十二《文学》,中华书局 1972 年版,第 908—909 页。
② 《梁书》卷三十五《萧子显传》,中华书局 1973 年,第 512 页。
③ 《梁书》卷三十五《萧子显传》,中华书局 1973 年,第 512 页。

行了总括。《文学传论》中说:

> 吟咏规范,本之雅什,流分条散,各以言区。若陈思《代马》群章,王粲《飞鸾》诸制,四言之美,前超后绝。少卿离辞,五言才骨,难与争骛。桂林湘水,平子之华篇;飞馆玉池,魏文之丽篆。七言之作,非此谁先。卿、云巨丽,升堂冠冕,张、左恢廓,登高不继,赋贵披陈,未或加矣。显宗之述傅毅,简文之摘彦伯,分言制句,多得颂体。裴頠内侍,元规凤池,子章以来,章表之选。孙绰之碑,嗣伯喈之后,谢庄之诔,起安仁之尘,颜延《杨瓒》,自比《马督》,以多称贵,归庄为允。王褒《僮约》,束皙《发蒙》,滑稽之流,亦可奇玮。五言之制,独秀众品。习玩为理,事久则渎,在乎文章,弥患凡旧。若无新变,不能代雄。建安一体,《典论》短长互出;潘、陆齐名,机、岳之文永异。江左风味,盛道家之言,郭璞举其灵变,许询极其名理,仲文玄气,犹不尽除,谢混情新,得名未盛。颜、谢并起,乃各擅奇,休、鲍后出,咸亦标世。朱蓝共妍,不相祖述。①

萧子显在此胪列了四言、五言、七言的代表性篇什,对晋宋以来的诸家之作也分别予以了论述,他称郭璞"灵变",钟嵘亦谓之"变中原平淡之体"②;"仲文玄气"不尽而"谢混情新",钟嵘则称"义熙中,以谢益寿、殷仲文为华绮之冠,殷不竞矣"③。这些评骘,展现了萧子显对诗坛态势的精准把握。值得注意的是:其一,对"五言之制,独秀众品"的评价,与钟嵘《诗品》以"五言居文词之要,是众作之有滋味者也"④的态度一致,反映了当时论家对新兴之五言诗歌的欣赏与重视。其二,"事久则渎""弥患凡旧","若无新变,不能代雄"之论,说明了任何一种文体在日渐成熟之后,都会因盛而衰、因衰而变,唯有不断"新变"才能不断胜出,这与此后顾炎武等人"一代之文,沿袭已久,不容人人皆道此语"⑤等

---

① 《南齐书》卷五十二《文学》,中华书局 1972 年版,第 907—908 页。
② 钟嵘著,曹旭集注:《诗品集注》中品,上海古籍出版社 2011 年版,第 318 页。
③ 《诗品集注》下品,上海古籍出版社 2011 年版,第 524 页。
④ 《诗品集注》序,上海古籍出版社 2011 年版,第 43 页。
⑤ 顾炎武撰,黄汝成集释,栾保群、吕宗力校点:《日知录集释》卷二十一《诗体代降》,上海古籍出版社 2014 年版,第 1194 页。

看法相似,代表了一种不断发展的文学观念。

　　萧子显针对当时的文坛诗风,还作出了著名的"三体"批评论。所谓"三体",是当时流行的学习或近似谢灵运、傅咸及应璩、鲍照等作家的三种诗风:"一则启心闲绎,托辞华旷,虽存巧绮,终致迂回。宜登公宴,本非准的。而疏慢阐缓,膏肓之病,典正可采,酷不入情。此体之源,出灵运而成也。"①南齐时候,武陵昭王晔曾诗学谢灵运,但因此收到了改学潘、陆的建议,萧子显在《南齐书》本传中载:"(晔)与诸王共作短句,诗学谢灵运体,以呈上,报曰:'见汝二十字,诸儿作中最为优者。但康乐放荡,作体不辨有首尾,安仁、士衡深可宗尚,颜延之抑其次也。'"②萧子显记叙武陵昭王晔"不辨首尾"之论,与其所评"终致迂回""疏慢阐缓"语义相近,且都出自萧子显笔下,朱季海先生认为这是受到李充影响的结果:"萧之论谢,犹李之论木乎?李充《翰林论》曰:'木氏《海赋》,壮则壮矣。然首尾负揭。状若文章,亦将由未成而然也。'"③整体上说,谢灵运工尚形似、善刻画,虽有"寓目辄书,内无乏思,外无遗物"④之长,但结构"迂回"、节奏"阐缓"以及情感不足的缺陷同样存在。萧子显对谢灵运的批评,与简文帝萧纲批评京师文体"懦钝殊常""争为阐缓",而学谢者"但得其冗长"等颇为相通。萧子显批评第二种诗风说:"次则缉事比类,非对不发,博物可嘉,职成拘制。或全借古语,用申今情,崎岖牵引,直为偶说。唯睹事例,顿失清采。此则傅咸五经,应璩指事,虽不全似,可以类从。"⑤对傅咸和应璩的批评,主要是就其运典用比、辞藻繁富等情况来说的,刘勰《文心雕龙·议对》曾云:"长虞识治,而属辞枝繁。"⑥《奏启》则云:"若夫傅咸劲直,而按辞坚深。"⑦钟嵘在《诗品》中论傅玄、傅咸曰:"长虞父子,繁富可嘉。"⑧论应璩诗歌:"祖袭魏文,善为古

---

① 《南齐书》卷五十二《文学》,中华书局 1972 年版,第 908 页。
② 《南齐书》卷三十五《武陵昭王传》,中华书局 1972 年版,第 625 页。
③ 朱季海撰:《南齐书校议》卷三十五,中华书局 2013 年版,第 119 页。
④ 《诗品集注》上品,上海古籍出版社 2011 年版,第 201 页。
⑤ 《南齐书》卷五十二《文学》,中华书局 1972 年版,第 908 页。
⑥ 刘勰著,范文澜注:《文心雕龙注》卷五《议对》,人民文学出版社 1958 年版,第 438 页。
⑦ 《文心雕龙注》卷五《奏启》,人民文学出版社 1958 年版,第 423 页。
⑧ 《诗品集注》下品,上海古籍出版社 2011 年版,第 500 页。

语。"①由此可见，萧子显的批评基本比较客观，从中也反映了他反对辞藻雕镂、太过精思强作，而崇尚情性自然的文学追求。他接着批评鲍照等诗风："次则发唱惊挺，操调险急，雕藻淫艳，倾炫心魂。亦犹五色之有红紫，八音之有郑、卫。斯鲍照之遗烈也。"②萧子显批评鲍照声律险急、辞藻绮艳，鲍照的诗歌成就卓著，杜甫有"俊逸鲍参军"之说，但也有刻意而为的痕迹。萧子显崇尚自然为文，而"不以力构"。钟嵘对鲍照的评价亦与此相似，谓："（鲍照）贵尚巧似，不避危仄，颇伤清雅之调。故言险俗者，多以附照。"③

二、萧统

萧统（501—531），字德施，南兰陵（今江苏常州西北）人。梁武帝长子，天监元年（502年）十一月立为皇太子，中大通三年（531年）31岁时未继位而薨。谥昭明，世称昭明太子。萧统天生聪颖，5岁时遍读五经，读书数行并下，过目能记忆讽诵。他文思敏捷，受命赋诗"属思便成，无所点易"，且性格宽容、喜纳才学，史称："引纳才学之士，赏爱无倦。恒自讨论篇籍，或与学士商榷古今；闲则继以文章著述，率以为常。于时东宫有书几三万卷，名才并集，文学之盛，晋、宋以来未之有也。"④萧统的著述，有《正序》10卷、《文章英华》20卷、文集20卷，均散佚。后世辑有《昭明太子集》。此外，萧统历览文苑词林，曾主持编选了《文选》30卷，对后世影响深巨。

首先，《文选》选文标准所体现的文学观。《文选》是我国现存最早的以文体文类编次的文学总集，所选范围"远自周室，迄于圣代"，收录130余人的700余篇文章。关于选文标准，萧统《文选序》中说：

> 若夫姬公之籍，孔父之书，与日月俱悬，鬼神争奥，孝敬之准式，人伦之师友，岂可重以芟夷，加之剪截？老庄之作，管孟之流，盖以立意为宗，不以能文为本，今之所撰，又以略诸。若贤人之美

---

① 《诗品集注》中品，上海古籍出版社2011年版，第296页。
② 《南齐书》卷五十二《文学》，中华书局1972年版，第908页。
③ 《诗品集注》中品，上海古籍出版社2011年版，第381页。
④ 《梁书》卷八《昭明太子传》，中华书局1973年版，第167页。

辞,忠臣之抗直,谋夫之话,辨士之端,冰释泉涌,金相玉振。所谓坐狙丘,议稷下,仲连之却秦军,食其之下齐国,留侯之发八难,曲逆之吐六奇,盖乃事美一时,语流千载。概见坟籍,旁出子史,若斯之流,又亦繁博,虽传之简牍,而事异篇章,今之所集,亦所不取。至于记事之史,系年之书,所以褒贬是非,纪别异同,方之篇翰,亦已不同。若其赞论之综缉辞采,序述之错比文华,事出于沈思,义归乎翰藻,故与夫篇什,杂而集之。①

按萧统所述,《文选》整体上不收经、史、子之文。这源于圣人经籍是弥纶经世、著法垂教的经典,有无上权威性,故不可芟夷、剪截;老、庄、管、孟等子书之作,因其"立意为宗,不以能文为本",所以不合其选"文"宗旨;记事系年等史书,主要寄寓褒贬、纪别同异,也与辞义兼备的"篇翰"之作性质不同,故也基本不收。此外,古昔以来散见于史传、子书的富于"抗直"情志的忠臣之辞、纵横善说的谋臣辨士之辞,虽也"事美一时""语流千载",但太过繁博,也与文学性突出的"篇章"有异,故"亦所不取"。整体来看,经、史、子、集四部分类法虽至初唐最终完备,但魏晋南北朝时如李充即已形成五经、史记、诸子、诗赋的分类思想,萧统着意于文圃辞林的"篇翰""篇章",不收经、史、子的选文观和选文视野,庶几与此相应。此外,萧统虽整体上不收史传之文,但也收集了部分史书的赞、论、序、述之作,标准是"综缉辞采""错比文华""事出于沈思,义归乎翰藻"。刻意剔除经、史、子之文而以诗赋等为重心,不废事义"沉思"而归乎辞采、翰藻,所有这些都反映了萧统选文过程中对作品文学审美性的充分重视,也展现了他对"文"所以为"文"的理解和界定。对此,清代阮元有这样的肯綮之评:"昭明所选,名之曰文。盖必文而后选也,非文则不选也。经也,子也,史也,皆不可专名之为文也,故《昭明文选序》后三段特明其不选之故。必沈思翰藻,始名之为文,始以入选也。"②

重视律藻形式之美,是当时文坛的普遍风气,也是萧统突出的审美

---

① 《文选序》,上海古籍出版社 1986 年版,第 2—3 页。
② 阮元撰,邓经元点校:《揅经室集》三集卷二《书梁昭明太子文选序后》,中华书局 1993 年版,第 608 页。

旨趣。如其《殿赋》以鲜华的辞藻描绘"高殿之丽",就是典型的例子。值得指出的是,萧统讲求翰藻华美,却也不废义理典正;偏重形式,但也能兼顾内容。其《答湘东王求文集及〈诗苑英华〉书》云:

> 夫文典则累野,丽亦伤浮。能丽而不浮,典而不野,文质彬彬,有君子之致。吾尝欲为之,但恨未逮耳。观汝诸文,殊与意会,至于此书,弥见其美。远兼邃古,傍暨典坟,学以聚益,居焉可赏。①

萧统在《答玄圃园讲颂启令》称对方之作亦谓:"首尾可观,殊成佳作。辞典文艳,既温且雅。"②萧统平日是"殽核坟史"③"钻阅六经,泛滥百氏,研寻物理"④的尚学之士,他讲求"丽""美""文艳",但也重"典""雅",强调基于学养的义理之正。这种中正允洽的审美追求,展现了鲜明的儒家传统色彩。另外其《宴阑思旧诗》褒赞友人之作称:"孝若信儒雅,稽古文敦淳。茂沿实俊朗,文义纵横陈。佐公持方介,才学罕为邻。灌蔬实温雅,摘藻每清新。"⑤既述学殖,又谈辞采,这也与以上思想颇为相应。

其次,《文选》体现的文体文类思想。萧统《文选》是在分门别类、拣选排布的基础上对古今优秀文学作品的一次总集,其"各以汇聚""又以类分""各以时代相次"的编辑过程,凝聚着丰富的文体文类思想。全书文体类别共三十七类(或说三十八类、三十九类等),萧统在《文选序》中列述了赋、诗、颂、箴、论、铭、诔、赞以及"诏诰教令之流,表奏笺记之列,书誓符檄之品,吊祭悲哀之作,答客指事之制,三言八字之文,篇辞引序,碑碣志状"⑥等不同体裁,表现出了一种鲜明的古今相异、各体互兴、浸以日繁的文体发展观。以"赋""诗""颂"为例,萧统详述三者皆源于《诗》而在后世发展演变的复杂情形:

---

① 《全上古三代秦汉三国六朝文·全梁文》卷二十《答湘东王求文集及〈诗苑英华〉书》,中华书局1958年版,第6128页。
② 《全上古三代秦汉三国六朝文·全梁文》卷十九《答玄圃园讲颂启令》,中华书局1958年版,第6120页。
③ 《全上古三代秦汉三国六朝文·全梁文》卷二十《答晋安王书》,中华书局1958年版,第6127页。
④ 《全上古三代秦汉三国六朝文·全梁文》卷二十《与何彻书》,中华书局1958年版,第6127页。
⑤ 逯钦立辑校:《先秦汉魏晋南北朝诗·梁诗》卷十四《宴阑思旧诗》,中华书局1983年版,第1795页。
⑥ 《文选序》,上海古籍出版社1986年版,第2页。

《诗序》云:"诗有六义焉:一曰风,二曰赋,三曰比,四曰兴,五曰雅,六曰颂。"至于今之作者,异乎古昔,古诗之体,今则全取赋名。荀宋表之于前,贾马继之于末。自兹以降,源流实繁。述邑居则有"凭虚""亡是"之作,戒畋游则有《长杨》《羽猎》之制。若其纪一事,咏一物,风云草木之兴,鱼虫禽兽之流,推而广之,不可胜载矣!又楚人屈原,含忠履洁,君匪从流,臣进逆耳,深思远虑,遂放湘南。耿介之意既伤,壹郁之怀靡愬。临渊有怀沙之志,吟泽有憔悴之容。骚人之文,自兹而作。诗者,盖志之所之也,情动于而形于言。《关雎》《麟趾》,正始之道著;桑闲濮上,亡国之音表。故《风雅》之道,粲然可观。自炎汉中叶,厥涂渐异。退傅有"在邹"之作,降将著"河梁"之篇;四言五言,区以别矣。又少则三字,多则九言,各体互兴,分镳并驱。颂者,所以游扬德业,褒赞成功。吉甫有"穆若"之谈,季子有"至矣"之叹。舒布为诗,既言如彼;总成为颂,又亦若此。①

"赋"之为体源出于《诗》,经后世不断创作而"源流实繁",尤其是在题材类别上浸以日广,已迥"异乎古昔";"诗"以言志缘情为特质,发展至汉代而"各体互兴",亦非《诗》之体制所能包备;"颂"以揄扬褒赞为主,而伴随后世在歌颂君臣之德、军功政绩、嘉言懿行等多层面的使用,其体制功能也与《诗》之"颂"有所不同。萧统对"赋""诗""颂"及其他文体的源流阐述,传递的是他对"各体互兴""众制锋起"等文体繁盛衍变局面的深刻感受,这既与魏晋以来曹丕、陆机、刘勰诸家自发的文体辨析意识一脉相承,同时出于"次文之体"以成书的需要,其对各体之下"分镳并驱"的复杂情况又予以更为精审的思索。如"赋"体在汉代之后,在体类上或"述邑居",或"戒畋游",或"纪事""咏物",或抒一人之情,萧统《文选》选"赋"居首,其后就相应地根据题材、主题等细分为"京都""郊祀""耕藉""畋猎""纪行""游览""宫殿""江海""物色""鸟兽""志""哀伤""论文""音乐""情"等十五个文类;"诗"体在汉代之后三言、四言、五言、九言等体制大备,体制功用日趋复杂,《文选》在"诗"体之

———————
① 《文选序》,上海古籍出版社 1986 年版,第 1—2 页。

下,则总纳了"补亡""述德""劝励""献诗"等二十三个诗类。凡此种种,皆反映了萧统愈趋细密的体类分别意识,也由此撑起了其"选"文的基本体系架构。同时,萧统在《文选序》中将实用性文体与文艺性文体概而论之,并称"譬陶匏异器,并为入耳之娱;黼黻不同,俱为悦目之玩"①,这种重辞采声律之美的旨趣,与其在文体文类层面的深刻致思一道,皆表明萧统对于"文"之所以为"文"的认知更显专门和深入。

再次,萧统"踵其事而增华,变其本而加厉"的观点,反映了他对文学发展的认识。《文选序》开篇云:

> 式观元始,眇觌玄风。冬穴夏巢之时,茹毛饮血之世,世质民淳,斯文未作。逮乎伏羲氏之王天下也,始画八卦,造书契,以代结绳之政,由是文籍生焉。《易》曰:"观乎天文,以察时变;观乎人文,以化成天下。"文之时义远矣哉!若夫椎轮为大辂之始,大辂宁有椎轮之质;增冰为积水所成,积水曾微增冰之凛。何哉?盖踵其事而增华,变其本而加厉;物既有之,文亦宜然。随时变改,难可详悉。②

萧统认为文学由产生开始,就是一个不断演变的过程,正如由椎轮为大辂、由积水至增冰,事物发展"踵其事而增华,变其本而加厉",文学也同样是由质到文、由简朴到繁丽,虽然其间随时变改,细微曲折处"难可详悉",但这种规律大体上应然如是。这里萧统以"物"喻"文"的论证方式,与此前葛洪极其相似,都是肯定后出转精、今胜于古的文学发展观,并且着眼点也都在辞藻、声律等形式层面。整体而言,南朝时期以"踵事增华"为代表的文学思想,与此后袁宏道等人"踵事增华,因时递变"的文学观一脉相承,基本都侧重从文学形式层面入手,坚持一种文学发展论。而与此相对应的,则常是侧重从文学之道德义理等内容层面入手,坚持一种文学陵夷、诗文代降的历史观。这两种观念在漫长的文论史上彼此交织,既互有批评,也互有补益,都有各自的价值意义。

最后,萧统对陶渊明的评论。萧统是陶渊明的异代知音,他不仅在

---

①《文选序》,上海古籍出版社 1986 年版,第 2 页。
②《文选序》,上海古籍出版社 1986 年版,第 1 页。

《文选》中选录了陶渊明七题八首诗歌,还曾亲自整理《陶渊明集》,并为之作了《集序》和《陶渊明传》。萧统对陶渊明的评价,肯定了其安道苦节的志趣,"素爱其文,不能释手,尚想其德,恨不同时",这与钟嵘"每观其文,想其人德,世叹其质直"①之论相似。对于陶诗,钟嵘虽也称其"文体省净""辞兴婉惬",但在《诗品》中还是将其列为中品。相比而言,萧统对其"文章不群""莫与之京"的评价更高,且就其"辞采精拔""抑扬爽朗"等关于辞藻声调的说法来看,偏尚丽采的萧统,并不认为陶诗简质无文:"其文章不群,辞彩精拔,跌宕昭彰,独超众类,抑扬爽朗,莫之与京。横素波而傍流,干青云而直上。语时事则指而可想,论怀抱则旷而且真。"②陶渊明的诗歌洗尽铅华,简古淡泊,在崇尚绮靡的南朝诗坛上地位并不突出,萧统对他的推服,无疑为后世接受陶诗起到了重要的推动作用。另外,萧统于《陶渊明集序》中的评价,还有两点值得注意:其一,他说:"有疑陶渊明诗,篇篇有酒。吾观其意不在酒,亦寄酒为迹者也。"③陶渊明爱酒,也更多《饮酒二十首》《连雨独饮》一类的作品,萧统的这种说法,对后世理解陶诗颇具启示意义。其二,萧统对陶渊明亦有指瑕,云:

> 白璧微瑕,惟在《闲情》一赋。扬雄所谓劝百而讽一者,卒无讽谏,何足摇其笔端?惜哉!亡是可也!……尝谓有能观渊明之文者,驰竞之情遣,鄙吝之意祛,贪夫可以廉,懦夫可以立。岂止仁义可蹈,抑乃爵禄可辞。不必傍游泰华,远求柱史,此亦有助于风教也。④

《闲情赋》描写的是对一位美丽女子的追慕,情意款款,刻画细致。陶渊明在小序中自述写作宗旨,是借鉴张衡《定情赋》与蔡邕《静情赋》之意,要"检逸辞而宗淡泊,始则荡以思虑,而终归闲正。将以抑流宕之邪心,谅有助于讽谏",并自称"虽文妙不足,庶不谬作者之意"。⑤ 而萧

---

①《诗品集注》中品,上海古籍出版社 2011 年版,第 337 页。
②《全上古三代秦汉三国六朝文·全梁文》卷二十《陶渊明集序》,中华书局 1958 年版,第 6133 页。
③《全上古三代秦汉三国六朝文·全梁文》卷二十《陶渊明集序》,中华书局 1958 年版,第 6133 页。
④《全上古三代秦汉三国六朝文·全梁文》卷二十《陶渊明集序》,中华书局 1958 年版,第 6133 页。
⑤ 陶潜著,龚斌校笺:《陶渊明集校笺》卷五《闲情赋序》,上海古籍出版社 1999 年版,第 377 页。

统通过阅读后认为"卒无讽谏",认为这是陶渊明"白璧微瑕"之处。这种评价,一方面与阅读的个性化理解有关,对女性描写和心志寄托的不同篇幅比例,不同作者或有不同的体会,这正如班固等人在关于汉赋"劝百讽一"的话题上,常有"曲终而奏雅,不已戏乎"的感觉。另一方面,萧统这种论述也反映了他以儒为本的文学观,"贪夫可以廉,懦夫可以立",这种有助于政教的文学观,无疑又是与其太子身份相契的。

三、萧纲

萧纲(503—551),字世缵,梁武帝第三子,昭明太子萧统同母弟。天监六年(507年)封晋安王,历南兖州刺史、丹阳尹、荆州刺史、江州刺史,加侍中,普通中历南徐州刺史、雍州刺史,中大通初征为扬州刺史,萧统卒后,立为皇太子。在位两年,为侯景所废,旋即被害。萧纲年幼敏睿,6岁能属文,7岁即有诗癖,《梁书·简文帝本纪》载:"读书十行俱下。九流百氏,经目必记;篇章辞赋,操笔立成。博综儒书,善言玄理。……引纳文学之士,赏接无倦,恒讨论篇籍,继以文章。"[1]后世辑有《梁简文帝集》,其文学思想主要体现在以下几个方面。

首先,对文学价值意义的重视。萧纲天性爱好文学,"暇逸于篇章,从容于文讽"[2],是其重要的生活方式。他极其看重文学的价值意义,《昭明太子集序》中曰:"窃以文之为义,大哉远矣……若夫体天经而总文纬,揭日月而谐律吕者,其在兹乎?"[3]在关于文学地位的问题上,扬雄晚年曾有著名的"童子雕虫篆刻""壮夫不为"之论,三国时期曹植接续此意,也认为立功远比辞赋文学重要:"昔扬子云先朝执戟之臣,犹称壮夫不为也;吾虽德薄,位为藩侯,犹庶几勠力上国,流惠下民,建永世之业,流金石之功,岂徒以翰墨为勋绩,辞赋为君子哉?"[4]对于扬雄、曹植的说法,萧纲并不认同,其在《答张缵谢示集书》中说:

> 纲少好文章,于今二十五载矣。窃尝论之,日月参辰,火龙黼

①《梁书》卷四《简文帝传》,中华书局1973年版,第109页。
②《全上古三代秦汉三国六朝文·全梁文》卷十一《与刘孝绰书》,中华书局1958年版,第6019页。
③《全上古三代秦汉三国六朝文·全梁文》卷十二《昭明太子集序》,中华书局1958年版,第6031页。
④《全上古三代秦汉三国六朝文·全三国文》卷十六《与杨德祖书》,中华书局1958年版,第2280页。

轙,尚且著于玄象,章乎人事,而况文辞可止,咏歌可辍乎? 不为壮夫,扬雄实小言破道;非谓君子,曹植亦小辩破言。论之科刑,罪在不赦。至如春庭落景,转蕙承风,秋雨且晴,檐梧初下,浮云生野,明月入楼,时命亲宾,乍动严驾,车渠屡酌,鹦鹉骤倾,伊昔三边,久留四战,胡雾连天,征旗拂日,时闻坞笛,遥听塞笳。或乡思凄然,或雄心愤薄,是以沈吟短翰,补缀庸音,寓目写心,因事而作。①

萧纲推尊文学的思想,与扬雄、曹植截然不同,而与曹丕相近,都展现出对文学的充分重视。但值得指出的是,萧纲在关于文学价值意义的问题上,虽也如曹丕视文章为"经国之大业,不朽之盛事"一样,有比附政教大业之处,主张以此作为"政教之基""人伦敦序"②,但他所看重且陈述最多的,其实是文学在个人生活中的价值意义以及文学导情达志的作用。如萧纲所述,作者在"春庭落景""秋雨且晴"等不同时间,在"时命亲宾""久留四战"等不同场景来沉吟创作,其目的就是为了"寓目写心,因事而作",抒发心中的乡思之情或雄心壮志。重视文学抒发情志的功能,正是他自幼即有文学癖好并"长而不倦"的重要原因之一。

其次,吟咏情性、崇尚藻饰以及对当时文坛的批评。与萧子显视文章为"情性之风标"的思想相近,萧纲坚持"吟咏情性"论,并对当时京师的文学风气予以相应批评:

> 比见京师文体,懦钝殊常,竞学浮疏,争为阐缓。玄冬修夜,思所不得,既殊比兴,正背风骚。若夫六典三礼,所施则有地;吉凶嘉宾,用之则有所。未闻吟咏情性,反拟《内则》之篇,操笔写志,更摹《酒诰》之作。迟迟春日,翻学《归藏》,湛湛江水,遂同《大传》。吾既拙于为文,不敢轻有掎摭。但以当世之作,历方古之才人,远则扬、马、曹、王,近则潘、陆、颜、谢,而观其遣辞用心,了不相似。若以今文为是,则古文为非;若昔贤可称,则今体宜弃。俱为盍各,则

---

① 《全上古三代秦汉三国六朝文·全梁文》卷十一《答张缵谢示集书》,中华书局 1958 年版,第 6020 页。
② 《全上古三代秦汉三国六朝文·全梁文》卷九《请尚书左丞贺琛奉述制旨毛诗义表》,中华书局 1958年版,第 6005 页。

未之敢许。①

萧纲区分了用于典礼仪式的实用性较强的文体与以《诗》《骚》为代表的抒情性较强的文体。他认为实用性文体因相应的功能需要,在创作时不妨博资参考、借鉴经典;抒情性较强的作品,则以"吟咏情性""操笔写志"为目的,贵在"遣辞用心,了不相似",不能竞学他人失去自我。而"京师文体"出现"懦钝殊常""争为阐缓"的现象,正是因为竞学他人,导致作品情性不足,所以才浮疏无根、千篇一律。萧纲的这些批评,主要是因裴子野而发的,他又说:

> 又时有效谢康乐、裴鸿胪文者,亦颇有惑焉。何者?谢客吐言天拔,出于自然,时有不拘,是其糟粕。裴氏乃是良史之才,了无篇什之美。是为学谢则不届其精华,但得其冗长。师裴则蔑绝其所长,惟得其所短。谢故巧不可阶,裴亦质不宜慕。故胸驰臆断之侣,好名忘实之类,方分肉于仁兽,逞却克于邯郸。入鲍忘臭,效尤致祸。决羽谢生,岂三千之可及,伏膺裴氏,惧两唐之不传。故玉徽金铣,反为拙目所嗤,巴人下里,更合郢中之听。阳春高而不和,妙声绝而不寻,竟不精讨锱铢,核量文质,有异巧心,终愧妍手。是以握瑜怀玉之士,瞻郑邦而知退,章甫翠履之人,望闽乡而叹息。诗既若此,笔又如之。徒以烟墨不言,受其驱染。纸札无情,任其摇襞。甚矣哉! 文之横流,一至于此。②

学谢灵运而"冗长""阐缓"的说法,与萧子显"三体"论评谢灵运有相通之处,但萧纲并不仅仅是为了批评谢灵运,而是更多反对裴子野。裴子野出生于史学世家,曾著《宋略》,在文学上"为文典而速,不尚丽靡之词,其制作多法古,与今文体异"③,在理论批评上,也明确反对当时"吟咏情性""人自藻饰"的文坛风气,谓:"自是闾阎年少,贵游总角,罔不摈落六艺,吟咏情性。学者以博依为急务,谓章句为专鲁,淫文破典,

①《全上古三代秦汉三国六朝文·全梁文》卷十一《与湘东王书》,中华书局 1958 年版,第 6021 页。
②《全上古三代秦汉三国六朝文·全梁文》卷十一《与湘东王书》,中华书局 1958 年版,第 6021—6022 页。
③《梁书》卷三十《裴子野传》,中华书局 1973 年版,第 443 页。

斐尔为功,无被于管弦,非止乎礼义。"①裴子野的这些主张,与以萧纲等人为代表的重情性、讲藻饰的文学风气颇为迥异,所以萧纲一方面从"吟咏情性"角度指斥他"纸札无情",也从辞采声律等角度批评他"了无篇什之美",谓之"巴人下里"。整体而言,无论是裴子野对当时文坛的批评,还是萧纲对裴子野的批评,很大程度上是侧重经史之学和侧重诗赋文学的两种不同立场的交锋。

最后,萧纲是南朝宫体诗风的重要提倡者和推动者。《梁书·简文帝本纪》谓:"伤于轻艳,当时号曰'宫体'。"②《隋书·经籍志》中载:"梁简文之在东宫,亦好篇什,清辞巧制,止乎袵席之间,雕琢蔓藻,思极闺闱之内。后生好事,递相放习,朝野纷纷,号为宫体。流宕不已,迄于丧亡。"③宫体诗主要以女性为题材,描摹神态、体貌、服饰、举止,"止乎袵席之间","思极闺闱之内",所以格调不高,向为后世诟病,甚至被视为亡国之兆。但不可否认,宫体诗精于刻画,长于辞采,在诗歌史上也占有一席之地。萧纲在给"东宫四友"之一萧暎的书信中,阐述了他自己对宫体诗的看法:

> 垂示三首,风云吐于行间,珠玉生于字里,跨蹑曹、左,含超潘、陆,双鬓向光,风流已绝;九梁插花,步摇为古。高楼怀怨,结眉表色;长门下泣,破粉成痕。复有影里细腰,令与真类;镜中好面,还将画等。此皆性情卓绝,新致英奇。④

"风云""珠玉""令与真类""还将画等",都是对宫体诗下字雕琢、刻画逼真的赞美,也鲜明地体现了萧纲等宫体诗作者的创作倾向。在萧纲看来,能创作出优秀的宫体诗歌,足可证明作者"性情卓绝",甚至可凭此超越曹、左、潘、陆诸家,在诗歌史上占有不朽的地位。这显然与他讲求政教之用的诗学观有所不同,也反映了他在文学思想上的多面化特征。

---

① 《全上古三代秦汉三国六朝文·全梁文》卷五十三《雕虫论序》,中华书局 1958 年版,第 6524 页。
② 《梁书》卷四《简文帝本纪》,中华书局 1973 年版,第 109 页。
③ 魏徵、令狐德棻撰:《隋书》卷三十五《经籍四》,中华书局 1973 年版,第 1090 页。
④ 《全上古三代秦汉三国六朝文·全梁文》卷十一《答新渝侯和诗书》,中华书局 1958 年版,第 6020 页。

除此，萧纲还有一些文学观点颇值一书。他在教子书中提出了"立身先须谨重，文章且须放荡"的观点：

> 汝年时尚幼，所阙者学。可久可大，其唯学欤？所以孔丘言："吾尝终日不食，终夜不寝，以思，无益，不如学也。"若使墙面而立，沐猴而冠，吾所不取。立身之道，与文章异。立身先须谨重，文章且须放荡。①

萧纲在立身之道上强调"谨重"，这在其他文字中多有表现，如《与刘孝仪令悼刘遵》称赞刘遵："其孝友淳深，立身贞固，内含玉润，外表澜清。美誉嘉声，流于士友，言行相符，始终如一。"②在《答徐摛书》中，他也曾论及山涛的"东宫养德"之说。萧纲将"立身"与"文章"分开论述，这与"知人论世"、人文一致的传统思维迥异其趣，所以也常受后世学者批评，如王应麟《困学纪闻》中说："斯言非也。文中子谓'文士之行可见'，放荡其文，岂能谨重其行乎？"③文由人作，人同样在作文的过程中不断塑造新我，所以王应麟"放荡其文"则不能"谨重其行"的说法，有一定道理。但萧纲所谓的"放荡"，应是指创作时一种精骛八极、无所拘束的想象状态，是与现实生活、现实人生不尽相同的艺术所具有的特征，所以从这个层面上说，萧纲的文章"放荡"论，正说明了他是在摆脱道德、世教等情况下对文学进行的一种本位性的思考，而这也是与其强调吟咏情性等主张紧密连接的。当然，他也并不反对向前代学习经验，比如他在《劝医论》中就说："又若为诗，则多须见意。或古或今，或雅或俗，皆须寓目，详其去取。然后丽辞方吐，逸韵乃生。岂有秉笔不讯，而能善诗？塞兑不谈，而能善义？杨子云言：'读赋千首，则能为赋。'"④可见，"放荡"不羁、重视情性，反对在抒情写志时引经据典，但他同样强调古今雅俗"皆须寓目"，不废学习。

---

① 《全上古三代秦汉三国六朝文·全梁文》卷十一《诫当阳公大心书》，中华书局1958年版，第6019页。
② 《全上古三代秦汉三国六朝文·全梁文》卷九《与刘孝仪令悼刘遵》，中华书局1958年版，第5998页。
③ 王应麟著，翁元圻辑注，孙通海点校：《困学纪闻注》卷十七《评文》，中华书局2016年版，第2018页。
④ 《全上古三代秦汉三国六朝文·全梁文》卷十一《劝医论》，中华书局1958年版，第6026页。

四、萧绎

萧绎(508—555),即梁元帝,字世诚。梁武帝第七子,封湘东王。侯景作乱时,萧绎举兵讨伐。即帝位于江陵,在位三年,为西魏军所虏,被杀。据《梁书·元帝本纪》载:"与裴子野、刘显、萧子云、张缵及当时才秀为布衣之交,著述辞章,多行于世。"①著有《金楼子》等,后人辑有《梁元帝集》。其文学思想主要体现在以下几方面。

首先,文笔说。文笔说是伴随着对"文"的认识不断深入,尤其是在创作日增,编辑与著录作品需要分门别类的情况下,人们逐渐形成的对文体特征的理解与分判。南朝以前,人们常以"文笔"指称文章,东汉王充《论衡·超奇》中即谓:"(周)长生死后,州郡遭忧,无举奏之吏,以故事结不解,征诣相属,文轨不尊,笔疏不续也。岂无忧上之吏哉?乃其中文笔不足类也。"②但这种"文笔"多为一种泛指,明确以"文笔"来辨别文体的现象,至南朝时期才频繁出现。《宋书·颜峻传》载:太祖(宋文帝)问(颜)延之:"卿诸子谁有卿风?"对曰:"竣得臣笔,测得臣文,𬨎得臣义,跃得臣酒。"③这里的"文""笔",显然已是两种不同的文学体类。刘勰在《文心雕龙·总术》中对文笔说进行了明确定义:"今之常言,有文有笔。以为无韵者笔也,有韵者文也。夫文以足言,理兼诗书。别目两名,自近代耳。"④可见,以有无押韵为标准,是这一时期文笔说的常言通论。此外,刘勰在《文心雕龙·总术》中还曾引颜延之的笔、言说:"笔之为体,言之文也;经典则言而非笔,传记则笔而非言。"⑤可见颜延之在分别文笔之外,还以语言有无文饰的标准对言、笔进行区分。与这种文笔对举,文、言、笔三分的情况相似,时人还有"诗""笔"等分法,萧纲《与湘东王书》中曰:"至如近世谢朓、沈约之诗,任昉、陆倕之笔,斯实文章之冠冕,述作之楷模。张士简之赋,周升逸之辩,亦成佳手,难可复

---

① 《梁书》卷五《元帝本纪》,中华书局 1973 年版,第 136 页。
② 王充著,黄晖校释:《论衡校释》卷第十三,中华书局 2006 年版,第 606 页。
③ 《宋书》卷七十五《王僧达传》,中华书局 2003 年版,第 1951 页。
④ 《文心雕龙注》卷九《总术》,人民文学出版社 1958 年版,655 页。
⑤ 《文心雕龙注》卷九《总术》,人民文学出版社 1958 年版,655 页。

遇。"①整体观之,有无文饰、是否押韵,是南朝论说文笔最基本的标尺,但由于诸家持论常常各有偏重,所以在划分名目及一些相关性问题上也屡有出入。

萧绎的文笔说与颜延之、刘勰等人既有相近处,也有其独特含义。他在《金楼子·立言》中说:

> 古人之学者有二,今人之学者有四。夫子门徒,转相师受,通圣人之经者,谓之儒。屈原、宋玉、枚乘、长卿之徒,止于辞赋,则谓之文。今之儒,博穷子史,但能识其事,不能通其理者,谓之学。至如不便为诗如阎纂,善为章奏如伯松,若此之流,泛谓之笔。吟咏风谣,流连哀思者,谓之文。而学者率多不便属辞,守其章句,迟于通变,质于心用。学者不能定礼乐之是非,辩经教之宗旨,徒能扬榷前言,抵掌多识。然而挹源知流,亦足可贵。笔退则非谓成篇,进则不云取义,神其巧惠笔端而已。至如文者,维须绮縠纷披,宫征靡曼,唇吻适会,情灵摇荡。而古之文笔,今之文笔,其源又异。至如象系风雅,名墨农刑,虎炳豹郁,彬彬君子。卜谈"四始",刘言《七略》,源流已详,今亦置而弗辨。潘安仁清绮若是,而评者止称情切,故知为文之难也。曹子建、陆士衡皆文士也,观其辞致侧密,事语坚明,意匠有序,遣言无失,虽不以儒者命家,此亦悉通其义也。遍观文士,略尽知之。至于谢玄晖,始见贫小,然而天才命世,过足以补尤。任彦升甲部阙如,才长笔翰,善缉流略,遂有龙门之名,斯亦一时之盛。②

萧绎对章奏等"笔"的描述,谓其"退则非谓成篇,进则不云取义",要求比较宽松。相对而言,他对"文"的定义更为精细,既讲求"绮縠纷披"的辞采,又重视"宫征靡曼,唇吻适会"的声律,还重视"流连哀思""情灵摇荡"的性情抒发,这与南朝其他论家相比,不仅内涵更为丰富,要求也更高。《立言篇》曾引汉代王充划分士人为儒生、通人、文人、鸿儒的话:"夫说一经者为儒生,博古今者为通人,上书奏事者为文人,能

---

① 《全上古三代秦汉三国六朝文·全梁文》卷十一《与湘东王书》,中华书局 1958 年版,第 6022 页。
② 萧绎撰,许逸民校笺:《金楼子校笺》卷四《立言下》,中华书局 2011 年版,第 965—966 页。

精思著文连篇章为鸿儒……儒生转通人，通人为文人，文人转鸿儒也。"①萧绎将今之学者分为儒、学、笔、文四种，其章奏之"笔"近于王充说的"文人"，他所说的"文人"具有王充"能精思著文连篇章为鸿儒"的含义，如他称文士曹植、陆机"虽不以儒者命家，此亦悉通其义也"，就具有这种意味。可见，萧绎对文笔说的理解，是在学术文化框架中进行的，他崇文的背后，也凝聚着鲜明的崇儒内涵。此外，萧绎还注意到了"古之文笔，今之文笔，其源又异"的情况，此前颜延之区分言、笔，称"经典则言而非笔，传记则笔而非言"，刘勰反驳说："《易》之《文言》，岂非言文？"②范文澜先生说："盖《文言》，经典也，而实有文饰，是经典不必皆言矣；况诗三百篇，又为韵文之祖耶？"③萧绎虽然没有结合经传从古今脉络上具体探析文笔等概念，但这里提到经传诸子等作品以及"其源又异"的说法，也表明他对此同样有所注意。

其次，萧绎对语言文学极为重视。他在《金楼子》中屡次自豪地提及 6 岁即能"解为诗"，此后也"稍学为文"④。尽管念及"政也者，生民之本"时不免有反思之意，但"军书羽檄，文章诏诰，点毫便就，殆不游手"⑤，他本人也以"韬于文士"自居。萧绎对语言有多角度阐述，如《立言篇》云："与人善言，暖于布帛；伤人以言，深于矛戟。赠人以言，重于金石珠玉；观人以言，美于黼黻文章；听人以言，乐于钟鼓琴瑟。"⑥这类言辞虽主要引自《荀子》，但确也代表了他在情志交流和审美层面对语言的重视。《捷对篇》云："夫三端为贵，舌端在焉；四科取士，言语为一。虽喋喋利口，致戒啬夫；便便为嘲，且闻谑浪。聊复记言，以观捷对。"⑦喜好言语，通过"捷对"以观才能之美，这与观人以"言"可见文章、听人以"言"如闻音乐一样，都反映了鲜明的审美诉求。《立言篇》中还说："言行在于美，不在于多。出一美言美行，而天下从之；或见一恶意丑

①《金楼子校笺》卷四《立言下》，中华书局 2011 年版，第 983 页。

②《文心雕龙注》卷九《总术》，人民文学出版社 1958 年版，655 页。

③《文心雕龙注》卷九《总术》，人民文学出版社 1958 年版，658 页。

④《金楼子校笺》卷六《自序》，中华书局 2011 年版，第 1345 页。

⑤ 李延寿撰：《南史》卷八《梁本纪下卷八》，中华书局 1975 年版，第 243 页。

⑥《金楼子校笺》卷四《立言上》，中华书局 2011 年版，第 762 页。

⑦《金楼子校笺》卷十一《捷对》，中华书局 2011 年版，第 1102 页。

事,而万民违之,可不慎乎!"①这与"与人善言,暖于布帛""伤人以言,深于矛戟"的说法相应,都是主张要以美为贵、谨言慎行,展现了言语应本于礼义道德的立场。萧绎在《金楼子》中也论及文学,如与文笔说中强调"流连哀思""情灵摇荡"一样,他结合前人的《捣衣》诗说:"捣衣清而彻,有悲人者。此是秋士悲于心,捣衣感于外,内外相感,愁情结悲,然后哀怨生焉。苟无感,何嗟何怨也。"②强调文学创作应由感而发,才能动人心曲。但是,萧绎承续儒家文学传统的特点也非常突出,他说:

> 管仲有言:"无翼而飞者,声也;无根而固者,情也。然则声不假翼,其飞甚易;情不待根,其固非难。"以之垂文,可不慎欤!古来文士,异世争驱,而虑动难固,鲜无瑕病。陈思之文,群才之隽也。《武帝诔》云"尊灵永蛰",《明帝颂》云"圣体浮轻","浮轻"有似于蝴蝶,"永蛰"可拟于昆虫,施之尊极,不其嗤乎?③

既尚性情,但也重视性情之"固",肯定曹植的卓荦文才,但同样指出其比拟不伦之失,这都反映了他根柢道德尊卑等儒家世教的文学意识。此外,他总结战国以来的文学词章时还说:"诸子兴于战国,文集盛于二汉,至家家有制,人人有集。其美者足以叙情志,敦风俗,其弊者只以烦简牍,疲后生。往者既积,来者未已。"④优秀的作品可以"叙情志",同样又应"敦风俗"。可见,萧绎崇尚律藻、追求情性抒发,作为宫体诗的重要作家,其名作《采莲赋》也流传不衰,但他并未完全丢弃儒家文学的传统。

第五节　刘勰《文心雕龙》

刘勰,字彦和,祖籍东莞莒(今山东莒县)。西晋末年,北方东莞郡

---

① 《金楼子校笺》卷四《立言上》,中华书局 2011 年版,第 767 页。
② 《金楼子校笺》卷四《立言上》,中华书局 2011 年版,第 827—828 页。
③ 《金楼子校笺》卷四《立言下》,中华书局 2011 年版,第 892 页。
④ 《金楼子校笺》卷四《立言上》,中华书局 2011 年版,第 852 页。

沦陷,晋明帝在京口(今江苏镇江)侨置南东莞郡,刘勰祖辈即迁居京口。关于刘勰的生卒年,由于史料的缺乏,至今未有定论,其大约生于南朝宋明帝泰始三年(467年),卒于梁武帝普通二年(521年)前后。《梁书·刘勰传》记载:"勰早孤,笃志好学,家贫不婚娶。"①刘勰20多岁时,前往京师定林寺(在今南京紫金山),"依沙门僧祐,与之居处,积十余年,遂博通经论"②。齐明帝建武五年(498年)前后,刘勰梦到自己手执丹漆之礼器随孔子南行,"于是搦笔和墨,乃始论文"③。此后,刘勰殚精竭虑,历时四载,写成论文巨著《文心雕龙》。书成之后,刘勰"负其书,候约出,干之于车前"④,而作为当时朝堂与文坛中的绝对领袖的沈约,"便命取读,大重之,谓为深得文理,常陈诸几案"⑤。梁武帝时期,刘勰始奉朝请,曾先后担任中军临川王萧宏记室、车骑仓曹参军、太末(今浙江衢州市)令、南康王萧绩记室兼东宫通事舍人、步兵校尉兼东宫通事舍人等职。梁武帝普通二年(521年),刘勰上表请求出家,法号慧地。出家后不足一年,刘勰去世。刘勰的存世著作,除《文心雕龙》以外,还有《灭惑论》和《梁建安王造剡山石城寺石像碑》两篇。另外,《刘子》一书是否为刘勰所作,目前学界尚有争议。

刘勰在《序志》篇中说:

> 夫宇宙绵邈,黎献纷杂,拔萃出类,智术而已。岁月飘忽,性灵不居,腾声飞实,制作而已。……形同草木之脆,名逾金石之坚,是以君子处世,树德建言,岂好辩哉? 不得已也! ……自生人以来,未有如夫子者也。敷赞圣旨,莫若注经;而马郑诸儒,弘之已精,就有深解,未足立家。唯文章之用,实经典枝条,五礼资之以成,六典因之致用,君臣所以炳焕,军国所以昭明,详其本源,莫非经典。而去圣久远,文体解散,辞人爱奇,言贵浮诡,饰羽尚画,文绣鞶悦,离本弥甚,将遂讹滥。盖周书论辞,贵乎体要;尼父陈训,恶乎异端:

---

① 《梁书》卷五十《刘勰传》,中华书局1973年版,第710页。
② 《梁书》卷五十《刘勰传》,中华书局1973年版,第710页。
③ 《文心雕龙注》卷十,人民文学出版社1958年版,第726页。
④ 《梁书》卷五十《刘勰传》,中华书局1973年版,第712页。
⑤ 《梁书》卷五十《刘勰传》,中华书局1973年版,第712页。

辞训之异，宜体于要。于是搦笔和墨，乃始论文。①

　　刘勰写作《文心雕龙》的根本动机，是出于传统儒家知识分子"树德建言"的价值观。《左传》有云："大上有立德，其次有立功，其次有立言。"②为天下立德、为社稷立功、为后世立言，是深刻烙印在中国古代士人思想中的人生追求。对于当时的刘勰而言，栖身于定林寺，仕途无门，树德建功的理想难以企及，唯有退而立言，也就是他所说的"不得已也"。而对于立言方向的选择，注经虽然最能够弘扬圣人之旨，但马融、郑玄等人已经达到了极致，而文学发展到魏晋时期，各种体裁趋于完备，却产生了文体错讹、辞采浮滥的倾向，因而刘勰决定提笔论文。

　　当时，文学的繁荣发展带来了文学品评的需求，许多论文之作应运而生：

　　　　详观近代之论文者多矣：至于魏文述典，陈思序书，应玚《文论》，陆机《文赋》，仲洽《流别》，宏范《翰林》，各照隅隙，鲜观衢路，或臧否当时之才，或铨品前修之文，或泛举雅俗之旨，或撮题篇章之意。魏典密而不周，陈书辩而无当，应论华而疏略，陆赋巧而碎乱，《流别》精而少巧，《翰林》浅而寡要。又君山公幹之徒，吉甫士龙之辈，泛议文意，往往间出，并未能振叶以寻根，观澜而索源。不述先哲之诰，无益后生之虑。③

　　刘勰认为，此前的论文之作，往往只论及某些侧面，鲜少能够着眼于文章全局，又或失于精当，或流于浅碎，都不能振叶寻根、观澜索源，也无益于述先哲之诰、启后生之思。而刘勰写作《文心雕龙》的用心，正在于从这些方面加以改善，成就一部体大思精、正本清源的文论专著。刘知几在《史通》中评价道："词人属文，其体非一，譬甘辛殊味，丹素异彩，后来祖述，识味圆通，家有诋诃，人相掎摭，故刘勰《文心》生焉。"④

　　对于《文心雕龙》的性质，后世也是众说纷纭。《四库全书》将其置

①《文心雕龙注》卷十《序志》，人民文学出版社1958年版，第725—726页。
②《春秋左传正义》卷三十五，《十三经注疏》标点本，北京大学出版社1999年版，第1004页。
③《文心雕龙注》卷十《序志》，人民文学出版社1958年版，第726页。
④ 刘知几著，浦起龙通释，王煦华整理：《史通通释》卷十，上海古籍出版社2009年版，第271页。

于集部诗文评类之首。近代著名学者刘咸炘则认为《文心雕龙》应归入子书之列:"彦和此篇,意笼百家,体实一子。故寄怀金石,欲振颓风。后世列诸诗文评,与宋、明杂说为伍,非其意也。"①这种观点实际上是因《文心雕龙》中所寄寓的刘勰个人的创造性思想而言的。现代学者则有的提出《文心雕龙》是文学概论,有的认为其是文章学论著。其实,我们可以跳出现代学科分类体系,以刘勰的写作意愿为准绳,将《文心雕龙》视为一部中国古代的文论元典。刘勰在其中既论文心,也论文章;既论文之写作,也论文之批评。应该说,关于"文"的方方面面,都在一部《文心雕龙》之中了。

《文心雕龙》全书共五十篇,结构排布严整。《序志》篇云:

> 盖《文心》之作也,本乎道,师乎圣,体乎经,酌乎纬,变乎骚,文之枢纽,亦云极矣。若乃论文叙笔,则囿别区分,原始以表末,释名以章义,选文以定篇,敷理以举统,上篇以上,纲领明矣。至于割情析采,笼圈条贯,摛神性,图风势,苞会通,阅声字,崇替于《时序》,褒贬于《才略》,怊怅于《知音》,耿介于《程器》,长怀《序志》,以驭群篇,下篇以下,毛目显矣。位理定名,彰乎大易之数,其为文用,四十九篇而已。②

《文心雕龙》前五篇《原道》《征圣》《宗经》《正纬》《辨骚》,是全书的总论、文之枢纽,讨论文章写作的指导思想和根本问题。从第六篇《明诗》到第二十五篇《书记》,共 20 篇,是《文心雕龙》的文体论,亦即刘勰所说的"论文叙笔",分论各种文体,主要考察各文体之源流、性质、代表性作家作品,并总结其写作方法。第二十六篇《神思》到第四十四篇《总术》,共 19 篇,是《文心雕龙》的创作论,跳出各文体的限制,探究文章写作的共通性的方法。第四十五篇《时序》到第四十九篇《程器》,是《文心雕龙》的批评论,述及文章的自然兴衰规律、作家的相关素质、文学批评的难点等问题。最后一篇《序志》,是全书的序言,交代了刘勰的写作缘

---

① 刘咸炘撰:《推十书》(增补全本)戊辑《〈文心雕龙阐说〉前言》,上海科学技术文献出版社 2009 年版,第 959 页。
② 《文心雕龙注》卷十《序志》,人民文学出版社 1958 年版,第 727 页。

由、目标和全书的结构安排。各部分相对独立而又互相联系,共同构成了刘勰论文的基本思想和观点。纪昀评价《文心雕龙》云:"刘勰工谈艺,严将甲乙分。雕龙详辨体,雏雉借论文。芳陇宜呼侣,词场竟作群。采翎矜画本,锦臆斗花纹。古有飞腾入,兹惟绮丽闻。一翔旋踬蹶,五色漫纷纭。脱鞲风生翮,盘空气蹙云。饥鹰称独出,转忆鲍参军。"[1]

从总论来看,刘勰对于"文"的核心理念交代得很清楚,"本乎道,师乎圣,体乎经,酌乎纬,变乎骚",即以道为本,以圣人为师,以经为用,以纬书为参,以《离骚》为变。

"道"作为文之本,其含义一直被各家讨论,也有多种不同的理解。纪昀论《原道》说:"自汉以来,论文者罕能及此。彦和以此发端,所见在六朝文士之上。""文以载道,明其当然;文原于道,明其本然。识其本乃不逐其末,首揭文体之尊,所以截断众流。"[2]显然,这是将"原道"之"道"视为正统的儒家之道。《原道》开篇云:

> 文之为德也大矣,与天地并生者何哉?夫玄黄色杂,方圆体分,日月叠璧,以垂丽天之象;山川焕绮,以铺理地之形:此盖道之文也。仰观吐曜,俯察含章,高卑定位,故两仪既生矣。惟人参之,性灵所钟,是谓三才;为五行之秀,实天地之心。心生而言立,言立而文明,自然之道也。傍及万品,动植皆文。[3]

刘勰这里所说的"文",并非仅仅指狭义的文章之"文",还包括日月山川、云霞河流、动物植物等方方面面,是广义的自然之"文"。鲁迅云:"梁之刘勰,至谓'人文之元,肇自太极',三才所显,并由道妙,'形立则章成矣,声发则文生矣',故凡虎斑霞绮,林籁泉韵,俱为文章。"[4]而这所有的"文",都是自然产生的,包括文章,也是"心生而言立,言立而文明",这都是自然而然的事情。从这个角度来说,刘勰所说的文之道,更倾向于自然规律,而非儒家政道。如黄侃所言:"彦和之意,以为文章本

---

① 纪昀撰:《纪文达公遗集·诗集》第十六卷《赋得雉雊文囿》,《清代诗文集汇编》编纂委员会编:《清代诗文集汇编》第 354 册,上海古籍出版社 2009 年版,第 623 页。
② 转引自《文心雕龙注》卷一《原道》,人民文学出版社 1958 年版,第 4 页。
③ 《文心雕龙注》卷一《原道》,人民文学出版社 1958 年版,第 1 页。
④ 鲁迅撰:《汉文学史纲要》,人民文学出版社 1958 年版,第 3—4 页。

第二章　两晋南朝文学思想

由自然生,故篇中数言自然,一则曰:心生而言立,言立而文明,自然之道也。再则曰:夫岂外饰,盖自然耳。三则曰:谁其尸之,亦神理而已。寻绎其旨,甚为平易。盖人有思心,即有言语,既有言语,即有文章,言语以表思心,文章以代言语,惟圣人为能尽文之妙,所谓道者,如此而已。此与后世言'文以载道'者截然不同。"①

虽然"原道"之"道"未必指儒家之道,但这并不是说刘勰不重视儒家思想理念。《征圣》篇提出:"夫作者曰圣,述者曰明,陶铸性情,功在上哲,夫子文章,可得而闻,则圣人之情,见乎文辞矣。……故知繁略殊形,隐显异术,抑引随时,变通会适,征之周、孔,则文有师矣。是以子政论文,必征于圣;稚圭劝学,必宗于经。"②刘勰认为,文章写作必须以圣人为准绳,而周公、孔子无疑是最好的老师。而圣人之文之所以值得学习,是因为:

> 是以远称唐世,则焕乎为盛;近褒周代,则郁哉可从:此政化贵文之征也。郑伯入陈,以文辞为功;宋置折俎,以多文举礼:此事迹贵文之征也。褒美子产,则云言以足志,文以足言;泛论君子,则云情欲信,辞欲巧:此修身贵文之征也。然则志足而言文,情信而辞巧,乃含章之玉牒,秉文之金科矣。③

孔夫子政化贵文、事迹贵文、修身贵文,也就是在政治教化、应对行事、个人修养等方面重视文的作用。这是典型的儒家思想价值观。

进一步具体到应该学习的作品,刘勰认为,儒家圣人所作之经,是后世各文体的渊薮和标杆。他对于经的评价极高:"三极彝训,其书言经。经也者,恒久之至道,不刊之鸿教也。故象天地,效鬼神,参物序,制人纪,洞性灵之奥区,极文章之骨髓者也。"④对于经的作用,刘勰提出:"义既极乎性情,辞亦匠于文理,故能开学养正,昭明有融。"⑤经不仅能够陶冶和规范人们的思想,也深得文章写作之正道,因而能够在文章

写作上给后学以启迪和参考。在刘勰看来,五经是后世各类文体的源头:

> 故论说辞序,则《易》统其首;诏策章奏,则《书》发其源;赋颂歌赞,则《诗》立其本;铭诔箴祝,则《礼》总其端;纪传铭檄,则《春秋》为根:并穷高以树表,极远以启疆,所以百家腾跃,终入环内者也。①

这种归类基本上是合理的。后世文人如果能够认识到这一点,在文章写作中以经为学习标准,就能够达到以下六种境界:

> 故文能宗经,体有六义:一则情深而不诡,二则风清而不杂,三则事信而不诞,四则义直而不回,五则体约而不芜,六则文丽而不淫:扬子比雕玉以作器,谓五经之含文也。②

感情深厚而不造作、思想纯正而不杂乱、用典真实而不怪诞、说理切当而不邪僻、文体规范而不繁芜、辞采华美而不过分,这"六义"也是刘勰所确立的文章批评标准。值得注意的是,虽则宗经,但刘勰的着眼点并不在于经义道理,其核心一直是"文"。明代屠隆也说:"夫六经之所贵者道术,固也,吾知之,即其文字,奚不盛哉!《易》之冲玄,《诗》之和婉,《书》之庄雅,《春秋》之简严,绝无后世文人学士纤秾佻巧之态,而风骨格力,高视千古。若《礼·檀弓》《周礼·考工记》等作,则又峰峦峭拔,波涛层起,而姿态横出,信文章之大观也。"③

汉魏六朝时期,除经书以外,纬书也颇为盛行。纪昀评刘勰《正纬》篇云:"此在后世为不足辩论之事,而在当日则为特识。康成千古通儒,尚不免以纬注经,无论文士也。"④在当时,纬书在经注和文学创作领域的应用都十分广泛,但纬书中存在大量乖道谬典的内容,因而很有必要专门加以讨论。刘勰在《正纬》篇中对纬书进行了大体的分析和梳理,认为其"真虽存矣,伪亦凭焉"⑤。但是,从刘勰论文的根本立场来看:

---

① 《文心雕龙注》卷一《宗经》,人民文学出版社 1958 年版,第 22—23 页。

② 《文心雕龙注》卷一《宗经》,人民文学出版社 1958 年版,第 23 页。

③ 屠隆撰,李亮伟、张萍校注:《由拳集校注》卷之二十三《文论》,浙江大学出版社 2016 年版,第 636 页。

④ 转引自戚良德辑校《文心雕龙·正纬》纪评,上海古籍出版社 2015 年版,第 22 页。

⑤ 《文心雕龙注》卷一《正纬》,人民文学出版社 1958 年版,第 29 页。

"若乃羲农轩皞之源,山渎钟律之要,白鱼赤乌之符,黄金紫玉之瑞,事丰奇伟,辞富膏腴,无益经典,而有助文章。是以后来辞人,采撷英华。"①纬书中的种种传说要闻、符命祥瑞,内容广泛而奇特,文辞丰富而华美,虽无益于经典,却有益于文章创作。因此,刘勰的态度是,对于纬书,在文学写作中可以酌情参考,择取其精华而用。

沈约在《宋书·谢灵运传论》中谈到当时的诗赋"原其飚流所始,莫不同祖风、骚"②,可见其时以《离骚》为代表的楚辞,对于文士而言,地位可堪与《诗经》比肩。但自汉代开始,对于屈原与《离骚》的评价和褒贬就已经产生了分歧。西汉淮南王刘安认为《离骚》兼有《国风》《小雅》之长;班固认为屈原过分张扬个性才华,《离骚》中的一些内容也不合于经;王逸则认为《离骚》是依经典而作,寄寓了屈原的讽谏;汉宣帝、扬雄等人,也都认为《离骚》完全合于儒家经典。楚骚地位的重要性和存在的争议,决定了刘勰"辨骚"的必要性。

在刘勰看来,楚辞既有合乎风雅经典的"四同":"故其陈尧舜之耿介,称汤武之祗敬,典诰之体也;讥桀纣之猖披,伤羿浇之颠陨,规讽之旨也;虬龙以喻君子,云蜺以譬谗邪,比兴之义也;每一顾而掩涕,叹君门之九重,忠怨之辞也:观兹四事,同于风雅者也。"③也有不合于风雅经典的"四异":"至于讬云龙,说迂怪,丰隆求宓妃,鸩鸟媒娀女,诡异之辞也;康回倾地,夷羿彃日,木夫九首,土伯三目,谲怪之谈也;依彭咸之遗则,从子胥以自适,狷狭之志也;士女杂坐,乱而不分,指以为乐,娱酒不废,沉湎日夜,举以为欢,荒淫之意也:摘此四事,异乎经典者也。"④因此,刘勰得出结论:"虽取镕经意,亦自铸伟辞。"⑤也就是说,楚辞虽有取法经书之处,但更有自己的创造性突破。谈到文学写作者对于楚辞的采用,刘勰说:

若能凭轼以倚雅颂,悬辔以驭楚篇,酌奇而不失其真,玩华而

①《文心雕龙注》卷一《正纬》,人民文学出版社 1958 年版,第 31 页。
②《宋书》卷六十七《谢灵运传论》,中华书局 1974 年版,第 1778 页。
③《文心雕龙注》卷一《辨骚》,人民文学出版社 1958 年版,第 46 页。
④《文心雕龙注》卷一《辨骚》,人民文学出版社 1958 年版,第 46—47 页。
⑤《文心雕龙注》卷一《辨骚》,人民文学出版社 1958 年版,第 47 页。

不坠其实,则顾盼可以驱辞力,欬唾可以穷文致,亦不复乞灵于长卿,假宠于子渊矣。①

以《诗经》等经典为"贞(正)"和"实",以楚辞为其变体"奇"和"华",二者结合,前者为体,后者为用,相辅相成。

《文心雕龙》以"文之枢纽"的五篇,阐明了文学创作的基本原则:遵从人文自然发展的客观规律,以儒家圣人和经典为本,参酌以纬书和楚辞。

《文心雕龙》的"文体论"二十篇,《明诗》至《哀吊》论有韵之文,《杂文》《谐隐》两篇体兼文笔,《史传》至《书记》叙无韵之笔,论及诗、乐府、赋、颂、赞、祝、盟、铭、箴、诔、碑、哀、吊、杂文、谐、隐、史、传、诸子、论、说、诏、策、檄、移、封禅、章、表、奏、启、议、对、书、记等三十四种文体。

《序志》篇中提道:"若乃论文叙笔,则囿别区分,原始以表末,释名以章义,选文以定篇,敷理以举统。"②即阐释文体的名称和含义,考察文体的起源和流变,列举品评各文体的代表性作家作品,归纳总结各文体的特点和写作方法,基本上对于每种文体都按照这个标准进行了梳理和总结。

在论述一种文体之初,刘勰往往先"释名以章义"。在《明诗》篇中,刘勰开篇道:"大舜云:诗言志,歌永言。圣谟所析,义已明矣。是以在心为志,发言为诗,舒文载实,其在兹乎!诗者,持也,持人情性。"③《诠赋》开篇:"赋者,铺也,铺采摛文,体物写志也。"④

在阐明文体含义之后,通常开始"原始以表末"。如《乐府》篇指出:"钧天九奏,既其上帝;葛天八阕,爰乃皇时。自《咸》《英》以降,亦无得而论矣。至于涂山歌于候人,始为南音;有娀谣乎飞燕,始为北声;夏甲叹于东阳,东音以发;殷整思于西河,西音以兴;音声推移,亦不一概矣。"⑤相传天的中央奏乐九曲,葛天氏奏八曲,是上古乐曲。黄帝作《咸

①《文心雕龙注》卷一《辨骚》,人民文学出版社 1958 年版,第 48 页。
②《文心雕龙注》卷十《序志》,人民文学出版社 1958 年版,第 727 页。
③《文心雕龙注》卷二《明诗》,人民文学出版社 1958 年版,第 65 页。
④《文心雕龙注》卷二《诠赋》,人民文学出版社 1958 年版,第 134 页。
⑤《文心雕龙注》卷二《乐府》,人民文学出版社 1958 年版,第 101 页。

池》，帝喾作《五英》。至于涂山氏唱《候人歌》，有娀氏唱《飞燕歌》，夏代的孔甲在东阳作《破斧歌》，殷代的整甲在西河作思念之歌，则分别为南、北、东、西方乐歌的起源。

在论述文体发展的演变过程中，往往要与"选文以定篇"结合在一起，形成一部简要的分体文学发展史。以《乐府》为例：

> 自雅声浸微，溺音腾沸，秦燔乐经，汉初绍复，制氏纪其铿锵，叔孙定其容与，于是《武德》兴乎高祖，《四时》广于孝文，虽摹《韶》《夏》，而颇袭秦旧，中和之响，阒其不还。暨武帝崇礼，始立乐府，总赵代之音，撮齐楚之气；延年以曼声协律，朱马以骚体制歌；《桂华》杂曲，丽而不经，《赤雁》群篇，靡而非典；河间荐雅而罕御，故汲黯致讥于《天马》也。至宣帝雅颂，诗效《鹿鸣》。迄及元成，稍广淫乐，正音乖俗，其难也如此。暨后郊庙，惟杂雅章，辞虽典文，而律非夔旷。至于魏之三祖，气爽才丽，宰割辞调，音靡节平。观其《北上》众引，秋风列篇，或述酣宴，或伤羁戍，志不出于淫荡，辞不离于哀思，虽三调之正声，实《韶》《夏》之郑曲也。逮于晋世，则傅玄晓音，创定雅歌，以咏祖宗；张华新篇，亦充庭万。然杜夔调律，音奏舒雅；荀勖改悬，声节哀急；故阮咸讥其离声，后人验其铜尺。[1]

自周代而后，雅正的乐歌逐渐衰落，流荡之音兴起，中正平和之声逐渐难以闻听。汉武帝时设立乐府，但直到元帝、成帝之时，仍是淫邪之乐多，雅正之音少。到了后汉，产生了一些祭祖之用的雅正乐章，但也只是文辞典雅，音律却与古乐不同了。曹魏时期用乐府古题所作的新曲，音调浮靡而节奏平淡。到晋代，傅玄创作出许多歌颂晋代祖先的雅乐，张华也写了一些用于宫廷舞曲的乐章。在对乐曲流脉的叙述中，刘勰对汉高祖时的《武德舞》、汉文帝时的《四时舞》《桂华》《赤雁》、曹操的《苦寒行》、曹丕的《燕歌行》等乐曲都进行了自然而然的品评，即"选文以定篇"是也。

在对每种文体进行了考察梳理之后，刘勰总是"敷理以举统"，对该

---

[1]《文心雕龙注》卷二《乐府》，人民文学出版社1958年版，第101—102页。

文体进行理论总结和写作指导。在对"诗"之一体的总结中,刘勰写道:

> 故铺观列代,而情变之数可监;撮举同异,而纲领之要可明矣。若夫四言正体,则雅润为本;五言流调,则清丽居宗;华实异用,惟才所安。故平子得其雅,叔夜含其润,茂先凝其清,景阳振其丽;兼善则子建仲宣,偏美则太冲公幹。然诗有恒裁,思无定位,随性适分,鲜能通圆。若妙识所难,其易也将至;忽之为易,其难也方来。①

他认为,对于传统的四言诗体裁,要以雅正温润为根本;后来流行的五言诗,应以清新华丽为中心。而对于诗人而言,具体选择朴实或华丽的风格道路,要根据每个人不同的思维和性格特点,发挥所长。

《文心雕龙》"文体论"的内容,既阐明了当时各类文体的概念、发展与应用情况,又体现了刘勰对于各体文学的精深的理论思想。

《文心雕龙》的创作论十九篇,从总体上讨论文学创作的问题,探究文学创作中普遍适用的通论。

《神思》篇论写作的艺术构思问题,历来为人们所重视。刘勰首先点明了人的思维想象活动的特点:"古人云:形在江海之上,心存魏阙之下。神思之谓也。文之思也,其神远矣,故寂然凝虑,思接千载;悄焉动容,视通万里。"②作家的精神想象不受现实限制,艺术构思可以漫无边际,因而对于创作而言至关重要。但是,艺术构思又不是凭空存在的,它与客观现实之间有着深切的联系:"思理为妙,神与物游。神居胸臆,而志气统其关键;物沿耳目,而辞令管其枢机。枢机方通,则物无隐貌;关键将塞,则神有遁心。"③作家的思维世界实际上与客观物象是一起活动的,物象诉诸耳目,进入作家的思想世界,经过艺术构思,转化成具体的文辞。在这个过程当中,艺术构思起到的是枢纽和转化的作用。因此,刘勰一再强调陶钧文思的重要性和方法:

> 陶钧文思,贵在虚静,疏瀹五藏,澡雪精神,积学以储宝,酌理以富才,研阅以穷照,驯致以怿辞,然后使玄解之宰,寻声律而定

---

① 《文心雕龙注》卷二《明诗》,人民文学出版社 1958 年版,第 67—68 页。
① 《文心雕龙注》卷二《明诗》,人民文学出版社 1958 年版,第 67—68 页。
② 《文心雕龙注》卷六《神思》,人民文学出版社 1958 年版,第 493 页。
③ 《文心雕龙注》卷六《神思》,人民文学出版社 1958 年版,第 493 页。

墨;独照之匠,窥意象而运斤:此盖驭文之首术,谋篇之大端。……是以秉心养术,无务苦虑;含章司契,不必劳情也。①

进行艺术构思必须精神专一宁静,疏通五脏六腑,洗涤净化精神。更要注重平时积累学识、充实修养,精研事理、丰富精神,静心养气,避免苦思冥想,耗费心神。

《体性》篇总结了文学作品的八种典型风格:

> 若总其归途,则数穷八体:一曰典雅,二曰远奥,三曰精约,四曰显附,五曰繁缛,六曰壮丽,七曰新奇,八曰轻靡。典雅者,镕式经诰,方轨儒门者也;远奥者,馥采典文,经理玄宗者也;精约者,核字省句,剖析毫厘者也;显附者,辞直义畅,切理厌心者也;繁缛者,博喻酿采,炜烨枝派者也;壮丽者,高论宏裁,卓烁异采者也;新奇者,摈古竞今,危侧趣诡者也;轻靡者,浮文弱植,缥缈附俗者也。故雅与奇反,奥与显殊,繁与约舛,壮与轻乖,文辞根叶,苑囿其中矣。②

刘勰还谈到,对于创作者而言,"若夫八体屡迁,功以学成,才力居中,肇自血气;气以实志,志以定言,吐纳英华,莫非情性"③。一个作家的创作风格并不是固定唯一的,而是在上述八种艺术风格中处于动态变化之中。这是因为,作家所侧重的艺术风格,一方面来源于个人的才性,这是由先天的血气决定的,后天无法改变;但另一方面,后天的学习也影响着作家的写作风格。

在写作方法的指导上,刘勰用了大量的心思和笔墨。《镕裁》篇云:

> 凡思绪初发,辞采苦杂,心非权衡,势必轻重。是以草创鸿笔,先标三准,履端于始,则设情以位体;举正于中,则酌事以取类;归余于终,则撮辞以举要。然后舒华布实,献替节文.绳墨以外,美材既斫,故能首尾圆合,条贯统序。若术不素定,而委心逐辞,异端丛至,骈赘必多。故三准既定,次讨字句。句有可削,足见其疏;字不

---

①《文心雕龙注》卷六《神思》,人民文学出版社 1958 年版,第 493—494 页。
②《文心雕龙注》卷六《体性》,人民文学出版社 1958 年版,第 505 页。
③《文心雕龙注》卷六《体性》,人民文学出版社 1958 年版,第 506 页。

得减，乃知其密。精论要语，极略之体；游心窜句，极繁之体：谓繁与略，随分所好。①

为文之初，要先定"三准"：根据情感表达的需要确定文体，由所要书写的事物择取素材，用简洁的语言概括出文章的要点。三准既定，再修饰辞采，推敲语言，斟酌字句。最终在语言风格上选择简洁还是繁复，则可根据作家性情之所偏好而定。

刘勰更意识到，写作方法千变万化，难以言尽，而其核心在于继承和创新，尤其是创新。他在《通变》篇中提出："夫设文之体有常，变文之数无方，何以明其然耶？凡诗赋书记，名理相因，此有常之体也；文辞气力，通变则久，此无方之数也。名理有常，体必资于故实；通变无方，数必酌于新声：故能骋无穷之路，饮不竭之源。"②文章体裁有一定的规则，但写作方法可以千变万化，要使文章得以流传，就必须有所创新。在具体的实施上，既要取法前人，也要参考新兴的作品，才能使文思保持不竭。同时，刘勰也明白，创新并非易事，"绠短者衔渴，足疲者辍途，非文理之数尽，乃通变之术疏耳"③，文章写作中如何创新才是问题的关键。刘勰认为：

> 是以规略文统，宜宏大体：先博览以精阅，总纲纪而摄契；然后拓衢路，置关键，长辔远驭，从容按节，凭情以会通，负气以适变，采如宛虹之奋鬐，光若长离之振翼，乃颖脱之文矣。若乃龌龊于偏解，矜激乎一致，此庭间之回骤，岂万里之逸步哉？④

刘勰所鼓励的创新，是在继承中有所变化发展，所以既要广泛阅读，又要尽心钻研，提纲挈领，拓宽自己的创作领域，以自己的情志贯通古人的作品，依托自己的个性加以创新，"望今制奇，参古定法"⑤。

《文心雕龙》的批评论，主要集中于《时序》《才略》《知音》《程器》诸篇。《序志》篇云："崇替于《时序》，褒贬于《才略》，怊怅于《知音》，耿介

---

① 《文心雕龙注》卷七《镕裁》，人民文学出版社 1958 年版，第 543 页。

① 《文心雕龙注》卷七《镕裁》，人民文学出版社 1958 年版，第 543 页。
② 《文心雕龙注》卷六《通变》，人民文学出版社 1958 年版，第 519 页。
③ 《文心雕龙注》卷六《通变》，人民文学出版社 1958 年版，第 519 页。
④ 《文心雕龙注》卷六《通变》，人民文学出版社 1958 年版，第 521 页。
⑤ 《文心雕龙注》卷六《通变》，人民文学出版社 1958 年版，第 521 页。

于《程器》。"①《时序》总结文章盛衰兴亡的规律,《才略》褒贬文人才能,《知音》论述文章知音难寻的怅惘,《程器》寄寓文人建功立业的抱负。其中,《知音》篇专论文学鉴赏与批评的相关问题,是《文心雕龙》批评论中最具代表性的一篇。

刘勰开篇感叹:"知音其难哉! 音实难知,知实难逢,逢其知音,千载其一乎!"②思想情感从作者到作品,再到读者,这个过程经过两次转化,很容易造成表达和理解的偏差,即"音难知";再者,特定的文学作品能够遇到欣赏它的读者,是一种难得的偶然事件,也就是"知难逢"。

对于知音难逢的问题,刘勰总结了三个方面:

> 夫古来知音,多贱同而思古,所谓日进前而不御,遥闻声而相思也。昔《储说》始出,《子虚》初成,秦皇汉武,恨不同时。既同时矣,则韩囚而马轻,岂不明鉴同时之贱哉? 至于班固傅毅,文在伯仲,而固嗤毅云下笔不能自休。及陈思论才,亦深排孔璋,敬礼请润色,叹以为美谈;季绪好诋诃,方之于田巴,意亦见矣。故魏文称文人相轻,非虚谈也。至如君卿唇舌,而谬欲论文,乃称史迁著书,谘东方朔;于是桓谭之徒,相顾嗤笑,彼实博徒,轻言负诮,况乎文士,可妄谈哉! 故鉴照洞明,而贵古贱今者,二主是也;才实鸿懿,而崇己抑人者,班曹是也;学不逮文,而信伪迷真者,楼护是也;酱瓿之议,岂多叹哉!③

贵古贱今、崇己抑人、信伪迷真,是自古以来文学赏鉴中极为常见的问题。刘勰以实例将这些问题一针见血地指出,正是告诫世人有意纠正、克服此类劣习。

如果说由鉴赏者的偏见而造成的"知难逢",可以通过态度的纠正、思想的转变来克服,那么"音难知"的问题显然更加棘手。"夫篇章杂沓,质文交加,知多偏好,人莫圆该。慷慨者逆声而击节,酝藉者见密而高蹈,浮慧者观绮而跃心,爱奇者闻诡而惊听。会己则嗟讽,异我则沮弃,各执一隅之解,欲拟万端之变:所谓东向而望,不见西墙也。"④文章

---

① 《文心雕龙注》卷十《序志》,人民文学出版社 1958 年版,第 727 页。
② 《文心雕龙注》卷十《知音》,人民文学出版社 1958 年版,第 713 页。
③ 《文心雕龙注》卷十《知音》,人民文学出版社 1958 年版,第 713—714 页。
④ 《文心雕龙注》卷十《知音》,人民文学出版社 1958 年版,第 714 页。

结构本就错综复杂,内容和形式交织在一起,读者自身又各有偏好,一般人不可能全面看待。性情慷慨之人喜激昂之作,性格含蓄之人偏爱隐微细节,聪明人好绮丽之文,爱好新奇的人喜读怪诞诡闻。对于适合自己口味的,就赞叹称赏,对于不合自己情趣的,就置之不理,这是人之常情。所以,以人之片面,的确很难领略文章作品的千变万化。

对于这个难题,刘勰给出了他的解决之道:"凡操千曲而后晓声,观千剑而后识器;故圆照之象,务先博观。阅乔岳以形培塿,酌沧波以喻畎浍,无私于轻重,不偏于憎爱,然后能平理若衡,照辞如镜矣。"①他认为,必须广泛大量地阅读,才有可能全面把握各种文章的情况;只有打消对作者其人或轻视或重视的私心,放下个人的偏私好恶,才能够实事求是地看待文章作品。

另外,刘勰还进一步提出了文章批评鉴赏的具体方向:"将阅文情,先标六观:一观位体,二观置辞,三观通变,四观奇正,五观事义,六观宫商。斯术既形,则优劣见矣。"②一是考察作品的体裁运用,二是考察作品的文辞修饰,三是考察作品的变化创新,四是考察作品的正变风格,五是考察作品的征引用事,六是考察作品的声律音韵。

刘勰对于文学创作和文学批评的基本原理的总结,更是精练:"夫缀文者情动而辞发,观文者披文以入情。"③文学创作是先有情感的产生,而后形之于文辞;而文学批评则是由作品的文辞入手,从而感受和理解作者的情感。刘勰认为,"沿波讨源,虽幽必显。世远莫见其面,觇文辄见其心"④,这也是文学批评能够得以存在和实现的前提和意义。

《文心雕龙》基本上囊括了我国古代文论方面所有的根本性问题。刘勰在吸收前人成果的基础上,加入了自己创造性的思考和突破,大大提高了当时的文论发展水平。《文心雕龙》的论文思想、文学理念,也极大地影响着后世的作家、文论家,堪称我国文学批评史上的瑰宝。

---

① 《文心雕龙注》卷十《知音》,人民文学出版社 1958 年版,第 714—715 页。
② 《文心雕龙注》卷十《知音》,人民文学出版社 1958 年版,第 715 页。
③ 《文心雕龙注》卷十《知音》,人民文学出版社 1958 年版,第 715 页。
④ 《文心雕龙注》卷十《知音》,人民文学出版社 1958 年版,第 715 页。

第三章　唐代文学思想

　　唐代江苏文学思想虽然不如作为政治、文化中心的南朝时期那样煊赫，但江苏先贤们仍然为中国唐代文学思想的诸多板块作出了各各不同的贡献。

　　首先，史家文论在唐代文学思想史中占有重要地位。唐初陆续编成了《晋书》《北齐书》等史书，总领其事的大多是唐初名臣，他们以政治家之资修史并兼而论及文学。这些杰出的政治家都具有宏阔的视野，他们于官修史书中论及文学，往往具有持正允洽的特征。而彭城（今江苏徐州）史家刘知几，撰成了历史上第一部史学理论专著《史通》，"牵文搭史"，成为唐代史家文论的一个重要组成部分。

　　其次，唐代乃诗歌繁荣的时期。诗人论诗贯及有唐一代。从初唐的"七绝圣手"王昌龄到中唐的刘禹锡、晚唐的陆龟蒙，这些江苏诗人基于他们各自的创作体验，从不同的维度提出的文学观念，丰富了中国古代诗学宝库。

　　再次，古文运动的先驱者的文学思想多孕成于江苏大地。"文起八代之衰"并不能为韩愈所专美，古文运动经历了一个发展过程。时人梁肃云："天宝已还，则李员外、萧功曹、贾常侍、独孤常州比肩而作，故其道益炽。"①四人当中，李华、萧颖士、独孤及都曾长期生活或仕履于江苏。可见，解散而为古文，与曾经是排偶之文最盛地区的有识之士的深切反思有关，他们为古文运动的兴起作出了不可忽视的贡献。

---

① 董诰等编：《全唐文》卷五百十八《补阙李君前集序》，中华书局 1983 年版，第 5261 页。

最后,唐人选唐诗的典范之作《河岳英灵集》及其诗学史意义。唐人选唐诗以表现编选者的诗学旨趣,这是中国古代文学批评史上的一个重要形式。其代表作《河岳英灵集》则出自江苏丹阳人殷璠之手。处于盛唐时代的殷璠,认为诗至开元年间已声律风骨兼备,准确地总结了时至盛唐的诗坛新风貌,肯定了近体诗成就,论及了诗歌兴象等审美特征。殷璠以宽宏的胸襟含英咀华,平正客观地看待雅正与新奇的风格。借选诗、评诗以体现诗歌美学思想,开启的选诗、评诗的方式,更为后世文人所继踵,丰富了诗学批评的形式。

兹就这一时期代表性文论家的思想分别论之。

第一节　刘知几

刘知几(661—721),字子玄,彭城(今江苏徐州)人,历仕武后、中宗、睿宗、玄宗四朝。官至左散骑常侍。刘知几是著名的史学家,富于撰述,尤以《史通》最著。《史通》是我国古代第一部系统性的史学理论著作,但其中也涉及写作的普遍性问题,具有"牵文搭史"[①]的特征。其文学观念概有以下几个方面。

首先,判分文史。刘知几在文史关系上认为"史之为务,必藉于文"[②],尤其是文史未分之前,史本就是"当时之文":"昔尼父有言:'文胜质则史。'盖史者当时之文也。"[③]但由于立足史学本位,刘知几更强调分判文史之不同,认为伴随"朴散淳销,时移世异"的世风变迁与学术演进,"文之与史,较然异辙"之后,文学日渐走上"重文藻""宗丽淫"之途,这与征实考信的史学宗旨相背离。故而,刘知几一方面强调文史不易兼得,通过列举张衡、蔡邕、刘孝标、徐陵、刘炫等文士"不闲于史",陈寿诸史家"不习于文",指出文史之间鸿沟难越。另一方面,更对近世以来"齿迹文章而兼修史传"的现象予以了批判:"是以略观近代,有齿迹文

---

① 刘知几著,浦起龙通释,王煦华整理:《史通通释》卷五《载文》,上海古籍出版社 2009 年版,第 114 页。
②《史通通释》卷六《叙事》,上海古籍出版社 2009 年版,第 167 页。
③《史通通释》卷九《核才》,上海古籍出版社 2009 年版,第 232 页。

章而兼修史传。……然向之数子所撰者,盖不过偏记杂说,小卷短书而已,犹且乖滥踳驳,一至于斯。而况责之以刊勒一家,弥纶一代,使其始末圆备,表里无咎,盖亦难矣。"①刘知几的批评,是针对近世史局"凡所拜授,必推文士"的普遍情势而发,寄寓了他在文史淆乱背景下的独立思考。他既慨叹"史才之难,其难甚矣",更主张"苟非其才,则不可叨居史任"②。

刘知几判分文史的意识,突出体现在语言层面。他曾提及语言文采的重要性:"古者行人出境,以词令为宗;大夫应对,以言文为主。况乎列以章句,刊之竹帛,安可不励精雕饰,传诸讽诵者哉?"③然而在史家语言问题上,他更强调质、直,而反对"轻事尘点,曲加粉饰"④,以及"体兼赋颂,词类俳优"等文学语言的混入,明确要规避"文非文,史非史""刻鹄不成,反类于鹜"⑤的风格。他认为"文章既作,比兴由生",诗人骚客在创作中"鸟兽以媲贤愚""草木以方男女"⑥固无不可,但史家却不能妄加润饰、背真离实。比如,刘祥《宋书序录》评论诸家晋史"法盛《中兴》,荒庄少气,王隐、徐广,沦溺罕华",刘知几就此批评说:"夫史之叙事也,当辩而不华,质而不俚,其文直,其事核,若斯而已可也。必令同文举之含异,等公幹之有逸,如子云之含章,类长卿之飞藻,此乃绮扬绣合,雕章缛彩,欲称实录,其可得乎?以此诋诃,知其妄施弹射矣。"⑦刘祥批评王隐等人的史书缺乏文采,刘知几恰恰相反,认为史书叙事正应辩而不华、质而不俚、文直事核,如此而已。如若过求文饰,甚至争如汉魏知名的文士之作,这必定妨碍直书实录。的确,坚持史家实录精神,讲求"记功司过,彰善瘅恶",是他分别文史的根柢。他甚至认为史家若能秉持直书精神,即便语存糟粕,也可以为后世采用:"然则历考前史,征诸直词,虽古人糟粕,真伪相乱,而披沙拣金,有时获宝。案金行在

---

① 《史通通释》卷九《核才》,上海古籍出版社 2009 年版,第 232—233 页。
② 《史通通释》卷九《核才》,上海古籍出版社 2009 年版,第 231 页。
③ 《史通通释》卷六《叙事》,上海古籍出版社 2009 年版,第 161 页。
④ 《史通通释》卷六《浮词》,上海古籍出版社 2009 年版,第 148 页。
⑤ 《史通通释》卷六《叙事》,上海古籍出版社 2009 年版,第 167 页。
⑥ 《史通通释》卷六《叙事》,上海古籍出版社 2009 年版,第 165 页。
⑦ 《史通通释》卷七《鉴识》,上海古籍出版社 2009 年版,第 191 页。

历,史氏尤多。"①另外,史家语言中不乏讳尊、讳亲一类的"曲笔",刘知几认为这种"曲笔"也与"舞词弄札,饰非文过""事每凭虚,词多乌有"②等类乎文学性的语言全然不同。在他看来,前者虽然"直道不足",但"名教存焉",而后者如果出现在史书中,则或是史家任凭臆说,"威福行乎笔端",或是"假人之美,藉为私惠;或诬人之恶,持报己仇"③,这都与史家精神严重相背。

其次,在《载文篇》中,刘知几较集中地阐述了他对历代文学的认识,云:

> 夫观乎人文,以化成天下;观乎国风,以察兴亡。是知文之为用,远矣大矣。若乃宣、僖善政,其美载于周诗;怀、襄不道,其恶存乎楚赋。读者不以吉甫、奚斯为谄,屈平、宋玉为谤者,何也?盖不虚美,不隐恶故也。是则文之将史,其流一焉,固可以方驾南、董,俱称良直者矣。④

《载文篇》主要讨论史家疏录各代文章的问题,主张应以"文皆诣实,理多可信"为标准来载削编次。他肯定《诗》《骚》作者"不虚美,不隐恶",称其可以媲美良史,甚至说"文之将史,其流一焉",即意指《诗》《骚》精神与史学精神一致。这种评价,固与《诗》《骚》本具崇高的地位有关,但也未尝不是刘知几在以史为本立场下的一种选择性论述。称赞《诗》《骚》之后,刘知几对后来的文学多持批评态度,认为两周之后"文体大变",并逐渐走向"树理者多以诡妄为本,饰辞者务以淫丽为宗"⑤的局面。在刘知几看来,两汉文章虽然"大抵犹实",但司马相如、扬雄、班固、马融等词赋之作,不仅已多虚伪矫饰,甚至"喻过其体,词没其义,繁华而失实,流宕而忘返,无裨劝奖,有长奸诈"⑥。对于两汉以后的文学,他还总结了五种弊病:一曰虚设,二曰厚颜,三曰假手,四曰自

① 《史通通释》卷七《直书》,上海古籍出版社 2009 年版,第 180 页。
② 《史通通释》卷七《曲笔》,上海古籍出版社 2009 年版,第 183 页。
③ 《史通通释》卷七《曲笔》,上海古籍出版社 2009 年版,第 183 页。
④ 《史通通释》卷五《载文》,上海古籍出版社 2009 年版,第 114 页。
⑤ 《史通通释》卷五《载文》,上海古籍出版社 2009 年版,第 114 页。
⑥ 《史通通释》卷五《载文》,上海古籍出版社 2009 年版,第 114—115 页。

戾,五曰一概。所谓"虚设",指魏晋南北朝时期纷争攘窃,故用于经国大业的禅书、让表等实用性文章,也多半"徒有其文,竟无其事。此所谓虚设也"。①"厚颜"指对敌而作的诰、誓、移、檄一类文章,往往"饰辞矫说"、虚假掩饰。"假手"则是指国家诏敕往往责成于群下,这导致的结果是"但使朝多文士,国富辞人","恭主多逊辞,谀臣饰恩意"②。"自戾"侧重论述"帝心不一,皇鉴无恒"③,认为君主鉴识不定,故言语文章中对人臣的评价也常常会前后相违。所谓"一概",是指作者为文无视世道隆污、人事本然,从而违背文理、善恶等准则。刘知几认为这五种弊病有相通之处,即"言必凭虚",在实用性上类似于"镂冰为璧""画地为饼",皆虚华无实。当然,刘知几对于历代的杰出作家也有肯定:"至如诗有韦孟《讽谏》,赋有赵壹《嫉邪》,篇则贾谊《过秦》,论则班彪《王命》,张华述箴于女史,张载题铭于剑阁,诸葛表主以出师,王昶书字以诫子,刘向、谷永之上疏,晁错、李固之对策,荀伯子之弹文,山巨源之启事,此皆言成轨则,为世龟镜。求诸历代,往往而有。"④可见,刘知几无论是批评"五弊",还是欣赏"轨则""龟镜",基本都以关乎伦理政教、可以应之实用为核心。此中缘故,还是由于《载文篇》的主旨是要选文入史,所以这些文学评价自然与其史学立场密不可分。

再次,关于叙事。叙事观是刘知几思想的重要构成,"夫史之称美者,以叙事为先"⑤,叙事上的差异,不仅"经史之目,于此分焉",更是判断著述之工拙优劣的重要标尺。当然,"叙事之体,其流甚多",刘知几论叙事,包含着对叙事体例、技巧、语言等多层面的探析,而其中尤以尚简、用晦等主张最具代表性。关于尚简,他说:"夫国史之美者,以叙事为工,而叙事之工者,以简要为主。简之时义大矣哉!"⑥而由具体路径来说,这一方面要"叙事之体"不可相须:"有直纪其才行者,有唯书其事

---

①《史通通释》卷五《载文》,上海古籍出版社 2009 年版,第 115 页。
②《史通通释》卷五《载文》,上海古籍出版社 2009 年版,第 116 页。
③《史通通释》卷五《载文》,上海古籍出版社 2009 年版,第 116 页。
④《史通通释》卷五《载文》,上海古籍出版社 2009 年版,第 117—118 页。
⑤《史通通释》卷六《叙事》,上海古籍出版社 2009 年版,第 152 页。
⑥《史通通释》卷六《叙事》,上海古籍出版社 2009 年版,第 156 页。

迹者,有因言语而可知者,有假赞论而自见者。"①刘知几认为这四种"叙事之体"不应在同一叙事中全部出现,若"兼而毕书",即广费笔墨而易致瑕累。另一方面,要"省字""省句",亦即凝练字词、去除"事加再述"的"烦句",目的是要达到"骈枝尽去,而尘垢都捐,华逝而实存,滓去而渖在"②的境界。关于用晦,刘知几云:"然章句之言,有显有晦。显也者,繁词缛说,理尽于篇中;晦也者,省字约文,事溢于句外。"③同样是言事明理,用晦与用显相比,虽看似阔略疏俭,但却往往是史家的精心结撰,所以在叙事效果上,常能言近旨远、辞浅义深:"略小存大,举重明轻,一言而巨细咸该,片语而洪纤靡漏,此皆用晦之道也。"④整体来看,刘知几无论是追求简要,还是主张用晦,都期求达到"损之又损,而玄之又玄,轮扁所不能语斤,伊挚所不能言鼎"的地步,而且在语言上都明确反对"虚引古事""改从雅言"等"同彼文章"的现象,这实质上都是否定了富于艺术性书写的价值。对此,浦起龙曾予以了同情理解:"刘公时所睹诸近史,如何、臧之两《晋》,南北之八朝,其所载记,太半皆骈章俪句,嘲已哗世之篇,展卷烂然,浮文妨要。公有激于此,束之窄僻之途,所谓矫枉者直必过,读者谅之而已。"⑤的确,刘知几认为史家自汉代之后,就逐渐抛弃了《尚书》《春秋》"文约事丰"的优长,"始自两汉,迄乎三国,国史之文,日伤烦富。逮晋已降,流宕逾远","其为文也,大抵编字不只,捶句皆双,修短取均,奇偶相配。故应以一言蔽之者,辄足为二言;应以三句成文者,必分为四句。弥漫重沓,不知所裁。"⑥他提倡叙事简要,严于分判文史,都是疾感于这种"史道陵夷"的现实,他批评史风冗滥、流入骈俪藻饰而流荡不返,虽然更多的是站在史学立场上发论,但也与后来的古文运动家由文学角度批评南朝之风殊途同归。

最后,刘知几在《史通》中辨析了书、序传、列传、论赞、表、历等众多史学文体,其对野史杂记的论述,反映了他的小说观念。一方面,史家

---

① 《史通通释》卷六《叙事》,上海古籍出版社 2009 年版,第 156 页。
② 《史通通释》卷六《叙事》,上海古籍出版社 2009 年版,第 158 页。
③ 《史通通释》卷六《叙事》,上海古籍出版社 2009 年版,第 161 页。
④ 《史通通释》卷六《叙事》,上海古籍出版社 2009 年版,第 161 页。
⑤ 《史通通释》卷六《叙事》,上海古籍出版社 2009 年版,第 159 页。
⑥ 《史通通释》卷六《叙事》,上海古籍出版社 2009 年版,第 156、162 页。

著史,常会遇到资料缺乏的情况,刘知几对此颇为洞悉,所以主张博雅多识,要能"征求异说,采摭群言,然后能成一家,传诸不朽"①。《杂述篇》中,他明确揭示了杂记小说的辅史功能:"其余外传,则神农尝药,厥有《本草》;夏禹敷土,实著《山经》;《世本》辨姓,著自周室;《家语》载言,传诸孔氏。是知偏记小说,自成一家。而能与正史参行,其所由来尚矣。"②但是,刘知几认为史家欲如《左传》《史记》《汉书》一样"取信一时,擅名千载",则必须"事无邪僻",所以对于野史杂记,他其实更多的是持征实考信的态度:"然皆言多鄙朴,事罕圆备,终不能成其不刊,永播来叶,徒为后生作者削稿之资焉。"③亦即,史家修史固可借鉴杂记野史等材料,但真伪去取之间却需非常谨慎,如果是虚妄无稽的事迹,就不能入史传:"其失之者,则有苟出异端,虚益新事,至如禹生启石,伊产空桑,海客乘槎以登汉,姮娥窃药以奔月。如斯踳驳,不可殚论,固难以污南、董之片简,沾班、华之寸札。而嵇康《高士传》,好聚七国寓言,玄晏(皇甫谧)《帝王纪》,多采《六经》图谶,引书之误,其萌于此矣。"④刘知几基于这种立场,对两晋南北朝时期产生的大量小说杂记等予以了总论:"晋世杂书,谅非一族,若《语林》《世说》《幽明录》《搜神记》之徒,其所载或诙谐小辩,或神鬼怪物。其事非圣,扬雄所不观;其言乱神,宣尼所不语。皇朝新撰《晋史》,多采以为书。夫以干、邓之所粪除,王、虞之所糠秕,持为逸史,用补前传,此何异魏朝之撰《皇览》,梁世之修《遍略》,务多为美,聚博为功,虽取悦于小人,终见嗤于君子矣。"⑤小说作为一种文学体裁样式,在先秦两汉之神话寓言故事、史著尤其是野史杂传中即已蕴含了相应的体裁元素,魏晋南北朝时期以江苏籍刘义庆《幽明录》《世说新语》和干宝《搜神记》等为代表的故事集大量出现,代表了小说的初步产生,然此期的"小说"观仍与野史杂记等相缠杂,尚少"有意"为小说的专门意识,如干宝以史家身份作《搜神记》,即明确以"无失实"而"为

---

① 《史通通释》卷五《采撰》,上海古籍出版社 2009 年版,第 106 页。
② 《史通通释》卷十《杂述》,上海古籍出版社 2009 年版,第 253 页。
③ 《史通通释》卷十《杂述》,上海古籍出版社 2009 年版,第 255 页。
④ 《史通通释》卷五《采撰》,上海古籍出版社 2009 年版,第 107 页。
⑤ 《史通通释》卷五《采撰》,上海古籍出版社 2009 年版,第 108 页。

信"立论。刘知几的这些论述与之相应,也主要是一种基于史学本位的评论,相对而言对小说的艺术特质等尚少注意。

第二节　王昌龄

　　王昌龄(约698—757),字少伯,江宁(今属江苏南京)人。开元十五年(727年)进士及第,授汜水尉,中博学宏词科,迁校书郎,后贬谪岭南,途中遇赦,迁江宁丞、龙标尉。因安史之乱还乡,为刺史闾丘晓所杀。王昌龄是开元、天宝时期以诗称著的知名文士,与王之涣、高适、崔国辅等联唱迭和,时称"诗家夫子王江宁"①。他的诗歌长于边塞、宫怨等题材,七绝尤胜,后世称其"与太白争胜毫厘,俱是神品"②,殷璠在《河岳英灵集》中选录盛唐时期的"中兴高作",王昌龄的诗歌入选颇多。《全唐诗》存诗四卷,《全唐文》存文五篇。另外,旧题王昌龄所撰诗学著作,有《诗中密旨》《诗格》两种,见收于《吟窗杂录》,学者多疑其经过了后人的篡改、增益。日本僧人遍照金刚于贞元时期入唐,其《文镜秘府论》辑采唐人诗论,天卷《调声》,地卷《十七势》《六义》,南卷《论文意》等均录王昌龄之言,内容与《诗格》《诗中密旨》有相通之处,但也有诸多不同。以《文镜秘府论》所引为主,结合《诗格》《诗中密旨》,王昌龄的诗学思想主要有以下几个方面。

　　首先,论"意"。王昌龄论诗特重"意":"夫作文章,但多立意。"③认为"意"是诗人创作顺利展开的头等之事,"意尽则肚宽,肚宽则诗得容预,物色乱下"④,相反"不立意宗,皆不堪也"⑤。"意"作为王昌龄诗论的核心范畴,关涉诸多层面,内涵极为丰富。他所谓的"意"与"格"相关:"格,意也。意高为之格高,意下为之下格","凡作诗之体,意是格,声是律,意高则格高,声辨则律清,格律全,然后始有调。用意于古人之

---

① 辛文房著,傅璇琮主编:《唐才子传校笺》卷二,中华书局1995年版,第258页。
② 王世贞:《艺苑卮言》卷四,丁福保辑:《历代诗话续编》,中华书局2006年版,第1005页。
③ 王昌龄著,胡问涛、罗琴校注:《王昌龄集编年校注》卷六,巴蜀书社2000年版,第295页。
④《王昌龄集编年校注》卷六,巴蜀书社2000年版,第297页。
⑤《王昌龄集编年校注》卷六,巴蜀书社2000年版,第294页。

上,则天地之境,洞焉可观。"①王昌龄所说"意是格",包含作者之情感内蕴及形诸作品的意旨类型,同时也指作者超越"古人之上"的构思用心,所谓"意须出万人之境,望古人于格下,攒天海于方寸。诗人用心,当于此也。"②基于这种重"意"观,王昌龄围绕"作意"的兴发、确定以及"文意"落实于作品的"见意"等问题,进行了系统阐述。

其一,重"作意",涵养创作冲动,促发创作构思。王昌龄主张广泛阅读古今优秀的诗歌作品,由此汲取他人出众的立意经验,促发创作冲动:"作文兴若不来,即须看随身卷子,以发兴也。"③"凡作文,必须看古人及当时高手用意处,有新奇调学之。"④他从读书学习的习惯出发,建议作诗者随读随记,以便届时取用:"诗有意好言真,光今绝古,即须书之于纸;不论对与不对,但用意方便,言语安稳,即用之。"⑤不过值得指出的是,王昌龄虽然提倡看卷子、"寻味前言,吟讽古制",由此兴发感思,但并不主张在创作实践中照搬照用,而是特别强调一种"自性",他说:"所作词句,莫用古语及今烂字旧意。改他旧语,移头换尾,如此之人,终不长进。为无自性,不能专心苦思,致见不成。"⑥研阅前人之作,搬用前人的字句固然不可,即便借鉴他人立意,也须经过一番"自性"的苦思,反映了王昌龄抱持一种力求变通创新的诗学态度。另外,王昌龄结合作诗者的身心状态,论述了如何才能更有效地兴发"作意":"凡属文之人,常须作意。凝心天海之外,用思元气之前。"⑦这与陆机所言"收视反听",刘勰所言"寂然凝虑,思接千载;悄然动容,视通万里"等相近,都强调一种虚静专一的精神状态。又云:"若睡来任睡,睡觉即起,兴发意生,精神清爽,了了明白。皆须身在意中。若诗中无身,即诗从何有?若不书身心,何以为诗?""舟行之后,即须安眠。眠足之后,固多清景,江山满怀,合而生兴。须屏绝事务,专任情兴。因此,若有制作,皆奇

①《王昌龄集编年校注》卷六,巴蜀书社 2000 年版,第 267、293 页。
②《王昌龄集编年校注》卷六,巴蜀书社 2000 年版,第 296 页。
③《王昌龄集编年校注》卷六,巴蜀书社 2000 年版,第 300 页。
④《王昌龄集编年校注》卷六,巴蜀书社 2000 年版,第 311 页。
⑤《王昌龄集编年校注》卷六,巴蜀书社 2000 年版,第 304 页。
⑥《王昌龄集编年校注》卷六,巴蜀书社 2000 年版,第 299 页。
⑦《王昌龄集编年校注》卷六,巴蜀书社 2000 年版,第 299 页。

逸。"①王昌龄屡屡强调"睡",认为诗歌创作离不开良好的身心状态,否则"强伤神"而创作,情兴、作意只会消歇殆尽。与身心主体性相关,他指出"作意"的形成,更根本的还是作者的"心""事":"是故诗者,书身心之行李,序当时之愤气。气来不适,心事或不达,或以刺上,或以化下,或以申心,或以序事,皆为中心不决,众不我知。由是言之,方识古人之本也。"②可见,王昌龄围绕"作意"论及读书准备、身心状态种种问题,但更将作者的"愤气""中心不决"等情志提升到足够的高度,这与司马迁的"盖自怨生""发愤"说以及此后韩愈"不平则鸣"说等相通,都揭示了诗歌的本原问题。

其二,王昌龄进一步讨论了如何"见意",亦即如何安排、落实"意"的问题。他讲求"一句见意":"古文格高,一句见意,则'股肱良哉'是也。其次两句见意,则'关关雎鸠'是也。其次古诗,四句见意,则'青青陵上柏,磊磊涧中石。人生天地间,忽如远行客'是也。又刘公幹诗云:'青青陵上松,瑟瑟谷中风。风弦一何盛,松枝一何劲。'此诗从首至尾,唯论一事,以此不如古人也。"③标举"一句见意"的高格,不主张从头到尾仅叙一事,这既是要求句意凝练,又要"饱肚意多"、意蕴丰厚。王昌龄在创作上,以"多意而多用之"④著称,他认为作者的思意往往纷连不断,要将这些融贯于诗中,还应把握诗歌节奏和句子间的向背、呼应、强弱等关系,由此使诗意逐步盘升、意蕴浑然:"高手作势,一句更别起意,其次两句起意。意如涌烟,从地升天,向后渐高渐高,不可阶上也。下手下句弱于上句,不看向背","至尾则却收前意。节节仍须有分付"。⑤与之相应,他还提出"诗头造意""两句团意""底盖相承,翻覆而用"等具体有效的办法:"凡诗,两句即须团却意,句句必须有底盖相承,翻覆而用。四句之中,皆须团意上道,必须断其小大,使人事不错。"⑥"团意",亦即《诗格》中的"一管拈意":"一管拈意六。谢玄晖诗:'缋帷飘井干,

① 《王昌龄集编年校注》卷六,巴蜀书社 2000 年版,第 299、312 页。
② 《王昌龄集编年校注》卷六,巴蜀书社 2000 年版,第 299 页。
③ 《王昌龄集编年校注》卷六,巴蜀书社 2000 年版,第 293 页。
④ 陆时雍:《诗镜总论》,丁福保辑:《历代诗话续编》,中华书局 2006 年版,第 1420 页。
⑤ 《王昌龄集编年校注》卷六,巴蜀书社 2000 年版,第 294、297 页。
⑥ 《王昌龄集编年校注》卷六,巴蜀书社 2000 年版,第 301 页。

樽酒若平生。'此一管论酒也。刘公幹诗:'谁谓相去远,隔此西掖垣。拘限清切禁,中情无由宣。'此一管说守官有限,不得相见也。"①这些方法和诗例都为如何"见意"服务。

其次,论意境。王昌龄是古代较早且较为系统论及意境问题的诗家,这既是其自身诗学体系的重要构成,也丰富并影响了后世的意境理论。当然,他的意境论与后世又有明显的不同,乃是其论立意构思的延展。王昌龄揭示了"境"对于"意""思"之生成的重要作用:"思若不来,即须放情却宽之,令境生。然后以境照之,思则便来,来即作文。如其境思不来,不可作也。""夫置意作诗,即须凝心,目击其物,便以心击之,深穿其境。如登高山绝顶,下临万象,如在掌中。以此见象,心中了见,当此即用。……山林、日月、风景为真,以歌咏之。犹如水中见月,文章是景,物色是本,照之须了见其象也。"②显然,王昌龄所说的"境",主要是指在目击、了见现实万象的基础上,通过回忆、联想及想象,在心中所形成的虚拟化的意象境地,这与现实中的山林、日月、风景相比,虽有真假之分,如同水中之月,但作者可从中因"境"生"思",兴发作意。这些是王昌龄意境论的基本框架。《诗格》中进一步提出"诗有三境"说:

> 一曰物境。二曰情境。三曰意境。物境一。欲为山水诗,则张泉石云峰之境,极丽绝秀者,神之于心。处身于境,视境于心,莹然掌中,然后用思。了然境象,故得形似。情境二。娱乐愁怨,皆张于意而处于身。然后驰思,深得其情。意境三。亦张之于意,而思之于心,则得其真矣。③

王昌龄将"境"分为物境、情境、意境三种类型。物境,指山水自然之境,诗人如要摹写自然景物,先需设身处地,在心中获取"泉石云峰"的画面感,由此再对心中形成的意象予以剪裁、安排与布置,《诗格》"诗有三思"中的"取思"原理,可与此相参照:"搜求于象,心入于境,神会于

---

①《王昌龄集编年校注》卷六,巴蜀书社 2000 年版,第 341 页。
②《王昌龄集编年校注》卷六,巴蜀书社 2000 年版,第 295、296 页。
③《王昌龄集编年校注》卷六,巴蜀书社 2000 年版,第 316、317 页。

物,因心而得。"①情境,指人的情感之境,认为诗人如要书写娱乐愁怨之情,应该"张于意而处于身",通过追味切身的情感体验,带着充沛的感受来驰思落笔,从而使作品"深得其情"。"意境"一词为王昌龄首次提出,内涵与后世有异,这里特指人的思想意识之境,是在本于情、物的基础上,外感于物、内思于心,然后形成的一种"真意"世界。古代的诗歌意境理论与佛学关系密切,尤其是佛家以"境"来指称人们心意感识的不同攀缘境界,对诗境论启益良多。王昌龄在当时同素上人、振上人、静法师等广泛交往,思想深受佛学濡染。他常以诗歌寄寓佛理禅心,《诸官游招隐寺》云:"金色身坏灭,真如性无主。僚友同一心,清光遗谁取?"②《静法师东斋》云:"琴书全雅道,视听已无生。闭户脱三界,白云自虚盈。"③《同王维集青龙寺昙壁上人兄院五韵》云:"檐外含山翠,人间出世心。圆通无有象,圣境不能侵。"④这里关于心、象、境的阐述,虽与视境于心、心入于境、心穿其境等诗学取境说并不全然相通,但确实可见与佛学存在着渊源关系。整体来看,王昌龄的意境论立足作意、取思的基础之上,内涵也因此更显丰富复杂,此后司空图"思与境偕"说与皎然的取境说等等,与此都有顾盼之处。

再次,论声律对偶。王昌龄重视声律、对偶等艺术形式,他说:"不解清浊规矩,造次不得制作。"⑤认为诗歌的声律源于阴阳,合乎四时八节与寒暑变化,通乎天地自然之道,"句多精巧,理合阴阳。包天地而罗万物,笼日月而掩苍生。其中四时调于递代,八节正于轮环。五音五行,和于生灭;六律六吕,通于寒暑。"⑥并以相似的思路,证明了对偶的天然合理性:"夫诗,有生杀回薄,以象四时,亦禀人事,语诸类并如之。诸为笔,不可故不对,得还须对。"⑦王昌龄论对偶,主要包括用字的虚实、词性、平仄声韵以及用典用事诸方面,主张"不可以虚无而对实象",

①《王昌龄集编年校注》卷六,巴蜀书社 2000 年版,第 319 页。
②《王昌龄集编年校注》卷三,巴蜀书社 2000 年版,第 148 页。
③《王昌龄集编年校注》卷四,巴蜀书社 2000 年版,第 218 页。
④《王昌龄集编年校注》卷三,巴蜀书社 2000 年版,第 131 页。
⑤《王昌龄集编年校注》卷六,巴蜀书社 2000 年版,第 315 页。
⑥《王昌龄集编年校注》卷六,巴蜀书社 2000 年版,第 314 页。
⑦《王昌龄集编年校注》卷六,巴蜀书社 2000 年版,第 308 页。

第三章 唐代文学思想

085

"上句若安重字、双声、叠韵,下句亦然……若上句用事,下句不用事,名为缺偶"①。这方面他接续了萧绎"作诗不对,本是吼文,不名为诗"的说法,将对偶作为诗歌有别于文章的体裁特性之一。"夫诗格律,须如金石之声"②,这是王昌龄对诗歌声律的总体要求。他相应总结了诸多具体可行的经验方法,如以"最难"的五言诗为例,一句之中第一字、第五字应"轻清"以求稳,第三字可"重浊"以响应,如果五字并轻或并重,就会"脱略无所止泊"或"文章暗浊"。他还将诗歌分为通韵、落韵两种,"今世间之人,或识清而不知浊,或识浊而不知清。若以清为韵,余尽须用清;若以浊为韵,余尽须浊;若清浊相和,名为落韵。"③相较而言,王昌龄虽然非常重视声律对偶,但尚无齐梁声律论的琐碎,这与其崇尚自然而作的追求是相契的。

最后,论诗歌创作技巧。伴随诗歌之发展演进及人们对诗歌规律认识的不断深入,初唐之际曾诞生一批以上官仪《笔札华梁》、元兢《诗髓脑》、崔融《唐朝新定诗格》为代表的探析诗法规范的诗学著作,其中对诗歌病犯、对偶、表现方式、艺术手法、体貌风格等多层面的细致辨析,既反映了这一时期诗歌创作的高涨热情,也展现了时人在探讨诗法技巧等形式规律层面的新绩。王昌龄承此之后,也详尽讨论了一系列具体的诗法创作技巧,构成了其诗学思想的重要内容,这主要包括用字之法、声律调声、对偶使用、不同诗体诗类的创作要求以及诗"意"与情景的协调搭配问题等等。如关于"用字",他将诗文用字之法统纳为"敌体用字""同体用字""释训用字""直用字"等四种,并指出"但解作诗,一切文章,皆如此法"④,堪称对用字规律的宏阔把握。另如在诗"意"与情景的协调搭配问题上,王昌龄研阅古今名作,归纳了诸多创作技巧,或细密分析"物色"与"身意"的"百般无定"规律,或阐述"物色"与"言意"以及"物色兼意"的先后次序效果等等⑤。尤值得指出的是,王昌龄还对

① 《王昌龄集编年校注》卷六,巴蜀书社 2000 年版,第 309、314 页。
② 《王昌龄集编年校注》卷六,巴蜀书社 2000 年版,第 309 页。
③ 《王昌龄集编年校注》卷六,巴蜀书社 2000 年版,第 315 页。
④ 《王昌龄集编年校注》卷三,巴蜀书社 2000 年版,第 315 页。
⑤ 《王昌龄集编年校注》卷三,巴蜀书社 2000 年版,第 301—303 页。

诗歌的不同体势风貌进行了系统归纳,并提出了"十七势"之说:"诗有学古今势一十七种,具列如后:第一,直把入作势。第二,都商量入作势。第三,直树一句,第二句入作势。第四,直树两句、第三句入作势。第五,直树三句、第四句入作势。第六,比兴入作势。第七,谜比势。第八,下句拂上句势。第九,感兴势。第十,含思落句势。第十一,相分明势。第十二,一句中分势。第十三,一句直比势。第十四,生杀回薄势。第十五,理入景势。第十六,景入理势。第十七,心期落句势。"[1]王昌龄的"十七势"并非是对诗歌外在气象风貌的简单分类,而是结合诗歌之语句结构、艺术手法等,由诗歌创作层面对作诗之法的分类总结,罗根泽先生将其"十七势"分为七组,认为分别涉及了"诗之如何入作""诗之含蓄的作法""诗之如何落句""一联两句之相互关系""诗意之前后拂救""讲明句法""景与理的相互关系"等七个方面[2]。这种条分缕析而不失系统的体势论、创作论,连同其"文意"论、声律对偶论等一道,充分彰显了以"诗家夫子"王昌龄为代表的盛唐诗家对诗法规律推阐入微的探索,裸露了唐人在诗学史上"唐人不言诗而诗盛,宋人言诗而诗衰"之外的另一个重要面相。

第三节　殷璠

殷璠(生卒不详),丹阳(今江苏镇江丹阳市)人,主要生活于唐玄宗开元、天宝时期。开元中赴京应举不第,居长安十余年,曾任"文学"一职,后辞官退居乡里。殷璠于时有诗名,但他最重要的贡献是编选了三种诗歌选本《丹阳集》《荆扬挺秀集》与《河岳英灵集》。其中《荆扬挺秀集》已佚,《丹阳集》仅存后世辑录的残文,《河岳英灵集》则流传至今,是后世研究盛唐诗歌与诗学最重要的著作之一。

以选本来体现编选者的思想观念和审美旨趣,是文学批评史上的重要形式,殷璠诗歌选本同样凝聚着其独特的思想意趣。其三种选本

①《王昌龄集编年校注》卷三,巴蜀书社 2000 年版,第 275—276 页。
② 罗根泽:《中国文学批评史》(二),上海古籍出版社 1984 年版,第 30—34 页。

各有特点,《丹阳集》选录家乡润州五县 18 人诗作,特点是"止录吴人"①;《荆扬挺秀集》主选荆州、扬州二地诗歌,并兼及润州;《河岳英灵集》则选录了开元二年(714 年)至天宝十二年(753 年)间全国范围内的王维、王昌龄、储光羲等 24 位诗人的 234 首"中兴高作"。可以说,前二者反映了殷璠鲜明的乡邦地域意识,后者则展现出其作为选家的整体宏观视野。在选诗过程中,殷璠重视名实相副,谓"如名不副实,才不合道,纵权压梁、窦,终无取焉"②。或出于自身仕宦不达的同情,他对斐然成章而沉沦下僚的诗人尤为推崇,如《丹阳集》所选即多为润州名位不高的诗人,《河岳英灵集》也"所录皆淹蹇之士,所论多感慨之言"③。此外,殷璠是目前所见最早的"既选且评"的选家,因其对诗坛状况的熟稔、选录得当、评论精要,广为后世推奖,五代孙光宪即曰:"惟丹阳殷璠,优劣升黜,咸当其分。"④其诗学思想主要有如下几个方面。

首先,声律与风骨兼备。殷璠《河岳英灵集》主要选录盛唐诗歌,但他本于"审鉴诸体,委详所来"的选家精神,对汉魏以降的诗坛风貌予以了简明允当的整体考察,在结合诗坛近况的情况下,提出了"声律风骨始备"说。《河岳英灵集叙》曰:

> 编纪者能审鉴诸体,委详所来,方可定其优劣,论其取舍。至如曹、刘诗多直语,少切对,或五字并侧,或十字俱平,而逸驾终存。然挈瓶庸受之流,责古人不辨宫商徵羽,词句质素,耻相师范。于是攻异端,妄穿凿,理则不足,言常有余,都无兴象,但贵轻艳。虽满箧笥,将何用之? 自萧氏以还,尤增矫饰。武德初,微波尚在。贞观末,标格渐高。景云中,颇通远调。开元十五年后,声律风骨始备矣。实由主上恶华好朴,去伪从真,使海内词场,翕然尊古,南风周雅,称阐今日。⑤

南朝是讲求声律辞采的时代,自范晔到王融、沈约、王筠诸家论诗,

---

① 《全唐文》卷四百五十八《大唐中兴间气集序》,中华书局 1983 年版,第 4684 页。
② 殷璠编,傅璇琮、陈尚君、徐俊编:《河岳英灵集》前记,中华书局 2014 年版,第 156 页。
③ 永瑢等撰:《四库全书总目》卷一八六,中华书局 1965 年版,第 1688 页。
④ 《全唐文》卷九百《白莲集序》,中华书局 1983 年版,第 9391 页。
⑤ 《河岳英灵集》前记,中华书局 2014 年版,第 156 页。

都倡论声律,沈约甚至以此自高对前人略有贬抑:"自骚人以来,多历年代,虽文体稍精,而此秘未睹。"①入唐后,齐梁声律藻饰之风影响深远,直至陈子昂、李白诸家崇尚"风骨""兴寄"才风气渐转。殷璠生活在盛唐"翕然复古"的风气之下,思想既与陈、李等一脉相承,"言气骨则建安为传",提倡"兴象",反驳沈约过分苛责"古人不辨宫商徵羽"的说法,批评齐梁"但贵轻艳""尤增矫饰"等不良诗风;同时,也承认曹植、刘桢等"多直语""少切对"的声律不足,从肯定声律的层面,提出了"声律风骨始备"论。

殷璠特别重视"风骨"。如评陶翰:"既多兴象,复备风骨。"②评王昌龄则谓"元嘉以还,四百年内,曹、刘、陆、谢,风骨顿尽。顷有太原王昌龄、鲁国储光羲,颇从厥迹。且两贤气同体别,而王稍声峻"③,揭示了王昌龄与储光羲在当时绍述魏晋风骨的诗史价值。所谓"风骨",《文心雕龙·风骨》曰:"结言端直,则文骨成焉;意气骏爽,则文风清焉。"④黄侃先生曰:"风即文意,骨即文辞。"殷璠的"风骨"意涵既与此相近,概指一种情意骏爽、言辞劲直并由此形成的独特风格,如他用与"风骨"相近的"气骨"评高适,谓"多胸臆语,兼有气骨"⑤;他由词、气层面评李嶷:"嶷诗鲜洁有规矩,其《少年行》三首,词虽不多,翩翩然佚气在目也。"⑥由此均可见殷璠"气骨"的基本含义。值得指出的是,殷璠"气骨"论更有其自身语境,他多用于善写侠客、边塞等题材的诗人评述中,如崔颢早年善写闺情宫怨,开元中后期入军幕则多游侠边塞之作,殷璠即谓:"颢少年为诗,属意浮艳,多陷轻薄,晚节忽变常体,风骨凛然,一窥塞垣,说尽戎旅。"⑦他以"气骨"评价长于边塞歌行的高适也说:"至如《燕歌行》等篇,甚有奇句,且余所爱者,'未知肝胆向谁是,令人却忆平原君',吟讽不厌矣。"⑧此类例子,在其评陶翰、王昌龄、李嶷等诗家中皆可得见。

①《宋书》卷六十七《谢灵运传论》,中华书局1974年版,第1779页。
②《河岳英灵集》卷上《陶翰》,中华书局2014年版,第197页。
③《河岳英灵集》卷下《王昌龄》,中华书局2014年版,第245页。
④《文心雕龙注》卷六《风骨》,人民文学出版社1958年版,第513页。
⑤《河岳英灵集》卷上《高适》,中华书局2014年版,第209页。
⑥《河岳英灵集》卷下《李嶷》,中华书局2014年版,第267页。
⑦《河岳英灵集》卷下《崔颢》,中华书局2014年版,第219页。
⑧《河岳英灵集》卷上《高适》,中华书局2014年版,第215页。

殷璠重视声律的重要性,强调风骨与声律兼备。对于声律,他说:

> 昔伶伦造律,盖为文章之本也。是以气因律而生,节假律而明,才得律而清焉。宁预于词场,不可不知音律焉。孔圣删《诗》,非代议所及。自汉魏至于晋宋,高唱者十有余人,然观其乐府,犹有小失……璠今所集,颇异诸家,既闲新声,复晓古体,文质半取,风骚两挟,言气骨则建安为传,论宫商则太康不逮。将来秀士,无致深憾。①

殷璠虽驳斥沈约以声律苛责古人的说法,但也肯定声律的价值,认为声律为"文章之本","预于词场,不可不知音律",并以之作为其选评标准之一。如《河岳英灵集》评刘眘虚即谓:"顷东南高唱者十数人,然声律婉态,无出其右。唯气骨不逮诸公。自永明已还,可杰立江表。"②即是从声律层面对刘眘虚作出的肯定。但须指出,殷璠的声律观与沈约等有很大不同:

> 齐梁陈隋,下品实繁,专事拘忌,弥损厥道。夫能文者匪谓四声尽要流美,八病咸须避之,纵不拈二,未为深缺。即"罗衣何飘飘,长裾随风还",雅调仍在,况其他句乎? 故词有刚柔,调有高下,但令词与调合,首末相称,中间不败,便是知音。而沈生虽怪,曹王曾无先觉,隐侯言之更远。③

殷璠并不认同沈约等人过于"拘忌"的"四声八病"声律说,即便是"粘对"论也认为不足过分为凭,并举五字并侧、十字俱平等"雅调仍在"的前人诗歌作为明证,主张"词与调合,首末相称,中间不败"的声律说。在初唐律诗定型的背景下,殷璠这种声律观更多的是对陆机、钟嵘等自然声律精神的提倡,在某种程度上如罗根泽先生所言,"实是卑薄声律"④。这也是《河岳英灵集》选诗尤以古体为多的原因。

其次,标举兴象。殷璠屡次以"兴象"论诗,《自叙》批评前人诗风即

---

① 《河岳英灵集》前记,中华书局 2014 年版,第 157—158 页。
② 《河岳英灵集》卷上《刘眘虚》,中华书局 2014 年版,第 186 页。
③ 《河岳英灵集》前记,中华书局 2014 年版,第 157 页。
④ 《中国文学批评史》(二),上海古籍出版社 1984 年版,第 59 页。

谓:"于是攻异端,妄穿凿,理则不足,言常有余,都无兴象,但贵轻艳。"①论孟浩然也说:"半遵雅调,全削凡体。至如'众山遥对酒,孤屿共题诗',无论兴象,兼复故实。"②"兴象"一词是殷璠首次创用的诗学范畴,其内涵既与前人广用的"兴""象"等范畴紧密相关,同时也更有其独特之处。比如他以"兴象"批评前人诗风时,"兴象"一词更多与耽于穿凿、专务轻艳、言理不称相对;他以"兴象"论陶翰,谓"历代词人,诗笔双美者鲜矣。今陶生实谓兼之,既多兴象,复备风骨"③,则是基于陶翰"诗笔双美"的创作情况发论,背后暗含一种"诗笔"区分的逻辑在内。综观殷璠"兴象"一词的含义,它一方面包含诗人不同内涵的情志之"兴",并尤以悠远情致为尚,如刘眘虚"性高古,脱略势利,啸傲风尘"④,殷璠选其诗11首,谓多"方外之言""情幽兴远";常建有"肥遁之志",殷璠论其诗说:"其旨远,其兴僻,佳句辄来,唯论意表。至如'松际露微月,清光犹为君',又'山光悦鸟性,潭影空人心',此例十数句,并可称警策。"⑤另一方面,殷璠的"兴象"论,更强调了诗人本于山水自然的缘"境"设"象"而起"兴"。如评价孟浩然"众山遥对酒,孤屿共题诗",谓之"无论兴象,兼复故实"。"故实"指此诗能熔铸谢灵运《登江中孤屿》等诗意,与殷璠所论"经纬绵密"相合;而"无论兴象"则是深寓推崇之意,肯定他能缘"众山""孤屿"之象、寄托逆旅逢故人的无限"兴意"。孟浩然诗歌善写自然,长于在山水田园中抒发怀抱,《河岳英灵集》选孟诗9首,即多是触景生情、缘境起兴的佳作,如《夜归鹿门歌》中:"岩扉松径长寂寥,唯有幽人夜来去。"《九日怀襄阳》中:"岘山望不见,风景令人愁。"此类状写"境""象"以发兴意的诗作,在殷璠所选刘眘虚、常建等状写自然的诗作中同样存在,殷璠也多以"兴象"或"兴"论之。这说明,如果殷璠的"风骨"范畴更多地与边塞游侠诗作相连的话,其"兴象"范畴则更多地与山水自然等题材相应,并尤其强调其"境""象"特征,这与王昌龄《诗格》论

① 《河岳英灵集》前记,中华书局2014年版,第156页。
② 《河岳英灵集》卷下《孟浩然》,中华书局2014年版,第232页。
③ 《河岳英灵集》卷上《陶翰》,中华书局2014年版,第197页。
④ 《唐才子传校笺》卷一,中华书局1995年版,第187页。
⑤ 《河岳英灵集》卷上《常建》,中华书局2014年版,第171页。

"物境"而特重论山水的思想存在相似之处,对此后的意象、意境诗论有重要影响。

再次,崇雅尚奇旨趣。殷璠"审鉴诸体"以定取舍,对所谓"雅体""野体""鄙体""俗体"等不同体格风貌的诗歌皆有厘析判定。其中,他最推崇的是"雅"与"奇"。关于"雅",他评储光羲说:"削尽常言,挟风雅之道,得浩然之气。"①评孟浩然:"半遵雅调,全削凡体。"②殷璠论"雅",既强调好古博雅、深植学养,如谓贺兰进明:"好古博雅,经籍满腹,其所著述一百余家,颇究天人之际。"③同时,"雅"更指一种与文辞紧密相关的格调,或"素雅",或"秀雅"。如论阎防,"为人好古博雅,其警策语多真素";论王维之诗,则说"词秀调雅,意新理惬"。与崇"雅"相应,殷璠也尚"奇",他多能从作者之性格、文辞、立意等层面,揭示"奇"的成因与内涵。如殷璠结合李白"志不拘检"的性格,谓《蜀道难》等篇"奇之又奇";论王季友则从构思立意方面,谓其"爱奇务险,远出常情之外""甚有新意"。此外,他还从语言构思等层面,评价岑参"语奇体峻,意亦造奇",评价刘脊虚"思苦语奇"等等。《文心雕龙·体性》谓"雅与奇反",二者迥然不同。但殷璠认为,"雅"与"奇"并不完全相悖,他所谓的"奇"也不单指一种奇崛、险怪的特性,更是作者基于对文辞、立意、构思的精心经营,而对一种"凡体""常言""常境"的超越。所以,殷璠的"尚奇"与"崇雅"一样,在某种程度上都是对俗体的贬抑。

最后,殷璠的乡邦地域诗学观。《荆扬挺秀集》《丹阳集》是殷璠专选"一方人士"④的地域性诗歌选本,前者已佚,后者存有学人辑录的残文,展现了殷璠对家乡诗坛、诗人不同层面的认知与评价。"丹阳"即润州,唐武德九年(626年)润州郡辖丹徒、曲阿(贞观九年改名丹阳)、延陵、句容、白下(贞观九年改名江宁)等五县,天宝初润州改名丹阳郡。关于殷璠《丹阳集》的选录,《新唐书·艺文志》中"包融诗"条下注云:

融与储光羲皆延陵人;曲阿有余杭尉丁仙芝、缑氏主簿蔡隐

① 《河岳英灵集》卷下《储光羲》,中华书局2014年版,第239页。
② 《河岳英灵集》卷下《孟浩然》,中华书局2014年版,第232页。
③ 《河岳英灵集》卷下《贺兰进明》,中华书局2014年版,第253页。
④ 胡震亨:《唐音癸签》卷三十,古典文学出版社1957年版,第265页。

丘、监察御史蔡希周、渭南尉蔡希寂、处士张彦雄张潮、校书郎张晕、吏部常选周瑀、长洲尉谈戭，句容有忠王府仓曹参军殷遥、硖石主簿樊光、横阳主簿沈如筠，江宁有右拾遗孙处玄、处士徐延寿，丹徒有江都主簿马挺、武进尉申堂构，十八人皆有诗名。殷璠汇次其诗，为《丹杨集》者。①

殷璠选录丹阳十八位诗人，有这样的特点：其一，所选诗人中以曲阿一县人数最多，然对其他诸县亦颇有注意。其二，十八位诗人多为地方参军、尉、主簿及校书郎等，官秩虽低，但在当时"皆有诗名"。如包融，《旧唐书》即谓其与扬州张若虚、贺知章等"俱以吴、越之士，文词俊秀，名扬于上京"②。殷璠选录着意于以诗为主，而不以仕宦显达与否为意，这与其《河岳英灵集》多录"淹蹇之士"的旨趣颇为相近。其三，参照殷璠对诸诗家的评语残文，一方面可觇见此期丹阳诗风的概况，如谈戭"诗精典古雅"，樊光辞理相称、"诗理周旋，词局妥贴"；包融、丁仙芝之诗以工致刻画胜，或"情幽语奇，颇多剪刻"，或"婉丽清新，迥出凡俗，恨其文多质少"；而张彦雄、储光羲、蔡隐丘之诗则以气骨见长，或"但责潇洒，不尚绮密"，或"宏瞻纵逸，务在直置"，或"虽乏绵密，殊多骨气"③，展现了丹阳一地诗风的多元丰富性。另一方面，殷璠的这些评价亦与其《河岳英灵集》的论诗旨趣相契合，如其称赞殷遥"诗闲雅，善用声"，谓涨潮"委曲怨切，颇多悲凉"，谓蔡隐丘"体调高险，往往惊奇"等等，展现了他既重声律又倡风骨、崇雅且又尚奇的审美旨趣。清代陈维崧云："李唐盖丹阳多诗人，如皇甫曾、冉兄弟、张籍、权德舆、冷朝阳、许浑，俱有声中晚间。其风土朴而秀，练湖经山之界，往往多典午时故迹。吾生平独叹息昔人所辑《丹阳集》不传。"④丹阳的明山秀水及人文底蕴哺育了众多杰出的诗才，殷璠《丹阳集》乃盛唐之际对丹阳诗人诗作的首次

---

① 欧阳修、宋祁撰：《新唐书》卷六十《艺文四》，中华书局 1975 年版，第 1609—1610 页。
② 刘昫等撰：《旧唐书》卷一百九十《文苑中》，中华书局 1975 年版，第 5035 页。
③ 陈尚君撰：《殷璠〈丹阳集〉辑考》，载《唐代文学论丛》第八辑，陕西人民出版社 1986 年版，第 169—190 页。
④ 陈维崧著，陈振鹤标点，李学颖校补：《陈维崧集·陈迦陵散体文集》卷一，上海古籍出版社 2010 年版，第 29 页。

系统选评,凝聚着其鲜明的乡邦地域意识,这对率先展现及推扬丹阳一地诗才辈出、风雅隆盛的人文景观尤具历史意义。

第四节　顾况

　　顾况(725?—814?),字逋翁,自号华阳山人,苏州(今属江苏)人。唐肃宗至德二年(757年)进士,初为韩滉江南判官,德宗时柳浑荐为秘书郎,因交善李泌迁著作郎。顾况性格诙谐,常戏侮人,又因不能慕顺从众,所以常致排挤。李泌去世后,因作《海鸥咏》讽刺权贵,被贬为饶州司户参军,此后遂无仕进之意,隐居茅山,寿九十而终。顾况早年与柳浑、李泌等为“人外之交”①,闲逸放旷、吟咏自适,又与诗僧皎然、韩章、秦系、韦应物、包佶、刘太真等人诗歌酬唱,著有《华阳集》。顾况是盛、中唐之际吴地的重要作家,在文学上以诗称著,且尤以歌行见长,皇甫湜曾结合顾况家乡的灵山秀水揭示其诗歌成就说:“吴中山泉气状,英淑怪丽,太湖异石、洞庭朱实、华亭清唳与虎邱、天竺诸佛寺,钧号秀绝。君出其间,翕轻清以为性,结泠汰以为质,煦鲜荣以为词,偏于逸歌长句,骏发踔厉,往往若穿天心、出月胁,意外惊人语,非寻常所能及,最为快也。李白、杜甫已死,非君将谁与哉?”②此外,顾况还对中唐新乐府运动有一定影响,他在白居易未弱冠时就曾予以褒赞,《新唐书》白居易本传载:“居易敏晤绝人,工文章。未冠,谒顾况。况,吴人,恃才少所推可,见其文,自失曰:‘吾谓斯文遂绝,今复得子矣!’”③结合顾况的创作与文学阐述,他的文学思想主要体现在以下几个方面。

　　首先,顾况是由盛唐步入中唐的诗人,他的诗作既如《沧浪诗话》所云,“稍有盛唐风骨处”④,沾溉了盛唐诗人的豪兴与激越,同时由于世变与个人遭遇,也呈现出了不同的风格。与之相应,他在文学观念上,既能对王昌龄、崔国辅、储光羲、綦毋潜、陶翰等盛唐诗家的诗学精神有切

---

① 刘昫等撰:《旧唐书》卷一百三十《李泌传》,中华书局1975年版,第3624页。
② 《全唐文》卷六百八十六《唐故著作左郎顾况集序》,中华书局1983年版,第7026页。
③ 《新唐书》卷一百一十九《白居易传》,中华书局1975年版,第4300页。
④ 严羽著,郭绍虞校释:《沧浪诗话校释》,人民文学出版社1961年版,第161页。

身的体会,同时也有其世变后的独特评价视角。如《监察御史储公集序》论润州诗人储光羲曰:

> 圣人贤人,皆钟运而生。述圣贤之意,亦钟运盛衰矣……而侍御声价隐隐,轥轹诸子……虽无云雷之会,意气相感,而扶危拯病,绰有贤达之风。拔身虏庭,竟陷危邦。士生不融,可以言命。然窥其鸿黄窈窕之学,金石管磬之声,如登瑶台而进玉府,灵扃邃宇,景物寥映。绿流翠草,佳木好鸟,不足称珍。嗣息曰溶,亦凤毛骏骨。恐坠先志,沂洄千里。泣拜告余曰:"我先人与王右丞,伯仲之欢也……"①

储光羲与江宁王昌龄一样,都是被殷璠推为接续"曹刘、陆谢风骨"的诗人,只是与王昌龄相比,储光羲在"世业传儒行"、颇富"经国之大才"②之外,也更多志在寥廓的方外之趣。顾况赞其"扶危拯病""绰有贤达之风",并结合其"鸿黄窈窕之学"来推赞其诗作满布"瑶台""玉府"之象,突出其"景物"工致的特点,这与殷璠结合储光羲《华清宫诗》"山开鸿蒙色,天转招摇星"、《游茅山诗》"小门入松柏,天路涵虚空"等赞其"格高调逸,趣远情深""浩然之气",既有相似之处,又略有区别。尤其是顾况紧密围绕储光羲身世际遇进行阐述,并有"圣人贤人,皆钟运而生。述圣贤之意,亦钟运盛衰矣"的感叹,无疑展现出他在世变之后衡论作家的独特感触。与之相似,润州诗人陶翰于天宝后期逝世,顾况在为其所作的集序中,还提出了"大抵文体十年一更"的说法:

> 行在六经,志在五言。尤精赋序,朝出暮遍。殷如奋铎,声塞海隅,化诸溺音。蔚公之容,风山籁静。然华实光于苑囿。綦毋著作潜、王龙标昌龄则其勍敌。登公之门,李膺之门也。鲍马二京兆中书谢舍人良弼、良辅,侍御史李封、殿中刘全诚,名自公出。名著公器,神人所怪,宁贵不名详矣。大抵文体十年一更。有体病而才赡,有言纤而事直,有文胜而理乖。雅艳殊致,云和之源,杳以无

---

①《全唐文》卷五百二十八《监察御史储公集序》,中华书局1983年版,第5368页。
②《河岳英灵集》卷下《储光羲》,中华书局2014年版,第239页。

穷,折为万派。①

顾况谓陶翰"尤精赋序","殷如奋铎""化诸溺音",这与殷璠论陶翰"诗笔双美""既多兴象,复备风骨"②相顾盼。文中提及的鲍防、谢良弼、谢良辅等人,曾受陶翰推誉,如陶翰《送谢氏昆季下第归南阳序》赞二谢说:"《诗》《骚》之兴天假,流略之奥日新。才艺克备,文锋甚锐。"③顾况由此推赞陶翰擢拔之功,展现出他对开元以至代、德时期诗坛风会的熟悉,其提出"文体十年一更"的说法,并由作家"才赡""体病""事直""言纡""文胜而理乖""雅艳殊致"等多种角度揭示文体、文风前后相续而逐渐分化衍变的规律,既有尊举陶翰之意,也如明人高棅"天宝丧乱,光岳气分,风概不完,文体始变"④之论一样,可见顾况基于世变逻辑的诗学反思精神。

其次,坚持儒家传统与承续风雅、针砭现实的自觉诗学追求。顾况虽在早年即有"不能经纶大经,甘作草莽闲臣"⑤的退处志意,倾向于"将底求名宦,平生但任真"⑥,将陶弘景、陶潜等人的顺意自得作为人生的理想状态,但他毕竟深受儒家思想传统的影响,在文学观念上同样讲求道德为文、行实为文、礼乐纲纪为文,甚至视事功为文。如其《文论》即云:

周语之略曰:孝敬忠信仁义智勇教惠让,皆文也。天有六气,地有五行,此十一者,经纬天地,叶和神人,名之为文,其实行也。文顾行,行顾文,文行相顾,谓之君子之文,为龙为光,上古云:言之无文,行之不远。尧之为君,聪明文思。文王既没,文不在兹乎?文王之代,草木鸟兽皆乐,文王之沼曰灵沼,文王之台曰灵台。虞芮不识文王,入文王里,所见耕者让畔,行者让路,班白不提挈,自相谓曰:吾党之小子,不可治于君子之庭。诗人美之云:文王断虞

① 《全唐文》卷五百二十八《礼部员外郎陶氏集序》,中华书局1983年版,第5366—5367页。
② 《河岳英灵集》卷下《陶翰》,中华书局2014年版,第197页。
③ 《全唐文》卷三百三十四《送谢氏昆季下第归南阳序》,中华书局1983年版,第3382页。
④ 高棅编选:《唐诗品汇》,上海古籍出版社1982年版,第50页。
⑤ 彭定求等编,中华书局编辑部点校:《全唐诗》卷二百六十七《思归》,中华书局1999年版,第2955页。
⑥ 《全唐诗》卷二百六十六《别江南》,中华书局1999年版,第2946页。

芮之讼。晋文与楚子战而霸，谥曰文公。夫以伏羲之文造书契，黄帝之文垂衣裳，重华之文除四凶举八元，周公之文布法于象魏，夫子之文木铎徇路，此其所以理文也。伊尹之文放太甲，霍光之文废昌邑，吕尚之文杀华士，穰苴之文斩庄贾，毛遂之文定楚从，蔺相如之文夺赵璧，西门豹之文引漳水、沈女巫。建安正始，洛下邺中，吟咏风月，此其所以乱文也。夫以文求士，十致八九。理乱由之，君臣则之。舜尧禹汤有文，桀纣幽厉无文。太颠闳夭有文，飞廉恶来无文。昔霍去病辞第曰：匈奴未灭，无以家为。于国如此，不得谓之无文。范蔚宗著《后汉书》，其妻不胜珠翠，其母唯薪樵一厨。于家如此，不得谓之有文。①

《论语》载孔子之言曰："弟子，入则孝，出则弟，谨而信，泛爱众而亲仁。行有余力，则以学文。"子夏论学曰："贤贤易色，事父母能竭其力；事君，能致其身；与朋友交，言而有信。虽曰未学，吾必谓之学矣。"儒家关于学、文的论述，往往与人的德行、践履等紧密结合，亦即"学"与"文"的内涵，往往体现在忠孝道德与事父事君的现实实践之中。顾况论文的思路，与南朝萧纲等重视文学性的观点明显不同，而是接续了儒家广义的"文"的概念，并且不仅将忠信道德等称之为文，同时还将王化之治、夫子弘道、刑政理乱、士人事功等一并视之为文。在这些标准之下，不仅上古帝王与文王周公之政、夫子传道等是"文"，良相良将的各项举措也是"文"，而魏晋文人"吟咏风月"无关宏旨，范晔著史但不顾妻母，这些却不得以文视之。这反映了顾况的文学观具有以德行、政教等为尚的特征。与其相应，是顾况在盛、中唐之际蒿目时艰，作品中颇多揭露时弊、针砭现实的题材，体现了其对风雅美刺传统的自觉承绪。这在其《上古之什补亡训传十三章》中体现得最为鲜明。该诗着意模拟《诗经》，所谓"补亡"，即意指补《诗经》之亡佚，"训传"意为诠释引申。诗歌在形式上以四言为主，每章诗题也效法《诗经》，多取诗歌前两个字为名，每章各有小序，用以揭示每章主旨。如《上古一章》，序曰"上古，悯农也"，诗中既写弃、柱、句龙等兴起农业的历史，也描写了"一廛亦官，

①《全唐文》卷五百二十九《文论》，中华书局 1983 年版，第 5374—5375 页。

百廛亦官,啬夫孔艰"的官府剥削现象与"浸兮暵兮,申有蟊兮"等自然灾害的影响,更描写了农夫"手胼足胝""水之蛭螾,吮喋我肌"等劳作的艰辛与饥寒交迫的情形,从而传达了作者对农夫的深刻同情与对统治者的批评①;《左车二章》,序曰:"左车,凭险也。震为雷,兄长之。左,东方之师也。凭险不已,君子忧心,而作是诗。"诗歌以"左车有庆,万人犹病""左车有赫,万人毒螫"起首,描述了军人在战场中想离开但又不能的情况,并以"敏尔之生,胡为波迸""敏尔之生,胡为草戚"等反问语气,表达了对百姓在战乱中妻离子散、无家可归而忧戚悲伤的怜悯之情②。此外,《筑城二章》"刺临戎",批评寺人滥征徭役而百姓生死难卜的现象;《持斧一章》"启戎士",批评士兵不顾孝子伤心而砍伐别人墓地松柏的情况;《十月之郊一章》序曰"造公室也,君子居公室,当思布德行化焉"③,主要描述了工匠劳力营造宫室的艰难,批评王室贵族不恤人力物力而耽于享乐、动辄迁徙宫室大兴土木的现象;《燕于巢一章》序曰"审日辰也",劝诫统治者要勤修历法、授民以时;《苏方一章》序曰"讽商胡舶舟运苏方,岁发扶南、林邑,至齐国立尽"④,主要讽刺官场卖官鬻爵的现象;《陵霜之华一章》序曰"伤不实",则主要从阴阳四时、二仪六气等角度反思自然与社会的和合问题、华而不实的风气现象;《囝一章》序称"哀闽也",批评宦官制度对福建百姓的残害;《我行自东一章》序曰"不遑居也",则通过对行程所遇人烟荒凉、战乱不休、世路险恶、雾雨淫淫等描写,表达人生艰难的感触;《采蜡一章》序曰"怨奢也",批评下层百姓舍命采蜡供给上层贵族享用的不公现象。顾况的这些诗作对社会的批判是多层面的,他虽以"上古"为名,但所指却是盛唐转衰后的社会现实,其中既有对百姓的同情,更有对统治阶层的批刺与规讽。这种承绪风雅的诗学精神,与当时元结、杜甫等诗家是相通的,且其模拟《诗经》来命题,各系诗序以明主旨的诗作形式,对此后的新乐府运动不无先导意义。

① 《全唐诗》卷二百六十四《上古一章》,中华书局 1999 年版,第 2920 页。
② 《全唐诗》卷二百六十四《左车二章》,中华书局 1999 年版,第 2921 页。
③ 《全唐诗》卷二百六十四《十月之郊一章》,中华书局 1999 年版,第 2921 页。
④ 《全唐诗》卷二百六十四《苏方一章》,中华书局 1999 年版,第 2922 页。

第五节　萧颖士、李华、独孤及

一、萧颖士

萧颖士(约717—760),字茂挺,梁鄱阳王萧恢七世孙,生于颍川(今河南许昌),郡望南兰陵(今江苏常州西北),故李华等谓之"兰陵萧君"。开元二十三年(735年)举进士、对策第一,历金坛尉、桂州参军,天宝初补秘书正字,受到当时裴耀卿、席豫、张均、宋遥、韦述等人的器重,由此声名远播。后因事劾免,客居濮阳,期间开坛授课、广收弟子,时号"萧夫子"。萧颖士自谓"清慎自守,不能附会"①,曾召为集贤校理,因得罪李林甫,先后外调免官。李林甫死后,更调河南府参军事。天宝十载(751年)八月,因史官韦述推荐,萧颖士赴京待制史馆。其时安禄山得宠,颖士知将乱,于是托疾游少室山,乾元初授扬州功曹参军,至官后信宿而去,最后客死汝南。萧颖士天生聪俊,四岁即能属文,十岁补太学生,读书过目即诵,富词学,通姓谱学、书籍学。他为人重行尚义,与贾至、孔至、李华、源行恭、张有略等人相交游,与殷寅、颜真卿、柳芳、陆据、李华、邵轸等并称"殷颜柳陆,李萧邵赵"②,与李华并称"萧李"。同时,他还喜擢后进,《新唐书·文艺传》中称:"以推引后进为己任,如李阳、李幼卿、皇甫冉、陆渭等数十人,由奖目,皆为名士。天下推知人,称萧功曹。"③萧颖士是天宝时期倡导古文革新的先驱性人物,与李华、贾至、独孤及等人都对此后古文运动的兴起产生了重要影响。他的文学思想主要有以下几个方面。

首先,萧颖士在《赠韦司业书》中曾自述其为文旨趣说:"仆平生属文,格不近俗,凡所拟议,必希古人,魏晋以来,未尝留意。"④这种取法魏晋以上的复古路径及其用意追求,在李华《扬州功曹萧颖士文集序》的

---

①《全唐文》卷三百二十二《庭莎赋并序》,中华书局1983年版,第3264页。
②《新唐书》卷一百五十一《赵宗儒传》,中华书局1975年版,第4826页。
③《新唐书》卷二百二《文艺中》,中华书局1975年版,第5769页。
④《全唐文》卷三百二十三《赠韦司业书》,中华书局1983年版,第3276页。

记载中表现得更为明晰：

> 君以为六经之后，有屈原、宋玉，文甚雄壮，而不能经。厥后有贾谊，文词最正，近于理体。枚乘、司马相如亦瑰丽才士，然而不近风雅。扬雄用意颇深，班彪识理，张衡宏旷，曹植丰赡，王粲超逸，嵇康标举，此外皆金相玉质，所尚或殊，不能备举。左思诗赋有雅颂遗风，干宝著论近王化根源，此后夐绝无闻焉。①

萧颖士少受《论语》《尚书》与礼经，日诵千余言、能举大略，论文自以六经之文为最高。他衡论六经之后的诸家，推崇贾谊、扬雄、班彪、左思、干宝等人，认为贾谊文"正"而"理"、扬雄"用意颇深"、班彪"识理"、左思有"雅颂遗风"、干宝"近王化根源"，而屈宋之文则"雄壮"而"不能经"，枚乘、司马相如"不近风雅"。这些优劣评骘，一方面说明他虽承认"瑰丽""丰赡"之美对于文章的重要性，但却并不以此为核心追求，而是认为士人"务恃文词，傲弄当世"的行为，并不足取。另一方面，以上论述更反映了他宗经重理、追认风雅、本乎王化而羽翼政道的文学追求，这又是与其"以诗书礼乐、皇帝王霸之术为己任"②的人生志意密不可分的。萧颖士自称"有识以来，寡于嗜好，经术之外，略不婴心"③，认为文儒之士"纵不能公卿坐取，助人主视听"，也应"优游道术，以名教为己任，著一家之言，垂沮劝之益"④。与此相关，萧颖士文章立言的祈求，也更多着意于经传、史传与时政、政论等经世文章层面。如史传层面，他在《赠韦司业书》中批评司马迁、班固"其文复而杂，其体漫而疏，事同举措，言殊卷帙，首末不足以振纲维，支条适足以助繁乱"⑤，并借此表述了他"溺志著书，放心前史""思欲依鲁史编年，著历代通典"的志向，此后他也有待制史馆的经历。他说："托微词以示褒贬，全身远害之道博，惩恶劝善之功大。"⑥萧颖士这种以经史为本、以辅翼政道为追求的思想，

---

① 《全唐文》卷三百十五《扬州功曹萧颖士文集序》，中华书局1983年版，第3198页。
② 《全唐文》卷六百九十一《尚书比部郎中萧府君墓志铭》，中华书局1983年版，第8084页。
③ 《全唐文》卷三百二十三《赠韦司业书》，中华书局1983年版，第3277页。
④ 《全唐文》卷三百二十三《赠韦司业书》，中华书局1983年版，第3275页。
⑤ 《全唐文》卷三百二十三《赠韦司业书》，中华书局1983年版，第3278页。
⑥ 《全唐文》卷三百二十三《赠韦司业书》，中华书局1983年版，第3278页。

正是他文学观念的基础,也是其有别于南朝华靡绮艳追求的内在原因。

其次,与留意魏晋以前、辅翼政道的复古文学追求相应,萧颖士还有对文辞形式的论述:

> 猗尔之所以求,我之所以诲,学乎? 文乎? 学也者,非云征辨说,摭文字,以扇夫谈端,轹厥词意,其于识也,必鄙而近矣。所务乎宪章典法、膏腴德义而已。文也者,非云尚形似,牵比类,以局夫俪偶,放于奇靡。其于言也,必浅而乖矣。所务乎激扬雅训、彰宣事实而已。①

该文是萧颖士在天宝十三年(754 年)为门人刘太真所作的赠序,他勉诫刘太真不可耽于文辞之美,追求形似之文,而应致力于"激扬雅训、彰宣事实",认为过于讲求描绘物象、局夫俪偶、放于奇靡,必致浮浅而乖离正道。萧颖士对文辞形式的批评,是与其重经术、经史之学的旨趣相关联的,同时也是其复古文学观的重要组成部分。《新唐书·文艺传》载萧颖士的尚古旨趣说:"颖士数称班彪、皇甫谧、张华、刘琨、潘尼能尚古,而混流俗不自振,曹植、陆机所不逮也。又言裴子野善著书。所许可当世者,陈子昂、富嘉谟、卢藏用之文辞,董南事、孔述睿之博学而已。"②萧颖士婴心经术、着意史传,所以了解并熟悉班彪、裴子野等诸家的文章著述,他褒赞诸家"能尚古",也与诸家能本于经术而反对过分讲求辞藻形式的主张相关。如班彪《史记论》评司马迁,既批评其"崇黄老而薄五经""轻仁义而羞贫穷""贱守节而贵俗功",谓其"大敝伤道",也在文辞层面赞美其"善述序事理,辩而不华,质而不野,文质相称"③;皇甫谧作《三都赋序》,谓"昔之为文者,非苟尚辞而已,将以纽之王教,本乎劝戒也"④。此外张华曾受命与傅玄、荀勖等"各造正旦行礼及王公上寿酒、食举乐歌诗",他认为"魏上寿、食举诗及汉氏所施用"等诗歌虽然文句长短不一,但仍本于"有由然也"的尚古思想,"皆系于旧"而"不

---

① 《全唐诗》卷一百五十四《江有归舟序》,中华书局 1999 年版,第 1597 页。
② 《新唐书》卷二百二《文艺中》,中华书局 1975 年版,第 5770 页。
③ 范晔撰,李贤等注:《后汉书》卷四十上《班彪传》,中华书局 1965 年版,第 1325 页。
④ 《全上古三代秦汉三国六朝文·全晋文》卷二十五《三都赋序》,中华书局 1958 年版,第 756 页。

敢有所改易"①。这些都是萧颖士所以推举诸家的重要原因。此外,他推崇当世的陈子昂、富嘉谟、卢藏用等人的文辞,也与他们入唐以来一反南朝骈俪文风的追求相关,萧颖士在文辞形式等层面的论述,意在接续诸家而自振流俗。他在古文运动尚未兴起之前就提出这些文学主张,虽如其所说,"常话文章得失"而"忤人雅意",但也确属勇毅,史载:"闻萧氏风者,五尺童子羞称曹陆。"②由此可见,其对文坛风气的巨大影响。

二、李华

李华(约 715—774),字遐叔,祖籍赵州赞皇(今属河北)。15 岁入太学读书,开元二十三年(735 年)进士及第,天宝二年(743 年)举博学宏词,历任南和尉、秘书省校书郎、伊阙尉、监察御史、右补阙等。安禄山叛乱,他曾向朝廷上诛守之策,乱军入长安,李华为乱军所获,伪署以凤阁舍人。乱平后,李华因陷贼一事被贬为杭州司功参军。此后,他虽被授左补阙、司封员外郎,先后入京,但自伤不能完节,欲终养而母亡,遂决意屏居江南,在旅历江州、洪州、延陵等地后,最终徙家楚州(今江苏淮安),从此"勒子弟力农,安于穷槁"③,直至病逝。李华是中唐时期与萧颖士等人并称的"振中古之风"的古文大家,梁肃赞其曰:"发为斯文,郁郁耀辉。自五百年,风雅陵夷,假手于兄,郁为宗师。"④他的文学思想,既与萧颖士有诸多相通之处,也在一些观点与阐述角度上展现出了应有的特色。

首先,李华与萧颖士一样,也有鲜明的宗经重道意识,且于此之中,尤强调本于经义的道德涵养、文行一致。他在《赠礼部尚书清河孝公崔沔集序》中说:

> 夫子之文章,偃商传焉,偃商殁而孔伋、孟轲作,盖六经之遗也。屈平、宋玉哀而伤,靡而不返,六经之道遁矣。论及后世,力足

---

① 《晋书》卷二十二《乐上》,中华书局 1974 年版,第 685 页。
② 《新唐书》卷二百二《柳并传》,中华书局 1975 年版,第 5771 页。
③ 《新唐书》卷二百三《文艺下》,中华书局 1975 年版,第 5776 页。
④ 《全唐文》卷五百二十二《为常州独孤使君祭李员外文》,中华书局 1983 年版,第 5305 页。

者不能知之，知之者力或不足，则文义寝以微矣。①

李华本于六经批评屈、宋及后世作家，这与其《扬州功曹萧颖士文集序》中对萧颖士文章观的转述颇为相近，都是认为屈、宋长于文辞而"不能经"，主张以宗经明道作为文章的基础。不过相较而言，萧颖士主张宗经，是与其个人的"公卿坐取"之志和"著一家之言"的抱负紧密结合的，李华则更重视涵养道德。他围绕"作者"这一主体层面发论道："文章本乎作者，而哀乐系乎时。本乎作者，六经之志也；系乎时者，乐文、武而哀幽、厉也。"作者的哀乐之情应关系文、武、幽、厉之政，而不是一己私情，反映了其文学观重政教的一面。作者以"六经之志"为志，则主要强调本乎六经的道德涵养："宣于志者曰言，饰而成之曰文。有德之文信，无德之文诈。皋陶之歌，史克之颂，信也。子朝之告，宰嚭之词，诈也，而士君子耻之。……文顾行，行顾文，此其与于古欤！"②以六经为道德之基，由此德艺兼备，这是李华典型的文学祈向，如其为李白作墓志铭，就将德、言同论："圣以立德，贤以立言，道以恒世，言以经俗。"③他论孔门四科，也以德艺兼备、"行修言道以文"为追求："夫子门人，德行、言语、政事、文学，四者无人兼之。虽德尊于艺，亦难乎备也。后之学者，希慕先贤，其著也，亦名高天下。行修言道以文，吾见其人矣。"④这种宗经尚德的思想，应该说在萧颖士那里也有体现，如在《赠韦司业书》中，他对当时文人诌媚权贵而操守尽失的行为就批评甚厉："雅操大缺，内不能自强于己，外有以求誉于时。篷篨阘茸，人望口气，谓其高位必以援登，芳声要以用致。"⑤但是，李华在这方面的体会更深、论述更多，曾曰："开元、天宝之间，海内和平，君子得从容于学，以是词人材硕者众。然将相屡非其人，化流于苟进成俗，故体道者寡矣。"⑥如果说开元、天宝间的士风之弊在于"将相非人"，天宝之后的士风不正则又与

---

① 《全唐文》卷三百十五《赠礼部尚书清河孝公崔沔集序》，中华书局 1983 年版，第 3196 页。
② 《全唐文》卷三百十五《赠礼部尚书清河孝公崔沔集序》，中华书局 1983 年版，第 3196 页。
③ 《全唐文》卷三百二十一《故翰林学士李君墓志铭》，中华书局 1983 年版，第 3250 页。
④ 《全唐文》卷三百十五《杨骑曹集序》，中华书局 1983 年版，第 3198 页。
⑤ 《全唐文》卷三百二十三《赠韦司业书》，中华书局 1983 年版，第 3274 页。
⑥ 《全唐文》卷三百十五《杨骑曹集序》，中华书局 1983 年版，第 3198 页。

士人"不专经学"有关,其《正交论》中云:"礼亡寖远,言者为非,人从以偷,俗用不笃,弊在不专经学,沦于苟免者也。"①在给外孙的书信中,他还针对当时风俗穿戴的变化,批评"妇人为丈夫之象,丈夫为妇人之饰。颠之倒之,莫甚于此"等世教沦替、风俗颓败的现象,并结合自己年少时期日常行止多能"如礼"的例子,联系《诗》《易》《礼》等经义内容,劝诫外孙"当学读《诗》《礼》《论语》《孝经》,此最为要也"②。

其次,李华在文学观上也有鲜明的政教致用追求。他非常重视史家之文,《著作郎厅壁记》中起首即曰:"化成天下,莫尚乎文。文之大司,是为国史,职在褒贬惩劝,区别昏明。……史官之任有述作,盖王者之元符,生人之极教也。"③这虽论史家之文,但也属于文学观的一部分。另外,李华宗经尚史,"以为将求致理,始于学习经、史、《左传》《国语》《尔雅》《荀》《孟》等家,辅佐五经者也",但其最终归趣是要致用于现实,甚至认为在因应时变的条件下,不必全然以古人之说为是:"考求简易,中于人心者以行之,是可以淳风俗,而不泥于坦明之路矣。学者局于恒教因循,而不敢失于毫厘。古人之说,岂或尽善。"④李华的政教致用追求在文学创作上得到了充分体现,他有强烈的以文章润饰政教的意识,进士及第时曾作《含元殿赋》,序文中指出"栋宇绳墨之间,邻于政教",认为王延寿《鲁灵光殿赋》"务恢张飞动而已",后世词人更是"播于声颂,则无闻焉",于是"作《含元殿赋》,陋百王之制度,出群子之胸臆。非敢厚自夸耀,以希名誉,欲使后之观者,知圣代有颂德之臣焉"。⑤ 他还作有《无疆颂八首》,序文中云:"若无歌诗颂德,曾蛮夷不若也。"⑥此外,李华也时常勉励文章之士积极与时进取,《江州卧疾送李侍御诗序》中曰:"当天心厌兵,品物思理,将束贪狼之口,掩破骨之伤。濡足而前,化危为安,此大丈夫悬弧四方之志,与夫窜身渔钓,山林枯槁,异日论也。

①《全唐文》卷三百十七《正交论》,中华书局1983年版,第3216页。
②《全唐文》卷三百十五《与外孙崔氏二孩书》,中华书局1983年版,第3196页。
③《全唐文》卷三百十六《著作郎厅壁记》,中华书局1983年版,第3204页。
④《全唐文》卷三百十七《质文论》,中华书局1983年版,第3213页。
⑤《全唐文》卷三百十四《含元殿赋序》,中华书局1983年版,第3185页。
⑥《全唐文》卷三百十四《无疆颂八首序》,中华书局1983年版,第3190页。

天下有道，贫且贱焉，耻也。"①尽管李华身经安史之乱，进取志意受挫，但其前期崇尚政教致用的文学观依旧不应忽视。

最后，李华在文辞观念上讲求简约、"词达"，反对绮靡骈俪。《登头陁寺东楼诗序》中提道："其文宏而靡，则知楚都物象，有以佐之。舅氏谓华老于文德，忘其琐劣。使为诸公叙事，不敢烦也，词达而已矣。"②《御史中丞厅壁记》一文，李华结合"记"文体的一般作法和自己的文章特点，指出："古之制记者，先诸德而后诸事。至若命官之始，省复之代，名号冠绥之差，禄秩位员之数，辞尚体要，况皆知之，今不书，省文也。"③这都是李华词尚简要的明确论述。除此，《质文论》一文也充分反映了他尚质轻文、力求简约的思想："天地之道易简，易则易知，简则易从。先王质文相变，以济天下。易知易从，莫尚乎质。质弊则佐之以文，文弊则复之以质，不待其极而变之。"④文质相变，是古人反思文风世运的通用逻辑，李华秉持天地"易简"之道，认为"文弊则复之以质""文不如质明矣"，主张"以简质易烦文而便之"，这虽然主要是针对当时烦溃琐杂的社会制度和风俗文化而发，但背后未尝没有批评文坛骈俪之风的意味。当然，李华也并非全然拒斥辞采丽藻，相反，他在早年也以文辞绵丽、才多而能精思著称，如独孤及谓其有"伟词丽藻"，"学博而识有余，才多而体愈迅。每述作，笔锋风生，听者耳骇。"⑤《新唐书》中载："初，华作《含元殿赋》成，以示萧颖士，颖士曰：'《景福》之上，《灵光》之下。'华文辞绵丽，少宏杰气，颖士健爽自肆，时谓不及颖士，而华自疑过之。因著《吊古战场文》，极思研摧，已成，污为故书，杂置梵书之庋。它日，与颖士读之，称工，华问：'今谁可及？'颖士曰：'君加精思，便能至矣。'"⑥《含元殿赋》与《吊古战场文》都是李华精心结撰的力作，可见他虽有鲜明的尚质倾向，但并无废文之意。

---

① 《全唐文》卷三百十五《江州卧疾送李侍御诗序》，中华书局 1983 年版，第 3199 页。
② 《全唐文》卷三百十五《登头陁寺东楼诗序》，中华书局 1983 年版，第 3199 页。
③ 《全唐文》卷三百十六《御史中丞厅壁记》，中华书局 1983 年版，第 3204 页。
④ 《全唐文》卷三百十七《质文论》，中华书局 1983 年版，第 3213 页。
⑤ 《全唐文》卷三百八十八《检校尚书吏部员外郎赵郡李公中集序》，中华书局 1983 年版，第 3946 页。
⑥ 《新唐书》卷二百三《文艺下》，中华书局 1975 年版，第 5776 页。

三、独孤及

独孤及（725—777），字至之，河南洛阳（今属河南）人，天宝末以道举高第，任华阴尉、太常博士，后迁礼部员外郎、任濠、舒二州刺史，因治课加检校司封郎中，后徙常州，卒于任，人称"独孤常州"。独孤及刚毅正直，通达国体。代宗时召以左拾遗，他上疏陈政，谏代宗有容直之名而无"听谏之实"，条陈兵兴以来诸种疲敝，建议减兵以赡国用。任官地方，他在岁逢饥旱时，保舒州百姓生全，到常州后"因俗为理"，备受爱戴。他年少颖悟，遍读五经，在文学上与萧颖士、李华、贾至等一道，都是唐代古文运动的先驱者。同时，独孤及还喜擢后学，据《新唐书》本传载："喜鉴拔后进，如梁肃、高参、崔元翰、陈京、唐次、齐抗皆师事之。"① 他对后来古文运动中的韩愈等人影响尤深，清代武进人赵怀玉即称："退之起衰，卓越八代，泰山北斗，学者仰之。不知昌黎固出安定（梁肃）之门，安定实受洛阳（独孤及）之业。"② 据独孤及存世的《毗陵集》，其文学思想主要有以下几个方面。

首先，是其复古文学观的多重内涵。独孤及曾受教于萧颖士与李华等人，是他们尚古自振、共阐斯文的同道，也秉持五经为源、本乎王道的为文观。他在为李华所作集序中说：

> 帝唐以文德敷佑于下，民被王风，俗稍丕变。至则天太后时，陈子昂以雅易郑，学者浸而向方。天宝中，公与兰陵萧茂挺、长乐贾幼几勃焉复起，振中古之风，以宏文德。公之作本乎王道，大抵以五经为泉源，抒情性以托讽，然后有歌咏；美教化，献箴谏，然后有《赋》《颂》；悬权衡以辩天下公是非，然后有论议。至若记叙、编录、铭鼎、刻石之作，必采其行事以正褒贬。非夫子之旨不书，故风雅之指归，刑政之本根，忠孝之大伦，皆见于词。于时文士驰骛，飚扇波委。二十年间，学者稍厌《折杨》《皇华》，而窥咸池之音者什五

---

① 《新唐书》卷一百六十二《独孤及传》，中华书局 1975 年版，第 4993 页。
② 赵怀玉撰：《毗陵集》序，四部丛刊景清赵氏亦有生斋本。

六,识者谓之文章中兴,公实启之。①

独孤及"论文变之损益",简明扼要地阐述了入唐以来"文章中兴"的过程,钩稽了一条源自陈子昂直至李华、萧颖士、贾至的复古脉络,并结合李华的不同文体创作,揭示了其本王道、宗五经的为文意旨及其托讽喻、美教化、辨是非、正褒贬等文章价值。这种宗经明道、羽翼政教的文学倾向,既是对李华文学特征的概括,同样也是独孤及自身的文学追求,门人梁肃即谓:"洎公为之,于是操道德为根本,总礼乐为冠带。以《易》之精义,《诗》之雅兴,《春秋》之褒贬,属之于辞……凡立言必忠孝大伦,王霸大略,权正大义,古今大体。其中虽波腾雷动,起伏万变,而殊流会归,同志于道。"②文章同"志"之"道",既指儒家经籍之道德义理,同时,也更指本于五经的政教王道,重心是"酌三王四代之典训,作为文章,以辅教化"③,展现出"遍览五经,观其大义,不为章句学"、文章"大抵以立宪、诫世、褒贤、遏恶为用"④等鲜明的经世意向。对此,崔佑甫、梁肃等人就其不同的文体文类的作品予以了充分揭示,其《送朱侍御赴上都序》为吴中士人西入北上送行,也勉之"以宣上德抒下情为己任,勿独夸吴趋阊门之废兴,辩莼羹羊酪之优劣而已"⑤。也正由于此,他与萧颖士、李华等人一样,都对西汉贾谊等议论文章特别推崇,尤其是代宗"受宣室之厘,忽思贾谊"⑥,召独孤及为左拾遗的经历,也使他对倡言三代与秦亡之故的贾谊更多一份神往。而这些思想内核,也是李华、独孤及等古文家有异于南朝作家的重要原因所在。

与之相关,独孤及在文辞形式层面也展现出了复古意向。权德舆在独孤及身后为其所作的《谥议》中称:"立言遣辞,有古风格。辨论裁

① 独孤及撰:《毗陵集》卷十三《检校尚书吏部员外郎赵郡李公中集序》,四部丛刊景清赵氏亦有生斋本。
②《全唐文》卷五百十八《常州刺史独孤及集后序》,中华书局 1983 年版,第 5260 页。
③《全唐文》卷四百八十八《故朝散大夫使持节常州诸军事守常州刺史充本州团练守捉使赐紫金鱼袋独孤公谥议》,中华书局 1983 年版,第 4989 页。
④《全唐文》卷四百九《故常州刺史独孤公神道碑铭并序》,中华书局 1983 年版,第 4196 页。
⑤《毗陵集》卷十六《送朱侍御赴上都序》,四部丛刊景清赵氏亦有生斋本。
⑥《毗陵集》卷十五《送余杭薛郡守入朝序》,四部丛刊景清赵氏亦有生斋本。

正,昭德塞违。潜波澜而去流荡,得菁华而芟枝叶。"①从形式上来说,剪裁枝叶、变骈为散、复雕为朴,力变南朝以来依旧残存的俪偶雕镂之风,是独孤及最突出的文学观念之一,而这又是与他尚"志"重"意"等标本兼治的思路紧密结合在一起的。他说:

> 志非言不形,言非文不彰,是三者相为用,亦犹涉川者,假舟楫而后济。自典谟缺,雅颂寝,世道陵夷,文亦下衰,故作者往往先文字,后比兴,其风流荡而不返,乃至有饰其辞而遗其意者,则润色愈工,其实愈丧,及其大坏也,俪偶章句,使枝对叶比,以八病四声为梏拲,拳拳守之如奉法令,闻皋繇史克之作则呷然笑之,天下雷同,风驱云趋,文不足言,言不足志,亦犹木兰为舟,翠羽为楫,玩之于陆而无涉川之用,痛乎流俗之惑人也。②

独孤及与萧颖士一样,反对形似、比类、俪偶、奇靡,欲求尚古,但在阐述上更为深入。他从一般的创作规律入手,认为作者抱持"先文字"、尚辞饰、润色以为工的态度来创作,势必会比兴不足、遗其意、丧其实,流风所及流荡忘返,遂使文学仅成木兰之舟、翠羽之楫,华而无用。其"志""言""文"三者相为用而志、意在先的论述,一方面合理地揭示了一般创作的规律,重"志"尚"意"而排击骈俪藻饰的思想也与其宗经尚用的观念相契合,如其《祭贾尚书文》赞贾至即曰:"揭厉孔门,匪究枝叶,必探本根","兄于其中,振三代风,复雕为朴,正始是崇"③,他自己的文风特点也如权德舆、梁肃等所揭示:"其文宽而简,直而婉,辩而不华,博厚而高明。论人无虚美,比事为实录。天下凛然复睹两汉之遗风。"④另一方面,其"志非言不形,言非文不彰"等重"文"思想也同样不可忽视,与其"假舟楫而后济"的比喻相应,他常强调"假文以筌意""非言无以导引"⑤的重要性,也曾以"伟词丽藻""笔锋风生"称赞李华之作。此外,他

---

①《全唐文》卷四百八十八《故朝散大夫使持节常州诸军事守常州刺史充本州团练守捉使赐紫金鱼袋独孤公谥议》,中华书局 1983 年版,第 4988 页。

②《毗陵集》卷十三《检校尚书吏部员外郎赵郡李公中集序》,四部丛刊景清赵氏亦有生斋本。

③《毗陵集》卷二十《祭贾尚书文》,四部丛刊景清赵氏亦有生斋本。

④《全唐文》卷五百十八《常州刺史独孤及集后序》,中华书局 1983 年版,第 5260 页。

⑤《毗陵集》卷十三《佛顶尊胜陀罗尼幢赞并序》,四部丛刊景清赵氏亦有生斋本。

还曾说："《荀》《孟》朴而少文，屈宋华而无根，有以取正，其贾生、史迁、班孟坚云尔。"①认为《荀》《孟》之作"朴而少文"、屈宋"华而无根"，而着意取正于两汉贾谊、司马迁与班固，这既与其文章经教化、"酌百代之典故以辅儒道"②等追求相关，也同样出于对两汉文章文学性的重视。总体而言，独孤及是以一种文质兼取的中和融通意识来对当时的文风予以批评纠偏的。此外，就文学角度而言，独孤及既重视贾谊，同样也推崇司马迁和班固，这与萧颖士、李华等重史学但批评两史家的观点稍有不同。他们对史传的足够重视，对此后古文运动中注意取资史传，并在传记类文体上取得斐然成就，不无先导之功。

其次，独孤及也有较丰富的诗学思想。他说：

> 五言诗之源，生于《国风》，广于《离骚》，著于李、苏，盛于曹、刘，其所自远矣。当汉、魏之间，虽已朴散为器，作者犹质有余而文不足。以今揆昔，则有朱弦疏越，大羹遗味之叹。历千余岁，至沈詹事、宋考功始裁成六律，彰施五色，使言之而中伦，歌之而成声。缘情绮靡之功，至是乃备。虽去雅寖远，其丽有过于古者，亦犹路鼗出于土鼓，篆籀生于鸟迹也。沈、宋既殁，而崔司勋颢、王右丞维复崛起于开元、天宝之间，得其门而入者，当代不过数人，补阙其人也……其诗大略以古之比兴，就今之声律，涵泳风骚，宪章颜谢，至若丽曲感动，逸思奔发，则天机独得，非师资所奖。③

独孤及梳理五言诗史，认为五言诗歌从《国风》发展到汉、魏之间，大致属于朴散未漓、"质有余而文不足"的阶段，并推之为"朱弦疏越""大羹遗味"式的高标。他肯定入唐之后沈佺期、宋之问等人完善格律的贡献，认为虽然"其丽有过于古者"，却仍然从文质逻辑出发，称其"犹路鼗出于土鼓，篆籀生于鸟迹"，与风雅传统一脉相承。这些思想，明显与其"复雕为朴"的复古文章观有很大相似之处。但其中也同样体现了诸多诗学本位的看法，如他推崇崔颢、王维并由此褒赞皇甫冉的思路，

---

① 《全唐文》卷五百十八《常州刺史独孤及集后序》，中华书局 1983 年版，第 5261 页。
② 《毗陵集》卷十二《唐故衢州司士参军李府君墓志铭并序》，四部丛刊景清赵氏亦有生斋本。
③ 《毗陵集》卷十三《唐故左补阙安定皇甫公集序》，四部丛刊景清赵氏亦有生斋本。

与高仲武《中兴间气集》同样推崇王维、皇甫冉的选评思想一致,展现出他对皇甫冉诗坛地位的肯定。他评价皇甫冉之作,既称其得"古之比兴",更赞其"声律",并与高适以"潘张""沈谢"美赞皇甫冉,谓"《巫山诗》终篇皆丽"①一样,也以"宪章颜谢"予以肯定。这些观念,与其宗尚六经、尊崇两汉的复古文章观截然不同,表明他在对诗与文的认识上有鲜明的区分意识。独孤及在诸多序文之作中,常常表述他对诗歌功能的认识,如《送洪州李别驾还任序》谓"由是众君子赋诗以壮别,且曰:备折杨皇华之韵,用抒他年之相思"②,《送商州郑司马之任序》谓"二三子之感时伤离者,斯可以言诗矣"③,《清明日司封元员外宅登台宴集序》则说"顾谓满座,展诗以赠,亦命夫四子者志之"④等等,都展现出他对诗歌赠别交际、抒情言志等功用的充分认识。

第六节　权德舆、李观的古文思想

一、权德舆

　　权德舆(759?—818),字载之,祖籍天水略阳,世居洛阳,天宝间,权德舆之父权皋为避战乱,遂徙居润州丹阳(今属江苏镇江)。权德舆自幼生长于丹阳,贞元七年(791年)前入幕江南一带,后赴京为太常博士,历任礼部、户部侍郎等职。宪宗元和五年(810年)拜礼部尚书、平章事,后改吏部、刑部尚书等,元和十一年(816年)复以吏部尚书出镇兴元,后诏许还京,卒于道。权德舆生于文学之家,祖父权倕与苏源明及名列"吴中四士"的包融等人唱酬往复,"为文章之友"⑤,父权皋与李华、独孤及、柳识等交善。权德舆年少时期即以诗文知名,"生四岁,能

---

①《全唐文》卷三百五十七《皇甫冉集序》,中华书局1983年版,第3629页。
②《毗陵集》卷十三《送洪州李别驾还任序》,四部丛刊景清赵氏亦有生斋本。
③《毗陵集》卷十五《送商州郑司马之任序》,四部丛刊景清赵氏亦有生斋本。
④《毗陵集》卷十五《清明日司封元员外宅登台宴集序》,四部丛刊景清赵氏亦有生斋本。
⑤权德舆撰,郭广伟校点:《权德舆诗文集》卷三《伏蒙十六叔寄示喜庆感怀三十韵因献之》,上海古籍出版社2008年版,第41页。

属诗……十五为文数百篇,编为《童蒙集》十卷,名声日大"①。20 余岁前,权德舆居住丹阳、任职江南,与陆傪、姚南仲、崔元翰、梁肃、戴叔伦、秦系等人广为交游,并曾亲自拜谒时在常州的独孤及,听其"话言诱掖"②。江南时期这段"乐在云水,师心自放"或"攻过内讼"的经历,在其赴朝及此后的诸多文字中屡屡念及,或怀恋故土,谓"趋朝七年,束以绅佩,烟霞井田,如在目前"③,或缅怀旧游,谓"吴中多贤士君子,居易求志,为予多谢之"④。权德舆是盛、中唐之际颇负盛名的文学大家,《旧唐书》本传载:"蕴藉风流,为时称向。于述作特盛,《六经》百氏,游泳渐渍,其文雅正而弘博……时人以为宗匠焉。"⑤元稹谓其"主文之盟,余二十年"⑥。权德舆不仅以文学创作著称,其丰富平正的文学思想,在古文运动兴起之际同样具有重要的价值意义。

首先,重视文学功用性。权德舆认为,"文之用也,横三才之中,经纪万事,章明统类,不可已也"⑦,故对叙家风世德、记循吏政事、表宗工贤人、写人情世态的诸种及事及物的文章类型,多能揭示其"序九功,正五事"、弥纶三才而羽翼政教的实用价值。他尤其强调"文之为也,上以端教化,下以通讽谕"⑧,对揄扬鸿烈与痛诋时病之文,有足够的重视。就文学润饰政教功能而言,他将"圣王之化"作为礼乐、文学产生的原因:"有虞以濬哲文明理天下,故有谐八音、陈九德、赓载康哉之臣;周宣王修文武之业以开中兴,故有歌《烝人》、赋《韩奕》、清风大雅之什"⑨,所以作者"作为文章,本于王化""发为人文,必本王泽"⑩,对能以文章"腴

① 《旧唐书》卷一百四十八《权德舆传》,中华书局 1975 年版,第 4002 页。
② 《权德舆诗文集》卷四十九《祭故独孤常州文》,上海古籍出版社 2008 年版,第 773 页。
③ 《权德舆诗文集》卷三十七《送再从弟少清赴涧州参军序》,上海古籍出版社 2008 年版,第 562 页。
④ 《权德舆诗文集》卷三十八《送右龙武郑录事东游序》,上海古籍出版社 2008 年版,第 570 页。
⑤ 《旧唐书》卷一百四十八《权德舆传》,中华书局 1975 年版,第 4005 页。
⑥ 《全唐文》卷六百五十三《上兴元权尚书启》,中华书局 1983 年版,第 6641 页。
⑦ 《权德舆诗文集》卷三十三《唐故尚书比部郎中博陵崔君文集序》,上海古籍出版社 2008 年版,第 507 页。
⑧ 《权德舆诗文集》卷三十四《唐故通议大夫梓州诸军事梓州刺史上柱国权公文集序》,上海古籍出版社 2008 年版,第 517 页。
⑨ 《权德舆诗文集》卷三十四《唐故徐泗濠节度观察处置等使通议大夫检校尚书左仆射使持节徐州诸军事兼徐州刺史御史大夫赐紫金鱼袋上柱国南阳郡开国公赠司徒张公集序》,上海古籍出版社 2008 年版,第 520 页。
⑩ 《权德舆诗文集》卷三十四《左谏议大夫韦君诗集序》,上海古籍出版社 2008 年版,第 524 页。

润大政"的作家常予褒赞。当然,权德舆论述赋颂称赞之文时,也强调"检度",反对蔓衍夸大,如论崔元翰,既肯定其能"叙守臣勋烈""藻润王度",更赞赏其"无溢言曼辞以为夸大,无谄笑柔色以资孟晋"①。在权德舆看来,"极文采之用,为太平嘉瑞"的称颂之作,应同充满讽谕精神的文章一样,皆源于士人仁义忠厚的"志气","然则元侯宗工,作为文章,本于王化,系于风俗,亦其志气之所发也"②,乃是一种基于政教实情的忠厚恳切之情。对于文章之用"通讽谕",权德舆常结合不同作者、不同内容的文章发论。如姚南仲曾任拾遗、补阙等职,权德舆对其上疏言两河安危、吏治之弊、选人之法、改卜皇室陵地等规讽时事的文章尤为推崇,谓其"在帝左右""讽议居多""以尽规为己任"③,表达了对姚南仲能尽言直谏的钦佩。李栖筠之文"激衰薄而申矩度",权德舆赞其"切劘端正,触类而长"的同时,也点出其"文明旨约"规讽的特点。④ 对张建封《投元杜诸宰相书》"痛诋时病,以发舒愤懑",权德舆作出的肯定更多的是基于其忠厚仁义,又可见其对讽谕者德行的重视。诸如此类的文学观念,与其本于忠厚、铺陈王化、规讽政教、致用经世等思想紧密相连,是讲求文学政教之用的鲜明体现。这在其对前代文学文章的评价中也得到了体现。如他尤尊周、汉文章,并以此作为唐代文章之理想:"周家忠厚,文章备乎二代,先师有郁郁之叹,故周任、史克、仍叔、吉甫之伦生焉。汉氏刬烦苛,弘利泽,训辞深厚,议论闳大,故贾谊、扬雄、司马迁、相如之才出焉。唐兴几二百岁,绍周汉之逸轨,以文华国。"⑤权德舆推崇"周家"文章,是因作者"忠厚"之作往往关乎"王化";推崇司马相如、扬雄等辞赋之作,是因其"言天下之事业,美盛德之形容,皆源委于是,

---

① 《权德舆诗文集》卷三十三《唐故尚书比部郎中博陵崔君文集序》,上海古籍出版社 2008 年版,第 508 页。
② 《权德舆诗文集》卷三十四,上海古籍出版社 2008 年版,第 520 页。
③ 《权德舆诗文集》卷三十四《唐故尚书右仆射赠太子太保姚公集序》,上海古籍出版社 2008 年版,第 523 页。
④ 《权德舆诗文集》卷三十三《唐故银青光禄大夫御史大夫赠司徒赞皇文献公李公文集序》,上海古籍出版社 2008 年版,第 505 页。
⑤ 《权德舆诗文集》卷三十三《唐故尚书兵部郎中杨君文集序》,上海古籍出版社 2008 年版,第 509—510 页。

而派流浸大"①；推崇贾谊、刘向之文，则因其时论文章的致用价值。与之相较，他不满意的是战国《楚辞》与纵横家之文，也不认同齐梁作者，因为他们或"刺讥掉阖，文宪陵夷"，失于仁义经术；或"君臣相化，牵于景物，理不胜词"②，皆与他讲求文学政教之用的观念相去甚远。

其次，权德舆的文论虽重政教之用，但通达处在于他并不排斥吟咏情性、缘情体物之作，对诗文的审美特征，也有足够的重视。他赞权若讷"有贾生之正，相如之丽"，作为文章"彩错峻拔""使善否章明"，合乎政教大用，同时也欣赏其《喜雨赋》《悲秋赋》等体物比事而缘情的作品。他为秦系与刘长卿的唱和诗作序，称秦系"宅遐心于事外，得佳句于物表"，对其词约旨深、"若珩佩之清越相激，类组绣之玄黄相发"③的诗歌颇为激赏。此外，还称赞陆鸿渐"其词清越，铿若金璧，得诗人之辩丽"④；赞灵澈上人"语甚夷易，如不出常境"⑤。《送张校书归湖南序》中，甚至称作者的自娱之作"参质文于屈宋"⑥。这都表明了权德舆对体物导志、吟咏情性之作的多维度肯定。

值得指出的是，权德舆对文学吟咏情性的肯定，与其对广大士人群体的深切关怀密不可分。士人之出处进退、穷达际遇问题，是权德舆讨论最多的话题之一。他承认君子之命必然有"出处语默"的差别，"或有猷有为，以宣事功；或不营不忮，以顺天理。则陈力于庙廊之上，洁身于岩石之下，皆其所也。"⑦而文章之用，也就与之相应，他说："德舆以为君子消长之道，直乎其时，而文亦随之。得其时则彰明事业，以宣利泽；不得其时则放言寄陈，以摅志气。"⑧其中，他对士人怀德抱艺而"爵位不称"者，更予以深切的同情。如感喟先辈李华、独孤及"操文柄而爵位不

---

① 《权德舆诗文集》卷三十三《唐故漳州刺史张君集序》，上海古籍出版社 2008 年版，第 512 页。
② 《权德舆诗文集》卷三十四《左武卫胄曹许君诗集序》，上海古籍出版社 2008 年版，第 526 页。
③ 《权德舆诗文集》辑遗《秦征君校书与刘随州唱和集序》，上海古籍出版社 2008 年版，第 812 页。
④ 《权德舆诗文集》卷三十五《萧侍御喜陆太祝自信州移居洪州玉芝观诗序》，上海古籍出版社 2008 年版，第 535 页。
⑤ 《权德舆诗文集》卷三十八《送灵澈上人庐山回归沃州序》，上海古籍出版社 2008 年版，第 574 页。
⑥ 《权德舆诗文集》卷三十八《送张校书归湖南序》，上海古籍出版社 2008 年版，第 577 页。
⑦ 《权德舆诗文集》卷三十七《奉送崔二十三丈谕德承恩致仕东归旧山序》，上海古籍出版社 2008 年版，第 553 页。
⑧ 《权德舆诗文集》卷三十三《唐故银青光禄大夫守中书侍郎同平章事赠太傅常山文贞公崔公集序》，上海古籍出版社 2008 年版，第 498 页。

称"，友人梁肃、崔元翰等掌诏诰书契，也不过"谏曹计部"。由此，"以文章广心地"、借诗文抒愤懑的价值意义也就得以凸显。权德舆的这种思想，与韩愈"不得其平则鸣"之论相较，背后都凝聚着对不遇之士的默默关怀和深切同情。

再次，重视道德行实与文章的统一。权德舆重视文学词章之于个体的意义，"文章者，其士之蕴耶？微斯文，则士之道不彰不明"①。但他认为士人"修之有本末，得之有厚薄"的规律在所难免，而且好华去本、文章与德行相离，更为文章历史的常情："历代文章，与时升降。其或伯仲之间，齐名善价，以德行世其业，以文学大其门，则又鲜焉。"②所以，权德舆论文更重德行之"蕴"，并以此作为取士标准："行为士本，文为身华。其或好华去本，失之弥远。鄙人结庐湖滨，宴息多暇，常默以此求士。"③权德舆强调的道德行实之美，多本于儒家之道，比如他推重郑公达，除"专学懿文"外，更因其"温纯积中""非其道不妄动"；称赞姚南仲以史鱼、仲山甫为师，"学于《诗》之恺悌，《易》之贞厉"，能"以之修身，以之懿文"④。称赞张建封"信厚诚直"，能"以礼义为干橹，非道不处"，并借春秋时期单襄公之言论其文章："'忠，文之实也；智，文之舆也；仁，文之爱也；义，文之制也。'则司徒向时之大忠明智，戴仁抱义，皆推本乎斯文，然后足言足志，践履章灼。"⑤可见权德舆欣赏的文章，不是务求辞藻之作，而是作者宪章六经、本于道德仁义、畅于事业言行的自然之文。这种"尚德"文论，既与他对时下士人的道德使命、出处境遇等问题的反复思考密不可分，也与李华等"文顾行，行顾文，此其与于古欤"的复古兴道主张相应，为中唐复古文论赋予了重德兴道的意涵。

---

① 《权德舆诗文集》卷三十四《唐故尚书右仆射赠太子太保姚公集序》，上海古籍出版社 2008 年版，第522 页。
② 《权德舆诗文集》卷三十四《唐故通议大夫梓州诸军事梓州刺史上柱国权公文集序》，上海古籍出版社 2008 年版，第 517 页。
③ 《权德舆诗文集》卷三十九《送郑秀才入京觐兄序》，上海古籍出版社 2008 年版，第 587 页。
④ 《权德舆诗文集》卷三十四《唐故尚书右仆射赠太子太保姚公集序》，上海古籍出版社 2008 年版，第523 页。
⑤ 《权德舆诗文集》卷三十四《唐故徐泗濠节度观察处置等使通议大夫检校尚书左仆射使持节徐州诸军事兼徐州刺史御史大夫赐紫金鱼袋上柱国南阳郡开国公赠司徒张公集序》，上海古籍出版社 2008 年版，第 521 页。

最后,权德舆还提出了尚气、尚理、有简、有通的主张,他说:

> 尝闻于师曰:"尚气,尚理,有简,有通。"能者得之以是,不能者
> 失之亦以是。四者皆得之于全,然则得之矣。失于全,则鼓气者类
> 于怒矣,言理者伤于懦矣。或狺狺而呀口,跕跕以堕水;好简者则
> 琐碎以谲怪,或如谶纬;好通者则宽疏以浩荡,庞乱憔悴;岂无一曲
> 之效,固致远之必泥。苟未能朱弦大羹之遗音遗味,则当钟磬在
> 悬,牢醴列位;何遽玩丸索而虢粗饵,况颠命而伤气。六经之后,班
> 马得其门。其或愁如中郎,放如漆园,或道拔而峻深,或坦夷而直
> 温。固当漠然而神,全然而天。混成四时,寒暑位焉,穆如三朝,而
> 文武森然。酌古始而陋凡今,备文质之彬彬。善用常而为雅,善用
> 故而为新。虽数字之不为约,虽弥卷而不为繁。贯通之以经术,弥
> 缝之以渊元。其天机与悬解,若垩鼻而斲轮。①

权德舆论文,崇尚理、气,求简、求通,但认为四者兼得才称完备,否
则仅得"一曲之效",极易产生文病。比如,文章有气无理,会粗浮无制,
风格"类于怒";有理无气,则气势不张,风格失之"懦";过于求简而不
通,则容易晦涩谲怪,如同"谶纬";而过于好"通",则又容易宽疏庞乱。
理与气、简与通,两两对举,四者协调一致,才堪称合格的文章,犹如四
季混成的天地自然之文。权德舆所说的"简"与"通"指文辞层面,所谓
"气"与孟子的集义养气有所不同,而与韩愈的"气盛言宜"比较相近,偏
向于作者个性化的生命情感之气。与此相近,权德舆还常常提及理与
词的关系,如他说:"每著文,辄先理要而后文采。"②"后之人力不足者,
词或侈靡,理或底伏,文之难能也如是。"③又说:"其不至者,遣言则华,
涉理则泥,虽辨丽可嘉,采真之士不与也。"④这些都是强调为文以理为
先,反对"涉理则泥",辞崇简朴,不喜"侈靡",可与其理、气、简、通的说
法互为参看。值得指出的是,权德舆的理、气、简、通说,与吴地作家杨

---

① 《权德舆诗文集》卷三十《醉说》,上海古籍出版社 2008 年版,第 471 页。

② 《权德舆诗文集》卷三十九《送襄阳卢判官赴本使序》,上海古籍出版社 2008 年版,第 591 页。

③ 《权德舆诗文集》卷三十三《唐故尚书比部郎中博陵崔君文集序》,上海古籍出版社 2008 年版,
第 507 页。

④ 《权德舆诗文集》卷三十三《唐故中岳宗玄先生吴尊师集序》,上海古籍出版社 2008 年版,第 513 页。

凝的文章主张如出一辙,他在《唐故尚书兵部郎中杨君文集序》中说:
"君尝以为尚气者或不能精密,言理者或不能彪炳,镂熏彝景钟与缘情
比兴者,或不能相为用。仲宣体弱,公幹未遒,才难而力不足,从古所
病。故懋功于六经百氏之中⋯⋯其叙事推理,况今据古,多而不烦,简
而不遗,弥纶条鬯,无入而不自得。"①杨凝尚"气"难"精密",与权德舆所
说的"鼓气者类于怒"相似,"多而不烦,简而不遗",也就是权德舆所说
的"简"而"通"。这些思想与萧颖士、李华等反对骈俪的主张颇多相通
之处,且在论述上也更加条理清晰。权德舆的理气、简通之论,也立足
于经术贯通的基础,其用常为雅、用故为新以及讲求天机悬解等说法,
又表现出鲜明的崇尚自然变通的意识。

二、李观

李观(766—794),字符宾,郡望陇西(今属甘肃),先辈徙江东,居吴
地(今江苏苏州)。18 岁应乡荐,贞元五年(789 年)入长安,贞元八年
(792 年)与韩愈、欧阳詹等同登进士,时称"龙虎榜"。同年中博学宏词
科,授太子校书郎,贞元十年(794 年)卒于长安。有《李元宾文集》。李
观自幼生长于江表,常自称江东人士,尽管家境贫寒、"浣衣菲食",但他
对家乡的历史人情与风俗,都充满了深厚的感情,如在中第还乡之作
《东归赋》中就说:"我之家兮,逼江湄而临海濊。其地则古,有吴王之夫
差。十代之风兮,但传乎稽古。数亩之宅兮,不树乎桑麻。亲之慈兮,
兄之友与,予之弟悌,常浣衣而菲食,吾安得以夫役役此还之为华?"②李
观洁身持节为人孝悌,家居时期"读书学古,受严师心训,属文厉志,立
可久之誉"③,同时性格刚毅,见危必进,言事必直,对士风时事常予批
刺。李观是中唐时期重要的文学家,他与韩愈同出于梁肃之门,与韩愈
相上下,可惜谢世太早未尽其才,故时议有"观文未极,愈老不休,故卒
擅名"之说,李翱在与吴郡陆傪的信中也说:"李观之文章如此,官止于

①《权德舆诗文集》卷三十三《唐故尚书兵部郎中杨君文集序》,上海古籍出版社 2008 年版,第 510—
511 页。
②《全唐文》卷五百三十二《东归赋》,中华书局 1983 年版,第 5399—5400 页。
③《全唐文》卷五百三十二《与吏部奚员外书》,中华书局 1983 年版,第 5406 页。

太子校书郎，年止于二十九。虽有名于时俗，其卒深知其至者果谁哉？"①李观的文学思想与其创作实践相呼应，主要体现于两个方面。

首先，重视宗经学古的思想。唐代科举以明经、进士二科为重，其中进士取士原本经、文并重，其后轻经重文态势日益严重，以致批评之声不断。李观生活的德宗时期，虽然对耽于声韵、文格浮薄等重文轻经现象予以批评者不乏其人，但士子专务诗赋的习气依旧风行不已。对于宗经与为文的态度，李观曾谓其弟曰："近学何书？拟举明经，为复有文。明经世传，不可堕也。文贵天成，不可强高也。二事并良，苟一可立，汝择处焉。"②李观所论，或因李兑有明经应举的想法而发，认为明经与文章之间择一即可，但他强调章句明经之学"不可堕"，可见对通经学古的重视。此外在给主考官陆贽的《帖经日上侍郎书》中，他表现出了更明确的重经意识：

> 昨者奉试《明水赋》《新柳诗》，平生也，实非甚尚，是日也，颇亦极思。……而以帖经为本，求以过差去留。观去冬十首之文，不谋于侍郎矣，岂一赋一诗足云乎哉！十首之文，去冬之所献也。……上不罔古，下不附今，直以意到为辞，辞讫成章。中最逐情者，有《报弟书》一篇，不知侍郎尝览之耶？未尝览之耶？……夫文人读《春秋》，求旨归，观实忝为文，不敢越。及来应举，知有此事，意希知音，遇以特知。而有司多守文相沿，今遇侍郎，其特知乎？且侍郎曰：帖经为本，本实在才，才不由经，文自谬矣。由经之才，文自见矣，本于是在，不在帖是。或亦所司以是真人，不然其耻耳。③

李观明确表示对诗赋之文"实非甚尚"，而于帖经"颇亦极思"，这种重经思想无疑是与陆贽思想相通的，他在此复述的"帖经为本，本实在才，才不由经，文自谬矣。由经之才。文自见矣"等宗经为文思想，可以说既是陆贽之论，也是李观自己的观念；他提及献给陆贽的十篇文章中，尤其强调《报弟书》一篇，即上文所述的"明经"为文主张。而且，李

---

①《全唐文》卷六百三十五《与陆傪书》，中华书局 1983 年版，第 6415 页。
②《全唐文》卷五百三十三《报弟兑书》，中华书局 1983 年版，第 5414 页。
③《全唐文》卷五百三十三《帖经日上侍郎书》，中华书局 1983 年版，第 5415 页。

观还提及自己所以要宗经为文,并非耽于章句之学,而是出于文人本位,所谓"文人读《春秋》,求旨归","本于是在,不在帖是",亦即重在寻绎义理内涵作为文章的根据。这种思想,实即"师其意"而发之于文,与这一时期大多数宗经复古文家的思想相似。

其次,对文辞的重视。李观的文章观颇具创新意识,自称"上不罔古,下不附今,直以意到为辞,辞讫成章"。这与韩愈颇为相近:韩愈论文,一方面志在"古道",注重从典籍中"师其意",另一方面,韩愈在"学古道则欲兼通其辞"时,更明确主张"师其意,不师其辞"[①],"惟陈言之务去"[②]。所以在宗经取意及文辞创新方面,李观与韩愈实有诸多相通之处。不过二人也有明显不同,李观虽讲"意到为辞",但重点在文辞层面,韩愈虽讲文辞创新,但核心诉求却在理、道。晚唐吴地陆希声为李观文集作序时,曾就此发论:

> 文以理为本,而辞质在所尚。元宾尚于辞,故辞胜其理。退之尚于质,故理胜其辞。退之虽穷老不休,终不能为元宾之辞。假使元宾后退之之死,亦不能及退之之质,此所以不相见也。夫文兴于唐虞,而隆于周汉,自明帝后,文体寖弱,以至于魏、晋、宋、齐、梁、隋,嫣然华媚,无复筋骨。唐兴,犹袭隋故态,至天后朝,陈伯玉始复古制,当世高之,虽博雅典实,犹未能全去谐靡。至退之乃大革流弊,落落有老成之风。而元宾则不古不今,卓然自作一体,激扬发越,若丝竹中有金石声。每篇得意处,如健马在御,蹀蹀不能止。其所长如此,得不谓之雄文哉![③]

陆希声所论,基于时人以为"元宾早世,其文未极,退之穷老不休,故能独擅其名"[④]的看法,他反驳了这种观点,揭示了李观尚辞而韩愈尚理的文章特征,并在唐代复古思潮的脉络上既肯定韩愈大革流弊的功绩,也指出了李观"不古不今,卓然自作一体"的文章价值。陆希声极重

---

① 韩愈著,马其昶校注,马茂元整理:《韩昌黎文集校注》卷三《答刘正夫书》,上海古籍出版社 1986 年版,第 207 页。

②《韩昌黎文集校注》卷七《南阳樊绍述墓志铭》,上海古籍出版社 1986 年版,第 542 页。

③《全唐文》卷八百一十三《唐太子校书李观文集序》,中华书局 1983 年版,第 8550—8551 页。

④《四库全书总目》卷一百五十《李元宾文集提要》,中华书局 1965 年版,第 1292 页。

李观之文,评价亦客观公允,四库馆臣谓:"希声之序为有见","品题颇当",并结合李观之文曰:"今观其文,大抵雕琢艰深,或格格不能自达其意,殆与刘蜕、孙樵同为一格。而镕炼之功或不及,则不幸早凋,未卒其业之故也。"①李观生活的时期,古文运动尚未展开,他的创作融散于骈,虽也讲求"意到为辞",但无论文章体式还是辞藻风格都尚存骈俪之风。但这种新旧之间的特征,如陆希声所言是"不古不今,卓然自作一体",在中唐文章史上也别具价值。同时,重视辞藻雕琢也是其文学观的重要内涵,如称赞朱利见"郁有词藻",《与右司赵员外书》中则曰:"仲尼又云:'言而无文,行之不远。'则知士不得不言,言不得不文。"②与李观这种尚辞观相应,韩愈《答李秀才书》论及李观时,也直接表述"不惟其辞之好"的主张:

> 今者辱惠书及文章,观其姓名,元宾之声容,怳若相接。读其文辞,见元宾之知人、交道之不污,甚矣。子之心,有似于吾元宾也,子之言,以愈所为不违孔子,不以琢雕为工,将相从于此。愈教自爱其道而以辞让为事乎?然愈之所志于古者,不惟其辞之好,好其道焉尔。读吾子之辞而得其所用心,将复有深于是者与?③

韩愈明确提及李观及其文章,并特别表述了其"不惟其辞之好,好其道焉尔"的主张,展现出一种鲜明的区别态度。但客观而言,韩愈的宗经志道,其实同样是李观文论的应有之义。李观的文章创作与韩愈相比虽然未臻极致,但其熔铸散体的复古意识却颇为明晰。如若不是谢世太早,李观的文章创作及其文论,或许还会有更丰富、更有价值的内容。

第七节　刘禹锡

刘禹锡(772—842),字梦得,彭城(今江苏徐州)人,一说为洛阳(今

① 《四库全书总目》卷一百五十《李元宾文集提要》,中华书局 1965 年版,第 1292 页。
② 《全唐文》卷五百三十三《与右司赵员外书》,中华书局 1983 年版,第 5407 页。
③ 《韩昌黎文集校注》卷三《答李秀才书》,上海古籍出版社 1986 年版,第 175—176 页。

属河南)人,生于苏州嘉兴。贞元九年(793 年)擢进士第,又登博学宏词科,任监察御史。永贞革新时,被擢为屯田员外郎,判度支盐铁事,与柳宗元俱为王叔文所器重。王叔文败,被贬为朗州司马,元和九年(814年),与柳宗元等人奉诏还京,因作诗语含讽刺,外放连州,历任连州、夔州、和州刺史。大和二年(827 年)任主客郎中、兼集贤院学士。复出为苏州、汝州、同州刺史。开成元年(836 年),以太子宾客分司东都洛阳。刘禹锡与柳宗元、白居易等人相交善,并称"刘柳""刘白",著有《刘宾客集》。对于诗与文,刘禹锡都有论及。

　　首先,在文论方面。刘禹锡是中唐时期古文运动的重要参与者,《旧唐书》谓:"禹锡精于古文。"①李翱在韩愈、柳宗元逝世之后则说:"翱昔与韩吏部退之为文章盟主,同时伦辈,惟柳仪曹宗元、刘宾客梦得耳。"②作为引领古文运动的卓荦人物,刘禹锡在文章观念上,明确表示"文"乃"见志之具",而不以章句、浮华为务:"所蓄者志。见志之具,匪文谓何? 是用颛颛恳恳于其间,思有所寓。非笃好其章句,泥溺于浮华。时态众尚,病未能也。"③对于"志"之内容,他一方面有"汲水"之喻,谓"五达之井,百汲而盈科,未必凉而甘,所处之势然也。人之词待扣而扬,犹井之利汲耳"④,强调作者因时境不同而体现的情志多元性,对作者感于山川、读书有悟等书写一己之情志的文章,皆有肯认。另一方面,作为"希儒之徒",刘禹锡更注重情志中"道"之内涵,所谓:"道不加益,焉用是空文为? 真可供酱蒙药褚耳!"⑤刘禹锡追求有"道"之文。"道"之内涵,多与及事及物的经世之用相关涉。如辨析"天道",他既驳斥以"天道"为"的然以宰者"之论,亦反对"天与人实刺异"之说,而是强调"天与人交相胜耳"⑥,讲求人的主体能动性,重视人"治万物"的践道行法。由此,刘禹锡对积极入世、"每与其徒讲疑考要,皇王富强之术,

---

① 《旧唐书》卷一百六十《刘禹锡传》,中华书局 1975 年版,第 4210 页。

② 刘禹锡著,卞孝萱校订:《刘禹锡集》卷十九《唐故中书侍郎平章事韦公集纪》,中华书局 1990 年版,第 228 页。

③ 《刘禹锡集》卷十《献权舍人书》,中华书局 1990 年版,第 121 页。

④ 《刘禹锡集》卷二十《刘氏集略说》,中华书局 1990 年版,第 250 页。

⑤ 《刘禹锡集》卷二十《刘氏集略说》,中华书局 1990 年版,第 251 页。

⑥ 《刘禹锡集》卷五《天论上》,中华书局 1990 年版,第 67 页。

臣子忠孝之道，出入上下百千年间"的吕温特别推崇，论其文章："古之为书者，先立言，而后体物。贾生之书首《过秦》，而荀卿亦后其赋。和叔年少遇君而卒以谪似贾生，能明王道似荀卿，故余所先后视二书，断自《人文化成论》至《诸葛武侯庙记》为上篇。"①所谓"体物"乃指辞章文学，而"立言"则是与人道紧密相关的"致君及物"、辨学议论。刘禹锡认为"先立言，而后体物"，追求有"道"之文，体现了文以经世的强烈期许。与此相应，刘禹锡对身居高位且有经纶之功的李绛、令狐楚等人的文章，也颇致赞美。论李绛曰："文之细大视道之行止。故得其位者，文非空言。……上所以知君臣启沃之际，下所以备《风雅》诗声之义。洪钟骇听，瑶瑟清骨。"②论令狐楚曰："起文章而陟大位"，"在藩耸万夫之观望，立朝贲群寮之颊舌"，"笔端肤寸，膏润天下。文章之用，极其至矣。"③不难发现，刘禹锡虽不拒斥纾解情性之"细"文，但其表述中向往最多的，也确是此类经世应用之"大"文。

生活于文章兴盛的中唐时期，刘禹锡对当时的文学态势有诸多宏阔把握。如云："八音与政通，而文章与时高下。三代之文至战国而病，涉秦、汉复起。汉之文至列国而病，唐兴复起。夫政庞而土裂，三光五岳之气分，大音不完，故必混一而后大振。初，贞元中，上方向文章。昭回之光，下饰万物。天下文士争执所长，与时而奋，粲焉如繁星丽天，而芒寒色正，人望而敬者，五行而已。"④尊复三代与两汉之文，为其时古文家所共趋，刘禹锡所描述的贞元后的当代文坛的繁荣气象，已与初唐陈子昂等人的当世感受大不相同，展现了刘禹锡等文士应时奋起的积极与自信。对于文学兴起的原因，刘禹锡既归诸天下政权的统一，亦归诸天子之"向文"，同时也离不开天下才士的气类感召、应时而动。对此他常以"五行秀气"予以褒赞，谓"五行秀气，得之居多者为俊人。其色漼滟于颜间，其声发而为文章"，且称："天下文人，为气所召，其生乃蕃。

---

① 《刘禹锡集》卷十九《唐故衡州刺史吕君集纪》，中华书局 1990 年版，第 235 页。
② 《刘禹锡集》卷十九《唐故相国李公集纪》，中华书局 1990 年版，第 224—225 页。
③ 《刘禹锡集》卷十九《唐故中书侍郎平章事韦公集纪》，中华书局 1990 年版，第 229、232 页。
④ 《刘禹锡集》卷十九《唐故尚书礼部员外郎柳君集纪》，中华书局 1990 年版，第 236 页。

灵芝、蓲莆与百果齐坼。"① 与此呼应,刘禹锡衡论时人文章,亦多由此出发,如谓韦处厚未为近臣之前"皆文士之词也,以才丽为主","逢时得君"为学士成宰相之后,"所执笔皆经纶制置财成润色之词也,以识度为宗"。② 论韩愈则说:"贞元中,帝鼓薰琴。奕奕金马,文章如林。君自幽谷,升于高岑。鸾凤一鸣,蜩螗革音。"③这些评论,庶几皆是其"唐兴复起""文章与时高下"之论的注脚。

再次,在诗论方面。刘禹锡是中唐诗坛名家,晚年与白居易酬唱往复,史传谓其"长于五言""诗笔文章,时无在其右者"④,白居易谓之"诗豪",称其"文之神妙,莫先于诗""其锋森然,少敢当者"。⑤ 刘禹锡的诗论与这一时期的韩愈、元白诸家相比,鲜少宗派色彩。与白居易"文章合为时而著,歌诗合为事而作"⑥等强烈的现实讽谕追求相较,他颇重视诗歌纾解性情的一面。如大和七年(833 年)于吴郡所作《彭阳唱和集引》中自述:"鄙人少时,亦尝以词艺梯而航之,中途见险,流落不试。而胸中之气伊郁蜿蜒,泄为章句,以遣愁沮⋯⋯其会面必抒怀,其离居必寄兴。"⑦除此,本于创作体悟,刘禹锡于诗之本质、特征及艺术规律等问题,每富深刻洞见。他认为诗歌乃"文章之蕴":"心之精微,发而为文;文之神妙,咏而为诗。犹夫孤桐朗玉,自有天律。"⑧诗、文相较,无论文辞、意蕴,诗歌更致"精微"、更出"神妙"。刘禹锡此论颇为白居易推服:"梦得梦得,文之神妙,莫先于诗。若妙与神,则吾岂敢。如梦得'雪里高山头白早,海中仙果子生迟','沉舟侧畔千帆过,病树前头万木春'之句之类,真谓神妙。在在处处应当有灵物护之,岂唯两家子侄秘藏而已?"⑨对于诗之特征,刘禹锡在《董氏武陵集纪》中有更深入的阐论:

---

① 《刘禹锡集》卷十九《唐故衡州刺史吕君集纪》,中华书局 1990 年版,第 234 页。

② 《刘禹锡集》卷十九《唐故中书侍郎平章事韦公集纪》,中华书局 1990 年版,第 228 页。

③ 《刘禹锡集》卷四十《祭韩吏部文》,中华书局 1990 年版,第 604 页。

④ 《旧唐书》卷一百六十《刘禹锡传》,中华书局 1975 年版,第 4212 页。

⑤ 白居易著,谢思炜校注:《白居易文集校注》卷三十二《刘白唱和集解》,中华书局 2011 年版,第 1893、1894 页。

⑥ 《白居易文集校注》卷八《与元九书》,中华书局 2011 年版,第 324 页。

⑦ 《刘禹锡集》卷三十九《彭阳唱和集引》,中华书局 1990 年版,第 587—588 页。

⑧ 《刘禹锡集》卷十九《唐故尚书主客员外郎卢公集纪》,中华书局 1990 年版,第 233 页。

⑨ 《白居易文集校注》卷三十二《刘白唱和集解》,中华书局 2011 年版,第 1893、1894 页。

片言可以明百意，坐驰可以役万景，工于诗者能之。风、雅体变而兴同，古今调殊而理冥，达于诗者能之。工生于才，达生于明，二者还相为用，而后诗道备矣。余尝执斯评为公是，……诗者，其文章之蕴邪！义得而言丧，故微而难能。境生于象外，故精而寡和。千里之缪，不容秋毫。非有的然之姿，可使户晓。必俟知者，然后鼓行于时。①

　　刘禹锡认为诗歌语言高度简洁，想象极其丰富，具有"片言可以明百意""坐驰可以役万景"的特点，也揭示了诗歌贵在"兴"与"理"的特质，由此对创作者提出了"才"与"明"相互为用的要求。这些论述触及了诗歌艺术的多种内在规律。其"境生于象外"说，与王昌龄的"诗有三境"说、殷璠的"兴象"说、戴叔伦的"景在目前"说，以及皎然《诗式》中的取境说等一起，共构了唐代诗学的"意境"论体系。"体变而兴同""调殊而理冥"等观点，则表明诗歌并不拒斥"理趣"，客观上也为宋诗新变起到了导夫先路作用。整体来说，刘禹锡这种基于文学本位、强调诗学审美特征的观念，与其自身的学诗经历密不可分。他早年曾学诗于皎然、灵澈，《澈上人文集纪》中即云："初，上人在吴兴，居何山，与昼公为侣。时予方以两髦执笔砚，陪其吟咏，皆曰孺子可教。"②灵澈曾在吴久住，赋诗"近两千首"，刘禹锡在集序中由"江左诗僧"的历史脉络出发，对其颇加推崇："世之言诗僧多出江左。灵一导其源，护国袭之。清江扬其波，法振沿之。……独吴兴昼公能备众体。昼公后，澈公承之。……可谓入作者阃域，岂独雄于诗僧间邪？"③这样的经历体会，可以说对刘禹锡的诗学影响甚深。在《秋日过鸿举法师院便送归江陵引》中，他就以沙门"去欲"为论，揭示了"因定而得境""虚而万景入"的诗歌创作规律："能离欲则方寸地虚，虚而万景入，入必有所泄，乃形乎词。词妙而深者，必依于声律。……因定而得境，故翛然以清。由慧而遣词，故粹然以丽。信禅林之花萼，而诚河之珠玑耳。"④由此可见，刘禹锡的"境生象

---

① 《刘禹锡集》卷十九《董氏武陵集纪》，中华书局 1990 年版，第 237—238 页。
② 《刘禹锡集》卷十九《澈上人文集纪》，中华书局 1990 年版，第 239 页。
③ 《刘禹锡集》卷十九《澈上人文集纪》，中华书局 1990 年版，第 240 页。
④ 《刘禹锡集》卷二十九《秋日过鸿举法师院便送归江陵引》，中华书局 1990 年版，第 394 页。

外""达生于明"等论述,与佛学的浸润及皎然、灵澈等诗僧的启示密不可分。

刘禹锡于诗学层面,亦重民间"吪谣俚音"。他在朗州、连州、夔州、苏州任内,都写有乐府民歌一类的诗作。《太平御览》曰:"刘禹锡贬朗州司马,比居西南夷,土风僻陋,举目殊俗,无与言者。禹锡在郎十年,唯以文章吟咏陶冶情性。蛮俗好巫,每淫祠舞鼓,必歌俚辞。禹锡或从事于其间,乃依骚人之作,为新辞以教巫祝,故武陵溪洞间夷歌,率多禹锡之辞也。"①他在夔州时期,也曾作《竹枝词九首》,引言中说:"四方之歌,异音而同乐。岁正月,余来建平,里中儿联歌《竹枝》,吹短笛,击鼓以赴节。歌者扬袂睢舞,以曲多为贤。聆其音,中黄钟之羽。其卒章激讦如吴声,虽伧儜不可分,而含思宛转,有淇、濮之艳。昔屈原居沅、湘间,其民迎神,词多鄙陋,乃为作《九歌》,到于今,荆、楚鼓舞之。故余亦作《竹枝词》九篇,俾善歌者飏之。"②刘禹锡论述夔州民间俚歌"中黄钟之羽",细致地辨识出了"其卒章激讦"的风格有类乎"吴音"的特点,肯定了"含思宛转,有淇、濮之艳"的审美价值。他创作《竹枝词》,既是受到屈原《九歌》之作的启发,是对骚人遗意的赓续,同时又与中唐时期诗坛尚"俗"的风调相应。此外,他在《上淮南李相公启》中也曾称:"古之所以导下情而通比兴者,必文其言以表之。虽吪谣俚音,可俪《风》什。"③这些都充分反映了刘禹锡对民间文学的重视。

第八节　陆龟蒙

陆龟蒙(?—约881),字鲁望,号江湖散人、天随子、甫里先生,长洲(今江苏省苏州)人,主要生活于唐懿宗、僖宗时期。陆龟蒙早年"高放",通六经而尤精《春秋》,举进士不第,往从张搏任职于湖州、苏州幕中,后隐居松江甫里(今角直镇)。陆龟蒙乐闻人学、讲论不倦,虽论撰甚多,惜"历年不省"疏于整理而亡佚者众,后世编著有《甫里先生文集》

---

① 李昉等辑:《太平御览》卷第七百三十五《方术部》十六,四部丛刊三编景宋刻配补日本聚珍本。
②《刘禹锡集》卷二十七《竹枝词九首引》,中华书局1990年版,第359页。
③《刘禹锡集》卷十八《上淮南李相公启》,中华书局1990年版,第213页。

等。陆龟蒙后期隐居之后,耽于田园之乐,不与俗人相交,所以"时谓江湖散人,或号天随子、甫里先生",而"自比涪翁、渔父、江上丈人"。陆龟蒙诗学思想主要体现在以下几个方面。

首先,接续风雅、化下讽上的文学观。陆龟蒙虽被正史列入《隐逸传》,但其"幽忧疾痛"①的现实关怀始终强烈,体现于诗文论,即是对风雅传统、讽谕精神的自觉承续。陆龟蒙推重《诗》《骚》,《读〈襄阳耆旧传〉因作诗五百言寄皮袭美》中曰:"《离骚》既日月,《九辩》即列宿。卓哉悲秋辞,合在《风》《雅》右。"②《村夜》亦谓:"诗从《骚》《雅》得,字费铅黄正。"③在《苔赋序》中,他通过批评江淹《青苔赋》不关惩劝、耽于状物的旨趣,表达其本于"化下讽上之旨"的为文倾向:"江文通尝著《青苔赋》,置苔之状则有之,惩劝之道则未闻也。如此则化下讽上之旨废,因复为之,以嗣其声云。"④相应,《蚕赋序》结合荀子、杨泉《蚕赋》发论,一反两家"言蚕有功于世"之旨,揭示了养蚕业背后官府"十夺四五""民心乃离"的矛盾现实:"荀卿子有《蚕赋》,杨泉亦为之。皆言蚕有功于世,不斥其祸于民也。余激而赋之,极言其不可,能无意乎? 诗人《硕鼠》之刺,于是乎在。"赋文径曰:"呜呼,既蒙而烹,蚕实病此! 伐桑灭蚕,民不冻死。"⑤这种论文与作文倾向,在其《五歌》中亦有体现,序文谓:"古者歌咏言,《诗》云'我歌且谣',《传》曰'劳者愿歌其事。'吾言之拙艰,不足称咏且谣而歌其事者,非吾而谁? 作《五歌》以自释意。"《五歌》包括《放牛歌》《水鸟歌》《刈获》《雨夜》《食鱼》,其中不乏代民立言、书写疾苦、针砭现实的内容,如《刈获》即曰:"平明抱杖入田中,十穗萧然九穗空。""今之为政异当时,易任流离恣征索。"⑥陆龟蒙指陈时病而颇具批评精神的文学思想,与其生当衰世、身处底层的强烈现实关怀密不可分。由

① 《新唐书》卷一百九十六《隐逸传》,中华书局 1975 年版,第 5613 页。
② 陆龟蒙著,何锡光校注:《陆龟蒙全集校注·唐甫里先生文集》卷一《读〈襄阳耆旧传〉因作诗五百言寄皮袭美》,凤凰出版社 2015 年版,第 64 页。
③ 《陆龟蒙全集校注·唐甫里先生文集》卷三《村夜》,凤凰出版社 2015 年版,第 296 页。
④ 《陆龟蒙全集校注·唐甫里先生文集》卷十四《苔赋序》,凤凰出版社 2015 年版,第 803 页。
⑤ 《陆龟蒙全集校注·唐甫里先生文集》卷十四《蚕赋序》,凤凰出版社 2015 年版,第 809—810 页。
⑥ 《陆龟蒙全集校注·唐甫里先生文集》卷十七《五歌》,凤凰出版社 2015 年版,第 978 页。

此切实感受，诸如"所悲劳者苦，敢用辞为侂"①"为线补君衮，为丝系君桐"②的词句，才会在其诗文集中屡屡出现。同时，陆龟蒙这种文学观念更与其为学思想相契。他宗经尚儒，仰述上古三代之风，自称"好读古圣人书，探六籍，识大义，就中乐《春秋》，抉摘微旨"③，《奉酬袭美先辈吴中苦雨一百韵》亦谓："仰咏尧舜言，俯遵周孔辙。所贪既仁义，岂暇理生活？"④本于"守道希昔贤，为文通古圣"⑤的意识，陆龟蒙很自然地会以上古为鉴，在诗文观念上也更多承续《风》《骚》遗意，展露出鲜明的批判讽刺态度。

与上述观念相呼应，是其鲜明的尚真诚、疾诈伪意识。陆龟蒙宗经尚儒、遥想三代，对后世人心诈伪、道术分裂的历史态势，有极清醒而深刻的认识。他虽也坚持"道之始塞而终通"⑥，但更多的却是批判，甚至欲由此返回到"结绳"以前混茫淳朴的状态。如谓："太古之时，何尝有欺？逮乎结绳，民始相疑……尧舜之道，以人为传。有死必继，流乎亿年。宜斥诈伪，焚烧弃捐。"⑦《散人歌》中也说："口诵太古沧浪词。词云太古万万古，民性甚野无风期……无端后圣穿凿破，一派前导千流随。"⑧所以，他对后世的文化、历史等常常流露怀疑态度，对于文学，他也历数文字产生之后的诸种文体之病："盟契质要，朝成夕反。诰誓制令，尾违首言。笺檄奏报，离方就圆。传录注记，丑仇美怜。铭谏碑表，虚功妄贤。歌诗赋颂，多思诡权。"⑨"朝成夕反""尾违首言""离方就圆""虚功妄贤""多思诡权"，透露的既是作者的诈伪之心，更是社会历史朴散失真、等而愈下的流动轨迹。陆龟蒙这种文化、文学心态的形成，与他深受庄老思想的影响密不可分，同时也未尝不是一种有感于社会现

---

① 《陆龟蒙全集校注·唐甫里先生文集》卷三《村夜》，凤凰出版社 2015 年版，第 297 页。
② 《陆龟蒙全集校注·唐甫里先生文集》卷三《素丝》，凤凰出版社 2015 年版，第 288 页。
③ 《陆龟蒙全集校注·唐甫里先生文集》卷十六《甫里先生传》，凤凰出版社 2015 年版，第 939 页。
④ 《陆龟蒙全集校注·唐甫里先生文集》卷一《奉酬袭美先辈吴中苦雨一百韵》，凤凰出版社 2015 年版，第 131 页。
⑤ 《陆龟蒙全集校注·笠泽丛书》卷四《村夜》，凤凰出版社 2015 年版，第 1162 页。
⑥ 《陆龟蒙全集校注·唐甫里先生文集》卷十六《送豆卢处士谒宗丞相序》，凤凰出版社 2015 年版，第 930 页。
⑦ 《陆龟蒙全集校注·唐甫里先生文集》卷十八《书铭》，凤凰出版社 2015 年版，第 998 页。
⑧ 《陆龟蒙全集校注·唐甫里先生文集》卷十七《散人歌》，凤凰出版社 2015 年版，第 969 页。
⑨ 《陆龟蒙全集校注·唐甫里先生文集》卷十八《书铭》，凤凰出版社 2015 年版，第 998 页。

实而对圣贤之道的坚守,他说:"予学圣人之文者,求其诚而已矣,又安可别数百年前事,自以为贤哉!"①而这无疑与盛唐李白等诗人"朴散不尚古,时讹皆失真"②的思想相呼应,堪称晚唐文学思想史上的一抹亮彩。

其次,诗文自娱的思想。陆龟蒙虽然满怀济世之心,但"命既时相背,才非世所容"③,退居江湖的陆龟蒙,更多地呈现为野逸无羁检之态、以"散"为志。他以"水土之散"方能"有用"的例子来表述其"尚散"之心:"'得非散能通于变化,局不能耶? 退若不散,守名之筌;进若不散,执时之权。筌可守耶? 权可执耶?'遂为《散歌》《散传》,以志其散。"④在这一思想驱使之下,诗文创作对于陆龟蒙而言,就更多"自适""自怡"的意义。他说:"先生平居以文章自怡,虽幽忧疾病中,落然无旬日生计,未尝暂辍。"⑤但诗文"自怡"并非偏务辞藻、专以文字为戏,而是以此涵养性情。其《自遣诗序》即曰:"自遣诗者,震泽别业之所作也。故疾未平,厌厌卧田舍中,农夫日以耒耜事相聒。每至夜分不睡,则百端兴怀搅人思,益纷乱无绪。且诗者,持也,谓持其情性,使不暴去。因作四句诗,累至三十绝,绝各有意。既曰自遣,亦何必题为。"⑥所谓"暴去",即不加节制的流荡忘返,钱锺书先生谓:"'暴去'者,'淫''伤''乱''愆'之谓,过度不中节也。"⑦《自遣》诸作多借景因事而兴情,或怀旧居,或讽古事,或写酒旗渔钓,或自伤多病等等,流露的多是他"多情多感事难忘""长叹人间发易华,暗将心事许烟霞""唯余病客相逢背,一夜寒声减四肢"等复杂心绪。就语境来看,陆龟蒙所谓"持其情性,使不暴去"不只是对儒家温柔敦厚等诗教传统的继承,而更多的是期以诗文书写来寄托百端思绪并归诸宁静。可见,陆龟蒙虽然在行迹上有"不置车马,不务庆吊。内外姻党伏腊丧祭,未尝及时往"⑧等不拘礼法的一面,对隐逸

①《陆龟蒙全集校注·唐甫里先生文集》卷十九《说凤尾诺》,凤凰出版社 2015 年版,第 1045 页。
②《全唐诗》卷一百七十八《酬王补阙惠翼庄庙宋丞泚赠别》,中华书局 1999 年版,第 1821 页。
③《陆龟蒙全集校注·唐甫里先生文集》卷三《自和》,凤凰出版社 2015 年版,第 294 页。
④《陆龟蒙全集校注·唐甫里先生文集》卷十六《江湖散人传》,凤凰出版社 2015 年版,第 938 页。
⑤《陆龟蒙全集校注·唐甫里先生文集》卷十六《甫里先生传》,凤凰出版社 2015 年版,第 939 页。
⑥《陆龟蒙全集校注·笠泽丛书》卷一《自遣诗并序》,凤凰出版社 2015 年版,第 1109 页。
⑦钱锺书著:《管锥编》,中华书局 1979 年版,第 57 页。
⑧《陆龟蒙全集校注·唐甫里先生文集》卷十六《甫里先生传》,凤凰出版社 2015 年版,第 941 页。

之士的"礼简情至"①之风也多加推崇,但他同样注重心境的中正平和,所以在其晚年"多所撰著"的作品中,无论是"率空肠贮古圣贤道德言语"②,还是《江湖散人传》《甫里先生传》《自遣诗》《自怜赋》等诗文作品,都是其释放自我、自娱自怡的一种体现。

最后,尚奇尚怪的审美旨趣。陆龟蒙在文学审美倾向上不乏多元包容的一面,他推崇皮日休"气调真俊逸"③,欣赏"清如朔雪严,缓若春烟羸"的风格,也赞美曹丕、曹植兄弟各得"雅""丽"之一面:"雅当乎魏文,丽矣哉陈思。"④同时还对丹阳诗人张祜"稍窥建安风格""间出谏讽怨谲"⑤的诗风表示钦佩。但他更推崇的是"奇""怪"之风。晚年所作的《甫里先生传》中说:"少攻歌诗,欲与造物者争柄,遇事辄变化不一。其体裁始则辁辂波涛,穿穴险固,囚锁怪异,破碎阵敌,卒造平淡而已。"⑥可堪注意者有二:其一,他早年学诗争工求奇而力脱凡近,最后"卒造平淡",这种现象并不是其文学审美旨趣的完全转变,而更多出于对"与造物者争柄"的忌惮。如其《书李贺小传后》中,即结合孟郊"苦吟"与天争工的例子,揭示了孟郊、李贺、李商隐等人穷夭不偶的原因:"吾闻淫畋渔者谓之暴天物。天物既不可暴,又可抉摘刻削,露其情状乎?使自萌卵至于槁死,不得隐伏,天能不致罚耶?长吉夭,东野穷,玉溪生官不挂朝籍而死,正坐是哉?正坐是哉?"⑦所以陆龟蒙最后"卒造平淡",并非完全是对尚"奇"尚"怪"等文学趣味的否定。其二,陆龟蒙的尚奇趣味与其隐逸超迈的人生观相应。如在同为晚年所作的《怪松图赞序》中,他就明确提出了"文病而后奇"的主张:"天之赋才之盛者,早不得用于世,则伏而不舒,熏蒸沈酣,日进其道,权挤势存,卒不胜其

---

① 《陆龟蒙全集校注·唐甫里先生文集》卷十七《丁隐君歌序》,凤凰出版社 2015 年版,第 982 页。
② 《陆龟蒙全集校注·唐甫里先生文集》卷十四《杞菊序》,凤凰出版社 2015 年版,第 802 页。
③ 《陆龟蒙全集校注·唐甫里先生文集》卷一《奉酬袭美先辈吴中苦雨一百韵》,凤凰出版社 2015 年版,第 132 页。
④ 《陆龟蒙全集校注·唐甫里先生文集》卷一《袭美先辈以龟蒙所献五百言既蒙见和复示荣唱至于千字提奖之重蔑有称实再抒鄙怀用伸酬谢》,凤凰出版社 2015 年版,第 82 页。
⑤ 《全唐诗》卷六百二十六《和过张祜处士丹阳故居并序》,中华书局 1999 年版,第 7239 页。
⑥ 《陆龟蒙全集校注·唐甫里先生文集》卷十六《甫里先生传》,凤凰出版社 2015 年版,第 939—940 页。
⑦ 《陆龟蒙全集校注·唐甫里先生文集》卷十八《书李贺小传后》,凤凰出版社 2015 年版,第 1014—1015 页。

陁，号呼咙挐，发越赴诉，然后大奇出于文彩，天下指之为怪民。呜呼！木病而后怪，不怪不能图其真；文病而后奇，不奇不能骇于俗。非始不幸而终幸者耶？"①陆龟蒙从观《怪松图》联想到"天之赋才"与士人的"不得用于世"问题，并由此生发出尚"怪"尚"病"之论，背后传达的是他尚"真""诚"而疾"诈""伪"的诉求。在他看来，木病而后"怪"，士人"不胜其陁，号呼咙挐"而文"奇"，乃自然规律。这种观念，可以说与其沉沦下层但抱道守真的理想相通："多方恼乱元气死，日使文字生奸欺。圣人事业转消耗，尚有渔者存熙熙。"所以，无论是尚"怪"尚"病"以写其"真"的文学祈向，还是尚"隐"尚"怪"以守其道的人生形态，都是陆龟蒙作为闲散之士普遍追寻的理想之境。

除了诗论而外，陆龟蒙的一些文学思想同样值得一书。他在《复友生论文书》一文中，讨论了文宗经史、文辞关系、诗歌声律等问题。他认为士人常言"文宗经史"，但"曰经曰史，未可定其体"，"学者不当混而言之"②，故而陆龟蒙从经史称名的历史、文质特征、记言叙事的功能等方面对经、史进行了细致辨析。陆龟蒙尤其侧重于对各种经史普遍特征背后之特殊性的揭示，如一般多认为经书之言"古而微"、史书之言"直而浅"，但他一方面借《易经》中《坤》《蒙》卦辞，指出经书语言未必"古而微"，另一方面还从《春秋》"为史"的层面，借助"隐公五年""庄公九年"所载之辞，指出了"史不纯浅"。陆龟蒙文宗经史的论述，与柳宗元《杨评事文集后序》《答韦中立论师道书》中的论述明显有异，更强调了具体而微、"不当混而言之"的文宗经史路径。另外，陆龟蒙还曾对前代文论家多有观照，《袭美先辈以龟蒙所献五百言既蒙见和复示荣唱至于千字提奖之重蒉有称实再抒鄙怀用伸酬谢》一诗，就曾述及曹氏父子、陆机、刘勰等人：

> 邺下曹父子，猎贤甚熊罴。发论若霞驳，裁诗如锦摛。徐王应刘辈，头角咸相衰。或有妙绝赏，或为独步推。或许润色美，或嫌诋诃痴。倏以中利病，且非混醇醨。雅当乎魏文，丽矣哉陈思。不

①《陆龟蒙全集校注·唐甫里先生文集》卷十八《怪松图赞序》，凤凰出版社2015年版，第1006页。
②《陆龟蒙全集校注·唐甫里先生文集》卷十八《复友生论文书》，凤凰出版社2015年版，第1018页。

肯少选妄,恐贻后世嗤。吾祖(指陆机)仗才力,革车蒙虎皮。手持一白旄,直向文场麾。轻若脱钳钛,豁如抽废廖。精钢不足利,腰裹何劳追。大可罩山岳,微堪析毫厘。十体免负赘,百家咸起痿。争入鬼神奥,不容天地私。一篇迈华藻,万古无子遗。刻鹄尚未已,雕龙奋而为。刘生吐英辨,上下穷高卑。下臻宋与齐,上指轩与羲。岂但标《八索》,殆将包两仪。人谣洞野老,骚怨明湘累。立本以致诘,驱宏来抵隙。清如朔雪严,缓若春烟羸。或欲开户牖,或将饰缨绥。虽非倚天剑,亦是囊中锥。皆由内史意,致得东莞词。①

　　曹氏父子不仅招揽才俊、引动风会,更对当时建安诸子的文学予以中肯评价,如曹丕《典论·论文》谓陈琳、阮瑀之"章表书记"为"今之隽也",《与吴质书》谓刘桢之五言"妙绝时人",曹植《与杨祖德书》称王粲"独步于汉南"、刘桢"振藻于海隅"。同时二家还曾从"世人著述,不能无病"等角度客观指出了诸家的不足。陆龟蒙所言"或有妙绝赏,或为独步推。或许润色美,或嫌诋诃痴。倏以中利病,且非混醇醨"即由此而发。"发论若霞驳""不肯少选妄"等词句也可见他对曹丕、曹植等文学批评精神的赞美。对于陆机,陆龟蒙既从《文赋》出发,谓"一篇迈华藻,万古无子遗",肯定了陆机辨析文体、考较风格等多方面的功绩,同时更对其"才力"有着由衷的赞美,甚至不无对"吾祖"的溢美之词。相较而言,陆龟蒙对刘勰的评论更显难能可贵,其中既涉及他对《文心雕龙》中《宗经》《辨骚》《乐府》等篇的理解,也表达了他对刘勰"体大思精"之作具有"或欲开户牖"价值的肯定,这同刘知几在《史通·自叙》中对《文心雕龙》的推誉一样,在《文心雕龙》接受史上具有重要地位。

---

① 《陆龟蒙全集校注·唐甫里先生文集》卷一《袭美先辈以龟蒙所献五百言既蒙见和复示荣唱至于千字提奖之重蔑有称实再抒鄙怀用伸酬谢》,凤凰出版社 2015 年版,第 82 页。

第四章　宋代文学思想

　　北宋文学思想的演进是在特定的政治环境中得以实现的。宋仁宗时的庆历新政、神宗时的熙宁变法的主持者范仲淹、王安石，既是政坛领袖，又是竞胜于文坛的文学家。他们提出的"国之文章，应于风化"（范仲淹语）和"文者务为有补于世"（王安石语），既是政治改革的要求，又是诗文革新运动的重要动因。而这两位政治家、思想家，一是出生于江苏，一是曾仕履并归隐终老于江苏，从这个意义上说，江苏先贤为宋代诗文革新运动政治环境的形成发挥了重要作用，同时又是北宋文学思想史的重要书写者。

　　苏轼是继欧阳修之后的北宋文坛领袖，他与一批文人学士一起，不但取得了辉煌的文学业绩，而且也形成了富有特色的文学思想。苏门四学士中，高邮秦观、淮阴张耒等皆因从苏轼游而深受其影响，他们都得东坡文学思想一体而发扬光大，为北宋的文学思想发展作出了贡献。

　　南宋文学思想的演进主要体现在诗学的深化与发展之中。南宋初期，江西诗派风靡一时，该流派以黄庭坚为宗，以彭城陈师道辅之，形成了自成体系的诗学理论。江阴葛立方也与该诗派有密切联系，所著《韵语阳秋》，论诗既受江西诗派的影响，亦有中肯批评，是宋代规模较大、内容丰富的诗学专著之一。

　　两宋之际，诗话得到了进一步发展，理论色彩渐浓，体现作者诗学思想的功能进一步彰显，为严羽《沧浪诗话》的出现客观上提供了理论准备。其中以张戒的《岁寒堂诗话》和长洲（今江苏苏州）叶梦得的《石林诗话》最为重要。

南渡之后,期以恢复中原是南宋的时代主题,也是促进文学思想演进的重要动因。其中,命世重臣的体验与感受尤深。他们因时为文,其文学观念往往具有独特的视野,从而开拓了文学的廓庑,抗金名臣无锡李纲便是典型代表。

词是宋代文学的代表性样式。与其相联系,词学思想与理论批评也获得同步发展。其中,成就最著名的当数王灼的《碧鸡漫志》、张炎的《词源》和震泽(今属江苏苏州)沈义父的《乐府指迷》。

两宋时期的江苏文学思想虽然不及先秦、南北朝、明清时期那样,充当了中国文学思想史主流思想的建构者,但也与这一时期中国文学思想史中的主流思想家有深度的理论互动,并提供了重要的理论支撑。江苏文学思想发展的低潮也恰恰与中国文学思想的起伏轨迹大致相似。

第一节　徐铉、范仲淹、王安石

中国古代科考内容与文学密切相关,因此,由科举、铨选而仕进的官宦都具有良好的文学素养,而职位崇重的政治家论文衡诗,其作用更加显著。宋代文学思想的发展丕变就是与政治家的文学观念密切相关的,其中广陵(今江苏扬州)徐铉、吴县(今江苏苏州)范仲淹,以及曾仕履并归隐于金陵的王安石尤为突出。

一、徐铉

徐铉(917—992),字鼎臣,广陵(今江苏扬州)人,五代宋初文学家。仕吴为校书郎,又历仕南唐三主,官至吏部尚书、充翰林学士,后随李煜入宋,历任太子率更令、右散骑常侍,迁左常侍,世称"徐骑省"。淳化二年(991年),贬静难军行军司马,翌年卒。徐铉早岁与韩熙载齐名,并称"韩徐",因博识宏才素负重名,被推为"今世儒宗""文章之伯"。徐铉长于艺文,精通小学,与弟徐锴并称"二徐",江左比之"士衡""士龙",著有《徐公文集》《质疑论》《稽神录》等。他的文学观是体现五代后期至宋代初期文学思想态势的鲜明代表。

首先,崇儒尚用的文学观。徐铉生于政权更迭频繁、世风陵夷的时代,且长期身在台阁,他对唐末以降霸道日兴、儒风式微的情形有诸多深刻的认识与感受:"兵兴以来,大化陵替。先王礼器,委顿于胜、广之门;阙里诸生,凄惶于绛、灌之下。矧厥祠宇,其存几何?"①其《观人读〈春秋〉》中亦感痛云:"日觉儒风薄,谁将霸道羞?乱臣无所惧,何用读《春秋》?"②但作为"读圣人之书,探作者之意"而以"儒术名一时"的学者,徐铉的"守道"之志也非常强烈,他认为孔子"迹屈而道愈大""人亡而教愈远",文中子虽"有道无位""德泽不被于生民"③,但其建言设教之功影响深广。所以他也以"道"自任,积极倡言"行道以致时交""效智以济世用"④,反对士人但以功名为务、"泽"不及民的利己追求:"道之所存,其人乃贵,功名宠禄,何足算哉!苟泽及于民,教被于物,则百里之广,千室之富,斯可矣。"⑤与之相应,徐铉的文学观念也呈现出鲜明的儒教色彩。一方面,他由时代与文学的关系维度揭示了"道衰"而"文衰"的规律,如南唐保大七年(949年),他曾向中主李璟阐以兴复"古义""以文化成"的期许:"汉崇儒学,史称好道之名。所以泽及四海,化成天下。其后迂阔王道,荡摇淳风,正始之音,阙而莫续。魏帝'浮云'之句,不接舆词;王融《曲水》之篇,无闻圣作。将兴古义,允属昌期。"⑥另一方面,他其实也适度突破了这种"世"与"文"关系的简单逻辑,认为文学超越时代兴衰,"达朝廷邦国之际,其用不穷;更治乱兴替之时,其流不竭"⑦,从而对文学所能产生的"厚君臣""敦风化"及其美刺等功能予以了充分重视:"然则文之贵于世也尚矣。虽复古今异体,南北殊风,其要在乎敷王泽,达下情,不悖圣人之道,以成天下之务,如斯而已矣。"⑧徐铉这种本于儒者身份的文学观,在儒道衰微、文风绮靡不振的五代时期显得颇为可贵。在他看来,"怨刺可戒,赞美不诬"的诗文,既是儒士"仁

---

① 徐铉撰,李振中校注:《徐铉集校注》卷一三《宣州泾县文宣王庙记》,中华书局2018年版,第651页。
②《徐铉集校注》卷二《观人读〈春秋〉》,中华书局2018年版,第56页。
③《徐铉集校注》卷一二《舒州新建文宣王庙碑序》,中华书局2018年版,第646页。
④《徐铉集校注》卷一九《游卫氏林亭序》,中华书局2018年版,第857页。
⑤《徐铉集校注》卷一九《送武进龚明府之官序》,中华书局2018年版,第853页。
⑥《徐铉集校注》卷一八《御制春雪诗序》,中华书局2018年版,第811页。
⑦《徐铉集校注》卷一八《文献太子诗集序》,中华书局2018年版,第828页。
⑧《徐铉集校注》卷二三《故兵部侍郎王公集序》,中华书局2018年版,第1070—1071页。

者之爱人、智士之博物"的体现,更是应时行道、推致教化的"有用"路径。他说:"背时则弃,不必论贵贱之殊;适用则珍,不必论精粗之异。""有用于物,虽远弗遗;无功于时,虽近犹弃。"①他甚至主张诗歌以"简练调畅""神气淳薄"为主即可,而不必"以苦调为高奇""以背俗为雅正",认为"格高气逸""华采繁缛"等"皆其余力也"②。这些观念,与其弟徐锴《曲台奏议集序》中对"末世之文""文丽用寡"的批评精神一致,可以说展现了兄弟二人在文学层面的现实殷切关怀。

其次,徐铉的"尚情"思想。五代迄至宋初的乱世背景中,文学的明道、诗教等主张多近乎悬置,相较之下诗文"缘情"等论调更占主流。徐铉既坚持文学的政教之用,同时也有"尚情"主张,他在南唐保大十五年(957年)所作《萧庶子诗序》中明确指出:

> 人之所以灵者情也,情之所以通者言也。其或情之深、思之远,郁积乎中,不可以言尽者,则发为诗,诗之贵于时久矣。虽复观风之政阙,道人之职废,文质异体,正变殊途,然而精诚中感,靡由于外奖;英华挺发,必自于天成。以此观其人,察其俗,思过半矣。此夫泽宫选士,入国知教,其最亲切者也,是以君子尚之。③

徐铉的这种"尚情"论,一方面与其崇儒尚用的观念紧密结合,作者个体之情正是其借以"观其人""察其俗"的基础;另一方面,他论及的个体之情又与此期士人趋驰功利、流连香奁的种种情态有异,而更多接近积学有志之士的身世之感、自适之情、闲逸之致等,如称赞作者萧庶子的宫闱唱和之作,即更多从"性淡""思深"角度着眼,而反对"势利""淫靡"等情态:"每良辰美景,登高送远,适莫不存于心府,势利不及于笑谈,含毫授简,唱予和汝。其性淡,故略淫靡之态;其思深,故多清苦之词。大雅之士,何以过此?"④其《邓生诗序》也在接续"诗言志"传统的背景下,对作者"有志于道""不得伸于事业"的吟咏自释之情予以认同:

---

① 《徐铉集校注》卷二十四《连珠词五首》,中华书局2018年版,第1095页。
② 《徐铉集校注》卷二三《故兵部侍郎王公集序》,中华书局2018年版,第1071页。
③ 《徐铉集校注》卷十八《萧庶子诗序》,中华书局2018年版,第835页。
④ 《徐铉集校注》卷十八《萧庶子诗序》,中华书局2018年版,第835—836页。

"南阳邓君……养心浩然,不以为慊。遇事造景,辄以吟咏自怡…… 嗟夫! 士君子乐道自娱,贞节没齿,斯可矣。悠悠世利,曾何足云?"①可见,徐铉虽认为诗歌之道"足以吟咏情性",但更主张"非苟而已矣",这种"尚情"论既是对儒家"言志"传统的继承,更有别于这一时期风行的艳情潮流。徐铉的这些主张与其诗文实践相应,他身经兵革、饱尝时事的忧患,所以"海内兵方起,离筵泪易垂"②"后主亡家不悔,江南易代长春"③等寄寓身世之感、兴亡之志的词句频频出现;同时他又身在台阁,出于徇名尽职的需要,也创作了大量应和之作,这些诗歌在内容上更多的是《早春左省寓直》《奉和右省仆射西亭高卧作》一类的闲逸书写,而不同于南唐风靡的绮艳之娱情。这些都庶几与其"尚情"论的内涵相应。

最后,徐铉在诗歌审美追求上虽有不以"华采繁缛"为意之论,但并不否定文学审美特质。他推崇"正始之音"与大小谢等人的诗作。《和王庶子寄题兄长建州廉使新亭》云:"谢守高斋(今上御名)结构新,一方风景万家情。群贤讵减山阴会,远俗初闻正始声。水槛片云长不去,讼庭纤草转应生。阿连诗句偏多思,遥想池塘昼梦成。"④《又和寄光山徐员外》中亦云:"门馆旧恩今更重,高斋遥枉谢公诗。"⑤对于晋朝罗含,南朝的江淹、丘迟等人,他也予以肯定,如《成氏诗集序》中谓:"罗君章、谢康乐、江文通、丘希范,皆有影响,发于梦寐。今上谷成君亦有之。"⑥与这种崇尚藻词丽采、奇思异构、名理兼备的观念相应,他在文章创作上既讲求"缛丽""调律",也重视"博赡"与"雄健",并以初唐四杰为高格,如其《故兵部侍郎王公集序》评价王佑的文章即说:"遒文丽句,冠缙绅而杰出……观其丽而有气,富而体要,学深而不僻,调律而不浮,寻既返覆,如四子复生矣。由是倾盖甚欢,恨相知之晚也。"⑦另如《进士廖生集

① 《徐铉集校注》卷二三《邓生诗序》,中华书局 2018 年版,第 1079 页。
② 《徐铉集校注》卷三《送王四十五归东都》,中华书局 2018 年版,第 202 页。
③ 《徐铉集校注》卷二《景阳台怀古六首》,中华书局 2018 年版,第 51 页。
④ 《徐铉集校注》卷二《和王庶子寄题兄长建州廉使新亭》,中华书局 2018 年版,第 53—54 页。
⑤ 《徐铉集校注》卷二一《又和寄光山徐员外》,中华书局 2018 年版,第 936 页。
⑥ 《徐铉集校注》卷一八《成氏诗集序》,中华书局 2018 年版,第 837 页。
⑦ 《徐铉集校注》卷二三《故兵部侍郎王公集序》,中华书局 2018 年版,第 1071 页。

序》中也说:"观之则博赡渊奥,清新相接,其名理则师荀孟之流,其文词则得四杰之体。"①徐铉这些文学观,一方面与其名参望苑的身份相应,他常与君臣唱和,又是长于制策之文的大作手,自然讲求名理博赡、不废膏泽丽辞;另一方面,他重视"雄健"之气,强调作者的先天之"才",却并不认同"苦吟",而更推崇"天成",如其《成氏诗集序》中即曰:"若夫嘉言丽句,音韵天成,非徒积学所能,盖有神助者也。"②《萧庶子诗序》中亦云:"英华挺发,必自于天成。"③徐铉的这种文艺观,与其创作旨趣相契合,《郡斋读书志》称其:"为文未尝沈思,自云速则意思壮,缓则体势踈。"④这种思想,反映了徐铉作为博学之士,在文学层面虽不废积学读书,但是更讲求一种天机天成,反映了他对文学的一种认识。而这体现在诗歌层面,致使其诗歌常流于浅显。尤其是入宋之后,他的诗歌也被划为宋初"白体"诗歌的重要代表,如元人方回说:"宋划五代旧习,诗有白体、昆体、晚唐体。白体如李文正、徐常侍昆仲、王元之、王汉谋。"⑤四库馆臣乃谓徐铉之诗"流易有余而深警不足"⑥。这些都与其审美旨趣和创作观念等密不可分。

二、范仲淹

范仲淹(989—1052),字希文,苏州吴县(今江苏苏州)人。宋真宗大中祥符八年(1015年)进士。仁宗天圣五年(1028年),晏殊知应天府而召真府学,上书献言种种治理措施,晏殊推荐为秘阁校理,后历任陈州通判、苏州知府、权知开封府等职。庆历三年(1043年)授参知政事,提出十项政治改革方案,虽因守旧派阻挠未能实行,但影响极大,是庆历新政的中流砥柱。范仲淹博通六经,尤长于《易》。作为北宋中期胸怀抱负、颇富气节的政治实干家,范仲淹言朝政得失,关怀民间利弊,重

---

① 《徐铉集校注》卷二三《进士廖生集序》,中华书局2018年版,第1080页。
② 《徐铉集校注》卷一八《成氏诗集序》,中华书局2018年版,第837页。
③ 《徐铉集校注》卷十八《萧庶子诗序》,中华书局2018年版,第835页。
④ 晁公武撰:《群斋读书志》卷四中《徐铉集三十卷》,文渊阁四库全书第674册,台湾商务印书馆1986年版,第272页。
⑤ 方回撰:《桐江续集》卷四十八《送罗寿可诗序》,清乾隆抄本。
⑥ 《四库全书总目》卷一百五十二《骑省集提要》,中华书局1965年版,第1305页。

视学校教育,砥砺士风,苏辙谓"庆历名臣,莫如文正之贤者"①。尽管对范仲淹而言,"文章特其余事"②,但他同样注意文学,且对北宋中期的文学革新运动产生了重要影响,赵孟坚曰:"庆历以前,六一公欧氏未变体之际,王黄州(王禹偁)、范文正诸公充然富赡,宛乎盛唐之制……已脱去五季琐俗之陋。"③有《范文正公文集》。文学思想主要体现在以下几个方面。

首先,崇经尚用与文学革新主张。北宋中期的诗文革新运动,是伴随着儒学复兴、政治革新而兴起的。范仲淹既是庆历新政的参与者,也是崇儒尚道的提倡者,对北宋诗文革新运动的兴起发挥了重要作用。他以"邈与圣贤会,岂以富贵移"④为志,认为圣人所述法度之言、安危之机、得失之鉴、是非之辩、天下之制、万物之情等,无不备于六籍。他重视育材造士,谓"材不乏而天下治,天下治而王室安"⑤,而这又须以劝学、宗经为基础:"育材之方,莫先劝学。劝学之要,莫尚宗经。宗经则道大,道大则才大,才大则功大。"⑥与之相应,他在文学上也主张宗经传道,称"君子著雅言,以道不以时"⑦,将讲经"明道"与属文"通理"并论:"讲议乎经,咏思乎文。经以明道,若太阳之御六合焉;文以通理,若四时之妙万物焉。"⑧范仲淹的崇经明道文章观,与其强烈的现实关怀紧密结合,即无论"学术稽古"还是"文辞贯道"⑨,都意在致用与有裨世教。《南京书院题名记》中指出,"文学之器,天成不一",学古通经之士"互有其人",士人在文学上"或醇醇而古,或郁郁于时。或峻于层云,或深于重渊",在经术上或"通《易》之神明"、或"得《诗》之风化"、或"洞《春秋》褒贬之法"、或"达礼乐制作之情",但无论何者,都应本着"乐古人之道"

① 苏辙撰,曾枣庄、马德富校点:《栾城集》卷三〇《范纯礼发运副使》,上海古籍出版社1987年版,第642页。
② 钱穀编:《吴都文粹续集》卷五《景文堂记》,景印文渊阁四库全书第1385册,第114页。
③ 赵孟坚撰:《彝斋文编》卷三《凌愚谷文集》,嘉业堂丛书本。
④ 范仲淹撰,李勇先、王蓉贵校点:《范仲淹全集·范文正公文集》卷二《谢黄总太博见示文集》,四川大学出版社2007年,第22页。
⑤《范仲淹全集·范文正公文集》卷八《邠州建学记》,四川大学出版社2007年,第196页。
⑥《范仲淹全集·范文正公文集》卷十《上时相议制举书》四川大学出版社2007年,第237页。
⑦《范仲淹全集·范文正公文集》卷二《谢黄总太博见示文集》,四川大学出版社2007年,第22页。
⑧《范仲淹全集·范文正公文集》卷八《南京书院题名记》,四川大学出版社2007年,第192页。
⑨《范仲淹全集·范文正公文集》卷十九《举丘良孙应制科状》,四川大学出版社2007年,第436页。

与"忧天下之心"的精神志意。① 在《谢黄总太博见示文集》中,他明确以儒家风教为旨归,强调文学的讽颂之用:"致之讽谏路,升之诰命司。……颂声格九庙,王泽及四夷。自然天下文,不复迷宗师。"② 在寄予韩琦的尺牍中,他称赞作者"新作":"有以见大君子存诚风教,未尝空言,惟感服钦慕,老而不知其止。"③宗经、尚用、拒斥空言的意识,是与其一系列的时政改革主张紧密结合在一起的,比如他有感于李唐科举取士"所得大才,将相非一"的历史与当下科举的情状,在《上执政书》"精贡举"条中,提倡"凡修词之人"先考"策论",主张将古学古道、经纶致用作为文士之本:"先策论以观其大要,次诗赋以观其全才。以大要定其去留,以全才升其等级。有讲贯者,别加考试,人必强学,副其精举。"④在其著名的《答手诏条陈十事》中,他更明确批评辞赋进士与墨义诸科"舍大方而趋小道"与无才无识的情形,认为经术与文章的关键在于"通经旨""不专辞藻,必明理道",贵在通达"治国治人之道"⑤。

与其对纲纪、官民、夷狄、寇盗等种种现实的关注及"不可不更张以救之"⑥的改革决心相应,范仲淹在《奏上时务书》中,还基于文学关乎风化世运的逻辑,通过文质关系等角度,提出了明确的文风变革主张。他说:

> 故圣人之理天下也,文弊则救之以质,质弊则救之以文。质弊而不救,则晦而不彰;文弊而不救,则华而将落。前代之季,不能自救,以至于大乱,乃有来者,起而救之。故文章之薄,则为君子之忧;风化其坏,则为来者之资。惟圣帝明王,文质相救,在乎己,不在乎人。《易》曰:"穷则变,变则通,通则久。"亦此之谓也。伏望圣慈,与大臣议文章之道,师虞夏之风。况我圣朝千载而会,惜乎不追三代之高,而尚六朝之细。然文章之列,何代无人? 盖时之所

①《范仲淹全集·范文正公文集》卷八《南京书院题名记》,四川大学出版社 2007 年,第 192 页。
②《范仲淹全集·范文正公文集》卷二《谢黄总太博见示文集》,四川大学出版社 2007 年,第 22 页。
③《范仲淹全集·范文正公尺牍》卷中《韩魏公》,四川大学出版社 2007 年,第 678 页。
④《范仲淹全集·范文正公文集》卷九《上执政书》,四川大学出版社 2007 年,第 220 页。
⑤《范仲淹全集·范文正公政府奏议》卷上《答手诏条陈十事》,四川大学出版社 2007 年,第 529 页。
⑥《范仲淹全集·范文正公政府奏议》卷上《答手诏条陈十事》,四川大学出版社 2007 年,第 524 页。

尚,何能独变? 大君有命,孰不风从! 可敦谕词臣,兴复古道;更延博雅之士,布于台阁,以救斯文之薄,而厚其风化也,天下幸甚。①

三代之书可见"帝王之道",南朝之文可见"衰靡之化",文学关乎王道盛衰与风化厚薄,是圣王治理天下的必要内容。范仲淹由文质关系层面阐述了唐末五代"文胜质衰"以致大乱的前车之鉴,更揭露了宋初立国以来"不追三代之高,而尚六朝之细"等文胜质衰的文学现实,从而主张以质救文、复三代古朴之风。他深知帝王好尚关乎"丧乱之祸",必须谨其好恶而防微杜渐②,所以也特从帝王提倡、"敦谕词臣""延博雅之士,布于台阁"等角度指明了切实可行的文风变革路径。这种变革文风的主张,与其"思变通之道"以成"长久之业"的改革主张一样,都凝聚着《易传》"穷则变,变则通,通则久"之精神,是其崇经尚道而致用于现实的鲜明体现。同时,范仲淹提出变革贡举、改革文风,反映了其作为宋代"邦家之大器"的责任意识与俟时行道的儒者担当,这些主张与这一时期李淑、张方平等人的思想相近,如李淑宝元中即建议进士取士"先策,次论,次赋及诗,次帖经、墨义",张方平知贡举时也提出"文章之变与政通",主张规范文格、崇雅黜俗等等③,这些都对改良士风与文风起到了重要的推动作用。

其次,与崇经尚用与变革文风的思想相应,范仲淹还对韩愈、柳开、尹洙、欧阳修等古文提倡者予以赞美,反映其对古文运动的态度,他说:

予观尧典舜歌而下,文章之作,醇醨迭变,代无穷乎。惟抑末扬本,去郑复雅,左右圣人之道者难之。近则唐贞元、元和之间,韩退之主盟于文,而古道最盛。懿、僖以降,寝及五代,其体薄弱。皇朝柳仲涂起而麾之,髦俊率从焉。仲涂门人能师经探道,有文于天下者多矣。洎杨大年以应用之才,独步当世。学者刻辞镂意,有希仿佛,未暇及古也。其间甚者专事藻饰,破碎大雅,反谓古道不适于用,废而弗学者久之。洛阳尹师鲁,少有高识,不逐时辈,从穆伯

① 《范仲淹全集·范文正公文集》卷九《奏上时务书》,四川大学出版社 2007 年,第 200 页。
② 《范仲淹全集·范文正公文集》卷七《帝王好尚论》,四川大学出版社 2007 年,第 153 页。
③ 脱脱等撰:《宋史》卷一百五十五《选举》,中华书局 2013 年版,第 3613—3614 页。

长游,力为古文。而师鲁深于《春秋》,故其文谨严,辞约而理精,章奏疏议,大见风采,士林方耸慕焉。遽得欧阳永叔,从而大振之,由是天下之文一变而古,其深有功于道欤!①

范仲淹甚为详细地叙述了当时文坛风气变化的事实,洪迈谓"其论最为至当"②。范仲淹对尹洙、欧阳修颇为推崇,他与欧阳修志同道合,对其"文学才识"③十分认同。他与尹洙相厚,尤衷赞其"情义谆谆,不啻兄弟"④。范仲淹称赞其文章及功绩曰:"为学之初,时文方丽。子师何人,独有古意。韩柳宗经,班马序事。众莫子知,子特弗移。是非乃定,英俊乃随。圣朝之文,与唐等夷。繄子之功,多士所推。"⑤范仲淹肯定柳开、穆修、尹洙、欧阳修等人提倡古文和"有功于道"的成就,这展现了其抑末扬本、去郑复雅,以古道为尊的文学意识。不过,他对西昆体也有明显的批评之意,但又与石介《怪说》的矫激态度不同。一方面,范仲淹的批评主要针对学习西昆体的人而发,谓其"专事藻饰,破碎大雅""废而弗学";另一方面,范仲淹对杨亿本人是颇为尊崇的,称其"以应用之才,独步当世",《杨文公写真赞》也说杨亿"端言方行"而有"其道",赞之为"两朝清风,盛乎斯文",还肯定了"当时台阁英游,盖多出于师门"与其"以斯文为己任"⑥的领袖作用。既反思"西昆"之不足,又肯定杨亿的学术人格,这种通达态度,其实与此后欧阳修、苏轼等人有相通之处。

再次,范仲淹论文崇经重道,支持创作古文,但他并不鄙弃辞赋律体,对文辞形式也颇为重视。律赋作为科举取士的重要内容,范仲淹辞赋律体创作很有成就,李调元《雨村赋话》谓:"宋初人之律赋最夥者,田、王、文、范、欧阳五公","文正游行自得"。⑦ 范仲淹曾编选《赋林衡鉴》一书,他在序文中表述了其律赋观:

---

① 《范仲淹全集·范文正公文集》卷八《尹师鲁河南集序》,四川大学出版社 2007 年版,第 183 页。
② 洪迈撰,孔凡礼点校:《容斋随笔》续笔卷九《国初古文》,中华书局 2005 年版,第 334 页。
③ 《范仲淹全集·范文正公文集》卷十九《举欧阳修充经略掌书记状》,四川大学出版社 2007 年版,第 432 页。
④ 《范仲淹全集》附录三《跋范文正公与尹师鲁手启墨迹》,四川大学出版社 2007 年版,第 922 页。
⑤ 《范仲淹全集·范文正公文集》卷十一《祭尹师鲁舍人文》,四川大学出版社 2007 年版,第 277 页。
⑥ 《范仲淹全集·范文正公文集》卷八《杨文公写真赞》,四川大学出版社 2007 年版,第 167 页。
⑦ 李调元撰:《雨村赋话》卷五《新话五》,清乾隆绵州李氏万卷楼刻嘉庆十四年李鼎元重校印函海本。

降及近世，尤尚斯文。律体之兴，盛于唐室。贻于代者，雅有存焉。可歌可谣，以条以贯。或祖述王道，或褒赞国风，或研究物情，或规戒人事，焕然可警，锵乎在闻。

国家取士之科，缘于此道。九等斯辨，寸长必收。其如好高者鄙而弗攻，几有肴而不食；务近者攻而弗至，若以莛而撞钟。作者几稀，有司大患。虽炎炎其火，玉石可分；而滔滔者流，泾渭难见。曷尝求备，且务广收。故进者岂尽其才，而退者愈惑于命。临川者鲜克结网，入林者谓可无虞。士斯不勤，文何以至。……

仲淹少游文场，尝禀词律。惜其未获，窃以成名。近因余闲，载加研玩，颇见规格，敢告友朋。其于句读声病，有今礼部之式焉。别析二十门，以分其体势：叙昔人之事者，谓之叙事。颂圣人之德者，谓之颂德。书圣贤之勋者，谓之纪功。陈邦国之体者，谓之赞序。缘古人之意者，谓之缘情。明虚无之理者，谓之明道。发挥源流者，谓之祖述。商榷指义者，谓之论理。指其物而咏者，谓之咏物。述其理而咏者，谓之述咏。类可以广者，谓之引类。事非有隐者，谓之指事。究精微者，谓之析微。取比象者，谓之体物。强名之体者，谓之假象。兼举其义者，谓之旁喻。叙其事而体者，谓之叙体。总其数而述者，谓之总数。兼明二物者，谓之双关。词有不羁者，谓之变态。区而辩之，律体大备。

……古不足者，以今人之作者附焉。略百余首，以示一隅，使自求之，思过半矣。……所举之赋，多在唐人，岂贵耳而贱目哉？庶乎文人之作，由有唐而复两汉，由两汉而复三代。斯文也，既格乎雅颂之致；斯乐也，亦达乎韶夏之和。臣子之心，岂徒然耳！①

范仲淹认为赋列"六义"、源出于《诗》，在功能上可以述王道、赞国风、究物情、规人事，其价值意义并不可忽视。《赋林衡鉴》以选录唐代律赋为主，"古不足"则兼选宋代近人之作，对此他解释说，这并非"贵耳贱目"，而是希望学者可以由唐代复两汉、由两汉复三代，展现了他对唐代律赋的重视以及在辞赋层面的复古追求。《赋林衡鉴》中的"体势"分

①《范仲淹全集·范文正公别集》卷四《赋林衡鉴序》，四川大学出版社 2007 年版，第 508—509 页。

第四章　宋代文学思想

类,主要依据题材内容、写作方法等,其中"词有不羁者,谓之变态",体现了他对辞赋文体演变的洞察。范仲淹还阐述了时人对律赋的不同态度,谓"好高者鄙而弗攻""务近者攻而弗至",揭示了文坛上好古之士与专意律赋者的分化情况;又说"故进者岂尽其才,而退者愈惑于命",认为好古者鄙薄律赋而不为、专意律赋者努力而无获,这不仅是士人科场失意、穷居叹命的重要原因,更关系到了国家选才,这种思想无疑与其此后"精贡举"的改革建议一样,都体现了其鲜明的经世追求。整体而言,范仲淹支持古文运动和他致力律赋并不完全矛盾,科考律赋多是围绕儒家经义进行的,如范仲淹的存世律赋即多依《周易》《孟子》《尚书》《周礼》《礼记》《左传》而作,形式虽与古文不同,但在思想层面却是与其宗经崇道的追求相契合的。此外,范仲淹对辞赋的精熟,也使其散文受到影响,其名篇《岳阳楼记》就曾被人称作以赋体行文,如金圣叹《天下才子必读书》中就曰:"中间悲喜二段,只是借来翻出后文忧乐耳,不然,便是赋体矣。一肚皮圣贤心地,圣贤学问,发而为才子文章。"①

最后,范仲淹在《唐异诗序》等文章中表述过自己诗学观,其中的诸多论述都颇具价值。他说:

> 嘻! 诗之为意也,范围乎一气,出入乎万物,卷舒变化,其体甚大。故夫喜焉如春,悲焉如秋,徘徊如云,峥嵘如山,高乎如日星,远乎如神仙,森如武库,锵如乐府,羽翰乎教化之声,献酬乎仁义之醇,上以德于君,下以风于民。不然,何以动天地而感鬼神哉! 而诗家者流,厥情非一。失志之人其辞苦,得意之人其辞逸,乐天之人其辞达,觊觎之人其辞怨。如孟东野之清苦,薛许昌之英逸,白乐天之明达,罗江东之愤怒,此皆与时消息,不失其正者也。
>
> 五代以还,斯文大剥,悲哀为主,风流不归。皇朝龙兴,颂声来复,大雅君子,当抗心于三代。然九州之广,庠序未振,四始之奥,讲议盖寡。其或不知而作,影响前辈,因人之尚,忘己之实,吟咏性情而不顾其分,风赋比兴而不观其时。故有非穷途而悲,非乱世而怨,华车有寒苦之述,白社为骄奢之语。学步不至,效颦则多。以

---

① 金圣叹著,周锡善编校:《天下才子必读书》卷十五,万卷出版公司 2009 年版,第 408—409 页。

至靡靡增华，恬恬相滥，仰不主乎规谏，俯不主乎劝诚，抱郑卫之奏，责夔旷之赏，游西北之流，望江海之宗者有矣。

观乎处士之作也，孓然弗伦，洗然无尘。意必以淳，语必以真。乐则歌之，忧则怀之。无虚美，无苟怨。隐居求志，多优游之咏；天下有道，无愤惋之作。骚雅之际，此无愧焉。览之者有以知诗道之艰，国风之正也。①

范仲淹对《诗大序》"动天地，感鬼神，莫近于诗"的观点进行了阐释，认为诗歌"范围乎一气，出入乎万物，卷舒变化，其体甚大"，由于"气"的相通，诗歌才能贯通四时、古今与幽明，能动天地而感鬼神。这种解释与张耒以"至诚"论述这一命题等明显不同，展现了他鲜明的重"气"思想。在此基础上，他进一步提出"诗家者流，厥情非一"，认为作者"与时消息"、际遇不同、情感有异，肯定了诗歌在情感、风格层面的多样性。值得注意者有二：其一，范仲淹不仅肯定了白居易，也肯定了孟郊与晚唐薛能、罗隐，这看似与宋代前期"三体"诗学路径有相近之处，但范仲淹的立意并不在此，他更多的是借诸家的人生经历来说明唐处士进退有道，"进者道之行，退者道之止"②，诗歌创作也应该是"乐则歌之，忧则怀之。无虚美，无苟怨。隐居求志，多优游之咏；天下有道，无愤惋之作"，这与单从文学层面效法"三体"的诗人明显有别。其二，孟郊"不平则鸣"，罗隐"篇篇皆有喜怒哀乐心志、去就之语"③，范仲淹基于"与时消息"观念，既肯定了这种怨怒抒发的合理性，同时也对宋代作者"不观其时"、背离时代而矫伪创作的情况予以了抨击，这与其政教文学观紧密相连，他认为五代大乱"悲哀为主"乃是实情，但"皇朝龙兴"天下有道，作者应希冀三代，以美刺、规谏、劝诚为追求，而不是"非穷途而悲，非乱世而怨，华车有寒苦之述，白社为骄奢之语"。范仲淹这些内涵丰富的诗学思想，与其《易义》和《易兼三才赋》中对"时""命"的格外重视是分不开的。此外，范仲淹在审美追求上，还赞赏气雄力壮的风格，

---

① 《范仲淹全集·范文正公文集》卷八《唐异诗序》，四川大学出版社 2007 年版，第 185—186 页。
② 《范仲淹全集·范文正公文集》卷三《访陕郊魏疏处士》，四川大学出版社 2007 年版，第 54 页。
③ 郭绍虞辑：《宋诗话辑佚》卷上《桐江诗话》，中华书局 1980 年版，第 343 页。

如《太清宫九咏序》中云："观其立意,皆凿幽索秘,破坚发奇,高凌虹蜺,清出金石,有以见诗力之雄哉！文以气为主,此其辨乎！"①在《祭石学士文》中赞石曼卿曰："曼卿之诗,气雄而奇,大爱杜甫,独能嗣之。"②崇尚雄健之美,注重真情抒发,关怀现实利弊,这些诗学主张对打破仁宗时期依旧流行的"三体"诗风起到了推动作用。

三、王安石

王安石(1021—1086),字介甫,号半山,抚州临川(今属江西抚州)人。庆历二年(1042年)进士及第,授签书淮南判官。仁宗朝历官至三司度支判官、知制诰,以母丧去职。神宗即位,起知江宁府,召为翰林学士兼侍讲。熙宁二年(1069年)拜参知政事,主持变法,陆续颁行农田水利、青苗、均输、保甲、免役、市易、保马、方田等新法,次年拜同中书门下平章事。新法遭保守势力强烈反对,七年罢相,以观文殿大学士出知江宁府。八年,复相。九年,再罢相,出判江宁府,退居江宁半山园。次年封舒国公,元丰三年(1080年)改封荆国公。元祐元年卒,年六十六。绍圣中,谥曰文。崇宁三年(1104年),追封舒王。安石善属文,为唐宋八大家之一,有文集百卷传世。另著有《三经新义》(已佚,后人辑有《周官新义》《诗义钩沉》《字说》等)。《宋史》卷三二七有传。

王安石的文学观尤其注重文学与道学及经学、礼教治政之间的关系。关于文学与道学、经学的关系,他说:"盖自秦、汉以来,所谓能文者,不过如此。窃以为士之所尚者志,志之所贵者道。不苟合乎圣人,则皆不足以为道。唯天下之英材,为可以与此。"③意指道高于文,以合乎圣人之道作为文章的基础。他明确以"文贯乎道"为追求,他说:"非夫诚发乎文,文贯乎道,仁思义色表里相济者,其孰能至于此哉！"④所以,王安石以文会友、以友辅仁,往往都志在文章背后的道与学,而不单以文辞为高。如他说:"若子经欲以文辞高世,则世之名能文辞者,已无

① 《范仲淹全集·范文正公文集》卷八《太清宫九咏序》,四川大学出版社2007年版,第178页。
② 《范仲淹全集·范文正公文集》卷十一《祭石学士文》,四川大学出版社2007年版,第269页。
③ 王安石撰,刘成国点校:《王安石文集》卷七十五《答黎检正书》,中华书局2021年版,第1310—1311页。
④ 《王安石文集》卷七十五《上邵学士书》,中华书局2021年版,第1319页。

过矣；若欲以明道，则离圣人之经，皆不足以有明也。"①他批评李秀才欲以文辞出名的念头，而勉之以学"仁"："然书之所愿，特出于名。名者，古人欲之，而非所以先……孔子曰：'君子去仁，恶乎成名？'古之成名，在无事于文辞，而足下之于文辞，方力学之而未止也，则某之不肖，何能副足下所求之意邪？"②王安石论文重道，但内涵与道学家又有明显不同。他虽常常论及"性""命"，注意辨析孔子、子思、孟子与荀子、扬雄、韩愈等性命理论的流变异同，但其"唯古人之学"的路径比理学家更显宽广。如，王安石与曾巩谈及"读经"，曾巩谓读佛经乱俗，他反驳说："某但言读经，则何以别于中国圣人之经？……然世之不见全经久矣，读经而已，则不足以知经。故某自百家诸子之书，至于《难经》《素问》《本草》诸小说无所不读，农夫、女工无所不问，然后于经为能知其大体而无疑。……扬雄虽为不好非圣人之书，然于墨、晏、邹、庄、申、韩，亦何所不读？"③可见其兼宗诸子百家的博通旨趣。另外，王安石作为政治家，其宗经循道更重政教制治的外王层面，这在其《诗新义》等力阐政治伦理以裨益政教的著述中得到了鲜明体现。

与浓厚的经世志意紧密相连，王安石论文多侧重礼教治政，谓文学以致用为上。《上人书》中说道：

> 尝谓文者，礼教治政云尔。其书诸策而传之人，大体归然而已。而曰"言之不文，行之不远"云者，徒谓辞之不可以已也，非圣人作文之本意也。自孔子之死久，韩子作，望圣人于百千年中，卓然也，独子厚名与韩并。子厚非韩比也，然其文卒配韩以传，亦豪杰可畏者也。韩子尝语人以文矣，曰云云，子厚亦曰云云。疑二子者，徒语人以其辞耳，作文之本意，不如是其已也。孟子曰："君子欲其自得之也。自得之，则居之安；居之安，则资之深；资之深，则取诸左右逢其原。"孟子之云尔，非直施于文而已，然亦可托以为作文之本意。且所谓文者，务为有补于世而已矣。所谓辞者，犹器之

---

① 《王安石文集》卷七十四《答吴孝宗书》，中华书局 2021 年版，第 1294—1295 页。
② 《王安石文集》卷七十六《答李秀才书》，中华书局 2021 年版，第 1325 页。
③ 《王安石文集》卷七十三《答曾子固书》，中华书局 2021 年版，第 1280—1281 页。

有刻镂绘画也。诚使巧且华,不必适用;诚使适用,亦不必巧且华。要之,以适用为本,以刻镂绘画为之容而已。不适用,非所以为器也;不为之容,其亦若是乎? 否也。然容亦未可已也,勿先之,其可也。①

王安石论文思路明晰,所谓"文",并非文辞而已,而以礼教治政为"文"。书诸策、传之人,文之所以为文,在其关乎礼教治政、"务为有补于世"的特质,而非单凭文辞之华丽修饰成立。世人重视文学辞藻,动辄以"言之不文,行之不远"为论,实非"圣人作文之本意"。他认为巧丽之"容"并非不重要,"不为之容,其亦若是乎"? 但这须以"适用"为本而不可本末倒置,"不适用,非所以为器也","某尝患近世之文,辞弗顾于理,理弗顾于事,以襞积故实为有学,以雕绘语句为精新。譬之撷奇花之英,积而玩之,虽光华馨采,鲜缛可爱,求其根柢济用,则蔑如也。"②与之相应,他还从礼教治政、文学词章与圣人之道的关系角度予以阐述,《与祖择之书》:"治教政令,圣人之所谓文也。书之策,引而被之天下之民,一也。圣人之于道也,盖心得之,作而为治教政令也,则有本末先后,权势制义,而一之于极。其书之策也,则道其然而已矣。"③很明显,王安石这种孜求圣人之道与礼教治政的文学观,实是一种实用主义的文学观,也是一种大文学观。

基于这样的认识,王安石对诗赋词章常表现出一种轻忽意味,或认为"废日力于此,良可悔也"④,或将其"比诸戏谑"⑤。前引《上人书》中,他认为韩、柳实有舍本逐末之嫌:"疑二子者,徒语人以其辞耳,作文之本意,不如是其已也。"韩、柳在中唐领起古文运动功不可没,不过韩愈等人虽主文以明道,但论家常有"倒学"论调。《优古堂诗话》载:"程正叔云:'韩退之晚年所为文,所得甚多。学本是修德,有德然后有言。退之却是倒学了,因学文求所未至,遂亦有所得。'然此意本吴子经耳。子

①《王安石文集》卷七十七《上人书》,中华书局 2021 年版,第 1338—1339 页。
②《王安石文集》卷七十五《上邵学士书》,中华书局 2021 年版,第 1319 页。
③《王安石文集》卷七十七《与祖择之书》,中华书局 2021 年版,第 1340—1341 页。
④《王安石文集》卷八十四《唐百家诗选序》,中华书局 2021 年版,第 1470 页。
⑤《王安石文集》卷八十四《伴送北朝人使诗序》,中华书局 2021 年版,第 1470 页。

经《法语》曰：'古人好道而及文，韩退之学文而及道。'子经名孝宗，欧阳文忠公尝有诗送吴生者也。荆公与之论文，甚著。"①吴子经谓韩愈"学文"而后"及道"的观念，实为王安石在《答吴孝宗书》中为其提示的不可"以文辞高世"而应先本"圣人之经"以明道之说②。王安石批评韩柳"徒语人以其辞耳"，也展现出他不单以文辞文章为追求的意识，其《韩子》诗即云："纷纷易尽百年身，举世何人识道真？力去陈言夸末俗，可怜无补费精神！"③同样，王安石还曾婉拒过文坛盟主欧阳修对他的文学期许，如他在《上欧阳永叔书》中曰："过蒙奖引，追赐诗书，言高旨远，足以为学者师法。惟褒被过分，非先进大人所宜施于后进之不肖，岂所谓诱之欲其至于是乎？虽然，惧终不能以上副也。辄勉强所乏，以酬盛德之贶。非敢言诗也。"④他在《奉酬永叔见赠》一诗中曰："欲传道义心虽壮，强学文章力已穷。他日若能窥孟子，终身何感望韩公！"凡此诸种，都可见王安石的人生追求，其实更在接续古人之道、通当世之务，而不以文章为最高目标。与此相应的是，王安石在熙宁变革中也接续并发展了此前范仲淹的做法，他"罢诗赋及明经诸科，专以经义、论、策试士"⑤，并以其《三经新义》《字说》为标准，使一时学者无不敢传习。王安石这种强烈的济时自信和勇毅的改革举措，虽避免了"谈经者人人殊"的情况，起到了"一道德"和维护统治的作用，但同样带来了"先儒传注，一切废不用"⑥的学术衰退，在一定程度上遏制了诗赋文学的发展。如苏轼就认为当时文学之衰，"其源实出于王氏"："王氏之文，未必不善也，而患在于好使人同己。……而王氏欲以其学同天下！……惟荒瘠斥卤之地，弥望皆黄茅白苇，此则王氏之同也。"⑦

然而，重道尚用仅是王安石文学观的一个重要方面，并非其全部。作为唐宋八大家之一的王安石同样有丰富的立足文学本位的思想。

---

① 吴开撰：《优古堂诗话》，丁福保辑：《历代诗话续编》，中华书局 2006 年版，第 260—261 页。
② 《王安石文集》卷七十四《答吴孝宗书》，中华书局 2021 年版，第 1294—1295 页。
③ 《王安石文集》卷三十四《韩子》，中华书局 2021 年版，第 568 页。
④ 《王安石文集》卷七十四《上欧阳永叔书》二，中华书局 2021 年版，第 1291 页。
⑤ 冯琦原编，陈邦瞻纂辑：《宋史纪事本末·学校科举之制》，中华书局 1977 年版，第 371 页。
⑥ 《宋史》卷三百二十七《王安石传》，中华书局 2013 年版，第 10550 页。
⑦ 苏轼撰，孔凡礼点校：《苏轼文集》卷四十九《答张文潜县丞书》，中华书局 1986 年版，第 1427 页。

如,他慨叹欧阳修之文"其清音幽韵,凄如飘风急雨之骤至;其雄辞闳辩,快如轻车骏马之奔驰"①,基于文学的审美感受,传达了对欧阳修文学成就的由衷赞美之情。王安石的文学本位之思在诗学中体现得尤为明显。据《韵语阳秋》载,王安石早年"以诗赋决科,而深不乐诗赋"②,但伴随态度的转变及工夫的深入,其诗歌创作卓然有成,《沧浪诗话》谓其绝句最高,"其得意处高出苏黄陈之上"③,而命之曰"王荆公体"。他虽曾谓韩愈"徒语人以其辞","力去陈言夸末俗,可怜无补费精神",但他在诗歌的用字、声律、用事、集句、体制等着意甚多,尤其是在其暮年隐居江宁之后,不仅"诗益工,用意益苦"④,同时更能将法度与作者的精神意态结合得浑然天成,黄庭坚谓其"暮年小语,雅丽精绝,脱去流俗,不可以常理待之也"⑤。

王安石非常注重辨析诗歌体制,《沧浪诗话》中称:"荆公评文章,先体制而后文之工拙。"⑥这在其《报巩仲至帖》中有鲜明体现,他说:"来喻所云'漱六艺之芳润,以求真澹',此极至之论。然恐亦须先识得古今体制,雅俗向背,仍更洗涤得尽肠胃间夙生荤血脂膏,然后此语方有所措。如其未然,窃恐秽浊为主,芳润入不得也。近世诗人正缘不曾透得此关,而规规于近局,故其所就皆不满人意。"⑦他非常注重考校诗歌的声律与用字,并能与诗之"用意"浑融无间,《石林诗话》中曰:"王荆公晚年诗律尤精严,造语用字,间不容发。然意与言会,言随意遣,浑然天成,殆不见有牵率排比处。"⑧在用典层面,他反对堆垛典故、貌合神离,而强调"自出己意"以相"发明":"荆公尝云:诗家病使事太多,盖皆取其与题合者类之,如此乃是编事,虽工何益? 若能自出己意,借事以相发明,情态举

---

① 《王安石文集》卷八十六《祭欧阳文忠公文》,中华书局 2021 年版,第 1490 页。

② 葛立方撰:《韵语阳秋》卷五,何文焕辑:《历代诗话》,中华书局 2004 年版,第 524 页。

③ 《沧浪诗话校释》,人民文学出版社 1961 年版,第 59 页。

④ 陈师道撰:《后山诗话》,何文焕辑:《历代诗话》,中华书局 2004 年版,第 304 页。

⑤ 黄庭坚撰,刘琳、李勇先、王荣贵校点:《黄庭坚全集·正集》卷二十六《跋王荆公禅简》,四川大学出版社 2001 年版,第 696 页。

⑥ 《沧浪诗话校释》,人民文学出版社 1961 年版,第 136 页。

⑦ 叶寘撰:《爱日斋丛钞》卷三,守山阁丛书本。

⑧ 叶少蕴撰:《石林诗话》卷上,何文焕辑:《历代诗话》,中华书局 2004 年版,第 406 页。

出,则用事虽多,亦何所妨?"①此外,凭借强烈的诗歌热情和卓越的诗才,王安石还在集句诗层面颇为用心,并因此极大促进了集句诗的流行,周紫芝云:"集句近世往往有之,惟王荆公得此三昧。"②沈括亦有这样的称叹:"荆公始为集句诗,多者至百韵,皆集合前人之句,语意对偶往往亲切过于本诗,后人稍稍有效而为者。"③王安石是在欧阳修批评西昆体后同样引起宋诗风格丕变的重要人物,他在《张刑部诗序》中虽然指斥"杨、刘以其文词染当世,学者迷其端原,靡靡然穷日力以摹之,粉墨青朱,颠错丛庞"而顿失诗歌"言志"讽谕之旨④,但其在诗学层面"看似寻常最奇崛,成如容易却艰辛"的深刻用心及在用字、用事、声律、集句、体制等层面的惨淡经营,却代表了他在文以致用立场之外,对于文学、诗学的艺术性的精审的思考,也因此,其诗论主张屡为后世诗话著作所引据,并颇受好评。

第二节　秦观、张耒

据史载:"时黄(庭坚)、秦(观)、晁(补之)、张(耒)号苏门四学士。"⑤"四学士"追随东坡,共擅风流。为宋代文学及其思想作出了不同的贡献。"四学士"中的秦观、张耒分别出生于高邮和淮阴。

一、秦观

秦观(1049—1100),字少游,一字太虚,号淮海居士,高邮(今属江苏)人。元丰八年(1085 年)进士,任定海主簿、蔡州教授,哲宗时因苏轼举荐,除太学博士,校正秘书省书籍,随迁正字,兼国史院编修。绍圣初新党执政,秦观累遭贬谪,先后任官杭州、处州、郴州、横州、雷州等地。秦观名列"苏门四学士"之中,与苏辙、黄庭坚、张耒、晁补之、陈师

① 胡仔撰,廖德明校点:《苕溪渔隐丛话》后集卷二十五,人民文学出版社 1962 年版,第 179 页。
② 周紫芝撰:《竹坡诗话》卷一,何文焕辑:《历代诗话》,中华书局 2004 年版,第 339 页。
③ 沈括撰,金良年点校:《梦溪笔谈》卷十四,中华书局 2015 年版,第 145—146 页。
④《王安石文集》卷八十四《祭欧阳文忠公文》,中华书局 2021 年版,第 1472 页。
⑤ 苏轼撰,邹同庆、王宗堂校注:《苏轼词编年校注》中册《行香子·绮席才终》,中华书局 2002 年版,第 599 页。

道等相交善,也与文坛巨子苏轼最为"气合而类同"①,曾称"我独不愿万户侯,惟愿一识苏徐州"②。苏轼在门弟子中最善秦观,秦观谒苏轼于徐州时,作《黄楼赋》,苏轼赞其有屈宋之才,至欲刻赋文于石。秦观是北宋时期诗、赋、文、词诸体兼擅的著名作家,张耒谓其文不多作,"而一一精好可传"③,他尤以词著,情感浓郁、风格婉约,晁补之称"近世以来,作者皆不及秦少游"④,被视为婉约词派的正宗。有《淮海集》《淮海词》。

秦观在《论议下》《韩愈论》等文章中表述了他对于文学的基本看法。《论议下》主要围绕贡举之士对待文辞、经术与德行的不同态度而发。秦观认为,尚文辞华藻而"以穷经为迂阔"、崇经术义理而"以缀文为轻浮"、好高世德行而"以经术文辞皆言而已",这是当时文学、经学与道学间互有矛盾而不能相通的突出问题,也直接关系到科举取士的策略问题。对此,他"各原本末"分别予以讨论。如论经术源流,他以孔子传《易》而"发天人之奥"、左氏传《春秋》而"记善恶之实"等作为经术由起,批评了汉儒皓首穷经、专守一艺而动辄记说数万言的鄙陋之风;论德行之选,他综述古代由乡举里选到官府朝廷种种"秀选进造"的完备措施,批评了古法消亡而设孝廉之科后的"矫言伪行"。对于文学,他在梳理自古至今的源流兴衰后指出,"是三者莫不有弊,而晚节末路文辞特甚焉",对文学的批评尤其猛烈:

> 古者诸侯卿大夫交接邻国,以微言相感动,当周旋进退之时,必称《诗》以喻其志,盖以别贤不肖而观盛衰焉。其后聘问不行于列国,学《诗》之士逸于布衣,于是贤人失志之赋兴,屈原《离骚》之词作矣。此文词之习所由起也。及其衰也,雕篆相夸,组绘相侈,苟以哗世取宠而不适于用,故孝武好神仙,相如作《大人赋》以风其上,乃飘飘然有凌云之志。此文辞之弊也。

---

① 苏轼撰,孔凡礼点校:《苏轼文集》附录《追荐秦少游书》,中华书局 1986 年版,第 2692 页。

② 秦观撰,徐培均笺注:《淮海集笺注》卷四《别子瞻学士》,上海古籍出版社 1994 年版,第 135 页。

③ 张耒撰,李逸安、孙通海、傅信点校:《张耒集》卷五十四《跋吕居仁所藏秦少游投卷》,中华书局 1999 年版,第 825 页。

④ 晁补之撰:《能改斋漫录》卷一六《黄鲁直词谓之著腔诗》,朱易安等编:《全宋笔记》第五编第四册,大象出版社 2012 年版,第 188 页。又见《苕溪渔隐丛话》后集卷三三,《诗人玉屑》卷二〇。

……是三者莫不有弊，而晚节末路文辞特甚焉。盖学屈、宋而不至者，为贾、马、班、扬；学贾、马、班、扬而不至者，为邺中七子；学邺中七子而不至者，为谢灵运。沈休文之撰《四声谱》也，自谓灵均以来，此秘未睹武帝雅不好焉；而隋唐因之，遂以设科取士，谓之声律。于是敦朴根柢之学，或以不合而罢去；靡曼剽夺之伎，或以中程而见收。自非豪杰不待文王而兴者，往往溺于其间。此杨绾、李德裕之徒所为切齿者也。①

　　秦观批评汉代经学之陋，代表了宋人的基本态度，批评孝廉德行之选，与东晋时期葛洪的严厉批评颇有相通之处。对于文学，他一方面指出"文词之习"起于战国的事实，展现了对文学逐渐脱离政教、学术而兴起的清晰认知，这与《韩愈论》所说相近："先王之时，一道德，同风俗，士大夫无意于为文，故六艺之文，事词相称，始终本末，如出一人之手。后世道术为天下裂，士大夫始有意于为文。故自周衰以来，作者班班相望而起，奋其私知，各自名家。"②另一方面，秦观对屈、宋以及隋唐的文学予以抨击，其角度也是从政教、学术方面进行的，并与唐代杨绾、李德裕一样揭示了诗赋取士对人才升降与安邦治国的严重戕害。但是，秦观所论并不意在摒弃诗赋文学，他还说：

　　熙宁中，朝廷深鉴其失，始诏有司削去诗赋而易以经义，使学者得以尽心于六艺之文，其意信美矣。然士或苟于所习，不能博物洽闻以称朝廷之意，至于历世治乱兴衰之迹，例以为祭终之刍狗，雨后之土龙，而莫之省焉。此何异斥桑间濮上之曲，而奏以举重劝力之歌？虽华质不同，其非正音，一也。

　　……今欲去经术而复诗赋，则近乎弃本而趋末；并为一科，则几于取人而求备。为今计者，莫若以文词、经术、德行各自为科，以笼天下之士，则性各尽其方，技各尽其能，器各致其用，而英俊豪杰庶乎其无遗矣。③

①《淮海集笺注》卷十四《论议下》，上海古籍出版社1994年版，第571—572页。
②《淮海集笺注》卷二十二《韩愈论》，上海古籍出版社1994年版，第750—751页。
③《淮海集笺注》卷十四《论议下》，上海古籍出版社1994年版，第572—573页。

经术为"本"诗赋为"末",并不意味着诗赋可以无关紧要。尽管苏轼曾向王安石屡荐秦观"实不易得",但秦观还是认为王安石专以经术取士虽"其意甚美",却并未起到使士人专心六艺的效果,相反起到了不能博洽、不通时务之弊,实与浮藻文辞的"不适于用"大同小异。他建议文词、经术、德行各自为科来取士,既说明他对文学有足够的重视,同时讲求根柢之学、讲求"适于用",也说明了秦观有崇经术、尚致用的文学倾向,这无疑与他曾欲本学术、器识以干世的人生追求是分不开的。他说:"天下之功,成于器识;来世之名,立于学术……夫君子以器为车,以识为马,学术者,所以御之耳。"①这虽是对吕公著的赞誉,但未尝不是一种自我期许。他还自谓:"尝以谓衣冠而称士者,宜有以异于流俗而以古人自期。故凡方册所载,简牍所存,不见则已,苟有见焉,未尝不熟诵其文,精核其义,纵观其形势,而私掇其英华,敝精神,劳筋力,不能自休已者十年于兹矣。"②并对当时投机不学之士"操数寸之管,书方尺之纸,无不拾取青紫为宗族荣耀"的现象颇为不满。不废文章,也重经术与器识,这是秦观突出的文学思想。

秦观所崇重的经术,显然并不拘囿于儒家,苏轼谓其"博综史传,通晓佛书,讲习医药,明练法律,若此类,未易以一二数也"③,其思想的博杂在准备制科考试时所作的《进策》《进论》等策论文中得到了体现。他致书苏轼时即曰:"前寄呈乱道,继亦作得十数篇,未敢附上。"④"乱道"之言,可以其《司马迁论》为例,此前班固坚守儒家立场,谓司马迁"是非颇谬于圣人,论大道则先黄老而后六经,序游侠则退处士而进奸雄,述货殖则崇势利而羞贫贱",而秦观的立意明显不同,比如他说"盖道德者,仁义礼之大全;而仁义礼者,道德之一偏。黄老之学,贵合而贱离,故以道为本。六经之教,于浑者略,于散者详,故以仁义礼为用"⑤,明显深受道家影响。此外秦观在《韩愈论》中论文时,还分别以列御寇与庄

---

① 《淮海集笺注》卷三十七《上吕晦叔书》,上海古籍出版社 1994 年版,第 1195 页。

② 《淮海集笺注》卷三十七《谢王学士书》,上海古籍出版社 1994 年版,第 1199 页。

③ 苏轼撰、孔凡礼点校:《苏轼文集》卷五十《与王荆公二》,中华书局 1986 年版,第 1444 页。

④ 《淮海集笺注》卷三十《与苏先生简四》,上海古籍出版社 1994 年版,第 991 页。

⑤ 《淮海集笺注》卷二十《司马迁论》,上海古籍出版社 1994 年版,第 700 页。

周、苏秦与张仪作为"论理之文""论事之文"的典型代表。论文不废道家、纵横家，崇经术、尚器识而又能博通，文章层面"长于议论"①，这使得秦观与苏轼在思想与文学等方面都颇为相近。

秦观在《韩愈论》中还论述了韩文"集大成"的问题。他说：

> 夫所谓文者，有论理之文，有论事之文，有叙事之文，有托词之文，有成体之文。探道德之理，述性命之精，发天人之奥，明死生之变，此论理之文，如列御寇、庄周之所作是也。别白黑阴阳、要其归宿，决其嫌疑，此论事之文，如苏秦、张仪之所作是也。考同异，次旧闻，不虚美，不隐恶，人以为实录，此叙事之文，如司马迁、班固之作是也。原本山川，极命草木，比物属事，骇耳目，变心意，此托词之文，如屈原、宋玉之作是也。钩列、庄之微，挟苏、张之辩，摭班、马之实，猎屈、宋之英，本之以《诗》《书》，折之以孔氏，此成体之文，韩愈之所作是也。盖前之作者多矣，而莫有备于愈；后之作者亦多矣，而无以加于愈。故曰：总而论之，未有如韩愈者也。
>
> 然则列、庄、苏、张、班、马、屈、宋之流，其学术才气，皆出于愈之文，犹杜子美之于诗，实积众家之长，适当其时而已。昔苏武、李陵之诗长于高妙，曹植、刘公幹之诗长于豪逸，陶潜、阮籍之诗长于冲澹，谢灵运、鲍照之诗长于峻洁，徐陵、庾信之诗长于藻丽。于是杜子美者，穷高妙之格，极豪逸之气，包冲澹之趣，兼峻洁之姿，备藻丽之态，而诸家之作所不及焉。然不集诸家之长，杜氏亦不能独至于斯也，岂非适当其时故耶？
>
> 孟子曰："伯夷圣之清者也，伊尹圣之任者也，柳下惠圣之和者也，孔子圣之时者也。孔子之谓集大成。"呜呼，杜氏、韩氏，亦集诗文之大成者欤！②

关于"集大成"之说，苏轼曾说："杜诗、韩文、颜书、左史，皆集大成者也。"③秦观与之相近，他将文章分为论理之文、论事之文、叙事之文、

---

① 《宋史》卷四百四十四《文苑传》，中华书局 2013 年版，第 13113 页。
② 《淮海集笺注》卷二十二《韩愈论》，上海古籍出版社 1994 年版，第 751—752 页。
③ 陈师道撰：《后山诗话》，何文焕辑：《历代诗话》，中华书局 2004 年版，第 309 页。

托词之文、成体之文，认为韩愈"成体之文"兼具诸文类之长最为完备，并与杜诗兼诸家之长一样，都是"大成者"。韩愈曾以承续孟子之后的道统自居，论文主宗周秦两汉，谓"非三代两汉之书不敢观"①，秦观肯定其"本之以《诗》《书》，折之以孔氏"，汲取班、马之外，还突出了列、庄、苏、张和屈、宋，这固然与韩愈对后面诸家也有所推崇有关，如韩愈在《送王秀才序》中认为庄子源出田子方、田子方源出子夏，颇有认同庄子之意②，《送孟东野序》中也说"庄周以其荒唐之辞鸣""楚，大国也，其亡也以屈原鸣"，申不害、韩非、张仪、苏秦等人"皆以其术鸣"③等。但秦观将后面诸家列入，应该说与其不拘一格、博采众家的思想特点有关。秦观对杜甫"集大成"的阐述与元稹所论有相近之处，但他论杜甫、韩愈还提出了"时"的说法，认为韩、杜诸体兼备都是"适当其时"之故，是文学发展演变至盛、中唐后的必然结果，这无疑是一种颇具价值的解释，也体现了他对文学规律的深刻洞悉。

　　值得指出的是，文体"集大成"等问题，是这一时期苏轼、秦观、陈师道等众多论家普遍关注的话题，除去这里所指的能总萃同一种文体的不同类别、风格之外，还涉及作者兼擅不同文体与"以诗为文""以文为诗""以诗为词""以词为诗"等不同文体的互涉问题。秦观曾就诗、文难以兼擅的现象发论，苏轼《记少游论诗文》曰："秦少游言：'人才各有分限。杜子美诗冠古今，而无韵者殆不可读。曾子固以文名天下，而有韵者辄不工。此未易以理推之也。'"④才分有限、难以理推，秦观虽然未能予以解释，但这一论述为苏轼所注意，也可见他对苏门文学思想的启益情状。才分有限、文体难兼，其实常被归结为作者创作某一种文体时也带有其他文体痕迹的情况，如陈师道说："退之以文为诗，子瞻以诗为词"，"要非本色"⑤。秦观的诗歌常为词名所掩，重要原因之一即在于此。如陈应行曾说："苏明允不工于诗，欧阳永叔不工于赋，曾子固短于

---

① 《韩昌黎文集校注》卷三《答李翊书》，上海古籍出版社 1986 年版，第 170 页。
② 《韩昌黎文集校注》卷四《送王秀才序》，上海古籍出版社 1986 年版，第 231 页。
③ 《韩昌黎文集校注》卷四《送孟东野序》，上海古籍出版社 1986 年版，第 234 页。
④ 《苏轼文集》卷六八《记少游论诗文》，中华书局 1986 年版，第 2136 页。
⑤ 陈师道撰：《后山诗话》，何文焕辑：《历代诗话》，中华书局 2004 年版，第 309 页。

韵语,黄鲁直短于散语,苏子瞻词如诗,秦少游诗如词。"①秦观词作细腻委婉、情辞兼称,受此影响,诗歌也不免"艳冶之情可见"②,如元好问论秦诗即说:"有情芍药含春泪,无力蔷薇卧晚枝。拈出退之《山石》句,始知渠是女郎诗。"③对于创作某种文体而受其他文体影响的情况,秦观其实有深刻体会,李廌在《济南先生师友谈记》中记曰:"廌谓少游曰:'比见东坡,言少游文章如美玉无瑕,又琢磨之功,殆未有出其右者。'少游曰:'某少时用意作赋,习贯已成。诚如所谕,点检不破,不畏磨难,然自以华弱为愧。'"④作赋经历影响文章工致,同样也与作词相关,所以秦观也曾认同李廌所说:"作赋正如填歌曲尔。"⑤但是,秦观也有非常明确的文体辨别意识,比如基于作赋心得,他曾比较作赋与杂文在锤炼、作用上的不同:"赋中作用,与杂文不同。杂文则事词在人意气变化,若作赋,则惟贵炼句之功,斗难、斗巧、斗新。借如一事,他人用之,不过如此,吾之所用,则虽与众同,其与之巧,迥与众别,然后为工也。"⑥又说"句脉"之不同:"赋家句脉,自与杂文不同。杂文语句,或长或短,一在于人。至于赋,则一言一字,必要声律。凡所言语,须当用意,屈折斫磨,须令协于调格,然后用之。不协律,义理虽是,无益也。"⑦整体来说,尽管秦观的诗歌创作常被评为"诗如词",但诚如叶适所言"尺有所短,寸有所长""良金美玉,自有定价"。更重要的是,秦观对文体兼善之难、文体互涉与文体有别等层面的思索,无疑与苏轼、陈师道等人一样,都丰富并深化了这一时期文体论、本色论等内涵,更对此后文学思想史产生了深远影响。

除此,秦观其他的一些文学思想也值得重视。苏轼曾称秦观"得吾工",这与秦观重视学殖积累、辞藻锻炼、词情相称、事理得当等密不可分。比如,他重视书卷积累,曾自悔年少读书不勤,于是专门记录经传

---

① 陈应行撰:《于湖先生雅词序》,张孝祥撰,宛敏灏校笺:《张孝祥词校笺》,中华书局 2010 年版,第 33 页。
② 瞿佑撰:《归田诗话》卷中,丁福保辑:《历代诗话续编》,中华书局 2006 年版,第 1257 页。
③ 元好问撰,郭绍虞笺释:《元好问论诗三十首小笺》,人民文学出版社 1978 年版,第 76 页。
④ 李廌撰:《师友谈记》,中华书局 2002 年版,第 16 页。
⑤《师友谈记》,中华书局 2002 年版,第 21 页。
⑥《师友谈记》,中华书局 2002 年版,第 20 页。
⑦《师友谈记》,中华书局 2002 年版,第 20 页。

第四章 宋代文学思想

155

子史等材料以备文章之用："比读《齐史》，见孙搴答邢词云：'我精骑三千，足敌君赢卒数万。'心善其说，因取经、传、子、史事之可为文用者，得若干条，勒为若干卷，题曰《精骑集》云。"①秦观还注重辞气俱足、事理得当，云："窃尝以为激者辞溢，夸者辞淫，事谬则语难，理诬则气索，人之情也。二公内无所激，外无所夸，其事核，其理当，故语与气俱足，不待繁于刻划之功而固已过人远矣。"②此外，黄庭坚诗云"闭门觅句陈无己，对客挥毫秦少游"，这虽指才思迟速之别，但秦观和乐于"苦吟"的陈师道相比，也同样重视文藻雕镂，如苏轼即曾谓其"作诗增奇丽""技道两进"，③世人评其词作也多称"辞情兼称"④，这都是秦观文学思想中不可忽视的内容。

二、张耒

张耒（1045—1114），字文潜，号柯山，人称宛丘先生，楚州淮阴（今属江苏淮安）人。熙宁六年（1073 年）进士，绍圣初以直龙图阁知润州，因坐元祐党籍而落职，徙宣州，谪监黄州酒税，又徙复州。著有《柯山集》。其文学思想主要体现在以下几个方面。

首先，"理胜者文不期工而工"。张耒对于文章所包纳的理、意、辞、气诸要素皆有足够的重视，谓"文以意为车，意以文为马。理强意乃胜，气盛文如驾"，主张"气盛""意胜"，理"强"而"当"，文辞宜"如六经"而鄙弃"区区为对偶"的污下之格，四者相辅相成、各不可缺。⑤ 而于此之中，张耒尤其强调文章之"理"，他在《答李推官书》中说：

> 自《六经》以下，至于诸子百氏、骚人辩士论述，大抵皆将以为寓理之具也。是故理胜者文不期工而工，理诎者巧为粉泽而隙间百出。此犹两人持牒而讼，直者操笔不待，累累读之如破竹，横斜反复自中节目；曲者虽使假词于子贡，问字于扬雄，如列五味而不

---

① 《淮海集笺注》后集卷六《精骑集序》，上海古籍出版社 1994 年版，第 1546 页。
② 《淮海集笺注》卷三十九《会稽唱和诗序》，上海古籍出版社 1994 年版，第 1265 页。
③ 《苏轼文集》卷六九《跋秦少游书》，中华书局 1986 年版，第 2194 页。
④ 孙兢撰：《竹坡老人词序》，周紫芝撰：《竹坡词》卷首，汲古阁本。
⑤ 《张耒集》卷九《与友人论文因以诗投之》，中华书局 1990 年版，128—129 页。

能调和,食之于口无一可惬,况可使人玩味之乎? 故学文之端,急于明理。夫不知为文者,无所复道,如知文而不务理,求文之工,世未尝有是也。①

为文"理胜"正如"理直"者持讼,言辞累贯势如破竹;学文而不"明理",则不仅如"理曲者"在案情阐述上于理"无一可惬",更易带来假词强说、"巧为粉泽而隙间百出"的文辞之弊,从而与"辞达""明白条畅"等文辞要求相背。他说:"古之文章,虽制作之体不一端,大抵不过记事辨理而已。记事而可以垂世,辨理而足以开物,皆词达者也。虽然,有道词生于理,理根于心,苟邪气不入于心,僻学不接于耳目,中和正大之气溢于中,发于文字言语,未有不明白条畅。"②张耒论文重理并强调"理胜者文不期工而工",这揭示了"理"先于"辞"、理胜则文辞自工的文学规律,指明了一种"学文之端,急于明理"的学文路径。而从"理"的内涵上看,他虽也重视理根于心、闲邪存诚,甚至还曾谓韩愈未知"道",但张耒所说的"理"与理学家侧重的性理之理等有所不同,也与欧阳修等侧重的经世之理有差异,而是更多地涉及物理之理、人情事理等,其"颇富议论"的文章,就多包含这些层面的"理"。他或注意人情之理,曰"人之情固不平于理之不当然"③;或借物理论人事,以植物经历春生秋杀"各效其成"来阐述"人不涉难,则智不明"等规律④;论儒道两家之理,他并不重在系统性地深入细微、探其精义,而是注意以通达之理予以调和,能结合"为道德之论者,本于虚无而无形。执礼乐之论者,主于著见而有迹"等儒道特点,认为"方其在仁义礼乐者,未始非道德性命也;方其在道德性命者,亦未始非仁义礼乐也"。⑤ 张耒论理,应该说与苏轼所论的内容丰富的自然规律之"理"相近,其以理论文也多与苏轼以"物固有是理"而论"文理"的逻辑关系相合。

其次,与其理胜文工的思想相应,张耒在文辞观念上常常拒斥"枝

①《张耒集》卷五十五《答李推官书》,中华书局 1990 年版,第 829 页。
②《张耒集》卷五十五《答汪信民书》,中华书局 1990 年版,第 826 页。
③《张耒集》卷五十五《与鲁直书》,中华书局 1990 年版,第 827 页。
④《张耒集》卷四十八《送秦少章赴临安薄序》,中华书局 1990 年版,第 745 页。
⑤《张耒集》卷五十六《上黄判监书》,中华书局 1990 年版,第 848 页。

词游说"、刻意为辞,谓"直者文简事核而理明,虽使妇女童子听之而谕;曲者枝词游说,文繁而事晦,读之三反而不见其情"①。在《答李推官书》中,他反对作文刻意求奇,通过以水论文,主张"理达之文也,不求奇而奇至":

　　所谓能文者,岂谓其能奇哉?能文者固不能以奇为主也。……夫决水于江河淮海也,水顺道而行,滔滔汩汩,日夜不止,冲砥柱,绝吕梁,放于江湖而纳之海。其舒为沦涟,鼓为波涛,激之为风飙,怒之为雷霆,蛟龙鱼鼋,喷薄出没,是水之奇变也。而水初岂如此哉?是顺道而决之,因其所适而变生焉。沟渎东决而西竭,下满而上虚,日夜激之,欲见其奇,彼其所至者,蛙蛭之玩耳。江河淮海之水,理达之文也,不求奇而奇至矣。激沟渎而求水之奇,此无见于理,而欲以言语句读为奇之文也。《六经》之文莫奇于《易》,莫简于《春秋》,夫岂以奇与简为务哉?势自然耳。《传》曰:"吉人之词寡。"彼岂恶繁而好寡哉?虽欲为繁,不可得也。自唐以来至今,文人好奇者不一。甚者或为缺句断章,使脉理不属,又取古书训诂希于见闻者,捋扯而牵合之,或得其字不得其句,或得其句不得其章,反复咀嚼,卒亦无有,此最文之陋也。②

张耒以水喻文,与苏轼"常行于所当行,常止于所不可不止"而"文理自然,姿态横生"③的文章论颇多相似。他认为水之成文,是"顺道而决","因其所适而变生",自然而然,所以"理达"则"辞达",文章也应该是本于自然之理,"不求奇而奇至"。相反,"无见于理"刻意为文、捋扯牵合而"脉理不属",这反属"最文之陋"。张耒这种观念,一方面与其崇尚自然、反对过分"经意"的文艺创作观相契合,其《题道孚墨竹》称赞杨克一画竹,谓"挥洒奋迅,初不经意""意其法有未具,而生意超然"④,在《贺方回乐府序》中他也以本于"天理之自然"的"满心而发,肆口而成,

①《张耒集》卷五十五《答汪信民书》,中华书局1990年版,第826页。
②《张耒集》卷五十五《答李推官书》,中华书局1990年版,第829页。
③ 苏轼撰:《明成化本东坡七集·后集》卷十四《答谢民师书》,国家图书馆出版社2019年版,第114页。
④《张耒集》卷五十三《题道孚墨竹》,中华书局1990年版,第810页。

不待思虑而工"①等为高,并将其用之于词。另一方面,张耒虽然论文重"理",但并无理学家重道轻文之论,他说:"知理者不能言,世之能言者多矣,而文者独传。岂独传哉?因其能文也而言益工,因其言工而理益明,是以圣人贵之。"②可见,张耒"理胜者文不期工而工"等文章论,虽然鄙弃文辞雕镂、刻意求奇,但也呈现出鲜明的"为文求理"③的重文意识。

反对刻意求奇、崇尚自然,是欧阳修、苏轼等人共同的文学追求。欧阳修反对求深务奇、力矫"太学体"之弊、倡行自然古文,苏轼在《太息一章送秦少章秀才》中对其"忽焉若潦水之归壑"④的文学革新之功深表钦佩,推崇承续之意明显。黄庭坚《与王观复书一》中借刘勰"意翻空而易奇,文征实而难工"之论和苏轼教其作文的经历也指出:"好作奇语自是文章病,但当以理为主。理得而辞顺,文章自然出群拔萃……文章盖自建安以来,好作奇语,故其气象衰苶,其病至今犹在。唯陈伯玉、韩退之、李习之、近世欧阳永叔、王介甫、苏子瞻、秦少游乃无此病耳。"⑤张耒的主张无疑与此相应,并在其文学实践中得到了充分贯彻。叶梦得即谓张耒之文雍容不迫、纡裕有余,深得苏轼之"易":

> 元祐间天下论文多曰"晁张"。晁,余伯舅无咎;而张则文潜也。文潜之文,殆所谓"若将为之,而不见其为"者欤!雍容而不迫,纡裕而有余。初若不甚经意,至于触物遇变,起伏敛纵,姿度百出。意有推之不得不前,鼓之不得不作者,而卒澹然而平,盎然而和,终不得窥其际也。君与秦少游同学于翰林苏子瞻,子瞻以为"秦得吾工,张得吾易"。而世谓工可致,易不可致,以君为难云。⑥

张耒与晁补之都是"二苏已老"后被寄寓厚望"驾于翰墨之场"⑦的弟子,且因在苏门年少,他们对此后的文坛也影响明显。叶梦得即谓二

---

① 《张耒集》卷四十八《贺方回乐府序》,中华书局1990年版,第755页。
② 《张耒集》卷五十五《答李推官书》,中华书局1990年版,第829页。
③ 罗根泽:《中国文学批评史》(三),上海古籍出版社1984年版,第119页。
④ 《苏轼文集》卷六四《太息一章送秦少章秀才》,中华书局1986年版,第1979页。
⑤ 《黄庭坚全集·正集》卷十八《与王观复书一》,四川大学出版社2001年版,第470—471页。
⑥ 马端临编:《文献通考》卷二百三十七,文渊阁四库全书第614册,台湾商务印书馆1986年版,第827—828页。
⑦ 《黄庭坚全集·别集》卷六《题苏子由黄楼赋草》,四川大学出版社2001年版,第1592页。

人是元祐末"一时后进所推尊"①的文章领袖,"天下论文,多曰'晁张'"。但与晁补之雄健峻拔的风格相比,张耒之文纡裕不迫,不甚经意而姿态百出、难窥其际,是触物遇变、通达意理后的自然结果,虽然看似不工,却很难效法,汪藻即称赞说:"后之学公者,皆莫能仿佛。"②张耒曾为"长公之客"③,他的这种文风也时与苏辙有相近之处,如苏轼就曾说:"君之似子由也!子由之文实胜仆……其文如其为人,故汪洋淡泊,有一唱三叹之声,而其秀杰之气,终不可没。"④

与这样的文章思想相应,张耒在诗学上也逐渐形成了崇尚自然平淡的审美追求。《宋史·文苑传》载:"作诗晚岁益务平淡,效白居易体,而乐府效张籍。"⑤周紫芝认为张耒不仅笃意张籍、"乐府亦自是为之反魂矣"⑥,甚至谓其"刻意文昌,往往过之","本朝乐府,当以张文潜为第一"。⑦ 对于张耒诗歌的自然平易风格,诸家多有论述,如晁补之《题文潜诗册后》云:"君诗容易不着意,忽似春风开百花。"⑧杨万里《读张文潜诗》则曰:"晚爱肥仙诗自然,何曾绣绘更琱琢。"⑨不着意、爱自然,并不意味着信手信腕、偏爱俚俗、不求工致。一方面,"自然"来源于法度基础上的变化,张耒曾经"诗模黄著作"⑩,喜好黄庭坚之诗,尽管他菲薄"以声律作诗,其末流也"⑪,但对黄庭坚自然有变化的五七言破体律诗颇为推崇。另一方面,诗歌"容易"也不代表无须构思和琢磨,李希生曾说:"见文潜外生言文潜每作诗,其有用得妙处必自记录。如《法云会中怀无咎》云:'独觉欠此翁。'自以'欠'字颇佳。"⑫张耒自述学白经历时也

① 叶梦得撰:《建康集》卷三《书高居实集后》,民国二十四年长沙中国古书刊印社汇印郋园先生全书本。
② 汪藻撰:《浮溪集》卷十七《柯山张文潜集书后》,武英殿聚珍版本。
③ 陈师道:《后山居士文集》卷一〇《答李端叔书》,上海古籍出版社1984年版,第530页。
④《苏轼文集》卷四九《答张文潜县丞书》,中华书局1986年版,第1427页。
⑤《宋史》卷四百四十四《文苑传》,中华书局2013年版,第13114页。
⑥ 周紫芝撰:《太仓稊米集》卷五十一《古今诸家乐府序》,文渊阁四库全书1141册,台湾商务印书馆1986年版,第360—361页。
⑦ 周紫芝撰:《竹坡诗话》,何文焕辑:《历代诗话》,中华书局2004年版,第354页。
⑧ 晁补之撰:《鸡肋集》卷十八《题文潜诗册后》,明崇祯八年刻本。
⑨ 北京大学古文献研究所编:《全宋诗》卷二三一四《读张文潜诗二首》其一,北京大学出版社1991年版,第26625页。
⑩《鸡肋集》卷五《次韵张著作文潜休日不出二首》其二,明崇祯八年刻本。
⑪《宋诗话辑佚》卷上《王直方诗话》,中华书局1980年版,第101页。
⑫《宋诗话辑佚》卷上《王直方诗话》,中华书局1980年版,第26页。

曾说："世以乐天诗为得于容易而来,尝于洛中一士人家见白公诗草数纸,点窜涂之,及其成篇,殆与初作不侔。"①由此可见,张耒论文主张理胜而文工,讲求平易,诗歌也以自然平淡为尚,但背后同样具有法度、技巧意识,只是他追求的是一种超越法度与技巧的自然之美。

最后,"至诚"论与对"穷而后工"新诠释。张耒《上文潞公献所著诗书》中说:

> 古之言诗者,以谓动天地,感鬼神,莫近于诗。夫诗之兴,出于人之情喜怒哀乐之际,皆一人之私意,而至大之天地,极幽之鬼神,而诗乃能感动之者,何也? 盖天地虽大,鬼神虽幽,而惟至诚能动之。彼诗者虽一人之私意,而要之必发于诚而后作。故人之于诗,不感于物、不动于情而作者,盖寡矣。今夫世之人,有顺于其心而后乐,有逆于其心而后怨,当乐而反悲,当怨而反爱者,世之所未尝有,而乐与怨者,一有使之,莫知其然而然者也,此非至诚之动也哉? 彼诗者,宣所乐所怨之文也。夫情动于中而无伪,诗其导情而不苟,则其能动天地,感鬼神者,是至诚之说也。②

张耒的至诚论以传统物感说为基础,认为"以人之无定情,对物之无定候,则感触交战,旦夜相召"③,指出外物是引发作者情感必不可少的要素。但是,其最突出的内涵是强调"诚":诗人唯有"诚",才能真正有所感动,"莫知其然而然",由此诗歌也就是"虽欲不为,有所不能"之事;同样,作者感动作诗虽属"一人之私意",但"诚"在其中,"至诚之动"便可动天地、感鬼神。"至诚"是张耒体会颇深、使用较广的一个范畴,他既以此论诗,也以此论文,他说:"某尝以谓君子之文章,不浮于其德,其刚柔缓急之气,繁简舒敏之节,一出乎其诚,不隐其所已至,不强其所不知。""屈平之仁,不忍私其身,其气遒,其趣高,故其言反复曲折,初疑于繁,左顾右挽,中疑其迁,然至诚恻怛于其心,故其言周密而不厌。"④

---

① 《苕溪渔隐丛话》前集卷八,人民文学出版社 1962 年版,第 50 页。
② 《张耒集》卷五十六《上文潞公献所著诗书》,中华书局 1990 年版,第 840 页。
③ 《张耒集》卷五十六《上文潞公献所著诗书》,中华书局 1990 年版,第 841 页。
④ 《张耒集》卷五十六《上曾子固龙图书》,中华书局 1990 年版,第 844—845 页。

又说:"惟耒之诚心,其所素信,有过于面见者,故不复自疑。又尝以谓天下之物,不能遁于至诚之外,顾耒之不才,必未有能使鲁直未尝见而如见之者,然鲁直亦安能无动于吾诚乎?"[1]张耒在《上文潞公献所著诗书》中以"至诚"论诗,主要意在说明"观人者,莫如诗",并由此献诗以自表见,其中他提到的"今夫世之人,有顺于其心而后乐,有逆于其心而后怨,当乐而反悲,当怨而反爱者,世之所未尝有"等问题,也与他对"穷而后工"说的论述相关。

张耒在《送秦观从苏杭州为学序》中曾论及"穷而后工":

> 秦子善文章而工于诗,其言清丽刻深,三反九复,一章乃成,大抵悲愁凄婉、郁塞无聊者之言也。其于物也,秋虫寒螀、鹎鹓猿狄之号鸣也,霜竹之风、冰谷之水、楚囚之弦、越羁之呻吟也。嘻!秦子内有事亲之喜,外有朋友之乐,冬裘而夏绤,甘食而清饮,其中宁有介然者而顾为是耶?世之文章多出于穷人,故后之为文者,喜为穷人之词,秦子无忧而为忧者之词,殆出此耶?吾请为子言之。

> 古之所谓儒者,不主于学文,而文章之工,亦不可谓其能穷苦而深刻也。发大议,定大策,开人之所难惑,内足以正君,外可以训民,使于四方,邻国寝谋,言于军旅,敌人听命,则古者臧文仲、叔向、子产、晏婴、令尹子文之徒,实以是为文。后世取法焉,其于文也,云蒸雨降雷霆之震也,有生于天地之间者实赖之,是故系万物之休戚于其舌端之语默。嗟夫!天地发生,雷雨时行,子独不闻之,而从草根之虫,危枝之翼,鸣呼以相求,子亦穷矣。[2]

张耒所论,一方面与"至诚"论一样,反对当乐反悲、无病呻吟,批评"后之为文者,喜为穷人之词"的刻意现象;另一方面,他还从儒家"不主于学文"而文章自工等角度,认为文章之工其实不必"穷苦"。韩愈尝言"欢愉之辞难工,而穷苦之言易好"[3],欧阳修亦云"非诗之能穷人,殆穷

---

① 《张耒集》卷五十五《与鲁直书》,中华书局 1990 年版,第 827 页。
② 《张耒集》卷四十八《送秦观从苏杭州为学序》,中华书局 1990 年版,第 752—753 页。
③ 《韩昌黎文集校注》卷四《荆潭唱和诗序》,上海古籍出版社 1986 年版,第 262 页。

者而后工也"①，由此故作"穷苦"之言以求工便常成为不少诗人的一种自觉创作选择。张耒反拨性的论述很具针对性，但他对秦观的反问并非批评质疑，而是着重申述了秦观穷而在下的境况，并予以积极勉励，这与其后来在《祭秦少游文》中"官不过正字，年不登下寿，间关忧患，横得骂诟，窜身瘴海，卒仆荒陋"②等同情之言是相通的。除此之外，张耒其实还更多地揭示了士人有激于现实而"不得肆"，乃转发于诗文的普遍情况，肯定并进一步阐发了"穷而后工"说。如，他说："古之能为文章者，虽不著书，大率穷人之词十居其九，盖其心之所激者，既已沮遏壅塞而不得肆，独发于言语文章，无掩其口而窒之者，庶几可以舒其情，以自慰于寂寞之滨耳。"③穷者能为文章，目的是舒情、自慰，而既"能"且"工"，却有多层面的原因，张耒对此曾作过多种说明。比如，他认为与仕进者相比，穷而在下者退处闲适之境，诗兴更易超放："士方其退于燕闲寂寞之境，而有以自乐其乐者，往往英奇秀发之气发为文字言语，超然自放于尘垢之外……然一行为吏，此事便废……风云之观，溷于泥涂，泉石之想，变于圜阓，俗虑日进，道心日销。呜呼！士之道艺不进者以此。"④同时，穷而在下者还往往能"专意一心以事其技"，如张耒曾结合"遭会穷厄"而"沛然于文"的经历，阐述了"致精竭思"而自达其技的问题："其志不分者，其心之所思，意之所感，必能自达于其技，使人观其动作变态，而逆得其悲欢好恶之微情……当其情见于物而意泄于外也，盖虽欲自掩而不可得。……惟其专意一心以事其技，故意之所动，默然相授而不自知也。"⑤此外，张耒《评郊岛诗》在论及孟郊、贾岛"皆以刻琢穷苦之言为工"时，不仅称赞他们奇警之句叠出，同时还认为他们的山巅水涯、草虫鸟兽之作"未可以为小道无取"⑥。这些论述，既是对欧阳修"穷而后工"说的承续和发展，同样也展现了他对士人穷达际遇的

---

① 欧阳修著，洪本健校笺：《欧阳修诗文集校笺》居士集卷四十四《梅圣俞诗集序》，上海古籍出版社2009年版，第1092页。
② 《张耒集》卷五十八《祭秦少游文》，中华书局1990年版，第870页。
③ 《张耒集》卷五十五《投知己书》，中华书局1990年版，第831页。
④ 《张耒集》卷四十八《许大方诗集序》，中华书局1990年版，第755—756页。
⑤ 《张耒集》卷五十五《投知己书》，中华书局1990年版，第830页。
⑥ 《张耒集》卷五十二《评郊岛诗》，中华书局1990年版，第805页。

关怀。

第三节　陈师道、葛立方

江西诗派是宋代最大的诗歌流派,对宋代诗坛及诗学思想的演进都具有显著影响。对于江西诗派的祖法对象、中坚及成员,元人方回尝言:"古今诗人当以老杜、山谷、后山、简斋四家为一祖三宗,余可预配飨者有数焉。"①"后山"即是彭城陈师道。丹阳葛立方亦出入江西诗派,深受濡染。他们的诗学思想都因应这样的背景而展开。

一、陈师道

陈师道(1053—1102),字履常,一字无己,号后山,彭城(今江苏徐州)人。16 岁为曾巩所器重,随从受业。熙宁中时值王氏经学盛行,陈师道因不乐今学、俗学,遂"游居解散"、绝意进取。元丰四年(1081年),曾巩在编纂五代史之际推荐陈师道,朝廷以其布衣身份不允,元祐初,经苏轼与高邮孙觉等人举荐,任徐州教授,寻除太学博士。因越境见苏轼,改教授颍州,又因进非科第而罢归。后调彭泽令,不赴。元符三年(1100 年),召为秘书省正字。陈师道虽然"家以仕为业"②,但他乐于孤介,甘于自守,一生专力于文学,自称"仆之不敏,勤无成能,惟于修文,略有师法"③,门人魏衍称"盖其志专欲以文学遗名后世也"④。陈师道与苏轼、黄庭坚、秦观、张耒、晁补之等人相善,名列"苏门六君子",又与黄庭坚亦师亦友,学习并发展了黄庭坚的诗学路径,与其同列江西诗派"三宗"之中,对江西诗派的发展与壮大起到了至关重要的作用。著有《后山集》《后山谈丛》《后山诗话》等。

陈师道早年受业于曾巩,对其"许以文著"的知遇之恩始终不忘,此

---

① 方回选评,李庆甲集评校点:《瀛奎律髓汇评》卷二十六,上海古籍出版社 2020 年版,第 1222 页。
② 《后山居士文集》卷一〇《答张文潜书》,上海古籍出版社 1984 年版,第 536 页。
③ 《后山居士文集》卷一〇《答江端礼书》,上海古籍出版社 1984 年版,第 540 页。
④ 陈师道著,任渊著,冒广生补笺,冒怀辛整理:《后山诗注补笺》卷首《彭城陈先生集记》,中华书局 1995 年版,第 13 页。

后苏轼欲将其"参诸门弟子间"①,他以"向来一瓣香,敬为曾南丰"②婉拒。陈师道文章观与曾巩有明显相通之处,他重学尚志,精于《诗》《礼》,《答江端礼书》曾以"正心完气,广之以学"论文:"言以述志,文以成言。约之以义,行之以信,近则致其用,远则致其传,文之质也。大以为小,小以为大,简而不约,盈而不余,文之用也。正心完气,广之以学,斯至矣。"③《送邢居实序》亦云:"夫学以明理,文以述志,思以通其学,气以达其文。古之人导其聪明,广其见闻,所以学也;正志完气,所以言也。"④基于学、思而正心完气、明理达意,由此发于文章,这是陈师道的核心文章论。《后山诗话》对曹丕的阐述与此相近:"魏文帝曰:'文以意为主,以气为辅,以词为卫。'子桓不足以及此,其能有所传乎?"陈师道的这些论述明显带有曾巩的影子,曾巩论文尊信经术,讲求学道而得诸心、充诸身,如《读贾谊传》一文自述读三代两汉之书的体会,屡屡从心、志、气角度发论:"如登高山以望长江之活流,而恍然骇其气之壮也。""虽千万年之远,而若会于吾心,盖自喜其资之者深而得之者多也。既而遇事辄发,足以自壮其气,觉其辞源源来而不杂,剔吾粗以迎其真,植吾本以质其华。……及其事多,而忧深虑远之激捍有触于吾心,而干于吾气,故其言多而出于无聊,读之有忧愁不忍之态,然其气要以为无伤也,于是又自喜其无入而不宜矣。"⑤只是与曾巩推崇三代两汉的文章路径略有不同,陈师道尝云:"余以古文为三等:周为上,七国次之,汉为下。周之文雅;七国之文壮伟,其失骋;汉之文华赡,其失缓;东汉而下无取焉。"⑥推崇庄子、荀子、屈原等战国之文,将两汉之文置于第三等,这是其有别于曾巩的地方。

陈师道为文精深雅奥、"妙绝当世"⑦,"于词自谓不减秦七、黄

①《宋史》卷四百四十四《文苑传》,中华书局 2013 年版,第 13116 页。
②《后山居士文集》卷二《观究文忠公家六一堂图书》,上海古籍出版社 1984 年版,第 151 页。
③《后山居士文集》卷一〇《答江端礼书》,上海古籍出版社 1984 年版,第 539—540 页。
④《后山居士文集》卷一六《送邢居实序》,上海古籍出版社 1984 年版,第 729 页。
⑤ 曾巩著,陈杏珍、晁继周点校:《曾巩集》卷五十一《读贾谊传》,中华书局 1984 年版,第 700—701 页。
⑥ 陈师道:《后山诗话》,何文焕辑:《历代诗话》,中华书局 2004 年版,第 305 页。
⑦ 邹浩:《邹忠公集》卷二八《送郭照赴徐州司理叙》,明成化六年刻本。

九"①,但最突出的成就还是诗歌。他"闭门觅句","三年哦五字"②,"诗费几生功"③,在诗歌上所下功夫最多。诗学层面,陈师道与苏轼、黄庭坚等人渊源深致,《次韵苏公西湖观月听琴》赞苏轼云:"公诗端王道,亭亭如紫云。落世不敢学,谓是诗中君。"《次韵苏公西湖徙鱼三首》其三云:"诗成落笔骥历块,不用安西题纸背。小家厚敛四壁立,拆东补西裳作带。"陈师道认为苏轼诗作得于天才,纵笔快意,与其"小家厚敛""拆东补西"的家数不同,难以力学,故更倾向黄庭坚,并"陈诗传笔意,愿立弟子行"④。陈师道推挹黄庭坚,主要是因其有具体的法度路径可以拾级而上,对此他有"学仙"之喻。如《徐仙书》是为"诗作谢体,书效黄鲁直"的徐清而作,其中曰:"诗成已作客儿语,笔下还为鲁直书。岂是神仙未贤圣,不随时事向人疏。"⑤《次韵答秦少章》中,他对初不以黄庭坚之诗为是的秦观说:"学诗如学仙,时至骨自换。缥缈鸿鹄上,众目焉能玩?"陈师道受黄庭坚启发并与之相近处,在《后山诗话》中表现得非常鲜明。如黄庭坚在《答洪驹父书》中讲求"点铁成金""无一字无来处",云:"自作语最难,老杜作诗,退之作文,无一字无来处,盖后人读书少,故谓韩、杜自作此语耳。"⑥陈师道也常常由此着眼抉发微义,论杜甫《怀薛据》曰:"子美怀薛据云:'独当省署开文苑,兼泛沧浪学钓翁。''省署开文苑,沧浪忆钓翁',据之诗也。"⑦又说:"王摩诘云:'九天阊阖开宫殿,万国衣冠拜冕旒。'子美取作五字云:'阊阖开黄道,衣冠拜紫宸',而语益工。"⑧论杜甫化用杜牧之之诗:"世称杜牧'南山与秋色,气势两相高'为警绝。而子美才用一句,语益工,曰'千崖秋气高'也。'"⑨考稽诗眼、寻绎出处、比较精工,这既是陈师道的论诗法,同时也是其玩味前作而"苦吟"的作诗法之一,以致论者说:"每下一俗间言语,无一字无来处,

---

①《后山居士文集》卷九《书旧词后》,上海古籍出版社1984年版,第521页。

②《后山诗注补笺》卷四《西湖》,中华书局1995年版,第165页。

③《后山诗注补笺·后山逸诗》卷上《再赠寇司户》,中华书局1995年版,第517页。

④《后山诗注补笺·后山逸诗》卷上《赠鲁直》,中华书局1995年版,第486页。

⑤《后山居士文集》卷六《徐仙书》,上海古籍出版社1984年版,第347页。

⑥《黄庭坚全集·正集》卷十八《答洪驹父书》,四川大学出版社2001年版,第475页。

⑦《后山诗话》,《历代诗话》,中华书局2004年版,第304页。

⑧《后山诗话》,《历代诗话》,中华书局2004年版,第304页。

⑨《后山诗话》,《历代诗话》,中华书局2004年版,第307页。

此陈无己、黄鲁直作诗法也。"①此外,黄庭坚论诗重视书本学养,陈师道虽不及黄庭坚本钱"雄厚"②,但同样有此旨趣,如考证杜诗"黄独"之意:"老杜云:'长镵长镵白木柄,我生托子以为命。黄独无苗山雪盛,短衣数挽不掩胫。'往时儒者不解黄独义,改为黄精,学者承之。以余考之,盖黄独是也。《本草》赭魁注:'黄独,肉白皮黄,巴汉人蒸食之,江东谓之土芋。'余求之江西,谓之土卵,煮食之类芋魁云。"他论韦应物《答郑骑曹青橘绝句》,也认为乃化用王羲之《奉橘帖》。另外,黄庭坚曾主张诗歌之道"非强谏争于庭,怨忿诟于道,怒邻骂座之为也"③,这种温柔敦厚的诗学旨趣无疑与当时紧张的政治氛围相关,陈师道在《上苏公书》中就曾以此规劝苏轼:"士大夫视天下不平之事,不当怀不平之意。平居愤愤切齿扼腕,诚非为己。一旦当事而发之,欲决江河,其可御耶?必有过甚覆溺之忧。"④尽管陈师道在《颜长道诗序》中也曾明确阐论"君子亦有怨"⑤,但《后山诗话》论苏轼之诗还是说:"苏诗始学于刘禹锡,故多怨刺,学不可不慎也。"⑥这就与黄庭坚的观念几近一致。

当然,陈师道取法黄庭坚,主要是意在学杜。尽管苏轼也以杜诗为"集大成者",但黄庭坚鼓吹杜甫的意致更为明显⑦,而且陈师道认为黄庭坚诗歌"句中有眼",这与"有规矩可学"的杜甫庶几更近:"学诗当以子美为师,有规矩故可学。退之于诗,本无解处,以才高而好尔。"应该说,陈师道学杜是斐然有成的,黄庭坚即谓其"作诗渊源,得老杜句法,今之诗人不能当也"⑧,惠洪《冷斋夜话》中也载:"予问山谷:'今之诗人,谁为冠?'曰:'无出陈师道无己。'"⑨与这种推誉相关,时人甚至有陈师道诗学豫章而胜出的说法,陈师道对此一方面以"扶竖夜齐燎朝光"自

① 陈长方:《步里客谈》,程毅中主编:《宋人诗话外编》,国际文化出版公司1996年版,第555页。
② 钱锺书:《宋诗选注》,人民文学出版社1958年版,第116页。
③ 《黄庭坚全集·正集》卷二十五《书王知载〈朐山杂咏〉后》,四川大学出版社2001年版,第666页。
④ 《后山居士文集》卷十《上苏公书》,上海古籍出版社1984年版,第569—570页。
⑤ 《后山居士文集》卷一六《颜长道诗序》,上海古籍出版社1984年版,第744页。
⑥ 《后山诗话》,《历代诗话》,中华书局2004年版,第306页。
⑦ 钱锺书:《宋诗选注》,人民文学出版社1958年版,第96页。
⑧ 《黄庭坚全集·正集》卷一八《答王子飞书》,四川大学出版社2001年版,第467页。
⑨ 惠洪:《冷斋夜话》卷二"陈无己挽诗",朱易安等编:《全宋笔记》第二编第九册,大象出版社2006年版,第36页。

谦,《答魏衍黄预勉予作诗》中云:"我诗短浅子贡墙,众目俯视无留藏。句中有眼黄别驾,洗涤烦热生清凉。人言我语胜黄语,扶竖夜齐燎朝光。"①另一方面,他也从具体的诗学角度予以了解释。《答秦觏书》中说:

> 仆之诗,豫章之诗也。豫章之学博矣,而得法于杜少陵。其学少陵而不为者也,故其诗近之,而其进则未已也。故仆常谓豫章之诗如其人,近不可亲,远不可疏,非其好莫闻其声。而仆负戴道上,人得易之,故谈者谓仆诗过于豫章。②

陈师道一方面自称师承豫章、家法一致,同时也指出黄庭坚"学少陵而不为"而"仆负戴道上",认为这是谈者谓其"诗过于豫章"的重要原因。对此,刘克庄曾评价说:"后山树立甚高,其议论不以一字假借人,然自言其诗学豫章公。或曰:黄陈齐名,何师之有?余曰:射教一镞,弈角一着,惟诗亦然。后山地位去豫章不远,故能师之,若问秦晁诸人,则不能为此言矣。此惟深于诗者知之。"③可见,黄庭坚的"诗中有眼""弈角一着",对陈师道的影响甚大,陈师道也正是由此出发,为豫章所"不为",所以在辨析少陵诗法的层面上也益发细致深入,比如他在学杜过程中逐渐突破"取数字以髣像之",讲求立格、命意、用字。《珊瑚钩诗话》中载:"陈无己先生语余曰:'今人爱杜甫诗,一句之内,至窃取数字以髣像之,非善学者。学诗之要,在乎立格命意用字而已。'余曰:'如何等是?'曰:'《冬日谒玄元皇帝庙诗》,叙述功德,反复外意,事核而理长,《阆中歌》,辞致峭丽,语脉新奇,句清而体好,兹非立格之妙乎?《江汉诗》,言乾坤之大,腐儒无所寄其身,《缚鸡行》,言鸡虫得失,不如两忘而寓于道,兹非命意之深乎?《赠蔡希鲁诗》云'身轻一鸟过',力在一过字,《徐步诗》云'蕊粉上蜂须',功在一上字,兹非用字之精乎?学者体其格,高其意,炼其字,则自然有合矣。何必规规然髣像之乎!"④这种重

①《后山诗注补笺》卷六《答魏衍黄预勉予作诗》,中华书局 1995 年版,第 218—220 页。
②《后山居士文集》卷一〇《答秦观书》,上海古籍出版社 1984 年版,第 542—543 页。
③ 刘克庄:《江西诗派小序》,丁福保辑:《历代诗话续编》,中华书局 2006 年版,第 478 页。
④ 张表臣:《珊瑚钩诗话》卷二,何文焕辑:《历代诗话》,中华书局 2004 年版,第 464 页。

"格""意""字"的思想,对此后方回、王夫之等人都有一定启示。而且从创作上说,陈师道的诗歌还被《沧浪诗话》标为"后山体",与"东坡体""山谷体""王荆公体"等并列。清代纪昀即评价其诗谓:"苍坚瘦劲,实逼少陵,其间意僻语涩者,亦往往自露本质,然胎息古人,得其神髓,而不自掩其性情,此后山所以善学杜者。"①可以说,正是陈师道的这类诗学钻研及其相应的实绩,才使他与黄庭坚一样,都被推尊为江西诗派的宗主,深刻影响了宋代诗学的格局,并对此后的诗学也产生了深远影响。

　　陈师道论诗也诚如四库馆臣所言,"于苏轼、黄庭坚、秦观俱有不满之词"②。比如,陈师道非常注意依循法度、锱铢较量与风格之自然天成的平衡关系问题,云:"黄诗韩文,有意故有工,左杜则无工矣。然学者先黄后韩,不由黄韩而为左杜,则失之拙易矣。"③这是从初学者应首先遵从法度规矩的角度出发的。同样,他也从风格之浑然天成角度,以杜诗为标准对当时诸家皆有微词,曰:"诗欲其好,则不能好矣。王介甫以工,苏子瞻以新,黄鲁直以奇。而子美之诗,奇常、工易、新陈莫不好也。"④这是对诸家偏于所好而不能自然天成的批评。重视法度与自然的关系,在苏黄诸家那里皆有体现,如黄庭坚在《赠高子勉》中就曾说"拾遗句中有眼,彭泽意在无弦"⑤,将杜诗的法度谨严与陶潜的自然而工并列。论杜诗时还说:"子美诗妙处,乃在无意于文。"⑥陈师道的观念虽与之相通,但在具体的诗学批评实践上,他还是批评黄庭坚"过于出奇":"唐人不学杜诗,惟唐彦谦与今黄亚夫庶、谢师厚景初学之。鲁直,黄之子,谢之婿也。其于二父,犹子美之于审言也。然过于出奇,不如杜之遇物而奇也。三江五湖,平漫千里,因风石而奇尔。"⑦在肯定黄庭坚学杜实有传承之外,也批评其"过于出奇",这一方面固然与黄庭坚部

①　纪昀撰:《纪文达遗集》卷九《后山集钞序》,清嘉庆十七年纪树馨刻本。
②《四库全书总目》卷一百九十五《后山诗话提要》,中华书局1965年版,第1781页。
③《后山诗话》,《历代诗话》,中华书局2004年版,第305页。
④《后山诗话》,《历代诗话》,中华书局2004年版,第306页。
⑤《黄庭坚全集·正集》卷八《赠高子勉四首》,四川大学出版社2001年,第201页。
⑥《黄庭坚全集·正集》卷十六《大雅堂记》,四川大学出版社2001年,第437页。
⑦《后山诗话》,《历代诗话》,中华书局2004年版,第307页。

分拗峭奇崛的诗歌之风格有关,另一方面也与陈师道作诗注重"遇物而奇"、讲求生活阅历的思想密不可分。比如《后山诗话》中论扬雄就说:"扬子云之文,好奇而卒不能奇也,故思苦而词艰。善为文者,因事以出奇,江河之行,顺下而已。至其触山赴谷,风抟物激,然后尽天下之变。子云惟好奇,故不能奇也。"①这种阐述似乎与苏轼、张耒等人的观点颇为相似。值得指出的是,陈师道重"遇物而奇"与生活体会的诉求,其实背后也常以杜甫为高标,比如他在《后山诗话》中曾结合其经历说:"余登多景楼,南望丹徒,有大白鸟飞近青林,而得句云:'白鸟过林分外明。'谢朓亦云:'黄鸟度青枝。'语巧而弱。老杜云:'白鸟去边明。'语少而意广。余每还里,而每觉老,复得句云'坐下渐人多',而杜云'坐深乡里敬',而语益工。乃知杜诗无不有也。"②整体来看,陈师道对苏黄诸家虽有微词,但诗学观念其实常有相通之处。他给诸家指瑕、借以表述其诗学观念,也与其立足当时而特别推崇杜甫的情况密不可分。

陈师道其他的一些文学思想也颇具价值。如,他既注重天才,谓"兴来不假江山助,目过浑如草木春"③,"诗非力学可致,正须胸肚中泄尔",同时也注重胸襟学识,认同苏轼评孟浩然"韵高而才短,如造内法酒手而无材料尔"④的说法。另外,陈师道也继承并发展了欧阳修的"穷而后工"说,比如他在《嘲无咎文潜二首》中就曾借此诗学命题与晁补之、张耒二人打趣,谓:"诗人要瘦君则肥,便然伟观诗不宜。诗亦于人不相累,黄金九镮腰十围。""一饥缘我不缘渠,身作贾孟行诗图。穷人乃工君未可,早据要路安肩舆。"⑤而在《王平甫文集后序》中,他更是围绕欧阳修的"穷而后工"说,认为"物之不全"乃自然之理,无须挂碍于心,并从"穷达不足论,论其所传而已"的立言角度,认为"诗能达人矣,未见其穷也"⑥,这与曾巩序文的立意颇为不同,可以说也由此展现了他专意诗文的自我期许与志意。此外,陈师道《后山诗话》中的一些论点,

---

①《后山诗话》,《历代诗话》,中华书局2004年版,第309页。
②《后山诗话》,《历代诗话》,中华书局2004年版,第315页。
③《后山诗注补笺》卷六《寄杜择之》,中华书局1995年版,第213页。
④《后山诗话》,《历代诗话》,中华书局2004年版,第308页。
⑤《后山诗注补笺·后山诗逸》卷下《嘲无咎文潜二首》,中华书局1995年版,第563页。
⑥《后山居士文集》卷一六《王平甫文集后序》,上海古籍出版社1984年版,第719页。

也对后世诗学颇有影响,如其论苏词"如教坊雷大使之舞,虽极天下之工,要非本色",在词学史上产生了很大影响,其论陶渊明"切于事情,但不文耳"①的观点,也同样引来了后世论家的诸多辨证。

二、葛立方

葛立方(? —1164),字常之,号懒真子、归愚老人,江阴(今江苏江阴)人,葛胜仲之子。宋高宗绍兴八年(1138 年)进士,著有《韵语阳秋》,其诗学思想主要体现在以下几个方面。

首先,自然平淡与经营构思的统一。葛立方在创作上诗风平易、词风平实,显示出鲜明的崇尚自然平淡的审美旨趣。《韵语阳秋》开篇即指出:"'谢朝华之已披,启夕秀于未振',学诗者尤当领此。陈腐之语,固不必涉笔,然求去其陈腐不可得,而翻为怪怪奇奇不可致诘之语以欺人,不独欺人,而且自欺,诚学者之大病也。"去故就新、去糟粕而茂精华,固是学诗要旨,但刻意求新立异以致"怪怪奇奇",则属误入歧途。葛立方以谢灵运、谢朓为例,谓其纷见迭出的千古名句能"得三百五篇之余韵",其妙处并不在"以难解为工",而在于类乎"鼻无垩、目无膜"的自然妥帖,"所谓混然天成,天球不琢者与?"②当然,葛立方追求自然,但其所尚并非当时诗家的故作"拙易",他揭示"平淡"之难曰:"大抵欲造平淡,当自组丽中来,落其华芬,然后可造平淡之境,如此则陶谢不足进矣。今之人多作拙易语,而自以为平淡,识者未尝不绝倒也。梅圣俞《和晏相》诗云:'因今适性情,稍欲到平淡。苦词未圆熟,刺口剧菱芡。'言到平淡处甚难也。所以《赠杜挺之诗》有'作诗无古今,欲造平淡难'之句。李白云:'清水出芙蓉,天然去雕饰。'平淡而到天然处,则善矣。"③梅尧臣是宋代平淡诗论的代表诗家,其所追求的平淡之境,其实凝聚着"涵演深远"的多重意味,而这必经刊落枝叶、词语圆熟、覃思苦练之后方能实现,诚如欧阳修所云:"圣俞平生苦于吟咏,以闲远古淡为

---

① 《后山诗话》,《历代诗话》,中华书局 2004 年版,第 313 页。
② 葛立方:《韵语阳秋》卷一,何文焕辑:《历代诗话》,中华书局 2004 年版,第 483 页。
③ 《韵语阳秋》卷一,何文焕辑:《历代诗话》,中华书局 2004 年版,第 483 页。

意,故其构思极难。"①尽管葛立方反对"用意太过","东坡《跋李端叔诗卷》云:'暂借好诗消永夜,每逢佳处辄参禅。'盖端叔作诗,用意太过,参禅之语,所以警之云。"②但他同样注重诗歌的构思经营,"前辈论诗思多生于杳冥寂寞之境,而志意所如,往往出乎埃壒之外。苟能如是,于诗亦庶几矣。"③葛立方崇自然、贵平淡,看重的也正是其背后丰沛而隽永的内蕴,他推崇陶渊明、大小谢、韦应物、梅尧臣等诗家,也常由此进行褒赞:"陶潜、谢朓诗皆平淡有思致。"④韦应物虽不乏"平平处",但五言迥出常径:"至于五字句,则超然出于畦径之外。……故白乐天云:'韦苏州五言诗,高雅闲淡,自成一家之体。'东坡亦云:'乐天长短三千首,却爱韦郎五字诗。'"⑤更将梅尧臣"作诗须状难写之景于目前,含不尽之意于言外"奉为至理名言。葛立方追求"平淡而到天然",尚自然而不废经营,既是对北宋梅尧臣、苏轼等人平淡诗学的继承,也展现出有异于此前江西诗派的诗学旨趣。

其次,论李白、杜甫与众诗家。葛立方推戴杜甫备至,曾结合元稹等尊杜、化用杜诗的情况,指出"残膏剩馥,沾丐后代","老杜于当时已为诗人所钦服如此"⑥。在李杜优劣问题上,葛立方既称二家未易以优劣论,都是才大力雄之"掣鲸手",同时其尊杜抑李的态度又颇为鲜明,"杜甫诗,唐朝以来一人而已,岂白所能望耶!"⑦葛立方比较了李、杜二家的诗歌特色与源流差异,认为李白有接续大《雅》之志,"所得在《雅》",杜甫嗟叹"骚人",故"所得在《骚》"⑧。创作特色上,李白思疾语豪,所失在"太俊快",杜甫思苦语奇,所失在"太愁肝肾"。思想主旨上,葛立方一方面认为李白一系列乐府歌行"于三纲五常之道,数致意焉":"虑君臣之义不笃也,则有《君道曲》之篇","虑父子之义不笃也,则有《东海勇妇》之篇","虑兄弟之义不笃也,则有《上留田》之篇","虑朋友

---

① 欧阳修撰,郑文校点:《六一诗话》,人民文学出版社 1963 年版,第 6 页。
② 《韵语阳秋》卷一,《历代诗话》,中华书局 2004 年版,第 483 页。
③ 《韵语阳秋》卷二,《历代诗话》,中华书局 2004 年版,第 500 页。
④ 《韵语阳秋》卷一,《历代诗话》,中华书局 2004 年版,第 483 页。
⑤ 《韵语阳秋》卷一,《历代诗话》,中华书局 2004 年版,第 487 页。
⑥ 《韵语阳秋》卷一,《历代诗话》,中华书局 2004 年版,第 484 页。
⑦ 《韵语阳秋》卷一,《历代诗话》,中华书局 2004 年版,第 486 页。
⑧ 《韵语阳秋》卷三,《历代诗话》,中华书局 2004 年版,第 503 页。

之义不笃也,则有《箜篌谣》之篇","虑夫妇之情不笃也,则有《双燕离》之篇"。① 同时,究之李白的现实行事,又认为并非"纯于行义",称其"不能为醇儒",托言游仙诸作亦不免"郁郁不得志"的怨怼,且"怨之深矣"②。比较而言,葛立方对杜甫的诗艺和意旨更加钦服,他认为唐代诗家各以诗名,但常是一篇之善、一句之工而已,"然观各人诗集,平平处甚多",而杜甫显然超出众家之上:"杜子美云:'为人性僻耽佳句,语不惊人死不休。'则是凡子美胸中流出者,无非惊人之语矣。读其集者,当知此言不妄,殆非前数公之可比伦也。"③由构思经营层面来肯定杜甫诗歌的高妙与全备,这与元稹"得古今之体势,而兼今人之所独专"的角度不同。葛立方还欣羡杜甫的人生境界与忠荩之心,《新唐书》评价杜甫"旷放不自检,好论天下大事,高而不切"④,他结合《自京赴奉先县咏怀五百字》《壮游》等作品,认为杜甫"高自称许""窃比稷与契"之处确实未免太过,但他上怀社稷而下悯万民,"忠荩亦可嘉矣"。⑤ 基于对杜甫的推挹,《韵语阳秋》论诗时,每以杜甫为依归,如推尊陶、谢,便与老杜每云"陶谢不枝梧,风骚共推激""焉得思如陶谢手"等密不可分。不过,葛立方也有个性化的省思话语,比如杜甫《戏为六绝句》赞美初唐四杰,葛立方认为四杰不过是"诗人之小巧者尔"⑥,杜甫"不废江河万古流"之论褒赞太过。

与乃父葛胜仲特别推慕陶渊明相似,葛立方尊陶之意强烈。葛胜仲在《书陶渊明集后二》中曾说:"至心与景会,遂能背伪合真,自致于羲皇上者,独渊明而已。"⑦葛立方对陶渊明的洒落襟怀、契道意趣揭示良多。如将韦应物的拟陶之作《答长安丞裴说》"临流意已凄,采菊露未晞。举头见秋山,万事都若遗"与陶渊明《饮酒》其五"采菊东篱下,悠然见南山。此中有真意,欲辨已忘言"相较,云:"渊明落世纷深入理窟,但

① 《韵语阳秋》卷十,《历代诗话》,中华书局 2004 年版,第 557 页。
② 《韵语阳秋》卷十一,《历代诗话》,中华书局 2004 年版,第 566 页。
③ 《韵语阳秋》卷四,《历代诗话》,中华书局 2004 年版,第 517 页。
④ 《新唐书》卷二百一《文艺上》,中华书局 1975 年版,第 5738 页。
⑤ 《韵语阳秋》卷八,《历代诗话》,中华书局 2004 年版,第 546 页。
⑥ 《韵语阳秋》卷三,《历代诗话》,中华书局 2004 年版,第 503 页。
⑦ 曾枣庄、刘琳主编:《全宋文》第一百四十二册《书陶渊明集后二》,上海辞书出版社、安徽教育出版社 2006 年版,第 348 页。

见万象森罗,莫非真境,故因见南山而真意具焉。应物乃因意凄而采菊,因见秋山而遗万事,其与陶所得异矣。"①阐明了韦应物拟陶"不近",主要就在于陶诗寓意高远,其思想境界实非韦应物所能企及。甚至将陶潜称之为"第一达摩",反对杜甫"渊明避俗翁,未必能达道"之说,而对深契渊明心曲、"只渊明,是前生"的苏轼更表赞同:"东坡谂陶子自祭文云:'出妙语于纩息之余,岂涉生死之流哉?'盖深知渊明者。"②应该说,葛立方对苏轼的评价同样很高,他心折于苏轼的创作和识见,更推赞其拔擢后进之功,认为与梅尧臣"未尝轻许"的性格不同,苏轼对他人一言之善皆极口褒赏,"故受其奖者,亦踊跃自勉,乐于修进,而终为令器",③认为这不仅有功于"斯文",更有功于"斯人"。对此,《韵语阳秋》曾专门记载苏轼亲自教授葛立方从兄葛延之"作文之要"、勉励宜兴孙觌为"璠玙器"的事迹,其中类乎"二事皆吾乡人士所知"的记叙,约略可见葛立方感佩之情的真切流露。此外,葛立方对唐代张籍的评论尤其值得注意,通过对韩愈赠诗的辨析,葛立方认为韩愈对张籍并"不称其能诗","知籍有意于慕大,而实无可取者也",④甚至结合张籍诸作力揭其惯用骈句、语言拙恶等不当之处,这些论述对韩、张两家之关系以及张籍诗学的研究颇具价值。

再次,对江西诗派的看法。《韵语阳秋》对黄庭坚诗学主张颇有肯认处,黄庭坚论诗重学殖:"杜子美之云'读书破万卷,下笔如有神',此作诗之器也。"⑤葛立方结合许浑诗歌之辞旨、意象等屡屡重复的情况,也强调功夫学问的重要,云:"盖其源不长,其流不远,则波澜不至于汪洋浩渺,宜哉。杜甫云:'读书破万卷,下笔如有神。'欲下笔,当自读书始。"⑥黄庭坚提倡"夺胎换骨",葛立方谓学诗者不可不知此法:"诗家有换骨法,谓用古人意而点化之,使加工也。……孔稚圭《白苎歌》云:'山虚钟磬彻。'山谷点化之,则云:'山空响管弦。'卢仝诗云:'草石是亲

---

①《韵语阳秋》卷四,《历代诗话》,中华书局 2004 年版,第 515 页。
②《韵语阳秋》卷十二,《历代诗话》,中华书局 2004 年版,第 575 页。
③《韵语阳秋》卷一,《历代诗话》,中华书局 2004 年版,第 489 页。
④《韵语阳秋》卷二,《历代诗话》,中华书局 2004 年版,第 498 页。
⑤《黄庭坚全集·续集》卷五《答徐甥师川》,四川大学出版社 2001 年版,第 2028 页。
⑥《韵语阳秋》卷一,《历代诗话》,中华书局 2004 年版,第 487 页。

情。'山谷点化之,则云:'小山作朋友,香草当姬妾。'学诗者不可不知此。"①另外,陈师道诗学黄庭坚而力求上追杜甫,剖句法、辨句眼,以致时人不免割剥之议,葛立方对此颇予回护:"鲁直谓陈后山学诗如学道,此岂寻常珊章绘句者之可拟哉。客有为余言后山诗,其要在于点化杜甫语尔。杜云'昨夜月同行',后山则云'勤勤有月与同归'。……如此类甚多,岂非点化老杜之语而成者? 余谓不然。后山诗格律高古,真所谓'碌碌盆盎中,见此古罍洗'者。用语相同,乃是读少陵诗熟,不觉在其笔下,又何足以病公。"②不过,葛立方对黄庭坚等江西诗派的论诗之旨多有扬弃。为免受党争与诗祸的冲击,黄庭坚在性情抒发上明确反对"怒邻骂座"。其对温柔敦厚的提倡,虽不摈弃"呻吟调笑"、畅达胸次,但对此后江西诗派抱道而居、以淡泊为退避的内敛诗风不无影响。葛立方反对讪谤侵陵,曾谓屈原"仕不得志,狷急褊躁""知命者肯如是乎"。③ 但又主张严辨兴、讪之异同,认为兴、刺之旨并不可废,表现出对江西诗派避世内省倾向的反思:"今之作诗者,以兴近乎讪也,故不敢作,而诗之一义废矣! 老杜《莴苣诗》云:'两旬不甲坼,空惜埋泥滓。野苋迷汝来,宗生实于此。'皆兴小人盛而掩抑君子也。至高适《题张处士菜园》则云:'耕地桑柘间,地肥菜常熟。为问葵藿资,何如庙堂肉。'则近乎讪矣。作诗者苟知兴之与讪异,始可以言诗矣。"④在句法技巧层面,以黄庭坚为代表的江西诗派为去俗立异规避凡熟,常常故求拗折,葛立方在对偶之"切"与"不切"之间,以杜甫为高标,主张唯变所适灵活去取:"近时论诗者,皆谓偶对不切,则失之粗;太切,则失之俗。如江西诗社所作,虑失之俗也,则往往不甚对,是亦一偏之见尔。老杜《江陵诗》云:'地利西通蜀,天文北照秦。'《秦州诗》云:'水落鱼龙夜,山空鸟鼠秋。''丛篁低地碧,高柳半天青。'《竖子至》云:'楂梨且缀碧,梅杏半传黄。'如此之类,可谓对偶太切矣,又何俗乎? 如'杂蕊红相对,他时锦不如'。'磨灭余篇翰,平生一钓舟'之类,虽对不求太切,而未尝失格律

①《韵语阳秋》卷二,《历代诗话》,中华书局 2004 年版,第 495 页。
②《韵语阳秋》卷二,《历代诗话》,中华书局 2004 年版,第 495 页。
③《韵语阳秋》卷八,《历代诗话》,中华书局 2004 年版,第 550 页。
④《韵语阳秋》卷二,《历代诗话》,中华书局 2004 年版,第 497 页。

也。学诗者当审此。"①葛立方的这些观念,与这一时期吕本中、范温等提倡"活法"、讲求"自然"通变的一系列主张都互为顾盼。

最后,葛立方衡论诗家诗作有浓厚的尚道趣味。理学昌明、三教合流的两宋时期,诗家出入儒释道而宗道尚理的倾向极其显著,相应思想的吸纳与输出不仅直接沁入诗文书写,同样丰富了理论批评的内蕴与模式。《韵语阳秋》每每乐于揭示作家契道之路径与高低远近。与苏、黄折意于陶潜的真淳率意相近,葛立方虽不乏"渊明见林木交荫,禽鸟变声,则欢然有喜,人以为达道。余谓尚未免著于境者"②之论,但其尊陶、慕陶的意旨依旧显明。他喜爱"淡泊"理致,甚至从李白壮浪恣肆的诗风中也能辨识出"枯禅"意味:"李白跌宕不羁,钟情于花酒风月则有矣,而肯自缚于枯禅,则知淡泊之味贤于啖炙远矣。白始学于白眉空,得'大地了镜彻,回旋寄轮风'之旨;中谒太山君,得'冥机发天光,独照谢世氛'之旨;晚见道崖,则此心豁然,更无疑滞矣。所谓'启开七窗牖,托宿挈电形'是也。后又有谈玄之作云:'茫茫大梦中,惟我独先觉。腾转风火来,假合作容貌。问语前后际,始知金仙妙。'则所得于佛氏者益远矣。"③葛立方结合《赠僧崖公》《与元丹丘方城寺谈玄作》诸作,不仅契悟了李白学佛入道的层次进路,亦为世人敞开了李白作品中的一种凝敛冲容的诗境。在学道体道层面,苏辙在《栾城集》中屡言读《楞严》入道的体会,苏轼对其参证也颇予认同,但葛立方称其"一解六亡"的体证"于理尚有碍",并不彻底,而是极其推崇苏轼的学道境界,认为苏轼诗作的佛禅况味"虽宿禅老衲,不能屈也"④。白居易是唐代著名的学佛诗家,"世称白乐天学佛,得佛光如满旨趣",而葛立方认为白乐天"吾学空门不学仙,归则须归兜率天"等诗句并非"解脱语",尤其是他在仕宦升沉之际抒发悲喜的作品,其实"未能忘情于仕宦",云:"东坡谪琼州有诗云:'平生学道真实意,岂与穷达俱存亡。'要当如是尔。"⑤更予苏轼一瓣

---

① 《韵语阳秋》卷一,《历代诗话》,中华书局 2004 年版,第 486—487 页。
② 《韵语阳秋》卷十六,《历代诗话》,中华书局 2004 年版,第 617 页。
③ 《韵语阳秋》卷十二,《历代诗话》,中华书局 2004 年版,第 576 页。
④ 《韵语阳秋》卷十二,《历代诗话》,中华书局 2004 年版,第 577 页。
⑤ 《韵语阳秋》卷十一,《历代诗话》,中华书局 2004 年版,第 566 页。

心香。此外,葛立方还称赞杜牧的《郡斋独酌》是"心地明了贯穿道释"的有道之言,称赞钱起寄寓佛学趣味的《投南山佛寺》《偶至悟真寺》等诗:"盖知妙明真心,不关诸象,起于是理,亦可谓超然者矣。"①葛立方是周密眼中的"本邑学道人"②,融通三教而以道论诗论人,这是葛立方诗学的鲜明特点。

第四节　叶梦得

叶梦得(1077—1148),字少蕴,晚号石林居士,苏州长洲(今江苏苏州)人。绍圣四年(1097年)进士,调丹徒尉。徽宗大观间除起居郎,迁翰林学士,政和年间知蔡州。南宋初,历任江东安抚制置大使兼知建康府、崇信军节度使等职。叶梦得精通经学,学术渊博,著述繁富,现存《建康集》《春秋传》《春秋考》《春秋谳》《石林燕语》《石林诗话》等。在文学上,叶梦得是"南北宋间之巨擘"③,他的文学思想主要体现在《石林诗话》《石林燕语》《避暑录话》等著述中。其中,《石林诗话》是叶梦得最重要的诗学专著,郭绍虞先生将其与姜夔的《白石道人诗说》、严羽的《沧浪诗话》并称为宋代诗话中鼎足而三的作品,其《题〈宋诗话考〉效遗山体得绝句二十首》之六中给《石林诗话》予以了较高的评价:"随波截流与同参,白石沧浪鼎足三。解识蓝田良玉妙,那关门户逞私谈。"④《石林诗话》在内容上虽然有不少掌故轶闻,不免有"闲谈"趣味,但也没能完全突破早期诗话随意评点的框架。叶氏自裕学识,论诗精当,在诸多诗学问题上都能摆脱世俗纠偏补弊,郭绍虞先生的诗作简括地揭示了《石林诗话》的内涵及其特征,可作为我们评介《石林诗话》的门径。其文学思想概有以下几个方面。

首先,"那关门户逞私谈":持正平和、"深中窾会"的诗学观念。《石林诗话》常被论为推尊王安石而阴抑欧阳修、苏轼、黄庭坚诸人,在诗学

---

① 《韵语阳秋》卷十二,《历代诗话》,中华书局2004年版,第576页。
② 王弈清等撰:《历代词话》卷七,唐圭璋编:《词话丛编》,中华书局2005年版,第1232页。
③ 《四库全书总目》卷一百九十五《石林诗话提要》,中华书局1965年版,第1783页。
④ 郭绍虞:《宋诗话考》,中华书局1979年版,第4页。

立场上有失客观，如方回在《瀛奎律髓》中就说："石林叶梦得少蕴以妙年出蔡京之门，靖康初守南京，当罢废。胡文定公安国以其才，奏谓不当因蔡氏而弃之。实有文学，诗似半山。然《石林诗话》专主半山而阴抑苏、黄，非正论也。"①四库馆臣既谓其存门户之私，历数叶梦得批驳欧、苏之处，同时也承认其所论"往往深中窾会"："梦得诗文，实南北宋间之巨擘，其所评论往往深中窾会，终非他家听声之见，随人以为是非者比。"②事实上，叶梦得并无"阴抑元祐诸人"的意图，其持论"深中窾会"，于北宋诗坛尤为难得。"那关门户逞私谈"恰为允评。自宋代以来，欧阳修、苏轼等人的创作及其文学理论虽然取得了超迈前贤的成就，但文坛普遍存在着持论矫激失允的不足。宋初的西昆派文人孜孜于"历览遗编，研味前作，挹其芳润"，③偏于雕章丽句的形式。其后，文与道的关系成为诗文理论的主脉，道或性理在诗文理论中的作用殊为显豁，道学家的文论姑且不论，即使一代文宗欧阳修也曾认为"道胜者文不难而自至"，这势必影响到对诗歌艺术的深入研究。黄庭坚堪称是论诗最为细致深刻者，但其持论有过于重视学殖、胶执前人之偏，且森然于法，稍失容与平和之气。比较而言，叶梦得的《石林诗话》持论较为平和。

叶梦得的持正平和之论首先表现在他能就诗论诗，不以溯源《诗》《骚》为雅，不以出自小说为俗。《石林诗话》卷上第一九：

> "开帘风动竹，疑是故人来"，与"徘徊花上月，空度可怜宵"，此两联虽见唐人小说中，其实佳句也。郑谷诗"睡轻可忍风敲竹，饮散那堪月在花"，意盖与此同。④

唐人蒋防《霍小玉传》中有"开帘风动竹，疑是故人来"，而任渊《山谷内集诗注》、王十朋《东坡诗集注》都注为唐李益诗。吴开《优古堂诗话》则认为是《霍小玉传》改李益诗而成，云："唐李益《竹窗闻风早发寄司空曙》诗云：'微风惊暮坐，窗牖思悠哉。开门复动竹，疑是故人来。

---

① 《瀛奎律髓汇评》卷二十四，上海古籍出版社 1986 年版，第 1093 页。
② 《四库全书总目》卷一百九十五《石林诗话提要》，中华书局 1965 年版，第 1783 页。
③ 杨亿编，王仲荦注：《西昆酬唱集注》，中华书局 1980 年版，第 2 页。
④ 叶梦得撰，逯铭昕校注：《石林诗话校注》，人民文学出版社 2011 年版，第 38 页。

时滴枝上露,稍沾阶上苔。幸当一入幌,为拂绿琴埃。'《异闻集》《霍小玉传》为'开帘复动竹',改一'风'字,遂失诗意。然此句乃袭乐府《华山畿》词耳。词云:'夜相思,风吹窗帘动,言是所欢来。'"①宋人吴曾的《能改斋漫录》将《优古堂诗话》中的这条全部移录,被列为卷八"沿袭"类之中。但叶梦得则不溯其源,径称"虽见唐人小说中,其实佳句也",品评不废小说,持论平和宽容。

这种不逞门户的平和之论更多地表现在对于历代诗人诗作的品评之中。对杜甫,叶梦得极为推崇,他因杜甫的《病柏》等诗发论,云:"自汉魏以来,诗人用意深远,不失古风,惟此公(杜甫)为然,不但语言之工也。"②但与江西诗派不同,叶梦得之推尊显得气象从容,平和允洽,云:

> 长篇最难,晋、魏以前,诗无过十韵者。盖常使人以意逆志,初不以序事倾尽为工。至老杜《述怀》《北征》诸篇,穷极笔力,如太史公纪传,此固古今绝唱。然《八哀》八篇,本非集中高作,而世多尊称之不敢议,此乃揣骨听声耳,其病盖伤于多也。如李邕、苏源明诗中极多累句,余尝痛刊去,仅各取其半,方为尽善,然此语不可为不知者言也。③

叶梦得不因尊杜而作耳食之言,也不因杜诗微憾而否定杜诗的崇高地位。叶梦得既推崇杜诗《述怀》《北征》诸篇为"古今绝唱",但又指出《八哀》诗中多累句之憾。《八哀诗》是杜甫的一组传记诗,争议较多,肯定者众,但异议也有不少,如刘克庄说:"《八哀诗》中,如郑、苏二首,非无可说,但每篇多芜辞累句,或为韵所拘,殊欠条鬯,不如《饮中八仙》之警策。"④肯定者往往称赞杜甫"创格"的贡献。尽管如此,《八哀诗》存在的"累句"现象是事实,尤其是苏源明与郑虔的事迹不足与严武、李光弼等人相埒,因此,仇兆鳌注云:"《八哀诗》,苦心力索,未免人胜于天。就诸章而论,前五篇精悍苍古,后三首却繁密不疏,尚须分别而观。"而

① 《优古堂诗话》,《历代诗话续编》,中华书局 2006 年版,第 241 页。
② 《石林诗话校注》,人民文学出版社 2011 年版,第 67 页。
③ 《石林诗话校注》,人民文学出版社 2011 年版,第 47—48 页。
④ 杜甫著,仇兆鳌注:《杜诗详注》卷十六,中华书局 1979 年版,第 1414 页。

对该诗提出异议的叶梦得堪称最早者之一,杜甫乃后世"议论不敢到"的"诗圣",叶梦得能以平允的态度提出问题,且受到了后世学者的肯认,其允洽公正的批评态度,在北宋诗坛殊为难得。

叶梦得的持平之论还表现在对黄庭坚诗论的态度方面。如,他与黄庭坚一样,极尊杜甫,也不反对一字之工,且认为最高境界是"出于自然,略不见其用力处",这与黄庭坚持论都有相通处。当然,他反对模仿杜甫而成死法。与黄庭坚点铁成金不同,叶梦得对诗人用古诗之意有别样的理解,这就是熟谙古诗,自然运化,得古人意趣而不自觉:

> 读古人诗多,意所喜处,诵忆之久,往往不觉误用为己语。"绿阴生昼寂,孤花表春馀",此韦苏州集中最为警策,而荆公诗乃有"绿阴生昼寂,幽草弄秋妍"之句。大抵荆公阅唐诗多,于去取之间,用意尤精,观《百家诗选》可见也。如苏子瞻"山围故国城空在,潮打西陵意未平",此非误用,直是取旧句纵横役使,莫彼我为辨耳![1]

叶梦得与黄庭坚都主张熟读前人优秀作品,但叶梦得不像黄庭坚那样着意于取人之陈言入于翰墨,而是无意之中"取旧句纵横役使"。叶梦得所论更重诗人无意识间取古人旧句以使之。对于黄庭坚的诗学观念,叶梦得亦于客观陈述之中隐含了批评的意味。如:

> 顷见晁无咎举鲁直诗:"人家围橘柚,秋色老梧桐。"张文潜云:"斜日两竿眠犊晚,春波一眼去凫寒。"皆自以为莫能及。[2]

叶梦得虽对黄庭坚所尚之"夺胎换骨""点铁成金"并无直接的评述,但深婉的讥讽之意已蕴含其中。晁无咎所举鲁直诗不见于《豫章黄先生文集》,但此诗实本于李白的《秋登宣城谢朓北楼》而来,明人王世贞本于叶梦得所记,遂有这样的评论:"李太白有'人烟寒橘柚,秋色老梧桐'句,而黄鲁直更之曰:'人家围橘柚,秋色老梧桐。'晁无咎极称之,

---

[1]《石林诗话校注》,人民文学出版社 2011 年版,第 106 页。
[2]《石林诗话校注》,人民文学出版社 2011 年版,第 72 页。

何也? 余谓中只改两字,而丑态毕具,真点金作铁手耳。"①王世贞所说虽然直白峻厉,但确实道出了"点铁成金"最易陷入的窠臼。援诗例以隐证诗学意趣,不作矫激之论,是《石林诗话》的一个特征。在江西诗派蔚成风气之时,叶氏对黄庭坚诗论能持平允的态度,殊为可贵。

其次,"解识蓝田良玉妙":对诗歌艺术特征的精到论述。司空图《与极浦书》载:"戴容州云:'诗家之景如蓝田日暖,良玉生烟,可望而不可置于眉睫之前也。'象外之象,景外之景,岂容易可谈哉!"②蓝田良玉之喻,遂成诗歌难以言说的意象的代名词。叶梦得《石林诗话》对诗歌艺术特点有较丰富的体认与解说,其中不乏叶氏的独得之妙,更多的则是综汇兼融,不偏宕,不矫激。如,他崇尚不假绳削的"直寻"之作云:

"池塘生春草,园柳变鸣禽。"世多不解此语为工,盖欲以奇求之耳。此语之工,正在无所用意,猝然与景相遇,借以成章,不假绳削,故非常情之所能到。诗家妙处,当须以此为根本,而思苦言难者,往往不悟。钟嵘《诗品》论之最详,其略云:"'思君如流水',既是即目,'高台多悲风',亦惟所见,'清晨登陇首',差无故实,'明月照积雪',非出经史。古今胜语,多非补假,皆由直寻。"③

在叶梦得看来,人们对于谢灵运著名的诗句"池塘生春草,园柳变鸣禽"创作过程多有误解,该诗并不是有为而作,而是即景兴会而成。虽然叶梦得所引的钟嵘之"直寻",只是指"猝然与景相遇"这一独特情境之中的作品,但这一表述很好地体现了叶梦得屡屡反对的"刻削之痕""绳削"等人力痕迹,以及求奇的诗坛风尚,因此,"直寻"亦可视为叶梦得归慕钟嵘的一种表现形式。当然,钟嵘认为,吟咏情性之诗作,"何贵于用事"? 叶梦得认为古今胜语,除了即景会心的"直寻"之作外,并不排斥用事,云:

诗之用事,不可牵强,必至于不得不用而后用之,则事辞为一,莫见其安排斗凑之迹。苏子瞻尝为人作挽诗云:"岂意日斜庚子

---

① 王世贞:《艺苑卮言》,丁福保辑:《历代诗话续编》,中华书局 2006 年版,第 1019 页。
② 司空图撰,祖保泉、陶礼天笺校:《司空圣表诗文集笺校》,安徽大学出版社 2002 年版,第 215 页。
③《石林诗话校注》,人民文学出版社 2011 年版,第 137—138 页。

后,忽惊岁在己辰年。"此乃天生作对,不假人力。温庭筠诗云有用甲子相对者,云:"风卷蓬根屯戊己,月移松影守良申。"两语本不相类。其题云:"与道士守庚申,时闻西方有警事。"邂逅适然,固不可知,然以其用意附会观之,疑若得此对而就为之题者。此蔽于用事之弊也。①

不难看出,叶梦得不是排斥用事,而是要善于用事。关键在于两个方面:其一是用事得当,即"必至于不得不用而后用之",用事方能最准确地表达诗旨而后可为。其二是自然用事,即"事辞为一,莫见其安排斗凑之迹",用事而浑然无迹,同样不违自然"直寻"之妙。这种"直寻"与用事的统一与其追求的"天然工妙"的艺术效果是完全一致的,他说:"诗语固忌用巧太过,然缘情体物,自有天然工妙,虽巧而不见刻削之痕。老杜'细雨鱼儿出,微风燕子斜',此十字殆无一字虚设。雨细著水面为沤,鱼常上浮而淰,若大雨则伏而不出矣。燕体轻弱,风猛则不能胜,唯微风乃受以为势,故又有'轻燕受风斜'之语。至'穿花蛱蝶深深见,点水蜻蜓款款飞','深深'字若无'穿'字,'款款'字若无'点'字,皆无以见其精微如此。然读之浑然,全似未尝用力,此所以不碍其气格超胜。使晚唐诸子为之,便当入'鱼跃练波抛玉尺,莺穿丝柳织金梭'体矣。"②诗之"工",是指诗歌的格法,但叶梦得所尚的是"天然工妙"的艺术效果,具体言之,则是"虽巧而不见刻削之痕"。通过所举的杜诗可以看出,"天然工妙"是极精微、极简练,"无一字虚设",一字不可易的,但又"读之浑然,全似未尝用力"。这种"天然工妙"又如"初日芙渠""弹丸脱手",不失韵外之致、味外之旨。云:

> 古今论诗者多矣,吾独爱汤惠休称谢灵运为"初日芙渠",沈约称王筠为"弹丸脱手"两语,最当人意。"初日芙渠",非人力所能为,而精彩华妙之意,自然见于造化之妙,然灵运诸诗,可以当此者亦无几。"弹丸脱手",虽是输写便利,动无留碍,然其精圆快速,发之在手,筠亦未能尽也。然作诗审到此地,岂复更有余事。韩退之

---

① 《石林诗话校注》,人民文学出版社 2011 年版,第 56—57 页。
② 《石林诗话校注》,人民文学出版社 2011 年版,第 170 页。

《赠张籍》云："君诗多态度，霭霭春空云。"司空图记载戴叔伦语云："诗人之辞，如蓝田日暖，良玉生烟。"亦是形似之微妙者，但学者不能味其言耳。①

叶梦得追慕的诗学境界，一方面是"初日芙蕖"所体现的"自然见于造化之妙"，"弹丸脱手"体现的是爽豁流利，得诗之活法而了无斧凿痕迹，妙造自然之境。另一方面，则是戴叔伦所说的"蓝田日暖，良玉生烟"，亦即司空图所谓"象外之象，景外之景"。叶梦得追慕的是含蓄蕴藉、韵味深远的诗作，而非"失之快直，倾困倒廪，无复余地"的作品。这些作品需要积累、历练而后成，这在其叙述王安石诗风的历时变化中可以看出，王安石"少以意气自许，故诗语惟其所向，不复更为涵蓄"，"直道其胸中事"，"后为群牧判官，从宋次道尽假唐人诗集，博观而约取，晚年始尽深婉不迫之趣。乃知文字虽工拙有定限，然亦必视初壮。""虽此公，方其未至时，亦不能力强而遽至也。"②王安石晚年诗作体现的深婉不迫的老成之境，虽然与"蓝田日暖，良玉生烟"的韵外之致风格完全一致，但都是经博观约取的学术涵养而后成。当然，叶梦得所论与江西诗派着意于以才学为诗、以文字为诗又有不同。他对"古人好奇之过，欲以文字示其巧也"③颇有不满，"天然工妙"中的"天然"是其在论诗时尤其措意的。

最后，"截断众流与同参"，以禅论诗及其影响。《石林诗话》中有这样一段论述：

> 禅宗论云门有三种语：其一为随波逐浪句，谓随物应机，不主故常；其二为截断众流句，谓超出言外，非情识所到；其三为函盖乾坤句，谓泯然皆契，无间可伺。其深浅以是为序。予尝戏谓学子言，老杜诗亦有此三种语，但先后不同。以"波漂菰米沉云黑，露冷莲房坠粉红"为函盖乾坤句；以"落花游丝白日静，鸣鸠乳燕青春深"为随波逐浪句；以"百年地僻柴门迥，五月江深草阁寒"为截断

①《石林诗话校注》，人民文学出版社 2011 年版，第 194—195 页。
②《石林诗话校注》，人民文学出版社 2011 年版，第 93 页。
③《石林诗话校注》，人民文学出版社 2011 年版，第 90 页。

众流句。若有解此,当与渠同参。①

　　首先我们需了解叶梦得为何要以禅论诗,这与他对佛禅的认识有关,对此,他在《避暑录话》中有这样的一段论述可资参证:"大抵儒以言传,而佛以意解。非不可以言传,谓以言得者未必真解,其守之必不坚,信之必不笃,且堕于言,以为对执而不能变通旁达尔。此不几吾儒所谓默而识之,不言而信者乎? 两者未尝不通。自言而达其意者,吾儒世间法也,以意而该其言者,佛氏出世间法也。"②缘此可知,言意关系,理应

是考察叶梦得借禅论诗时需注意的一个视角。叶梦得是援云门三句以论诗。"云门三句"是缘密禅师据文偃的思想总结出的云门禅法特征。据《五灯会元》载:"鼎州德山缘密圆明禅师,上堂:'僧堂前事,时人知有。佛殿后事作么生?'上堂:'我有三句语示汝诸人:一句函盖乾坤,一句截断众流,一句随波逐浪。作么生辨? 若辨得出,有参学分;若辨不出,长安路上辊辊地。'"③对于三句之意,云门宗禅师有不同的理解,如智才禅师与僧人有这样的问答:"僧问:'如何是截断众流句?'师曰:'好。'曰:'如何是随波逐浪句?'师曰:'随。'曰:'如何是函盖乾坤句?'师曰:'合。'"④而元妙禅师与僧人之间则有这样的问答:"僧问:'如何是截断众流句?'师曰:'佛祖开口无分。'曰:'如何是函盖乾坤句?'师曰:'匝地普天。'曰:'如何是随波逐浪句?'师曰:'有时入荒草,有时上孤峰。'"⑤云门三句是开示学人的禅悟之法,是具有内在联系的整体。"函盖乾坤"是说真如遍在。"截断众流"是指破烦恼妄执,截断葛藤,不执语言名相,直悟真如本体。"随波逐浪"是指随顺自然,自识本性,得天然本真的本来面目。叶梦得引云门三句论诗,实乃借禅法以表现诗歌的言意关系,因此,"云门三句"中最核心的则是"截断众流"句。

　　叶梦得是一位对佛学理解较透彻的学者。在这方面,似乎比其后

---

① 《石林诗话校注》,人民文学出版社 2011 年版,第 18 页。

② 叶梦得撰,徐时仪校点:《避暑录话》,上海古籍出版社 2012 年版,第 105 页。

③ 普济撰,苏渊雷点校:《五灯会元》卷第十五《云门偃禅师法嗣·德山缘密禅师》,中华书局 1984 年版,第 935 页。

④ 《五灯会元》卷第十二《石门进禅师法嗣》,中华书局 1984 年版,第 751 页。

⑤ 《五灯会元》卷第十六《灵隐光禅师法嗣》,中华书局 1984 年版,第 1103 页。

的严羽更胜一筹。他对于唐代以来的僧诗颇不以为然,如,他说:"陵迟至贯休、齐己之徒,其诗虽存,然无足言矣。中间虽皎然最为杰出,故其诗十卷独全,亦无其过人者。近世僧学诗者极多,皆无超然自得之气,往往反拾掇摹效士大夫所残弃。又自作一种僧体,格律尤凡俗,世谓之酸馅气。"[1]正因为如此,叶梦得借禅论诗能取意于诗禅最为相契,亦即言意关系方面,其"截断众流"句也是我们理解叶氏诗禅论的关键。对此,他举杜甫《严公仲夏枉驾草堂兼携酒馔得寒字》诗中的颈联"百年地僻柴门迥,五月江深草阁寒"为例,叶氏取释氏"截断众流"之意当如黄生注所云:"极喧闹事,写得极幽适,非止笔妙,亦由禁旷。"[2]颈联与首联所写的"竹里行厨洗玉盘,花边立马簇金鞍"之盛极场景形成了鲜明的对比。加之五月仲夏而"草阁寒",颈联与全诗意象迥绝,如孤峰兀立,截断全诗意脉,使诗篇波澜骤起,禅家的言语道断,打住问者话头、意脉,截断葛藤的悟证的方法。值得指出的是,叶梦得以老杜诗与云门三句相对应,仅是叶梦得论诗的一种方便"戏谓",并非严格的学理演绎。这也是所有的诗禅之喻的共同路径,因为"不立文字"的禅法本质上作为语言艺术的诗歌都存在着学理乖悖。因此,清人潘德舆谓其"未免武断之失"[3],实乃胶执之论。当然,更不能将其理解为探究杜诗学理内涵的一种努力,因为杜甫生活于文偃肇创云门宗之前。但叶梦得以禅论诗为后世提供了一个新的论诗路径。他援"孤危耸峻,人难凑泊"的云门禅法以证诗,与此前的皎然于佛学兼及洪州与天台,其后的严羽推尊宗杲都稍有不同,为诗论者提供了一种不同的"切玉刀"。

第五节　李纲

李纲(1083—1140),字伯纪,号梁溪先生、梁溪病叟、梁溪居士,祖籍邵武(今福建邵武),其祖迁居无锡。父李夔,终龙图阁待制。李纲于政和二年(1112 年)登进士第,累官至监察御史兼权殿中侍御史,因忤

① 《石林诗话校注》,人民文学出版社 2011 年版,第 135 页。
② 《杜诗详注》卷十一,中华书局 1979 年版,第 904 页。
③ 潘德舆撰,朱德慈辑校:《养一斋诗话》,中华书局 2010 年版,第 113 页。

逆权贵改比部员外郎,迁起居郎。宣和元年(1119 年)上疏言盗贼外患,被贬监南剑州沙县税务。宣和七年(1125 年)为太常少卿,是年金人入侵,李纲刺臂血上疏内禅,请皇太子监国。靖康元年(1126 年)钦宗即位,李纲任行营副使参谋官,寻为尚书右丞、东京留守,力主抗敌,反对迁都,并临危受命为亲征行营使。这一时期,他修治战具,亲身督战,屡退金军。金兵撤退后,因反对议和被罢官。寻复为尚书右丞,充京城四壁守御使。有《梁溪全集》180 卷。作为颇有影响的政治人物,李纲并非纯粹的文章家,但是他关于文学的论述,鲜明地展现了两宋之际的文学思想特征。

首先,基于儒学的文学观念。李纲有融通儒、释的鲜明旨趣,但作为深受儒家传统影响的政治家,他在三教关系问题上仍以儒为本、二氏为辅。《三教论》中曾云:"治之之道,一本于儒,而道、释之教存而勿论,以助教化,以通逍遥,且设法以禁其徒之太滥者、宫室之太过者,斯可矣。"①李纲的文学观也更多儒家底色,坚持言语、文章需以道德行实为基础,"言者虚辞,行者实迹;与其言丈,不知行尺。言之非艰,幼者能之;行之惟艰,老者病之。讷于言而敏于行,君子贵之"②,并批评"富于文而实未必称,敏于言而行未必副"③的现象。在文辞形式层面,李纲倾向"辞达","意蓄于心,宣之以言;辞达而已,多则赘焉",主张以质为先、文质相得:"不白不彩,不质不文;绘事为后,素居其先。皓皓易污,营营易点;术斯以往,其慎所染。""鄙华胜实,恶紫夺朱;惟正惟中,以卷以舒。"④与这些内涵相应,《古灵陈述古文集序》区别了"君子之文"与"小人之文":

> 君子之文务本,渊源根柢于道德仁义,粹然一出于正,其高者裨补造化,黼黻大猷,如星辰丽天,而光彩下烛;山川出云,而风雨时至。英茎韶濩之谐神人,菽粟布帛之能济人之饥寒,此所谓有德者必有言也。小人之文务末,雕虫篆刻,缔章绘句,以祈悦人之耳

① 李纲著,王瑞明点校:《李纲全集》卷一百四十三《三教论》,岳麓书社 2004 年版,第 1362 页。
②《李纲全集》卷一百四十二《六箴》,岳麓书社 2004 年版,第 1349 页。
③ 张元干:《芦川归来集》卷六《大监芦川老隐幽岩尊祖事实跋》,清抄本。
④《李纲全集》卷一百四十二《素斋箴》,岳麓书社 2004 年版,第 1350 页。

目,其甚者朋奸饰伪,中害善良,如以丹青而被粪土,以锦绣而覆陷阱,羊质而虎文,凤鸣而鸷翰,此所谓有言者不必有德也。①

根柢道德仁义,以粹然中正为标准,不以"雕虫篆刻""缔章绘句"的无用之文悦人耳目甚至"朋奸饰伪",这是其在道德行实、文质形式层面的文章要求。"裨补造化,黼黻大猷""济人之饥寒"等,则传递出一种强烈的功用意识。论陆贽文章时亦称:"凡文之作,贵如谷粟布帛,适于用而达于理斯足矣。予观陆宣公居仓卒扰攘之间,其奏议所陈,动中时病,屈折枨缕,皆根柢仁义,道理明白,真得作文之体,宜玉局之敬慕而不忘也。"②这些都反映了他对儒家传统文学观的继承。

其次,李纲《文乡记》表述了对三代以来文学文风的认识,展现出欲接武三代、汉唐与宋代复古诸子的强烈意识。其曰:

> 文乡,自开辟以来有之,不知其分域之广几千里也。……其上之所以教,下之所以学,有《诗》《书》《礼》《乐》之说,天文、地理、律历、刑法之术,山川、鬼神、鸟兽、草木之名,俎豆、钟鼓、舟车、器械之数,罔不毕备。……然其风俗随世升降,必有一乡之豪杰相与倡和,从而振起之。方尧舜三代之世,文乡大治,深醇雅正,有灏灏噩噩之风……周衰,孔子与其徒为之主盟,而洙泗之间闾阎如也,故其言曰:"天之将丧斯文也,后死者不得与于斯文也;天之未丧斯文也,匡人其如予何?"盖其自任之重如此。下逮战国,文乡浸衰,深醇雅正之风,变而为从横捭阖之俗。独屈原、宋玉之徒崛起其间,颇有古意,博辨瑰丽,未免有感愤诵怪之作。识者谓体慢于三代,风雅于战国,乃《雅》《颂》之博徒,而词赋之英杰,不其然与!秦燔诗书,杀豪俊;汉祖提三尺剑,由马上得之;当是时,文乡几绝。赖天下平定,贾谊、司马迁、相如、刘向、扬雄、班固之徒出焉,而文乡复振。历魏晋至隋,习俗靡丽,卑陋浮浅,无足取者。及唐,韩愈倡之,柳宗元和之,排斥百家,法度森严,而文乡凛然,与汉相望。宋兴,划五季之余习,欧阳修以古作导之于前,王安石以经术成之于

①《李纲全集》卷一百三十八《古灵陈述古文集序》,岳麓书社 2004 年版,第 1323 页。
②《李纲全集》卷一百六十二《玉局论陆公奏议帖跋尾》,岳麓书社 2004 年版,第 1489 页。

后，而蜀人亦有以奇辞佳句铿锵于其间者。是以文乡之盛，接武三代，而下视汉唐，为不足多也。然则自汉以来，数君子者，其皆一乡之豪杰与！比年豪杰不作，文乡浸复衰弱，委靡不振。岂其遁伏山林，沉潜下僚，埋光铲彩而不肯出乎！予将游其乡而访之，故为之记。①

李纲认为"三代之文章，极灏噩之体"，最为深醇雅正；两汉文章的"号令"之作"有风雅之称"②，贾谊、司马迁、扬雄等更有"文乡复振"之功。屈原虽"文采瑰丽"且不乏"理致"③，但不免"感愤谲怪"。而魏晋至隋的文章靡丽卑浅，最不足取。李纲这些看法与唐宋复古诸子颇有相近之处。李纲认为韩愈、柳宗元、欧阳修、苏轼等文学提倡者皆堪称"一乡之豪杰"，对其为学、为人、为文等都颇为推崇。如，他仿柳宗元"自谓以愚触罪，故凡溪山泉石皆名以'愚'"的事迹，自名谪居之所为"拙轩"，也曾称赞黄伯思"学问慕扬子云，文章慕柳子厚"，能"追古作者"④；论苏轼既称其"天资轶群绝伦"，也赞其"积学"之功，谓苏词"属对精切，皆经史全语，不假雕琢，自然成章""可畏而仰"⑤。李纲在复古追求上与唐宋诸家一样，也有鲜明的宗经意向，谓"《春秋》经世，其言简而法；《三传》纬经，其说博而详"⑥，谓"《论语》精微衍奥，皆道德仁义性命之旨。当时记言者有法，温润博雅，粹然成一家言"⑦，但同时也注意酌取史传百家，注重"纵观群书""贯穿古今"。李纲主张接续三代、两汉与唐宋诸子，是缘于文风不振的现实，他认为"比年豪杰不作，文乡浸复衰弱，委靡不振"，既无欧阳修、王安石、苏轼一样的文章巨子，同时文风士气也每况愈下。所谓"浸复衰弱，委靡不振"，应该既指浮靡无根、偏竞形式而与雅正之风相悖的整体文风，也指钩棘章句、穿凿猥冗的经义时文。他论北宋末的翁挺时云："为文雄深雅健，渊源浩博，能备众体。而尤长于

①《李纲全集》卷一百三十二《文乡记》，岳麓书社 2004 年版，第 1274—1275 页。
②《李纲全集》卷三十八《起居舍人除中书舍人》，岳麓书社 2004 年版，第 475 页。
③《李纲全集》卷二《续远游赋序》，岳麓书社 2004 年版，第 10 页。
④《李纲全集》卷一百六十八《故秘书省秘书郎黄公墓志铭》，岳麓书社 2004 年版，第 1552 页。
⑤《李纲全集》一百六十三《跋赵正之所藏东坡春宴教坊词》，岳麓书社 2004 年版，第 1506 页。
⑥《李纲全集》卷一百六十三《书襄陵春秋集传后》，岳麓书社 2004 年版，第 1497 页。
⑦《李纲全集》卷一百三十八《论语详说序》，岳麓书社 2004 年版，第 1322 页。

诗，其五言七言，属对律切，风清调深；其古风歌行，浑厚简澹，凌厉奋发，绝去笔墨畦径间，追古作者，信乎天下之奇才也。方是时，朝廷以经术造士，士皆趋时好以取世资。而君缓步阔视于其间，独有能诗声，如内翰毛公友，一时名人多称道之。"①抨击经义时文的意识非常鲜明。此外为黄伯思作墓志铭也称："是时士务浮竞，枝辞蔓衍，趣时好以取世资，公独退然无营，寓意古道，所学最为绝俗，文辞雅健，格高而思深，歌诗俊逸清新。"②可见李纲的文章复古论，有针对士人竞趋功利、竞作经义时文而发的鲜明意味，他所要游访的"遁伏山林"而"沉潜下僚"的豪杰，也多指科举不利而乐好古文诗歌的士人。此前苏轼曾因王安石但以经义取士"好使人同己"，认为文学之衰"其源实出于王氏"③，吕南公也以"场屋诡伪"之作为耻而企慕韩、柳④，李纲在两宋之际批驳经义时文，提倡古学古风，意欲振兴文坛，这些与欧阳修等批评"太学体"而主张文学革新的精神志意是相通的。

再次，李纲是两宋之际矢志抗金而拯救危亡的重臣，于士风士气、士夫气节等问题深表关切，这构成其文学观的重要内涵。真宗、仁宗时期是北宋士风转变的关键，《宋史·忠义传》云："士大夫忠义之气，至于五季，变化殆尽。宋之初兴，范质、王溥，犹有余憾，况其他哉！……真、仁之世，田锡、王禹偁、范仲淹、欧阳修、唐介诸贤，以直言谠论倡于朝，于是中外搢绅知以名节相高，廉耻相尚，尽去五季之陋矣。故靖康之变，志士投袂，起而勤王，临难不屈，所在有之。"⑤李纲是靖康之变中临难不屈、起而勤王的代表，但他认为靖康之变正缘于士夫忠义之节的衰变："近世名节不立，而惟自全之为务，宜乎遭国家之大变。"⑥因此，他往往以真宗、仁宗时期振兴士风的人物作为激烈振拔的榜样，《唐子方林夫送行诗章表跋尾》结合唐介、王安石、邹浩等人的事迹论曰：

①《李纲全集》卷一百三十八《五峰居士文集序》，岳麓书社 2004 年版，第 1319 页。
②《李纲全集》卷一百六十八《故秘书省秘书郎黄公墓志铭》，岳麓书社 2004 年版，第 1552 页。
③《苏轼文集》卷四十九《答张文潜县丞书》，中华书局 1986 年版，第 1427 页。
④ 吕南公撰：《灌园集》卷十一《与汪秘校论文书》，文渊阁四库全书 1123 册，台湾商务印书馆 1986 年版，第 113—144 页。
⑤《宋史》卷四百四十六《忠义一》，中华书局 1985 年版，第 3149 页。
⑥《李纲全集》卷一百六十三《跋张嵇仲枢密遗稿二》，岳麓书社 2004 年版，第 1505 页。

窃观唐质肃公(唐介)论潞公灯球锦事,有以见当时士风何其忠厚之至也。夫大臣邀宠,进不以正,台谏论列,乃其职也。人主未察,震怒窜贬,亦理之常。而在廷之臣中,执法如王举正,史官如蔡襄,皆抗疏直前,以营救之;能文如梅尧臣、李师中之流,又作为歌诗叙述叹赏,以激义夫之气。天子悔悟,卒行其言,不旋踵徙内地,召还复用。呜呼!兹非士风忠厚,而盛德之事耶!其后谏院公亦论荆公于熙宁间,触权臣怒,谪官岭海。当时名士以诗送行者,虽不乏人,而营救之风则亡矣。一斥不复,卒使抱义纳忠之臣,流落以死,其视嘉祐,得无愧乎?至元符中,道乡邹公以论椒房事远窜,则饯送者,悉置典宪。中丞安敦弹奏,犹以为轻,望其据义以争难矣。谁复敢以诗章指时事,而揄扬其美哉!兹风一扇,士气颓靡,习熟见闻,以钳口结舌为当然。任言责者,不过抉摘细故以塞责,随时俯仰以为进身之资,其视朝廷阙失,不啻如越人视秦人之肥瘠。甚者至颠倒是非,变乱白黑,以惑人主之聪明。其肯长虑却顾,为防微杜渐之计耶?①

李纲详论北宋士风气节之流变,这在其《书范文正公事》《跋司马温公帖》等文章中皆可得见,《论志》《论骨鲠敢言之士》等文章主旨也与此相近。重忠义之节,尚骨鲠之气,不仅是其反思世变的重要依凭,更是他意欲"激浊扬清"而"制治保邦"的要道。与之相应,是他对忠节之士的文章往往极为推崇。如论杜甫:

盖自天宝太平全盛之时,迄于至德、大历,干戈乱离之际,子美之诗凡千四百三十余篇,其忠义气节,羁旅艰难,悲愤无聊,一见于诗。句法理致,老而益精,平时读之,未见其工。迨亲更兵火丧乱之后,诵其诗如出乎其时,犁然有当于人心,然后知其语之妙也。……方肃宗之怒房琯,人无敢言,独子美抗疏救之,由是废斥,终身而不悔。是必有言之不可已者,与阳城之救陆贽何以异?然世罕称之者,殆为诗所掩故耶!②

---

①《李纲全集》卷一百六十三《唐子方林夫送行诗章表跋尾》,岳麓书社 2004 年版,第 1504 页。

②《李纲全集》卷一百三十八《重校正杜子美集序》,岳麓书社 2004 年版,第 1320—1321 页。

兵火丧乱的艰危时事,接通了士人与少陵之间的情感思绪,由忠孝节义角度褒赞杜诗,成为这一时期解杜的典型视角。不唯如此,李纲对李白的解读也常由其抗直不佞的人格着眼,谓其诗歌"凛凛有生气",《读〈李白集〉戏用奴字韵》云:"谪仙英豪盖一世,醉使力士如使奴。当时左右悉谀佞,惊怪恓怯应逃逋。我生端在千载后,祭公只用一束刍。遗编凛凛有生气,玩味无斁谁如吾?"①强调士人特立独行的情操、善处患难的志气,这使其在文学艺术层面更欣赏雄健而非衰飒的风格。《跋了翁书杜子美〈哀江头诗〉》论陈瓘曰:"公为书老杜《哀江头》一篇,乃绝笔也。非惟笔力遒劲,略无衰病之气,盖寓意靖康之变于其间;以公之学,精微知数之必尔。而平生议论,慨然不少屈折,虽流离颠沛,妻子至于冻馁而不顾,可谓不以天废人矣。"②《跋了翁墨迹》中称赞:"了翁书法,不循古人格辙,自有一种风味,观其书可以见气节之劲也。"③而早在宣和二年(1120 年)所作的《了翁祭陈奉议文跋尾》中,李纲即对陈瓘志气迥绝的文章字画褒赞有加:"窃谓近世以来,善处患难,未有如了翁者。今于沙阳见了翁祭其兄奉议公文,辞意之高洁,笔力之遒健,与昔见其容貌、志气、辩论,无少异焉。信乎养之完、守之固,而文章字画似其为人也。"④李纲在两宋之际强调忠义耿直之心、坚贞不屈之志,主张砥砺士风士气,也以此看待文学词章,凡此诸种都是与其制治保邦的经世追求紧密结合在一起的。

与以上思想相近,李纲还肯定穷而在下郁悒不平之士的怨刺抒发,但其意旨仍归诸忠节之义。李纲在仕宦过程中屡因直谏不屈等数经贬谪,对于"言"抑或"不言",他有切身反省。曾以寓言形式融入佛家意味而作《多言人铭》:"我古之多言人也。勿诮多言,多言何伤? 言而当道,说约以详。胸襟流出,与道翱翔。"⑤《湖海集序》中,他明确提出怨刺抒发的诗学主张:

---

①《李纲全集》卷八《读〈李白集〉戏用奴字韵》,岳麓书社 2004 年版,第 72 页。
②《李纲全集》卷一百六十二《跋了翁书杜子美〈哀江头诗〉》,岳麓书社 2004 年版,第 1493 页。
③《李纲全集》卷一百六十二《跋了翁墨迹》,岳麓书社 2004 年版,第 1494 页。
④《李纲全集》卷一百六十二《了翁祭陈奉议文跋尾》,岳麓书社 2004 年版,第 1490 页。
⑤《李纲全集》卷一百四十二《多言人铭》,岳麓书社 2004 年版,第 1351—1352 页。

《诗》以风刺为主,故曰上以风化下,下以风刺上,主文而谲谏,言之者无罪,闻之者足以戒。三百六篇,变《风》、变《雅》居其大半,皆有箴规、戒诲、美刺、伤悯、哀思之言,而其言则多出于当时仁人不遇,忠臣不得志,贤士大夫欲诱掖其君,与夫佚谗思古,吟咏情性,止乎礼义,有先王之泽。故曰:《诗》可以群,可以怨,《小弁》之怨,乃所以笃亲亲之恩;《鸱鸮》之贻,乃所以明君臣之义;《谷风》之刺,乃所以隆夫妇朋友之情。使遭变遇闵而泊然,无心于其间,则父子、君臣、朋友、夫妇之道,或几乎熄矣。王者迹熄而《诗》亡,《诗》亡而后《离骚》作,《九歌》《九章》之属,引类比义,虽近乎俳,然爱君之诚笃,而嫉恶之志深,君子许其忠焉。汉唐间以诗鸣者多矣,独杜子美得诗人比兴之旨,虽困踬流离而不忘君,故其辞章慨然,有志士仁人之大节,非止模写物象、风容、色泽而已。余旧喜赋诗,自靖康谪官,以避谤辍不复作。及建炎改元之秋,丐罢机政,其冬谪居武昌,明年移澧浦,又明年迁海外。自江湖涉岭海,皆骚人放逐之乡,与魑魅荒绝,非人所居之地,郁悒无聊,则复赖诗句摅忧娱悲,以自陶写。每登临山川,啸咏风月,未尝不作诗,而蓁不恤纬之诚,间亦形于篇什,遂成卷轴。[1]

李纲以《诗》《骚》为依凭,肯定了穷而在下的仁人志士吟咏情性的合理性。《诗经》多半出于不遇、不得志之作,吟咏情性而止乎礼义,便可明君臣之义,隆夫妇朋友之情。《离骚》虽"引模拟义"而"近乎俳",但爱君嫉恶实为"忠"心。他推崇杜甫也不从"模写"角度,而是肯定其比兴之旨、忠贞之志。李纲自述其《湖海集》虽不乏"啸咏风月"之作,但该序的核心还是申明"摅忧娱悲"背后的怨刺忠诚之意。这种怨刺而归诸忠义、礼义的观念,在《拟骚序》中也得到了印证:"昔屈原放逐,作《离骚经》,正洁耿介,情见乎辞。然而托物喻意,未免有谲怪怨怼之言。故识者谓:体慢于三代,而风雅于战国,乃《雅》《颂》之博徒,而词赋之英杰。不其然欤! 予既以愚触罪,久寓谪所,因效其体,摅思属文,以达区区之志,取其正洁耿介之义,去其谲怪怨怼之言,庶几不诡于圣贤,目之曰

---

① 《李纲全集》卷十七《湖海集序》,岳麓书社 2004 年版,第 213 页。

《拟骚》。"①这些论述,一方面是对儒家传统文学观的继承,同时也是其"骨鲠敢言"②追求的鲜明体现。

最后,李纲还有其他一些颇具价值的文学思想。他继承了欧阳修的"穷而后工"说,他说:"欧阳文忠公有言,非诗能穷人,殆穷而后工。信哉!士达则寓意于功名,穷则潜心于文翰。故诗必待穷而后工者,其用志专,其造理深,其历世故,险阻艰难,无不备尝故也。自唐以来,卓然以诗鸣于时,如李、杜、韩、柳、孟郊、浩然、李商隐、司空图之流,类多穷于世者,或放浪于林壑之间,或漂泊于干戈之际,或迁谪而得江山之助,或闲适而尽天地事物之变,冥搜精炼,抉摘杳微,一章一句,至谓能泣鬼神而夺造化者,其为功亦勤矣!以此终其身而名后世,非偶然也。"③"士达"则寓意功名而不能潜心文章,士穷则"用志专""造理深",更能"险阻艰难,无不备尝",即有丰富的社会生活经验和充足的构思时间,如此才会诗文出众。李纲对"穷而后工"说的阐释,既是对欧阳修主张的发展,同时也是他看待"比年豪杰不作,文乡浸复衰弱,委靡不振"的重要视角。此外,他还注意多元取法,如《书四家诗选后》论王安石的诗选,谓:"然则四家者,其诗之六经乎?于体无所不备,而测之益深,穷之益远。百家者,其诗之诸子百氏乎?不该不遍,而各有所长,时有所用,览者宜致意焉。"④另外,李纲治《周易》,研佛典,常注意彼此间的会通,如认为《周易》"立象尽意",与《妙法莲华经》《二十八品譬喻言说》,亦不离文字⑤、《华严》"种种表法"而"含容无尽"⑥等相一致,这种以象尽意意识,对其文学艺术思维产生了重要影响,这在其《莲花赋》等创作中表现就非常鲜明:"释氏以莲花喻性,盖以其植根淤泥而能不染,发生清净,殊妙香色,非他草木之华可比,故以为喻。宋之问、欧阳永叔皆尝赋之,清便富艳,然未尝及此。予暇日访罗畴老修撰,见其园池莲华盛

①《李纲全集》卷二《拟骚序》,岳麓书社 2004 年版,第 8 页。
②《李纲全集》卷一百四十五《论骨鲠敢言之士》,岳麓书社 2004 年版,第 1375 页。
③《李纲全集》卷一百三十八《五峰居士文集序》,岳麓书社 2004 年版,第 1319 页。
④《李纲全集》卷一百六十二《书四家诗选后》,岳麓书社 2004 年版,第 1488 页。
⑤《李纲全集》卷一百六十二《萧氏印施夹颂金刚经跋尾》,岳麓书社 2004 年版,第 1490 页。
⑥《李纲全集》卷一百十二《郁林与吴元中书》,岳麓书社 2004 年版,第 1064 页。

开,因感而为赋,极其美而卒归之于正云。"①

第六节　沈义父《乐府指迷》

沈义父,字伯时,一字时斋,震泽(今江苏苏州)人,曾于宋理宗嘉熙元年(1237年)任南康军白鹿书院山长。早年喜作诗,后结识翁元龙、吴文英,暇日相与唱和,由此倾心填词,探究作词之法,所著《乐府指迷》是两宋时期的重要词学著作,四库馆臣称其"持论多为中理","剖析微芒,最为精核"②。沈义父在词学上受到吴文英影响,论词与张炎颇有相似之处,而在词家中尤尊周邦彦。他的词学思想主要包括以下几个方面。

首先,重协律。沈义父论词常与早年作诗体会相结合,如在诗词难易问题上,认为词难于诗,作词与作诗相比要严守更复杂的音律,否则不成之为词:"然后知词之作难于诗。盖音律欲其协,不协则成长短之诗。"③既说明沈义父对词体有足够重视,不将其视为"末技""小道",同时将音律作为词体的主要文体特征,也反映了他讲求协律的基本态度。如评价康与之、柳永时即说:"康伯可、柳耆卿音律甚协。"④评施岳:"施梅川音律有源流,故其声无舛误。"⑤苏轼、辛弃疾等豪放派词家常有不协律现象,李清照曾批评苏轼等人"作为小歌词,直如酌蠡水于大海,然皆句读不葺之诗尔。又往往不协音律"⑥,沈义父对苏、辛也有批评,但他更多指责那些不通音律而借苏、辛之名来"自诿"的作者,且认为苏、辛不乏协律之作:"近世作词者不晓音律,乃故为豪放不羁之语,遂借东坡、稼轩诸贤自诿。诸贤之词,固豪放矣,不豪放处,未尝不叶律也。如东坡之《哨遍》、杨花《水龙吟》,稼轩之《摸鱼儿》之类,则知诸贤非不能

---

① 《李纲全集》卷一《莲花赋并序》,岳麓书社2004年版,第6页。
② 《四库全书总目》卷一百九十九《沈氏乐府指迷提要》,中华书局1965年版,第1826页。
③ 沈义父著,蔡嵩云笺释:《乐府指迷笺释》,人民文学出版社1981年版,第43页。
④ 《乐府指迷笺释》,人民文学出版社1981年版,第46页。
⑤ 《乐府指迷笺释》,人民文学出版社1981年版,第52页。
⑥ 魏庆之撰:《魏庆之词话》,唐圭璋编:《词话丛编》,中华书局2005年版,第201页。

也。"①横放杰出而"曲子内缚不住",只是苏、辛词作的一面,《水龙吟》《摸鱼儿》等"不豪放处"未必不协律。沈义父的评价与持矫激态度来指责苏、辛的词家明显不同。沈义父对苏、辛的认识,与同样主张"词以协音为先"的张炎颇为相近,张炎在《词源》中虽批评辛弃疾、刘过之词为"长短句之诗",但对豪放派尤其是苏轼的句法、意趣、用事以及用韵等都有不少推赞。而且,在具体的协律论述上,沈义父与张炎相仿之处更多。比如,沈义父认为古谱腔律不必完全遵从:"古曲谱多有异同,至一腔有两三字多少者,或句法长短不等者。盖被教师改换,亦有嘌唱一家,多添了字。吾辈只当以古雅为主,如有嘌唱之腔,不必作。"②并且认为学词者不是人人都能"按箫填谱",故主张"但看句中用去声字最为紧要":"如都用去声,亦必用去声。其次如平声,却用得入声字替。上声字最不可用去声字替。不可以上、去、入尽道是侧声便用得,更须调停参订用之。"③这些意见,在张炎那里有相似的论述,如张炎主张"词以协音为先,音者何,谱是也。古人按律制谱,以词定声,此正声依永律和声之遗意",但他也认为初学作词便要合乎谱律"恐无是理","若只依旧本之不可歌者,一字填一字,而不知以讹传讹,徒费思索",所以也主张"俟语句妥溜,然后正之音谱",举例说:"云'锁窗深',深字音不协,改为幽字,又不协,改为明字,歌之始协。此三字皆平声,胡为如是? 盖五音有唇齿喉舌鼻,所以有轻清重浊之分,故平声字可为上入者此也。"④可见两家在辨析古谱与区分平上去入等音律问题上的观点深为相契。

其次,尚清真文雅。沈义父在艺术风格上崇尚清真文雅,尤尊周邦彦:"凡作词,当以清真为主。盖清真最为知音,且无一点市井气,下字运意,皆有法度,往往自唐、宋诸贤诗句中来,而不用经史中生硬字面,此所以为冠绝也。学者看词,当以《周词集解》为冠。"⑤周邦彦向以律协、词雅兼备著称,这与沈义父的词学旨趣完全相合,所以谓之"冠绝"。

---

① 《乐府指迷笺释》,人民文学出版社 1981 年版,第 75—76 页。
② 《乐府指迷笺释》,人民文学出版社 1981 年版,第 80 页。
③ 《乐府指迷笺释》,人民文学出版社 1981 年版,第 67 页。
④ 张炎撰:《词源》,唐圭璋编:《词话丛编》,中华书局 2005 年版,第 255—256 页。
⑤ 《乐府指迷笺释》,人民文学出版社 1981 年版,第 44—45 页。

相比而言,沈义父虽然称赞康与之与柳永"音律甚协",但却对其词风颇为不满:"康伯可、柳耆卿音律甚协,句法亦多有好处。然未免有鄙俗语。"①柳永词俗,是宋人常有的论调,苏轼、晁补之等人还曾对此有过驳斥,如苏轼以其《八声甘州》为例认为"唐人佳处不过如此"②,意指其词境高妙。沈义父称康与之、柳永"鄙俗",一方面或许与柳永纵游娼馆酒楼而失于检约、康与之受知于秦桧而献寿词谄媚等有关,有以人论词倾向;另一方面,批评二人"鄙俗",主要还是看到他们耽于"艳冶"之风不能自振,这一点可以与张炎的说法相参照:"康、柳词亦自批风抹月中来,风月二字,在我发挥,二公则为风月所使耳。"③沈义父还批评孙惟信有"市井气":"孙花翁有好词,亦善运意,但雅正中忽有一两句市井句,可惜。"④同样,施岳虽然"雅澹",但却沾染"教坊之习":"读唐诗多,故语雅澹。间有些俗气,盖亦渐染教坊之习故也。亦有起句不紧切处。"⑤关于"市井气""教坊气",沈义父有这样的解释:"如秦楼楚馆所歌之词,多是教坊乐工及闹井做赚人所作,只缘音律不差,故多唱之。求其下语用字,全不可读。甚至咏月却说雨,咏春却说秋,如《花心动》一词,人目之为一年景。又一词之中,颠倒重复。如《曲游春》云'脸薄难藏泪',过云'哭得浑无气力',结又云'满袖啼红',如此甚多,乃大病也。"⑥可见,"市井气""教坊气",除音律不差,适于演唱外,多半有用语浅俗、用意不精、句法不当等诸多缺点,这正与沈义父的雅正追求相背。此外,沈义父提到施岳"读唐诗多,故多雅淡"、周邦彦"往往自唐、宋诸贤诗句中来",并称:"要求字面,当看温飞卿、李长吉、李商隐及唐人诸家诗句中字面好而不俗者,采摘用之。"⑦这种观点,触及了诗词异同以及是否需要本乎诗歌来追求文雅的问题,给后世词论家带来了颇多启示,如蒋兆兰不认同这种观点,主张"诗词同源异派","词家必致力于诗,始有独得,固

① 《乐府指迷笺释》,人民文学出版社 1981 年版,第 46 页。
② 杨慎撰:《词品》,唐圭璋编:《词话丛编》,中华书局 2005 年版,第 474 页。
③ 《词源》,《词话丛编》,中华书局 2005 年版,第 255—256 页。
④ 《乐府指迷笺释》,人民文学出版社 1981 年版,第 53 页。
⑤ 《乐府指迷笺释》,人民文学出版社 1981 年版,第 52 页。
⑥ 《乐府指迷笺释》,人民文学出版社 1981 年版,第 69 页。
⑦ 《乐府指迷笺释》,人民文学出版社 1981 年版,第 59 页。

已"①；而查礼则认为"词不同乎诗而后佳，然词不离乎诗方能雅"，对沈义父予以了肯定，赞其"深得乐府之三昧"②。整体而言，沈义父主张融化诗意以求清真雅正，与其早年工诗的经历密不可分，同时也是他遍参周邦彦等前辈好词后的一种经验总结，且在这背后也寄寓着他要力矫词坛鄙俗之弊的意旨。

最后，尚含蓄柔婉与讨论作词技巧。沈义父在词学路径上崇尚柔婉，不喜豪放派，反对作词太"露"，为此甚至批评周邦彦有结句之病："往往轻而露，如清真之'天便教人，霎时厮见何妨'，又云'梦魂凝想鸳侣'之类，便无意思，亦是词家病，却不可学也"③，强调含蓄柔婉，往往与作词技巧联系在一起，如关于用字层面，他称："用字不可太露，露则直突而无深长之味。"④并举例予以说明："如说桃，不可直说破桃，须用'红雨''刘郎'等字；说柳，不可直说破柳，须用'章台''灞岸'等字。又用事，如曰'银钩空满'，便是书字了，不必更说书字；'玉箸双垂'，便是泪了，不必更说泪。如'绿云缭绕'，隐然髻发；'困便湘竹'，分明是簟；正不必分晓，如教初学小儿，说破这是甚物事，方见妙处。"⑤即通过大量的代字词汇，来达到含蓄不浅露的效果。沈义父认为含蓄柔婉是与句法结构等紧密联系在一起的，在这方面有两点值得注意：其一，在题目与词句的关系上，"最忌说出题字"，这主要针对咏物词而发："如清真梨花及柳，何曾说出一个梨、柳字？梅川不免犯此戒，如'月上海棠咏月出'，两个月字，便觉浅露。他如周草窗诸人，多有此病，宜戒之。"⑥其二，在词句起结与"主意"关系上，他主张起句见意、结句放开。起句见意，是为尽快入题，避免节奏拖沓："大抵起句便见所咏之意，不可泛入闲事，方入主意。咏物尤不可泛。"⑦他批评施岳"起句不紧切"，即由此着眼。结句放开，则是要收取含蓄不尽的艺术效果："结句须要放开，含有余不

---

① 蒋兆兰撰：《词说》，唐圭璋编：《词话丛编》，中华书局2005年版，第4634页。
② 查礼撰：《铜鼓书堂词话》，唐圭璋编：《词话丛编》，中华书局2005年版，第1482页。
③《乐府指迷笺释》，人民文学出版社1981年版，第56页。
④《乐府指迷笺释》，人民文学出版社1981年版，第43页。
⑤《乐府指迷笺释》，人民文学出版社1981年版，第61页。
⑥《乐府指迷笺释》，人民文学出版社1981年版，第88页。
⑦《乐府指迷笺释》，人民文学出版社1981年版，第54页。

尽之意,以景结情最好。"①此外,他讨论"用事使人姓名"时,也讲求"委曲":"词中用事使人姓名,须委曲得不用出最好。清真词多要两人名对使,亦不可学他。"②沈义父这种尚含蓄委曲的思想,与吴文英颇为相似,但他尚不至于"晦涩",曾指责吴文英说:"梦窗深得清真之妙,其失在用事下语太晦处,人不可晓。"③这与张炎崇尚"清空"而批评吴文英"质实则凝涩晦昧"的说法相顾盼。沈义父崇尚含蓄,由此讨论相应的创作技巧,其实也反映了他对词体特征的理解与界定,即认为柔婉才是词之本色,豪放派"发意"太高,"高则狂怪而失柔婉之意",于是去词愈远。他说:"作词与诗不同,纵是花卉之类,亦须略用情意,或要入闺房之意。然多流淫艳之语,当自斟酌。如只直咏花卉,而不着些艳语,又不似词家体例,所以为难。"④"要入闺房""着些艳语",由此寄托"情意",他对词体的要求,正是婉约派的路径。

①《乐府指迷笺释》,人民文学出版社 1981 年版,第 56 页。
②《乐府指迷笺释》,人民文学出版社 1981 年版,第 79 页。
③《乐府指迷笺释》,人民文学出版社 1981 年版,第 50 页。
④《乐府指迷笺释》,人民文学出版社 1981 年版,第 71 页。

第五章　明代文学思想

　　明代是江苏文学思想得到深入发展,并对中国文学思想作出重要贡献的时期。这与明代首先定都金陵的政治环境有关,同时也是江苏区域文化传统影响所致。这一时期,江苏文学思想在中国文学思想中的地位主要体现在以下三个方面。

　　首先,江苏文人是明代主要文学流派的盟主或重要成员,对流派的理论取向具有引领或辅翼作用。明代文坛文士们往往各树旌帜,形成了林林总总的文学流派。迭出的文学流派是不同的文学思想激荡演进的重要机制。这些文学流派所秉持的文学思想,大致构成了明代文学思想史的主脉。在这些主要文学流派中,江苏文人或为盟主,如后七子中的王世贞、复社的张溥;或为重要理论骨干,如前七子中的徐祯卿、唐宋派的唐顺之等。他们的文学观念,既构成了明代江苏文学思想史的基本脉络,也是这一时期中国文学思想史的代表性的理论表征。

　　其次,江苏文人的文学辨体理论成就卓著。从明初常熟吴讷的《文章辨体》再到吴江徐师曾的《文体明辨》、江阴许学夷的《诗源辩体》等。他们远祧《文学雕龙》的传统,深化了对雅文学体裁特征的认识。他们寻源流,考正变,成为文学复古派称盛的理论背景和表征。吴地文人徐祯卿、王世贞在前后七子之中声著一时,与吴地的这一理论传统不无关系。同时,吴地文人的辨体著作,也成为这一时期中国文体理论的代表性成果。

　　最后,江苏文人是这一时期中国戏曲小说理论的重要代表。与明代诗文理论相似,明代戏曲理论也在论辩之中得到了展开与深化,其中影响最大的是以沈璟为首的吴江派与以汤显祖为首的临川派。王世贞与徐复祚则对当时曲坛争论的焦点——本色论进行了深入的探讨。通过小说批评体现出的小说理论方面,明代江苏文人成就更为卓著。叶昼、冯梦龙是这一时期中国小说理论的主要代表。明代江苏先贤重视俗文学,并进行深入的理论探讨,体现了江苏历史文化中存在着灵动鲜活的基因,这也是江苏文学思想家们往往孤明独发、倡言新论不可忽视的文化动因。

第一节　高启、王行、王彝

元明鼎革之际,苏州与金陵是重要的文化中心。与金陵成为明王朝的都城,云集全国各地的文化精英不同,苏州则形成了以高启为核心的苏州本地组成的"北郭十友"①的文人集团。其中,文学思想较著者当推高启、王行和王彝。

一、高启

高启(1336—1374),字季迪,号青丘子,长洲(今江苏苏州)人。张士诚据吴时期,高启隐居吴淞江青丘,洪武初被荐修《元史》,授翰林院国史编修,复命教授功臣诸王。洪武三年(1370 年)秋,擢启户部右侍郎,自陈年少不敢当重任,固辞不受,见许后赐白金放还,归于青丘授书自给。苏州知府魏观改修府治,为人诬告有反心,高启因作《上梁文》受株连,被腰斩于市,年仅 39 岁。高启天资高逸,才情出众,在入明仕显之前即"以诗鸣世"②,曾与王行、张羽、徐贲、王彝等人诗酒唱和,号称"北郭十友",与杨基、张羽、徐贲并称"吴中四杰"。胡应麟谓"国初吴诗

---

① 张廷玉等撰,中华书局编辑部点校:《明史》卷二百八十五《王行传》:"高启家北郭,与行比邻,徐贲、高逊志、唐肃、宋克、余尧臣、张羽、吕敏、陈则皆卜居相近,号北郭十友,又称十才子。"(中华书局1974 年版,第 7329 页)而高启自己所作的《春日怀十友诗》所涉之"十友",分别是余尧臣、张羽、王行、吴敏、宋克、徐贲、陈则、释道衍、王彝(详见高启撰《高太史集》卷三,明景泰元年刘宗文刻本)。
② 王彝:《王常宗集》卷二《高季迪诗集序》,景印文渊阁四库全书 1229 册,第 412 页。

派昉高季迪","雄据一方,先驱当代"①,赵翼甚至目其为明代诗人第一。高启虽然享年不永,但创作甚多,曾有诗集《吹台集》《凤台集》《娄江吟稿》《姑苏杂咏》等,后自选为《缶鸣集》十二卷,另有文集《凫藻集》、词集《扣舷集》等。其文学思想主要体现在以下两个方面。

首先,重"格""意""趣",主张"兼师众长"而"浑然自成"。高启以诗称著,李东阳《怀麓堂诗话》中云:"国初称高、杨、张、徐。高季迪才力声调过三人远甚,百余年来,亦未见卓然有以过之者,但未见其止耳。"②四库馆臣云:"启诗才富健,工于摹古,为一代巨擘。"③高启的诗学主张,在其寓居钟山时期为姚广孝所作《独庵集序》中体现得最为鲜明:

> 诗之要,有曰格、曰意、曰趣而已。格以辩其体,意以达其情,趣以臻其妙也。体不辩则入于邪陋,而师古之义乖;情不达则堕于浮虚,而感人之实浅;妙不臻则流于凡近,而超俗之风微。三者既得,而后典雅、冲淡、豪俊、秾缛、幽婉、奇险之辞变化不一,随所宜而赋焉。如万物之生,洪纤各具乎天,四序之行,荣惨各适其职。又能声不违节,言必止义,如是而诗之道备矣。夫自汉、魏、晋、唐而降,杜甫氏之外,诸作者各以所长名家,而不能相兼也。学者誉此诋彼,各师所嗜,譬犹行者埋轮一乡,而欲观九州之大,必无至矣。盖尝论之,渊明之善旷而不可以颂朝廷之光,长吉之工奇而不足以咏丘园之致,皆未得为全也。故必兼师众长,随事摹儗,待其时至心融,浑然自成,始可以名大方而免夫偏执之弊矣。④

高启将"诗之要"总结为格、意、趣三者。所谓"意以达其情",主要是对创作情感的强调。他既重情感的真实充沛性,认为"堕于浮虚"则"感人之实浅",同时也指出"声不违节,言必止义",可见其对儒家传统的继承与其中和允正的诗论特点。关于"趣以臻其妙",高启曾屡屡言

---

① 胡应麟:《诗薮·续编》卷一,上海古籍出版社 1979 年版,第 342 页。
② 李东阳著,李庆立校释:《怀麓堂诗话校释》,人民文学出版社 2009 年版,第 94 页。
③《四库全书总目》卷一百六十九《凫藻集提要》,中华书局 1965 年版,第 1472 页。
④ 高启著,金檀辑注,徐澄宇、沈北宗校点:《高青丘集》卷十九《独庵集序》,上海古籍出版社 1985 年版,第 885 页。

及"趣",如他说:"酒中有趣世不识,但好富贵忘其真。"①"乃知山水有深趣,天意独许穷人谙。"②又说:"欲喻静中趣,居然忘我言。"③这类具体的酒趣、山水之趣、静中之趣,多寄寓一份鄙弃功名声誉、追求自然洒脱的人生志意。此外《跋松雪书洛神赋》谓赵孟頫书法"其法虽出入王氏父子间,然肆笔自得,则别有天趣"④,《跋沟南诗后》谓其诗"格律深稳,不尚篆刻,而往往有会理切事之语,盖能写其胸中之趣者也"⑤,这些天趣、胸中之趣多用来指作者摆脱法度、自得于心的艺术独特性,高启谓"妙不臻则流于凡近,而超俗之风微",或既包纳超拔凡近的独特志趣,也囊括了创作构思层面突破窠臼的创新性。"格以辩其体",是指对古人诗歌在体裁、体类、辞藻、声律等层面的把握,高启认为"体不辩"则"师古之义乖",学古即无从下手,可见辩"格"是其师古诗学观中最基础的一步,他对学古作者的辨识也多从这些路径入手,如《匡山樵歌引》称赞作者词律兼善即曰:"词语精炼,音调谐畅,有唐人之风。"⑥高启总括格、意、趣,认为得此三者即能以简驭繁,所有风格的作品都可以变化应对,这几乎是一种不言行生的易简法门。高启这些关于文学内部规律的阐述,是与其师法众长以期自成一家的追求相关的。他推崇杜甫"相兼"众家之长,这虽属元稹、苏轼、秦观等人的旧论,但其卓异之处却在于要践行这种路径,以"兼师众长""时至心融""浑然自成"以致成一家之体作为目标。因此,在高启看来,甚至陶渊明"善旷"而不能"颂朝廷之光"、李贺"奇"而无"丘园之致",都不能称诗家"大方"。"师古"而后"化成",可以说是高启最突出的诗学思想之一,友人王彝曾说:"季迪之言诗,必曰汉魏晋唐之作者。"⑦四库馆臣评价其摹古之工亦曰:"启天才高逸,实据明一代诗人之上。其于诗,拟汉魏似汉魏,拟南朝似南朝,拟

---

① 《高青丘集》卷一《将进酒》,上海古籍出版社1985年版,第15页。
② 《高青丘集》卷九《独游山中忆周记室砥》,上海古籍出版社1985年版,第374页。
③ 《高青丘集》卷十二《屏居》,上海古籍出版社1985年版,第501页。
④ 高启著,金檀辑注,徐澄宇、沈北宗校点:《凫藻集》卷四《跋松雪书洛神赋》,上海古籍出版社1985年版,第926页。
⑤ 《凫藻集》卷四《跋沟南诗后》,上海古籍出版社1985年版,第929页。
⑥ 《凫藻集》卷五《匡山樵歌引》,上海古籍出版社1985年版,第941页。
⑦ 《王常宗集》卷二《高季迪诗集序》,景印文渊阁四库全书第1229册,第412页。

唐似唐，拟宋似宋。"①但其诗学理想并未全部实现，"行世太早，殒折太速，未能镕铸变化，自为一家。故备有古人之格，而反不能名启为何格"②，这是高启的遗憾之处。尽管如此，高启以"格""意""趣"为枢轴所展开的师古实践，也因其"精神意象存乎其间"而与此后复古派中泥古不通的情形有异。同时，他师古自振的才情和旨趣，也与元季以来的纤秾诗风不同，故世人常因此称其"一变元风，首开大雅"③，是转移明初诗风的重要诗家。

其次，吟咏自适的诗学观。生当元明鼎革的乱世，高启一方面认为"大木将颠，非一绳可维"④，另一方面也常自忖无"智勇能辩"之才，所以明哲保身、委命顺适的隐逸心态颇为明显。与之相应，他在《娄江吟稿序》中论述诗歌，也旨在自适自娱：

> 余生是时，实无其才，虽欲自奋，譬如人无坚车良马，而欲适千里之途，不亦难欤！故窃伏于娄江之滨，以自安其陋。时登高丘，望江水之东驰，百里而注之海，波涛之所汹渫，烟云之所杳霭，与夫草木之盛衰，鱼鸟之翔泳，凡可以感心而动目者，一发于诗；盖所以遣忧愤于两忘，置得丧于一笑者，初不计其工不工也。积而成帙，因名曰《娄江吟稿》。若夫衡门茅屋之下，酒熟豕肥，从田夫野老相饮而醉，拊缶而歌之，亦足以适其适矣！因序其篇端，以见余之自放于江湖者为无所能，非有能而不用也。⑤

着重阐述作者出处命运与时代的关系，这是高启序、说类文章的常见话题，他在此申明自放江湖乃是"实无所能"，而非"能而不用"、拒不合作，无疑是一种审慎的自解。将诗歌作为生活方式之一，遣忧愤、适其适，这种思想在其《缶鸣集序》中也得到了鲜明体现：

> 古人之于诗，不专意而为之也。《国风》之作，发于性情之不能已，岂以为务哉？后世始有名家者，一事于此而不他，疲殚心神，蒐

① 《四库全书总目》卷一百六十九《大全集提要》，中华书局 1965 年版，第 1471—1472 页。

② 《四库全书总目》卷一百六十九《大全集提要》，中华书局 1965 年版，第 1472 页。

③ 杨慎：《升庵诗话》卷七，丁福保辑：《历代诗话续编》，中华书局 2006 年版，第 774 页。

④ 《凫藻集》卷四《树屋佣赞》，上海古籍出版社 1985 年版，第 916 页。

⑤ 《凫藻集》卷三《娄江吟稿序》，上海古籍出版社 1985 年版，第 893 页。

刮物象，以求工于言语之间，有所得意，则歌吟蹈舞，举世之可乐者不足以易之，深嗜笃好，虽以之取祸，身罹困逐而不忍废，谓之惑非欤？余不幸而少有是好，含毫伸牍，吟声咿咿不绝于口吻，或视为废事而丧志，然独念才疏力薄，既进不能有为于当时，退不能服勤于畎亩，与其嗜世之末利，汲汲者争骛于形势之途，顾独事此，岂不亦少愈哉？遂为之不置。且时虽多事，而以无用得安于闲，故日与幽人逸士唱和于山颠水涯以遂其所好；虽其工未敢与昔之名家者比，然自得之乐，虽善辩者未能知其有异否也。故累岁以来，所著颇多。……凡岁月之更迁，山川之历涉，亲友睽合之期，时事变故之迹，十载之间，可喜可悲者，皆在而可考，固不忍弃而弗录也。若其取义之或乖，造辞之未善，则有待于大方之教焉。①

高启对于诗歌主要求其"自得之乐"，他肯定性情发抒，"可喜可悲者，皆在而可考"，但反对情辞不当"以之取祸"，这是其诗论的一大特点。一方面，这与高启崇尚温柔敦厚有关，其《跋张长史春草帖》曾谓"诗人词气抑扬"不可"太过"："少陵观张旭草圣，极叹其妙。至东坡题王逸少帖，则诋张为书工。昌黎《石鼓歌》，则又诋王为俗书。是三公之言何戾耶？盖王之于《石鼓》，张之于王，其书固不可同语。然诗人词气抑扬，不无太过，论者遂欲以为口实，未为知书者也，亦未为知诗者也。世人不以韩言而短王，又可以苏言而少张欤？"②另一方面，这也是高启在复杂时局下注重读书涵养、隐逸保身的结果。他曾说君子本于学道而发于言辞，"故静者其言简，躁者其言繁，污者其言卑，达者其言远"③，认为"不苟进取，怀首丘之仁，抱遁世之志，行固足尚矣"，而不应像"昔之诗人"一样"多躁薄无检"④。《郊墅杂赋》其十五亦云："狂多爱出游，日日问江头。小草皆春意，遥山自晚愁。酒中时有得，物外复何求？不咏骚人调，蘼芜任满洲。"⑤在《荆南唱和集后序》中，他也说："见其居穷

---

① 《凫藻集》卷三《缶鸣集序》，上海古籍出版社 1985 年版，第 906—907 页。
② 《凫藻集》卷四《跋张长史春草帖》，上海古籍出版社 1985 年版，第 928 页。
③ 《凫藻集》卷一《清言室记》，上海古籍出版社 1985 年版，第 855 页。
④ 《凫藻集》卷五《匡山樵歌引》，上海古籍出版社 1985 年版，第 941 页。
⑤ 《高青丘集》卷十三《郊墅杂赋十六首》其十五，上海古籍出版社 1985 年版，第 526 页。

谷而无怨尤之辞,处乱世而有贞厉之志,则可并其所蕴者而得之,不特诗也。"①可见,隐逸保身、学古尚道,以诗歌自适但不倡导"怨尤"之词,这是高启的重要追求。同样,这种思想也与他应召仕明的经历及其"今乱极将治"、不可"终潜于野"②的部分政治意识相关,他在入明后常劝勉他人积极地应时致用,其揄扬颂美的文学观虽不十分强烈,但也并不提倡志狭怨尤的"野人之词",他在《题高士敏辛丑集后》中还曾说:"论文者有山林、馆阁之目,文岂有二哉? 盖居异则言异,其理或然也。今观宗人士敏《辛丑集》,有春容温厚之辞,无枯槁险薄之态,岂山林、馆阁者乎? 昔尝有观人之文而知其必贵者,吾于士敏亦然。嗟夫,吾宗之衰久矣! 振而大之者,其在斯人欤!"③这种论述,与宋濂为汪广洋所作《汪右丞诗集序》中描述山林之文"无非风云月露之形,花木虫鱼之玩,山川原隰之胜而已。然其情也曲以畅,故其音也眇以幽"④有很大不同。

二、王行

王行(1331—1395),字止仲,吴县(今江苏苏州)人。与高启、王行、徐贲、高逊志、唐肃、宋克、余尧臣、张羽、吕敏、陈则等号"北郭十友",又称"十才子"。其文学思想主要体现为以下三个方面。

首先,以学论诗,提倡古体、反对绮靡新丽的诗学观。高启提倡古学古道,欣赏"清粹雅淡,有古作者之意"⑤的诗作,但其核心是师法众长以成一家之体。与之相较,王行更明确地提出了革除元季绮靡之习与复古而上的诗学主张。他在《柔立斋集序》中说:

> 其集乐府几首,古诗几首,诗皆古淡朴雅,无绮靡新丽之尚,予甚善之。乃为之言曰:凡学必先求知也,能知然后可行。苟知之或未至,行之有过差,则跬步之间致千里之缪,夫岂小故云哉? 诗亦学也,故必谨其始焉。朱子教人为诗,须先学韦、柳。韦、柳固不足

---

① 《凫藻集》卷二《荆南唱和集后序》,上海古籍出版社 1985 年版,第 878 页。
② 《凫藻集》卷二《野潜稿序》,上海古籍出版社 1985 年版,第 881 页。
③ 《凫藻集》卷四《题高士敏辛丑集后》,上海古籍出版社 1985 年版,第 925 页。
④ 宋濂著,黄灵庚辑校:《宋濂全集》卷二十三《汪右丞诗集序》,人民文学出版社 2014 年版,第 459 页。
⑤ 《凫藻集》卷二《荆南唱和集后序》,上海古籍出版社 1985 年版,第 878 页。

以尽诗之妙,然由是而往,虽求至于三百十一篇,亦犹洒扫应对求造夫圣贤之域。虽地位有高卑,道里有远近,往之则至,终无他歧之惑矣。元人为诗独尚七言近体,迹其所由,盖元裕之倡之于先,赵子昂和之于后,转相染习,遂成一代之风焉。初裕之生北方,不闻大贤之训,信其所好,自以为然,常裒萃唐人此体为《鼓吹集》十卷,以教后学。其徒又为之注释,以广其传。其间抡择之不精,去取之无据,其人乖乱,其世混淆,予每见之,未尝不笑其陋也。盖此体虽始于唐,唐盛时为者亦尠,至刘文房、许用晦、李义山之徒好为之,世亦浸衰歇矣,是犹足贵也耶?且裕之之作,其竭力者,仅欲瞻望苏长公之垣墙,岂为深于诗者?以当时无能过之,故为人所宗耳。及子昂桼于新遇,追嫌宗国旧风,力趋时好,杭人杨载以其业见之,实皆此体,大获奖与,载遂有声,人益以为能攻于此,足以致誉,靡然争赴之。至于虞伯生、揭曼硕诸人,以文自名,亦务于此矣。夫朱子之教人,一定不可易之法也,虞、揭宁不知之,知之而不行,何也?溺于所习而不能自振,亦安于谬者矣。予每思之,未尝不为之叹息也。今复之此编,绝无此体,予试问之,则曰以其非古也。呜乎!复之之于诗,其能谨其始者乎?能谨其始,必先求其知矣。能知之有不行乎?能行有不至乎?由兹以往,吾将贺复之之至矣。①

王行是"淹贯经史百家言"②的重学之士,思想倾向于朱子理学,他以学论诗,主张先知后行,这与他平日的进学思考密不可分。他曾说,"学以至道,犹射中的,功成未完,莫造尔极"③,"学而不求造圣贤之域,画焉者也","学之画焉,学而自弃也"④。他借朱子"教人为诗,须先学韦、柳"之论主张复古而上直至《诗经》,这正如理学家孜求的渐次修致工夫。王行提倡乐府、古诗,赞美古淡朴雅之风,反对绮丽之尚,主要是

---

① 王行:《半轩集》卷五《柔立斋集序》,文渊阁四库全书第 1231 册,台湾商务印书馆 1986 年版,第 346—347 页。
② 《明史》卷二百八十五《文苑传一》,中华书局 1974 年版,第 7330 页。
③ 《半轩集》卷一《毅斋箴》,文渊阁四库全书第 1231 册,台湾商务印书馆 1986 年版,第 286 页。
④ 《半轩集》卷七《朝宗字说》,文渊阁四库全书第 1231 册,台湾商务印书馆 1986 年版,第 380 页。

针对明初诗坛依旧流行的元季诗风而发的。认为元代诗风沉溺于声律偶俪,元好问、赵孟頫、虞集、揭傒斯、杨载等人难辞其咎。其中,元好问编选《唐诗鼓吹集》十六卷,赵孟頫曾为之作序,弟子郝天挺又曾为之作注,所选诗歌多侧重于晚唐许浑、杜牧、李商隐、陆龟蒙、皮日休等人,诗选在编次上也并不系,王行讥其陋实不为诬,杨载诗学以宗唐为主,尤侧重声律诗法等层面,揭傒斯著有《诗法正宗》《诗宗正法眼藏》,论诗也贵"苦心终身,句锻月炼"。王行诋诃诸家,正意在批评元代诗坛一味切劘声律辞藻,大衍晚唐律诗之风,流风所及,"耳之所闻,目之所见,薰陶渐渍之入人之深者,惟习而已"[①],使诗坛不能自振。王行与高启、徐贲、道衍等诗友唱和时期,就已有崇尚古体的意识,赵翼《瓯北诗话》即称其北郭唱和之作"尤多五古"[②],他这里赞美古体以代律体,正是欲从诗歌体裁层面扭转诗风。与此相应,其《题孙敏诗》还曾就学习乐府抑或《古诗十九首》的问题发论:

> 自《国风》再变而为《楚辞》,又变而为乐府。乐府之变,去诗人之意远矣。乐府近性情之正者亦多,音节短促,少宽厚和平之韵,起读者淫佚哀伤之思,古人所谓不足以讽而适以劝也。惟《古诗十九》不大远,有诗人之意,为后人所当宗。然其阃域高深,又非初学之士所能入,此诗又所以不易也。晦庵先生教人学诗,必从韦柳始,以其犹间有古诗之遗意,然韦得之多,而柳得之少,韦之所必当从也。惟学聪敏有奇才,方锐于为诗,其录此卷,偶多乐府体,故以予之尝诊之。惟学能持此质诸大方之家,倘得正其疏谬,则又望以教我。[③]

依朱子之说学习韦、柳,由此上溯古诗、《诗经》,这与前面观点庶几一致。不同处在于,他认为乐府"音节短促""少宽厚和平之韵",不及《古诗十九首》"有诗人之意"。这种论述,一方面或与元末杨维桢曾以乐府诗歌影响诗坛有关,另一方面也与他注重涵养性情的观念密不可

① 《半轩集》卷六《送陆振文序》,文渊阁四库全书第 1231 册,台湾商务印书馆 1986 年版,第 361 页。
② 赵翼著,霍松林、胡主佑校点:《瓯北诗话》卷八,人民文学出版社 1963 年版,第 129 页。
③ 《半轩集》卷八《题孙敏诗》,文渊阁四库全书第 1231 册,台湾商务印书馆 1986 年版,第 389 页。

分,如《题陈邦度诗后》既强调学《风》以"发于性情之自然",也强调学《雅》以"止乎礼义之中正"①,这反映了王行对儒家诗学传统的自觉继承。宗韦、柳,提倡乐府与《古诗十九首》,主张以古体代律诗,反对元代以来的俪偶绮靡之风,王行这些显豁的复古思想,对明初诗坛及此后的复古诗学都产生了一定影响。

其次,法度与自然、工致与浑朴统一的诗学旨趣。他说:

> 孔子之删《诗》,取其既足以感发惩创,又足以被夫弦歌者,非以工拙计也。盖工非《诗》之所必取,而拙非《诗》之所必弃。工而矜庄,是未免夫刻画,拙而浑朴,是不失其自然也。苟弃其拙而取其工,则是遗自然而尚刻画,岂足与言温柔敦厚之教也哉? 故曰:选诗者非知诗者也。然则是编何以选名也? 是编也,盖有不得不然者也。何也?《三百篇》之诗,非有一定之律也。汉魏以来,始渐为之制度,其体已趋下矣。降及李唐,所谓律诗者出,诗之体遂大变。谓之律诗者,以一定之律律夫诗也。以一定之律律之,自然盖几希矣。自然既而律既严,则不能不计其工拙也。计其工拙,又乌能不为之取舍哉? 故曰不得不然也。虽不得不然,其间固有法焉。盖拙而浑朴同乎工,工而刻画同乎拙,终不遗夫自然也,此取舍之大要也。其次乃论其言之工、语之工、联属之工、篇章之工。工多而拙少者,取之;拙多而工少者,不取也。均之律诗,其变又有四焉:曰初唐,曰盛唐,曰中唐,曰晚唐。有盛唐人而语偶近乎晚唐者,晚唐人而语有似乎盛唐者。晚唐似盛唐取之,盛唐似晚唐不取,盖亦贵夫自然也,此又是编之例也。例则然矣,而复有说焉。世之为学者,未有不由规矩准绳而能至乎自然者也。欲造乎自然之地,而不事乎规矩准绳,则将何所用其力哉? 惟诗学也亦然。夫《诗》,其浩博渊深如烟海也,其变化运行如元气也,未易摹儗窥测也。今之学者能先于其有律者求之,进进不已,则所谓如渊海如元气者可以渐而入,至与之俱化,则自然之地绰乎其有余裕矣。温柔敦厚之教,岂外是哉? 然则是编也,于初学之士,其亦有万一之助

---

① 《半轩集》卷八《题陈邦度诗后》,文渊阁四库全书第 1231 册,台湾商务印书馆 1986 年版,第 392 页。

也与？①

王行提出初、盛、中、晚四唐说，与高棅《唐诗品汇》的说法一致，他注意到"盛唐人而语偶近乎晚唐者""晚唐人而语有似乎盛唐者"的情况，也与此后王世懋等人的主张有相通之处，这些得风气之先极具价值的观点，反映了王行敏锐的诗学洞察力。虽然与乐府、《古诗十九首》相比，王行并不特别推崇有"一定之律"的律诗，认为律诗是"体已趋下"的产物，"以一定之律律之，自然盖几希矣"，这明显与孔子删《诗》不计工拙、不尚精工刻画而不失自然的精神不合；但他同样认为律诗既已产生，"则不能不计其工拙"，并从学诗角度出发，认为学诗者应"先于其有律者求之"，主张"由规矩准绳而能至乎自然"。自然与法度、工与拙、刻画与浑朴等辩证话题，是王行屡作思辨的内容。对此，他一方面承认规矩、法度的重要性，谓："规矩所以为方圆之器也，今欲为方，而必求之矩，是欲食而必食，欲饮而必浆也，其可以他求乎哉？"②在《规喻》中，他认为"方圆平直"四者中"圆"是"其尤难者"，但循"规"即可为圆："有规以为之藉也，为圆而必藉于规，规其至圆者乎？规为至圆，而其所由以圆者何所法也？亦必法于规耳。"③本于这种不离规矩、法度的思想，他论王羲之书法说："余尝论右军行书，若所谓不思不勉而从容中道，盖圣于书者矣。人见其方圆平直，无有为之迹，而不知其未尝倰夫规矩准绳而去之也。学右军者，不于其规矩准绳而求之，则亦非徒无益耳。"④但王行也反对作者为法度、规矩所束缚，提倡超越法度、得其自然，主张"不迫于形似"："善画者不求似，非不求似也，不迫于形似也。譬之临书，迫于形似，则薛道祖之按模脱墼矣。今日乍晴，澜伯求写雨意，因费一池水。墨形虽不似，意实似之，脱墼之诮不到我矣。如疑此说，当从米老质之。"⑤"非不求形似"而是"不迫于形似"，这正如律诗创作要从"规矩准绳"开始，最后要"至乎自然"。王行前面还论及律诗工拙问题，

---

① 《半轩集》卷六《唐诗律选序》，文渊阁四库全书第 1231 册，台湾商务印书馆 1986 年版，第 357 页。
② 《半轩集》卷七《沈文矩字说》，文渊阁四库全书第 1231 册，台湾商务印书馆 1986 年版，第 383 页。
③ 《半轩集》卷一《规喻》，文渊阁四库全书第 1231 册，台湾商务印书馆 1986 年版，第 292 页。
④ 《半轩集》卷一《二王书帖辩》，文渊阁四库全书第 1231 册，台湾商务印书馆 1986 年版，第 290 页。
⑤ 《半轩集》卷一《画竹喻》，文渊阁四库全书第 1231 册，台湾商务印书馆 1986 年版，第 292 页。

谓"工而矜庄,是未免夫刻画,拙而浑朴,是不失其自然","拙而浑朴同乎工,工而刻画同乎拙",即认同一种既工且拙、刻画而不失浑朴的自然之美,其《用拙斋箴》论人之工拙说:"拙有近于直,巧或似于佞,巧而不佞,斯多能可尚焉。拙而非直,则踈陋而已矣。矧夫心存衒巧,固拙者之流,而致能用其拙,亦去巧无几。噫,孰若拙其巧,巧其拙,以顺吾性而不违于理也邪?"①这虽属论学论道之言,但能拙其巧、巧而不佞的说法,也与他不废声律、刻画却又崇尚自然浑朴的诗学追求相合。整体来看,王行提倡古体但不废律诗,主张通过律诗的学习而臻于自然境界,这既与他推崇乐府、《古诗十九首》,但又惧其"阃域高深""非初学之士所能入"的思考相应,也展现了他欲以自然、浑朴来调和律诗绮靡刻画之风的祈求。

最后,追求"中温而有文"之美。对于这样的审美倾向,王行屡有论述。他在《石屏记》中曾明确反对"甚丽""甚美""甚工",追求一种"精致而清润,中温而有文"的相得之美:

> 孔翠翟翟之文,甚丽也,而弗能坚;云霞华彩之文,甚美也,而弗能久;绘绣绮锦之文,甚工也,而假力以为之。故予虽或睹之而不爱,非特不爱,而又少之,以其文之著也。惟山有石焉异于是,精致而清润,中温而有文,遇识者致之剖琢砻砥,饰而为屏,则若浑沦始判,而万象列焉;若月未生魄,而山河鉴焉;若敞绡帷而望嵩华焉,若悬方诸而照华月焉。其文之见者,兀而举然,漫而偃然,若蓊而树,若奔而泷。浓疑其邃,淡疑其远,黝疑其幽。苍乎而古,黛乎而秀,廓者天净,漠者烟积,暝焉如阴,晶焉如晴,涓焉如澄,奇态瑰状,依微窅眇,言可得而殚尽耶?至丽而能坚,至美而能久,至工而不假人为,故予甚爱之,重之,敬而友之。②

一方面反对假力而为的"文之著",同时其欣赏的山石之"文"也并非质陋无文,而是一种别具"精致清润""中温有文"特点的美,而且这种美稍假雕琢,还可浓而邃、淡而远、黝而幽、苍而古、黛而秀,众美兼具,

---

① 《半轩集》卷一《用拙斋箴》,文渊阁四库全书第 1231 册,台湾商务印书馆 1986 年版,第 286 页。
② 《半轩集》卷三《石屏记》,文渊阁四库全书第 1231 册,台湾商务印书馆 1986 年版,第 314 页。

无所不包。他在《怡情艺苑题引》中还说:"秾华粹色,丽矣,必松筠间之,则丽而清;幽泉古石,臞矣,必彩翠幂之,则臞而润。譬相人之术焉,啬而无余骨,丰而无余肉,斯足以入相矣。此《怡情艺苑》所以富润而清修也。"①精致清润、中温有文,丽而清、臞而润,王行这种两相兼济的审美旨趣,既源于他对儒家文质观的接受,同时也与其自身的辩证思索有关,他固然反对刻意人为的"甚丽""甚工",但同样反对有所"恃"的朴素自然,认为刻意于"淡泊""朴素""自然",其实会去之愈远,《适轩记》中即曰:"子之适有恃者也,以淡泊适其口,非淡泊口将不适耶? 以朴素适其体,非朴素体将不适耶? 以自然适其心,非自然心将不适耶? 故曰有恃之适也。"②王行的这种思想,还与其推崇韦、柳的取向是完全一致的。

三、王彝

王彝(? —1374),字常宗,其先蜀人,父为昆山教授,遂卜居嘉定。师事王贞文,传金履祥之学,在明初力诋杨维桢,目其为"文妖"。与修《元史》,以荐入翰林,乞归后因坐知府魏观事,与高启一同被杀。有《王常宗集》,其文学思想主要体现在褒宋濂、批铁崖以及诗学情感论两个方面。

首先,批铁崖、崇宋濂体现出的传统文学观念。杨维桢在元末明初诗名甚著,《明史·文苑传》载:"维桢诗名擅一时,号铁崖体,与永嘉李孝光、茅山张羽、锡山倪瓒、昆山顾瑛为诗文友……张雨称其古乐府出入少陵、二李间,有旷世金石声。宋濂称其论撰,如睹商敦、周彝,云雷成文,而寒芒横逸。诗震荡陵厉,鬼设神施,尤号名家云。"③王世贞称:"吾昆山顾瑛、无锡倪元镇,俱以猗卓之资,更挟才藻,风流豪赏,为东南之冠,而杨廉夫实主斯盟。"④杨维桢的诗歌取法汉魏,学习杜甫、李白、李贺、李商隐,尤擅乐府歌行,整体风格奇崛横轶,秾丽妖冶,他客吴时期与顾瑛、倪瓒等诗酒唱和,袁凯、张羽、杨基等人皆与之相交,对当时

---

① 《半轩集》卷二《怡情艺苑题引》,文渊阁四库全书第 1231 册,台湾商务印书馆 1986 年版,第 310 页。
② 《半轩集》卷十二《适轩记》,文渊阁四库全书第 1231 册,台湾商务印书馆 1986 年版,第 429 页。
③ 《明史》卷二百八十五《文苑传一》,中华书局 1974 年版,第 7309 页。
④ 王世贞撰《艺苑卮言》卷六,丁福保辑《历代诗话续编》,中华书局 2006 年版,第 1040 页。

诗坛影响颇大。杨维桢的诗学,一方面有矫正元末诗坛绮靡之功,但另一方面也如张雨所论,"取道少陵,未见脱换之工;窈眇娟丽,希风长吉,未免刻画之诮",于是流弊所及,"承学之徒,流传沿袭,槎牙钩棘,号为铁体,靡靡成风,久而未艾"①。王彝对杨维桢颇为不满,他在《文妖》中说:

> 天下之所谓妖者,狐而已矣。然而文有妖焉,又有过于狐者。夫狐也,俄而为女妇,而世之男子有不幸而惑焉者,皆误谓为女妇而相与以室家之道,则固见其黛绿朱白柔曼倾衍之容,而所以妖者无乎而不至,故谓之真女妇也。虽然,以为人也则非人,以为女妇也则非女妇,盖室家之道之狡狯以幻化者也,此狐之所以妖也。文者,道之所在,抑曷为而妖哉?浙之西有言文者,必曰杨先生。余观杨之文,以淫辞怪语,裂仁义,反名实,浊乱先圣之道,顾乃柔曼倾衍,黛绿朱白,而狡狯幻化,奄焉以自媚,是狐而女妇,则宜乎世之男子者之惑之也。余故曰:会稽杨维桢之文,狐也,文妖也。噫!狐之妖至于杀人之身,而文之妖往往使后生小子群趋而竞习焉,其足以为斯文,祸非浅小,文而可妖哉?然妖固非文也,世盖有男子而弗惑者,何忧焉。②

王彝目杨维桢为"文妖",批评他"淫辞怪语""柔曼倾衍,黛绿朱白""狡狯幻化","裂仁义,反名实,浊乱先圣之道",致使后学群趋竞习、灭裂斯文。这种激烈态度,四库馆臣谓"虽石介作《怪说》以诋杨亿,不至于是"③。王彝对杨维桢文学的指斥,主要集中在内容义理层面。尽管杨维桢在学术思想方面也有崇儒尚道倾向,在诗学上也讲求旋正性情、注重词理得当,《金信诗集序》中尝言:"言工而弗当于理,义室而弗达于辞,若是者后世有传焉?无也。又况言庞而弗律,义淫而弗轨者乎?"④但其重情性、尚世俗的意识同样强烈,他在《张北山和陶集序》《刿韶诗

---

① 钱谦益撰:《列朝诗集小传》甲前集,上海古籍出版社1983年版,第20页。

② 王彝:《王常宗集》卷三《文妖》,景印文渊阁四库全书第1229册,第423页。

③《四库全书总目》卷一百六十九《王常宗集提要》,中华书局1965年版,第1469页。

④ 杨维桢:《东维子文集》卷七《金信诗集序》,上海商务印书馆四部丛刊本。

序》《李仲虞诗序》等文章中屡屡倡言“情性”，或谓“诗不可以学为也，诗本情性，有性此有情，有情此有诗也”[①]，或谓“诗得于言，言得于志，人各有志有言以为诗，非迹人以得之者也”[②]。他在创作层面虽不乏乐府铙歌与咏史之作，但同样更多女性题材作品，尤其是《香奁八题》《续奁集二十咏》此类娟丽流便的艳情诗作，写出浴、写相思、写私会、写成配，笔致旖旎，艳冶多情，连杨维桢自己都为此特在《续奁集序》中以“空中语”“不致坐此堕落恶道”等自解：“陶元亮赋《闲情》出亵御之辞，不害其为处士节也。余赋韩偓《续奁》，亦作娟丽语，又何损吾铁石心也哉。法云道人劝鲁直勿作艳歌小辞，鲁直曰：空中语耳，不致坐此堕落恶道。余于《续奁》亦曰：空中语耳。不料为万口播传，兵火后龙洲生尚能口记，又付之市肆，梓而行之，因书此以识吾过。时道林法师在座，余合十曰：若堕恶道，请师懺悔。”[③]王彝对杨维桢的“文妖”之论，无疑与这些密不可分。尽管王彝自身的创作也曾被王士祯指斥为“歌行拟李贺、温庭筠，殊堕恶道，余体亦不能佳”[④]，但他“学出天台孟梦恂，梦恂之学出婺州金履祥，本真德秀文章正宗之派”[⑤]，在文学思想上更提倡“雅正”与“载道”，高启即谓其“古服古貌，古学古辞；际时复古，其道可施”[⑥]，赞之曰：“不诘曲以媚俗，不偃蹇而凌尊。作为古文词，言高气醇温。手提数寸管，欲发义理根。上探孔孟心，下吊屈贾魂。其质耀金石，其芳吐兰荪。”[⑦]因此，与批驳杨维桢相反，王彝对浙东宋濂、王祎与张孟兼特别推崇，他在《聚英图序》中说：

余舁疾东归弗果，为会孟容，亦还复伸前请。且曰：小子尝图当世知名之士，今既盈笥，乃聚而装潢为帙，得先生文，则以冠帙之首。余观帙中有自号铁崖先生者，是为会稽杨廉夫，其为人若秋潭

① 《东维子文集》卷七《剡韶诗序》，上海商务印书馆四部丛刊本。
② 《东维子文集》卷七《张北山和陶集序》，上海商务印书馆四部丛刊本。
③ 杨维桢：《铁崖先生复古诗集》卷之六《续奁集并序》，上海商务印书馆四部丛刊本。
④ 王士禛撰，湛之点校：《香祖笔记》卷四，上海古籍出版社 1982 年版，第 81 页。
⑤ 《四库全书总目》卷一百六十九《王常宗集提要》，中华书局 1965 年版，第 1469 页。
⑥ 《凫藻集》卷四《妫蜼子赞》，上海古籍出版社 1985 年版，第 917 页。
⑦ 高启著，金檀辑注，徐澄宇、沈北宗校点：《高青丘集》卷十一《妫蜼子歌》，上海古籍出版社 1985 年版，第 449 页。

老蛟,怪颧异颡,目光有棱,其狡狯变化,发诸胸中,则千奇万诡,动成文章。孟容所写,盖得其混迹斯世,与时低昂,为文场滑稽之雄,可谓善知铁崖者。有王翰林子异充者,其文章与宋景濂先生相上下,而同在太史氏,天下以王宋并称。翰林年未五十,而须发俱白,目朗而眉秀,颐丰而准直,其形若霜晨野鹤,矫抗无媚容。孟容所写,盖并得峭直之性、峻洁之文,可谓善知翰林者。又有张孟兼者,年甫出三十,而少余二岁,余最与之相知,今官礼部,有能名。其为人眉疏颧耸,目长而清口,角拱而善辨。孟容所写,望而知其为俊才也。……然余惟列前三人而论焉,盖铁崖吾为之论定于其既往,孟兼吾为之期望于其方来,而于翰林特云然者,使人知文章名家自有所在也。而帙中顾独无宋先生,先生尝见王翰林像,而欲挽致孟容。……孟容持此帙之京师,介吾斯言谒宋先生而图其像,以为穷乡下邑之观瞻,则区区之愿也。①

　　嘉定周孟容为当时知名之士画像成帙,王彝借作序评论了杨维桢、王祎、张孟兼三人,并特别表示了对宋濂的推崇之意。他评杨维桢既论其像,也论其文,"文场滑稽之雄"等说法与《文妖》一文相应。宋濂与王祎都曾师从黄溍,源出金华学派,王彝在文学观念上也多与他们相合,如宋濂、王祎都提倡宗经、明道、明理、致用,或谓"大抵为文者,欲其辞达而道明耳。吾道既明,何问其余哉"②,或谓"文有大体,文有要理,执其理则可以折衷乎群言;据其理则可以剸裁乎众制……才以为之先驱,气以为之内卫,推而致之,一本于道"③,这与王彝"文者,道之所在""中国之文,非徒文也,道在焉而已"④等主张一致。王彝在文学思想上与宋濂等人宗经尚用、提倡雅正等主张更为相合,这也是其猛烈批评杨维桢的主要原因。

　　其次,"情与诗一"与有情有节的情感论。重视情感抒发是元末明初吴地诗人的普遍特征,无锡诗人王达即称:"夫古今所以有诗者,感于

①《王常宗集》卷二《聚英图序》,景印文渊阁四库全书第 1229 册,第 407 页。
②《宋濂全集》卷八十三《文原》,人民文学出版社 2014 年版,第 2004 页。
③ 王祎撰:《王忠文集》卷十九《文训》,景印文渊阁四库全书第 1226 册,第 393 页。
④《王常宗集》卷二《送浮屠祖默诗序》,景印文渊阁四库全书第 1229 册,第 411 页。

中而形于言也……世有古今,理无古今。理无古今,则感于中而形于言者,又奚有古今之异耶?"①高启论诗重格、意、趣,其所谓"意",也是要"达其情"。对于高启论诗重"情"的特点与价值,王彝在《高季迪诗集序》中予以了特别论述,并借此阐明了诗学情感论:

> 盖季迪之言诗,必曰汉魏晋唐之作者,而尤患诗道倾靡。自晚唐以极于宋,而复振起。然元之诗人亦颇沈酣于沙陲弓马之风,而诗之情益泯。自返而求之古作者,独以情而为诗。今汉魏晋唐之作,其诗具在,以季迪之作比而观焉,有不知其孰为先后者矣。嗟夫!人之有喜怒爱恶哀惧之发者,情也。言而成章,以宣其喜怒爱恶哀惧之情者,诗也。故情与诗一也。何也?情者,诗之欲言而未言,而诗者,能言之情也,然皆必有其节。盖喜而无节则淫,怒而无节则懥,哀而无节则伤,惧而无节则怛,爱而无节则溺,恶而无节则乱。古之圣贤君子知之,其于喜怒爱恶哀惧之节,所以求之其本初者至矣。故不言则已,言而出焉,喜也而明良之歌作,哀也而三子之歌作,爱也而《甘棠》作,怒也而《巷伯》作,惧也而《鸱鸮》作,《皇矣》之赫然,又因其怒也而作。盖方是时,天下有闻而鼓舞之者,或瞿焉以俱喜,或勃焉以俱怒,或悚焉以俱惧,或恻焉以俱哀,或慊焉以同其所爱恶,若有使之然者。此无他,己与人同其情,亦同其节,则所以为之诗者,非诗也,天下之情之有节者为之也。夫以其有节者之情以为之诗,而诗之节如此其至也,匪圣贤君子,其谁能与于斯哉?故言诗而至于虞周之间,君子以为后来者之无诗也。然而甚矣,孟子曰《诗》亡,非《诗》亡也,人之情不亡,《诗》其可以亡乎?盖《诗》云亡者,情与诗无节,则犹无情,犹无诗也。于是有得诗之情而复有其节者,世虽汉魏也,而犹有古作者之遗意焉。世日远而情日漓,诗亦日以趋下,则断自汉魏而后,谓之古作者可也。夫断自汉魏而可谓之古作者,则晋宋及唐苟有得夫汉魏之情者焉,谓之汉魏亦可也。而世之作者,乃欲即其无节之情以为之诗,至并与其

① 王达:《翰林学士耐轩王先生天游杂稿》卷五《锦峰诗集序》,《北京图书馆古籍珍本丛刊》第 103 册,书目文献出版社 2000 年版,第 291 页。

情而遗之,而曰诗固如是。然而汉魏晋唐之作者不尔也,吾固观夫季迪之诗,而不敢以为季迪之诗,且以为汉魏晋唐作者之诗也。①

王彝认为诗歌之所以产生,源于人们喜怒爱恶哀惧之情的抒发,只要情感"不亡",诗歌同样不会消失,故谓"情与诗一也"。王彝在此阐发的尚情论,与杨维桢屡屡提倡"情性"有显著差异,杨维桢虽也讲求和平中正,但其主旨更多的是要借助"情性"的力量在诗歌创作中打破模拟、张扬个性,而王彝所崇尚的"情",则是有节之情、能言之情,而非无所节制的淫、懥、伤、怛、溺、乱。他认为能以"有节之情"为诗,才能得"诗之节",如此才不会"诗道倾靡";相反,若"情与诗无节",其结果只能是"情日漓,诗亦日以趋下"。在王彝看来,有情有节的诗人多是"圣贤君子",有情有节的诗歌也主要在商周、汉魏等时期,而这也是高启言诗"必曰汉魏晋唐"的原因,且其复古诗学所以与元代诸家不同,也正在于他对"情"的重视与把握。应该说,王彝这种从情感的角度对高启诗学的辨析是颇为精准的,而且他这种有情有节主张,也是与其提倡载道、雅正的文学观念相契合的。

第二节 倪谦、吴宽、王鏊

文章关乎国运,因此,帝王往往储才于馆阁。明代翰林院既是士子仕进的重要途径,更对文坛风气产生不可忽视的影响。明代文坛台阁体便是这一影响的显性存在。同时,明代文坛复古思潮称盛,这与高棅《唐诗品汇》的流行关系至切。而流行的重要原因即在于"终明之世,馆阁宗之"②。明代前期也有多位江苏籍文人荷阁臣重任,他们对文坛也产生了一定的影响,其中文学思想较著者当数倪谦、吴宽与王鏊。

一、倪谦

倪谦(1415—1479),字克让,号静存,南直隶应天府上元(今江苏南

---

① 《王常宗集》卷二《高季迪诗集序》,景印文渊阁四库全书第 1229 册,第 412—413 页。
② 《明史》卷二百八十六《高棅本传》,中华书局 1974 年版,第 7336 页。

京)人。正统四年(1439年)进士,授编修,曾出使朝鲜,官至南京礼部尚书。著有《朝鲜纪事》《辽海编》《倪文僖公集》等传世。其文学思想主要体现在以下几个方面。

首先,揄扬颂美,恢张皇度,鸣国家之盛。揄扬歌颂的文学倾向在洪武时期宋濂、王祎等人那里即已出现,但其作为一种强盛的文学思想潮流盛行文苑,则是在杨士奇、杨荣、杨溥等台阁派作家主盟的永乐至正统时期。倪谦生逢明朝兴盛之时,也曾长期身在馆阁,"扶景运翊鸿猷,佐成太平之业"①的志向强烈,其文学追求也与三杨等人一脉相承,四库馆臣论其文章即谓:"三杨台阁之体至宏正之间而极弊,冗阘肤廓,几于万喙一音。谦当有明盛时,去前辈典型未远。故其文步骤谨严,朴而不俚,简而不陋。体近三杨而无其末流之失。虽不及李东阳之笼罩一时,然有质有文,亦彬彬然自成一家矣。"②倪谦揄扬颂美的文学观,在其《艮庵文集序》中体现鲜明:

> 文言之成章者也,道理之无形者也。道非托于言,其理不能自明,言非载夫道,其文不能行远。周子曰:文所以载道也,轮辕饰而人弗庸,徒饰也,况虚车乎?六经之文,唐虞三代帝王之道所载,孔子之圣所删定,万世祖之,不可尚矣。战国秦汉而下,学士大夫蹑尘嗣响者,代有闻人,然求其言不畔道,文不悖经者,汉则董子,唐则韩子,宋则欧、曾及濂洛诸子,元则虞邵庵焉,上下数千载间,文章大家不过十数人,斯亦难矣。盖文运与世运相关,文章之盛者,世道之盛也。肆惟圣朝汛扫区宇,奄践唐虞之藩域,光岳之气于斯复完,逮今治平几百年,鸿儒硕士济济挺生,匪惟侍从之臣,恢张皇度粉饰太平者,其文超轶前古,而奉将帝命者,亦足鸣一代之盛焉。③

倪谦接受周敦颐"文以载道"说,认同董仲舒、韩愈、欧曾、濂洛诸子与虞集,主张宗经为文、言不畔道,这是台阁派作家的典型态度。当然,

---

① 倪谦撰:《倪文僖集》卷二十一《顺天府乡试录后序》,景印文渊阁四库全书第1245册,第435页。
② 《四库全书总目》卷一百七十《倪文僖集提要》,中华书局1965年版,第1487页。
③ 《倪文僖集》卷十六《艮庵文集序》,景印文渊阁四库全书第1245册,第387页。

倪谦所言的"道",更侧重于"帝王之道""世道"抑或政道,他认为文运与世运相关,文章兴盛的原因在于"世道之盛",而作者生逢圣朝治平之世,则应积极"恢张皇度""鸣一代之盛",以呈现文与道合、文运与世运相契的规律。对此,他曾以气化论为基础,从应时而鸣的角度进行阐释:"盈天地间,凡物之有声而鸣者,皆轧于一元之气使然。若雷之轰鍧,风之刁萧,水之砰湃,木之吟号,兽之吼,鸟之嘤,虫之噪,其声之发,为气所轧,虽欲不鸣而不可得也……故其为声,可歌可诵,可喜可愕,上而朝廷学士大夫鸣国家之盛,下而委巷肖夫女妇自鸣其情者,何莫非是气之所为乎?"①转换六经义理之道为政道、世道逻辑,强调因气应时而鸣国家之盛,这体现了倪谦鲜明的翊翼政教的文学追求,他曾说"政事文章非二道",无论文学"侍从之臣"还是"奉将帝命者",都可以文学之笔敷陈王道。如他曾称赞身富干材的长洲韩雍,谓其"政事非韩、欧不施,而文章非陆、范不能",文辞既美且富,而"所感者无非爱君思亲之怀,所谈者无非经国恤民之图"②;在《赠内翰戚文湍序》中,他从立言与立德、立功的关系角度,强调了翰林修撰、编修、检讨等史职以史笔来宣扬盛化、褒颂功德的重要性:"使无载言之笔,虽功高德懋,孰为传而有闻乎? 是惟言不朽,乃功德所由以不朽……兹文湍既陟清华禁近之地,任立言要重之职,则纂述鸿猷,铺张盛化,褒功赞德,著于简册以传信于天下后世者,固朝廷所望于文湍者也,而无识者类以闲冗视之,尚曷足与议也哉。"③他在历代作家中之所以特别推崇元代虞集,也与虞集长期身居馆阁、正统意识强烈,文学上积极主张"欲观国家声文之盛,莫善于诗"④等密不可分。

倪谦欲鸣国家之盛的意识,在其唱和、赠别、出使、咏物抒情以及关乎个人生活题材的文章中屡有表现。比如,他任职礼部时迭相唱和,《同年唱和诗引》谓"惟其志同道合,俯仰无歉,是以发诸声诗,虽云畅叙

---

① 《倪文僖集》卷二十五《书抱呆子集后》,景印文渊阁四库全书第 1245 册,第 485 页。
② 《倪文僖集》卷二十一《知庵稿序》,景印文渊阁四库全书第 1245 册,第 439—440 页。
③ 《倪文僖集》卷十九《赠内翰戚文湍序》,景印文渊阁四库全书第 1245 册,第 413—414 页。
④ 虞集撰:《国朝风雅序》,李修生主编:《全元文》卷八一九,凤凰出版社 2004 年版,第 94 页。

燕乐之怀,无非寓夫感恩图报之意,与鸣国家太平之盛也"①。值得指出,倪谦天顺三年(1459 年)主持北闱,因得罪权贵被贬宣城,在此期间他虽不乏"聊以泄不平之气"②的作品,但铺陈揄扬的意识依旧明显,他在《北园燕集诗序》中曾说:"昔柳宗元、苏子瞻之谪岭海也,率放浪山水间,赋咏不辍,盖儒者他无所能,惟藉文辞以宣烦而导滞耳。矧今四夷向化,边尘不惊,而荷戈与役之役未见及已,则余与二三迁客得以游于此,啜清泉足以沃热中之怀,醉醇酎足以释恋阙之思,吟风弄月,消遣襟抱,何为不可?使时有警,其能然乎?由是而知,是游也,莫非圣德之赐幸。而是诗偶为好事者所传,四方之人有以想见边亭塞垣人心暇豫有如此者,岂不益验国家太平之盛也哉?"③文学关乎世道,太平之世虽然贬谪边亭塞垣,依旧"人心暇豫"、能发盛世之音,由此可见倪谦颂美观念之强烈。

其次,尽管倪谦提倡揄扬粉饰,但他在文辞创作上追求自然和平,反对奇诡雕镂。其文章主要以步骤谨严、自然简朴著称,其《赠国子学录耿先生序》中曰:"著为文辞,说理详尽,尔雅宏畅,不尚奇诡,博士甚礼敬之。"④《赠达先生赴襄阳教授序》称赞作者说:"为文不事绩章绘句,必傅于理。"⑤与文章观相应,《冶亭登高诗序》论诗曰:"诸作铿锵要眇,冲淡和平。"⑥关于此种追求,其阐发道:

> 诗者,言之有音节者也。言之有音节,一皆本于自然而不容已焉。若康衢之谣,击壤之歌,二南之咏,是皆髫童野老委巷女妇达其情之所欲言者,初岂有意而为之哉?以今观之,虽学士大夫反有所不能道。何耶?由其被先王教化之深,而发乎天性之真者,自然而成音也。后世之为诗者,养之未至,而欲模拟古作,极力驰骋排偶声律风云月露以为工,牛鬼蛇神以为奇,而古意索矣。惟陶、韦

①《倪文僖集》卷二十二《同年唱和诗引》,景印文渊阁四库全书第 1245 册,第 451 页。
②《倪文僖集》卷九《和韩都宪诗序》,景印文渊阁四库全书第 1245 册,第 306 页。
③《倪文僖集》卷二十一《北园燕集诗序》,景印文渊阁四库全书第 1245 册,第 438 页。
④《倪文僖集》卷十七《赠国子学录耿先生序》,景印文渊阁四库全书第 1245 册,第 395 页。
⑤《倪文僖集》卷十九《赠达先生赴襄阳教授序》,景印文渊阁四库全书第 1245 册,第 420 页。
⑥《倪文僖集》卷十八《冶亭登高诗序》,景印文渊阁四库全书第 1245 册,第 403 页。

之冲逸,李、杜之典则,脍炙人口,世争传诵之以至于今,岂不以其音节自然,有得于《风》《雅》之遗者乎?……予观先生之诗,冲逸而不窘迫,典则而不奇诡,有和平自然之音,无模拟驰骋之态,盖涉陶、韦、李、杜之蹊径,而上追乎《风》《雅》者也……而其操履之端,学术之正,涵养之厚,居然可见,得不有传于世乎?孔子曰有德必有言,于先生信之矣。①

倪谦认为诗歌创作应出之"天性之真""一皆本于自然",而不应模拟驰骋、刻意求奇,偏执于声律辞藻,他推崇韦柳的简古冲逸和李杜的典则,且谓作者"有和平自然之音"而无"模拟驰骋之态"。依其所论,这些自然和平、典则雅正等风格的形成,一面要立足于学术与涵养,养之所至见于诗文,故常强调养德养气:"文者,德之华也。如山焉,上有丹砂者下有金,上有陵石者下有锡。如水焉,圆折者有珠,方折者有玉,孰谓观于外之文不足以知其中之抱负乎?"②评王英所书虞集《风入松》云:"盖先生道德文章著于事业者,赫然为昭代之名臣。胸中所养浩瀚端邃,故形于翰墨清洒神妙,不求工而自工者。"③《送李教授赴广州府学序》亦提倡集义养气、"著而为事业""发而为文章"④。倪谦此种立足学术、涵养德行、集义养气,追求自然和平、典雅春容的意识,与多数台阁派作家一致。同时,他还特由时代角度予以了阐释,《松冈先生文集叙》称赞作者"其为文,春容详赡,和平典雅,一以韩欧为法。诗则清新富丽,有唐人风致"时,既指出学术原因,更点明了时代作用:"先生之学本于六经,贯穿乎诸子百氏,生际文明亨嘉之运,光岳气完之日,资诸老渐濡之益,荷朝廷作养之厚,是故胸中所蓄理足而气充,笔端所运意新而辞达。"⑤身逢文明光亨之世,既提倡鸣一代之盛,又注重道德学术蒙养,发而为文自然春容不务雕琢,这是倪谦作为台阁派殿军却又不"冗阘肤廓"的重要原因。

---

① 《倪文僖集》卷十九《盘泉诗集序》,景印文渊阁四库全书第 1245 册,第 420—421 页。
② 《倪文僖集》卷二十一《顺天府乡试录后序》,景印文渊阁四库全书第 1245 册,第 435 页。
③ 《倪文僖集》卷二十四《跋泉坡先生书》,景印文渊阁四库全书第 1245 册,第 474 页。
④ 《倪文僖集》卷十六《送李教授赴广州府学序》,景印文渊阁四库全书第 1245 册,第 382 页。
⑤ 《倪文僖集》卷二十二《松冈先生文集叙》,景印文渊阁四库全书第 1245 册,第 452—453 页。

二、吴宽

吴宽(1435—1504),字原博,号匏庵,长洲(今江苏苏州)人。明宪宗成化八年(1472年)会试、殿试皆第一,中状元,授翰林修撰。著有《匏庵家藏集》。文学思想主要体现在以下几个方面。

首先,写书"治世之音"。吴宽身居馆阁,耳闻目接前朝的明良盛事,对馆阁派作家"三杨"颇为推崇,谓"今世称名臣,必曰三杨"①。在成化九年(1473年)所作《恭题杨文贞公所书宣宗御制诗后》中,他称赞宣宗皇帝与杨士奇的君臣之遇:"宣宗章皇帝之在位也,天下晏然,号称至治。亦惟有若少师杨文贞公实左右之。今四十年矣,一时君臣既不可见,而独见文贞手书御制诗,慨想当时明良相逢之盛,一德一心,雍容和乐,几事之余,发于声画,盖与虞舜作歌、皋陶赓歌同一意也。"②《跋滕用冲贞符颂》借滕用衡所献祯符之诗称:"昔汉武之世,招延天下文学之士,如司马相如、枚皋之徒勃然而起,于是麟马、宝鼎、芝草之类,沨沨乎形于歌咏,千载之下乃复见于皇朝。呜呼!其盛矣哉!"③而当其自翰林承乏吏部,在政事繁杂、诗兴低落、意致索然的情况下,见到同僚歌咏不辍,亦不免流露出要抒发治世之音的意识:"夫诗以言志,志之所至,必形于言,古人于此未有弃之者。故虽衰周之人,从役于外,而诗犹可诵。况生于今之盛世者乎?……至于纪朝廷宴赐之盛仪,志国家祀戎之大事,灿然卷中,亦无不备。后有读之者,信其为治世之音也。"④吴宽此种揄扬歌颂观念,在其《丰年颂》《平胡颂》等台阁手笔中表现得极为清晰,虽由其呼吁力度看不如倪谦强烈而一贯,但同样不可忽略。

其次,提倡古文、批评时文的文章观。明代设科取士以八股,旨在使士子以经义为先、发挥圣贤之旨,由此造天下之士,有益当时而副朝廷之望。大抵明代立法初期的洪武、永乐等朝,士子专经务学、文风淳朴,此后则割裂章句、空疏不学、文字奇诡不经等现象愈发突出,遂亦成

---

① 吴宽:《匏翁家藏集》卷五十二《跋三杨遗墨》,明正德三年吴奭刻本。
②《匏翁家藏集》卷四十八《恭题杨文贞公所书宣宗御制诗后》,明正德三年吴奭刻本。
③《匏翁家藏集》卷五十四《跋滕用冲贞符颂》,明正德三年吴奭刻本。
④《匏翁家藏集》卷四十二《公余韵语序》,明正德三年吴奭刻本。

为士人反思批评的重要问题。吴宽是成化、弘治时期的八股名家,其对本朝以经义代诗赋、廷试复考策问的科考制度与授官之后"试以事""考其绩"的程序都颇为赞扬①,但在古文与时文之间,他属意古文、不喜时文。其《旧文稿序》中曰:

> 宽年十一入乡校,习科举业。稍长有知识,窃疑场屋之文,排比牵合格律,篇同之,使人笔势拘絷,不得驰骛以肆其所欲言,私心不喜。时幸先君好购书,始得《文选》读之,知古人乃自有文。及读《史记》《汉书》与唐宋诸家集,益知古文乃自有人,意颇属之。适与诸生一再试郡中,偶皆前列,辄自满曰:吾足以取科第矣。益属意古作,然既业为举子,势不得脱然弃去,坐是牵制,学皆不成。故累举于乡,即与有司意忤。虽平生知友,未免咎予之迂。予则自信益固。方取向之《文选》及《史》《汉》唐宋之文益读之,研究其立言之意,修词之法,不复与年少者争进取于场屋间。未几当大比之岁,提学宪臣有知予者,乃强遣之,不意名在乡解,又四年试春官,皆不见黜,寻登进士第。②

吴宽在提学宪臣的督促下参加乡试名列第二,成化八年(1472 年)壬辰科会试中会员、殿试又中状元。尽管如此,他仍自称不喜时文、属意古作,这种论述代表了当时诸多吴中尚古之士的文学态度,他为长洲吴瑄所作《仅斋居士传》,即称其:"为文初习场屋体,及读汉唐人制作,曰:文当如是落笔,语即不俗。游郡学有声,视前辈瞠若不顾。"③吴宽研味古作的范围很广,涉及《文选》《史记》《汉书》与唐宋诸家,学习的重心主要是"立言之意"与"修词之法",这也是其批评时文的重要动因。他说:

> 今之世号为时文者,拘之以格律,限之以对偶,率腐烂浅陋可厌之言,甚者指摘一字一句以立说,谓之主意。其说穿凿牵缀,若隐语然,使人殆不可测识。苟不出此,则群笑以为不工。盖学者之

---

① 《匏翁家藏集》卷四十三《壬戌会试录序》,明正德三年吴奭刻本。
② 《匏翁家藏集》卷四十一《旧文稿序》,明正德三年吴奭刻本。
③ 《匏翁家藏集》卷五十八《仅斋居士传》,明正德三年吴奭刻本。

所习如此,宜为人所弃也。而司其文者,其目之所属,意之所注,亦唯曰主意者而已。故得其意,虽甚可厌之言一不问,其失意,虽工辄弃不省。其言曰:吾知操吾法以便吾之取而已,恶眼计其他。盖有司之所取又如此。……呜呼! 文之敝既极,极必变,变必自上之人始。吾安知今日无若宋之欧阳永叔者,而一振其陋习哉? 吾又安知无若苏、曾辈出于其下,而还其文于古哉? 太原周君仲瞻侍其尊人大司寇游于南都有年矣……其学长于《春秋》,而尤好古文词,以予之同其好也,相好日厚。①

吴宽认为时文考试摘取经传字句命题,作者破裂经义、钩棘章句以认题立意,考官也相应地不问文章工拙,但以其所谓的"主意"予以去取,加上八股时文严苛的排比格律等形式要求,结果是"穿凿牵缀""若隐语然",文章率为"腐烂浅陋可厌之言",乃文弊至极。他推赞欧阳修、苏轼、曾巩等人力矫文体之弊、提倡古文的功绩,正意在以古文补救时文。说:

> 乡校间士人以举子业为事,或为古文词,众辄非笑之曰:是妨其业矣。噫! 彼盖不知其资于场屋者多也。故为古文词而不治经学,于理也必阂,为举子业而不习古作,于文也不扬,二者适相为用者也。②

举子学为时文,前辈长者常教戒勿为古文词以免妨碍举业,吴宽谓"两相为用"、古文"资于场屋者多",认为"为举子业而不习古作,于文也不扬",提倡借助古文的自然体势、自由的修辞表达等来弥补场屋时文"笔势拘絷""不得驰骛以肆其所欲言"而往往堆砌华藻的缺陷。同时,其强调"为古文词而不治经学,于理也必阂",亦体现一种宗经明理、反对文辞浮华无根的古文追求。他称赞陈选:"为文平雅,若不以词尚,而理致深密,读之有味"③;称赞吴中刘铉:"不以险怪侈靡为工,往往于和

---

① 《匏翁家藏集》卷三十九《送周仲瞻应举诗序》,明正德三年吴奭刻本。
② 《匏翁家藏集》卷四十三《容庵集序》,明正德三年吴奭刻本。
③ 《匏翁家藏集》卷五十九《布政使陈公传》,明正德三年吴奭刻本。

平简澹之中而有温纯典雅之意。"①当然,此种尚学、宗经、明理与反对华缛之风的思想,在其论述时文时更为常见,他主持会试曾阐述取文标准曰:"夫文载乎道,道因文而凝,不因文而散……夫浮华之言荡然无益于世,其体裁类俳,足以惑人,是以君子患之……盖言与理俱胜取之,理胜于言取之。若夫言胜于理,固所谓浮华者不能取也。"②整体以观,吴宽虽不喜时文、提倡古文,但批评有度,其以古文资时文的主张,与此后唐顺之等提倡以古文为时文的主张一道,对于纠矫明代中后期时文流弊而开辟创作新境极具意义。

最后,崇尚高情逸趣、自然和平,以诗歌自适的诗学观。吴宽在诗学上有鲜明的宗唐倾向,屡言"予尝观古诗人,莫盛于唐"③,在唐代诸家中尤推尊韦应物、柳宗元等人。他说:

> 夫诗自魏晋以下,莫盛于唐。唐之诗,如李、杜二家不可及已,其余诵其词,亦莫不清婉和畅,萧然有出尘之意。其体裁不越乎当时,而世似相隔。其情景皆在乎目前,而人不能道。是以家传其集,论诗者必曰唐人唐人云。抑唐人何以能此? 由其蓄于胸中者有高趣,故写之笔下,往往出于自然,无雕琢之病,如韦、柳又其首称也。世传应物所至,焚香扫地,而子厚虽在迁谪中,能穷山水之乐,其高趣如此,诗其有不妙者乎? 完庵先生刘公……其家长洲之野,江湖之上,日玩云水不足,引水为池,累石为山,号小洞庭。与客登眺以乐,兴至辄瞠目,为吟哦声。其诗专法唐人,语多与合。当时所与倡和者,武功徐公、参政祝公及隐士沈石田数人而已。④

吴宽"平生学宗苏氏"⑤,其推挹韦、柳的意趣,与苏轼"发纤秾于简古,寄至味于淡泊"的高度评价相契。吴宽在诗文题跋等文字中多次提及韦、柳,如《跋子昂临羲之十七帖》以诗论书,将二人与书家王羲之、王献之相比列:"书家有羲、献,犹诗家之有韦、柳也。朱子云:'作诗不从

---

① 《匏翁家藏集》卷四十四《刘文恭公集序》,明正德三年吴奭刻本。

② 《匏翁家藏集》卷四十一《丁未会试录后序》,明正德三年吴奭刻本。

③ 《匏翁家藏集》卷四十一《后同声集序》,明正德三年吴奭刻本。

④ 《匏翁家藏集》卷四十四《完庵诗集序》,明正德三年吴奭刻本。

⑤ 《四库全书总目》卷一百七十一《家藏集提要》,中华书局1965年版,第1493页。

韦柳门中来,终无以发萧散冲澹之趣。'则书不从羲、献可乎?"①有时亦将陶渊明、韦应物并提,《和王允达病中杂述》中云:"怀哉久在告,幸无官事侵。口吐陶韦句,时将代呻吟。向晚有奇事,忽此金石音。"②《晚晴》中曰:"细咏柳州句,千载人已非。慨慕至终夕,世岂惟陶韦。"③吴宽推崇韦、柳诸家,一方面是赞赏其清婉自然的风格,这与其反对雕缋的文章观一致;另一方面则更源于他们"焚香扫地""能穷山水之乐"的胸襟意趣。吴宽认为自唐以后,诗人所面对的体裁、情景无异,而韦、柳诸家能以自然笔致超然胜出,主要源于其胸襟所蓄的高趣,在其看来"日玩云水""登眺以乐",作者能在山水胜景中荡涤心胸、涵养意致,届时兴至吟哦,自然会出好诗。故特别强调山水自然之于作者创作的重要作用:"盖言诗之盛者,必以唐为首。辋川之有王右丞,香山之有白太傅,浣溪之有杜子美,樊川之有杜牧之,其尤著者。是故市廛之尘埃,孰比乎烟霞之胜;闾巷之人迹,不若乎泉石之佳。发乎兴致,荡乎胸怀,景美而意自奇,迹爽而趣自妙,不期乎诗而诗随之。"④与之相应,吴宽对当代高启、沈周等乐于隐逸山林、自放江湖的诗人亦褒赞尤多,谓高启:"独其胸中萧散简远,得山林江湖之趣,发之于言,虽雄不敢当乎子美,高不敢望乎魏晋,然能变其格调以仿佛乎韦、柳、王、岑于数百载之上,以成皇明一代之音,亦诗人之豪者哉。"⑤他还结合欧阳修"穷而后工"说,提出了"穷而工者,不若隐而工者之为工"的主张。《石田稿序》中云:

> 诗以穷而工,欧阳子之言,世以为至矣。予则以为穷者其身阨,必其言悲,则所谓工者,特工于悲耳。故尝窃以为穷而工者,不若隐而工者之为工也。盖隐者忘情于朝市之上,甘心于山林之下,日以耕钓为生,琴书为务,陶然以醉,翛然以游,不知冠冕为何制,钟鼎为何物,且有浮云富贵之意,又何穷云?是以发于吟咏,不清婉而和平,则高亢而超绝,求之唐人若陆鲁望是已……吴之诗自鲁

① 《匏翁家藏集》卷五十《跋子昂临羲之十七帖》,明正德三年吴奭刻本。
② 《匏翁家藏集》卷十《和王允达病中杂述》,明正德三年吴奭刻本。
③ 《匏翁家藏集》卷二十一《晚晴》,明正德三年吴奭刻本。
④ 《匏翁家藏集》卷四十二《樵乐存稿序》,明正德三年吴奭刻本。
⑤ 《匏翁家藏集》卷四十九《题重刻缶鸣集后》,明正德三年吴奭刻本。

望首倡,盛于宋,尤莫盛于元,然其人多生于季世,身虽隐,其时则穷,则其诗亦悲而已,予尝读而伤之。入皇朝来,偃兵息民,天下向治,及承平日久,人情熙熙……至吾友启南,资更秀颖。虽得于父祖之教,自能接乎宋元之派,以上溯乎鲁望。且其宅居江湖间,不减甫里之胜,宾客满坐,尊俎常设,谈笑之际,落笔成篇,随物赋形,缘情叙事,古今诸体,各臻其妙。溪风渚月,谷霭岫云,形迹若空,姿态倏变。玩之而愈佳,揽之而无尽,所谓清婉和平,高亢超绝者兼有之,故其名大播,不特江南而已。①

吴宽以"隐"论诗,与吴地士人固有的隐逸传统有关,但其欣羡之"隐"不是时穷志悲之"隐",乃为逍遥自适之"隐"。他变"诗以穷而工"为"隐而工",鲜明地反映了其以诗歌来悠游自适、崇尚舂容自然风格的文学倾向,认为穷工之言必定悲苦,不若隐逸之士忘情名利、陶然山水之间,发为诗歌或清婉和平、或明朗超绝,与悲戚的穷工之言迥异。沈周名列《明史·隐逸传》,筮《周易》得《遁》之九五而决意隐遁,以画称著,"所居有水竹亭馆之胜,图书鼎彝充牣错列,四方名士过从无虚日,风流文彩照映一时"②,四库馆臣谓其诗:"挥洒淋漓,自写天趣,盖不以字句取工,徒以栖心丘壑,名利两忘,风月往还,烟云供养,其胸次本无尘累。故所作亦不雕不琢、自然拔俗,寄兴于町畦之外,可以意会而不可加之以绳削。"③这无疑与吴宽"逍遥亦何事,高咏陶韦诗"④的诗学旨趣正相契合。

吴宽其他的一些诗学思想也颇值一书。如,他虽强调诗歌自适、自然冲逸,但同样也注重诗歌的政教实用价值,反对耽于吟弄风月、熟软雕缛。在《跋项文祥刑部爱日斋稿》中,他重视诗歌的成人之用:"文祥笃于伦理者也,今其诗百余篇,归于此者什六七,盖与世所谓诗人异矣。读是编者不必论其工于为诗,当论其工于为人可也。"⑤《述祖德诗引》明

---

①《匏翁家藏集》卷四十三《石田稿序》,明正德三年吴奭刻本。

②《明史》卷二百九十八《隐逸传》,中华书局 1974 年版,第 7630 页。

③《四库全书总目》卷一百七十《石田诗选提要》,中华书局 1965 年版,第 1489 页。

④《匏翁家藏集》卷一《喜雨》,明正德三年吴奭刻本。

⑤《匏翁家藏集》卷四十八《跋项文祥刑部爱日斋稿》,明正德三年吴奭刻本。

确反对吟弄风月、刻画泉石，赞美追述祖德之诗："述祖德之作，宋谢康乐有之，自谢以后寥寥焉。夫世之诗人竭岁月疲精神，簸弄风云，刻画泉石，以至一草木一禽鱼之微，皆蒙题品，独于先世，各不吐一词及之……嗟夫！有美弗知，知而弗传，古人之所深诮其不明不仁者也。"①此外，吴宽虽尚和平渊雅之音，然时亦主张本于情志而发、不拒激烈诗风，谓诗人应"写其志之所之"、不应作应酬文字，"凡有所感遇，有所触发，有所怀思，有所忧喜，有所美刺，一于诗发之"②，甚至赞美姚仲远词气严厉、愤世感事的诗歌"若利剑出匣，锋芒差差见之"③。这种兼容的诗学态度亦与其自身多元的诗风相应，故论者评其诗各有不同，陈田谓其"体擅台阁之华，气含川泽之秀，冲情逸致，雅制清裁，是时西涯而外，当首屈一指"④，王鏊则谓其"为诗沉着高壮，一洗近世尖新之习"⑤。

三、王鏊

王鏊(1450—1524)，字济之，号守溪、拙叟，世称震泽先生，吴县(今江苏苏州)人。成化十年(1474年)乡试、十一年会试，俱第一，廷试第三，授编修，累迁户部尚书、文渊阁大学士。王鏊博学广览，富鉴识，长于制义且性喜古文，不仅是弘、正时期颇具影响的文章家，更是后世吴地文人士子广泛推誉的楷模。黄宗羲曾将其与吴宽并视为赓递有明文统的重要人物："予谓有明之文统始于宋、方，东里嗣之；东里之后，北归西涯，南归震泽；匏庵、震泽昭穆虽存，渐沦杞宋，至阳明而中兴，为之一振。"⑥著有《震泽集》《震泽长语》《姑苏志》等，其中，对诗、文均有较丰富的论述。

首先，古文观。与吴宽一样，王鏊也是成化、弘治时期的制义大家，且声名更著、影响更大。明末郑鄤谓："举业以文恪为鼻祖，其科名几与

① 《匏翁家藏集》卷四十六《述祖德诗引》，明正德三年吴奭刻本。
② 《匏翁家藏集》卷四十《中园四兴诗集序》，明正德三年吴奭刻本。
③ 《匏翁家藏集》卷四十二《容溪诗集序》，明正德三年吴奭刻本。
④ 陈田辑撰：《明诗纪事》丙签卷三，上海古籍出版社1993年版，第962页。
⑤ 《明诗纪事》丙签卷三，上海古籍出版社1993年版，第962页。
⑥ 黄宗羲著，吴光编校：《明文海评语汇辑》，《黄宗羲全集》第十一册，浙江古籍出版社2012年版，第96页。

商文毅等,立朝风采亦足相方。古来文高一代,而位望又克副者,惟唐之曲江、宋之庐陵,其他未易几也。"①清代俞长城誉之为"斯文宗主",对其推崇更力:"制义之有王守溪,犹史之有龙门、诗之有少陵、书法之有右军,更百世而莫并者也。前此风会未开,守溪无所不有;后此时流屡变,守溪无所不包,理至守溪而实,气至守溪而舒,神至守溪而完,法至守溪而备。盖千子、大力、维斗、吉士莫不奉为尸祝。"②与吴宽提倡古文、批评时文的态度相比,王鏊也曾指斥时文之弊,且常乐意传授心得,如曾教授王升之:"扣其学,出经入传,赜词隐义,横纵莫难;为文下笔立就,芒彩烂然,然不出所谓举业。予乃开之以新义,惶然若惊,幡然若悔,超然若悟……年十九,遂登进士第。"③王鏊对古文同样志坚意笃,其为长洲徐源所作《瓜泾集序》曾述及相约为古文的志向:"公与予同年进士,而齿先于予。时同年三百人,予独善公,且相约为古文词,志甚锐,务追古作者为徒,相与劘切,倡和往来。"④王鏊属意古文词,研味切劘后之理论阐述也颇为丰富。他提倡宗经,主张六经有文法:

> 世谓"六经"无文法。不知万古义理,万古文字,皆从经出也。其高者远者未敢遽论,即如《七月》一篇,叙农桑稼穑,《内则》叙家人寝兴烹饪之细,《禹贡》叙山水脉络原委,如在目前,后世有此文字乎?《论语》记夫子在乡、在朝、使傧等容,宛然画出一个圣人,非文能之乎?昌黎序如《书》,铭如《诗》,学《书》与《诗》也,其他文多从《孟子》,遂为世文章家冠。孰谓"六经"无文法?⑤

此前刘勰由文章角度谓论说辞序、诏策章奏、赋颂歌赞、铭诔箴祝、纪传文檄等诸文体无不源出经书,明初宋濂继承刘勰之论予以发挥,谓

① 郑鄤:《峚阳草堂诗文集》文集卷七《明文稿汇选序》,《四库禁毁书丛刊》集部第 126 册,北京出版社 1997 年版,第 372 页。

② 梁章钜著,陈水云、陈晓红校注:《梁章钜科举文献二种校注·制义丛话》卷四,武汉大学出版社 2009 年版,第 64—65 页。

③ 王鏊著,吴建华点校:《王鏊集·震泽先生集》卷十一《赠王升之序》,上海古籍出版社 2013 年版,第 199 页。

④ 《王鏊集·震泽先生集》卷十三《瓜泾集序》,上海古籍出版社 2013 年版,第 219 页。

⑤ 《王鏊集·震泽长语》卷下,上海古籍出版社 2013 年版,第 579 页。

"错综而推，则五经各备文之众法，非可以一事而指名也"①。与之相应，王鏊师法圣人之文，尽管亦注重养气穷理，谓"圣贤未尝有意为文也"，"故为文莫先养气，莫要穷理"②，主张"求吾儒之所谓荣，吾道之所谓乐"③，然其更多由文辞、文法角度来酌取经传之长。如研读《左传》，虽称"文非道之所贵"，但更"爱其文，而尤爱其词命"④，其《重刊左传详节序》就文法揭示道："左氏疏《春秋》，于圣人之旨未尽得也……其词婉而畅，直而不肆，深而不晦，炼而不烦，绳削有若剩焉，而非赘也；若遗焉，而非欠也。后之以文名家者孰能遗之？而为史者尤多法焉。尝窃论之，迁得其奇，固得其雅，韩得其富，欧得其婉，而皆赫然名于后世……学者因是而求之，为文之法，尽在是矣。"⑤不在意左氏"于圣人之旨未尽得"，而是偏爱其文辞之美，看重其沾溉后世的文法价值，这是王鏊取法经传的典型态度。以文辞文法为重心，王鏊在宗经之外的其他师古路径上亦表现得多元宏阔。他认为"先秦文字，无有不佳"⑥，尤推崇极尽变化之态的乐毅《答燕惠王书》、李斯《上逐客书》与韩非子《说难》等篇；对于《史记》，他能注意"不必人人立传"而人物离合互见的叙事方法⑦，对其"议论未了，忽出叙事；叙事未了，又出议论"的奇特笔法也能心领神会⑧；甚至还能体认张载《太极图说》《西铭》等文字之美，谓"未论义理，其文亦高出前古"⑨；在推崇唐宋古文运动诸名家之外，他也注意元结的先导意义，"唐文至韩、柳始变，然次山在韩柳前，文已高古，绝无六朝一点气习，其人品不可及软"⑩，体现了一种取法前人的开阔视野。

王鏊推尊韩愈尤备，从中亦可见其尚奇特、师其意而不师其词等文章意识。他称韩愈之文乃六经外之"不可及"者：

① 《宋濂全集》卷二十三《白云稿序》，人民文学出版社 2014 年版，第 471 页。
② 《王鏊集·震泽长语》卷下，上海古籍出版社 2013 年版，第 580 页。
③ 《王鏊集·震泽先生集》卷十一《赠王升之序》，上海古籍出版社 2013 年版，第 199 页。
④ 《王鏊集·震泽先生集》卷十三《春秋词命引》，上海古籍出版社 2013 年版，第 221 页。
⑤ 《王鏊集·震泽先生集》卷十三《重刊左传详节序》，上海古籍出版社 2013 年版，第 218—219 页。
⑥ 《王鏊集·震泽长语》卷下，上海古籍出版社 2013 年版，第 579 页。
⑦ 《王鏊集·震泽长语》卷下，上海古籍出版社 2013 年版，第 580 页。
⑧ 《王鏊集·震泽长语》卷下，上海古籍出版社 2013 年版，第 580 页。
⑨ 《王鏊集·震泽长语》卷下，上海古籍出版社 2013 年版，第 579 页。
⑩ 《王鏊集·震泽长语》卷下，上海古籍出版社 2013 年版，第 580 页。

"六经"之外,昌黎公其不可及矣。后世有作,其无以加矣。《原道》等篇,固为醇正。其《送浮屠文畅》一序,真与《孟子》同功,与墨者夷之篇当并观。其他若曹成王、南海神庙、徐偃王庙等碑,奇怪百出,何此老之多变化也? 尝怪昌黎论文,于汉独取司马迁、相如、杨雄,而贾谊、仲舒、刘向不之及。盖昌黎为文主于奇,马迁之变怪,相如之阔放,杨雄之刻深,皆善出奇,董、贾、向之平正,非其好也。然《上宰相》第一书,亦自刘向疏中变化矣。①

王鏊揭示韩愈文章的多元变化特征,既有《原道》等淳雅一面,亦有取法《孟子》而宏肆、取法刘向而平正的一面,其他作品更是"奇怪百出"、变化不一。当然,其最欣赏者还是"为文主于奇"的特色,对此王鏊对源出韩愈而得其"奇"的皇甫湜及此后的孙樵特别称赞,《书孙可之集后》曰:"予既刻《可之集》授学者,人或曰:'君以昌黎公为作者之圣,欲学者法之,顾令读《可之集》,何也?'曰:'昌黎,海也,不可以徒涉。涉必用巨筏焉,则可之是也。'"②其《皇甫持正集序》则曰:

> 昔孙可之自称为文得昌黎心法,而其传实出皇甫持正。今观持正、可之集,皆自铸伟词,槎牙突兀,或不能句。其快语若"天心月胁""鲸铿春丽""至是归工""抉经执圣",皆前人所不能道,后人所不能至也,亦奇甚矣。昌黎尝言"惟古于词必己出"。又论"文贵自树立,不蹈袭前人,不取悦今世"。此固持正之所从授与。他日乃谓"李翱、张籍从余学文,颇有得";"从吾游者李翱、张籍,其尤也",而不及持正,何欤? 余谓昌黎为文,变化不可端倪。持正得其奇,翱与籍得其正,而翱又得其态。合三子一之,庶几其具体乎? 则持正、可之之文,亦岂可少哉?③

王鏊指出张籍、李翱得韩愈之"正",皇甫湜得韩愈之"奇"而不可"少",这反映其对韩愈的辨识与钦佩,很大程度上与"奇"不可分割。这种"奇"既体现于"天心月胁""鲸铿春丽"等文辞风格层面,更源于"词必

---

① 《王鏊集·震泽长语》卷下,上海古籍出版社 2013 年版,第 579 页。
② 《王鏊集·震泽先生集》卷三十五《书孙可之集后》,上海古籍出版社 2013 年版,第 497 页。
③ 《王鏊集·震泽先生集》卷十四《皇甫持正集序》,上海古籍出版社 2013 年版,第 227 页。

已出""自铸伟词""不蹈袭前人"的创新意识,而后者在王鏊看来,主要是在一种师古而能变化、师其意而不师其词的路径中实现的,此亦即其所认取的韩愈之"文法""为文之妙诀":"为文必师古。使人读之不知所师,善师古者也。韩师孟,今读韩文,不见其为孟也。欧学韩,不觉其为韩也。若拘拘规效,如邯郸之学步,里人之效颦,则陋矣。所谓'师其意不师其词',此最为文之妙诀。"①王鏊对韩愈文章的体会和论述颇多,如曰:"韩子《进学解》,准东方朔《客难》作也;柳子《晋问》,准枚乘《七发》作也,然未尝似之。若班固《宾戏》、曹子建《七启》,吾无取焉耳。"②此前洪迈曾谓曹植《七启》等模仿《七发》的作品、班固《宾戏》等模仿东方朔《答客难》的作品,皆"规仿太切,了无新意""屋下架屋,章摹句写",认为柳宗元《晋问》"超然别立新机杼,激越清壮","及韩退之《进学解》出,于是一洗矣"③,王鏊与此相仿,他认同韩、柳而不取班固、曹植,正由于韩、柳能别立机杼、学而不似。此外,司马迁《史记》曾结合伯夷、叔齐"积仁洁行,如此而饿死"等事迹,发出"闾巷之人,欲砥行立名者,非附青云之士,恶能施于后世哉"的感慨,也曾就屈原事迹"悲其志""未尝不垂涕,想见其为人",王鏊认为韩愈《何蕃传》对太学生何蕃的不遇书写及其"故凡贫贱之士,必有待然后能有所立"的议论,正是师司马迁之意而不师其词的体现:"太史公伯夷、屈原传,时出议论。其亦自发其感愤之意也夫!退之何蕃传,亦放此意。"④王鏊指出取法韩愈、师古而能变化,意义重大:一方面可使学子得门而入、学有所授,避免师心随意:"凡为文必有法……近世文章家要以昌黎公为圣,其法所从授,盖未有知其所始者,意其自得之于经,而得之邹孟氏尤深……而后之为文者随其成心,无所师承,予窃病之"⑤;另一方面更可凭借师其意不师其词的精神,"得其法则开阖操纵,惟意所之"⑥,避免模拟蹈袭等流弊之失。整体以观,王鏊矢志宗经师古的文章观,既能不拘时代、不泥一派一家,有鲜明的

① 《王鏊集·震泽长语》卷下,上海古籍出版社 2013 年版,第 579—580 页。
② 《王鏊集·震泽长语》卷下,上海古籍出版社 2013 年版,第 580 页。
③ 《容斋随笔》卷七,中华书局 2005 年版,第 90 页。
④ 《王鏊集·震泽长语》卷下,上海古籍出版社 2013 年版,第 581 页。
⑤ 《王鏊集·震泽先生集》卷十二《孙可之集序》,上海古籍出版社 2013 年版,第 207 页。
⑥ 《王鏊集·震泽先生集》卷十四《容春堂文集序》,上海古籍出版社 2013 年版,第 225 页。

兼容汇通旨趣，与稍后七子派分门别户的标榜意识相比，更显自然通脱；同时，其推挹韩愈、皇甫湜、孙樵诸家而崇尚"奇怪百出"、词必己出、注重变化，既与此前台阁派追求的和平春容之风不同，亦与后来强调师心自用的性灵派有异。

其次，诗学思想。王鏊论诗最突出的是崇尚格调韵致、主张师法唐人。对于前代诗歌，王鏊谓"唐以格高，宋以学胜"，元代则"出入二者之间，其实似宋，其韵似唐，而世变之，高下则有不可强者"①。但在取法问题上，其宗唐倾向更为显见。他注意撷取唐人之"格"与"韵"，主张超越律诗体式束缚，追求意致隽永、余味悠长：

> 唐人虽为律诗，犹以韵胜，不以钉饾为工。如崔颢《黄鹤楼》诗，"鹦鹉洲"对"汉阳树"，李太白"白鹭洲"对"青天外"，杜子美"江汉思归客"对"乾坤一腐儒"，气格超然，不为律所缚，固自有余味也。后世取青媲白，区区以对偶为工，"鹦鹉洲"必对"鸬鹚堰"，"白鹭洲"必对"黄牛峡"，字虽切而意味索然矣。②

《萍洲可谈》曾载宋人吴处厚以"鸬鹚堰"对"鹦鹉洲"③，陆游《登赏心亭》则有"全家稳下黄牛峡，半醉来寻白鹭洲"的化用之句，但王鏊认为雕琢对偶、刻意用事、饾钉堆垛，字句虽属工切，却反使诗之"意味索然"，这也是他批评宋诗的重要原因："为文好用事，自邹阳始。诗好用事，自庾信始。其后流为西昆体，又为江西派，至宋末极矣。"④王鏊并非认为诗歌无关学问与精思，曾曰"唐人用一生心于五字，故能巧夺天工。今人学力未至，举笔便欲题诗，如何得到古人佳处"⑤，但他主要推崇的是唐诗含蓄悠游的韵致特征，这在其对杜甫、王维、孟浩然诸家的评价中有鲜明体现。比如，与吴宽认同李杜"不可及"但多论韦、柳相比，王鏊对杜甫的诗学成就阐述较多，但其重心却也与吴宽崇尚高情逸趣的观念相近，更喜杜甫"人与物偕""有吾与点也之趣"的作品："杜诗，前人

---

① 《王鏊集·震泽先生集》卷三十五《题元人书》，上海古籍出版社 2013 年版，第 495 页。
② 《王鏊集·震泽长语》卷下，上海古籍出版社 2013 年版，第 582—583 页。
③ 朱彧撰，李伟国点校《萍洲可谈》，中华书局 2007 年版，第 125 页。
④ 《王鏊集·震泽长语》卷下，上海古籍出版社 2013 年版，第 582 页。
⑤ 《王鏊集·震泽长语》卷下，上海古籍出版社 2013 年版，第 581 页。

赞之多矣。予特喜其诸体悉备。言其大,则有若'吴楚东南坼,乾坤日夜浮'……言其小,则有若'暗飞萤自照,水宿鸟相呼'……而尤可喜者,如'水流心不竞,云在意俱迟',人与物偕,有吾与点也之趣。'片云天共远,永夜月同孤。'又若与物俱化。谓此翁不知道,殆未可也。"①本于这一旨趣,王鏊更推崇王维、孟浩然:"子美之作,有绮丽秾郁者,有平淡酝藉者,有高壮浑涵者,有感慨沈郁者,有顿挫抑扬者。后世有作,不可及矣。若夫兴寄物外,神解妙悟,绝去笔墨畦径,所谓文不按古,匠心独妙,吾于孟浩然、王摩诘有取焉。"②得古今体势、兼人所独专,这是杜甫"集大成"的突出成就,而王鏊更激赏绝去畦径、匠心独妙的王维、孟浩然,赞其"兴寄物外,神解妙悟",能"以淳古淡泊之音,写山林闲适之趣"③。这就与推崇韦、柳与白居易的吴宽颇为合调。王鏊亦喜白居易,称其"格调虽不甚高",但"工于模写,人情物态,悲欢穷泰,吐出胸臆,如在目前"④。值得指出,王鏊崇尚唐诗的格调韵致,讲求悠游隽永、含蓄有余,尊崇王、孟诸家,却时与吴宽特别强调的隐逸高情有所不同,他认为唐人的这种特点实是对"风人之旨"的承续:

> 余读《诗》,至《绿衣》《燕燕》《硕人》《黍离》等篇,有言外无穷之感。后世唯唐人诗尚或有此意,如"薛王沉醉寿王醒",不涉讥刺,而讥刺之意溢于言外。"君向潇湘我向秦",不言怅别,而怅别之意溢于言外。"凝碧池头奏管弦",不言亡国,而亡国之痛溢于言外。"溪水悠悠春自来",不言怀友,而怀友之意溢于言外。"潮打空城寂寞回",不言兴亡,而兴亡之感溢于言外。得风人之旨矣。⑤

哀而不伤,怨而不怒,不涉讥刺、怅别、怀友、亡国之痛与兴亡之感,而种种情意却可溢于言外,在王鏊看来,这些含蓄隽永的诗歌正与温柔敦厚的"风人之旨"一脉相承。王鏊所举诗歌作者,包括王维、刘禹锡、

---

① 《王鏊集·震泽长语》卷下,上海古籍出版社 2013 年版,第 581—582 页。
② 《王鏊集·震泽长语》卷下,上海古籍出版社 2013 年版,第 582 页。
③ 《王鏊集·震泽长语》卷下,上海古籍出版社 2013 年版,第 582 页。
④ 《王鏊集·震泽长语》卷下,上海古籍出版社 2013 年版,第 582 页。
⑤ 《王鏊集·震泽长语》卷下,上海古籍出版社 2013 年版,第 582 页。

李商隐、郑谷诸家,其中刘禹锡曾因游玄都观作诗、语含讽刺被贬①,这在宋人陈师道等看来并非温厚一派,"苏诗始学刘禹锡,故多怨刺,学不可不慎也"②。王鏊对此也有相关解释,认为刘禹锡以寄寓微意的诗作被贬,实与苏轼以诗得罪情况不同:"温柔敦厚,《诗》之教也。故言之者无罪,闻之者足以戒。后世此意久泯,刘禹锡《看花》诸诗,属意微矣,犹以是被黜。蔡确《车盖亭》诗,亦未甚显,遂构大狱。东坡为诗,无非讥切时政,借曰意在爱君,亦从讽谏,可也,乃直指其事而痛诋之。其间数诗,或几乎骂矣。"③苏轼言语激烈而得罪的情况,《石林诗话》《韵语阳秋》等多有描述,王鏊认同刘禹锡而反对苏轼,乃源于二人对"温柔敦厚"诗教的认识差异,刘禹锡"属意微",实合乎温柔敦厚的风人之旨,而苏轼"几乎骂"则与此相悖。可见,王鏊在诗学上宗法唐人的格调韵致,崇尚隽永含蓄,这既是一种审美选择,同样也凝聚着儒家诗教的精神内涵,这是其作为馆阁作家不可忽视的一面。

第三节　徐祯卿、顾璘

明代弘治、正德年间兴起的七子派文学复古运动虽然以李梦阳、何景明为首,但理论成就最高者当数吴县文人徐祯卿所著的《谈艺录》,其文学思想体现了吴派与七子派、复古与抒情交互作用的结果。而与徐祯卿并称为"江东三才子"④之一的顾璘因其较高的仕宦声望及文学成就,其文学思想同样对明代文坛产生了一定的影响。

一、徐祯卿

徐祯卿(1479—1511),字昌谷,一字昌国,吴县(今江苏苏州)人。弘治十四年(1501年)中举人,十八年(1505年)进士,曾任大理左寺副,因事贬国子监博士。年少颖异,勤于学问,与唐寅、祝允明、文徵明并称

---

① 尤袤:《全唐诗话》卷三,《历代诗话》,中华书局 2004 年版,第 125 页。
②《后山诗话》,《历代诗话》,中华书局 2004 年版,第 306 页。
③《王鏊集·震泽长语》卷下,上海古籍出版社 2013 年版,第 583 页。
④《明史》卷一百九十四《刘麟传》,中华书局 1974 年版,第 5151 页。

"吴中四才子"，以诗名于吴中。登第后，与李梦阳、何景明等人相交游，响应李梦阳"文必秦汉，诗必盛唐"的复古主张，自悔少作，改崇汉魏、盛唐，与李梦阳、何景明、边贡、康海、王九思、王廷相并称"七才子"。著有《迪功集》与诗学专著《谈艺录》。作为明代七子复古派的重要成员，徐祯卿的文学思想与李、何等人有诸多相通之处，但也存在不少差异。

首先，复古诗学观。徐祯卿早年有志于古学古道，自称不悦时文，以三代人自期，"抄读古书，间作词赋论议，以达性情，摅胸臆之说，期成一家之言，以垂不朽"，①感慨"古道沉废已久"，声称"方欲包核圣经，周览子传，准《史记》《子虚》之文，以坐偿宿心"。② 不过在诗学路径上，他最初是以取法南朝与唐人刘禹锡、白居易为主的，虽时拟汉魏，然非其所好："昌谷束发掺染，为汉、魏五言，莫不合作。非其所甚好，而为之辄工。盖其才性特高，年甚少而所见最的。"③其后遇到倡言复古的李梦阳，徐祯卿改弦更张，对此，王世贞有这样的描述："文匠齐梁，诗沿晚季。迨举进士，见献吉始大悔改。"④郑善夫亦云："二十外稍厌吴声，一变遂与汉魏盛唐大作者驰骋上下。"⑤徐祯卿的创作用心，如皇甫涍所述，是"自汉魏以迄开元、天宝之盛，无弗窥也"⑥，但在诗学理论上，他更着重于阐述汉、魏，胡应麟将其视为明代谈论汉魏诗歌的代表性人物："明诗流谈汉、魏者徐昌谷，谈南朝者杨用修，谈盛唐者顾华玉。三君自运，大略近之。"⑦在《谈艺录》中，徐祯卿明确提及关于师法汉魏的复古主张，云：

> 魏诗，门户也；汉诗，堂奥也。入户升堂，固其机也。而晋氏之风，本之魏焉，然而判迹于魏者，何也？故知门户非定程也。陆生之论文曰："非知之难，行之难也。"夫既知行之难，又安得云知之非

① 徐祯卿著，范志新编年校注：《徐祯卿全集编年校注》卷五《复文温州书》，人民文学出版社 2009 年版，第 665 页。
② 《徐祯卿全集编年校注》卷五《与刘子书》，人民文学出版社 2009 年版，第 664 页。
③ 文徵明著，周道振辑校：《文徵明集》补辑卷第十九《焦桐集序》，上海古籍出版社 1987 年版，第 1258 页。
④ 《艺苑卮言》卷六，《历代诗话续编》，中华书局 2006 年版，第 1045 页。
⑤ 《徐祯卿全集编年校注》附录四《迪功集跋语》，人民文学出版社 2009 年版，第 847 页。
⑥ 《徐祯卿全集编年校注》附录四《迪功外集序》，人民文学出版社 2009 年版，第 848 页。
⑦ 《诗薮·外编》卷四，上海古籍出版社 1979 年版，第 194 页。

难哉！又曰："诗缘情而绮靡"，则陆生之所知，固魏诗之查秽尔。嗟夫！文胜质衰，本同末异。此圣哲所以感叹，翟、朱所以兴哀者也。夫欲拯质，必务削文；欲返本，必资去末。是固曰然，然非通论也。玉韫于石，岂曰无文；渊珠露采，亦匪无质。由质开文，古诗所以擅巧；由文求质，晋格所以为衰。若乃文质杂兴，本末并用，此魏之失也。故绳汉之武，其流也犹至于魏；宗晋之体，其敝也不可以悉矣。①

徐祯卿论诗歌流变，《诗经》之外最为推崇西汉，上至朝臣缙绅的雅颂之作，下至弃妻思妇的感慨之辞，均予褒赞。认为东汉"间有微疵，终难毁玉"，然与西汉"伯仲埙篪""相成其音调"。而对于曹魏文学，他评价说："魏氏文学，独专其盛。然国运风移，古朴易解。曹王数子，才气慷慨，不诡风人，而持立之功，卒亦未至。故时与之暗化矣。"②亦即在肯定作者富于才气、尚留《国风》之意的同时，认为已有古朴解散之失。这种基于时运递变、文质雕朴的文论逻辑，是其判分列代的关键，他在此分别以"由质开文""由文求质""文质杂兴"来评述先秦两汉、晋代与曹魏的诗歌，认为晋代先文后质，所以衰落，先秦两汉先质后文，所以高出，而曹魏文质杂兴，介于二者之间，可称两晋与两汉的"门户"。不难发现，徐祯卿对"入户升堂"的理解，以取法两汉为主要目标，而兼及曹魏，谓晋人"本之魏"却趋于下，惟有以绳武两汉为主，庶几可与曹魏平视。这种思想在其《与李献吉论文书》中得到了印证："仆少喜声诗，粗通于六艺之学。观时人近世之辞，悉诡于是。唯汉氏不远逾古，遗风流韵，犹未有艾，而郊庙闾巷之歌，多可诵者。仆以为如是犹可不叛于古。乃摅其性情之愚，窃比于作者之义。今时人喜趋下，率不信古。与之言，不尽解，故久不输其说，恐为伯牙所笑。"③这种复古思路，奠定了徐祯卿诗歌批评的基础。他评价《诗经》与汉代铙歌云："古诗句格自质，然大入工。《唐风·山有枢》云：'何不日鼓瑟'，《铙歌辞》曰：'临高台以

① 《徐祯卿全集编年校注》卷六《谈艺录》，人民文学出版社 2009 年版，第 762 页。
② 《徐祯卿全集编年校注》卷六《谈艺录》，人民文学出版社 2009 年版，第 755—756 页。
③ 《徐祯卿全集编年校注》卷五《与李献吉论文书》，人民文学出版社 2009 年版，第 696—697 页。

轩',可以当之。又'江有香草目以兰,黄鹄高飞离哉翻。'绝工美,可为七言宗也。"①质朴而大工,"绝工美",此即他说的"玉韫于石,岂曰无文""由质开文,古诗所以擅巧"。他论述曹魏作者,谓应场"巧思逶迤,失之靡靡",陈琳"意气铿铿,非风人度也",应璩《百一诗》"微能自振,然伤媚焉"②,等等,亦即他说的"文质杂兴",有"持立之功",但却"卒亦未至"。

其次,论情、文关系,主张"因情立格"。以情为本是徐祯卿诗论的核心,从艺术效果而言,他认为诗歌之所以能引发人的同情感动,由此风化邦国,根柢即在于有"情":"夫情能动物,故诗足以感人。荆轲变徵,壮士瞋目;延年婉歌,汉武慕叹。凡厥含生,情本一贯。所以同忧相瘁,同乐相倾者也。故诗者,风也。风之所至,草必偃焉。圣人定经,列国为风,固有以也。……故夫戆直之词,譬之无音之弦耳,何所取闻于人哉?至于陈采以眩目,裁虚以荡心,抑又末矣。"③不过,以情为本而以陈采、镕裁为末,这仅是徐祯卿诗论的一面,他在坚持"感物而动"情感生发论与气化论的基础上,还详细揭橥了诗歌形成的规律,云:

> 情者,心之精也。情无定位,触感而兴。既动于中,必形于声。……然引而成音,气实为佐;引音成词,文实与功。盖因情以发气,因气以成声,因声而绘词,因词而定韵,此诗之源也。然情实眇渺,必因思以穷其奥;气有粗弱,必因力以夺其偏。词难妥帖,必因才以致其极;才易飘扬,必因质以御其侈。此诗之流也。④

诗歌固然以情为根柢,但情无定位、眇渺难凭,最终还要以可行的途径予以落实。徐祯卿将诗歌的形成过程,总结为"因情发气—因气成声—因声绘词—因词定韵"等一系列紧密衔接的环节,这些环节多本乎自然,故称其为"源",而用思穷情、用力定气、用才致词、用质御才,多属人力工夫,故名其为"流"。这些论述,将诗歌由情感发生直至成词成韵,以及其间情、气、思、力、才、质的多元复杂规律,予以集中揭示,言简

---

① 《徐祯卿全集编年校注》卷六《谈艺录》,人民文学出版社 2009 年版,第 781 页。
② 《徐祯卿全集编年校注》卷六《谈艺录》,人民文学出版社 2009 年版,第 787 页。
③ 《徐祯卿全集编年校注》卷六《谈艺录》,人民文学出版社 2009 年版,第 764 页。
④ 《徐祯卿全集编年校注》卷六《谈艺录》,人民文学出版社 2009 年版,第 760 页。

意赅而深中窾会,完整呈现了由"情"到"文"的种种进路。更进一步,他还提出了"因情立格"主张:

> 诗家名号,区别种种。原其大义,固自同归。歌声杂而无方,行体疏而不滞,吟以呻其郁,曲以导其微,引以抽其臆,诗以言其情,故名因昭象。合是而观,则情之体备矣。夫情既异其形,故辞当因其势。譬如写物绘色,倩盼各以其状;随规逐矩,圆方巧获其则。此乃因情立格,持守围环之大略也。①

乐府为汉唐诗歌之大宗,拟作乐府实为七子派实现复古追求的重要进路。徐祯卿诗崇汉魏,自会对乐府诸体类的体式特征有所领会。此前,唐代元稹在《乐府古题序》中曾对不同乐府诗体类型作过探析,徐祯卿与元稹主要由词、乐关系维度的论述不同,更注重以"情"进行阐释。他依循"名因昭象"的理路,认为种种"诗家名号"都是"无定体"之情的寄寓之所,作者情感流变不一,辞气因之而变,所选择的诗歌体格自然有异,此亦即"因情立格"。这种主张与其对情、文关系的探析紧密结合在一起,深刻地揭示了作者情感与诗歌之间的种种复杂关系。七子派李梦阳等人着力学习前人的诗歌形式规范与审美经验,相煽成风,以致出现文辞模拟、情性不足等弊病,徐祯卿在七子派中推崇汉魏,也主张"贵先合度""托之轨度"②,但他主张以陈采、镕裁为末,讲求以情为本、因情立格,相对而言,有弥补复古派诗学理论缺陷的价值意义。

二、顾璘

顾璘(1476—1545),字华玉,上元人。弘治九年进士,官至南京刑部尚书,有《顾华玉集》。据《明史·文苑传》载:"南都自洪、永初,风雅未畅。徐霖、陈铎、金琮、谢璇辈谈艺正德时,稍稍振起。自璘主词坛,士大夫希风附尘,厥道大彰。……沿及末造,风流未歇云。"③其文学思想通过与七子派的异同比较中得到了体现。晚年道学思想对其文学思

---

① 《徐祯卿全集编年校注》卷六《谈艺录》,人民文学出版社2009年版,第765—766页。

② 《徐祯卿全集编年校注》卷六《谈艺录》,人民文学出版社2009年版,第778页。

③ 《明史》卷二百八十六《文苑传》,中华书局1974年版,第7356页。

想影响显著。

首先,复古文学观。顾璘于弘治九年(1496 年)景从于身在郎署的茶陵派乔宇、邵宝、储巏以及王云凤、刘绩等人,对二三名公砥砺道德、刮磨文章的复古之举颇为推崇,称赞乔宇诗"正者准雅则,奇者抉幽险,君臣师友之义,发乎胸臆,而靡所不同"①;对于刘绩,"甚爱其诗,藏其数篇,以为有杜法"②;对以李东阳"主清婉,尚才情"为宗的储巏,顾璘更多感佩,曾赞其在郎署以及金陵作檀园诗社带动风气的功绩。这一时期顾璘也与李梦阳相唱和,当时"献吉名尚未盛"。其后,顾璘返回南京与朱应登共倡复古,与声势渐大的李梦阳等七子派声气相应,并号"十才子",被称为弘、正时期"羽翼李梦阳"③、倡复古道的"流亚"④。尽管顾璘的文学思想曾有所转变,但其提倡复古的追求大体一以贯之,并与七子派等人有着诸多相通之处。在师古对象上,顾璘也以文法秦汉、诗宗盛唐为中心,他为严嵩集作序中说:

> 常闻君子之教曰:骚赋期楚,文期汉,诗期汉魏,其为近体也期盛唐。此数则者,文以质化,言由性成,古今同题,所谓适中,岂非词教之正宗,文流之永式乎?苟操笔者,断断乎不可舍此他适矣。今人士论文,于宋齐梁陈之间,率皆丑其不振,徐取其业观之,则尽是物也,犹曰第师其辞不师其体。呜呼!辞既然矣,体又安所求哉?是囮人而已矣。⑤

尽管顾璘关于取法对象的论述,主要是以文质体用、贵适其中为逻辑基础,与李梦阳"学不的古,苦心无益"而要直接第一义、诗法最上乘的阐述角度不同,但他们的目标相近。李梦阳谓"宋无诗""唐无赋""汉

① 顾璘撰:《顾华玉集·息园存稿》文卷一《关西纪行诗序》,文渊阁四库全书第 1263 册,台湾商务印书馆 1986 年版,第 459 页。
② 《顾华玉集·凭几集续编》卷二《重刻刘芦泉集序》,文渊阁四库全书第 1263 册,台湾商务印书馆 1986 年版,第 327 页。
③ 《明史》卷二百八十六《文苑传》,中华书局 1974 年版,第 7355 页。
④ 何良俊撰:《四友斋丛说》卷二十六,中华书局 1959 年版,第 235 页。
⑤ 《顾华玉集·息园存稿》文卷一《严太宰钤山堂集序》,文渊阁四库全书第 1263 册,台湾商务印书馆 1986 年版,第 455—456 页。

无骚"①,主张古诗法汉魏、近体法盛唐,何景明也称"学歌行、近体有取于二家,旁及唐初、盛唐诸人,而古作必从汉魏求之"②,所论多与顾璘相合。对于这种师法路径,顾璘曾屡屡申述,如教诫七弟顾瓊说:"今且取五经、六子、《史记》《汉书》《离骚》及李、杜、王、岑诸公诗,昼夜讽读,更进一格,自见得别。《文选》且缓看,魏晋以下枝叶太繁,恐为所蔽。"③他教授学生作文,亦以六经为"正学",辅之以西汉文章,而不许学习《文选》等作品:"文始于六经,正学也,其大坏乃有六朝绮丽之体、衰宋琐弱之习。比见楚学诸生,为文率务奥奇,而不知适入于坏。尝教之读西汉书矣,惧其学之无本,信之不笃也。至荆学,乃命教授杨奇逢取《易传》《尚书》《礼记》各数篇以为准的,次《四书》长篇,始及于西汉……若夫《文选》《文苑》诸书,正词人雕虫之小技,吾方悔其少习,乃所愿诸生勿蹈吾后也。"④另外,同为"金陵三俊"的陈沂曾对顾璘羽翼李梦阳的复古路径"颇持异论",顾璘就此予以辩论,一方面申说六经之下,《左传》《庄子》《离骚》《史记》以及汉代诸子"虽纯疵相形,遐迩异趣",但作者有别、不可妄予訾议;另一方面更直斥陈沂:"执事之才,百倍于仆,其于古人皆可超其躅而拊其背。顷者获读《拘虚集》所载,才丽学侈,诚今闻人也。惜其选义沿近习,体物乏沉辞,比量作者,尚出其后,岂殉俗之趣未尽纳诸古哉?"⑤这种苛评说明了顾璘一度与始宗苏轼的陈沂之间存在明显的观念差异,同时也展现了其提倡复古的坚定意志。当七子派中李梦阳、何景明、徐祯卿等先后去世时,顾璘还曾在南朝、初唐之风复兴的情况下,再次重申其复古主张,他说:

> 今世论诗者,言风雅则妄耳上汉魏、次李杜王岑诸贤,今贤虽众侪能訾议,则词林之规矩在是的矣。举六朝则曰靡弱,举唐初则

---

① 李梦阳撰,郝润华校笺:《李梦阳集校笺》卷四十八《潜虬山人记》,中华书局 2020 年版,第 1617 页。

② 何景明撰:《大复集》卷三十四《海叟集序》,文渊阁四库全书第 1267 册,台湾商务印书馆 1986 年版,第 302 页。

③ 《顾华玉集·息园存稿》文卷九《遗七弟英玉书》,文渊阁四库全书第 1263 册,台湾商务印书馆 1986 年版,第 602 页。

④ 《顾华玉集·凭几集续编》卷二《文端序》,文渊阁四库全书第 1263 册,台湾商务印书馆 1986 年版,第 328 页。

⑤ 《顾华玉集·息园存稿》文卷九《答友人论文》,文渊阁四库全书第 1263 册,台湾商务印书馆 1986 年版,第 600 页。

曰变体未纯。虽承先生之常谈,其实确论乎? 外是谬矣。奈何临楮洒翰,率就其所非而弃其所是,缀叠双声,比合五色,虽呈灿烂,实昧性情,岂中道难从而偏长易勉乎? 抑新奇易以惊世,乃违心以腾名乎?①

在世人"承先生之常谈"却多转向南朝、初唐的风气下,顾璘重提复古主张予以维护,可见师法汉魏、盛唐这一目标,在其整个文学思想中的分量之重。顾璘在诗学理论内涵上,也与李何等复古派相应,这在其《唐音》批点中体现鲜明。顾璘弘治九年(1496 年)身在吏部时期,储巏曾以《唐音》指示后进,受此影响他着意"唐风"、批点《唐音》。顾璘承续了茶陵派李东阳崇尚声律格调的观点,如他辨析五、七言律诗等,"五言律诗贵乎沉实温丽、雅正清远、含蓄深厚有言外之意,制作平易无艰难之患,最不宜轻浮……又须风格峻整,音律雅浑,字字精密,乃为得体"②;"七言律诗务在雄浑富丽之中有清沉微宛之态……最忌俗浊。纤巧则失古人风调矣"③;"五言绝句以调古为上,以情真为得体"。④ 重视"音律雅浑"、讲求古人风调,这在同受茶陵派启发而主讲"格调"的李梦阳等人那里体现得更为明晰:"高古者格,宛亮者调,沉著雄丽,清峻闲雅者,才之类也。"⑤此外,顾璘批点《唐音》对"正音"盛唐诸家推崇尤多,如五律最推崇杜甫、王维、孟浩然、岑参;七律认为王维、岑参、高适、李白"最得正体";五绝则以王维最高、次则孟浩然。这些师法路数都与七子派的崇古架构大体符合。

其次,与七子派文学观念的差异。顾璘虽也批评魏晋以下,然其对李梦阳六代以下之书"盖不之读"的矫激态度亦不完全赞同;何景明在与李梦阳的争论中主张"舍筏登岸",顾璘既谓师古之后要"立体""成

① 《顾华玉集·息园存稿》文卷九《与陈鹤论诗》,文渊阁四库全书第 1263 册,台湾商务印书馆 1986 年版,第 603 页。
② 杨士弘编选,张震辑注,顾璘评点,陶文鹏、魏祖钦整理点校:《唐音评注·唐诗正音》卷之三,河北大学出版社 2006 年版,第 287 页。
③ 《唐音评注·唐诗正音》卷之四,河北大学出版社 2006 年版,第 379 页。
④ 《唐音评注·唐诗正音》卷之五,河北大学出版社 2006 年版,第 459 页。
⑤ 《李梦阳集校笺》卷六十二《驳何氏论文书》,中华书局 2020 年版,第 1918 页。

家",但也认为何景明之论有"尽弃法程,专崇质性"①之弊。同时,与七子稍有不同,顾璘的文学观有鲜明的政教色彩,对文运与世运的关系尤为重视,讲求文质之间的平衡。他说:

> 夫文章盛衰关诸气运而发乎其人,非运弗聚,非人弗行,岂小物也哉?昔周之盛也,文武成康迭兴谟训雅颂之辞,尔雅深厚,意若有圣人之徒操觚其间,何其若是善也。幽厉以降,辞命寖繁,《黍离》《板荡》之篇,气索然矣。非行人史官矫诬眩众,则羁臣弃士哀思悲鸣以纾其愤懑者也。即国家何赖乎是?故观文体之险易,可以知气运之盛衰,而人材由之矣。②

文章关乎气运,"观文体之险易,可以知气运之盛衰",这在顾璘的诸多文章中一再呈现。他常基于文质逻辑予以阐述,强调以质为体、以文为用、文质适中:"文章之道与政同也,其具质文而已矣。质以立体,文以泽用,本末相维,贵适其中。……质过则野,文过则华,与其华也宁野,故治先尚忠,礼贵反本,孔子之从先进,其义一也。道丧俗敝,然后色泽雕镂之文兴,岂不艳哉?"③在顾璘看来,明朝前期"铲雕濯采,返之古朴",一变宋元之纤弱绮靡,是返本敦厚的时期,但缺点是不免"过崇白贲,誾誾然几于无色";直至成化、弘治时期,礼乐隆盛、作者蔚起,才迎来了文运盛世:"总其大致,所谓文质彬彬,然后君子,斯文运极隆之会矣"④,"至宪、孝二朝盛矣,礼乐声教之泽,醇庞湛濊,盖天地一大运会也"。⑤ 顾璘曾对这种人才辈出、文运兴隆局面颇感自豪,但亦指出"日中则昃""木膏则蠹",认为尚文风气如果进一步发展,"文之所极",势必

---

① 顾璘撰:《国宝新编》,四库全书存目丛书史部第89册,齐鲁书社出版社1996年版,第537页。
②《顾华玉集·息园存稿》文卷一《谢文肃公文集序》,文渊阁四库全书第1263册,台湾商务印书馆1986年版,第453页。
③《顾华玉集·息园存稿》文卷一《严太宰钤山堂集序》,文渊阁四库全书第1263册,台湾商务印书馆1986年版,第455页。
④《顾华玉集·息园存稿》文卷一《严太宰钤山堂集序》,文渊阁四库全书第1263册,台湾商务印书馆1986年版,第456页。
⑤《顾华玉集·息园存稿》文卷一《谢文肃公文集序》,文渊阁四库全书第1263册,台湾商务印书馆1986年版,第453页。

文胜于质,"尚虚华"而"鄙道义"①。这种文运与世运、文质的关系问题,在顾璘整体文学思想中影响极大,他此前所以与七子派一样,提倡复古两汉、盛唐,正因在其看来这是一种"文以质化""言由性成"的适中"词教";至其晚年在南朝、初唐派复兴之际重提这种复古路径,劝诫陈鹤勿作南朝、初唐之诗,而应"扬《风》《雅》之坠绪""直追李、杜而上之",也是出于"文盛则运盛,文衰则运衰"的思索:"国家今日之文,不知一变而盛乎,再变而衰乎? 不可不深长虑也。"②更重要的是,顾璘还由此对七子派偏尚文学辞藻的情况予以了反思,他说:"弘治间诸君饬以文藻,盛矣,所贵混沌犹存,可也。然华不已则实日伤,雕不已则本日削,不几于日凿一窍已乎? 吾用是益贵芦泉之文。"③在《启浚川公》中则说:"大抵艺文苟涉其界,不须深求亦占精力。若君采近来著作,尽去从前脂泽,似为得之。空同、后渠之诗文,璘嫌其老而益工。"④刘绩虽也长于诗歌,但他更是富于经子著作的作者,薛蕙晚年为文不求脂泽文辞,而李梦阳、崔铣则专务求工,这种崇尚文藻的路径,显然与顾璘在文运极隆背景下要求崇实去华的主张不合。

最后,晚年尚道追求对文学思想的影响。与正、嘉时期诸多文士纷纷弃文入道的情况相似,顾璘也对道学有浓厚兴趣,曾与王廷相、吕柟、薛蕙、王慎中等人交往密切。如《寄薛君采》中,他听闻薛蕙"近来专毁《中庸》",说道:"若《中庸》,则真不可毁,岂病其言神化太高,恐后学驰于玄远邪? 此乃子思传道之书,不得不言吾道之极致,以破老庄虚无之论,不可与《论语》教学之言一并观也。"⑤在《与吕泾野》中,他申明自己与王廷相对《中庸》"喜怒哀乐"一节的观点歧异,认为"凡人性情皆具道

---

① 《顾华玉集·息园存稿》文卷九《拟上风俗议》,文渊阁四库全书第 1263 册,台湾商务印书馆 1986 年版,第 605 页。
② 《顾华玉集·息园存稿》文卷九《与陈鹤论诗》,文渊阁四库全书第 1263 册,台湾商务印书馆 1986 年版,第 603 页。
③ 《顾华玉集·凭几集续编》卷二《重刻刘芦泉集序》,文渊阁四库全书第 1263 册,台湾商务印书馆 1986 年版,第 327 页。
④ 《顾华玉集·凭几集续编》卷二《启浚川公》,文渊阁四库全书第 1263 册,台湾商务印书馆 1986 年版,第 334 页。
⑤ 《顾华玉集·凭几集》卷五《寄薛君采》,文渊阁四库全书第 1263 册,台湾商务印书馆 1986 年版,第 311 页。

之体用,未有不中不和者也",驳斥王廷相"君子存养省察,乃始有之,非谓人皆然"的认识①。对于湛若水、王阳明等心学家,顾璘也有不同看法,对湛若水的"东西南北皆可至道"之论颇有怀疑,认为王阳明力主"行即是知之说"乃"偶出奇论",谓其学实"不必专信孔氏"②。理学史上王阳明著名的《答顾东桥书》,即为顾璘而作,从中他分别就顾璘论"诚意"、谓其立说太高不免坠于佛氏、主张行先知后、将本体之知归于格物等一系列问题予以辩复。整体而言,顾璘宗经尚道、反对崇华去实、务外遗内,这对其文学观有重要影响,甚至使其产生了重道轻文意识,如曰:"末俗滥文词,华盛本先拨。宁知昭苏化,本自渊静达。"③在《赠吕泾野先生序》中说:"呜呼!使其道大达于天下,其去平康正直之化殆庶几乎?斯谓善为人师也已。今天下之师三:曰文辞,曰经义,曰道学。文辞者选辞炼文,拟量作者,淡国家之章采,诚不可缺。然其务华失实,不底于大义,使人荡而忘本,君子所惧也。"④此外,他还称赞崔铣自悔"攻文之癖"为"万年之庆"。顾璘以宗经体道为本的追求,也使其更强调对义理之实的神会与把握,而不再执泥于文辞之美,谓:"天下之言夥矣,神解为上。夫道缘率性,奚有于解哉?然物聚而类广,时易而变生,位列而分别,由是幽深夐辽,不可究而原者,非自外至,皆道之实际也。惟夫狃常袭故,徒任口耳,是以泛而不洽,守而不化。学焉弗通于微,政焉弗周于用,几何不为说铃已乎?"⑤与这种强调神解道变、反对拘泥故常文辞的思想相应,他在《赠蔡九达》中曾云:"文章有神秀,譬彼造物宰。变发云霞章,焕为日星采。自非研精人,妙解讵能逮。糟粕莽成苴,疮疣祗增痗。……玄珠得罔象,至味失鼎鼐。翻然恣挥洒,途辙忽而改。

① 《顾华玉集·凭几集续编》卷二《与吕泾野》;文渊阁四库全书第 1263 册,台湾商务印书馆 1986 年版,第 334 页。
② 《顾华玉集·凭几集续编》卷二《跋王阳明与路北村书卷》,文渊阁四库全书第 1263 册,台湾商务印书馆 1986 年版,第 335 页。
③ 《顾华玉集·凭几集续编》卷一《赠陈行人邦修》,文渊阁四库全书第 1263 册,台湾商务印书馆 1986 年版,第 314 页。
④ 《顾华玉集·息园存稿》文卷一《赠吕泾野先生序》,文渊阁四库全书第 1263 册,台湾商务印书馆 1986 年版,第 465 页。
⑤ 《顾华玉集·息园存稿》文卷一《大司马王公慎言序》,文渊阁四库全书第 1263 册,台湾商务印书馆 1986 年版,第 455 页。

天机互奔凑,神化绝需待。有灵驱万象,无色备五彩。遂使郊岛徒,总获刻薄罪。"①崇尚天机本凑,主张自然随意,而非苦吟雕镂,这在其《与后渠书》询问崔铣时也有体现:"文字仍工苦否? 璘惟信手拈出,取适情达意而已。甚爱薛君采,苟以旧作名家,今一切为浅语,何其达邪? 此亦外物,不足以博一生也。"②顾璘还曾从学道境界,来阐述作文字不应有意:"所谓得之于心,应之于手,虽陈言,然至理实不出此。譬之圣人之道,动容周旋中礼者,安有点检? 其间必至耳顺从心,乃神化之域也。作者其始病于有意,其终病于有迹,自曹丕立意为宗一言,启六代雕镂无穷之祸。孟子曰:'始作俑者,其无后乎?'"③顾璘这些通脱的文学论述、会心学道的精神,使其复古观念产生了变化。在《赠别王道思序》中,他对唐宋派王慎中改师韩愈的路径也渐予接受,涂相认为学文还应酌取诸子各家,并编选韩柳以后的文章为《会心编》,顾璘也曾专门作序。这些都是顾璘与七子派明显不同的地方,而与王慎中、唐顺之等唐宋派的观念更为相契。

第四节　唐顺之、归有光

　　唐宋派是与七子派相对,主张学习古人文章精神脉理,以唐宋韩、柳、欧、苏、曾、王等八大家相倡的文学流派。主要代表人物是王慎中、唐顺之、归有光和茅坤。其中唐顺之、归有光分别是武进与昆山人。他们的思想与创作在当时都形成了昭著的影响。

一、唐顺之

　　唐顺之是明代唐宋派的有力倡导者,与王慎中、归有光等一同领起了影响明清古文深远的师法唐宋文的潮流。《四库全书总目提要》云:

---

①《顾华玉集·凭几集续编》卷一《赠蔡九达》,文渊阁四库全书第 1263 册,台湾商务印书馆 1986 年版,第 313 页。

②《顾华玉集·凭几集》卷五《与后渠书》,文渊阁四库全书第 1263 册,台湾商务印书馆 1986 年版,第 311 页。

③《顾华玉集·凭几集续编》卷二《寄后渠》,文渊阁四库全书第 1263 册,台湾商务印书馆 1986 年版,第 334—335 页。

"自正嘉之后,北地、信阳,声价奔走一世;太仓、历下,流派弥长。而日久论定,言古文者终以顺之及归有光、王慎中三家为归。"唐顺之的文学思想主要体现在以下方面。

首先,文法论。唐顺之早年取法七子派,自称"尝从诸友人学为古文诗歌,追琢刻镂亦且数年"①,李开先谓其颇效李梦阳:"素爱崆峒诗文,篇篇成诵,且一一仿效之。"②唐顺之后来见及李、何之弊,受心学影响,逐渐摆脱了七子派路径,转与王慎中等人共倡唐宋文章,谓"唐之韩愈,即汉之马迁;宋之欧、曾,即唐之韩愈"③。"文之必有法",是唐顺之的核心思想,也是其批评秦汉派、提倡唐宋文的重要理论支点。《董中峰侍郎文集序》是其阐述文法的代表性文章,其中曰:

> 喉中以转气,管中以转声;气有湮而复畅,声有歇而复宣;阖之以助开,尾之以引首。此皆发于天机之自然,而凡为乐者莫不能然也。最善为乐者则不然,其妙常在于喉管之交,而其用常潜乎声气之表。气转于气之未湮,是以湮畅百变而常若一气。声转于声之未歇,是以歇宣万殊而常若一声。使喉管声气融而为一而莫可以窥,盖其机微矣。然而其声与气之必有所转,而所谓开阖首尾之节,凡为乐者莫不皆然者,则不容异也。使不转气与声,则何以为乐?使其转气与声而可以窥也,则乐何以为神?有贱工者,见夫善为乐者之若无所转,而以为果无所转也,于是直其气与声而出之,戛戛然一往而不复,是击腐木湿鼓之音也。

> 言文者何以异此。汉以前之文,未尝无法而未尝有法,法寓于无法之中,故其为法也密而不可窥。唐与近代之文,不能无法,而能毫厘不失乎法,以有法为法,故其为法也严而不可犯。密则疑于无所谓法,严则疑于有法而可窥。然而文之必有法,出乎自然而不

---

① 唐顺之著,马美信、黄毅点校:《唐顺之集·荆川先生文集》卷五《答顾东桥少宰》,浙江古籍出版社2014年版,第180页。

② 李开先:《李开先全集·李中麓闲居集》卷十《荆川唐都御史传》,文化艺术出版社2004年版,第788页。

③ 茅坤著,张大芝、张梦新校点:《茅坤集·茅鹿门文集》卷一《复唐荆川司谏书》,浙江古籍出版社1993年版,第191页。

可易者,则不容异也。且夫不能有法,而何以议于无法?有人焉,见夫汉以前之文疑于无法,而以为果无法也,于是率然而出之,决裂以为体,饾饤以为词,尽去自古以来开阖首尾经纬错综之法,而别为一种臃肿佶涩浮荡之文。其气离而不属,其声离而不节,其意卑,其语涩,以为秦与汉之文如是也。岂不犹腐木湿鼓之音,而且诧曰:"吾之乐合乎神。"呜呼!今之言秦与汉者纷纷是矣,知其果秦乎汉乎否也?①

　　唐顺之以乐论文,认为与吹乐者"其声与气之必有所转"才能成乐一样,文章必有"开阖首尾经纬错综之法"才能成文。他指出,唐与近代文章"能毫厘不失乎法",法度严密,是可以窥测学习的有法之法;汉以前之文虽看似无法,但实如善乐者用气发声常在"喉管之交""潜乎声气之表"而"莫可以窥"一样,是"法寓于无法之中"的无法之法。故无论秦汉、唐宋,"文之必有法",实是古今一贯、自然不可易的必然规律。此前七子派的文法论,重视格调但落于文辞字句,李梦阳谓"文自有格,不祖其格,终不足以知文"②,何景明有见于铸形宿模、尺尺寸寸之失,转而讲求拟议变化、舍筏登岸,然其"诗文有不可易之法者,辞断而意属,联类而比物"③等说法,也同样不离文辞意象。后七子领袖李攀龙也以拟议变化、日新其业为追求,但尚"辞"倾向更为明显,其批评唐宋派即以"惮于修辞,理胜相掩"④为理由。唐顺之所讲"开阖首尾经纬错综之法",更多侧重于文章的章法结构等,这在李梦阳等人那里虽未必没有"开阖照应,倒插顿挫"⑤之论,但唐顺之认为此后李攀龙等秦汉派不谙文法,"决裂以为体,饾饤以为词"、偏重辞藻模拟的情况更为严重,《与冯午山》论时文时即批评说:"但掇拾古人奇字俊语,以(衣)马庄严,黄口学语,未成,固无足怪。……而轻薄后生欣然依附之,以为文章当如是,不务自

①《唐顺之集·荆川先生文集》卷十《董中峰侍郎文集序》,浙江古籍出版社 2014 年版,第 465—466 页。
②《李梦阳集校笺》卷六十二《答吴谨书》,中华书局 2020 年版,第 1923 页。
③《大复集》卷三十二《与李空同论诗书》,明万历五年陈堂胡秉性刻本。
④ 李攀龙著,包敬第标校:《沧溟先生集》卷十六《送王元美序》,上海古籍出版社 1992 年版,第 394 页。
⑤《李梦阳集校笺》卷六十二《答周子书》,中华书局 2020 年版,第 1925 页。

得,而惟拾古人残魂旧魄,以自相标榜。此可以欺人,而不可以欺豪杰也!"①汉代以前的文法"密而不可窥",秦汉派后学以"无法"为遁薮,流入"掇拾古人奇字俊语""黄口学语"之歧途,唐顺之提倡学习"有法之法"的唐宋文章,讲求谨守绳墨、不离法度,正欲借此扭转秦汉派的率然拟效之风。

其次,对作者精神意脉、"神明之变化"的把握。曰上述《董中峰侍郎文集序》可见,唐顺之借音乐讲述开阖首尾等文法时,亦揭示了善乐者换气转声的微妙用意,在他看来,学者对前人"开阖首尾经纬错综"等文法的学习,其实也离不开对作者精神用意的把握和辨识。他说:

> 以应酬之故,亦时不免于为文,每一抽思,了了如见古人为文之意,乃知千古作家别自有正法眼藏在。盖其首尾节奏,天然之度,自不可差,而得意于笔墨溪径之外,则惟神解者而后可以语此。近时文人说秦说汉说班说马,多是瀼语耳。庄定山之论文曰:"得乎心,应乎手,若轮扁之斫轮,不疾不徐,若伯乐之相马,非牡非牝。"庶足以形容其妙乎。顾自以精神短少,不欲更弊之于此,故不能穷其妙也。②

善乐者与"贱工"的区别,在于善乐者能在微妙之处换气转声,使音乐"湮畅百变而常若一气""歜宣万殊而常若一声",杰出千古的作家所以超迈胜出,也源于他们各有"为文之意",能将所欲书写的内容在合乎"天然之度"的章法节奏中表现出来,而这需要读者能够不拘字面辞藻,突破所谓"文法"的笔墨蹊径,以所谓"神解"的方式来领会作者精神意脉的流动。故当茅坤与之论文,谓其"不语人以求工文字",唐顺之解释称:"其不语人以求工文字者,非谓一切抹杀,以文字绝不足为也,盖谓学者先务,有源委本末之别耳⋯⋯只就文章家论之,虽其绳墨布置、奇正转折自有专门师法,至于中一段精神命脉骨髓,则非洗涤心源,独立物表,具今古只眼者,不足以与此。"③强调洗涤心源、别具只眼,这虽已

① 袁黄撰:《游艺塾续文规》卷一,续修四库全书第1718册,上海古籍出版社2002年版,第166页。
②《唐顺之集·荆川先生文集》卷五《与两湖书》,浙江古籍出版社2014年版,第222页。
③《唐顺之集·荆川先生文集》卷七《答茅鹿门知县二》,浙江古籍出版社2014年版,第294—295页。

是心学立场的阐述，但主张把握作者之"精神命脉骨髓"，仍与其文法论密不可分。如果说这种论述因强调作者"精神"，不免有忽视文字、文法的意味，那么其《文编序》对"神明"与文法关系的阐述则更为清晰：

> 欧阳子述扬子云之言曰："断木为棋，梡革为鞠，莫不有法，而况于书乎？"然则又况于文乎？以为神明乎吾心而止矣。则 ☰ ☷ 之画亦赘矣。然而画非赘也，神明之用所不得已也。画非赘，则所谓一与言为二，二与一为三，自兹以往巧历不能尽，而文不可胜穷矣。文而至于不可胜穷，其亦有不得已而然者乎？然则不能无文，而文不能无法。是编者，文之工匠，而法之至也。圣人以神明而达之于文，文士研精于文以窥神明之奥。其窥之也有偏有全，有小有大，有驳有醇，而皆有得也，而神明未尝不在焉。所谓法者，神明之变化也。《易》曰："刚柔交错，天文也；文明以止，人文也。"学者观之，可以知所谓法矣。①

唐顺之是学问极其渊博的学者，"自天文、地理、乐律、兵法，以至句股、壬奇之术，无不精研"②。他以《易》论文，一方面认为与圣人揲蓍作卦以尽神明之用一样，卦画是"神明之用所不得已"，所以作者表情达意"不能无文"而"文不能无法"；另一方面，"神而明之存乎其人"③，作者以神明发之于文，一切文字文法都是"神明乎吾心而止"，故而学者研阅古作，也应以探察作者的"神明之奥"为目的，亦即要找寻其中"一段精神命脉骨髓"。唐顺之所说的"神明""精神命脉"，既包括作者所欲表达的内容义理，也包含作者的精神状态与"开阖首尾经纬错综"的写作构思等，"法者，神明之变化"，说明其所谓的文法，其实是一种蕴含着以上多重内涵的"活法"，而这也正是他自认为不同于秦汉派"说秦说汉说班说马，多是瘿语"之所在。

最后，洗涤心源，直写胸臆，崇尚本色。唐顺之受心学影响后，矢志于收拾精神、养身修道，其文学思想在 40 岁前后再次发生转变。对此

---

① 《唐顺之集·荆川先生文集》卷十《文编序》，浙江古籍出版社 2014 年版，第 450 页。
② 《四库全书总目》卷一百七十二《荆川集提要》，中华书局 1965 年版，第 1505 页。
③ 黄寿祺、张善文译注：《周易译注》卷九《系辞上》，上海古籍出版社 2001 年版，第 563—564 页。

他曾屡有论述，如《寄刘南坦》中说：

> 仆禀气素弱，兼以早年驰骋于文词技艺之域，而所恃以立身者，又不过强自努力于气节行义之间，其于古人性命之学，盖殊未之有见也。至如所谓"心似蛛丝游碧落，身如蜩甲化枯枝"，以耗散其精神于故纸间不知返者，则日夜有之，是以未老而病，无病亦衰……年近四十，疾疢忧患之余，乃始稍见古人学问宗旨，只在性情上理会，而其要不过主静之一言。又参之养生家言，所谓归根复命云云者，亦止如此。是以数年来绝学捐书，息游嘿坐，精神稍觉有收拾处。①

转以古人性命之学为追求，"绝学捐书，息游嘿坐"，唐顺之文学观的最大变化，是自悔宿从文章之业，甚至视诗文创作为溺心妨道的窠臼。《与刘寒泉通府》一文也颇能代表他的这种心态："仆少不知学，而溺志于文词之习，加以非其才之所长，徒以耽于所好而苦心砭力，穷日夜而强为之，是以精神耗散而不能收，筋骨枯槁而不能补。积病成衰，年及四十，尪羸卧床，已成废人……仆平日伤生之事，颇能自节，独坐文字之为累耳。反之于心，既非畜德之资；求之于身，又非所以为养生之地。是以深自媿悔，盖绝笔不敢为文者四年于兹，将以少缓余生，为天地间一枯木朽株而已。"②诗歌文章既非"畜德之资"，又非"养生之地"，理学家程颐甚至曾谓"作文害道"："凡为文，不专意则不工，若专意则志局于此，又安能与天地同其大也？"③唐顺之自称 30 岁时对此论"愕然有省"④，他对于诗文何以害道有更加具体的论述："为其有欣厌心也，为其有好丑心也，为其有争长兢短之心也。欣厌心、好丑心、长短心，此兄之所谓即是尘机也。然则所谓艺成而下者，非是艺病，乃是心病也。扫除心病，用息尘机，弟敢不自力以承兄之教也。"⑤他说：

> 即此一些不自瞒不瞒人处，何等光明，何等直截，便是超凡入

---

① 《唐顺之集·荆川先生文集》卷五《寄刘南坦》，浙江古籍出版社 2014 年版，第 185 页。
② 《唐顺之集·荆川先生文集》卷六《与刘寒泉通府》，浙江古籍出版社 2014 年版，第 273—274 页。
③ 程颢、程颐撰，潘富恩导读：《二程遗书》卷十八，上海古籍出版社 2020 年版，第 285 页。
④ 《唐顺之集·荆川先生文集》卷七《答蔡可泉》，浙江古籍出版社 2014 年版，第 313 页。
⑤ 《唐顺之集·荆川先生文集》卷五《答戚南玄》，浙江古籍出版社 2014 年版，第 198 页。

道真根子也。虽然，昔人所谓旧习如落叶，既扫复积……即如把笔作诗时，自觉淡然一无喜心否？既有喜心，其于好丑赞毁种种胜心能不蓦然而动否？觉有动处便能销化否？抑亦有牵掣不便销化否？其不把笔为诗时，喜心胜心能不潜伏否？不止作诗一节，凡一切外驰习心能销化否？不潜伏否？细细照察，细细洗涤，一些不得瞒过，一些不得放过，乃是真知痛痒。①

专意作诗文难免利禄之心、争胜之心、毁誉之心，故世人从事诗歌文艺更多"可谓之溺，而不可谓之游"，而这背后的"心病""尘机"，正是唐顺之力主洗涤心源予以扫抹清除的。他说："大率种种疑惧，由自心生由自心断，张弧脱弧，尽从心造"②；他的修养路径是"种种欲根"露出头面，"一番败露则一番锻炼"③，"从根本上着力，久之亦渐觉有洒洒处"④。他期期于心体，亦即他所谓"真根子"上把捉："此学惟真根子最是紧要"，并自悔"初入头元不是真根子"⑤。这些思想，既是其自悔文章之事的基础，同时也进一步催生了其对文学的新论述，即主张本乎心源、本乎胸臆而发，诗文以本色为贵。他在《答茅鹿门知县二》中说：

今有两人，其一人心地超然，所谓具千古只眼人也，即使未尝操纸笔呻吟学为文章，但直据胸臆，信手写出，如写家书，虽或疏卤，然绝无烟火酸馅习气，便是宇宙间一样绝好文字。其一人犹然尘中人也，虽其专专学为文章，其于所谓绳墨布置则尽是矣，然翻来覆去不过是这几句婆子舌头语，索其所谓真精神与千古不可磨灭之见，绝无有也，则文虽工，而不免为下格。此文章本色也。即如以诗为谕，陶彭泽未尝较声律雕句文，但信手写出，便是宇宙间第一等好诗。何则？其本色高也。自有诗以来，其较声律，雕句文，用心最苦而立说最严者，无如沈约，苦却一生精力，使人读其诗，只见其捆缚龌龊，满卷累牍竟不曾道出一两句好话。何则？其

①《唐顺之集·荆川先生文集》卷六《与蔡白石郎中二》，浙江古籍出版社 2014 年版，254—255 页。
②《唐顺之集·荆川先生文集》卷六《答王龙溪郎中》，浙江古籍出版社 2014 年版，第 265 页。
③《唐顺之集·荆川先生文集》卷五《答周七泉通判》，浙江古籍出版社 2014 年版，第 220 页。
④《唐顺之集·荆川先生文集》卷五《与项瓯东郡守》，浙江古籍出版社 2014 年版，第 226 页。
⑤《唐顺之集·荆川先生文集》卷六《答冯午山提学》，浙江古籍出版社 2014 年版，第 239—240 页。

本色卑也。本色卑，文不能工也，而况非其本色者哉？①

洗涤心源，追求真根子真洒落，所以"直据胸臆"、信手写出的文章才是宇宙间最好的文字；不自瞒不瞒人，呈露本来面目，久而有得，所以有"真精神与千古不可磨灭之见"的文章才是真本色。他说："自古文人虽其立脚浅浅，然各自有一段精光不可磨灭，开口道得几句千古说不出的说话，是以能与世长久。惟其精神亦尽于言语文字之间，而不暇乎其他，是以谓之文人。"②又曰："近来觉得诗文一事，只是直写胸臆，如谚语所谓开口见喉咙者，使后人读之如真见其面目，瑜瑕俱不容掩，所谓本色，此为上乘文字。"③这种崇尚本色、直写胸臆的观念，一方面使其在诗歌上转而推崇邵雍、陈白沙等人"率意信口，不调不格"④的风格，称赞"三代以下之诗，未有如康节者"⑤。另一方面，这也与其文法论等一起，成为他批评秦汉派耽于辞藻模拟、无真义理真面目的根柢。对于他及其唐宋派在文坛的成就，四库馆臣有这样的允评："自正嘉之后，北地、信阳，声价奔走一世。太仓、历下，流派弥长。而日久论定，言古文者终以顺之及归有光、王慎中三家为归。"⑥这与他深厚的心学学殖密不可分。

二、归有光

归有光（1507—1571），字熙甫，又字开甫，别号震川，又号项脊生，世称震川先生，苏州府昆山县（今江苏省昆山市）人。嘉靖十九年（1540年）中举，之后参加会试八次落第，遂徙居嘉定安亭江上，读书谈道，学徒众多。嘉靖三十三年（1554年），倭寇作乱，归有光入城筹备守御，作《御倭议》。嘉靖四十四年（1565年），年近60岁的归有光得中进士。及第后历官长兴知县、顺德通判、南京太仆寺丞等职，故被称为"归太仆"。

①《唐顺之集·荆川先生文集》卷七《答茅鹿门知县二》，浙江古籍出版社 2014 年版，第 295 页。
②《唐顺之集·荆川先生文集》卷七《答蔡可泉》，浙江古籍出版社 2014 年版，第 312 页。
③《唐顺之集·荆川先生文集》卷七《又与洪方洲书》，浙江古籍出版社 2014 年版，第 299 页。
④《唐顺之集·荆川先生文集》卷六《答皇甫百泉郎中》，浙江古籍出版社 2014 年版，第 257 页。
⑤《唐顺之集·荆川先生文集》卷七《与王遵岩参政》，浙江古籍出版社 2014 年版，第 299 页。
⑥《四库全书总目》卷一百八十九《文编提要》，中华书局 1965 年版，第 1716 页。

252

一度留掌内阁制敕房,参与编修《世宗实录》。归有光崇尚唐宋古文,其散文风格朴实,感情真挚,是明代"唐宋派"代表作家,被称为"今之欧阳修",后人称赞其散文为"明文第一"。与唐顺之、王慎中并称为"嘉靖三大家"。著有《震川先生集》《三吴水利录》等。文学思想主要体现在以下几个方面。

首先,提倡唐宋文,批评秦汉派。钱谦益称赞归有光时说:"熙甫为文,原本六经,而好太史公书,能得其风神脉理。其于六大家,自谓可肩随欧、曾,临川则不难抗行……当是时,王弇州踵二李之后,主盟文坛,声华烜赫,奔走四海。熙甫一老举子,独抱遗经于荒江虚市之间,树牙颊相捂拄不少下。尝为人文序,诋排俗学,以为苟得一二妄庸人为之巨子。"①归有光性好《史记》,他对此曾屡有说明,如陆树声谓其文"有司马子长之风",归有光自称于《史记》"独有所悟",至欲效仿司马迁来删定前史"以成一家之言"②。他自谓"性独好《史记》",并特别强调神会意解,"知《史记》之所以为《史记》,则能《史记》矣。"③归有光得《史记》之"风神脉理",在其《史记》评点中体现得最为鲜明,《圈点例意》中他对司马迁"事迹错综"的叙事特征、"界画"布局等特点皆有揭示,在文本中也以圈点形式予以了标注。他对《史记》文法的重视,对此后的桐城派影响颇大。但由当时的理论影响看,归有光最具代表性的观点是推挹唐宋文章、反对秦汉派。他曾对沈敬甫说:"但文字难作,每一篇出,人辄异论,惟吾党二三子解意耳。世无韩、欧二公,当从何处言之?"④以韩、欧二公为文章典型,这是归有光有别于秦汉派的鲜明之处,对此王世贞谓其"大较折衷于昌黎、庐陵"⑤,并曾批评:"归生笔力小,竟胜之,而规格旁离,操纵唯意,单辞甚工,边幅不足。每得其文,读之未竟辄解,随解辄竭,若欲含至法于辞中,吐余劲于言外,虽复累车,殆难其选。"⑥王

---

① 《列朝诗集小传》丁集中,上海古籍出版社1983年版,第559页。
② 归有光撰,周本淳校点:《震川先生集》卷七《与陆太常书》,上海古籍出版社1981年版,第152页。
③ 《震川先生集》卷二《五岳山人前集序》,上海古籍出版社1981年版,第27页。
④ 归有光撰,周本淳校点:《震川先生别集》卷七《与沈敬甫》,上海古籍出版社1981年版,第867页。
⑤ 王世贞:《弇州山人四部续稿》卷一百五十文部《故太仆寺丞直文渊制敕》,文渊阁四库全书第1284册,台湾商务印书馆1986年版,第179页。
⑥ 王世贞著,姚大勇、许建平等校点:《王世贞全集·弇州山人四部稿》卷一百二十八文部《答陆汝陈》,上海古籍出版社2021年版,第3174页。

世贞等人以秦汉文倡率天下,他对归有光的评价堪称严苛,但归有光认为文章如"元气",毁誉不能与于文章,他在《项思尧文集序》中批评道:

> 盖今世之所谓文者难言矣。未始为古人之学,而苟得一二妄庸人为之巨子,争附和之,以诋排前人。韩文公云:"李、杜文章在,光焰万丈长。不知群儿愚,那用故谤伤!蚍蜉撼大树,可笑不自量。"文章至于宋、元诸名家,其力足以追数千载之上,而与之颉颃;而世直以蚍蜉撼之,可悲也。无乃一二妄庸人为之巨子以倡道之欤!……余谓文章,天地之元气,得之者,其气直与天地同流。虽彼其权足以荣辱毁誉其人,而不能以与于吾文章之事;而为文章者亦不能自制其荣辱毁誉之权于己:两者背戾而不一也久矣。①

归有光对文章的价值意义是极其看重的,"夫文章为天地间至重也"②,"余尝谓士大夫不可不知文,能知文而后能学古。故上焉者能识性命之情,其次亦能达于治乱之迹,以通当世之故,而可以施于为政。"③面对王世贞等人的指责,归有光既批评附和者盲从口耳、以假为真,更直指"一二妄庸人"的带动作用。《列朝诗集》曾载王世贞反驳的话:"弇州闻之曰:'妄诚有之,庸则未敢闻命。'熙甫曰:'唯妄故庸,未有妄而不庸者也。'"④"妄"侧重于性格、精神与态度,"庸"则侧重于理智与水平,归有光在批评王世贞他们"谤伤"唐宋文章家之外,也对其文章缺陷予以了谴责。他对沈敬甫说:"仆文何能为古人?但今世相尚以琢句为工,自谓欲追秦、汉,然不过剽窃齐、梁之余,而海内宗之,翕然成风,可谓悼叹耳。区区里巷童子强作解事者,此诚何足辨也!"⑤"近来颇好剪纸染采之花,遂不知复有树上天生花也。偶见俗子论文,故及之。"⑥王世贞称归有光的文章"规格旁离"、以意为主、随读随尽,归有光则批评他们不免雕琢模拟字句之弊,不知文章有天生之自然妙理。他还借助

---

① 归有光撰,周本淳校点:《震川先生集》卷二《项思尧文集序》,上海古籍出版社 1981 年版,第 21 页。
② 《震川先生集》卷十五《保圣寺安隐堂记》,上海古籍出版社 1981 年版,第 401 页。
③ 《震川先生集》卷二《山斋先生文集序》,上海古籍出版社 1981 年版,第 25 页。
④ 《列朝诗集小传》丁集中,上海古籍出版社 1983 年版,第 559 页。
⑤ 《震川先生别集》卷七《与沈敬甫十八首》,上海古籍出版社 1981 年版,第 869 页。
⑥ 《震川先生别集》卷七《与沈敬甫》,上海古籍出版社 1981 年版,第 865 页。

学习《史记》的体会说："夫西子病心而颦其里，其里之丑人亦捧心而颦其里。其里之富人见之，坚闭门而不出，贫人见之，挈妻子去之而走。余固里之丑人耳。"①《史记》是秦汉派最推重的经典之一，尤其是王世贞曾称《史记》不可再现："子长不绝也，其书绝矣。千古而有子长也，亦不能成《史记》。"②对《史记》颇有心得的归有光以"里之丑人"自称虽属谦辞，但其不作东施效颦、不拟袭词句的看法，也同样适指秦汉派。归有光长王世贞 20 岁，但 35 岁中举，迟至 60 岁才得一第，在王世贞主盟文坛、海内风向时，依旧能于荒江虚市间勇毅地坚持为文理想，精神令人感佩。

其次，强调宗经体道、独出胸臆，崇尚自然真实。归有光曾对沈敬甫说："文字又不是无本源。胸中尽有，不待安排。只是放肆不打点，只此是不敬。若论经学，乃真实举子也。"③归有光是宗经尚道的学者，长于制义时文，他认为文章来源于胸中，是以心来宗经体道、存养省察后的自然结果，不待安排，所以他既重通经学古，更注重"见乎其心"、讲诵自得："夫圣人之道，其迹载于六经，其本具于吾心。本以主之，迹以征之，灿然炳然……六经之言，何其简而易也！不能平心以求之，而别求讲说，别求功效，无怪乎言语之支，而蹊径之旁出也。"④他还说："夫取吾心之理而日夜陈说于吾前，独能顽然无概于中乎？愿诸君相与悉心研究，毋事口耳剿窃。以吾心之理而会书之意，以书之旨而证吾心之理，则本原洞然，意趣融液。举笔为文，辞达义精。"⑤这些论述虽然多就举业时文而发，但亦与其诗古文辞相通，如《戴楚望后诗集序》称赞作者道："故其为诗，不规摹世俗，而独出于胸臆。经生学士往往为科举之学之所浸渍，殆不能及也。"⑥他传授沈敬甫"送行文"的写法，也主张"各以其意为之可也"，不必"如以册叶强人"⑦，并曾以"意趣"论文："张、陆二

①《震川先生集》卷二《五岳山人前集序》，上海古籍出版社 1981 年版，第 27 页。
②《艺苑卮言》卷三，《历代诗话续编》，中华书局 2006 年版，第 987 页。
③《震川先生别集》卷七《与沈敬甫》，上海古籍出版社 1981 年版，第 865 页。
④《震川先生集》卷七《示徐生书》，上海古籍出版社 1981 年版，第 150—151 页。
⑤《震川先生集》卷七《示山舍学者》，上海古籍出版社 1981 年，第 151 页。
⑥《震川先生集》卷二《戴楚望后诗集序》，上海古籍出版社 1981 年，第 29 页。
⑦《震川先生别集》卷七《与沈敬甫九首》，上海古籍出版社 1981 年版，第 872 页。

文,不加议论,却有意趣,莫漫视也。"①与这种自得于心、独出胸臆的主张相应,归有光反对枝辞堆砌、俗文套子,崇尚真实自然。对此,他曾由道与文的关系进行阐述:

> 以为文者,道之所形也。道形而为文,其言适与道称,谓之曰:其旨远,其辞文,曲而中,肆而隐,是虽累千万言,皆非所谓出乎形,而多方骈枝于五脏之情者也。故文非圣人之所能废也。虽然,孔子曰:"天下有道,则行有枝叶;天下无道,则言有枝叶。"夫道胜,则文不期少而自少;道不胜,则文不期多而自多。溢于文,非道之赘哉?②

能以心体道、明理,发于文章自然明畅而简约;不能自得于心、言无根柢,自然枝辞频出、不离俗文套子。他指导沈敬甫文章时谓:"尽有一篇好者,却排几句俗语在前,便触忤人。如好眉目又着些疮痏,可恶。"③称赞毛氏的文章:"作此文已,忽悟已能脱去数百年排比之习。向来亦不自觉,何况欲他人知之,为之辗然一笑也!"④反对排比,不以俗滥文字羼入文章,所以他更欣赏平正通达之文。他说:"序文平正通达,殊不类近时轧茁之体,真有德之言也。"⑤另外,强调本乎道发乎言、独出胸臆,归有光也就特别重视"真",这一方面包括事实之真,"予谓文者,道事实而已。其义可述,而言足以为教,是以君子志之。"⑥另一方面当然也包含作者情感之真,而这在其《项脊轩志》《寒花葬志》等情感浓厚的作品中体现得最为清晰。

最后,尚自然又循法度。归有光强调自得于心,崇尚真实自然,但并非背弃文章法度而随意俚俗。相反,他有严肃不苟的文章态度,"吾辈所作一出,必有以破俗人之论,不可苟者"。⑦归有光曾编撰《文章指南》,对文章之立意、叙述、章法结构、文辞锻炼以及写作手法等,都曾予

---

① 《震川先生别集》卷七《与沈敬甫十八首》,上海古籍出版社 1981 年版,第 868 页。
② 《震川先生集》卷二《雍里先生文集序》,上海古籍出版社 1981 年版,第 26 页。
③ 《震川先生别集》卷七《与沈敬甫》,上海古籍出版社 1981 年版,第 865 页。
④ 《震川先生别集》卷七《与沈敬甫十八首》,上海古籍出版社 1981 年版,第 867 页。
⑤ 《震川先生别集》卷八《与冯太守》,上海古籍出版社 1981 年版,第 908 页。
⑥ 《震川先生集》卷十三《孙君六十寿序》,上海古籍出版社 1981 年版,第 328 页。
⑦ 《震川先生别集》卷七《与沈敬甫九首》,上海古籍出版社 1981 年版,第 872 页。

以系统揭示。立意方面,他主张立论正大、用意奇巧,认为立论"有台阁气象方佳",而用意则要"出人意表,方为高手"①。修辞上,主张遣文平淡,认为意胜者"辞愈朴而文愈高"、意不胜者"辞愈华而文愈鄙"②,并追求语言的老练劲健与辞气委婉。归有光认为学者作文"最难叙事",而《左传》《史记》是古今最善叙事之书。并推崇苏轼《表忠观碑》的叙事方法。此外,他还总结了诸如"前后相应""总提分应""总提总收"等章法规律,"将无作有""化用经传""一正一反"等写作技巧。《文章指南》是先秦至明代的古文选集,归有光在论述中多以唐宋文章家为例证,其中援用苏轼之处较多。他对古人文章法度的重视,虽与秦汉派一样都侧重于文辞文法角度,认为文章"须有出落。从有出落至无出落,方妙"③,主张要多看古作,"得古人矩度"④,但这同样与其崇尚自然简朴的文章观融合在一起的。他最鲜明的文章风格,也与七子后学拟袭辞藻、剪缀帖括的特征截然不同,而是如王世贞晚年所论,"当其所得意,沛如也,不事雕饰而自有风味"⑤,是风行水上的自然通达之文。归有光推崇唐宋派文章的路径及其内涵丰富的文学思想,对此后的嘉定诸子及桐城派都影响颇大,四库馆臣谓:"自明季以来,学者知由韩、柳、欧、苏沿洄以溯秦汉者,有光实有力焉。"⑥

第五节　王世贞、宗臣、王世懋、徐师曾、许学夷

以李攀龙、王世贞为首的后七子于明代嘉靖年间兴起了第二次文学复古运动的高潮。兴化文人宗臣亦见列于七子之中。对于七子派领袖,朱彝尊有这样的记述:"嘉靖七子中,元美才气,十部于鳞","当日名

① 归有光撰:《归震川先生论文章体则》,王水照编:《历代文话》第二册,复旦大学出版社 2007 年版,第 1718 页。
② 《归震川先生论文章体则》,《历代文话》第二册,复旦大学出版社 2007 年版,第 1719 页。
③ 《震川先生别集》卷八《与沈敬甫四首》,上海古籍出版社 1981 年版,第 903 页。
④ 《震川先生别集》卷七《与沈敬甫》,上海古籍出版社 1981 年版,第 865 页。
⑤ 《弇州山人四部续稿》卷一百五十文部《故太仆寺丞直文渊制敕》,文渊阁四库全书第 1284 册,台湾商务印书馆 1986 年版,第 179 页。
⑥ 《四库全书总目》卷一百七十二《震川文集提要》,中华书局 1965 年版,第 1511 页。

虽七子,实则一雄"。① 太仓(今属江苏)"操文章之柄,登坛设站,近古未有"。② 王世贞是万历初年后七子领袖,其文学思想对文坛影响至巨。其弟王世懋嗣响于后而有新变。他们的文学思想大致体现了后七子派文论演变的基本轨迹。而他们的复古理论又是与吴地吴讷、徐师曾、许学夷等人的注重诗文辨体的学术传统具有密切的关系。

一、王世贞

　　王世贞(1526—1590),字符美,号凤洲,又号弇州山人,太仓(今属江苏)人。嘉靖二十六年(1547 年)进士,除刑部主事,忤逆严嵩,严嵩构陷其父,父丧,王世贞与弟世懋去官。隆庆初,被荐起大名兵备副使,万历二年(1574 年)以右副都御史抚治郧阳,不附张居正,被弹劾罢官。张居正死后复起用,官至南京刑部尚书。王世贞天赋异禀,读书过目不忘,博综典籍、学富才高,与李攀龙、宗臣、梁有誉、徐中行、吴国伦等人称"后七子",李攀龙去世后,执文坛牛耳达 20 年,影响极大,朱彝尊乃谓"当日名虽七子,实则一雄",《明史·文苑传》中描述道:"世贞始与李攀龙狎主文盟,攀龙殁,独操柄二十年。才最高,地望最显,声华意气笼盖海内。一时士大夫及山人、词客、衲子、羽流,莫不奔走门下。片言褒赏,声价骤起。……晚年,攻者渐起,世贞顾渐造平淡。"③王世贞著作宏富,四库馆臣称"考自古文集之富,未有过于世贞者"④,著有《弇州山人四部稿》《续稿》《读书后》《弇山堂别集》等,其中收录于《弇州山人四部稿》的《艺苑卮言》是王世贞的诗学专著,据其自述,主要是其 40 岁前的思想观点。

　　首先,承绪前七子,提倡复古。王世贞自为诸生时,即有"信眉谈说西京建安业"⑤的文章志向;在诗学上"尝从吴中人论诗",但很快厌弃"巧倩妖睇"的诗风,转而追慕北地李梦阳。尤其是在得遇李攀龙诸人

---

① 朱彝尊著、姚祖恩编、黄君坦校点:《静志居诗话》卷十三,人民文学出版社 1990 年版,第 382 页。

②《静志居诗话》卷十三,人民文学出版社 1990 年版,第 385 页。

③《明史》卷二百八十七《文苑三》,中华书局 1974 年版,第 7381 页。

④《四库全书总目》卷一百七十二《弇州山人四部稿提要》,中华书局 1965 年版,第 1508 页。

⑤《弇州山人四部续稿》卷四十五《冯佑山先生集序》,文渊阁四库全书第 1282 册,台湾商务印书馆 1986 年版,第 591 页。

之后，"子鼓余舞"，"与历下生修北地之业"，承绪七子派而倡言复古，成为其最核心的文学思想。他推扬李、何等人的诗文实绩，认为五、七言律诗至何景明而"畅"、至李梦阳而"大"，并说："歌行之有献吉也，其犹龙乎？仲默、于鳞，其麟凤乎？"[1]他对李梦阳的评价尤高，认为在国朝学杜诗家中，孙宜、谢榛、王维桢、郑善夫等人各有所偏，惟李梦阳"具体而微"、创获最多，称其"才气高雄，风骨遒利，天授既奇，师匠复古，手辟草昧，为一代词人之冠"[2]。结合李、何等人的学古路径，表赞七子派的敦古之功，说道："北地矫之，信阳嗣起，昌谷上翼，庭实下毗，敦古昉自建安，挹华止于三谢，长歌取裁李杜，近体定轨开元，一扫叔季之风，遂窥正始之途。天地再辟，日月为朗，讵不媺哉！"[3]王世贞所主张的师古路径，与此大抵相近，《明史·文苑传》称王世贞持论"文必西汉，诗必盛唐，大历以后书勿读"[4]。对于这种论调，王世贞曾在《艺苑卮言》中谈及自己的接受过程："李献吉劝人勿读唐以后文，吾始甚狭之，今乃信其然耳。记闻既杂，下笔之际，自然于笔端搅扰，驱斥为难。"[5]不过，王世贞向以涉览淹博著称，他取法的范围显然更为宽广，能注意揣摩南朝与初、中、晚唐乃至宋代的佳篇名作，如教授门人徐益孙诗法时，他一面建议"但取《三百篇》及汉、魏、晋、宋、初盛唐名家语熟玩之"，"然后取中、晚唐佳者及献吉、于鳞诸公之作，以资材用"，但又说"至于仆诗，门径尤广，宜采不宜法也"[6]。"不宜法"是坚守汉、魏、盛唐的基本路向，"门径尤广"则说明他个人并不胶执于此。

其次，反思模拟之弊，讲法度而重变化。王世贞推挹李梦阳、何景明等人"抉草莽，倡微言"的复古"再辟"之功，但并未许之为诗道之"盛且极"。他对其诗歌的不足之处以及七子派后学模拟雷同等问题，都有颇为清醒的认识。他说："然而正变云扰，剽拟雷同，信阳之舍筏，不免

①《艺苑卮言》卷六，《历代诗话续编》，中华书局 2006 年版，第 1048 页。
②《艺苑卮言》卷六，《历代诗话续编》，中华书局 2006 年版，第 1044 页。
③《艺苑卮言》卷五，《历代诗话续编》，中华书局 2006 年版，第 1023—1024 页。
④《明史》卷二百八十七《文苑三》，中华书局 1974 年版，第 7381 页。
⑤《艺苑卮言》卷一，《历代诗话续编》，中华书局 2006 年版，第 964 页。
⑥《弇州山人四部续稿》卷一百八十二《徐孟孺》，文渊阁四库全书第 1284 册，台湾商务印书馆 1986 年版，第 611 页。

良箴,北地之效颦,宁无私议?"①批评诗学后进陷入模拟窠臼,失去自我:"蹑影称说李氏家言矣。乃黠者瓜分而蝇袭之,标帜传响,以为己有而忘其自。"②与这种反思相应,王世贞在关乎学古的问题上,体现出了更为强烈的求新求变意识。《艺苑卮言》中,他明确将学古划分为三种类型:"然则情景妙合,风格自上,不为古役,不堕蹊径者,最也。随质成分,随分成诣,门户既立,声实可观者,次也。或名为闰继,实则盗魁,外堪皮相,中乃肤立,以此言家,久必败矣。"③这样的学古而不泥于古的观念,体现在他对诗文法度的诸多论述中。

法度,是创作者研阅古作而登堂入室的门径,前后七子志在步武古人,讲规矩、重法式,自然以此作为其诗文理论的重中之重。所谓"参极古之遗,调其步武,约其尺度,以为我则"④,李梦阳对此还曾以"今人法式古人,非法式古人也,实物之自则也"⑤的论述,来证明规矩前人法度的合理性。王世贞同样非常重视法度学习,结合《诗经》与《古诗十九首》说:"风雅《三百》,《古诗十九》,人谓无句法,非也。极自有法,无阶级可寻耳。"⑥在《艺苑卮言》中,他屡屡以法度论诗,如总结七律诗法:"篇法有起有束,有放有敛,有唤有应,大抵一开则一阖,一扬则一抑,一象则一意,无偏用者。句法有直下者,有倒插者,倒插最难,非老杜不能也。字法有虚有实,有沉有响,虚响易工,沉实难至。"⑦论文章法度称:"首尾开阖,繁简奇正,各极其度,篇法也。抑扬顿挫,长短节奏,各极其致,句法也。点缀关键,金石绮彩,各极其造,字法也。"⑧这些不仅与李梦阳所讲求的前疏后密、一实一虚等有着诸多相通之处,而且在分析上更显细致入微。不过,王世贞的法度论,更重视"悟",强调能离合变化:

---

① 《艺苑卮言》卷五,《历代诗话续编》,中华书局 2006 年版,第 1024 页。
② 《王世贞全集·弇州山人四部稿》卷六十四《李氏山藏集序》,上海古籍出版社 2021 年版,第 1743 页。
③ 《艺苑卮言》卷五,《历代诗话续编》,中华书局 2006 年版,第 1024 页。
④ 王廷相著,王孝鱼点校:《王廷相集·王氏家藏集》卷二十八《与郭价夫学士论诗书》,中华书局 1989 年版,第 503 页。
⑤ 《李梦阳集校笺》卷六十二《答周子书》,中华书局 2020 年版,第 1925 页。
⑥ 《艺苑卮言》卷一,《历代诗话续编》,中华书局 2006 年版,第 964 页。
⑦ 《艺苑卮言》卷一,《历代诗话续编》,中华书局 2006 年版,第 961 页。
⑧ 《艺苑卮言》卷一,《历代诗话续编》,中华书局 2006 年版,第 963 页。

"故法合者,必穷力而自运;法离者,必凝神而并归。合而离,离而合,有悟存焉。"①王世贞所强调的离合变化,主要是指在具体创作过程中,如何去处理古人法度与自身感发的物情、思意乃至生趣、性灵的关系,在这些层面他用心最多,也最足以说明他崇尚古人法度但又不为其束缚的特点。比如,对于诗文法度与构思作意,他既反对"屈阕其意以媚法",也反对"骩骸其法以殉意",而是主张法、意相互为用:"吾来自意而往之法,意至而法偕至,法就而意融乎其间矣。夫意无方而法有体也,意来甚难而出之若易;法往甚易而窥之若难,此所谓相为用也。"②起于"意"而归于"法",不仅可使无方之"意"得其安宅,更因有"意"融乎法中,反能形成"法极无迹"、有法而难窥的变通境界,这便是王世贞所孜求的学古而能离合变化。对于法度与"物情"的关系,他曾在《张肖甫集序》中以文章与吏道的例子作比拟,称赞作者身为吏官但不"为法困",能充分考虑天下"物情"作出裁断,创作诗歌文章,一方面能"语法而文,声法而诗",同时又"大要不欲出物情之表而后快也"③。"物情",亦即创作者所要书写的现实生活中的人事情状,重法度而不废"物情",说明王世贞在主张恪守前人法度形式的同时,已充分顾及其与事理内容之间的微妙关系。除此,他还从作者主体性层面,揭示了天机、性灵对诗文法度的调剂作用,他说:"夫文有格,有调,有骨,有肉,有篇法,有句法,有字法。今睹足下集并集中诸君子语,非北地、济南、新都弗述。其格古矣,骨树矣,句字修矣。所少不备,幸相与勉之而已。文之所以为文者三:生气也,生机也,生趣也。……縠率规矩定,而后取机于性灵,取则于盛唐,取材于献吉、于鳞辈,自不忧落夹矣。"④以"规矩"为前提,是强调师古路径不可移易,文少"生气""生机""生趣"不为备,又可见他要以此来饶益或充盈法度形式。由此可见,王世贞虽然屡屡申述"法"的重要性,但他其实也认识到复古派的尺尺寸寸之失,更深刻洞悉对于法

① 《艺苑卮言》卷一,《历代诗话续编》,中华书局 2006 年版,第 964 页。
② 《王世贞全集·弇州山人四部稿》卷六十七《五岳山房文稿序》,上海古籍出版社 2021 年版,第 1817—1818 页。
③ 《王世贞全集·弇州山人四部稿》卷六十八《张肖甫集序》,上海古籍出版社 2021 年版,第 1828 页。
④ 《弇州山人四部续稿》卷一百八十二《颜廷愉》,文渊阁四库全书第 1284 册,台湾商务印书馆 1986 年版,第 604 页。

度的学习与运用,终究离不开作意、物情以及作者之性灵等要素,这使其学古观与法度观,都呈现出了鲜明的尚变色彩。

再次,格调论。格调是前后七子派诗学的核心,李梦阳揭示"诗有七难",讲求格古调逸,谓"高古者格""宛亮者调",而这又与作者之才、思、情、意、气等众多要素密不可分。王世贞屡以"格调"论诗,《董宗伯》中称作者"格调高爽,辞旨雄丽"①,评胡应麟"大抵格调高古,音节鸿鬯"②,又谓:"诗格调高秀,声响宏朗,而入字入事皆古雅。"③王世贞论格调与李梦阳一样,亦与才、思、情、气等紧密挽合,但更显细密精到,从中可见他对格调的理解与要求。《艺苑卮言》中云:"才生思,思生调,调生格。思即才之用,调即思之境,格即调之界。"④亦即格、调是为才思运用提供一种"境""界",起到规范才思的作用,所谓"诗之所谓格者,若器之有格也,又止也,言物至此而止也"⑤。如果自运才思,罔顾格调,情思偏胜,即为"溢调""越格"。在《沈嘉则诗选序》中,他结合才、气、境、意诸要素,对此解释得更为明晰:"夫格者,才之御也;调者,气之规也。子之向者遇境而必触,蓄意而必达,夫是以格不能御才,而气恒溢于调之外。故其合者,追建安、武开元,凌厉乎贞元、长庆诸君而无愧色。即小不合,而不免于武库之利钝。今子能抑才以就格,完气以成调,几于纯矣。"⑥抑才就格、完气成调,都是强调格调的规范性,惟有"几于纯"才能"合作",又可见其重格调的核心,是要追复古作、矩镬古人。他曾总结"吴诗"之弊,认为过求思意出奇、欲求"超格而上"而"不知其所归","骛

①《弇州山人四部续稿》卷一百七十四《董宗伯》,文渊阁四库全书第 1284 册,台湾商务印书馆 1986 年版,第 501 页。

②《弇州山人四部续稿》卷二百六《答胡元瑞》,文渊阁四库全书第 1284 册,台湾商务印书馆 1986 年版,第 896 页。

③《弇州山人四部续稿》卷二百六《答胡元瑞》,文渊阁四库全书第 1284 册,台湾商务印书馆 1986 年版,第 893 页。

④《艺苑卮言》卷一,《历代诗话续编》,中华书局 2006 年版,第 964 页。

⑤《弇州山人四部续稿》卷四十二《真逸集序》,文渊阁四库全书第 1282 册,台湾商务印书馆 1986 年版,第 553 页。

⑥《弇州山人四部续稿》卷四十《沈嘉则诗选序》,文渊阁四库全书第 1282 册,台湾商务印书馆 1986 年版,第 527 页。

于声情,以捷取胜"而"转堕于格之外"等现象,①都有明显缺陷。他提倡复古而讲格调,正有矫诗坛流弊的用意。

当然,王世贞同样充分重视才气、情实。一方面,他认为这些是诗歌格调之本,"材高而气充""气完而辞畅"。其《方鸿胪息机堂诗集序》指出作者虽不孜求趋古,但五、七古之作"大较气完而辞畅,出之自才,止之自格,人不得以大历而后名之"②,在尚"格"的同时充分肯定才气。《吴峻伯先生集序》称赞作者"诗必协情实,调声气",尽管转变路径后"晚而稍务为严重,称贵体",但"至于才情之所发,亦不能尽揜也"。③ 另一方面,王世贞提倡才气情实,同样寄寓着对复古派模拟之失的反思与批判。他认为弘、正以来,虽然学诗者在七子派的影响下争趋复古,"非黄初而下,开元而上,无述也",但徇名责实之下,"声响而不调则不和,格尊而亡情实则不称。就天下之所争趋者,亟读之若可言,徐而核之未尽是也。"④他还说:"然其高者以气格声响相高,而不根于情实。骤而咏之若中宫商,阅之若备经纬已,徐而求之而无有也。"⑤可见,与"堕于"格调之外的现象相似,徒具格调之名而无情无实的"浮响虚格",也是突出的诗坛弊病。为此,他甚至声称严羽的格调论不足为凭,"夫古之善治诗者,莫若钟嵘严仪,谓某诗某格,某代某人,诗出某人法,乃今而悟其不尽然",这庶几已与明末倡宋诗者如钱谦益、黄宗羲等批驳严羽之论相近,且转而强调"用格"而不"用于格",认为诗中也需有"真我":"以为此曹子方寸间先有它人,而后有我,是用于格者也,非能用格者也。……盖有真我而后有真诗。"⑥

①《弇州山人四部续稿》卷四十二《真逸集序》,文渊阁四库全书第 1282 册,台湾商务印书馆 1986 年版,第 553 页。
②《弇州山人四部续稿》卷四十五《方鸿胪息机堂诗集序》,文渊阁四库全书第 1282 册,台湾商务印书馆 1986 年版,第 592 页。
③《弇州山人四部续稿》卷五十一《吴峻伯先生集序》,文渊阁四库全书第 1282 册,台湾商务印书馆 1986 年版,第 664 页。
④《弇州山人四部续稿》卷四十七《汤迪功诗草序》,文渊阁四库全书第 1282 册,台湾商务印书馆 1986 年版,第 621 页。
⑤《弇州山人四部续稿》卷四十二《陈子吉诗选序》,文渊阁四库全书第 1282 册,台湾商务印书馆 1986 年版,第 552—553 页。
⑥《弇州山人四部续稿》卷五十一《邹黄州鹪鹩集序》,文渊阁四库全书第 1282 册,台湾商务印书馆 1986 年版,第 663 页。

王世贞的格调论,清晰地反映了其诗歌的审美追求。他围绕才、思、情、气、事、景等展开的一系列论述,都是力求使诸要素可以在尊格协调的前提下得以平衡有序地充盈呈现出来。王世贞深知协调数者的难度,屡屡申说诗之"难言",称:"夫工事则徘塞而伤情,工情则婉绰而伤气,气畅则厉直而伤思,思深则沉简而伤态,态胜则冶靡而伤骨,护格者虞藻,护藻者虞格,当心者倍耳,谐耳者恶心,信乎其难兼矣。"①这深刻揭示了诗歌创作中情、事、气、思、辞、调、格之间的复杂关系和作者平衡统一的不易。为此,他强调作者之"才"的作用,"非诗之难,所以兼之者难。其所以难,盖难才也。"只是,王世贞所说的"才",更指创作营构过程中的权衡、协调能力,有赖于此,才能气完句工而不累篇,篇工而不累格,事必惬而韵必稳,谐于调而止于格。王世贞这和格调论与其法度论一样,都体现出一种强烈的通变意识。

最后,王世贞"晚年定论"问题。与多数作家、理论批评家伴随时移事改而出现思想变动一样,王世贞文学观念亦有鲜明的前后变化。钱谦益于此揭橥较多,《读宋玉叔文集题辞》:"少奉弇州《艺苑卮言》,如金科玉条。及观其晚年论定,悔其多误后人,思随事改正。而其赞熙甫则曰:'千载有公,继韩欧阳。余岂异趋,久而自伤。'盖弇州之追悔俗学深矣。"②《宋玉叔安雅堂集序》中又说:"家世与弇州游好,深悉其晚年追悔,为之标表遗文,而抉摘其指要,非敢以臆见为上下也。今之结傡附党,群而相噪者,祖述弇州之初学,掇拾其呕哕之余,以相荐扬。"③指出王世贞晚年不仅一改对归有光等唐宋派之态度,且深悔早年"俗学"之误。王世贞对归有光等人态度的转变,在《颜廷愉》中有所体现,文中他虽仍以李梦阳、李攀龙为标杆,意气自矜,但已不过苛唐宋派:"愿足下多读《战国策》《史》《汉》、韩、欧诸大家文,意不必过抨王道思、唐应德、

---

① 《弇州山人四部续稿》卷四十四《陈于陛先生卧雪楼摘稿序》,文渊阁四库全书第 1282 册,台湾商务印书馆 1986 年版,第 582 页。

② 钱谦益著,钱曾笺注,钱仲联标校:《牧斋有学集》卷四十九《读宋玉叔文集题辞》,上海古籍出版社 1996 年版,第 1588 页。

③ 《牧斋有学集》卷十七《宋玉叔安雅堂集序》,上海古籍出版社 1996 年版,第 763—764 页。

归熙甫。"①《归太仆赞》盛赞归有光经术文章,称其与韩、欧同有救衰起弊之功,这与其早年《答陆汝陈》中的态度迥然不同。对宋人诗文,王世贞此时也更显宽宏,《宋诗选序》解释其早年"从二三君子后"而抑宋诗,乃出于"惜格"目的,并转而改称"代不能废人,人不能废篇,篇不能废句"②。《苏长公外纪序》则明确表示"毋论苏公文,即其诗最号为雅变杂揉者,虽不能为吾式,而亦足为吾用"③。另外,王世贞晚年的审美趣味也有明显变化,屡称不复细论"工拙",更求取会心自得的自然平淡之美。《答南阳子厚王孙》:"仆久于笔研外觅生趣,今段似未能忘工拙也。"④《题所书诗与曾生》:"吾向者犹不能忘工拙,今乃并忘之,是以拙日甚也。"⑤在《书陈白沙集后》中,王世贞对陈献章"诗不入法,文不入体,又皆不入题"的作品,也一改往日的态度,自称"少年学为古文辞,殊不能相契。晚节始自会心"⑥,对其超越法度之妙深表钦佩。王世贞晚年的种种变化,一方面或诚如钱谦益所言,"阅世日深,读书渐细,虚气销歇",早年持文柄、登坛坫的凌厉盛气,伴随岁月的更迭而渐变为冲和允正。但另一方面,王世贞早年的文学思想实亦孕有将变之机。如《艺苑卮言》即对宋诗有所认同,认为苏、黄诗歌源自杜甫,"骨格既定,宋诗亦不妨看",称:"诗自正宗之外……于元丰得一人焉,曰苏子瞻;于南渡后得一人,曰陆务观:为其情事景物之悉备也。"⑦王世贞早年论诗文,虽强调法度模拟,但尚变化、尚自然的意识同样强烈,《陶懋中镜心堂草序》结合苏轼"行乎其所当行,止乎其所不得不止"的以水喻文之论,称

---

① 《弇州山人四部续稿》卷一百八十二《颜廷愉》,文渊阁四库全书第 1284 册,台湾商务印书馆 1986 年版,第 604 页。

② 《弇州山人四部续稿》卷四十一《宋诗选序》,文渊阁四库全书第 1282 册,台湾商务印书馆 1986 年版,第 549 页。

③ 《弇州山人四部续稿》卷四十二《苏长公外纪序》,文渊阁四库全书第 1282 册,台湾商务印书馆 1986 年版,第 558 页。

④ 《弇州山人四部续稿》卷一百七十二《答南阳子厚王孙》,文渊阁四库全书第 1284 册,台湾商务印书馆 1986 年版,第 483 页。

⑤ 《弇州山人四部续稿》卷一百六十《题所书诗与曾生》,文渊阁四库全书第 1284 册,台湾商务印书馆 1986 年版,第 308 页。

⑥ 王世贞撰:《读书后》卷四《书陈白沙集后》,文渊阁四库全书第 1285 册,台湾商务印书馆 1986 年版,第 54 页。

⑦ 《艺苑卮言》卷四,《历代诗话续编》,中华书局 2006 年版,第 1020—1021 页。

自己"自操觚时"就秉持这样的观点："凡人之文,内境发而接于外之境者,十恒二三;外境来而接于内之境者,十恒六七。其接也以天,而我无与焉,行乎所当行者也,意尽而止,而我不为之缀,止乎所不得不止者也。吾自操觚时,业已持衡是说,而会所庄事而相切劘者一二君子,咸极意于鼓铸剥镂以求肖乎作者之模,及夫真模出而不能无少索矣。夫人巧之不获与天巧埒也。……人巧貌难而易,天巧貌易而难也。"[①]就此而论,王世贞在与李攀龙等人切磋复古时,或已有反对极意模拟、讲求自然"天巧"的主观追求,他晚年肯认归有光、认取宋诗之长、转慕陈白沙,亦与前期思想具有内在的演变逻辑。

二、宗臣

宗臣(1525—1560),字子相,兴化(今属江苏)人。嘉靖庚戌(1550年)进士,由刑部主事调考功之职,谢病归乡后,起官移文选,因忤逆严嵩而出任福建参议、迁提学副使,卒于官。有《宗子相集》。

宗臣位列后七子,与李攀龙等人声应气和,文学上也积极推尊并维护复古派。在《读太史公、杜工部、李献吉三书序》中,他自称倾心《史记》、杜诗十五年,"怒读之则喜,愁读之则欢,困读之则苏,悲读之则平,徐而读之则万虑以澄,百节以融,耳目以通,腑肺以清"[②],而继此之后,他又将李梦阳与二家并论:

> 余读李献吉书,盖次二书焉。夫周则左丘明,楚则屈、宋,汉则董、贾、苏、李、长卿、枚叔、班固、扬雄,魏则曹、刘、应、徐,南朝则潘、陆、江、鲍,唐则太白、长吉、陈、杜、沈、宋、卢、骆、韩、柳,非不采厥英华,而日诵之,顾不若三书者。时餐与餐,时栉与栉,时几与几,时榻与榻,寒暑风雨,南北飘零,未尝一时去吾之手也。字究句

① 《弇州山人四部续稿》卷四十五《陶懋中镜心堂草序》,文渊阁四库全书第 1282 册,台湾商务印书馆 1986 年版,第 597—598 页。
② 宗臣撰:《宗子相集》卷十三《读太史公、杜工部、李空同三书序》,文渊阁四库全书第 1287 册,台湾商务印书馆 1986 年版,第 136 页。

研,积岁累月,楮涸墨故,大类童子时所受书矣。①

将李梦阳与司马迁、杜甫并列,认为先秦以来文学史上其他大家皆不及三人,读三家之作字究句研,虔诚、勤苦如同童子受书,对李梦阳的推挹可见一斑。宗臣对李攀龙亦不吝赞词,称其七古可敌杜甫、七绝"唯李、王可以近之",而七律浑涵雄深、意象超绝,"即杜尤难之,况其靡靡者乎?可谓千古一步矣"。② 宗臣在文学上不乏"经世表业"的追求,感慨不可以"空文以自见"③,所以当有人批评李、何等词艺之学"无用"时,他竭力反驳说:

> 夫圣人未尝专精文章之学,而六经炳蔚,万世共嗟。左、马、曹、刘、李、杜者流,相继飙起,即难较圣文,后之言文者亟称道之也。千载榛芜,李、何再辟,俾海内学士大夫重睹古昔,譬则凤麟在郊,群心快之。且凤麟之为天下瑞也,求其耕畴而驾远也,则谢牛马,而世卒不屈凤麟于其下者,以其文也。以其文,非以其用也。而世之论文者,乃责其亡用于世,则何以责凤麟乎?谓凤麟之文而亡用,可也,谓凤麟之文而亡用而不及牛马也,即妇人孺子而笑之。《文选》者,凤麟之迹也,而鄙之以为不足读。是谓凤麟之不能耕驾而鄙之者也,非忌则愚。李、何之则古以缀文,是李、何之所以为天下重也,而乃诮其奔走奴仆之不暇,然则述黄虞姬孔而谈仁义道德者,亦将为奔走奴仆乎?④

视诗歌文章为末道小技,是理学家难免的态度。就对古典诗歌艺术特征的倾力研究和继承来说,七子派强调经国济世的政教追求并不特别突出,上文所述"无用"批评,与这些都不无关系。一方面,宗臣认为圣人虽不专意文学,但六经垂范、后世文家蔚起的历史事实,都证明文学实不可废,且七子派在"千载榛芜"之后提倡文学复古,也是国家文

① 《宗子相集》卷十三《读太史公、杜工部、李空同三书序》,文渊阁四库全书第 1287 册,台湾商务印书馆 1986 年版,第 137 页。
② 《宗子相集》卷十四《报于鳞》,文渊阁四库全书第 1287 册,台湾商务印书馆 1986 年版,第 177 页。
③ 《宗子相集》卷十二《武进白公集叙》,文渊阁四库全书第 1287 册,台湾商务印书馆 1986 年版,第 110 页。
④ 《宗子相集》卷十四《三报张范中》,文渊阁四库全书第 1287 册,台湾商务印书馆 1986 年版,第 159—160 页。

物阜兴的祥瑞之兆，并非无用。另一方面，他更尖锐地指出世人批评李、何之文无用，其实是疾视他们通过诗文"奔走奴仆"，而这正说明他们"则古缀文"的影响与成就。若以此贬抑七子派，那么道学家上座讲学，也未尝没有分别门户、"奔走奴仆"之嫌。王世贞与李攀龙相见之初表示"愿居前先揭旗鼓"时，就曾说"文章经国大业，不朽盛事。今之作者论不与李献吉辈者，知其无能为已"①，宗臣以"凤麟"称赞李、何，不以耕畴驾远"谢牛马"为无用，充分展现了他对复古派的认同与维护。对此，李攀龙在《五子诗》中即曾褒赞他："中怀谁可喻，文章亦经国。一为麟凤言，三叹加餐食。"②

宗臣加入后七子后，创作上不免沾染模拟习气，朱彝尊谓："子相诗才娟秀，本以太白为师，跌宕自喜。使其不遇王、李，充之不难与昌谷、苏门伯仲。自入七子之社，习气日深，取材日窘，撰体日弱……最可惋惜。"③模拟拘忌固然是宗臣创作的一面，但他同样有淋漓纵横、"超忽飞动"④、以"气"著称的一面，王世贞称他"天姿奇秀，其诗以气为主，务于胜人"⑤，比喻他是"渥洼神驹，日可千里"⑥。王世懋《祭宗子相文》概述其文风特点时："郁勃激昂，风驱电击，发为声歌，炳炳朗朗，奇葩并出。"⑦这种特点，在其古文名作《报刘一丈》中有鲜明体现，钱基博先生赞之为："淋漓喷薄，无复摹秦仿汉之习；而感慨中出诙诡，乃极似太史公《游侠列传叙》、杨恽《报孙会宗书》。"⑧重视胸襟感慨，本于性情抒发，反对模仿拟袭，这种观念在其提学福建所作《总约》八篇之《谈艺》一文中，表现得最为明白：

> 夫六经而下，文岂胜谈哉？左、马之古也，董、贾之浑也，班、扬之严也，韩、柳之粹也，苏、曾之畅也，咸炳炳朗朗，千载之所共嗟

---

① 李攀龙著，包敬第标校：《沧溟先生集》卷十六《送王元美序》，上海古籍出版社1992年版，第395页。

② 李攀龙著，包敬第标校：《沧溟先生集》卷四《五子诗》，上海古籍出版社1992年版，第90页。

③《静志居诗话》卷十三，人民文学出版社1990年版，第388页。

④《诗薮·续编》卷二，上海古籍出版社1979年版，第355页。

⑤《艺苑卮言》卷七，《历代诗话续编》，中华书局2006年版，第1061页。

⑥《艺苑卮言》卷五，《历代诗话续编》，中华书局2006年版，第1036页。

⑦ 王世懋：《王奉常集》卷二十四《祭宗子相文》，四库全书存目丛书集部第133册，齐鲁书社1997年版，第447页。

⑧ 钱基博：《明代文学》，商务印书馆2011年版，第620页。

也。然其文，马不袭左而班不袭扬也，柳不袭韩而曾不袭苏也。何也？不得不同者，文之精也。不得不异者，文之迹也。论文而至于举业，其视文既已远矣。文而袭者，舛也，况拾世俗之陈言庸语而掇以成文，又舛之舛者也。今夫人性之有文也，不犹天之云霞、地之草木哉？云霞之丽于天也，是日日生焉者也，非以昔日之断云残霞而布之今日也。草木之丽于地也，是岁岁生焉者也，非以今岁之萎叶枯株而布之来岁也。人性之有文也，是时时生焉者也，非以他人之陈言庸语而借之于我也。是故古之言文者，得之心而发之文也。其理之莹也，如金之精，如玉之粹，而天下之人莫之敢损益也。其词之溢也，如长江如大河，鱼龙黿鼍，纵横出没，而不可捘也。其清通也，如月之秋，如江之澄，如潭之寒，而千里一碧，泠然内彻也。其古雅也，如太羹如玄酒，如周之彝，如商之鼎，令人睹之而裴回太息，栖神千载之上也。其明达也，如青天如白日，而有目者之所共睹也。其飘逸也，如佩玉鸣琚，乘风御空，可望而不可即也。其铿锵也，如金石相宣，丝竹并奏，而听之者靡靡忘倦也。其葩丽也，如芙蓉秋水之上，而真色充灿，不假雕饰也。其严正也，如达官贵人，端冕而立乎朝廷之上，见之者懔然动容也。其雄浑也，如巨鹿之战，以一当百，人人戢伏不敢仰视也。斯文之极也，以之阐经，则道德性命之精章矣。以之论史，则治乱兴衰之緐达矣。以之辩事，则得失安危之机判矣。辟之天之云霞、地之草木，无所假焉者也。左、马诸子之所不能易也，尚何以陈言庸语为哉？《文赋》云："谢朝华之已披，启夕秀于未振。"诸生其舍尔糟粕，茂尔精华，吾将悚而览焉。①

　　宗臣认同先秦两汉之文外，也赞美"韩、柳之粹""苏、曾之畅"，这与唐宋派的文章统绪观颇为相近。他明确反对拟袭，一方面认为文章之迹不得不异，拟袭前人、拾掇陈言庸语，是为文之大谬。另一方面他从"人性之有文"角度出发，认为与天上的云霞、地上的草木都是时时变

---

① 《宗子相集》卷十三《总约·谈艺》，文渊阁四库全书第 1287 册，台湾商务印书馆 1986 年版，第 152—153 页。

化、岁岁迭变一样，人性与人心也是变化不已的，所以作者得乎其心发而为文，不仅古今不同、与人有异，他人在理、词层面不能损益撢覆，而且风格上也是或清通，或古雅，或明达，或飘逸，或铿锵，或葩丽，随时有变、风格不同，由此阐经、论史、辩事，无施不可。批评复古模拟之失，这在七子派何景明、王廷相、王世贞那里都有论述，但宗臣能以一种通达的发展变化观念来揭示模拟的弊病，这是颇为深刻的，代表了后七子派在复古理论上的新变色彩。

三、王世懋

王世懋（1536—1588），字敬美，别号麟州，时称少美，太仓（今江苏太仓）人，王世贞之弟，嘉靖三十八年进士，官至南太常少卿。有《王奉常集》及诗论专著《艺圃撷余》。王世懋继承了后七子的文学复古主张，但同时又体现出鲜明的革新诉求。

首先，对七子文论的因与革。王世懋青龆时曾随王世贞、徐中行等"嘉隆六子"①交游，他对七子派整体上颇为推崇，尤其是当他对明朝诗文的兴起演变规律进行总结归纳时，于李、何、李、王等人褒赞尤多。谓："弘正以前，风气未开，振骚创雅，实始李、何。"②"明兴百余年来，学士大夫闾灵戏奇，以待作者。于是李、何启疆于弘正，六子缔盟于嘉隆，而海内谭艺之士彬彬出矣。"③后七子派往复声应，切磋诗文，常有诸多共通的话题，各抒己见。如李攀龙曾提出著名的"唐无五言古诗"说："唐无五言古诗，而有其古诗。陈子昂以其古诗为古诗，弗取也。七言古诗，唯杜子美不失初唐气格，而纵横有之。太白纵横，往往强弩之末，间杂长语，英雄欺人耳。"④王世贞《艺苑卮言》评价李攀龙此论"褒贬有至意"⑤，王世懋《艺圃撷余》则就此阐发说："唐人无五言古，就中有酷似乐府语而不伤气骨者，得杜工部四语，曰：'兔丝附蓬麻，引蔓故不长。

① 《王奉常集》卷十四《徐方伯子与传》，四库全书存目丛书集部第 133 册，齐鲁书社 1997 年版，第 358 页。
② 《王奉常集》卷七《王承父后吴越游诗集序》，四库全书存目丛书集部第 133 册，齐鲁书社 1997 年版，第 286 页。
③ 《王奉常集》卷七《冯元敏西征序》，四库全书存目丛书集部第 133 册，齐鲁书社 1997 年版，第 284 页。
④ 李攀龙著，包敬第标校：《沧溟先生集》卷十五《选唐诗序》，上海古籍出版社 1992 年版，第 377—378 页。
⑤ 《艺苑卮言》卷四，《历代诗话续编》，中华书局 2006 年版，第 1005 页。

嫁女与征夫，不如弃路傍。'不必其调云何，而直是见道者，得王右丞四语，曰：'曾是巢许浅，始知尧舜深。苍生诇有物，黄屋如乔林。'"①这虽不无反对意味，但他以"唐人无五言古"为是的基本态度及其追复乐府的发论视角，其实与李攀龙提倡汉魏古诗的立场并无太大不同。七子派在师古问题上讲求仿佛格调，王世懋同样认为拟写各代诗歌需明辨体格、不可杂越："作古诗先须辨体，无论两汉难至，苦心模仿，时隔一尘。即为建安，不可堕落六朝一语。为三谢，纵极排丽，不可杂入唐音。小诗欲作王、韦，长篇欲作老杜，便应全用其体。第不可羊质虎皮，虎头蛇尾。词曲家非当家本色，虽丽语博学无用，况此道乎？"②此外，王世懋《艺圃撷余》中一些诗学话题与王世贞的《艺苑卮言》有诸多相似处，如时人常就以律入古、以古入律等问题进行辨析，王世贞的态度是："古乐府、《选》体歌行有可入律者，有不可入律者，句法字法皆然。惟近体必不可入古耳。"③王世懋也说："律诗句有必不可入古者，古诗字有必不可为律者。然不多熟古诗，未有能以律诗高天下者也。"④王世贞曾分别以"大""高"评价李梦阳、李攀龙的五七言律，谓"五七言律至仲默而畅，至献吉而大，至于鳞而高"⑤，王世懋同样认为杜甫之后惟有"献吉、于鳞两家"，且谓二人优长各在于气骨、情趣："以五言言之，献吉以气合；于鳞以趣合……七言律，献吉求似于句，而求专于骨；于鳞求似于情，而求胜于句。"⑥

但是，王世懋与李攀龙、王世贞等人相比同样存在鲜明差异。如李攀龙编选《古今诗删》，时人对其编选失当的问题常予异议，王世懋虽在《唐诗选后序》中称其"靡不称精，顾独有专""无害于双美"⑦，但李攀龙选明诗"伯温多而季迪少。五言古，季迪止短篇二首，而七言不录"、五律"昌穀止一篇而已"⑧。高启、徐祯卿正是王世懋颇为推崇的诗人。他

① 王世懋撰：《艺圃撷余》，何文焕辑：《历代诗话》，中华书局 2004 年版，第 778 页。
② 《艺圃撷余》，《历代诗话》，中华书局 2004 年版，第 775 页。
③ 《艺苑卮言》卷一，《历代诗话续编》，中华书局 2006 年版，第 964 页。
④ 《艺圃撷余》，《历代诗话》，中华书局 2004 年版，第 777 页。
⑤ 《艺苑卮言》卷六，《历代诗话续编》，中华书局 2006 年版，第 1049 页。
⑥ 《艺圃撷余》，《历代诗话》，中华书局 2004 年版，第 782 页。
⑦ 《王奉常集》卷八《唐诗选后序》，四库全书存目丛书集部第 133 册，齐鲁书社 1997 年版，第 291 页。
⑧ 许学夷著，杜维沫校点：《诗源辩体》卷三十六，人民文学出版社 1987 年版，第 367 页。

曾说:"高季迪才情有余,使生弘正李何之间,绝尘破的,未知鹿死谁手。"评价徐祯卿、高叔嗣称:"诗有必不能废者,虽众体未备,而独擅一家之长。如孟浩然洮洮易尽,止以五言隽永,千载并称王、孟。我明其徐昌谷、高子业乎? 二君诗大不同,而皆巧于用短。徐能以高韵胜,有蝉蜕轩举之风;高能以深情胜,有秋闺愁妇之态。更千百年,李、何尚有废兴,二君必无绝响。"①推崇徐祯卿诸人,提倡擅一家之长,重视创作个性,这是王世懋诗学的一大鲜明特点,也是他有鉴于当时争相附和李攀龙而模拟刻画的诗坛风气所提出的针对性意见。他在《艺圃撷余》中说:

> 李于鳞七言律,俊洁响亮,余兄极推毂之。海内为诗者,争事剽窃,纷纷刻鹜,至使人厌。予谓学于鳞不如学老杜,学老杜尚不如学盛唐。何者? 老杜结构自为一家言,盛唐散漫无宗,人各自以意象声响得之。正如韩、柳之文,何有不从左、史来者? 彼学而成,为韩为柳。我却又从韩、柳学,便落一尘矣。轻薄子遽笑韩、柳非古,与夫一字一语必步趋二家者,皆非也。②

王世懋曾说:"自李何之后,继以于鳞,海内为其家言者多,遂蒙刻鹜之厌。骤而一士能为乐府新声,倔强无识者,便谓不经人道语,目曰上乘,足使耆宿尽废。"③可见他对时人已厌恶七子派的情绪感受强烈,不主张学李攀龙、学杜甫,而是学其他"散漫无宗"的盛唐诗家,强调各有个性、各有擅长,正反映了他要打破李攀龙对诗坛的牢笼,从而矫正步趋雷同之风。这种强调多元差异的意识,在其《诗测序》中也有体现,他自称与胡应麟诗学"大体多同,而微旨差异",但他说:"余以为政不妨异也。夫以余之浅弱,尚不能强我以从元瑞,而乃欲元瑞之下同乎? 古往今来,才情万态,若春花媚眼,国色倾城,必使作者如出一手,谭者如出一口,则此道非难趣,亦安从博哉?"④强调差异化、个性化,不强人同

①《艺圃撷余》,《历代诗话》,中华书局 2004 年版,第 782 页。
②《艺圃撷余》,《历代诗话》,中华书局 2004 年版,第 778 页。
③《艺圃撷余》,《历代诗话》,中华书局 2004 年版,第 783 页。
④《王奉常集》卷八《诗测序》,四库全书存目丛书集部第 133 册,齐鲁书社 1997 年版,第 295 页。

己,是王世懋诗学的鲜明特点。

其次,逗变论。探析诗歌演变规律是王世懋诗学的重要内容,比如他曾有"诗之极变"论:认为《诗经》中只有《颂》诗是专门的郊庙歌颂之作,其他诗歌的突出特征是"触物比类,宣其性情,恍惚游衍,往往无定"①,且正因此种特征,春秋时期的王公大臣方能各凭己意引《诗》言志,战国至汉代的说《诗》家也才能"因事傅会""旁解曲引",而在王世懋看来,《古诗十九首》与阮籍《咏怀》等诗歌长于寄托,使人难究所指,尚能保留《诗经》遗意,而此后之诗更多偏重辞藻、故事,短于性情抒发,乃"诗之极变"。王世懋这种论述虽未必全面合理,但无疑为其师法汉魏古诗的主张奠定了基础。与之相应,王世懋在探析唐代律诗时提出的"逗""变"理论,同样颇具价值:

> 唐律由初而盛,由盛而中,由中而晚,时代声调,故自必不可同。然亦有初而逗盛,盛而逗中,中而逗晚者。何则? 逗者,变之渐也,非逗,故无由变。如《诗》之有变风变雅,便是《离骚》远祖,子美七言律之有拗体,其犹变风变雅乎? 唐律之由盛而中,极是盛衰之介。然王维、钱起,实相倡酬,子美全集,半是大历以后,其间逗漏,实有可言,聊指一二。如右丞"明到衡山"篇,嘉州"函谷""磻溪"句,隐隐钱、刘、卢、李间矣。至于大历十才子,其间岂无盛唐之句? 盖声气犹未相隔也。学者固当严于格调,然必谓盛唐人无一语落中,中唐人无一语入盛,则亦固哉其言诗矣。②

自高棅《唐诗品汇》提出初、盛、中、晚四唐说以来,学习初、中、晚唐的诗家虽然不乏其人,但诗宗盛唐无疑是最主流的路径,尤其是在前后七子的鼓吹之下,盛唐诗歌的特色与成就及其与初、中、晚唐的格调差异,更被特别标出。王世懋以"逗""变"论四唐,认为由初启盛、由盛启中、由中启晚的诗家必然存在,"非逗,故无由变",同样,"大历十才子"也未必"无盛唐之句",这些都揭示了源流有相接、声气不相隔、诗风有递嬗的历史规律。在王世懋这种"逗""变"论之前,明初王行在《唐诗律

---

① 《艺圃撷余》,《历代诗话》,中华书局 2004 年版,第 774 页。
② 《艺圃撷余》,《历代诗话》,中华书局 2004 年版,第 776—777 页。

选序》中就曾指出过"有盛唐人而语偶近乎晚唐者,晚唐人而语有似乎盛唐者"①的现象,但他从编选角度主张"晚唐似盛唐取之,盛唐似晚唐不取",仍是以判分意识为主。而王世懋以"逗""变"论四唐,恰恰是要从这种严格区分中辨析出微妙联系,由此进一步探索诗歌的规律与特质。除以上所举例证外,他论钱起诗歌说:"'长信''宜春'句,于晴雪妙极形容,脍炙人口,其源得之初唐。然从初竟落中唐了,不与盛唐相关。何者? 愈巧则愈远。"②其论晚唐七绝则说:"独七言绝句,脍炙人口,其妙至欲胜盛唐。愚谓绝句觉妙,正是晚唐未妙处。其胜盛唐,乃其所以不及盛唐也。绝句之源,出于乐府,贵有风人之致。其声可歌,其趣在有意无意之间,使人莫可捉着。……晚唐快心露骨,便非本色。议论高处,逗宋诗之径;声调卑处,开大石之门。"③此外,王世懋论"逗""变"的意义,还在于他能着眼于学者"严于格调",动辄称初、盛、中、晚的风气,想以此突破七子派以来这种大而化之的格调论。《艺圃撷余》中借杜甫的例子细论曰:

> 少陵故多变态,其诗有深句,有雄句,有老句,有秀句,有丽句,有险句,有拙句,有累句。后世别为大家,特高于唐盛者,以其有深句、雄句、老句也;而终不失为盛唐者,以其有秀句、丽句也。轻浅子弟,往往有薄之者,则以其有险句、拙句、累句也,不知其愈险愈老,正是此老独得处,固不足难之,独拙、累之句,我不能为掩瑕。虽然,更千百世无能胜之者何? 要曰无露句耳。其意何尝不自高自任? 然其诗曰:"文章千古事,得失寸心知。"曰:"新诗句句好,应任老夫传。"温然其辞,而隐然言外,何尝有所谓吾道主盟代兴哉? 自少陵逗漏此趣,而大智大力者,发挥毕尽,至使吠声之徒,群肆挦剥,遐哉唐音,永不可复。噫嘻慎之!④

王世懋认为秀句、丽句是盛唐时代的本色,深句、雄句、老句,则源

---

①《半轩集》卷六《唐诗律选序》,文渊阁四库全书第 1231 册,台湾商务印书馆 1986 年版,第 357 页。
②《艺圃撷余》,《历代诗话》,中华书局 2004 年版,第 781 页。
③《艺圃撷余》,《历代诗话》,中华书局 2004 年版,第 779 页。
④《艺圃撷余》,《历代诗话》,中华书局 2004 年版,第 777 页。

于杜甫超出盛唐诸家的深厚功夫,所谓"险句"似即上述"拗体",是王世懋所说的因应时代的"变风变雅",是其相比盛唐的"独得处"。杜甫是茶陵派、前后七子派等共同尊奉的诗家,王世懋夤缘时代、辨析其诗句风格特征,由此揭示他在盛中之际复杂多元的面相,既意在批评"主盟"领袖以提倡杜甫格调自高,也批评后学盲信口耳、不辨真相,并不洞悉杜甫格调背后的多元性。相应的,他还针对七子派以来动辄鄙弃大历以后的态度说:"今世五尺之童,才拈声律,便能薄弃晚唐,自傅初盛,有称大历以下,色便赧然。然使诵其诗,果为初邪、盛邪、中邪、晚邪? 大都取法固当上宗,论诗亦莫轻道。诗必自运,而后可以辨体;诗必成家,而后可以言格。"①不盲从四唐格调说,而是诗必自运、必本自家体会,才会真知"体""格"。由此可见,王世懋的"逗""变"说,有鲜明的拆解七子派理论的内涵,这与其推崇多元差异化诗歌的主张一样,都展现了他在七子派盛极而衰后的理论反思与重构新路径的努力。

最后,提倡性情的诗学观。如前所述,王世懋在辨析"诗之极变"时,就曾以"荡然无情"作为后世诗歌日趋愈下的重要原因,更将"宣其性情"作为"诗之来固如此"的重要特质。此种观念在其文章中屡屡得见,如《张侍御诗集序》既指出作者五古法魏晋、五七律宗杜甫,更谓其:"然不为刻字炼句以求炫乎翰墨之场,其指在抒写襟怀而已,当其新意所出,即亡论格调可也。"②《仲山先生诗集序》高扬"诗以道性情"之论,认为唐代王维、韦应物、白居易所以冠绝时人,乃"类以性情得之"③。在《李唯寅贝叶斋诗集序》中,他提倡"性灵"寄托:"夫诗于道未尊,国家不以程士,乡州不以充赋,仕而谈者罪,讳而触者祸,然且士争趣之,何则? 其情近之也……夫士于诗诚无所利之,乃其性灵所托,或缘畸于世,意不自得,而一以宣其湮郁于诗,即当世无当焉,而思垂之来世以自见,若然者犹有待也。"④王世懋所说的"性灵",大体指一种真实性的个体化的

①《艺圃撷余》,《历代诗话》,中华书局 2004 年版,第 779—780 页。
②《王奉常集》卷六《张侍御诗集序》,四库全书存目丛书集部第 133 册,齐鲁书社 1997 年版,第 272 页。
③《王奉常集》卷六《仲山先生诗集序》,四库全书存目丛书集部第 133 册,齐鲁书社 1997 年版,第 277 页。
④《王奉常集》卷六《李唯寅贝叶斋诗集序》,四库全书存目丛书集部第 133 册,齐鲁书社 1997 年版,第 273 页。

情感、性情,或指抑郁不平,或指率真的"襟怀""襟趣"①,有时还侧重"诗酒""侠游"的个性,其理论内涵虽然与晚明公安派的"性灵"说还有所不同,但强调情感个性的意识,也使其与重视格调模拟的作家相去更远,"故予谓今之作者,但须真才实学。本性求情,且莫理论格调"②。凡此种种,表明王世懋的诗学虽与后七子派不乏相通处,但其针对性的反思意识和所呈现的新异面貌,其实更为明显。

四、徐师曾、许学夷

明代吴地自吴讷(1372—1457,常熟人)以来,文章辨体的传统甚盛。吴讷受真德秀《文章正宗》的影响而编成《文章辨体》一书,首开明代文章辨体之风。迄至明代中期,吴地的徐师曾、许学夷承绪这一传统,辨析更加细密,深化了文体理论。其尊体意识与七子派文学观念相仿佛。

徐师曾(1510——1573?),字伯鲁,江苏吴江人。嘉靖三十二年进士,选庶吉士,历转左给事中,以病告归,杜门著述。编有《文体明辨》八十四卷。该书缘起,诚如其自序所记:"大抵以同郡常熟吴文恪公讷所纂《文章辨体》为主而损益之。"③目的是视文章体裁为制度法式。他在自序中博喻以说明:"夫文章之有体裁,犹宫室之有制度,器皿之有法式也。为堂必敞,为室必奥,为台必四方而高,为楼必陕而修曲,为筥必圜,为筐必方,为簠必外方而内圜,为簋必外圜而内方,夫固各有当也。苟舍制度法式,而率意为之,其不见笑于识者鲜矣,况文章乎?"④他批评了文本无体,亦无正变古今之异的观念。基于这样的理论旨趣,《文体明辨》与一般的诗文选本不同,诚如其所言:"是编所录,唯假文以辩体,非立体而选文。"⑤就其主导倾向而言,与七子派、唐宋派的文学观念多有顾盼。事实上,《文体明辨》多引据严羽、徐祯卿、唐顺之、王世贞等人

①《王奉常集》卷七《王承父后吴越游诗集序》,四库全书存目丛书集部第133册,齐鲁书社1997年版,第287页。
②《艺圃撷余》,《历代诗话》,中华书局2004年版,第780页。
③ 徐师曾著,罗根泽校点:《文体明辨序说》,人民文学出版社1962年版,第77页。
④《文体明辨序说》,人民文学出版社1962年版,第77页。
⑤《文体明辨序说》,人民文学出版社1962年版,第78页。

的言论。

许学夷（1563—1633），字伯清，江阴（今属江苏）人。性疏略，杜门绝轨，唯文史是好。著有《诗源辩体》等。许学夷在自序中述及著《诗源辩体》的目的是："袁氏、钟氏出，欲背古师心，诡诞相尚，于道为离，予辩体之作也，实有所惩云。尝谓：诗有源流，体有正变，于篇首既论其要矣。"①公安、竟陵主张抒写性灵，不拘格套。许学夷则作是书以"有所惩"于此。其辩诗目的，有规法七子派的倾向，但亦有新变，持论颇为公允。概有两方面的特质。

首先，溯诗源，明正变。这也就是其在自序中所说的，"于篇首既论其要"的内容："诗有源流，体有正变。"对此，他在卷一开篇又具体阐述："诗自《三百篇》以迄于唐，其源流可寻而正变可考也。学者审其源流，识其正变，始可与言诗矣。"②作者博访《三百篇》以下的数千卷诗作，而成《诗源辩体》，结论是："统而论之，以《三百篇》为源，汉、魏、六朝、唐人为流，至元和而其派各出。析而论之，古诗以汉魏为正，太康、元嘉、永明为变，至梁陈而古诗尽亡，律诗以初盛唐为正，大历、元和、开成为变，至唐末而律诗尽敝。"③不难看出，他虽然认为钟嵘《诗品》有"恒谬"之憾，高棅《品汇》有"屡淆"之不足，④但其持论深得明代高棅以来复古派的诗学旨趣。事实上，他引据明人论诗，也以胡应麟、王世贞、谢榛等人为多。同样，他与七子派一样，推尊严羽《沧浪诗话》，且说"沧浪论诗，与予千古一辙"⑤，多引沧浪之说为据。但正如其所说，许学夷继踵而上，补严羽之不足，他说："今人于沧浪不复致疑而于予不能无惑者，盖沧浪之说浑沦，而予之说详恳。"⑥其"详恳"之论，即是他所谓"破三关"⑦。简言之，即分别汉魏与晋诗，初唐诗歌不可与李杜古诗并论，盛唐律诗优游不迫的境界非杜甫所专美，从而对后七子的诗论有所修正。

---

① 许学夷著，杜维沫校点：《诗源辩体》卷首，人民文学出版社 1987 年版，第 1 页。
②《诗源辩体》卷一，人民文学出版社 1987 年版，第 1 页。
③《诗源辩体》卷一，人民文学出版社 1987 年版，第 1 页。
④《诗源辩体》卷一，人民文学出版社 1987 年版，第 1 页。
⑤《诗源辩体》卷三十五，人民文学出版社 1987 年版，第 337 页。
⑥《诗源辩体》卷三十五，人民文学出版社 1987 年版，第 337 页。
⑦《诗源辩体》卷十七，人民文学出版社 1987 年版，第 183 页。

许学夷认为正变既分,诗道自明,崇正而黜变。但是,他又认识到诗体代变的必然性,因此,与七子派完全否认中唐后诗歌的价值不同,许学夷承认中唐后诗歌的成就,承认"变"的合理性。他说:"元美、元瑞论诗,于正者虽有所得,于变者则不能知。袁中郎于正者虽不能知,于变者实有所得。中郎云:'至李杜而诗道始大。韩、柳、元、白、欧,诗之圣也;苏,诗之神也。'以李、杜、柳与四家并言,固不识正变之体;以韩、白、欧为圣,苏为神,则得变体之实矣。"①承认"苏则实有造诣"②,也承认李攀龙有矫枉之过,认同黄锡余"世有于鳞,必有中郎"③的说法。当然,他论诗,批判的锋芒主要是指向袁宏道,谓"诗道罪人,当以中郎为首"④,原因是中郎"恣意相敌,凡稍为近古者,靡不掊击,海内翕然宗之,诗道至此为大厄矣"。⑤

其次,概述诗论历史,于史评之中见其诗学思想。《诗源辩源》最后三卷为"总论",第三十四卷总述许氏的诗学观念,并申述著作《诗源辩体》,考察诗之源流正变,乃是洞识理势自然之作。最后两卷,列述了魏晋以来代表性的诗论及后世学人的评论。许学夷在此基础上予以评骘,其中多有理性之评。如,他指出宋人诗话"率多纪事,间杂他议论,无益诗道"。⑥虽然许学夷与七子派一样注重格法,但他称叹七子派不曾言及的苏轼的诗学思想,说:"东坡论诗,散见其集中,而独得之见为多。予最爱其《书王子思集后》。"且说:"宋元国朝人多类次旧说,然皆浅稚卑鄙,东坡诸公之论不少概见,惜哉!"⑦许学夷孜求通方广恕,好远兼爱,而不可各滞所迷,亦即追求持平公允之论。这两卷内容,堪称是一部简括的诗歌理论史。由此亦可见,该书某种意义上具有集大成的意义。

①《诗源辩体·后集纂要》卷一,人民文学出版社 1987 年版,第 381 页。
②《诗源辩体·后集纂要》卷一,人民文学出版社 1987 年版,第 382 页。
③《诗源辩体》卷三十四,人民文学出版社 1987 年版,第 324 页。
④《诗源辩体》卷三十五,人民文学出版社 1987 年版,第 351 页。
⑤《诗源辩体》卷三十四,人民文学出版社 1987 年版,第 324 页。
⑥《诗源辩体》卷三十五,人民文学出版社 1987 年版,第 335 页。
⑦《诗源辩体》卷三十五,人民文学出版社 1987 年版,第 335 页。

第六节　焦竑

晚明文学思潮是明代文学思想史中的绚丽篇章。晚明文学思潮的主将袁宏道在吴县县令任上，是其文学思想最为矫激的时期。李贽、汤显祖或曾寄寓金陵，或尝为官南都。江苏大地是晚明文学思潮发育流行的重要温床。而江宁(今属江苏)焦竑早与胜流，晚登高第。其著述"亡不视为冠冕舟航"。[①] 乃至年长十余岁的李贽亦有列于门墙之愿。晚明文学思潮的代表——公安派"实自伯修发之"[②]，宗道则首先承学焦竑，引以顿悟之旨，而后才向李贽问学的。焦竑实乃晚明文学思潮兴起与高涨的重要参与者。

焦竑(1540—1620)，字弱侯，号漪园、澹园，江宁人(今南京)，万历十七年(1589 年)会试第一，官翰林院修撰，后曾任南京司业等。著有《澹园集》《焦氏笔乘》等，著述甚丰。

首先，尚"实"的文学观。焦竑重视文辞、文法等形式意义，认为作者搦笔为文不可背离法度，"惟文以文之，则意不能无首尾，语不能无呼应，格不能无结构者，词与法也"[③]，所以对创作中任凭"意兴所到"而声律不合、不根柢法度的现象，他常予批评规劝。但他更重"实"，讲求"华实相副"，反对"蔑其实而欲妄为之词"：

> 自去古渐远，真风日微，士大夫之高者，率刻情修容，依倚道艺，以就其声价。迨徐究其实，或不能副者，往往有之。其于文词亦然，纂组于华彩，而雕刻其词句，冀以哗众而取名，不知者间为其所惑，君子不道也。[④]

焦竑所讲的"实"，整体上包含经术学养、道德心性、经济事功等诸多层面。经术学养是文章的基础，"技进于道，道载于经。而谓舍经术

---

① 徐光启撰：《尊师澹园焦先生续集序》，焦竑撰，李剑雄点校：《澹园集》附编二，中华书局 1999 年版，第 1219 页。

② 《列朝诗集小传》丁集中，中华书局 1983 年版，第 566 页。

③ 焦竑撰，李剑雄点校：《澹园集》卷十二《与友人论文》，中华书局 1999 年版，第 93 页。

④ 《澹园集》续集卷一《戴司成集序》，中华书局 1999 年版，第 764 页。

而能文,是舍泉而能水,舍燧而能火,舍日月而能明,无是理也。"①作为融通三教的学者,焦竑所谓的经术,不尽在儒家典籍,而是更强调兼容会通后的义理自得,他认为天下之道"一也",对道的把握也应是舍"迹"求"道"、以心相契,而不应拘囿外部的教派之分,批评说:"见迹而不见道,往往瓜分之而又株守之。"②这种会通精神,是其经术学问的鲜明特点,也是影响其文学的关键因素。

文章之"实",也指经济事功。焦竑既坚持"立功"高于"立言"的传统立场,"古之圣哲无意于文也,理至而文从之,如典、谟、训、诰是已"③,常劝勉士人不可耽于陈言空文、为诗文柔翰"所诱",而须以经济事功为先务;同时,他也要求文章创作需在内容、功能上"载诸世务,可为应用资"。如评赞韩琦、范仲淹的文章云:"自学失其本,繁言无称,文与用离,敝也极矣。韩、范两公……其为心非薪以言语文字名者。而凡所撰造,必有为而作,精核典重,务以适用而止,凿凿乎如食之必可疗饥,药之必可已疾,非虚车比也。"④评苏轼之文:"至于忠国惠民,凿凿可见之实用,绝非词人哆口无当者之所及。"⑤焦竑以殿试第一人居官翰林修撰,讲习国朝典章、纂修国史,尽管仕途坎壈,但《列朝诗集小传》中载:"尝自言胸中有国家大事二十件,在翰林九年未行一事,林下讲求留京事宜,行得六事,至今不知二十事为国家何等事也。"⑥可见其忠荩之心的强烈。焦竑对于揄扬歌颂、润色粉饰的文学功能颇为重视,《云东拾草序》褒赞作者称:"先生以文学进用清显,为左右顾问讲读之臣,当论思润色之托,即未及联翩秉轴,而文章之用于世亦已弘矣,夫复奚憾?……诗歌冲融雅润,颂美摛华,文质各得,盖蹈巍要而毗清切者之体宜尔也。"⑦他评价申时行未为学士之前的文字,"皆文士之词也,以才丽为主",而"自学士及为相以来,所纂著皆经纶、制置,裁成润色之词

①《澹园集》续集卷一《刻两苏经解序》,中华书局1999年版,第751页。
②《澹园集》卷十七《赠吴礼部序》,中华书局1999年版,第195页。
③《澹园集》卷二十三《制书部一首》,中华书局1999年版,第297页。
④《澹园集》续集卷一《合刻韩范二公集序》,中华书局1999年版,第754—755页。
⑤《澹园集》续集卷一《刻苏长公外集序》,中华书局1999年版,第752页。
⑥《列朝诗集小传》丁集下,中华书局1983年版,第623页。
⑦《澹园集》续集卷一《云东拾草序》,中华书局1999年版,第767—768页。

也,以识度为宗",称赞说:"必有是实,乃有是文……气全力余,中正闳博,而毫发雕镂、险怪之习不得干其间。此真承乎馆阁之风,而非浅狭者之所能及也。"①焦竑这种强调雍容中正风格、以润色歌颂为实用的追求,与永乐至正统时期的台阁作家极其相似。

焦竑所讲的"实"还包括道德行实、性情之真实。在《由庚堂集序》中,焦竑继承李华"有德之言信,无德之言伪"的论述,也采纳王通《中说》以品格评文士的方法,谓"人之品格若福泽异矣,而一决于其文,此古之所谓知言者也"②。王通对六朝文士"其文淫""其文繁"等评价,立足于道德行实的基础之上,焦竑欣赏"约以则""深以典"的君子之文,同样重视道德涵养之于诗文的意义。《先师许文穆公集序》称赞许国文章就说:"盖温厚尔雅,蔚然有德之言,非支词绮语类也。"③《刻晋游草序》则批评说:

> 古之论诗者莫善于文中子矣,可讽可达,出则悌,入则孝,而多见治乱之情。至谢灵运之傲也,而乏于谨;沈休文之冶也,而悖于典;徐、庾之诞、孝绰兄弟之淫、湘东之繁,率以人定之,而卒于王俭、任昉之约以则者,有取焉。……近世作者不循其本,而独词之知,刺讥愤怼,怨而多怒,瑰丽诡变,讽多要寡,漫羡无归,奚关理道!读者于其肺肝底里,可望而知之,不待词之毕矣。④

反对"刺讥愤怼""怨而多怒",这主要从士人道德涵养角度而言,也与其"微言通讽谕,以温柔敦厚为教。不通于微,不底于温厚,不可以言诗"⑤的儒家诗教观以及追求舂容和雅的馆阁倾向有相契之处。但焦竑此论,并非反对"肺肝底里"的性情抒发,他讲求的"实",本就包含着性情之真实。《陶靖节先生集序》中曰:"古者贤士之咏叹,思妇之悲吟,莫不为诗情动于中,而言以导之,所谓'诗言志'也。后世摛词者,离其性

① 《澹园集》附编一《申文定公赐闲堂集序》,中华书局 1999 年版,第 1187—1188 页。
② 《澹园集》卷十六《由庚堂集序》,中华书局 1999 年版,第 166 页。
③ 《澹园集》续集卷二《先师许文穆公集序》,中华书局 1999 年版,第 780 页。
④ 《澹园集》续集卷二《刻晋游草序》,中华书局 1999 年版,第 772—773 页。
⑤ 《澹园集》卷十六《弗告堂诗集序》,中华书局 1999 年版,第 168 页。

而自托于人伪,以争须臾之誉,于是诗道日微。"①与这种重视性情、胸臆的说法相近,他甚至也提倡抒发"孤愤",主张变风变雅:

> 古之称诗者,率羁人怨士不得志之人,以通其郁结,而抒其不平,盖《离骚》所从来矣。岂诗非在势处显之事,而常与穷愁困悴者直邪?……吾观尼父所删,非无显融腼厚者厝乎其间,而讽之令人低回而不能去,必于变《风》《雅》归焉,则诗道可知也。②

与提倡润色鸿业的台阁颂美相比,焦竑认为诗歌感人之处,必在变风变雅;与由庄士仁人角度主张循本于道德涵养、反对愤怼多怒相比,他也肯定郁结不平的抒发。这些观点看似矛盾,但只是角度不同,大抵前者偏重于政教、道德,而后者更偏向言志抒情的文学立场。但无论何者,其实都与他对儒家文学观的接受密不可分,是其尚实文学观的应有之义。

其次,与尚实文学观相应,焦竑提出了他对文章历史的看法。他说:

> 《六经》、四子无论已,即庄、老、申、韩、管、晏之书,岂至如后世之空言哉?庄、老之于道,申、韩、管、晏之于事功,皆心之所契,身之所履,无丝粟之疑。而其为言也,如倒囊出物。借书于手,而天下之至文在焉,其实胜也。汉世蒯通、随何、郦生、陆贾,游说之文也,而宗战国;晁错、贾谊,经济之文也,而宗申、韩、管、晏;司马相如、东方朔、吾丘寿王,谲谏之文也,而宗《楚词》;董仲舒、匡衡、扬雄、刘向,说理之文也,而宗《六经》;司马迁、班固、荀悦,纪载之文也,而宗《春秋左氏》:其词与法可谓盛矣,而华实相副,犹为近古,至于今称焉。唐之文,实不胜法;宋之文,法不胜词,盖去古远矣,而总之实未渐尽也。近世之文,吾不知之矣。彼其所有者,道邪?德邪?事功邪?蔑其实而欲妄为之词,身居一室而指顾寰海之图,家盖屡空而侈谈崇高之缋,非独实不中窾,乃其中疑似影响方不自

---

① 《澹园集》卷十六《陶靖节先生集序》,中华书局 1999 年版,第 169 页。
② 《澹园集》卷十五《雅娱阁集序》,中华书局 1999 年版,第 155 页。

快,又安能了然于口与手乎?①

先秦诸子的文章以"实"为主,是"心之所契,身之所履"的"至文";汉代诸家既本其"实",又各有文章宗法,大抵词法相称、华实相副;唐宋之文作意明显,在虚虚实实的文法层面、力去陈言的文辞层面,都用意较多,相比而言道德事功之"实"转有不足,或"实不胜法",或"法不胜词",但整体上仍属去古不远、"实未澌尽";在焦竑看来,近代作者以词为先、蔑实妄作的情况最为严重:"近世不求其先于文者,而独词之知……故学者类取残膏剩馥,以相鳞次,天吴紫凤,颠倒短褐,而以炫盲者之观""谬种流传,浸以成习。"②焦竑本于以"实"为主、华实相副的标准,认为文章的历史大体是一个"实"流为"法"、"法"流为"词"的过程。这种文章观,既与秦汉派有所不同,他推尊先秦两汉,曾谓《庄子》《离骚》《史记》是"古书无所因袭独由创作者"③,但他崇"实"黜"词"的精神恰恰与偏重辞藻模拟的秦汉派不同,《戴司成集序》即说:"所称文必秦汉,诗必六朝三唐,摹拟蹈袭以相雄长者,公薄之不为。"④同时,也与学习韩、柳、欧、曾之文法的唐宋派不尽一致,焦竑虽对唐顺之等主张古学古道、讲求探其底里的作者颇表认同,但对韩愈、欧阳修、曾巩等人却并不特别推崇,认为三人"法"胜于"实":"韩、欧、曾之于法至矣,而中未有独见,是非议论,未免依傍前人。子厚习之,介甫、子由,乃有窥焉,于言又有所郁渤而未畅。独长公洞览流略,于濠上竺乾之趣,贯穿驰骋,而得其精微,所谓了于心与了于口与手者,善乎其能自道也。"⑤韩、欧、曾都是谨守儒学的作家,而柳宗元、王安石、苏辙则在经术学养上出入三教诸子,这是注重融通三教的焦竑所以称赞后者"乃有窥"的重要原因。当然,他最推崇的还是苏轼,"古今之文,至东坡先生无余能矣"⑥。苏轼出入三教、洞览流略,贯穿驰骋、心手相应,既有自得之"实",更能在词、

---

① 《澹园集》卷十二《与友人论文》,中华书局 1999 年版,第 93 页。
② 《澹园集》卷十二《与友人论文》,中华书局 1999 年版,第 93—94 页。
③ 《澹园集》附编一《楚辞集解序》,中华书局 1999 年版,第 1184 页。
④ 《澹园集》续集卷一《戴司成集序》,中华书局 1999 年版,第 764—765 页。
⑤ 《澹园集》续集卷五《答茅孝若》,中华书局 1999 年版,第 853—854 页。
⑥ 《澹园集》附编一《刻坡仙集抄引》,中华书局 1999 年版,第 1185 页。

法上"引物连类,千转万变,而不可方物",于唐宋诸家中超然高出,这是焦竑钦佩苏轼的重要原因,也是他与明代唐宋派作家相比的特色所在。

再次,批评七子派诗学,提倡性情与神解,反对模拟因袭。焦竑认为摘词者"离其性而自托于人伪",是后世诗道日微的重要原因,而与这种遗落性情相伴随的,往往是拘泥声律辞藻、尺寸古法。他说:

> 嗟乎,诗至于此,又黄初、正始之一大变也。弃淳白之用,而骋丹腹之奇;离质木之音,而竞宫商之巧,岂非世运相乘,古朴易解,即谢客有不得自主者耶?然殷生言:"文有神来,气来,情来。摹画于步骤者神躓,雕刻于体句者气局,组缀于藻丽者情涸。"……余观弘、正一二作者,类遗其情,而模古之词句;迫其下也,又模模之者之词句。本之不硕,而第繁其枝,欲其有可食之实,可匠之材,难矣! 以彼知为诗,不知其所以诗也。①

诗歌由黄初、正始开始变质为文、偏尚律藻、遗落性情而江河日下,这种关于诗学演变规律的认识,与王世懋的"诗之极变"论有相通之处,其对七子派的诗学批评,也与王世懋提倡性情、讲求多元创作个性的主张相近,但焦竑的批评力度显然更大。他说:"迫李何导其源,王康辅之;杨徐扬其波,顾薛振之。当是时,非汉、魏、初盛唐不谭,可谓盛矣。敝且学步效颦,而神理不属,识有病之。"②又说:"迫弘、德间,李、何辈出力振古风,学士大夫非马《记》杜诗不以谈。第传同耳食,作匪神解,甚者粗厉阐缓,扣之而不成声,识者又厌弃之。"③南朝时期萧纲在提倡"吟咏情性"时,即曾批评京师文体竞学谢灵运、"争为阐缓",焦竑并不意在批评谢灵运,而是通过提倡性情、神解,讲求神、气、情,来批评七子派"类遗其情"、模拟词句、邯郸学步。对此,他还从不师其"法"而求"得其所以法"的师古角度,对七子派后学予以提示:

> 扬子有言:"断木为棋,梡革为鞠,莫不有法,而况于诗乎。"古至屈、宋、汉、魏、六朝,律至三唐,而法具矣。金陵之诗,陈、顾为称

---

① 《澹园集》卷二十二《题谢康乐集后》,中华书局 1999 年版,第 275 页。
② 《澹园集》附编一《高孩之二集序》,中华书局 1999 年版,第 1191 页。
③ 《澹园集》卷十六《苏叔大集序》,中华书局 1999 年版,第 171 页。

首,东桥先生批点《唐音》,自言为用力工程,业盛行于时。顷余姻欧阳惟礼复得石亭先生《古律手抄》若干卷,隐括千百年之诗,以为学者之楷法,精且博矣。……窃谓善学者不师其同,而师其所以同。同者,法也;所以同者,法法者也。蒲且子善弋,詹何闻而悦之,受其术而以钓名于楚。吴道子师张颠笔法,其画特为天下妙。学弋而得鱼,临书而悟画,岂不相辽绝哉?彼得其所以法,而法固存也。夫神定者天驰,气完者材放。时一法不立而众伎随之,不落世检而天度自全。譬之云烟出没,忽乎满前,虽旁歧诘曲,不可以为方,卒其所以为法者,丙丙如丹。噫,此善学者也。①

陈沂与顾璘都是弘、正时期复古诗学的提倡者,焦竑借作序时机,提倡不学其法而学其所以法,得其实而遗其迹,正意在给学诗者以警示。“学弋而得鱼,临书而悟画”,这种“神解”观念,与焦竑在学术思想上主张脱落辞象而得其神理的重悟主张颇为相通,他常要求以“立象先,超系表”、不执其迹、舍事求意并“进而求之”的通达思维来研读典籍、融通三教,他提出的这种文学师法论,正与此密不可分。对于诗歌的模拟与变化,他曾以书法中的“临”“摹”之法作比喻,“摹”侧重规矩法度,而“临”则多侧重意态、想象,所谓“摹如梓人作室,梁栋榱桷,悉据准绳;临如双鹄摩空,翩翻浩荡,栖止各异”②,认为“盖摹得其形,临得其意,自不同也。至于得心应手,神融象滋,无意而皆意,不法而自法,斯妙于书者已。傥但步趋古人,而略不见我之笔意,纵极工好,未免奴书之诮,非名品也”③,要突破模拟的窠臼,以得心应手、“不法而自法”为贵。

第七节　张溥

明末文社是以以文会友为初衷,渐与社会政治相联系,成为遍及全

---

① 《澹园集》卷十五《陈石亭翰讲古律手抄序》,中华书局 1999 年版,第 164 页。
② 《澹园集》卷二十二《题陈少明诗》,中华书局 1999 年版,第 279 页。
③ 《澹园集》卷二十二《题陈少明诗》,中华书局 1999 年版,第 279 页。

国的社会现象。其中最为重要的是应社、复社、几社及江西的豫章大社等。他们的文学思想事实上左右了当时的文坛。其中,应社、复社的领袖,太仓人张溥的文学思想影响尤著。

张溥(1602—1641),字天如,号西铭,南直隶苏州太仓(今太仓市)人。明末张溥与张采因领导了规模庞大的应社、复社而知名于当时及后世,陆世仪称:"复社声气遍天下,俱以两张为宗。"①计东尊称其为"文会领袖"②,张岱亦尊其为"江南士林领袖"③。其文学思想主要体现在以下几个方面。

首先,尊经复古,提倡古学古道。张溥于天启四年(1624年)与张采、杨彝、顾璘士、杨廷枢、周钟等十一人创立应社,声势不断壮大,影响渐及大江南北,此后又发展出广应社。至崇祯二年(1629年),张溥等人联合江南诸文社,最终结成复社。应社与复社的宗旨,以"兴复古学,务为有用"为号召,主张尊经重史,提倡古学古道。这种主张的落实,一方面体现在诸家对典籍的研读和著述方面。除张溥著有《五经注疏大全合纂》《四书注疏大全合纂》《十三经诂释》等外,张采著《周礼合解》,杨廷枢著《易论》,杨彝著《四书大全节要》,顾梦麟著《诗经说约》,等等。张溥等人力求兴复古学的原因,与中晚明以降道学讲说、科举取士等形成的对古人经学的遮蔽有关,张溥在《五经注疏大全合纂序》中即曰"经学之不明,讲说害之也","本朝专以经学取士,流为科举,其学遂荒"。④所以他一反士人仅依程朱传注,不读《大全》,更不读汉唐等古人注疏的风气,"意欲废讲说而专存经解"。这种态度在其《何玄子易诂序》特别推崇杨慎、何楷之古学《易》等论述中体现鲜明,也在一定程度上反映了杨慎以来汉唐经学的复兴趋势。另一方面,应社、复社的成立,与当时其他文社一样,都始终与准备科考、"求副功令"的需求密不可分,他们分选五经时文,品题甲乙,影响风会,所以尊经复古等追求也同样落实在他们的时文创作、评选和切磋过程中。张溥《五经征文序》谓:"应社

①《复社纪略》卷二,《东林本末》(外七种),北京古籍出版社2002年版,第231页。
②计东撰:《改亭集》文集卷二《偶更堂诗集序》,清乾隆十三年计瑛刻本。
③张岱撰:《石匮书后集》卷五十八,明文书局1991年版,第473页。
④张溥撰,曾肖点校:《七录斋合集》卷十三《五经注疏大全合纂序》,齐鲁书社2015年版,第256、257页。

之始立也，所以志于尊经复古者，盖其志也。是以五经之选，义各有托，子常（杨彝）、麟士（顾梦麟）主《诗》，维斗（杨廷枢）、来之（吴昌时）、彦林（钱旃）主《书》，简臣（周铨）、介生（周钟）主《春秋》，受先（张采）、惠常（王启荣）主《礼》，溥与云子（朱隗）则主《易》，振振然白其意于天下。"①诸家研著经学之外，本于古学主持时文编选，这既是借古学来振兴制义文章的重要途径，张溥《顾聚之稿序》谓之："制义小道，枝流判分，考其由来，本经为尚。"②同时，也是他们承绪圣人之教、倡复古道、敦本砺俗与改移士风的重要渠道和依凭，张溥在《诗经应社序》中云："然而此数人者，未尝一日忘乎古人也。慨时文之盛兴，虑圣教之将绝，则各取所习之经，列其大义，聚前者之说，求其是以训乎俗。苟或道里之远，难于质析，则假之制义，通其问难。于是专家之书，各有其本，而匡救近失，先著于制义之辨，以示易见。"③张溥等人的尊经复古主张，一面指向古学、经学，一面始终与制义时文密不可分。

关于尊经复古对制义文辞、文法层面的具体影响，张溥没有太多阐述，但由于提倡古学古道，他非常重视作者之人伦道德与品格涵养，强调人与文的统一。他在论应社"定社之大指"时云：

> 五年之中，此数人者，度德考行，未尝急于求世之知，而世多予之。其所以予之者何也？则以其诚也，无意于名而有其实，不婴念于富贵贫贱而当其既至，皆有以不乱。是故先与乎其人，后与乎其文，为人之道，有一不及于正者，则辞之而不敢就。既与其人，而文或有未至者，则必申之以正，因其材之所命，而乐其有成。是以邪僻之意，无所形之于文，而四方之欲交此数人者，尝观其文而即知其人之无伪，则定社之大指也。④

"先与乎其人，后与乎其文"，以德成行修为本，然后申正文章、人文一致，由此"观其文而即知其人之无伪"，这展现了其以道德品格为第一

---

①《七录斋合集》卷六《五经征文序》，齐鲁书社 2015 年版，第 129 页。
②《七录斋合集》卷十四《顾聚之稿序》，齐鲁书社 2015 年版，第 286 页。
③《七录斋合集》卷七《诗经应社序》，齐鲁书社 2015 年版，第 138 页。
④《七录斋合集》卷七《诗经应社序》，齐鲁书社 2015 年版，第 138 页。

位的文章观。在文学阐述上，张溥往往坚持这样的理论预设："修身大务，而文章次之。"①他说："孔子折衷群圣，身立人极，领乎玄王素主，而后世诵说之士累赞怡怪。名为周之文人，由知文人之称尊贵重大，不得轻也。夫不苟其名，则当全其义。"②与之相应，张溥衡论文章时，也更多采取以"论人"为主的方法，他说："学《易》之家，不一其处而难乎其人，有其人然后有其文，无其人则所谓有其文者，犹之乎无而已。"③在张溥看来，论"人"的方法要比直接论"文"更具优势："执文以相难，文之高下，不能强齐，作与论者可以安矣。约而归之为人，为人之道有善而无恶，其亦可弃而不复欤？要之论文之正，亦无以踰乎斯也。"④张溥坚持以作者的道德品格为第一，而文章次之，但他并非轻视文章。比如，颜之推曾谓文章创作妨害道德操存："文章之体，标举兴会，发引性灵，使人矜伐，故忽于持操，果于进取。"⑤张溥对此不以为然，批评道："夫谓忽持操、果进取者，此天下之躁士，自其性有之，非文章所驱也。介尝蹰躅湘东、江陵之间，历官四姓，不闻显节。身未经乎道德，而概量文士以不诚。甚矣！介之妄也。"⑥"自其性有之"，是他特重道德品格的原因所在，"非文章所驱"，则并不应鄙薄文章。此外，他还承续王充的话阐述道："'才有浅深，无有古今；文有伪真，无有故新。'此岂昔人虚为之辞，盖实观所致焉。身立乎惚，不摇其建，驭文谋篇之由归也。故散者应后，而正者处先，原夫天质地文，所谓受化养成之道，亦有序矣，宁复可下上簪履、颠倒衣裳哉？"⑦由此可见，以修身为大务，则"驭文谋篇"之术自然可致，否则便是"颠倒衣裳"，违背天地自然的规律。张溥这种类乎"有德者必有言"的论述，是与其"读经尽伦"的整体讲求分不开的。在明末士风虚浮、学风衰败、文风好奇不正的状况下，张溥的这些思想无疑极具纠偏取正的价值意义。

---

① 《七录斋合集》卷七《程墨大宗序》，齐鲁书社 2015 年版，第 157 页。
② 《七录斋合集》卷七《程墨表经序》，齐鲁书社 2015 年版，第 146 页。
③ 《七录斋合集》卷七《易会序》，齐鲁书社 2015 年版，第 146 页。
④ 《七录斋合集》卷六《房稿是正序》，齐鲁书社 2015 年版，第 126 页。
⑤ 颜之推撰，王利器集解：《颜氏家训集解》卷九《文章》，中华书局 1993 年版，第 238 页。
⑥ 《七录斋合集》卷十五《刘客生稿序》，齐鲁书社 2015 年版，第 291 页。
⑦ 《七录斋合集》卷八《行卷扶露序》，齐鲁书社 2015 年版，第 166 页。

其次,《汉魏南朝百三家集》题辞中丰富的诗文思想。张溥曾编撰《汉魏南朝百三家集》,其题辞中提倡复古,在路径上与前后七子派相近,"少嗜秦、汉文字",也推尊唐代诗家。但其态度相对而言更为灵活,他肯定"竟陵之功,要不诬也"①,且对六朝文学的价值有更多的肯定。《汉魏南朝百三家集》序言中说:

> 两京风雅,光并日月,一字获留,寿且亿万;魏虽改元,承流未远;晋尚清微;宋矜新巧;南齐雅丽擅长;萧梁英华迈俗。总言其概:椎轮大路,不废雕几,月露风云,无伤骨气,江左名流,得与汉朝大手同立天地者,未有不先质后文、吐华含实者也。人但厌陈季之浮薄而毁颜、谢;恶周、隋之骈衍而罪徐、庾,此数家者,斯文具在,岂肯为后人受过哉?②

"椎轮大路,不废雕几,月露风云,无伤骨气",可见张溥主要是以"先质后文""吐华含实"为统一标准,力图将六朝文学与汉魏连接融通起来。以"质"为先,反对过求律藻,的确是他衡论两晋南朝作家的鲜明态度,如批评沈约说:"四声谱自谓入神,后代遵奉,而不获邀赏于武帝,声病牵拘,固非英雄所喜也。"③这固然与张溥不满沈约"鼓舞作贼"、帮助梁武帝篡齐有关,但也源于沈约拘囿律藻而"觉性之辞少"的创作特征。此外,他评价夏侯湛时也说:"但规模帝典,仅能形似,刻鹄画虎,不无讥焉。"④值得指出的是,张溥反对文胜于质的观念,同样出现在对汉魏作家的评论中,如评价王褒:"大抵王生俊才,歌诗尤善,奏御天子,不外中和诸杂,然词长于理,声偶渐谐,固西京之一变也。"⑤在推崇东汉冯衍能"直达所怀""豁达激昂"时说:"夫西京之文,降而东京,整齐缛密,生气渐少。"⑥论孔融诗文"豪气直上"时谓:"东汉词章拘密,独少府诗文,豪气直上,孟子所谓浩然,非邪?"⑦这些评述,既展现了他对两汉文

---

① 《七录斋合集》卷六《张草臣诗序》,齐鲁书社 2015 年版,第 120 页。
② 张溥著,殷孟伦注:《汉魏南朝百三家集题辞注》,中华书局 2007 年版,第 2 页。
③ 《汉魏南朝百三家集题辞注》,中华书局 2007 年版,第 282 页。
④ 《汉魏南朝百三家集题辞注》,中华书局 2007 年版,第 157 页。
⑤ 《汉魏南朝百三家集题辞注》,中华书局 2007 年版,第 22 页。
⑥ 《汉魏南朝百三家集题辞注》,中华书局 2007 年版,第 37 页。
⑦ 《汉魏南朝百三家集题辞注》,中华书局 2007 年版,第 74—75 页。

学演变的清晰认知，同时也流露出鲜明的尚"质"意识。当然，张溥并非不尚文辞声律之美，如阮瑀"书记翩翩"，张溥对其"文词英拔"的特点就很赞赏，称："若是乎行人有词，国家光辉，以之折冲御侮，其郑子产乎？"①更重要的是，由于张溥衡论诗文一贯以"论人"为主，重视对作者生平经历、天资秉性、人伦道德的考察，强调性地不俗、情文相称、文理相副。因此，对于那些常人认为是偏重律藻、善写咏物或"好色"题材的作者，张溥多能以同情之了解予以极高评价，这在其评价司马相如等作家中有所体现，在评价南朝作家时尤其显明。如论谢灵运："诗冠江左，世推富艳，以予观之，吐言天拔，政由素心独绝耳！"②世人皆许之文辞"富艳"，而张溥却认为是"素心独绝"，这无疑在文学基础上另加一层认同。徐陵是宫体诗的代表作家，论者常以"淫丽之辞"③等予以贬斥，但对于这位长于公文长翰的"一代文宗"，张溥说："读其《劝进元帝表》，与《代贞阳侯》数书，感慨兴亡，声泪并发，至羁旅篇牍，亲朋报章，苏李悲歌，犹见遗则，代马越鸟，能不凄然。"④不仅称他"生气见高"而迥异于南朝诗风，甚至将他同汉代苏、李等古诗作者相比，这样的评价殊为独特。此外，颜延之常因"尚巧似""喜用古事，弥见拘束"⑤为人诟病，张溥却能发掘其以礼教子、不乐声名的人生态度，展现其词采风流背后秉礼淡泊的独特情志。再如江淹，钟嵘称其"诗体总杂，善于摹拟"⑥，但张溥谓其"华少""壮盛"，情志充沛，"身历三朝，辞该众体，恨别二赋，音制一变。长短篇章，能写胸臆，即为文字，亦诗骚之意居多"⑦，甚至说他"若使生逢汉代"可与枚乘、谷永、冯衍、孔融等人相提并论。不难发现，张溥强调"先质后文"，虽对南朝江左绮靡之风有所批判，但他所尚之"质"，不只是文辞之"简直"，更指作者之性情、胸襟、品格等，这既与其论文先"论人"的主张相契，同时也是他有鉴于人们动辄厌弃南朝，特在《汉魏

---

① 《汉魏南朝百三家集题辞注》，中华书局 2007 年版，第 105 页。
② 《汉魏南朝百三家集题辞注》，中华书局 2007 年版，第 218 页。
③ 《艺苑卮言》卷三，《历代诗话续编》，中华书局 2006 年版，第 999 页。
④ 《汉魏南朝百三家集题辞注》，中华书局 2007 年版，第 333 页。
⑤ 《诗品》中品，上海古籍出版社 2011 年版，第 351 页。
⑥ 《诗品》中品，上海古籍出版社 2011 年版，第 403 页。
⑦ 《汉魏南朝百三家集题辞注》，中华书局 2007 年版，第 279 页。

南朝百三家题辞》中将"江左名流"与"汉朝大手"并立的重要原因。

第八节　沈璟等人的戏曲理论

晚明曲坛以沈璟为首的吴江派和与汤显祖为首的临川派的争论，是受到社会思潮等影响的一次文化事件。他们对戏曲功能、特征的认识存在着分歧，导致了一场热烈的讨论，客观上深化了戏曲的理论，扩大了戏曲的影响。除此，此前文坛领袖王世贞以及与沈璟同时的常熟徐复祚亦有论曲著述，他们分别以诗人、戏剧家不同的角度，对戏曲本色等核心问题进行了深入讨论。兹将两人的曲学理论一并附于沈璟之后。

沈璟（1553—1610），字伯英，号宁庵，又号词隐，吴江（今江苏苏州）人。万历二年（1574 年）进士，曾任兵部职方司主事、礼部仪制司主事、吏部验封司员外郎、光禄寺寺丞、行人司司正等职，后因事被劾还乡。家居后，倾力于戏曲之学，曾著《属玉堂传奇》十七种，今存七种，另有诗、文、散曲以及《南词韵选》《遵制正吴编》《唱曲当知》《古今词林辨体》等，多亡佚，现存曲学著作《南九宫十三调曲谱》以及专论戏曲的〔二郎神〕套曲等。沈璟是明代后期影响极大的戏曲家，他创作与理论兼备，领起了戏曲流派"吴江派"，吕天成称赞他时说："表章词学，直剖千古之谜。一时吴越词流，如大荒逋客、方诸外史、桐柏中人，遵奉功令唯谨。"①以沈璟为代表的"吴江派"与以汤显祖为首的"临川派"，并称明代戏曲史上的两大流派，其间，由于曲学立场和审美追求不同，沈璟曾对汤显祖的戏曲名作《牡丹亭》予以改易，这引起了汤显祖的不满，由此也出现了戏曲史上著名的"汤沈之争"。沈璟的戏曲思想，以下两个方面最为突出。

首先，重协律。沈璟曲学的鲜明旨趣，是强调"合律依腔"、适于讴歌搬演。这与汤显祖的曲学追求显著不同。王骥德比较汤、沈两家差异时就说："临川之于吴江，故自冰炭。吴江守法，斤斤三尺，不欲令一字乖律，而毫锋殊拙。临川尚趣，直是横行，组织之工，几与天孙争巧，

① 沈璟著，徐朔方辑校：《沈璟集》，上海古籍出版社 1991 年版，第 923 页。

而屈曲聱牙，多令歌者龃舌。吴江尝谓：'宁协律而不工，读之不成句，而讴之始协，是为中之之巧。'"①汤显祖尚词、尚意趣，为此只要意之所到，即便词不协律、"拗折天下人嗓子"也在所不惜。沈璟相反，宁可不计辞句工拙，也要严于法度、协于声律。他曾经按这样的标准称赞吕天成，谓其曲作"音律精严"，也曾批评其《神女记》"音律尚堕时趋"②。沈璟重视格律的思想，在他专论戏曲的〔二郎神〕套曲中体现得最为清晰。

云："何元朗，一言儿启词宗宝藏。道欲度新声休走样。名为乐府，须教合律依腔。宁使时人不鉴赏，无使人挠喉捩嗓。说不得才长，越有才，越当着意斟量。"③何良俊论曲强调音律，沈璟接过他的话头，认为"合律依腔"才是戏曲的本质，剧作越是富于词采，就越应斟酌。为了合乎声律法度，他甚至认为不必在意时人的品评毁誉："吾言料没知音赏。这流水高山逸响，直待后世钟期也不妨。"④可见，这已经将"合律依腔"作为戏曲的最高要求。沈璟曾表述过自己的"独秘方"，即要注意结合声唱效果，考虑用字平仄："倘平音窘处，须巧将入韵埋藏。这是词隐先生独秘方，与自古词人大不爽。若遇调飞扬，把去声儿，填他几字相当。"⑤还强调上声与去声迥异，细辨仄声，叠用平声字要注意声音的低昂起伏效果："词中上声还细讲，比平声更觉微茫。去声正与分天壤，休混把仄声字填腔。析阴辨阳，却只有那平声分党。细商量，阴与阳还须趁调低昂。"⑥遵韵与用韵问题，是沈璟曲学的核心和关键，他在这方面是主张严格遵守《中原音韵》的："《中州韵》，分类详。《正韵》也因他为草创。今不守《正韵》填词，又不遵中土宫商。制词不将《琵琶》仿，却驾言韵依东嘉样。这病膏肓，东嘉已误，安可袭为常。"⑦推尊《中原音韵》，认为北方杂剧更合音律，由此批评近来的南词戏曲格律失范，这是沈璟的鲜明态度，他说："北词谱，精且详。恨杀南词偏费讲。今始信旧谱多讹，是

---

① 王骥德著，陈多、叶长海注释：《曲律注释》卷第四《杂论下》，上海古籍出版社 2012 年版，第 308—309 页。
②《沈璟集》，上海古籍出版社 1991 年版，第 899 页。
③《沈璟集》，上海古籍出版社 1991 年版，第 849 页。
④《沈璟集》，上海古籍出版社 1991 年版，第 850 页。
⑤《沈璟集》，上海古籍出版社 1991 年版，第 849 页。
⑥《沈璟集》，上海古籍出版社 1991 年版，第 849 页。
⑦《沈璟集》，上海古籍出版社 1991 年版，第 849 页。

鲰生稍为更张。改弦又非翻新样,依腔自然成绝唱。语非狂,从教顾曲,端不怕周郎。"①在给王骥德的尺牍中,他也论述道:"盖作北词者难于南词几倍,而谱北词又难于南词几十倍。"②整体来看,沈璟是抱持一种"论词亦岂容疏放"的严谨态度来从事戏曲创作和研究的。他本着协律依腔的立场,编定《南九宫词谱》,推尊《中原音韵》,要取法北杂剧,这一方面展现出一种复古倾向,王骥德即称其:"法律甚精,泛澜极博,斤斤返古,力障狂澜,中兴之功,良不可没。"③吕天成评价其具体作品时也说"杂摹古传奇","全效《琵琶》"④。另一方面,沈璟这种"须教合律依腔"的戏曲观,直接影响了吴江派成员。汪廷讷直接将沈璟的这种主张谱入《广陵月》中,就是鲜明的例子。

其次,反对字雕句琢。沈璟早年创作传奇《红蕖》时,也曾偏爱辞藻刻画,但伴随着思想的转变,去雕镂而留"本色",成为他最终的艺术追求。王骥德称沈璟"毫锋殊拙",并不欣赏这种词风。此外他在《曲律》中还说:"词隐传奇,要当以《红蕖》称首。其余诸作,出之颇易,未免庸率。然尝与余言,歉以《红蕖》为非本色,殊不其然。"⑤沈璟自悔前作,而王骥德独许《红蕖》,谓其他作品"易"而庸率,这展现了二人在修辞层面的差异。吕天成在《曲品》中也评价了《红蕖》:"著意铸裁,曲白工美。郑德璘事固奇,无端巧合,结撰更异。先生自谓:'字雕句镂,止供案头耳。'此后一变矣。"⑥显然,沈璟反对雕镂,崇尚本色,与其注重格律一样,都是为了场上效果,而不只是徒供"案头"而已,这与当时辞尚俪偶、偏求雅致的文人案头之作有着截然不同。此前,王世贞与何良俊即在戏曲修辞层面有不同意见,前者强调"琢句之工""使事之美",表现出鲜明的案头倾向,何良俊则认为《西厢记》"全带脂粉"、《琵琶记》"专弄学问","其本色语少。盖填词须用本色语,方是作家。"⑦可见,沈璟在协律

---

① 《沈璟集》,上海古籍出版社 1991 年版,第 849—850 页。
② 《沈璟集》,上海古籍出版社 1991 年版,第 901 页。
③ 《曲律注释》卷第四《杂论下》,上海古籍出版社 2012 年版,第 302 页。
④ 吕天成撰,吴书荫校注:《曲品校注》卷下,中华书局 2006 年版,第 207、205 页。
⑤ 《曲律注释》卷第四《杂论下》,上海古籍出版社 2012 年版,第 305 页。
⑥ 《曲品校注》卷下,中华书局 2006 年版,第 201、202 页。
⑦ 何良俊撰:《四友斋丛说》卷三十七,中华书局 1959 年版,第 337 页。

层面推崇何良俊,其尚本色的主张同样是与何良俊相通的。不过,比较而言,沈璟在这两方面的态度比何良俊更为坚决,甚至也正因为强调过甚,反而带来了流弊。比如在格律层面,王骥德《曲律》中称:"衣钵相承,尺尺寸寸守其榘矱者二人……郁蓝《神剑》《二媱》等记,并其科段转折似之;而大荒《乞麾》至终帙不用上去叠字,然其境益苦而不甘矣。"①王骥德评大荒(卜世臣)"其境益苦而不甘",这里的"苦",或指过于细密的格律法度要求,往往需要作者"苦心"营构。对此,《曲品》评《乞麾》时转述大荒(卜世臣)的话称:"其辞骈藻炼琢,摹方应圆,终卷无上去叠声,直是竿头撒手,苦心哉!"②这与诗家的"苦吟"相似。"其境益苦而不甘",或许还包含着戏剧情节之悲苦的意味,郁蓝(吕天成)论曲即乐用"苦境"一词。在修辞层面,由于沈璟过于崇尚本色质朴,这也不免带来负面影响,凌蒙初就说:"而越中一二少年,学慕吴趋,遂以伯英开山,私相服膺,纷纭竞作……而以鄙俚可笑为不施脂粉,以生梗稚率为出之天然。较之套词故实一派,反觉雅俗悬殊。"③可见这种词尚"本色"的法门,又为市井俚俗创作提供了自诿的口实。

　　明代江苏曲论除吴江派影响甚著之外,王世贞与徐复祚的曲学理论亦颇值一书。

　　王世贞著述丰富,其中,《艺苑卮言》附录一专论词曲,后人将其摘出,单独刊印,题为《曲藻》。王世贞独主文坛二十余年,因此,他的曲论虽然较为简略,但其影响甚大。内容概有以下几个方面。

　　首先,论戏曲起源。王世贞将戏曲的产生置于诗词发展史中进行考察,他说:"《三百篇》亡,而后有骚、赋;骚、赋难入乐,而后有古乐府;古乐府不入俗,而后以唐绝句为乐府;绝句少婉转,而后有词;词不快北耳,而后有北曲;北曲不谐南耳,而后有南曲。"④他又说:"曲者,词之

---

① 《曲律注释》卷第四《杂论下》,上海古籍出版社 2012 年版,第 310—311 页。
② 《曲品校注》卷下,中华书局 2006 年版,第 247 页。
③ 《沈璟集》,上海古籍出版社 1991 年版,第 935 页。
④ 《王世贞全集·弇州山人四部稿》卷一百五十二《艺苑卮言附录一》,上海古籍出版社 2021 年版,第 3708 页。

变。"①作为地望最显、声华意气笼盖海内的文坛盟主,从诗体文学发展的维度探讨戏曲的产生,客观上起到了提升戏曲地位的作用。虽然所论不完全尽实,戏曲是综合艺术,是多种艺术并非因单一文体演变而成的。

其次,论戏曲风格。王世贞对南北曲的特征进行了分析,认为:"大抵北主劲切雄丽,南主清峭柔远,虽本才情,务谐俚俗。"②又说:"凡曲,北字多而调促,促处见筋;南字少而调缓,缓处见眼。北则辞情多而声情少,南则辞情少而声情多。北力在弦,南力在板;北宜和歌,南宜独奏;北气易粗,南气易弱。此吾论曲三昧语。"③王世贞基于南北民情风俗的差异而形成的戏曲风格不同进行了精审的总结,受到了学人们的普遍认同。

最后,论戏曲本色。明代中后期,曲坛围绕《琵琶记》《拜月亭》《西厢记》的成就高低而发生过一场关于本色的讨论。这场讨论是以纠矫戏曲作品案头化倾向为旨归,以辨体、当行为核心内容而展开的戏曲文体类型学层面的论争。江苏文人王世贞、徐复祚是这场争论的重要参与者。他们观念殊异,但促进了对戏曲特征的认识。何良俊认为元人施惠的《拜月亭》语言本色自然,同时又宛转蕴藉,正是词家所谓本色语。王世贞则推崇《西厢记》和《琵琶记》。对《西厢记》雅丽之文赞叹不已,视其为北曲压卷之作。同样,对高明的《琵琶记》也推赞有加,曰:"则诚所以冠绝诸剧者,不唯其琢句之工、使事之美而已。其体贴人情,委曲必尽,描写物态,仿佛如生,问答之际,了不见扭造,所以佳耳。"④亦即"琢句之工"与"不见扭造"的统一。他认为《拜月亭》终在《琵琶记》之下,"元朗谓胜《琵琶》,则大谬也"。⑤《拜月亭》的不足有三:"无词家大

---

① 《王世贞全集・弇州山人四部稿》卷一百五十二《艺苑卮言附录一》,上海古籍出版社 2021 年版,第 3709 页。
② 《王世贞全集・弇州山人四部稿》卷一百五十二《艺苑卮言附录一》,上海古籍出版社 2021 年版,第 3709 页。
③ 《王世贞全集・弇州山人四部稿》卷一百五十二《艺苑卮言附录一》,上海古籍出版社 2021 年版,第 3709 页。
④ 《王世贞全集・弇州山人四部稿》卷一百五十二《艺苑卮言附录一》,上海古籍出版社 2021 年版,第 3717 页。
⑤ 《王世贞全集・弇州山人四部稿》卷一百五十二《艺苑卮言附录一》,上海古籍出版社 2021 年版,第 3717 页。

学问","既无风情,又无裨风教","歌演终场,不能使人堕泪"。① 王世贞所谓"词家大学问",当是指词曲的当行本色。风情风教相兼,是就戏曲的艺术效果而已,也是平允之论。最重要的是,戏曲当具有曲终使人堕泪的艺术效果。不难看出,王世贞所体认的当行本色,是以戏曲语言风格为主的综合艺术效果而言。王世贞所论虽简,但对曲坛影响甚大。

徐复祚(1560—1630),原名笃儒,字阳初,常熟(今属江苏)人。著有传奇《红梨记》等六种、杂剧《一文钱》等、笔记《三家村老委谈》(又称《花当阁丛谈》),后人将《三家村老委谈》中涉及戏曲的部分单独辑出为一卷,称《何元朗徐阳初曲论》。徐复祚的曲学思想是与当时曲坛焦点问题的讨论结合在一起的。

首先,关于本色。徐复祚反对忽视戏曲舞台特色的案头化倾向以及堆砌故实的时文气。因此,他在何良俊与王世贞论《拜月》《琵琶》高低优劣时,右何良俊而左王世贞,云:"何元朗良俊谓施君美《拜月亭》胜于《琵琶》,未为无见。《拜月亭》宫调极明,平仄极叶,自始至终,无一板一折非当行本色语,此非深于是道者不能解也,弇州乃以'无大学问'为一短,不知声律家正不取于弘词博学也;又以'无风情、无裨风教'为二短,不知《拜月》风情本自不乏,而风教当就道学先生讲求,不当责之骚人墨士也。用修之锦心绣肠,果不如白沙鸢飞鱼跃乎?又以'歌演终场不能使人堕泪'为三短,不知酒以合欢,歌演以佐酒,必堕泪以为佳,将《薤歌》《蒿里》尽侑觞具乎?"②同样,他还认为王世贞对《西厢记》的赞美亦不得要领,而应以当行本色的角度衡量,他说:"王弇州取《西厢》'雪浪拍长空'诸语,亦直取其华艳耳,神髓不在是也。语其神,则字字当行,言言本色。"③对于"当行""本色"的内涵,徐复祚在批评梅鼎祚的《玉合记》时有这样正面表述:"传奇之体,要在使田畯红女闻之而趯然喜,悚然惧;若徒逞其博洽,使闻者不解为何语,何异对驴而弹琴乎?""文章

---

① 《王世贞全集·弇州山人四部稿》卷一百五十二《艺苑卮言附录一》,上海古籍出版社 2021 年版,第 3717 页。

② 徐复祚:《曲论》,中国戏曲研究院编:《中国古典戏曲论著集成》四,中国戏剧出版社 1959 年版,第 235—236 页。

③ 《曲论》,《中国古典戏曲论著集成》四,中国戏剧出版社 1959 年版,第 242 页。

且不可涩,况乐府出于优伶之口,入于当筵之耳,不遑使反,何暇思维,而可涩乎哉!"①显然,这是从场上效果来判定当行本色。同样,从其对《香囊记》《玉玦记》的批评中亦可得到佐证。他批评"《香囊》以诗语作曲,处处如烟花风柳",其中诸大套"丽语藻句,刺眼夺魄。然愈藻丽,愈远本色"。② 郑虚舟《玉玦记》"好填塞故事,未免开钉饺之门,辟堆垛之境,不复知词中本色为何物"。③ 显然,戏曲当行本色,当是指杜绝填塞故事,杜绝藻丽,"委婉笃至,信口说出,略无扭捏"④,注重场上效果的综合艺术特征。这是与王世贞异致,而与何良俊等人相顾盼的。

其次,关于曲韵。与孜孜于辨体,以求当行本色相联系,徐复祚对曲韵的要求甚严,且以周德清《中原音韵》为绳。他说:"诗有诗韵,曲有曲韵:诗韵则沈隐侯之四声,自唐至今,学人韵士兢兢守如三尺,罔敢逾越;曲韵则周德清之《中原音韵》,元人无不宗之。曲之不可用诗韵,亦犹诗之敢用曲韵也。"⑤但当时梁辰鱼、张凤翼等人用韵则承袭《琵琶记》,而不以《中原音韵》为律。徐复祚"吾辈为唐律、绝句,自应用唐韵;为古体,自应用古韵;若夫作曲,则断当从《中原音韵》"。⑥ 由于沈璟主张传奇用韵当循《中原音韵》,所著《南曲全谱》《唱曲当知》亦以《中原音韵》为准,因此,徐复祚对其推崇甚至,云:"(沈璟)所著《南曲全谱》《唱曲当知》,订世人沿袭之非,剷俗师扭捏之腔,令作曲者知其所向往,皎然词林指南车也,我辈循之以为式,庶几可不失队耳。"⑦在徐复祚看来,循《中原音韵》为式,乃为当行,乃是戏曲之"法"。因此,他认为沈璟著作繁富,《双鱼》等十数种剧作"无不当行"。但因其"词极赡,才极富",遂使"于本色不能不让他作"。徐复祚认为其原因是"盖先生严于法,《红蕖》时时为法所拘,遂不复条畅"⑧。可见,"本色"是有别于"当行",用韵而又不为法所拘,不以词赡才富,而是得自然条畅之趣的语言特

①《曲论》,《中国古典戏曲论著集成》四,中国戏剧出版社 1959 年版,第 237—238 页。
②《曲论》,《中国古典戏曲论著集成》四,中国戏剧出版社 1959 年版,第 236 页。
③《曲论》,《中国古典戏曲论著集成》四,中国戏剧出版社 1959 年版,第 237 页。
④《曲论》,《中国古典戏曲论著集成》四,中国戏剧出版社 1959 年版,第 234 页。
⑤《曲论》,《中国古典戏曲论著集成》四,中国戏剧出版社 1959 年版,第 234 页。
⑥《曲论》,《中国古典戏曲论著集成》四,中国戏剧出版社 1959 年版,第 246 页。
⑦《曲论》,《中国古典戏曲论著集成》四,中国戏剧出版社 1959 年版,第 240 页。
⑧《曲论》,《中国古典戏曲论著集成》四,中国戏剧出版社 1959 年版,第 240 页。

征。总体而言,徐复祚的曲论与沈璟相似,而与王世贞迥然不同。根本原因在于,一是以诗家论曲,一是曲家论曲。其戏曲思想丰富了本色论的内涵,并在其创作中得到了贯彻。

第九节　叶昼、冯梦龙的小说思想

明清时期是小说这一文学样式走向繁荣的时期。小说理论也成为中国文学思想的重要组成部分。江苏文人始终是探讨与践履小说艺术的主力军。一般认为,现存影响最大的李贽的小说评点,多出于无锡文人叶昼之手。而通过小说搜集、整理、刊行以及评点等致力于文学通俗化的长洲(今属江苏)文人冯梦龙,同样对小说理论的发展作出了重要贡献。

一、叶昼

叶昼,字文通,无锡人,号锦翁、叶五叶、叶不页、梁无知,生卒不详。曾问学于东林领袖顾宪成,读书博览,泛滥百家,评点《水浒传》《三国志》《琵琶记》《拜月亭》等多种戏曲小说。其中,托名李贽的容与堂百回本《李卓吾先生批评忠义水浒传》一书,学界普遍认为出自叶昼之手,书中除回评、眉批、夹批、圈点外,另有《批评水浒传述语》《水浒传一百回文字优劣》《又论水浒传文字》《梁山泊一百单八人优劣》四篇文字,阐明评点旨趣,揭示小说创作原理,褒贬人物,分析细密而观点鲜明,体现出了评点者丰富的小说思想。

首先,"持世"心肠与"玩世"态度。叶昼于《批评水浒传述语》中透露其评点旨趣,云:"玩世之词十七,持世之语十三。然玩世处亦俱持世心肠也,但以戏言出之耳。高明者自能得之语言文字之外。"①持世,意指宣扬忠义道德、有助人伦、维护世教,往往以正言、庄言出之。如,第四十五回描写潘巧云与海阇黎的不良之事,叶昼除有眉批"把淫情淫态

① 施耐庵、罗贯中著,凌赓、恒鹤、刁宁校点:《容与堂本水浒传》附录《批评水浒传述语》,上海古籍出版社 1988 年版,第 1485 页。

——画出""淫妇奸状,千古如见"等批刺文字外,最后总评道:"描画淫妇人处,非导欲已也,亦可为大丈夫背后之眼。郑卫之诗俱然。"①亦即将小说中的此类描写与《诗经》中的《郑风》《卫风》等同起来,认为背后都有"存以为世戒"的规劝目的。第九十一回宋江取润州,折损云里金刚宋万、没面目焦挺、九尾龟陶宗旺等三员偏将,叶昼云:"人说宋江人马到征方腊时,渐渐损折,不知此正是一百单八人幸处。不但死于王事为得死所,倘令既征方腊之后,一百单八人尚在,朝廷当何以处之?即一百单八人亦何以自处?"②"死于王事为得死所",表明在肯定一百零八人的忠义勇武外,叶昼更从现实层面考虑,基于正统观念而旨归纲常、世教,这在论小说"临了以梦结局,极有深意"时,得到了印证:"见得从前种种都是说梦。不然,天下那有强盗生封侯而死庙食之理?"③"强盗",这是叶昼在评点中对水浒众人的基本态度,他除对李逵、鲁达等人有所认同外,其他人多以"强盗"进行定义:"若其余诸人,不过梁山泊中一班强盗而已矣,何足言哉,何足言哉!……予谓不能杀身成仁,舍生取义,便是强盗耳。"④这种秉持儒家义理标准的评述,鲜明体现了叶昼评点的"持世"追求。

叶昼自述"玩世"同为"持世"心肠,只是以"戏言"出之。原因在于"和尚一肚皮不合时宜",所以借此"足以发抒其愤懑"⑤。他在评点中多有诙言谐语,针对社会的种种丑陋现象,能予以辛辣地挖苦与讽刺。譬如,嘲笑饱食暖衣、平风静浪的富家子弟"真是槛羊圈豕";尤爱讽刺"秀才",谓"天下秀才,都会嫉贤妒能"。第二十回中,他批评秀才不第而落草为寇的王伦心胸狭隘,并对秀才极其不屑:"可惜王伦那厮却自家送了性命。昔人云:秀才造反,十年不成。岂特造反,即做强盗也是不成底。尝思天下无用可厌之物,第一是秀才了。"⑥相比来说,叶昼批刺官场的语气更显激烈,谓童贯、高俅"强盗娼妇不如",甚至直言"从来捉贼

①《容与堂本水浒传》第四十五回,上海古籍出版社1988年版,第665、674、677页。
②《容与堂本水浒传》第九十一回,上海古籍出版社1988年版,第1338页。
③《容与堂本水浒传》第一百回,上海古籍出版社1988年版,第1483页。
④《容与堂本水浒传》附录《梁山泊一百单八人优劣》,上海古籍出版社1988年版,第1486页。
⑤《容与堂本水浒传》附录《批评水浒传述语》,上海古籍出版社1988年版,第1485页。
⑥《容与堂本水浒传》第二十回,上海古籍出版社1988年版,第281页。

做贼、捕盗做盗,的的不差。若要真正除得盗贼,只须除了捕快为第一义"①,这种犀利的言辞,固然因为宋押司私放晁盖而发,但文字中也充满着他对官场的讽刺意味。叶昼的"戏言"嘲讽,在关于"假道学"的问题上,体现得最为淋漓尽致,"梁山泊买市十日,我道胜如道学先生讲十年道学。何也? 以其实有益于人耳。"②第四十八回攻打祝家庄,王英因为好色,一见扈三娘,"手颤脚麻,枪法都乱了",最后被扈三娘活捉,叶昼对这段生动描写,屡以"妙人"二字称赞,称王英的"率性"远胜过藏头盖尾的道学先生:"王矮虎还是个性之的圣人,实是好色,却不遮掩,即在性命相并之地,只是率其性耳。若是道学先生,便有无数藏头盖尾的所在,口夷行跖的光景。呜呼,毕竟何益哉!"③"假道学"瞻前顾后、修饰言辞、礼术娴熟、算计利害,"算来外面模样,看不得人,济不得事。此假道学之所以可恶也与? 此假道学之所以可恶也与?"④叶昼这种矫激的道学批评,显然深受晚明李贽等心学家思想的影响。

其次,论人物塑造。叶昼在《梁山泊一百单八人优劣》等文字中表述了对一百零八人的态度,将无成心、无执念、"为善为恶,彼俱无意"的李逵奉为"梁山泊第一尊活佛",对鲁达、武松等人也多予肯定。视宋江为"假道学""真强盗",不过,也认同其"收拾人心""以人事君"的本领。更重要的,叶昼还就小说的人物塑造进行了详细论述,这体现了叶昼对小说的艺术性理解。他充分肯定施、罗二作者刻画人物能"传神写照"的艺术功力,云:"说淫妇便像个淫妇,说烈汉便像个烈汉,说呆子便像个呆子,说马泊六便像个马泊六,说小猴子便像个小猴子,但觉读一过,分明淫妇、烈汉、呆子、马泊六、小猴子光景在眼,淫妇、烈汉、呆子、马泊六、小猴子声音在耳,不知有所谓语言文字也。何物文人,有此肺肠,有此手眼! 若令天地间无此等文字,天地亦寂寞了也。"⑤光景在眼、声音在耳,恍若不知有语言文字,这样的论述洒落在诸回目的批点总评中。

①《容与堂本水浒传》第十八回,上海古籍出版社 1988 年版,第 254 页。
②《容与堂本水浒传》第八十二回,上海古籍出版社 1988 年版,第 1207 页。
③《容与堂本水浒传》第四十八回,上海古籍出版社 1988 年版,第 719 页。
④《容与堂本水浒传》第四回,上海古籍出版社 1988 年版,第 67 页。
⑤《容与堂本水浒传》第二十四回,上海古籍出版社 1988 年版,第 356 页。

叶昼由不同角度揭示了《水浒传》在人物塑造上的特征、规律：其一，"全在同而不同处有辨"。叶昼重视人物性格的差异性，认为《水浒传》书写性格相近的人物类型，正是同中有异，第十五回评提示读者："刻画三阮处，各各不同，请自着眼。"①第三回评中指出："《水浒传》文字妙绝千古，全在同而不同处有辨。如鲁智深、李逵、武松、阮小七、石秀、呼延灼、刘唐等众人，都是急性的，渠形容刻画来，各有派头，各有光景，各有家数，各有身分。一毫不差，半些不混。读去自有分辨，不必见其姓名，一睹事实，就知某人某人也。"②《水浒传》人物众多、事件繁富，诸多人事缠若葛藤，要条理分辨地写好极其不易，小说所以妙绝千古，正与作者处理人物时能够"同而不同"密不可分。其二，叶昼在评点人物群像时，注意到了对比、衬托等艺术手法对凸显人物性格的重要作用，《又论水浒传文字》云："更可喜者，如以一丈青配合王矮虎，王定六追随郁保四，一长一短，一肥一瘦，天地悬绝，真堪绝倒，文思之巧，乃至是哉！恐读者草草看过，又为拈出，以作艺林一段佳话。"对比、衬托所带来的艺术张力，叶昼心领神会处甚多，也成为其评点的惯用法门，如第二回评中借助史进的行事风格来评价朱武，第十五回通过刘唐之"奇"、公孙胜"尤奇"来揭示晁盖这一人物形象的特点，等等。此外，叶昼还注意到《水浒传》人物语言的个性化问题，这突出体现在对天真烂漫"李大哥"的评价上，云："'你的皇帝姓宋，我的哥哥也姓宋。'实是不经人道语。李大哥一派天机，妙人，趣人，真不食烟火人也。"③李逵率性直爽，"只有假李逵，再无李逵假"，这样的语言风格与其身份、性格深为契合。整体而言，叶昼对作者逼真传神、化工肖物的人物塑造给予了高度肯定，"不惟能画眼前，且画心上；不惟能画心上，且并画意外"④，异同对照、形容微妙，同时能与关目转换紧密相接，这既是对小说的赞美，也是其自身审美意趣的呈现。当然，叶昼对《水浒传》后半部分是有保留意见的，批评其文字"不济"、刻画不足之处也并不少见。

---

① 《容与堂本水浒传》第十五回，上海古籍出版社 1988 年版，第 207 页。
② 《容与堂本水浒传》第三回，上海古籍出版社 1988 年版，第 48 页。
③ 《容与堂本水浒传》第七十五回，上海古籍出版社 1988 年版，第 1106 页。
④ 《容与堂本水浒传》第二十一回，上海古籍出版社 1988 年版，第 300 页。

最后,"小说"观与"劈空捏造,以实其事"的创作论。叶昼表述了对"小说"文体的认识,认为小说与经史相比,尚以通俗为主,文字层面无须过求严谨:"《水浒传》讹字极多,和尚谓不必改正,原以通俗与经史不同故耳。故一切如'代'为'带','的'为'得'之类,俱照原本不改一字。"①不过,他赞美《水浒传》时,强调"虽小说家也,实泛滥百家,贯串三教"②,则又展现出重视学问、孜求广博会通的一面。另外,《水浒传一百回文字优劣》辨析《水浒传》成书,还涉及了现实生活与小说虚构的创作原理问题:

> 世上先有《水浒传》一部,然后施耐庵、罗贯中借笔墨拈出。若夫姓某名某,不过劈空捏造,以实其事耳。如世上先有淫妇人,然后以杨雄之妻、武松之嫂实之;世上先有马泊六,然后以王婆实之;世上先有家奴与主母通奸,然后以卢俊义之贾氏、李固实之。若管营,若差拨,若董超,若薛霸,若富安,若陆谦,情状逼真,笑语欲活。非世上先有是事,即令文人面壁九年,呕血十石,亦何能至此哉,亦何能至此哉! 此《水浒传》之所以与天地相终始也与?③

北宋宣和间的农民起义是后世水浒故事的原型,在长久的历史流变中,水浒故事不断被世人改易与丰富。"世上先有《水浒传》一部",施、罗二作者只是"借笔墨拈出",是以"劈空捏造,以实其事"的方法,糅合所见所闻而成,如若不是"先有其事",作者很难凭空写出,这其实充分肯定了现实生活作为小说源泉的重要性,《水浒传》所以"与天地相终始",根本原因即在于能植根于现实生活的土壤之上。由此,叶昼对《水浒传》的激赏之处,也多在作者具体可感而书写的"人情物理"层面:"《水浒传》文字不好处,只在说梦、说怪、说阵处;其妙处,都在人情物理上。人亦知之否?"④不过,叶昼同样肯定了作者"劈空捏造"的虚构水平:"《水浒传》事节都是假的,说来却似逼真,所以为妙。"⑤"《水浒传》文

① 《容与堂本水浒传》附录《批评水浒传述语》,上海古籍出版社 1988 年版,第 1485 页。
② 《容与堂本水浒传》附录《又论水浒传文字》,上海古籍出版社 1988 年版,第 1487 页。
③ 《容与堂本水浒传》附录《水浒传一百回文字优劣》,上海古籍出版社 1988 年版,第 1486—1487 页。
④ 《容与堂本水浒传》第九十七回,上海古籍出版社 1988 年版,第 1426 页。
⑤ 《容与堂本水浒传》第一回,上海古籍出版社 1988 年版,第 11 页。

字原是假的,只为他描写得真情出,所以便可与天地相终始。即此回中李小二夫妻两人情事,咄咄如画。若到后来混天阵处,都假了,费尽苦心,亦不好看。"①读者能有"真情""真趣"的阅读体会,这源自作者能立足于亲身经历的现实人事,身有所感,由此再来"劈空"虚构、"以实其事",于是才能予人以有情、有趣的阅读体验,"天下文章当以趣为第一。既是趣了,何必实有是事,并实有是人?"②叶昼这些论述,揭示了小说创作的基本原理,同时也是其"小说"观念中最重要的一部分。

二、冯梦龙

冯梦龙(1574—1646),字犹龙、子犹,别号龙子犹、墨憨斋主人、顾曲散人、吴下词奴等,长洲(今江苏苏州)人,出生名门世家,与兄冯梦桂、弟冯梦熊并称"吴下三冯"。冯梦龙博通典籍,精于《春秋》,但长困场屋,迟至57岁始成贡生,授丹徒县训导,4年后升任福建寿宁知县,逾数载归乡里。明亡后,感愤填胸,曾参与抗清斗争。他才情跌宕,颇有"逍遥艳冶场,游戏烟花里"③放浪形骸的一面,时人目为"狂生""畸士"。曾编撰短篇小说集《喻世明言》《警世通言》《醒世恒言》,合称"三言",增补、改编《平妖传》《新列国志》,编纂《古今谈概》《情史》《智囊》《智囊补》《太平广记钞》等类书,刊行了民歌集《挂枝儿》《山歌》等。另作有《双雄记》《万事足》传奇两种,并取他人之作予以评改,合成戏曲集《墨憨斋定本传奇》。其小说思想概体现在以下几个方面。

首先,激扬劝诱、导达性情的小说追求。冯梦龙一生致力于通俗文学,称"六经国史而外,凡著述皆小说也"④,不但认为小说不"可废",更有以小说"传不朽"的鲜明诉求。他强调小说羽翼经史的作用,谓"其真者可以补金匮古室之遗""足以佐经书史传之穷"⑤,意指小说中不为经传正史所载的真实的细事常情,也有征实考信的价值意义,这与《汉

---

① 《容与堂本水浒传》第十回,上海古籍出版社1988年版,第146页。
② 《容与堂本水浒传》第五十三回,上海古籍出版社1988年版,第797页。
③ 王挺撰:《挽冯犹龙》,冯梦龙著,高洪钧编笺注:《冯梦龙集笺注》,天津古籍出版社2006年版,第11页。
④ 冯梦龙著,高洪钧编笺注:《冯梦龙集笺注》卷三《醒世恒言序》,天津古籍出版社2006年版,第85页。
⑤ 《冯梦龙集笺注》卷三《醒世恒言叙》,天津古籍出版社2006年版,第83页。

书·艺文志》载孔子所言"虽小道,必有可观"及"如或一言可采,此亦刍荛狂夫之议也"①等观点一致。不过,冯梦龙强调羽翼经传,主要是指小说可在现实生活中激扬劝诱、导人性情,从而有助世教:

> 《六经》《语》《孟》,谭者纷如,归于令人为忠臣、为孝子、为贤牧、为良友、为义夫、为节妇、为树德之士,为积善之家,如是而已矣。……理著而世不皆切磋之彦,事述而世不皆博雅之儒,于是乎村妇稚子、里妇估儿,以甲是乙非为喜怒,以前因后果为劝惩,以道听途说为学问,而通俗演义一种,遂足以佐经书史传之穷。②

经史著述旨在教人持守伦常之道、为善去恶,但这主要普及于文人士绅等知识分子群体,闾阎百姓不事诗书,通俗小说中具有劝惩意义的人物形象、故事情节,正可以令他们悲歌慷慨、惩恶向善。冯梦龙认为通俗小说的这种普及性,是经史著述所不具备的。对此,他曾举出鲜活的例子予以阐述,称里中小儿为帮助同伴伤到手指,却并不叫痛,"吾顷从玄妙观听说《三国志》来,关云长刮骨疗毒,且谈笑自若,我何痛为?"借此指出:"能使里中儿顿有刮骨疗毒之勇,推此说孝而孝,说忠而忠,说节义而节义,触性性通,导情情出。"③形象揭示了通俗小说的现实功用价值。而"触性性通,导情情出",则说明小说这一功能的实现,其实还需立足于人的性情层面。重"情",正是冯梦龙小说思想的核心内容:"自来忠孝节烈之事,从道理上做者必勉强,从至情上出者必真切。夫妇其最近者也,无情之夫,必不能为义夫;无情之妇,必不能为节妇。世儒但知理为情之范,孰知情为理之维乎。"④冯梦龙曾依据古今关于男女夫妇之情的故事,编纂成《情史》一书,目的是"使人知情之可久,于是乎无情化有,私情化公,庶乡国天下,蔼然以情相与,于浇俗冀有更焉"⑤。此书虽"事专男女",但冯梦龙认为"善读者可以广情,不善读者亦不至于导欲",原因在于他将所有的故事分门别类,各按不同的标准予以了

---

① 《汉书》卷三十《艺文志》,中华书局 1962 年版,第 1745 页。
② 《冯梦龙集笺注》卷三《醒世通言叙》,天津古籍出版社 2006 年版,第 82—83 页。
③ 《冯梦龙集笺注》卷三《醒世通言叙》,天津古籍出版社 2006 年版,第 83 页。
④ 《冯梦龙集笺注》卷四《情贞类》,天津古籍出版社 2006 年版,第 135 页。
⑤ 《冯梦龙集笺注》卷四《情史叙二》,天津古籍出版社 2006 年版,第 134 页。

编排："是编也,始乎'贞',令人慕义;继乎'缘',令人知命;'私''爱'以畅其悦;'仇''憾'以伸其气;'豪''侠'以大其胸;'灵''感'以神其事;'痴''幻'以开其悟;'秽''累'以窒其淫;'通''化'以达其类;'芽'非以诬圣贤,而'疑'亦不敢以诬鬼神。譬诸《诗》云兴、观、群、怨、多识,种种具足,或亦有情者之朗鉴,而无情者之磁石乎!"①显然,冯梦龙在充分尊重男女之情的基础上,秉持"畅其悦"而"窒其淫""非以诬圣贤"等标准,力求将"情"与"理"融通起来,从而最终实现由"情"而风化的目的。这种论述,可以说既凝聚了他对通俗小说的本位性思考,也使其辅翼经传、有助世教的思想在内涵上更显圆融饱满。

其次,对小说艺术特征的认识。冯梦龙曾在"理""词"层面论及小说与经史著述的差异性,他说:"而尚理或病于艰深,修词或伤于藻绘,则不足以触里耳而振恒心。此《醒世恒言》四十种所以断《明言》《通言》而刻也。明者,取其可以导愚也;通者,取其可以适俗也;恒则习之而不厌,传之而可久。三刻殊名,其义一耳。"②可见,为便于读者接受,冯梦龙虽然强调明理"导愚",但反对在小说中出现过于艰深之理,文辞上也拒斥繁缛"藻绘",理尚浅易、文尚质朴,反映了他在内容与形式两层面,对通俗小说之艺术特性的理解。关于情节叙述,冯梦龙也有相应要求,如在《新列国志凡例》中,他批评旧志在叙事上"前后颠倒""详略失宜"之处不可胜举,由此本着"事取其详,文撮其略"的原则进行了改编,提出"即平铺直叙中,总属血脉筋节,不致有嚼蜡之诮"③。冯梦龙还谈到小说真伪、虚构的问题。《警世通言叙》中云:"野史尽真乎?曰:不必也。尽赝乎?曰:不必也。然则去其赝而存其真乎?曰:不必也。……呜呼!《大人》《子虚》,曲终奏雅,顾其旨何如耳。人不必有其事,事不必丽其人。……事真而理不赝,即事赝而理亦真;不害于风化,不谬于圣贤,不戾于诗书经史。若此者,其可废乎?"④小说虚构问题常为晚明论家提及,如谢肇淛认为小说及杂剧戏文能够"虚实相半",方为"游戏

① 《冯梦龙集笺注》卷四《情史叙一》,天津古籍出版社 2006 年版,第 134 页。
② 《冯梦龙集笺注》卷三《警世恒言序》,天津古籍出版社 2006 年版,第 85 页。
③ 《冯梦龙集笺注》卷三《新列国志凡例》,天津古籍出版社 2006 年版,第 102 页。
④ 《冯梦龙集笺注》卷三《警世通言叙》,天津古籍出版社 2006 年版,第 82—83 页。

三昧之笔",袁于令认为正史贵在传"信"、遗史贵在传"奇",所以才有"真"与"幻"的区别。冯梦龙的看法与此有相仿之处,但他其实并不拘泥于小说的真、赝之分,亦即小说虚构的合理性,而是从理、事角度切入,认为无论事真理真,还是事赝理真,只要不违风化、不谬圣贤皆可,这固然源于激扬劝诱的功利追求,但他以理"真"为统一标准,其实也揭示了小说与经史著述的相通性,肯定了艺术真实的可贵。

最后,论小说源流,提倡通俗。冯梦龙在《古今小说序》中描述了小说发展的历史,并批评了当时贵古贱今、尚文言而贱通俗的偏见:

> 史统散而小说兴。始乎周季,盛于唐,而浸淫于宋。韩非、列御寇诸人,小说之祖也。《吴越春秋》等书,虽出炎汉,然秦火之后,著述犹希。迨开元以降,而文人之笔横矣。若通俗演义,不知何昉?按南宋供奉局,有说话人,如今说书之流。其文必通俗,其作者莫可考。……然如《玩江楼》《双鱼坠记》等类,又皆鄙俚浅薄,齿牙弗馨焉。暨施、罗两公,鼓吹胡元,而《三国志》《水浒》《平妖》诸传,遂成巨观。要以韫玉违时,销熔岁月,非龙见之日所暇也。皇明文治既郁,靡流不波;即演义一斑,往往有远过宋人者。而或以为恨乏唐人风致,谬矣。食桃者不费杏,缔縠毳锦,惟时所适。以唐说律宋,将有以汉说律唐,以春秋战国说律汉,不至于尽扫羲圣之一画不止。可若何?大抵唐人选言,入于文心;宋人通俗,谐于里耳。天下之文心少而里耳多,则小说之资于选言者少,而资于通俗者多。试令说话人当场描写,可喜可愕,可悲可涕,可歌可舞;再欲捉刀,再欲下拜,再欲决脰,再欲捐金;怯者勇,淫者贞,薄者敦,顽钝者汗下。虽小诵《孝经》《论语》,其感人未必如是之捷且深也。噫!不通俗而能之乎?①

冯梦龙依次分析了战国、汉代、唐代、宋代、元代直至明朝的小说发展状况,他以战国子书为小说之祖,认为汉代小说未兴,唐开元之后小说快速发展,兴起了文人传奇,宋代说话故事兴盛,元代则以《三国志》

---

① 《冯梦龙集笺注》卷三《古今小说序》,天津古籍出版社 2006 年版,第 80 页。

《水浒传》等长篇巨帙为代表,认为明代通俗演义等小说超越宋人。这大致为小说的源流演变勾勒了一幅历史图谱,也反映了他的小说历史观及对小说文体类型的认识。他在这里着重批评了轻视通俗演义、"恨乏唐人风致"的现象,一方面从"惟时所适"的角度,反对贵古贱今,同时也从通俗白话在描写人物、叙述情节以及艺术感染力的角度,认为通俗白话更适于小说文体。冯梦龙这种推崇白话、提倡通俗的意识,与此期陈继儒、袁宏道等人颇为相近,同时也契合了晚明拟话本与章回小说的繁荣发展趋势,展现了他作为通俗文学活动家的艺术追求。

第六章　清至近代文学思想

　　中国文学思想在清代得到了全面发展,是传统文学思想集大成的时期。在这一过程中,江苏先贤们起到了理论中坚与引领风气的作用。清代江苏文学思想也随着中国文学思想的演进而走向了高峰。同样,自鸦片战争以后,江苏文人在中国文学思想的现代转型的过程中首著先鞭,为中国文学思想的现代化作出了重要贡献。这主要体现在以下几个方面。

　　首先,明清之际通过诗学流派传达出的诗学思想对全国文坛的辐射作用。明清鼎革之际,江苏文坛产生了影响全国的诗学流派,钱谦益为虞山诗派的首领,与以陈子龙为首的云间派、以吴伟业为代表的娄东派鼎立而三,彬彬称盛。其中,诗学思想以虞山派与娄东派较著。其中既有对明代诗学的清算,亦有对清代诗学的引领之效。同时,文学思想往往是得学术思想一体而发育流行的,学殖是文学思想演进的重要根基。肇启清学的"浙西之学"魁首顾炎武与一批吴地文人衡诗论文,他们基于深厚学殖的文学思想,对于清代文学思想的走向同样起到了先导作用。

　　其次,在各体文学理论方面,都出现了代表这一时期中国文学思想的代表性思想家与著作。诗学理论方面,出现了代表清代诗学理论水平的著作——《原诗》。在骈散文方面,阳湖派散文理论承桐城而有新变,是这一时期散文理论的重要代表,而骈文理论则以江苏文人阮元影响最著。在词学方面,清代词坛最重要的三家词学流派中产生于江苏的阳羡派与常州派,基于丰富的词学理论,对词坛影响历久绵长。在基于评点为主的小说理论方面,这一时期影响较大的评点本,除了脂砚斋评《红楼梦》之外,都是由江苏文人完成的。从清代各体文学思想的发展来看,江苏文坛都产生了这一时期中国文学思想的代表性成果。就此而言,这一时期堪称是江苏文人对中国文学思想贡献最大的时期。

最后,成为由传统到现代转型的中坚。中国文学思想史随着时代的变迁,在近代发生了急遽的变化。在这新旧交汇的历史契点上,赋予了文学思想家们两方面的历史使命:一是对古代文学思想的总结,二是承荷起古代文论现代转型的责任。在这风雨如磐的历史背景之下,江苏文学思想家交出了近乎完美的历史答卷,前者以刘熙载的《艺概》为代表,后者则以小说理论最具特色。

第一节　虞山派与娄东派的诗学思想

虞山诗派与娄东诗派是清初产生于江苏而影响整个文坛的诗歌流派,其诗学思想较著的主要有虞山诗派的钱谦益、冯舒、冯班与娄东诗派的吴伟业。

一、钱谦益

钱谦益(1582—1664),字受之,号牧斋,又号蒙叟、绛云老人等,常熟(今属江苏)人。明万历进士,崇祯时官至礼部侍郎,因涉党争被黜,南明弘光朝起为礼部尚书。降清后,曾任礼部右侍郎,任修《明史》副总裁,寻告病返乡,晚年自悔气节,暗中帮助抗清活动。著有《初学集》《有学集》《投笔集》,编明诗选集《列朝诗集》八十一卷,附以诗家传略,族孙钱陆灿将其传略别辑为《列朝诗集小传》,另有《钱注杜诗》《国朝群雄事略》等。其文学思想主要体现在以下几个方面。

首先,反思明诗之弊。明清之际"人士身经丧乱,多欲追叙缘因"[1],由此围绕党争、心学、科举与文学诸话题形成了强盛的反思批判思潮。

---

① 黄宗羲著,吴光编校:《南雷诗文集》碑志类《谈孺木墓表》,《黄宗羲全集》第十册,浙江古籍出版社2012年版,第309页。

钱谦益于鼎革之后,"恐明朝一代之诗,遂致淹没,欲仿元遗山《中州集》之例,选定为一集,使一代诗人精魂,留得纸上"①,但有感于诗道"陵夷",其中又不免有强烈的反思意识,对明诗诸种弊病予以了系统剖判。钱谦益早年取径七子派,后得程嘉燧、李流芳等人提示而改辙换步,"少壮失学,熟烂空同、弇山之书。中年奉教孟阳诸老,始知改辕易向"②,对七子派的批评尤显猛烈。他认为李梦阳字模句拟的诗歌创作,如同婴儿学语:"牵率模拟剽贼于声句字之间,如婴儿之学语,如桐子之洛诵,字则字,句则句,篇则篇,毫不能吐其心之所有,古之人固如是乎?"③谓李攀龙"高自夸许",其所追求的"拟议以成其变化",实为"拟议以成其臭腐",并说:"僻学为师,封己自是,限隔人代,揣摩声调,论古则判唐、《选》为鸿沟,言今则别中、盛为河汉,谬种流传,俗学沉锢。"④这类犀利言辞,因七子派的诗学弊病而发,他们操持文柄、劫持风会,使学诗者佣耳借目,存成见于胸中,以致诗道愈趋愈下:"近代之学诗者,知空同、元美而已矣。其哆口称汉、魏,称盛唐者,知空同、元美之汉、魏、盛唐而已矣。自弘治至于万历,百有余岁,空同雾于前,元美雾于后。学者冥行倒植,不见日月。甚矣两家之雾之深且久也!"⑤基于这样的认识,钱谦益对提倡"性灵"的公安派颇有褒赞,如评价袁宏道说:"中郎之论出,王、李之云雾一扫,天下之文人才士始知疏瀹心灵,搜剔慧性,以荡涤摹拟涂泽之病,其功伟矣。"⑥但同时指出了他们矫枉过正、流入俚俗的缺陷:"机锋侧出,矫枉过正,于是狂瞽交扇,鄙俚公行,雅故灭裂,风华扫地。"⑦钱谦益对竟陵派同样态度严苛,认为钟惺等人起初未尝不"覃思苦心,寻味古人之微言奥旨",但"惟其僻见之是师,其所谓深幽孤峭者,如木客之清吟,如幽独君之冥语,如梦而入鼠穴,如幻而之鬼国,浸淫三十余年,风移俗易,滔滔不返",其"凄声寒魄""噍音促节"的诗风,实为

---

① 钱谦益著,钱曾笺注,钱仲联标校:《牧斋杂著·钱牧斋先生尺牍》卷一《与周安期》,上海古籍出版社2007年版,第236页。
②《牧斋有学集》卷三十九《复遵王书》,上海古籍出版社1996年版,第1359页。
③《列朝诗集小传》丙集,上海古籍出版社1983年版,第311页。
④《列朝诗集小传》丁集上,上海古籍出版社1983年版,第429页。
⑤《牧斋初学集》卷三十二《黄子羽诗序》,上海古籍出版社1985年版,第925页。
⑥《列朝诗集小传》丁集中,上海古籍出版社1983年版,第567页。
⑦《列朝诗集小传》丁集中,上海古籍出版社1983年版,第567页。

"鬼趣""兵气"："鬼气幽,兵气杀,著见于文章,而国运从之,以一二轻才寡学之士,衡操斯文之柄,而征兆国家之盛衰,可胜叹哉!"①钱谦益在明清易代之际由世运与文运角度对竟陵派的定位与评价,深深影响了后世对钟、谭诸家的认识。

钱谦益对七子派等人动辄标举汉、魏、盛唐等格调说来立阡陌、树藩篱的做法深致不满,并将此种"谬论"追溯到严羽、高棅那里。云:"世之论唐诗者,必曰初、盛、中、晚。老师竖儒,递相传述。揆厥所由,盖创于宋季之严仪,而成于国初之高棅。承讹踵谬,三百年于此矣。"②他对严羽屡加贬斥,称其以禅喻诗、讲求妙悟,视汉、魏、盛唐为"第一义"等诗论,皆属遮蔽古人面目、蒙蔽后人心眼的"一知半见":"嗟夫! 唐人一代之诗,各有神髓,各有气候。今以初、盛、中、晚厘为界分,又从而判断之曰:此为妙悟,彼为二乘;此为正宗,彼为羽翼。支离割剥,俾唐人之面目,蒙罩于千载之上;而后人之心眼,沉锢于千载之下,甚矣诗道之穷也!"③对于这种流弊,钱谦益也作出了相应的拯救举措。一方面,呼吁学诗者应"心灵豁如",不可"狗人封己",曾结合佛教中的"多乳喻"等,主张"别裁伪体""研究体源",识取古人的真面目:"今之论古诗者,曹刘陆谢,能一一知其体源否? 论盛唐者,祖祢李、杜二家,亦知司勋、右丞开宝间别有流派否?"④评萧士玮时,也称赞他能"辨析流派,搴剔砂砾,眼如观月,手如画风"⑤。另一方面,钱谦益由此提倡多元化的诗学路径,以济诗道之穷。他在《萧伯玉春浮园集序》中,赞赏萧士玮博采南朝、晚唐与宋诗:"伯玉之诗,体气清拔,瘦劲峍兀,取法涪州。向谓今体似放翁者,余波绮丽,偶然合耳。又尚简奥,标新领异,取材于刘义庆、郦道元,离奇轮囷,孤行侧出,则陆鲁望、司空表圣之流也。"⑥此外,钱谦益对明朝茶陵派作家评价颇高,其中的重要原因,就源于李东阳等人能在学唐之外兼取宋、元,且能自出手眼:"余尝与敬仲评论本朝文章,深

① 《列朝诗集小传》丁集中,上海古籍出版社 1983 年版,第 571 页。
② 《牧斋有学集》卷十五《唐诗英华序》,上海古籍出版社 1996 年版,第 707 页。
③ 《牧斋有学集》卷十五《唐诗鼓吹序》,上海古籍出版社 1996 年版,第 709 页。
④ 《牧斋有学集》卷三十九《与遵王书》,上海古籍出版社,第 1362 页。
⑤ 《牧斋有学集》卷三十一《萧伯玉墓志铭》,上海古籍出版社,第 1129 页。
⑥ 《牧斋有学集》卷十八《萧伯玉春浮园集序》,上海古籍出版社 1996 年版,第 786 页。

推西涯……诗则原本少陵、随州、香山以迨宋之眉山、元之道园,兼综而互出之。弘、正之作者,未能或之先也。"①李梦阳在李东阳之后"力排西涯""劫持当世",钱谦益推尊兼综宋元的李东阳,正意在借此矫其偏陋。《张子石西楼诗草序》评述作者的诗歌发源于程嘉燧:"风调侧出于剑南、遗山之间,审音者皆能知之。"②程嘉燧是促使钱谦益诗学转向的关键性人物,对其提倡多元的诗学路径有很大影响,钱谦益在为其所作的《题中州集钞》中即曰:"元遗山编《中州集》十卷,孟阳手钞其尤隽者若干篇,因为抉摘其篇章句法,指陈其所由来,以示同志者。盖自靖康之难,中国文章载籍,捆载入金源,一时豪俊,遂得所师承,咸知规摹两苏,上沂三唐,各成一家之言,备一代之音。而胜国词翰之盛,亦嚆矢于此。"③钱谦益是明清之际引领宗尚宋元诗风的代表性人物,然与黄宗羲等人相较,在持论态度上尚显偏激。

其次,本乎情志,重视自然胎性。在主张"别裁伪体"、多元兼综之外,钱谦益的另一核心思想是强调本于情志为诗。他说:

> 先河后海,穷源溯流,而后伪体始穷,别裁之能事始毕。虽然,此益未易言也。其必有所以导之。导之之法维何? 亦反其所以为诗者而已。《书》不云乎:诗言志,歌永言。诗不本于言志,非诗也。歌不足以永言,非歌也。宣己谕物,言志之方也。文从字顺,永言之则也。④

主张"诗言志",这是对传统诗学的复归。对此,钱谦益结合《诗经》《离骚》等经典指出,《国风》之"好色"、《小雅》之"怨诽"、《离骚》之"疾痛叫呼",这些情志之"物"方是诗歌之本。⑤ 与之相应,他重新明确诗歌工拙优劣的评价标准:"以天真烂漫自然而然者为工,若以剪削为工,非工于诗者也。"⑥这也是针对诗坛流弊而发的,批评道:"今之诗人,骈章丽

---

① 《牧斋初学集》卷八十三《书李文正公手书东祀录略卷后》,上海古籍出版社 1985 年版,第 1759 页。
② 《牧斋有学集》卷三十二《张子石西楼诗草序》,上海古籍出版社 1996 年版,第 813 页。
③ 《牧斋初学集》卷八十三《题中州集钞》,上海古籍出版社 1985 年版,第 1757 页。
④ 《牧斋初学集》卷三十二《徐元叹诗序》,上海古籍出版社 1985 年版,第 924 页。
⑤ 《牧斋有学集》卷十七《周元亮赖古堂合刻序》,上海古籍出版社 1996 年版,第 767 页。
⑥ 《牧斋有学集》卷十九《题交芦言怨集》,上海古籍出版社 1996 年版,第 829 页。

句,谐声命律,轩然以诗为能事,而驱使吾性情以从之,诗为主而我为奴。由是而膏唇拭舌,描眉画眼,不至于补凑割剥,续凫断鹤,截足以适履,犹以为工未至也。如是则宁复有诗哉!"①不过值得指出的是,钱谦益同样讲求宗经尚学,认为"治本道而道本心,传翼经而经翼世,其关楗皆统由乎学。学也者,人心之日月也"②。在《顾璘士诗集序》中,他批评论诗者但知"诗人之诗"而不知有"儒者之诗",赞美顾梦麟的诗歌能"不诡于经术"③。但是,在学问与性情之间,钱谦益对性情、情志有足够的重视,他认为诗作不离学问,却毕竟以言志为本:"古之为诗者,学溯九流,书破万卷,要归于言志永言,有物有则,宣导情性,陶写物变。学诗之道,亦如是而止。"④钱谦益重视情志、性情,这与其"别裁伪体"等主张相应,都有欲使学诗者去除剽耳佣目之习、摆脱他人羁络的目的。另外,他曾在《族孙遵王诗序》中提出诗人应"自贵重"的说法:

> 窃常论今人之诗所以不如古人者,以谓韩退之之评子厚,有勇于为人、不自贵重之语,庶几足以蔽之。何也?……以其诗皆为人所作,剽耳佣目,追嗜逐好。标新领异之思,侧出于内;哗世炫俗之习,交攻于外,摛词拈韵,每怵人之我先;累牍连章,犹虑己之或后。虽其申写繁会,铺陈绮雅,而其中之所存者,固已薄而不美,索然而无余味矣,此所谓勇于为人者也。……不自贵则诗之胎性贱,不自重则诗之骨气轻,不交相贵重则胥天下以浮华相诱说,伪体相覆盖,风气浸淫,而江河不可以复挽。故至于不自贵重,而为人之流弊极矣。⑤

自贵重,即以追求"中之所存"的情志、心性等内涵为主,不为外部流俗的"邪师魔见"所挟持。此处以"胎性"论诗,与《高念祖怀寓堂诗序》等文章中以佛典"熏习"说论诗紧密关联。钱谦益晚年栖心释部,每欲"刊落绮语"、不复染指诗作,但自称"颇悟诗理",曾说"俗病不可医":

---

① 《牧斋有学集》卷十九《题交芦言怨集》,上海古籍出版社 1996 年版,第 829 页。
② 《牧斋有学集》卷十四《大学衍义补删序》,上海古籍出版社 1996 年版,第 675 页。
③ 《牧斋有学集》卷十九《顾璘士诗集序》,上海古籍出版社 1996 年版,第 823 页。
④ 《牧斋有学集》卷十五《爱琴馆评选诗慰序》,上海古籍出版社 1996 年版,第 713 页。
⑤ 《牧斋有学集》卷十九《族孙遵王诗序》,上海古籍出版社 1996 年版,第 827、828 页。

"俗之为病,根乎胎性,成于熏习,实多生异熟所为,非气力学问所可驱遣。"①可见,"胎性"迹近天性,而关于"熏习",钱谦益曾将其分为"世间熏习""出世间熏习"两类,但都主要指向后天影响。从这个意义上来说,他提倡本乎情志,也正可由此觇测诗人的天性高低,在《梅杓司诗序》中,他认为诗歌的辞藻形式"可以学而能",诗歌的经营意匠"可以思而致",唯独诗人之天性灵心"学而不能",褒赞作者说:"若夫灵心傥气,将迎怳忽,禀乎胎性,出之天然。其为诗也,不矜局而贵,不华丹而丽,不钩棘而远。不衫不履,粗服乱头,运用吐纳,纵心调畅。虽未尝与扪撠摇擢者炫博争奇,而学而能,思而致者,往往自失焉。"②这种重天性的观念,在其《新安方氏伯仲诗序》等文章中多有体现。

最后,钱谦益论诗带有鲜明的时代特征。身处易代之际,钱谦益对文运与世运的关系颇为关心。他认为唐代元和时期韩愈所作《元和盛德颂》、柳宗元所作《献平淮西雅》,"晔然与三代同风",而宋遗民谢翱所作《宋铙歌鼓吹曲》,则不免"幽幽然如鸮啼鬼语,虫吟促而猿啸哀",由此感叹"文章之衰,有物使然,虽有才人志士,不能抗之使高,激之使壮也"③。这种评论背后,无疑凝聚着他对自身所处时代的强烈感受。《胡致果诗序》中,自称"劫灰之后,不复作诗。见他人之诗,不忍竟读",谓作者"穆乎其思也,悄乎其词也,愀乎悠乎,使人为之欷歔烦酲",最后说:"学殖以深其根,养气以充其志,发皇乎忠孝恻怛之心,陶冶乎温柔敦厚之教。其征兆在性情,在学问,而其根柢则在乎天地运世,阴阳剥复之几微。微乎! 微乎! 斯可与言诗也已矣。"④这近乎已将时代背景作为诗歌最重要的决定性条件。在《徐季重诗稿叙》中,他接续春秋时期季札、师旷的"审音"之论说:"何谓夏声? 宽裕肉好,顺成和动之音是也。何谓死声? 怨怒哀思,怗懘噍杀之音是也。是二声者生于人心,命乎律吕,而著见于国运之存亡废兴、兵家之胜败。"⑤同样是将文运与世

---

① 《牧斋初学集》卷三十一《萧伯玉墓志铭》,上海古籍出版社 1985 年版,第 1127 页。
② 《牧斋有学集》卷十八《梅杓司诗序》,上海古籍出版社 1996 年版,第 791 页。
③ 《牧斋有学集》卷十九《彭达生晦农草序》,上海古籍出版社 1996 年版,第 811 页。
④ 《牧斋有学集》卷十八《胡致果诗序》,上海古籍出版社 1996 年版,第 801 页。
⑤ 《牧斋有学集》卷十八《徐季重诗稿叙》,上海古籍出版社 1996 年版,第 796 页。

运紧密相连。此外,钱谦益还常常以"气"论诗,为人诗文集作序时,既注意适时凸显忠义、气节等话题,又不时强调"温柔敦厚",这些都反映了明清易代之际诗学的时代特征。

二、冯舒、冯班

冯舒(1593—1649),字己苍,号默庵,又号癸巳老人。江苏常熟人。冯班(1604—1671),字定远,自号钝吟老人。冯氏兄弟皆为明诸生,师从钱谦益。入清不仕,皆擅文学,为虞山诗派中坚人物,时称"海虞二冯"①。冯舒著有《默庵遗稿》《诗纪匡谬》;冯班著有《钝吟集》《钝吟文稿》《钝吟杂录》等。冯氏昆仲还有《二冯评点才调集》,冯舒校定《玉台新咏》,均具有一定影响。

虞山诗派是明末清初江南海虞地区的一个地域性的诗歌流派。王应奎《西桥小集序》云:"吾郡诗学,首重虞山,钱蒙叟倡于前,冯钝吟振于后,盖彬彬乎称盛矣。"②但冯氏与其师钱谦益的诗歌风格与诗学思想又同中有异,王应奎尝言:"某宗伯(钱谦益)诗法受之于程孟阳,而授之于冯定远。两家才气颇小,笔亦未甚爽健,纤佻之处,亦间有之,未能如宗伯之雄厚博大也。然孟阳之神韵,定远之细腻,宗伯亦有所不如。盖两家是诗人之诗,而宗伯是文人之诗。吾邑之诗有钱、冯两派。"③王应奎主要是就诗风方面区别钱、冯。就诗论而言,二冯的诗学思想与钱谦益同中有异,主要体现在以下几个方面。

首先,关于明代诗学批评。钱谦益对明代七子派与竟陵派批评峻厉。如,钱谦益批评李攀龙:"僻学为师,封己自是,限隔人代,揣摩声调,论古则判唐、选为鸿沟,言今则别中、盛为河汉,谬种流传,俗学沈锢,昧者视舟壑之密移,愚人求津剑于已逝,此可为叹息者也。"④对于竟陵盟主钟惺,批评其:"所谓深幽孤峭者,如木客之清吟了,如幽独君之冥语,如梦而入鼠穴,如幻而之鬼国,浸淫三十余年,风移俗易,滔滔不

---

① 《四库全书总目》卷一百八十一《冯定远集提要》,中华书局 1965 年版,第 1642 页。
② 王应奎撰:《西桥小集序》,钱仲联主编:《清诗纪事·明遗民卷》,凤凰出版社 2004 年版,第 47 页。
③ 王应奎撰,王彬、严英俊点校:《柳南随笔》卷一,中华书局 1983 年版,第 19 页。
④ 《列朝诗集小传》丁集上,上海古籍出版社 1983 年版,第 429 页。

第六章 清至近代文学思想

315

返。"视其为"鬼趣""兵象",且"征兆国家之盛衰",遂有这样的结论:"钟谭之类,岂亦五行志所谓诗妖者乎!"①二冯则承师说而进一步对明代诗学几乎都予以峻厉的批判。冯班说:"钟伯敬创革宏、正、嘉、隆之体,自以为得真性情也。人皆病其不学,余以为此君天资太俗,虽学亦无益。"②又说:"王、李、李、何之论诗,如贵胄子弟,倚恃门阀,傲忽自大,时时不会人情;钟谭如屠沽家儿,时有慧黠,异乎雅流。钱牧翁选《国朝诗选》,余谓止合痛论李、何、王、李,如伯敬辈本非诗人,弃而不取可也。"③钱谦益贬钟、谭而褒汤、袁,但冯舒的《放歌》诗中则有"袁、汤、钟、谭天下师,子独唾骂供笑嗤"。④ 视袁、汤与钟、谭为一的陈述,几乎对明代诗坛一概骂倒。当然,二冯所论并非狂者的意气之辞,而是着意于对明代复古思潮的理论依傍进行学理清算。七子派诗论植基于《沧浪诗话》与《唐诗品汇》。二冯之师钱谦益即曾批评两书对明代诗坛的消极影响,尝言:"世之论唐诗者,必曰初、盛、中、晚。老师竖儒,递相传述。揆厥所由,盖创于宋季之严仪,而成于国初之高棅。承讹踵谬,三百年于此矣。"⑤一篇《唐诗英华序》,几成讨伐严羽、高棅的檄文。其中尤其对严羽以禅喻诗批评甚烈。云:"严氏以禅喻诗,无知妄论。""其似是而非,误入篦芒者,莫甚于妙悟一言。"⑥冯班与钱谦益相似,从学理上论述两书之疵。对于《唐诗品汇》,冯班云:"高棅《唐诗品汇》出,今人不知绝句是律矣。高棅又创排律之名,虽古人有排比声律之言,然未闻呼作排律,此一字大有害于诗。"⑦冯舒则攻《品汇》之讹。在《诗纪匡谬》"孔德绍王泽领遭洪水"条云:"德绍以从窦建德伏诛,其不入唐也明矣。高廷礼妄载之《品汇》,而改'徒知怀赵景,终是倦阳侯'二句于'木梗诚无托,芦灰岂暇求'之上。今查《初学》《英华》,俱倒此二句,则为《品汇》妄改无疑。今反从《品汇》更正,无识一何至此。"⑧而冯班更集矢于《沧浪诗

---

① 《列朝诗集小传》丁集上,上海古籍出版社 1983 年版,第 571 页。
② 冯班撰、何焯评,李鹏点校:《钝吟杂录》卷第三《正俗》,中华书局 2013 年版,第 54 页。
③ 《钝吟杂录》卷第三《正俗》,中华书局版,第 54 页。
④ 冯舒撰:《默庵遗稿存》卷二《空居集下》,清康熙世爷堂刻本。
⑤ 《牧斋有学集》卷十五《唐诗英华序》,上海古籍出版社 1996 年版,第 707 页。
⑥ 《牧斋有学集》卷十五《唐诗英华序》,上海古籍出版社 1996 年版,第 707 页。
⑦ 《钝吟杂录》卷第三《正俗》,中华书局 2013 年版,第 44 页。
⑧ 冯舒撰:《诗纪匡谬》,清乾隆三十七年至道光三年长塘鲍氏刻知不足斋丛书本。

话》，作《严氏纠谬》，其缘起冯班明言："嘉靖之末，王、李名盛，详其诗法，尽本于严沧浪，至今未有知其谬者，今备论之如左。"①对其进行了系统的批驳，直击七子派所依据的"诗法"基础。冯班与其师钱谦益一样，也是集中攻驳严羽"以禅喻诗"，主要从"乘有大小"、诗禅可否相喻等方面进行了全面的学理破斥。② 虽然冯班所纠并不完全正确，但也确实指出了严羽的诸种不周之论，并形成了较大的影响。冯班对严羽的苛评，与其清算七子诗法的目的有关。同时，也与两人不同的论说风格不无关系。严格来说，严羽《沧浪诗话》是以鉴赏而非学术的角度来讨论诗歌的，即使其《考证》部分，也主要凭其直观感悟得出结论。《诗话》全篇随机设喻，意在淋漓痛快，语意腾挪也较为随意，形象鲜明过于谨严稳实。而冯班的论说方式是基于较严密的学理推演，是依理"纠谬"。冯班批斥严羽不懂佛理，与其作文风格不无关系。

其次，以温、李为范式。二冯与其师钱谦益仍有不少异致。钱谦益喜宋诗，尤其是眉山、剑南等人之作，冯班作诗则出入于李义山、杜牧之、温庭筠之间，并注重《玉台新咏》与《才调集》，取法的是晚唐以及其后的西昆体，并由此上溯到齐梁。其归趣在于重视文采。冯班在评温飞卿诗时云："温李诗句句有出，而文气清丽，多看南朝书方能作之，杨、刘已后绝响矣，元人效之终不近。"③冯班在《同人拟西昆体诗序》中述及与同人刻烛擘笺，"尚于绮丽，以温李为范式"。④ 二冯追求诗歌以美辞秀致达其意，注重拣择取舍，以得温柔敦厚之旨。

最后，隐秀、比兴美刺等诗学表现。冯班在驳诘严羽以禅喻诗时，论及诗之特点在于："诗有活句，隐秀之词也。"相反，"直叙事理或有词无意，死句也。"以隐秀为诗之特征。对于其内涵，冯班说："隐者，兴在象外，言尽而意不尽者也。秀者，章中迫出之词，意象生动者也。"⑤而这

---

① 《钝吟杂录》卷第五《严氏纠谬》，中华书局 2013 年版，第 79 页。
② 钱谦益与冯班攻伐严羽的时间孰先孰后尚待考证。王士禛称冯班"拾钱宗伯牙慧"，显然认为钱氏之论在先。何焯评《严氏纠谬》云："(冯班)攻之极当。钱牧斋《唐诗英华序》，亦采其大略，然不若此核论，未足袪后学之惑也。"(《钝吟杂录》卷五《严氏纠谬》，中华书局 2013 年版，第 79 页)
③ 殷元勋编，宋邦绥补注：《才调集补注》卷二，清乾隆五十八年宋思仁刻本。
④ 冯班撰：《冯定远集·钝吟老人文稿·同人拟西昆体诗序》，清毛晋汲古阁康熙陆贻典递刻本。
⑤ 《钝吟杂录》卷五《严氏纠谬》，中华书局 2013 年版，第 89 页。

正是他们所推尚的温李诗风。与此相关,他们也承袭传统的比兴传统,冯班说:"比兴乃诗中第一要事。"①他在《才调集》中评白居易诗云:"诗以讽刺为本,寻常嘲风弄月,虽美而不关教化,只是下品。"②冯舒的经世精神更甚于冯班。二冯所论美刺,是与隐秀深婉的审美意趣结合在一起的。在他们看来,讽刺不能"意周而语尽,文外无余意"。③

除此,二冯注重诗人之学殖,主张转益多师,会通知变。虞山诗派就其诗学主张来看,可分为前后两期,前期乃以钱谦益为标的。后期据王应奎所说,则又分为两派,一派以钱陆灿为代表,以学杜见长;一派则以冯班为代表。两派之中,冯班的影响更大,追随者更多,诸如昆山吴修龄、长洲顾嗣立,以及吴乔、赵执信等人。他们都宗冯班之说,乃至更胜于敬奉钱氏。赵执信还亲往虞山冯班墓前"以私淑门人刺焚于冢前"。④ 由此亦可见二冯在清初诗坛的影响与地位。

三、吴伟业

吴伟业(1609—1672),字骏公,号梅村,别署鹿樵生、灌隐主人,太仓(今江苏太仓)人。明崇祯四年(1631年)进士,授翰林编修,充东宫讲读官,任南京国子监司业等职。曾师从张溥,为复社重要成员。南明时期授少詹事,乞假告归。入清后诏至京师,授秘书院侍讲,官至国子监祭酒,三年后辞归。吴伟业学问博赡,长于诗文词曲,早年风格绮丽,身经兴亡丧乱,一变而为激楚苍凉,尤以歌行擅长,被称作"梅村体"。吴伟业与钱谦益、龚鼎孳并称"江左三大家",开创了娄东诗派,主要成员包括周肇、王揆、王撰、王昊、王曜、黄与坚、吴兆骞等"太仓十子"。著有《梅村家藏稿》《梅村诗话》等。其诗学观念主要体现在以下几个方面。

首先,推尊唐诗,反思门户之争与持论允洽的论诗特点。吴伟业与云间陈子龙、宋征璧、宋存标等人交游甚密,崇祯间在京师时与陈子龙

---

① 《钝吟杂录》卷四《读古浅说》,中华书局 2013 年版,第 75 页。
② 殷元勋注、宋邦绥补注:《才调集补注》卷一,清乾隆五十八年宋思仁刻本。
③ 《才调集补注》卷一,清乾隆五十八年宋思仁刻本。
④ 《柳南随笔》卷一,中华书局 1983 年版,第 1 页。

诗酒唱和，"往余在京师，与陈大樽游，休沐之暇，相与论诗……大樽已成进士，负盛名，凡海内骚坛主盟，大樽睥睨其间无所让"①，官南京时期与宋存标"相与讲德论艺，命酒赋诗，极昼夜勿倦"，以为"山川之胜，文章之乐，生平所未有"②。故在诗学上，吴伟业与云间诸子之间有着诸多相通之处，他们都尊崇七子派，主张取法汉、魏、盛唐。《致孚社诸子书》云："弇州先生专主盛唐，力还大雅，其诗学之雄乎！云间诸子，继弇州而作者也，龙眠、西陵，继云间而作者也。风雅一道，舍开元、大历，其将谁归？"③不过，吴伟业在诗学路径上也并不全然只宗盛唐，而对初唐、中唐等作家也多予接受。更重要的是，其尊复七子派的思路背后还凝聚着强烈的反思意识，认为盛唐高标固然如泰山、华岳，人人仰止，但学诗者并不能盲从盲信，以此自高。所以，他常常一面褒赞学诗者能"含咀汉、魏，规摹三唐"，又不断强调"诸君子当察其源流，刊其枝叶，毋使才而碍法，毋袭貌而遗情"。究其原因，则源于对分门别户相矫相讦之风的深切感触。他说：

> 虽然，当今作者固不乏人，而独于论诗一道，攻讦门户，排诋异同，坏人心而乱风俗，不能不为足下一言之。夫诗之尊李、杜，文之尚韩、欧，此犹山之有泰、华，水之有江、河，无不仰止而取益焉，所不待言者也。使泰山之农人得拳石而宝之，笑终南、太乙为培塿；河滨之渔父捧勺水而饮之，目洞庭、震泽为泛觞；则庸人皆得而揶揄之矣。今之学者何以异于是？彼其于李、杜之高深雄浑者未尝望其崖略，而剿举一二近似，以号于人曰："我盛唐，我王、李。"则何以服竟陵诸子之心哉？……吾祗患今之学盛唐者，粗疏卤莽，不能标古人之赤帜，特排突竟陵以为名高，以彼虚骄之气，浮游之响，不二十年嗒然其消歇，必反为竟陵之所乘。如此则纷纠杂揉，后生小子耳目荧乱，不复考古人之源流，正始元声，将坠于地，噫嘻，不大

① 吴伟业著，李学颖集评标校：《吴梅村全集》卷二十八《宋直方林屋诗草序》，上海古籍出版社1990年版，第671页。
② 《吴梅村全集》卷二十八《宋子建诗序》，上海古籍出版社1990年版，第667页。
③ 《吴梅村全集》卷五十四《致孚社诸子书》，上海古籍出版社1990年版，第1087页。

可虑哉！①

吴伟业严厉指斥"攻讦门户，排诋异同"而败坏人心风俗的不良习气，由此批评宗法盛唐的诗学后进，认为不曾望李、杜"崖略"就以剽举李、杜独自高许，不仅于考源流、辨正声的诗学无益，甚至以此凌驾竟陵派，实际上又转入了不可底止的门户互诋窠臼中。明清之际"竟陵派与七子体两大争雄"②，吴伟业对竟陵派有"立论最偏，取材甚狭""其自为之诗，既不足追其所见"一类的批评，但他是有的而发，并非妄予排诋。钱谦益在门户问题上与吴伟业颇有相通处，在《与吴梅村》中慨叹"士君子门户之未破"，反对吴地慎交社与同声社之间的异同诋諆。③ 不过，吴伟业对钱谦益排击七子派、竟陵派过甚的态度，却并不认同。《太仓十子诗序》中云：

"昔我有先正，其言明且清。"士君子居其地，读其书，未有不原本前贤以为损益者也。挽近诗家，好推一二人以为职志，靡天下以从之，而不深惟源流之得失。有识慨然思拯其弊，乃訾謷排击，尽以加往昔之作者，而竖儒小生，一言偶合，得躐而跻于其上，则又何以称焉？ 即以琅琊王公之集观之，其盛年用意之作，瑰词雄响，既芟抹之殆尽，而晚岁隤然自放之言，顾表而出之，以为有合于道，诎申颠倒，取快异闻，斯可以谓之笃论乎？④

王世贞是吴伟业等娄东诗派共同景仰的乡贤，钱谦益反思明诗之弊，对前后七子的批刺最为猛烈，对于王世贞还屡以"晚年论定"、追悔俗学等话题，揭示其早年诗学之误。吴伟业一方面客观指出了七子后学盲信口耳、不辨源流得失的缺陷，同时更对钱谦益"訾謷排击""诎申颠倒"等矫枉过正的做法予以驳斥，认为并非持平"笃论"。除此，他还在《龚芝麓诗序》中批评钱谦益说："牧斋深心学杜，晚更放而之于香山、剑南，其投老诸什为尤工。既手辑其全集，又出余力以博综二百余年之

---

① 《吴梅村全集》卷五十四《与宋尚木论诗书》，上海古籍出版社 1990 年版，第 1089—1090 页。
② 钱锺书：《谈艺录》，生活·读书·新知 三联书店 2001 年版，第 298 页。
③ 《牧斋杂著·钱牧斋先生尺牍》卷一《与吴梅村》，上海古籍出版社 2007 年版，第 193 页。
④ 《吴梅村全集》卷三十《太仓十子诗序》，上海古籍出版社 1990 年版，第 694 页。

作，其推扬幽隐为太过，而矫时救俗，以至排诋三四巨公，即其中未必自许为定论也，诚有见于后人之驳难必起，而吾以议论与之上下，庶几疑信往复，同敝天壤，而牧斋之于诗也可以百世。然后知昔人之诗，其作之者传，论之者亦传。"①吴伟业宗三唐，钱谦益学杜甫而又宗宋、元，这是二人取法路径的不同，钱谦益编纂《列朝诗集》并附以各家小传，对竟陵派、七子派等人"排诋"甚多，吴伟业"以议论与之上下"，正意在批评其抑扬太过、矫激过甚的缺点。这些都说明吴伟业论诗，多带有一种平和允洽的特征。

其次，本乎性情，强调情感抒发。吴伟业论诗，常常凸显诗歌的纾解情感作用。《董苍水诗序》中，作者年少瑰异而"天固壅阏之不遽至于通显"，吴伟业称他"蕴其骯脏牢落之气，一发之于诗，故讲求益密，而寄托益深"，"然则是编也，直其兴会之寓焉者耳"②，充分肯定诗歌的排遣寄托效用。由此，他对那些情感浓郁乃至悲愤勃发的诗作颇为赞赏，他在《戴沧州定园诗集序》中云："乃见其身经丧乱，俯仰悲凉，蔓草铜驼，潸然兴感……而忧危侘傺之意，未尝不一发之于诗，其所得者盖已深矣。"③他在《宋辕生诗序》中借元末明初杨维桢、袁凯的事例，对隐逸沦落诗人胸中的"不得已"表示同情，"古来诗人自负其才，往往纵情于倡乐，放意于山水，淋漓潦倒，汗漫而不收，此其中必有大不得已，愤懑悖郁，决焉自放，以至于此也。……至今读其诗，有漂泊颠连之感，有沉忧噍杀之音，君子论其世，未尝不悲其志焉。"④这种思想，可以说正是吴伟业在明清之际饱经"一生遭际，万事忧危，无一刻不历艰难，无一境不尝辛苦"⑤后的一种自觉选择。当然，他也时时提倡温柔敦厚、蕴藉含蓄，如称程翼苍之作"和平温厚，归于尔雅，而侘傺怨诽之音不作，余读而重焉"⑥；《傅石漪诗序》肯定作者"于体制风格，既讲求渐渍之有素"，又称其"能标举蕴藉"，结合他性喜抚琴的习惯说："夫琴者，取其导堙宣郁，

---

① 《吴梅村全集》卷二十八《龚芝麓诗序》，上海古籍出版社 1990 年版，第 666 页。
② 《吴梅村全集》卷三十《董苍水诗序》，上海古籍出版社 1990 年版，第 697 页。
③ 《吴梅村全集》卷二十七《戴沧州定园诗集序》，上海古籍出版社 1990 年版，第 659 页。
④ 《吴梅村全集》卷二十九《宋辕生诗序》，上海古籍出版社 1990 年版，第 686 页。
⑤ 《吴梅村全集》卷五十七《与子暻疏》，上海古籍出版社 1990 年版，第 1133 页。
⑥ 《吴梅村全集》卷二十八《程翼苍诗序》，上海古籍出版社 1990 年版，第 668 页。

致化理于和平,此循吏所以阜民庶,而诗家所以叶神人也。"①展现出他既重"自探性情之所独得",而又归于和平雍洽的旨趣。应该指出的是,吴伟业提倡本乎性情、重视情感抒发,同样有调解诗学纷争而回归诗歌之本的鲜明诉求。《与宋尚木论诗书》中,有人有感于七子派剽窃模拟之弊,转而欲以随手随口、"取快目前"而"天真烂熳"的路径,取代这种学古模拟之风,对此,他主张"取其中"以相互调剂的同时,更将本乎性情为统一标准:"夫《诗》者本乎性情,因乎事物,政教流俗之迁改,山川云物之变幻,交乎吾之前,而吾自出其胸怀与之吞吐,其出没变化,固不可一端而求也,又何取乎訾人专已、喋喋而呫呫哉!"②他在《太仓十子诗序》中以"诗言志"作为突破门户自持、"矜同伐异"的根柢:"《书》曰:'诗言志。'使十子者不矜同,不尚异,各言其志之所存,诗有不进焉者乎?吾不知世之称诗者,其有当于余言否也?"③吴伟业主张将诗歌回归到言志抒情的道路上来,是明清之际反思诗派门户之争的一剂治本之药,在这方面他是与钱谦益等人相契的。

最后,世变背景中的论诗特点。吴伟业身历易代之变,诗歌创作多反映明清易代的历史背景,被赞誉为"诗史"。同样,他的诗论也带有鲜明的时代特征。吴伟业重视以诗歌来反映时代风俗,在《彭燕又偶存草序》中明确指出:"今燕又之诗虽出于亡失之余,而其言皆发乎性情,系乎风俗,使后人读其诗论其世,深有得于比兴之旨,虽以之百世可也,而偶存乎哉?"④这庶几是一种以诗观世、以诗观史的主张。在《宋直方林屋诗草序》中,他一方面强调诗歌"垂教易俗"功能,同时也重视以诗歌观世运之升降:"吾读《小雅》,得朋友之道焉。昔文、武盛而《伐木》兴,周德衰而《谷风》作,诗者所以垂教易俗,而朋友故旧其厚与薄之递降,举世之隆替系焉,尚论者可不思其故乎!"⑤诚如《诗大序》所云,"一国之事,系一人之本,谓之风",吴伟业强调以诗歌来反映时代风俗,也因此

---

①《吴梅村全集》卷二十八《傅石滴诗序》,上海古籍出版社 1990 年版,第 678 页。

②《吴梅村全集》卷五十四《与宋尚木论诗书》,上海古籍出版社 1990 年版,第 1091 页。

③《吴梅村全集》卷三十《太仓十子诗序》,上海古籍出版社 1990 年版,第 694 页。

④《吴梅村全集》卷二十八《彭燕又偶存草序》,上海古籍出版社 1990 年版,第 671 页。

⑤《吴梅村全集》卷二十八《宋直方林屋诗草序》,上海古籍出版社 1990 年版,第 672 页。

更重视知人论世、考较作者之性情学问，"君子之于诗也，知其人，论其世，固已；参之性情，考其为学，而后论诗之道乃全。"①这种思想，在其论述龚鼎孳诗歌时体现得最为鲜明，从中他详论龚鼎孳之才华、性情与学识，而最后总结道："板荡极而楚骚乃兴，正始存而大雅复作。以先生时世论之：繇其前则忾我寤叹，忧谗愿、痛沦胥也；繇其后则式燕以敖，诵万年、洽四国也。举申旦不寐之衷，与夙夜在公之道，上求之于古昔，内审之于平生，于是运会之升降，人事之变迁，物候之暄凉，世途之得失，尽取之以融释其心神而磨淬其术业。故其为诗也，有感时侘傺之响，而不改于和平，有铺扬鸿藻之辞，而无心于靡丽。"②同吴伟业一样，龚鼎孳也是由明入清的作者，前期忧时痛国，诗歌"忧慨多楚声，余辄读辄泣"，后期声势隆而名位达，又不乏大雅正音，这样的诗风转变，反映了易代之士的人生命运，世变下的洪音细响，在诗人身上得到了鲜明的体现。

第二节　顾炎武、归庄、朱鹤龄、汪琬

清代浙东史学家章学诚说："世推顾亭林氏为开国儒宗，然自是浙西之学。"③章学诚视"浙西之学"为清学肇端。以顾炎武为核心的"浙西"学人在文学思想方面亦随着"开国儒宗"的身份在文坛产生了一定的影响。其中最突出的除顾炎武之外，与亭林甚为相得的归庄、朱鹤龄、汪琬的文学思想亦各具特色。

一、顾炎武

顾炎武（1613—1682），初名继坤，更名绛，字忠清，入清后更名炎武，字宁人，昆山（今属江苏）人，称亭林先生。顾炎武崇尚经世致用，倡导实学，在学术层面开清代朴学之先河，著有《天下郡国利病书》《肇域志》《音学五书》《日知录》《顾亭林诗文集》等。其文学思想主要有以下几个方面。

①《吴梅村全集》卷二十八《宋尚木抱真堂诗序》，上海古籍出版社1990年版，第673页。
②《吴梅村全集》卷二十八《龚芝麓诗序》，上海古籍出版社1990年版，第665页。
③ 章学诚著，叶瑛校注：《文史通义校注》卷五《浙东学术》，中华书局1994年版，第523页。

　　首先,经世致用的文学观。顾炎武年少时期"从诸文士之后",以砥砺诗歌文艺为追求,但身经明清之际天崩地解的政权更迭,目睹心学空疏、风俗衰败、人心不古的种种时弊,他在学术、文学等层面都表现出强烈的反思批判意识。尤其是入清以后,大难初平,"务令声名渐减"①而"反己自治"的人生态度,以及"年齿渐大,闻见益增,始知后海先河,为山覆篑"②的学术志向,都使他更专意于经世致用之学,欲求刊落枝叶、不作诗文。当然,顾炎武捐弃的主要是"雕虫篆刻之技",他对文学的经世致用价值仍充分重视。《日知录》卷十九《文须有益于天下》中说:

　　　　文之不可绝于天地间者,曰明道也,纪政事也,察民隐也,乐道人之善也。若此者,有益于天下,有益于将来,多一篇,多一篇之益矣。若夫怪力乱神之事,无稽之言,剿袭之说,谀佞之文,若此者,有损于己,无益于人,多一篇,多一篇之损矣。③

　　反对虚妄无稽之言、剿袭之说与应酬阿谀之作,这是尚真实、黜虚假;提倡明道、纪政事、察民瘼、道人之善,这是追求经世致用。顾炎武所说的"明道"之文,常侧重于经史学术,而与一般文士所作诗文有别:"君子之为学,以明道也,以救世也。徒以诗文而已,所谓'雕虫篆刻',亦何益哉!某自五十以后,笃志经史,其于音学深有所得。今为《五书》以续三百篇以来久绝之传,而别著《日知录》上篇经术,中篇治道,下篇博闻共三十余卷。有王者起,将以见诸行事,以跻斯世于治古之隆,而未敢为今人道也。"④经术之作所以能有益于天下,是可通过"载之空言"为后世提供借鉴。对此,他重新阐释了孔子"我欲载之空言,不如见之于行事之深切著明也"⑤的说法:

　　　　孔子之删述六经,即伊尹、太公救民于水火之心,而今之注虫

① 顾炎武撰,华忱之点校:《顾亭林诗文集·亭林文集》卷四《与次耕书》,中华书局1983年版,第79页。
② 《顾亭林诗文集·亭林余集·与陆桴亭札》,中华书局1983年版,第170页。
③ 《日知录集释》卷十九《文须有益于天下》,上海古籍出版社2014年版,第1079页。
④ 顾炎武撰,华忱之点校:《顾亭林诗文集·亭林文集》卷四《与人书二十五》,中华书局1983年版,第98页。
⑤ 司马迁著,裴骃集解,司马贞索隐,张守节正义:《史记》卷一百三十《太史公自序》,中华书局2013年版,第3297页。

鱼、命草木者，皆不足以语此也。故曰："载之空言，不如见诸行事。"夫《春秋》之作，言焉而已，而谓之行事者，天下后世用以治人之书，将欲谓之空言而不可也。愚不揣，有见于此，故凡文之不关于六经之指、当世之务者，一切不为。①

经术明体达用，有益现实后世，一切文学创作也应根柢六经、裨益当世，所谓"纪政事""察民隐""道人之善"。此前明末武进孙慎行曾就"《诗》亡"话题，谓"'《诗》亡然后《春秋》作'，盖言直亡也"，主张作诗本于"直道"、关心世教②，顾炎武《日知录》中《直言》一条称："政教风俗苟非尽善，即许庶人之议""救民以言，此亦穷而在下位者之责也"。并认为儒家诗教虽主温柔敦厚，"然亦有直斥其人而不讳者"③，从而提倡承绪风雅精神、效法唐代元结与白居易等人的诗学路径，将诗歌作为规讽时事的有效工具。在《日知录·作诗之旨》中，顾炎武也褒赞白居易"文章合为时而著，歌诗合为事而作"的诗学观及其意在美刺的讽喻之作，谓其"可谓知立言之旨者"，并严厉批评六朝文人耽于淫丽之词，"于作诗之旨失之远矣"。④ 顾炎武这种关心政教、提倡美刺的诗学观，力主以经术文章来有益天下的意识，体现了鲜明的经世致用色彩，也展现了他在时代动荡之际拯世救民的责任担当。

其次，批评"文人"之弊。士风虚浮、文人无行，是清初诸家省思明亡和社会诸种积弊的重要维度。顾炎武不仅批评甚烈，而且内涵丰富。《宋史》载刘挚教诫子孙要先行实、后文艺："每曰：'士当以器识为先，一号为文人，无足观矣。'"⑤顾炎武对此感慨颇深："仆自一读此言，便绝应酬文字，所以养其器识而不堕于文人也。"⑥《日知录·文人之多》条也说：

> 唐、宋以下，何文人之多也！固有不识经术，不通古今，而自命

① 《顾亭林诗文集·亭林文集》卷四《与人书三》，中华书局1983年版，第91页。
② 孙慎行：《玄晏斋文钞》卷一《诗说》，四库禁毁书丛刊第246册，北京出版社1997年版，第122—123页。
③ 《日知录集释》卷十九《直言》，上海古籍出版社2014年版，第1084—1085页。
④ 《日知录集释》卷二十一《作诗之旨》，上海古籍出版社2014年版，第1167—1168页。
⑤ 《宋史》卷三百四十《刘挚传》，中华书局2013年版，第10858页。
⑥ 《顾亭林诗文集·亭林文集》卷四《与人书十八》，中华书局1983年版，第96页。

为文人者矣。韩文公《符读书城南》诗曰："文章岂不贵,经训乃菑畬。潢潦无根源,朝满夕已除。人不通古今,马牛而襟裾。行身陷不义,况望多名誉。"而宋刘挚之训子孙,每曰："士当以器识为先,一号为文人,无足观矣。"然则以文人名于世,焉足重哉。此扬子云所谓"摭我华而不食我实"者也。①

伴随着南朝门阀世族的打破、科举取士制度的推行,底层文人由唐代开始迅速崛起,但之后由此催化形成的文学与经学、政术乃至道德、道学间的分化和矛盾也日益凸显,并成为后世论家经常讨论的突出问题。顾炎武强调先器识、识经术、通古今,正是有鉴于文人偏重文辞华藻、舍实趋华之病。顾炎武对文人的剖判是细致而深刻的,他反对作碑志、铭状一类的应酬文字,一方面认为这类作品"止为一人一家之事,而无关于经术政理之大"②。另一方面,文人因"利其润笔""作文受谢"③而在创作中阿谀奉承,这不免流入"巧言令色,鲜矣仁"的道德缺失。《日知录·巧言》曰:"夫巧言不但言语,凡今人所作诗赋、碑状足以悦人之文,皆巧言之类也。不能不足以为通人,夫惟能之而不为,乃天下之大勇也,故夫子以'刚、毅、木、讷'为'近仁'。学者所用力之途,在此不在彼矣。"④甚至认为这种"巧言"能文之士极其危险,魏忠贤"初不知书",但能在代笔文人的帮助下"口含天宪"。东汉梁冀诬奏太尉李固,马融为其代笔起草。宋代章惇掌权,也由林希典书命而"逞毒于元祐诸臣"。顾炎武感慨说:"何代无文人,有国者不可不深惟华实之辨也。"⑤可见其对巧言鲜仁者的痛恨。他还从文德角度批评文人言行不一,如《日知录》中《钟惺》条,顾炎武由其居丧挟姬的行为以及编选《诗归》和选评《左传》《史记》《毛诗》中"好行小慧,自立新说"等特点,批评他"文人无行""罪虽不及李贽,然亦败坏天下之一人"⑥。《日知录·文辞欺

---

① 《日知录集释》卷十九《文人之多》,上海古籍出版社 2014 年版,第 1089—1090 页。
② 《顾亭林诗文集·亭林文集》卷四《与人书十八》,中华书局 1983 年版,第 96 页。
③ 《日知录集释》卷十九《作文润笔》,上海古籍出版社 2014 年版,第 1108—1109 页。
④ 《日知录集释》卷十九《巧言》,上海古籍出版社 2014 年版,第 1092 页。
⑤ 《日知录集释》卷十九《巧言》,上海古籍出版社 2014 年版,第 1093 页。
⑥ 《日知录集释》卷十八《钟惺》,上海古籍出版社 2014 年版,第 1072 页。

人》条,他对由晋入宋并非忠臣而作诗表忠的谢灵运、身陷乱军而迫受伪职的王维等人,都予以了严厉批评,认为他们本非忠义而言辞欺人:"古来以文辞欺人者,莫若谢灵运,次则王维。"①这种批评也体现了顾炎武对其所处时代的强烈感知,他曾就此说:"末世人情弥巧,文而不惭,固有朝赋《采薇》之篇,而夕赴伪廷之举者。苟以其言取之,则车载鲁连、斗量王蠋矣。""今有颠沛之余,投身异姓,至摈斥不容,而后发为忠愤之论,与夫名污伪籍而自托乃心,比于康乐、右丞之辈,吾见其愈下矣。"②明清易代之际,坚贞不移、固守遗民之道者固然存在,但同样不乏委蛇去就、出仕新朝而自悔气节、感慨忠义者,这也是顾炎武对文人言行不一的批评的动因。另外,顾炎武还对文人竞爱名利与作诗"辄相推重"的"标榜之习"③等弊病予以了针砭,认为这与道学家讲学而偏爱声名并无异致,都与他自己的人生目标不同:"能文不为文人,能讲不为讲师,吾见近日之为文人、为讲师者,其意皆欲以文名,以讲名者也。子不云乎:'是闻也,非达也,默而识之。'愚虽不敏,请事斯语矣。"④整体观之,顾炎武对"文人"种种弊病的批评与剖析系统而深刻,这种反思精神在整个文学思想史上都颇具价值。

最后,批评模拟,求其"所以为我"。顾炎武重视文学的经世致用功能,批驳文人种种弊病,谓"文以少而盛,以多而衰"⑤,主张"不堕于文人",但顾炎武也不乏对文学内部规律的探析。黄宗羲在诗学上不废唐诗而提倡取法于宋元,顾炎武则更倾向七子派,《济南》诗曰:"绝代诗题传子美,近期文士数于鳞。"⑥他在学古问题上与七子派有相应之处,如称:"用一代之体,则必似一代之文而后为合格。"⑦这与王世贞、王世懋等学习古人格调的说法基本一致。但与学术上强调切实自得、"自有主张"、反对"口耳之学"⑧一样,顾炎武在文学上也更注重自有性情、自出

---

① 《日知录集释》卷十九《文辞欺人》,上海古籍出版社 2014 年版,第 1093 页。
② 《日知录集释》卷十九《文辞欺人》,上海古籍出版社 2014 年版,第 1094—1095 页。
③ 《顾亭林诗文集·亭林文集》卷四《答子德书》,中华书局 1983 年版,第 75 页。
④ 《顾亭林诗文集·亭林文集》卷四《与人书二十三》,中华书局 1983 年版,第 97 页。
⑤ 《日知录集释》卷十九《文不贵多》,上海古籍出版社 2014 年版,第 1082 页。
⑥ 《顾亭林诗文集·亭林诗集》卷三《济南》,上海古籍出版社 2014 年版,第 332 页。
⑦ 《日知录集释》卷二十一《诗体代降》,上海古籍出版社 2014 年版,第 1194 页。
⑧ 《顾亭林诗文集·亭林余集》卷一《与任钧衡大任》,中华书局 1983 年版,第 169 页。

手眼,反对泥古不化。《日知录》中提道:

> 近代文章之病,全在摹仿,即使逼肖古人,已非极诣,况遗其神理而得其皮毛者乎!……效《楚辞》者,必不如《楚辞》;效《七发》者,必不如《七发》。盖其意中先有一人在前,既恐失之,而其笔力复不能自遂。此寿陵余子学步邯郸之说也。……如扬雄拟《易》而作《太玄》,王莽依《周书》而作《大诰》,皆心劳而日拙者矣。《曲礼》之训:"毋剿说,毋雷同。"此古人立言之本。①

古人作文不仅各有用意,且"时有利钝",学者一意仿效,不但心理状态上拘束不能自振,更因一味拟袭、不辨优劣,于是常常只能"遗其神理而得其皮毛"。此前洪迈在《容斋随笔》中曾就后世文人争效枚乘《七发》、东方朔《答客难》的现象予以批评,顾炎武谓:"其言甚当,然此以辞之工拙论尔,若其意则总不能出于古人范围之外也。"②的确,他由文人心理、创作规律等角度对模拟弊病的披露,相比而言更显细致深刻。他还由文学演变规律层面对模拟因袭之弊提出了批评:

> 《三百篇》之不能不降而《楚辞》,《楚辞》不能不降而汉、魏,汉、魏之不能不降而六朝,六朝之不能不降而唐也,势也。……诗文之所以代变,有不得不变者。一代之文,沿袭已久,不容人皆道此语。今且千数百年矣,而犹取古人之陈言一一而摹仿之,以是为诗,可乎?故不似则失其所以为诗,似则失其所以为我。李、杜之诗所以独高于唐人者,以其未尝不似而未尝似也。知此者,可与言诗也已矣。③

每一种文体经过人们长期的学习运用,难免陈陈相因、渐生俗套,所以推陈出新、诗文代变,是不得不然的规律。顾炎武在学古上虽重视对一代诗文之词律体格等经验的学习,但更强调"未尝不似而未尝似",主张不失"其所以为我"。他的这种观念,有时表现为反对言辞模拟,比

---

① 《日知录集释》卷十九《文人摹仿之病》,上海古籍出版社 2014 年版,第 1097—1099 页。
② 《日知录集释》卷十九《文人摹仿之病》,上海古籍出版社 2014 年版,第 1098 页。
③ 《日知录集释》卷二十一《诗体代降》,上海古籍出版社 2014 年版,第 1194 页。

如他批评文人滥用当下已经舍弃的古语："以今日之地为不古，而惜古地名；以今日之官为不古，而借古官名；舍今日恒用之字，而借古字之通用者，皆文人所以自盖其俚浅也。"①有时，甚至反对效古人之"法"，如论文章云："夫今之不能为二汉，犹二汉之不能为《尚书》《左氏》。乃剿取《史》《汉》中文法以为古，甚者猎其一二字句用之于文，殊为不称。"②显然，顾炎武虽强调学古，但其力求突破创新的意识更显强烈，他说："君诗之病在于有杜，君文之病在于有韩、欧。有此蹊径于胸中，便终身不脱依傍二字，断不能登峰造极。"③

　　除此，顾炎武其他的一些文学阐述同样颇具价值。《日知录》中有《文辞繁简》条，顾炎武从中提出了"辞主乎达，不论其繁与简也"的文辞观。文辞"繁简"是古人讨论甚多的问题，陆机《文赋》曰："要辞达而理举，故无贵乎冗长。"④即应在论理得当的基础上"尚简"；刘勰《文心雕龙》也强调"镕裁"，"思绪初发，辞采苦杂，心非权衡，势必轻重"，同时又称"谓繁与略，随分所好"⑤。可见，在"随分"的基础上崇尚"辞达"而不贵"冗长"，是古人的一般态度。且"文辞繁简"之间，也并无确定不易的标准。但事实情况是，后世常因过分"求简"走入歧途，如唐代樊宗师心许韩愈"词必己出"之意，矫枉过正而文辞简奥晦涩，以致文章需要作注方可读通；曾公亮《进〈新唐书〉表》中称"其事则增于前，其文则省于旧"⑥，也是务以尚简为追求。顾炎武对这些情况皆予以批评，在他看来，樊宗师是"惩时人之失而又失之者"，他"求简而得繁"的行为其实正与"辞达"之旨相悖；《新唐书》"不简于事而简于文"，也正是"其所以病"。对此他还举《孟子》之文以比较，认为有些文字"不须重见而意已明"，有些则"必须重叠而情事乃尽"，这都是"辞主乎达"而"不主乎简"⑦的例证。这种思想，既反映了他崇尚自然的文辞观念，也展现了其能从

①《日知录集释》卷十九《文人求古之病》，上海古籍出版社 2014 年版，第 1102 页。
②《日知录集释》卷十九《文人求古之病》，上海古籍出版社 2014 年版，第 1102 页。
③《顾亭林诗文集·亭林文集》卷四《与人书十七》，中华书局 1983 年版，第 95—96 页。
④《文赋集释》，人民文学出版社 2002 年版，第 99 页。
⑤《文心雕龙注》卷七《镕裁》，人民文学出版社 1958 年版，第 543 页。
⑥《新唐书》卷末《进〈新唐书〉表》，中华书局 2013 年版，第 6472 页。
⑦《日知录集释》卷十九《文章繁简》，上海古籍出版社 2014 年版，第 1100 页。

古今演变来把握文学规律的宏阔意识。此外,顾炎武作为博洽多闻的学者,他常从征实考据的角度出发,对一些文学问题提出看法,如《日知录》中《庾子山赋误》一条,他结合《史记》与《西京赋》,指出庾信《枯树赋》中"建章三月火"一句,其实是柏梁台火灾而非建章宫,"三月火"是秦代阿房宫之事,也非汉代之事;《李太白诗误》一条,他认为李白《王昭君》中"一上玉关道,天涯去不归",这种对王昭君出塞路线的描述并不准确,他结合《史记》《汉书》指出:"汉与匈奴往来之道,大抵从云中、五原、朔方,明妃之行亦必出此。"①这种指瑕摘谬,与其指斥文人好"文辞欺人"的旨趣相近,也大抵反映了他作为学者崇尚真实的一面。

二、归庄

归庄(1613—1673),字玄恭,号恒轩、己斋,昆山(今属江苏)人,归有光曾孙、归昌世第四子。明诸生,通览经子百家,少入复社,与顾炎武相善,顾氏与叶方恒等矛盾激化时,归庄曾从中斡旋。顾炎武对归庄的诗歌成果甚为推重,尝致书归庄曰:"弟诗不足观,以比兄作,则瓴甋之于宝鼎矣,何足污婴。"②归庄曾师从钱谦益,誉之为"今世之欧阳公"③。后弃儒冠,浪迹江湖,渡江抵淮,以授学为业,也参加昆山反薙发义举。著有《归庄集》。其文学思想体现在以下几个方面。

首先,强调发愤抒情。借诗歌文章来宣导郁滞、疏解块垒,这本是一种传统的文学性情论,"古人之诗,未有不本于其志与其性情者也"④。不过与承平之世相比,归庄等身处易代之际的文人,似乎更有无穷的悲愤郁闷亟待抒发。《历代遗民录序》中云:

> 太史公言:"虞廷非穷愁不能著书";又以《说难》《离骚》,由于囚放;古诗皆发愤之作。余谓此一身之遭遇,愁愤之小者也;岂知天下之事,愁愤有十此者乎?自陵谷变迁,士君子之秉大义、抱微尚者,有郁积于中而又难于讼言,则托之古人以见志,此吾友朱九

---

①《日知录集释》卷二十一《李太白诗误》,上海古籍出版社 2014 年版,第 1198 页。
②《顾亭林诗文集·亭林佚文辑补》卷一《与归庄手札》其四,中华书局 1983 年版,第 224 页。
③ 归庄撰:《归庄集》卷五《上钱牧斋先生书》,上海古籍出版社 1984 年版,第 313 页。
④《归庄集》卷三《天启崇祯两朝遗诗序》,上海古籍出版社 1984 年版,第 181 页。

初所以有《遗民录》之作也。①

　　陵谷变迁、沧海横流，士人秉持大义抱道自守，胸中孤愤十倍于平时，这是明清之际遗民志士的普遍感受。魏禧感慨："呜呼！士生盛世，郁郁不得志，与处衰乱，抱道怀贞，老且死牖下，其孰悲乎哉？"②这样的时代背景和复杂心态，充分说明借诗歌发愤抒情的必要与迫切。归庄身历坎壈，既遭两都之变，又逢家祸，且因性格奇僻，寡与人合，世变后"颇受流俗小人之陵藉"③。如此一来，诗歌成为其重要的宣泄途径："年来穷愁病困，人生难堪之事，无所不历，而风致殊不减于昔。尝爱王孝伯之言：'《楚骚》《尔雅》案，浊醪不去手。'有时感愤，辄悲泗流连；既而知无可奈何，则托之《风雅》，寄之丝桐，宣其郁滞，每有会心，亦复怡然自得。自谓江左风流，庶几不坠。"④比较而言，易代之士孤愤郁积情感充沛，发而为诗也会与平时有异，如盛世文人的一身之"愁愤"可以缘"秋"而发，易代之士满怀家国悲愤却可以所遇皆"秋"："故凡当天道反复，人事变乱之际，士君子有无穷悲愤郁积于中而发之于言者，皆可以秋名之，而不系乎其时也，此公狄之所以赋《秋怀》也。"⑤归庄还接续"穷而后工"等前人话题，充分肯定了发愤抒情对诗歌创作的作用：

　　　　太史公言："《诗》三百篇，大抵圣贤发愤之作。"韩昌黎言："愁思之声要妙，穷苦之言易好。"欧阳公亦云："诗穷而后工。"故自古士人之传者，率多逐臣骚客，不遇于世之士。吾以为一身之遭逢，其小者也，盖亦视国家之运焉。诗家前称七子，后称杜陵，后世无其伦比，使七子不当建安之多难，杜陵不遭天宝以后之乱，盗贼群起，攘窃割据，宗社颠危，民生涂炭，即有慨于中，未必其能寄托深远，感动人心，使读者流连不已如此也。然则士虽才，必小不幸而身处厄穷，大不幸而际危乱之世，然后其诗乃工也。⑥

<hr>

① 《归庄集》卷三《历代遗民录序》，上海古籍出版社 1984 年版，第 170—171 页。
② 《魏叔子文集》外篇卷十七《朱参军家传》，中华书局 2003 年版，第 795 页。
③ 《归庄集》卷五《与季沧苇侍御书》，上海古籍出版社 1984 年版，第 338 页。
④ 《归庄集》卷五《与侯彦舟》，上海古籍出版社 1984 年版，第 311 页。
⑤ 《归庄集》卷三《梁公狄秋怀诗序》，上海古籍出版社 1984 年版，第 188 页。
⑥ 《归庄集》卷三《吴余常诗稿序》，上海古籍出版社 1984 年版，第 182—183 页。

"一身之遭逢"为"小",而"国家之运"为大。建安诸子之所以能在文学上"无其伦比",杜甫之所以能以诗歌凌轹千古,是或因"世积乱离,风衰俗怨"①,或因天宝之乱宗社惟危,作家悲恻时事有动于中感慨深沉,然后"其诗乃工"。这种论述可以说凝聚着归庄"遭时不造"的强烈切身感受,他肯定发愤抒情的主张,不仅在现实层面为坚贞志士保留了释放自我的窗口,也为"穷而后工"这一诗学话题提供了更丰富的理论内涵。

其次,重视作家的道德品格。归庄论及人生目标,常将道德、经术、经济等与文章并论,《与张十翰林书》曰:"积而为道德,蕴而为经术,发而为文章。"②《与檗庵禅师》曾提及"三不朽"之志:"尝以为立德、立功、立言,此三不朽者,皆吾分内事,安在不可兼能。"③应该说,归庄在这几方面都曾付出努力,经术上他曾拜张溥为师,理学经济上,他在易代之后痛悔"溺于文章"之误,转而"欲讲求理学经济"④。但或经反思,他最终还是将目标调整到道德与文章两层面上来。在给陈瑚的信中,曾明确表示对理学经济等"不复整顿":"学识浅卑,又无师友教督,便谓文章气节四字,足了一生。"⑤尽管归庄"向来猖狂自恣",但他始终认为道德是一切学问的基础:"立德者本也,由是而措之为经济,由是而发之为文章,非逐项事。"⑥《黄蕴生先生文集序》中,他提出立德为立言之本:

> 盖有本原在焉。立德者,立言之本原也。苟但求工于文辞,而不思立德,考其行事,有与文辞不相似者,虽下笔语妙天下,不过文人而已,君子不贵也。先生忠孝出于天性,而温醇冲粹,规模气象,居然儒者。于书无所不读,贯穿经史,浸淫百家,平日论文,必本六经,宗《史》《汉》八家,而要于自得。诗爱浔阳而宗杜陵,必以人伦忠孝为主。蕴积日久,本原深厚,于是发为文章,一言片辞皆由中

---

① 《文心雕龙注》卷九《时序》,人名文学出版社 1958 年版,第 673—674 页。
② 《归庄集》卷五《与张十翰林书》,上海古籍出版社 1984 年版,第 303 页。
③ 《归庄集》卷五《与檗庵禅师》,上海古籍出版社 1984 年版,第 335 页。
④ 《归庄集》卷五《上吴鹿友阁老书》,上海古籍出版社 1984 年版,第 321 页。
⑤ 《归庄集》卷五《与陈言夏》,上海古籍出版社 1984 年版,第 314 页。
⑥ 《归庄集》卷五《与檗庵禅师》,上海古籍出版社 1984 年版,第 335 页。

出，肖其为人。文如《拟管幼安书》，诗如《释褐寄弟》，乐府如《许氏客》《惠风叹》《石头城》诸作，皆自为写照，不独辞之工也。①

黄淳耀湛深经术，文风和平温厚，明亡之际以身殉国，在清初被视为忠孝道德楷模。归庄肯定其错综经史、文辞超迈的同时，着重凸显了其言依忠孝、文如其人的意义。文章以立德为本原，讲求言行一致、自为写照，而不是仅求文辞之工，这既需"读程朱之书""知孔孟之旨"，还需在现实中"信之甚笃""守之甚严"②，能舍弃富贵名利，持节而淡泊。归庄评论诸家文章常以此为标准，他在《严祺先文集序》中结合朱熹论韩愈之文不免于"俗"发论道：

> 岂非以其汲汲于求知干进，志在利禄乎？故吾尝谓文章之事，未论其他，必先去其俗而后可。今天下多文人矣，身在草莽，而通姓名于大人先生，且朝作一文，暮镌于梓，往往成巨帙，干谒贵人及结纳知名之士，则挟以为贽，如此，文虽佳，俗矣。吾读严子祺先之文，深叹其能矫然拔俗也……被服儒者，邃于经学。平日重名节，慎行藏，视世之名位利禄，若将浼焉。感愤郁塞，触事而发，故其文立言之旨，多今人之笑为迂者。韩子尝言人笑之则心以为喜，夫人之笑韩子者，特以其文辞为流俗所笑，犹杰然为一代儒宗，若立言之旨为流俗所笑，不又加于古人一等乎？③

衡论文章不论其他，必先"去其俗而后可"，将摒除名位利禄、重名节、慎行藏作为第一标准，而不论文字之优劣工拙，这与清初侧重文法的汪琬等人明显不同。韩愈《答李翊书》曾谓人观其文，"笑之则以为喜，誉之则以为忧"④，归庄认为这尚属文辞层面，若他人由立身持节"立言之旨"层面嘲笑严祺先"为迂"，则"又加于古人一等"。这些论述，都充分说明他将德行名节置于文章之上。《王周臣古文序》也以人论文："欧阳公有云：'陋巷之士，甘藜藿而修仁义，此众人以为难，而君子以为

---

①《归庄集》卷三《黄蕴生先生文集序》，上海古籍出版社 1984 年版，第 213 页。
②《归庄集》卷五《与集勋》，上海古籍出版社 1984 年版，第 309 页。
③《归庄集》卷三《严祺先文集序》，上海古籍出版社 1984 年版，第 216 页。
④《韩昌黎文集校注》卷三《答李翊书》，上海古籍出版社 1986 年版，第 170 页。

易。生于高门,世袭轩冕,而躬布衣韦带之行,不溺于骄荣佚乐之习,在君子犹或难之;学行才能,足以高人,而不矜不伐,进而不止,此虽圣人犹以为难也。'迹周臣之为人,岂非欧公之所谓尤难者欤?"①"不矜不伐",反映的是一种真正的切实,相应的,归庄也曾反思过自己的这种心态,《己斋记》将此描述为"客气":

> 我平生矫矫岳岳,以节义自矜,客气也。作为古诗文,怪怪奇奇,惟恐天下后世之不我知,好名之心也。自诡他日建立奇勋伟绩,以匡国家,以显父母,虽志本忠孝,亦出位之思也。以今观之,气节非有他,不过如处子之不淫耳。文章士君子之一端,皆不足以骄人。事业存乎遭遇,所不可必,况自顾犹当大任。②

自矜道德名节为"客气",自诩文章也是一种"客气",但无论何者,抛除"客气"都是一种本根性的道德涵养。《己斋说》是归庄一篇自我剖析的文章,这里的阐述鲜明地反映了他对作者之道德品格的重视。

最后,承绪归有光,提倡唐宋派古文。归庄对曾祖归有光极尽追慕,他在入清后的文学重心之一就是要重新整理、编辑归有光的文集,接续他的文章之志。钱谦益曾"笃好震川先生之文,与先生之孙昌世访求遗集,参读是正,始有成编"③,是推重归有光的功臣,归庄因此深表感佩;归有光倡道于嘉定,归庄也与嘉定侯氏等相交甚契。他自觉提倡唐宋派古文,《王周臣古文序》肯定作者说:"自弇州先生以盛名奔走天下,数十百年来,为古文者多宗之,周臣生于其乡,独不能逐时趋,沉酣于唐宋名家,超绝之见,尤不易及。"④嘉定娄坚是归有光的门生,归庄为娄坚弟子马选甫作序,也称赞他能不为时风所动:"万历中,所号为文章家者,与嘉靖诸公虽异趋,皆入幽蹊仄径,拂榛翳莽,终不能致于康庄,然人情喜新,亦咸望而归之。独先生守其师之学不变,岂非所谓笃于自信而不惑于流俗者耶!"⑤在《与某侍郎》中,归庄阐述所以要学习对方的文

---

① 《归庄集》卷三《王周臣古文序》,上海古籍出版社 1984 年版,第 219 页。
② 《归庄集》卷六《己斋记》,上海古籍出版社 1984 年版,第 352 页。
③ 《牧斋有学集》卷十六《新刻震川先生文集序》,上海古籍出版社 1996 年版,第 729 页。
④ 《归庄集》卷三《王周臣古文序》,上海古籍出版社 1984 年版,第 218 页。
⑤ 《归庄集》卷三《简堂集序》,上海古籍出版社 1984 年版,第 217 页。

章，原因也是："则窃叹以为此欧阳永叔之文也；又见阁下于本朝极推先太仆，先太仆之文，其源固出欧阳氏，然则先太仆师欧阳，阁下师欧阳而尚友先太仆，庄于欧阳，固不敢望，恨生后先太仆且百年，不得亲承庭除之诲，犹幸与先太仆继起而同源如阁下者，得与生同时，而又属父之执，且近在数十里之内，非有介绍之难，间关之苦，则舍阁下其谁与归？"①以归有光为代表的唐宋文派，于明代历经兴衰起伏后，在清前期已广为众人推服，归庄曾对此说："弘治、嘉靖间，作者各辟门户，其后屡变，至万历而极。于是天下之士，患于识之不足，而惑于异趋。然而巨儒宿学，不绝于世，至近世而正宗昌明，真伪邪正，判若白黑。"②文章趋向既已"正宗昌明"，所以此后的主要问题便不再是争论文章正脉，而应是积学储才以自振：

> 文人学士之所患，更不在识之不真，而在才不足，而不克大振。譬之作室，昔年则工师拙于审曲面势，堂构失度，梁柱敧邪，虽复采绘斑然，而居者有栋折榱崩之惧；近日则门堂寝室，规制合度，而良材未充，垣墉不周，涂墍不施，不免上雨旁风之患。是故梗柟豫章之材，瓦甓丹漆之用，此吾辈今日之所有事，而惟日不足者也。③

昔年工师"堂构失度"，这是批评复古派以及万历时期错综杂乱的文风；近日"规制合度"，指唐宋派复振，"良材未充"，则认为学殖不深、才养不足，是当下文章的突出问题。这样的论述在《顾天石诗序》中也有体现："余尝与友人论文，谓四五十年之前，人争趋仄径幽谷，而四达之衢，舍而不由，遂成芜废；今则荆榛既辟，人皆知舍邪径而就康庄，所患车马不良，徒御不善，中道踟蹰，不能致于千里。"④归庄观往察来，主张将积学储才作为"今日"之事，反映了他在接续归有光等文章统绪的同时，也在新的形势背景下对唐宋文派的发展道路作出了新思考。

除此，归庄还有一些颇具价值的诗学理论。他曾论述诗歌与古文

---

① 《归庄集》卷五《与某侍郎》，上海古籍出版社 1984 年版，第 305 页。
② 《归庄集》卷三《侯研德文集序》，上海古籍出版社 1984 年版，第 214 页。
③ 《归庄集》卷三《侯研德文集序》，上海古籍出版社 1984 年版，第 214—215 页。
④ 《归庄集》卷三《顾天石诗序》，上海古籍出版社 1984 年版，第 202 页。

的不同:"余尝论作诗与古文不同:古文必静气凝神,深思精择而出之,是故宜深室独坐,宜静夜,宜焚香、啜茗。诗则不然。本以娱性情,将有待于兴会。夫兴会则深室不如登山临水,静夜不如良辰吉日,独坐焚香啜茗不如与高朋胜友飞觞痛饮之为欢畅也。于是分韵刻烛,争奇斗捷,豪气狂才,高怀深致,错出并见,其诗必有可观。"①归庄论文常引柳宗元,这里谓古文创作需凝神静气、深思精择,就是对柳宗元不敢出之以"轻心""怠心""昏气""矜气"等说法的发挥。他认为诗与文的差别,是

更重性情直抒、有待兴会,而这需要登山临水、良辰吉日、飞觞痛饮等环境氛围的催动。这种观点,看似是一种偏尚"天才"的诗学观,但事实上,归庄同样重视文辞雕润等功夫,曾说:"钟嵘评刘公幹诗,以为仗气爱奇,动多振绝,但气过其文,雕润恨少。……唐人作诗,有月锻季炼者,有刿钵心目、掐擢肾胃者,此诚太过,然所谓雕润,殆不可少也。"②归庄论诗,有明确的四项标准:"余尝论诗,气、格、声、华,四者缺一不可。"他说的"气"近乎人的气质,"譬之于人,气犹人之气,人所赖以生也";格则多指诗歌体类,"格如人五官四体,有定位,不可易,易位则非人矣";"声"即声律音节,"华"是文辞雕饰,"如人之威仪及衣裳冠履之饰"。所以按此标准,归庄推崇的是"气达而格正,声华亦琅琅烨烨"③的作品。他在论侯涵之子的诗歌时还曾以"情兴才调,四者兼至"④予以赞美。可见,归庄论诗既强调情、兴、气,同时也看重体裁、声律与辞藻等形式,既崇尚"触兴成篇"自然为诗,也讲求雕琢功夫,整体上中洽而不偏颇。

三、朱鹤龄

朱鹤龄(1606—1683),字长孺,号愚庵,吴江(今江苏吴江)人。明诸生,入清不事科举,专意著述。虽然朱鹤龄较顾炎武年长,但学术上受顾炎武显著影响,史载:"(朱鹤龄)初为文章之学,及与顾炎武友,炎

①《归庄集》卷三《吴门唱和诗序》,上海古籍出版社1984年版,第191—192页。
②《归庄集》卷三《江位初诗集序》,上海古籍出版社1984年版,第191页。
③《归庄集》卷三《玉山诗集序》,上海古籍出版社1984年版,第206—207页。
④《归庄集》卷五《与侯大年十三篇》,上海古籍出版社1984年版,第328页。

武以本原相勖,乃湛思覃力于诸经注疏及儒先理学。"①自述一生变化,从文到学(《与吴汉槎书》),因顾炎武而从事著述经解和理学。与李颙、黄宗羲、顾炎武同号"四大布衣"。长于笺注之学,著述 40 余种,行世者有诗文集《愚庵小集》《杜工部诗集辑注》《李义山诗集笺注》《诗经通义》等。其文学思想主要体现在以下几个方面。

首先,博采兼收的诗学观。有鉴于中晚明以降的偏胜与矫激,朱鹤龄常能在洞悉古今流变的基础上突破明人的纷争之见,对历代诗歌多表现出一种通达态度。有诗云:"古业衰制科,纷呶尤六义。茅靡万历时,矫枉启祯季。瞀学趋空枵,识者深嗟唈。竟陵焰稍熸,王李波复渍。二轨分中途,作力徒勡勴。时余谢诸生,服古心如醉。谓此何足争,当泝三经纬。先探骚雅源,徐整建安辔。六朝与三唐,锤炉总一致。"②"茅靡万历""矫枉启祯"是描述时文风气,"竟陵焰稍熸,王李波复渍"则呈现的是明末诗坛竟陵派与七子派的起落景观。朱鹤龄要"探骚雅源""整建安辔",并称"南朝与三唐,锤炉总一致",即对《诗》《骚》、汉、魏、南朝与三唐等皆予肯认,这堪称一种通过博采兼宗路径来消解诸派纷争的主张。他还在《华及堂诗稿序》中肯定《文选》的价值,且要"法唐而旁及宋元":"杨仲弘有言:'取材于《选》,效法于唐。'此诗家律令也。不读《选》而希风汉魏,是犹之济洪流而舍艀筏也。不法唐而旁及宋元,是犹之厌家鸡而求野鹜也。"③基于这种多元博宗意识,朱鹤龄论历代诗歌往往与俗常言论有异,这突出体现在他对南朝、初晚唐、宋初等诗歌的肯定性评价中。《吴园次太守惠贻林蕙堂文集》中曰:"徐陵玉台尚俳俪,文章流别日以兴。齐梁清丽赏杜老,万古江湖四杰称。西昆创自玉溪子,自比六博未足矜。杨刘刀笔矫永叔,是后作者无精能。今日文澜递流衍,丽则清声笔谁蒨。"④朱鹤龄认为徐陵等南朝作者的俳辞俪藻、初唐四杰的铺陈征事、晚唐李商隐的绮才艳骨以及宋初西昆体诸家的营

① 佚名著,王钟翰点校:《清史列传》卷六十八《儒林传下》一《朱鹤龄传》,中华书局 1987 年版,第 5443 页。
② 朱鹤龄撰:《愚庵小集》卷二《吴弘人示余汉槎秋笳集感而有作》,上海古籍出版社 1979 年版,第 78—79 页。
③ 《愚庵小集》卷八《华及堂诗稿序》,上海古籍出版社 1979 年版,第 385 页。
④ 《愚庵小集》卷三《吴园次太守惠贻林蕙堂文集》,上海古籍出版社 1979 年版,第 120 页。

度刻画,其实在"文章流别"上同属一系,而欧阳修等人追求平淡自然,力扫宋初西昆体之风,结果"是后作者无精能"。显然,这与动辄要追复汉魏、盛唐迥然异趣。他断然否定欧阳修等人的革新之功,要接续上述"文章流别",这种新论在这一时期冯班、贺裳、吴乔等人那里也有体现,反映了时人对南朝、初晚唐以及宋初诗歌的重新理解与接受。竟陵派在明清之际虽不乏贺贻孙等人的推挹,但斥之为"诗妖""亡国之音"的声势亦大,朱鹤龄对此一方面承认钟、谭以幽深孤峭为宗所带来的流弊,但同样指出:"然幽深孤峭,唐人名家,多有此体······今人以《诗归》流弊,群然集矢于竟陵,而并废唐人之幽深孤峭,于是伪王李之余波宿烬复出而乘权于世,岂非持论者矫枉而失其平之过耶?"①这种评价也展现了他博采通达的诗学态度。

其次,笺注杜甫、李商隐诗歌时表现出的诗学思想。朱鹤龄曾笺注杜甫与李商隐的诗歌,在如何注诗、解诗问题上,他既注重考证抉微、析疑征事,也强调以意逆志、深求自得。自称:"余笺注其诗,检阅《文苑英华》《唐文粹》《御览》《玉海》诸部,搜缉义山文,凡得表、书、启、笺、檄、序、说、论、赋、祭文、墓碑等作共若干首,厘为五卷。又以新旧《唐书》考证时事,略为诠释。"②但是,他也深知诗歌之作本乎性情,绝非单纯的训诂考证可了,"诗之为道,以依永而宣苑结,以微辞而托讽谕,此非可以章句训诂求也。章句训诂之不足以言诗,为性情不存焉。"③在为吴乔所作《西昆发微序》中曰:

> 义山之诗,原本《离骚》,余向为笺注而序之曰:男女之情,通于君臣朋友。夫屈原之时,其君则怀王也,其所与同朝者,子椒、子兰也。原之耿介,能无怨乎? 怨而不忍直致其怨,则其辞不得不诡谲曼衍,而义山一祖其杼轴以为诗,以故瑰采惊人,学者难于逆志。余之笺注,特鳞次群书,析疑征事而已,若其指趣之隐伏者,固不能条件指晰,将以待世之晓人深求而自得之焉。④

①《愚庵小集》卷八《竹笑轩诗集序》,上海古籍出版社 1979 年版,第 410 页。
②《愚庵小集》卷七《新编李义山文集序》,上海古籍出版社 1979 年版,第 31□ 页。
③《愚庵小集》卷七《毛诗通义序》,上海古籍出版社 1979 年版,第 279 页。
④《愚庵小集》卷七《西昆发微序》,上海古籍出版社 1979 年版,第 331 页。

李商隐写过不少男女题材的"艳诗",朱鹤龄谓此直承《离骚》,在富丽曼衍的文辞背后凝聚着深刻意旨,而这并不能完全通过笺注予以确指,须自我体会。这种阐释思想在笺注杜诗时更为显豁,《辑注杜工部集序》中曰:

　　　　客有谯于余曰:子何易言注杜也? 书破万卷,途行万里,乃许读杜。子足不踰丘里,目不出兔园,日取诗史而排纂之,穿穴之,冀以自鸣于世,吾恐觚棱刓而揶揄者随其后也。余曰:是固然已。抑子之所言者,学也,子美之诗,非徒学也。夫诗以传声,节奏成焉,声以命气,底滞通焉,气以发志,思理函焉,体变极焉,故曰"诗言志"。志者,性情之统会也。性情正矣,然后因质以纬思,役才以适分,随感以赴节,虽有时悲愁愤激,怨诽刺讥,仍不戾温厚和平之旨。不然,则靡丽而失之淫,流漓而失之宕,雕镂而失之璅,繁音促节而失之噍杀。缀辞逾工,离本逾远矣。子美之诗,惟得性情之至正而出之,故其发于君父、友朋、家人、妇子之际者,莫不有敦笃伦理缠绵菀结之意,极之履荆棘,漂江湖,困顿颠蹶,而拳拳忠爱不少衰。自古诗人,变不失贞,穷不陨节,未有如子美者,非徒学为之,其性情为之也。……学者诚能澄心袚虑,正己之性情,以求遇子美之性情,则崆峒仙仗之思,茂陵玉盌之感,与夫杖藜丹壑倚棹荒江之态,犹可俨然晤其生面而揖之同堂,不必以一二隐语僻事耳目所不接者为疑也。且子亦知诗有可解有不可解乎? 指事陈情,意含风喻,此可解者也。托物假象,兴会适然,此不可解者也。不可解而强解之,日星动成比拟,草木亦涉瑕疵,譬之图罔象而刻空虚也。可解而不善解之,前后贸时,浅深乖分,欣怆之语,反作诽讥,忠剀之词,几邻怼怨,譬诸玉题珉而乌转舄也。[1]

　　这段文字中可堪注意者有二:其一,明确提出"诗有可解有不可解",认为指事陈情、寄托讽喻的诗歌,往往可通过考证予以切实的解释,而假托物象聊寄一时"兴会"的诗歌,情感意旨本就模糊,并不容易

①《愚庵小集》卷七《辑注杜工部集序》,上海古籍出版社 1979 年版,第 299—302 页。

予以确指。学者如不知"诗有可解有不可解"的道理，不可解而强解之，即会"图罔象""刻空虚"，可解而不善解之，则会不得真义、背离诗旨。其二，注杜诗不能仅凭学问训诂，关键要体会和把握杜甫的性情之正，学者如能"遇子美之性情"，即便对隐语僻事并不全然了解也无妨碍，在其看来这种情志、性情才是"诗之根柢"①。朱鹤龄这种解诗思想与其治《易》治《诗》的学术思路明显不同，他在顾炎武"以本原之学相勖"的情况下"湛思覃力于注疏诸经解"②，他治《诗》既主张博参前人注解，"古人专家之学，代有师承，又非可凿空而为之说"③，又谓郑樵、朱熹等"疑序"之举不可从，强调要依序解《诗》。他治《易》的路径也不同于一般的义理派，而是"叹今人读《易》，尽废象不讲"④，谓来知德、唐鹤征、钱一本等人"实获我心"，走的是以"象"解《易》的路子。这种重注疏，追求以形下之"象""辞"来打通形上之"义"的解经思路，与其以性情为本、"托物假象，兴会适然，此不可解者也"的解诗观明显有异。此外，朱鹤龄注杜诗受钱谦益启发，后又因此交恶。钱谦益在《复吴江潘力田书》中述其原委，自称其注杜诗的初衷是"尝为刊削有宋诸人伪注缪解烦仍蠹驳之文，冀少存杜陵面目"，他在见过朱鹤龄的笺注后，谓"见其引事释文，楦酿杂出，间资哑噱，令人喷饭"，并由此强调"注诗之难"，强调立足学问："注诗细事耳，亦必须胸有万卷，眼无纤尘，任天下函矢交攻，砥椎击搏，了无缝隙。而后可以成一家之言。"⑤即批评朱鹤龄学殖荒落、不慎不精。朱鹤龄在集序中的阐述，其实正与这种批评相呼应，同时也展现了他自己对注诗、解诗的看法。

最后，论"能穷"。自欧阳修提出"穷而后工"说以来，历代论家常各本所处的背景、语境与身世体会，对这一话题进行阐说。明清易代的悲戚语境与文人的不幸遭遇，使这一话题常有新的内涵注入。朱鹤龄论"穷而后工"更突出"能穷"：

①《愚庵小集》卷八《汪周士诗稿序》，上海古籍出版社 1979 年版，第 391 页。
②《愚庵小集》卷十《与吴汉槎书》，上海古籍出版社 1979 年版，第 497 页。
③《愚庵小集》卷七《毛诗通义序》，上海古籍出版社 1979 年版，第 279 页。
④《愚庵小集》卷七《周易广义略序》，上海古籍出版社 1979 年版，第 333 页。
⑤《牧斋有学集》卷三十九《复吴江潘力田书》，上海古籍出版社 1996 年版，第 1350—1351 页。

唐孟郊、贾岛之徒,皆以诗而穷,其诗又皆以穷而工。今之穷于诗者,率不能工,何也? 乱离之阨其身,羁孤疲苶之挫其气,往往神智耗沮而不能发。间有所发矣,而或学短才弱,枯毫燥吻,又无以写其中感概悲愁之致,而极人情之所难言。若是者,岂非能诗而不能穷之故耶? 是故,其人非矫志厉学冢笔巢书者,不能穷,非简栖遥集淡泊自守者,不能穷,视其能穷与否,而其诗可知也已。……嗟乎! 诗之为道,冶性灵,陶物变,必叩寂求音,遗落世事,汲古刻厉,而后得之。是故致穷之物莫如诗,既已从事于必穷之途,而又拒之而不受,心迹乖反,噂沓纷纭,其下者以是为献谀之媒,干泽之具,声利熏心,繁华铄骨。如是,其诗必不工,虽工亦不传。吾益叹无殊之能穷,为深有得于诗道也。①

　　与欧阳修主张"非诗之能穷人,殆穷者而后工"②不同,朱鹤龄明确指出"致穷之物莫如诗",从事诗歌创作本就是摒弃声华、遗落世事的"必穷之途"。同样,他也不认为诗人在"穷"的境域下一定"工"于创作,尽管《缃林集序》中也说过"屈宋之骚些,不至于江潭憔悴则不成,子美之诗,退之、子瞻之文章,不至于夔州流落,潮、惠贬窜以后,亦不能奇且变若是也"③,但他认为"今之穷于诗者,率不能工"的情况反倒更为普遍。在朱鹤龄看来,"穷工"说的关键其实是"能穷",文人在易代乱离之际志气受挫、神智耗沮,由此一蹶不振,或者不甘淡泊,以诗歌为名利之资,攀附献谀,这都不是"能穷"的表现,惟有"矫志厉学"、淡泊自守,才是真正的"能穷",也惟有真"能穷",才会真"能诗"。这些论述,反映了士人在易代之际要有如"岁寒松柏"一般穷且益坚、贞固不移的思想心态,"夫剥落者,充实之因也。闭藏者,菁华之府也。不剥落,则秋气何以凝? 不闭藏,则寒晖何以发",④使得"穷而后工"的诗学话题更富新义。

　　除此,朱鹤龄还有一些文学思想颇值一书。朱鹤龄论诗重"真",主

① 《愚庵小集》卷八《俞无殊诗集序》,上海古籍出版社 1979 年版,第 370—372 页。
② 《欧阳修诗文集校笺》居士集卷四十二《梅圣俞诗集序》,上海古籍出版社 2009 年版,第 1093 页。
③ 《愚庵小集》卷八《缃林集序》,上海古籍出版社 1979 年版,第 380 页。
④ 《愚庵小集》卷八《缃林集序》,上海古籍出版社 1979 年版,第 380 页。

张学诗者应从作者的性情角度进行把握："盖古人文章,无不以真得传者。有真感伤,而后有阮公、正字之诗,有真节概,而后有工部、吏部之诗,有真豪宕,而后有青莲之诗,有真闲适,而后有左司、香山之诗。乃后之作者见诸公之成家在是也,遂相率而模效之以为名高。不情之歌哭,随众之桃祢,纵极嘈杂,无关性灵,何以感情激听,叶钟律而壮风云也?"①这显然是一种重性情、批判形似模拟的诗学主张。此外,他在《读文选诸赋》中还提出"赋可以兼比兴"的说法:"赋为六义之一,然赋可以兼比兴,而比兴不可兼赋,故《雅》《颂》诸诗,凡春容大篇,皆赋也。"②赋与比兴的等秩、包含关系,在明清时期常出新义,朱鹤龄的这种解释与传统的说法不同,也与此期吴乔以"比兴"为重的诗学态度不同。另外,朱鹤龄在《梁大司农诗集序》中比较了"清气"与"元气":"唐贯休云:'乾坤有清气,散入诗人脾。'而归太仆又言:'诗文者天地之元气。'清气之与元气,有以异乎?曰有异。清气如游澄潭静渚之间,沦漪映空,蔚蓝同色,盥濯者争就焉。然而潦尽霜清,不免有易涸之忧。元气如葭管阳回,勾芒律动,山川俄焉增绚,草木为之改观,一任红英紫艳,白萼绿跗,纷纷藉藉,随物变色,而莫知化工之所由然。"③这种阐述,尚属自然维度的比较,他接下来说:"是故得清气者为劳臣志士之幽情,为羁人思妇之苦语,哀怨凄切,或至如候虫之鸣,与寒蝉相应。若夫得元气者,西清东观之间,振其步武,明堂清庙之上,戛其声音,煌煌乎山龙藻火之采烂焉,琅琅乎璆璜冲牙之响发焉,惟其受之于天者全,故凡音不得与之竞工拙也。"④可见,朱鹤龄所论的"清气",主要指向劳臣志士、羁人思妇的幽情、苦语,特点是"清"不免"浅","幽"不免"戚";"元气"则主要指向庙堂之作,特点是气象浑厚,能发出颇有气势的声采。以气论诗文是明清之际极为普遍的现象,朱鹤龄所述的"元气""清气",主要意在比较山林、台阁之文的不同,这与黄宗羲等人的"元气"诗论迥然有异。

---

① 《愚庵小集》卷八《宗定九全集序》,上海古籍出版社 1979 年版,第 400—401 页。
② 《愚庵小集》卷十三《读文选诸赋》,上海古籍出版社 1979 年版,第 623 页。
③ 《愚庵小集》卷八《梁大司农诗集序》,上海古籍出版社 1979 年版,第 386—387 页。
④ 《愚庵小集》卷八《梁大司农诗集序》,上海古籍出版社 1979 年版,第 387 页。

四、汪琬

汪琬(1624—1690),字苕文,号钝翁、钝庵,长洲(今江苏苏州)人。年少丧父,自奋于学,早年入复社,顺治十二年(1655年)中进士,授主事,改迁刑部郎中,因"江南奏销案"降职兵马司指挥,后迁户部主事。康熙九年(1670年)因疾隐退,结庐尧峰山,世称尧峰先生。康熙十八年(1679年)举博学鸿儒,授翰林编修,与修《明史》,因争议而乞病归。汪琬长于古文,与侯方域、魏禧并称清初古文三大家,康熙南巡时,曾赞其"有文誉":"圣祖尝问廷敬今世谁能为古文者,廷敬举琬以对。及琬病归,圣祖南巡驻无锡,谕巡抚汤斌曰:'汪琬久在翰林,有文誉。今闻其居乡甚清正,特赐御书一轴。'当时荣之。"①汪琬与顾炎武相知甚深,尝言:"世未尝无可师之人,其经学修明者,吾得二人焉。曰顾宁人(炎武)、李子天生(因笃),皆与仆为友。仆老矣,虽不能师之,固所为欣然执鞭者也。"(《尧峰文钞·答从弟论师道书》)汪琬虽以文名著,但学殖甚深。四库馆臣谓之:"琬学术既深,轨辙复正,其言大抵原本于六经,与二家迥别。其气体灏瀚疏通畅达,颇近南宋诸家。"②这与顾炎武的过从不无关系。著有《钝翁类稿》《续稿》等,晚年自定《尧峰文钞》。其文学思想主要体现在以下几个方面。

首先,本之六经,以文合道。汪琬学殖甚深,"于《易》《诗》《书》《春秋》《三礼》《丧服》咸有发明"③,为文原本六经,是其鲜明的文章观念。他说:"孔子之所谓文,盖谓《易》《诗》《书》《礼》《乐》也,是岂后世辞赋章句,区区俪青妃白之为与?"④他赞叹韩愈与欧阳修的文章才识练达、意气奔放、议论超卓雄伟,"真有与《诗》《书》六艺相表里者,非后世能文家所得望其肩项也"。⑤ 四库馆臣曾比较汪琬与侯方域、魏禧的文章不同:"禧才杂纵横,未归于纯粹。方域体兼华藻,稍涉于浮夸。惟琬学术

---

① 赵尔巽等撰:《清史稿》卷四百八十四《文苑一》,中华书局1977年版,第13336—13337页。

② 《四库全书总目》卷一百七十三《尧峰文钞提要》,中华书局1965年版,第1522页。

③ 《清史稿》卷四百八十四《文苑一》,中华书局1977年版,第13336页。

④ 汪琬撰,李圣华笺校:《汪琬全集笺校·钝翁续稿卷十五·文稿七》,人民文学出版社2010年版,第1430页。

⑤ 《汪琬全集笺校·钝翁前后类稿卷十八·文稿六》,人民文学出版社2010年版,第467页。

既深,轨辙复正,其言大抵原本六经,与二家迥别。"①原本六经而文风纯粹平正,这是汪琬有别于侯、魏二家的独特处,也是其自觉的文章追求。《文戒示门人》中云:

> 今幸值右文之时,而后生为文,往往昧于辞义,叛于经旨,专以新奇可喜,嚣然自命作者。嗟乎! 人文与天文、地文一也,日月星辰,天之文也;山川草木,地之文也。假令如日夜出,两月并见,日中见斗,又令山涌川斗,桃冬花,李冬实,夫岂不震耀耳目,超于常见习闻之外,其可喜孰甚焉? 而经史书之,不曰新,而曰妖;不曰奇,而曰变。然则今之作者专主于新奇可喜,倘亦曾南丰所谓乱道,朱晦翁所谓文中之妖与文中之贼是也。仆窃忧之。②

显然,汪琬认为原本经旨、春容雅正,"辞质而赡""义简而明",才是文章正道;割裂辞旨、背离经义,刻意求新求奇,无异于"两月并见""桃冬花,李冬实",虽炫人眼目,但实是违背自然规律的"妖""变"而已。宗经为文,崇尚雅正,反映了明清定鼎后的文坛新风。与之相应,汪琬指斥"新奇可喜"之文"乱道",则表明他还主张以文合道。他说:"道与艺一也,是故道亦艺也。礼乐制度文为,皆道之所寓,而圣人以艺名之,艺亦道也。"③又说:

> 琬闻之:"文者贯道之器。"故孔子有曰:"文不在兹乎?"孔子之所谓文,盖谓《易》《诗》《书》《礼》《乐》也,是岂后世辞赋章句,区区俪青妃白之为与? ……人之有文,所以经纬天地之道而成之者也。使其遂流于晦且乱,则人欲日炽,彝伦日斁,天地之道,将何所托以传哉? 嗣后陵迟益甚,文统、道统于是岐而为二,韩、柳、欧阳、曾以文,周、张、二程以道,未有汇其源流而一之者也。其间厘剔义理之丝微,钻研问学之根本,能以其所作进而继孔子者,惟朱徽国文公一人止耳。倪微文公论说之详,辨晰之力,则向之晦者几何而不熄,向之乱者几何而不渐灭荡尽也,然则使孔子之文踰数十传不

---

① 永瑢等撰:《四库全书总目》卷一七三,中华书局 1965 年版,第 1522 页。
② 《汪琬全集笺校·钝翁续稿卷三十·文稿二十二》,人民文学出版社 2010 年版,第 1665—1666 页。
③ 《汪琬全集笺校·钝翁续稿卷十五·文稿七》,人民文学出版社 2010 年版,第 1439 页。

坠，盖文公之力居多。①

他指出文统与道统的分歧情况，意在挽合文学与理学的疏离，体现出汪琬欲求融通经学、文学与理学的意识。按其所述，他所要追求的"道"，既包括载诸六经的"道"，也包含理学义理之"道"，甚至还囊括了借经学义理来经纬天地的经济事功之"道"，如《拾瑶录序》中即主张文章要与义理、经济相统一："学之所尚不同，义理一也，经济一也，诗歌古文词又其一也。……予谓为诗文者，必有其原焉。苟得其原，虽信笔而书，称心而出，未尝不可传而可咏也。……是故为诗文者，要以义理、经济为之原。"②可见其追求的文章所贯之"道"，正凝聚在经学、理学与经济的不同层面，这也显示了明末清初宗经尚学、经世致用等思想潮流对文学的深刻影响。

其次，文道相兼。汪琬虽孜求文统与道统的统一，强调文以贯道，但并不因道轻文。尤其是有感于高谈性理、放言高论的道学风气，他对道学家持论太高、斥责文学太甚的情况常予批评，如《与曹木欣先生书一》中曰：

> 然丘明亲受经于孔子，及其为《传》，犹不免伤教害义、艳富而巫之失，以致纷纭诋诃者，讫数百年而终未有定。则丘明之于道也，龃龉不合者多矣，而孔子顾有取焉。子游之以文学友教也，不及一传，再传而荀卿氏，则已指斥其流敝，以为偷懦惮事，无廉耻而嗜饮食者矣。盖考其所得，不过得道之器数止尔，非有与于性命精微也。而孔子独登诸四科之列，何也？琬于是深叹后之儒者，其持论太高，其责备太无已。……使孔子必举其道以律人，则子游固可谓之贱儒，而左氏之议论文采，亦必以闻人受戮矣，此岂学者之所望哉？③

左丘明《左传》富于议论文采，不免有伤教害道之讥，子游随孔子讲求"先王之文"，位列"文学"之科，也不免招致非议。汪琬认为，二人虽

---

① 《汪琬全集笺校·钝翁续稿卷十五·文稿七》，人民文学出版社 2010 年版，第 1430—1431 页。
② 《汪琬全集笺校·尧峰文钞别录卷二》，人民文学出版社 2010 年版，第 2162 页。
③ 《汪琬全集笺校·钝翁前后类稿卷十八·文稿六》，人民文学出版社 2010 年版，第 463 页。

仅得"道之器数"而不得"性命精微",但孔子对他们皆予以肯定,所以后世儒者也不必持论太高,动辄以道学来律人律文:"尝闻儒者之言曰:'文者,载道之器。'又曰:'未有不深于道而能文者。'仆窃谓此言亦少夸矣。古之载道之文,自六经、《语》《孟》而下,惟周子之《通书》、张子之《东西铭》、程朱二子之传注,庶几近之。虽《法言》《中说》,犹不免后人之议,而况他文乎?"①他甚至还从文学立场指出,读者所以会惊叹作者的文章之美,往往并不是因其合"道",而是欣羡作者的才雄、气厚:

> 仆尝遍读诸子百氏、大家名流与夫神仙浮屠之书矣,其文或简炼而精丽,或疏畅而明白,或汪洋纵恣,逶迤曲折,沛然四出而不可御,盖莫不有才与气者在焉。……而及其求之以道,则小者多支离破碎而不合,大者乃敢于披猖磔裂,尽决去圣人之畔岸,而翦拔其藩篱,虽小人无忌惮之言,亦常杂见于中,有能如周、张诸书者,固仅仅矣。然后知读者之惊骇改易,类皆震于其才,慑于其气而然也,非为其于道有得也。②

古今文家不必尽合于"道",读者赞赏其文也"非为其于道有得",而是震慑于其才、气。这种看法来源于汪琬的阅读体会,同样源于本经为文的创作体会。汪琬自称于六经及诸家注疏"孜孜矻矻,穷日尽夜以用力于其中",由此举笔为文,虽也"旷然若有所见,怡然若有所得",但"微察之,然后知其所得者或狃于才气之偏,所见者或出于聪明之臆,求诸圣贤之道,达于日用事为,而根柢于修己治心者,概未有合也"③。这表明汪琬在文道关系上已充分注意到"文以贯道""文以载道"的现实可行性问题,认识到文学作品所以胜出,其实还有其独特的内部规律。当然,这与其本之六经、以文合道的倾向并不全然矛盾,而更多的是基于文学立场对道学家动辄以道律文、轻视文学的一种反动,如清人阮葵生即谓:"钝翁此论,深切空疏之儒高谈欺世之病。"④同时,汪琬虽也矢志

---

① 《汪琬全集笺校·钝翁前后类稿卷十九·文稿七》,人民文学出版社 2010 年版,第 480—481 页。
② 《汪琬全集笺校·钝翁前后类稿卷十九·文稿七》,人民文学出版社 2010 年版,第 481 页。
③ 《汪琬全集笺校·钝翁前后类稿卷十八·文稿六》,人民文学出版社 2010 年版,第 465 页。
④ 阮葵生撰:《茶余客话》卷十,《清代笔记小说大观》,上海古籍出版社 2007 年版,第 2698 页。

于道,重视理学,但他对"道"的讲求并不在玄虚的性命精微之旨,而多在日用常行之间:"倘使舍其日用常行,而欲求所谓性命于恍惚不可知之地,是异端也,是淫词邪说也。"①因此,他追求的文章"贯道"便不是完全合乎道学家的性理玄言,举凡经济事业乃至日用常行,只要一言合道,即可传之于后:"'文章一小技,于道未为尊。'斯言诚是也。然而古之作者,其于道也,莫不各有所得,虽所见有浅深,所从入者有彼此,顾非是则其文章不能以传,虽传亦不能及于久且远。"②

最后,重视文法。汪琬在《答陈蔼公书二》中明确说:

> 如以文言之,则大家之有法,犹奕师之有谱,曲工之有节,匠氏之有绳度,不可不讲求而自得者也。后之作者惟其知字而不知句,知句而不知篇,于是有开而无阖,有呼而无应,有前后而无操纵顿挫,不散则乱,辟诸驱乌合之市人,而思制胜于天下,其不立败者几希。古人之于文也,扬之欲其高,敛之欲其深,推而远之欲其雄且骏。其高也,如垂天之云;其深也,如行地之泉;其雄且骏也,如波涛之汹涌,如万骑千乘之奔驰;而及其变化离合,一归于自然也,又如神龙之蜿蜒而不露其首尾。盖凡开阖呼应、操纵顿挫之法,无不备焉。则今之所传唐、宋诸大家举如此也。③

汪琬推崇唐宋派古文,学文过程中"好取韩、欧诸集而揣摩之,日复一日,渐以成帙"④,他强调大家"有法",重视开阖呼应、前后顿挫,讲求离合变化,这与唐顺之、归有光等唐宋派的文法论一脉相承。重"道"且重"法",是汪琬文章观之两个方面,他在文坛上尤以"文法"称著,也因此颇受批评。如,魏禧谓其文"醇而未肆":"某公之不肆,非不能肆,不敢肆也。夫其不敢肆,何也? 盖某公奉古人法度,犹贤有司奉朝廷律令,循循缩缩,守之而不敢过。"⑤意指汪琬谨守古人法度规矩,对个人之兴会、情志、神明等,都过于压制。叶燮的批评更显猛烈,为此不免出于

---

① 《汪琬全集笺校·钝翁前后类稿卷十九·文稿七》,人民文学出版社 2010 年版,第 486 页。
② 《汪琬全集笺校·尧峰文钞别录卷二》,人民文学出版社 2010 年版,第 2144 页。
③ 《汪琬全集笺校·钝翁前后类稿卷十九·文稿七》,人民文学出版社 2010 年版,第 484 页。
④ 《汪琬全集笺校·钝翁前后类稿卷十八·文稿六》,人民文学出版社 2010 年版,第 467 页。
⑤ 《魏叔子文集》外篇卷五《答计甫草书》,中华书局 2003 年版,第 248 页。

意气争胜目的专门撰写《汪文摘谬》，刻意指斥其文题无法、字法谬误、章法失范，谓其"摹仿古人""真傀儡登场"："汪君摹仿古人之文，无异小儿学字，隔纸画印，寻一话头发端，起承转合，自以为得古人之法，其实舛错荒谬，一篇之中自相矛盾，至其虚字转折，文理俱悖。乃侈然以作者自命，耳食之徒群然奉之，以为韩、苏复出，此真傀儡登场，堪为大噱者也。"①对于这类批评，汪琬多有反驳，如陈僖强调文章应以"寄托"为主，不认同汪琬特重"文法"，汪琬云："孔子曰：'言之无文，行而不远。'夫有篇法，又有字句之法，此即其言而文者也。"②针对模拟步趋的批评，他指出学习古人文法，同样要自得、自运，能入于古还要出于古，他说："今之读某文者，不曰祖庐陵，即曰祢震川也，其未读某文者，亦附和云云。悠悠耳食之论，某闻之未尝心服而首肯也。何也？凡为文者，其始也必求其所从入，其既也必求其所从出，彼句剽字窃，步趋尺寸以言工者，皆能入而不能出者也。……某尝自评其文，盖从庐陵入，非从庐陵出者也。假使拘拘步趋，如一手模印，辟诸舆台皂隶，且不堪为古人臣妾，况敢与之揖让进退乎？"③此前唐宋派提倡文法，用意之一就是批评秦汉派专务拟辞而优孟衣冠，汪琬提倡文法，称"非学其词也，学其开阖呼应、操纵顿挫之法而加变化焉，以成一家者是也"④，但却转而成为被批评的对象。这种情况，既源于汪琬论文法与此前唐顺之等人相比，较少言及"神明""用意"等内涵，同时也与时代背景的转换有着密不可分的关系。

第三节　贺裳、吴乔

　　诗话是表现中国诗学思想的重要形式。迄至清代，诗话的理论色彩更为浓厚。诚如郭绍虞先生所说："（诗话）一到清代，由于受当时学风的影响，遂使清诗话的特点，更重在系统性、专门性和正确性，比以前

---

① 余祖坤编：《历代文话续编》（上），凤凰出版社 2013 年版，第 530 页。
②《汪琬全集笺校·钝翁前后类稿卷十九·文稿七》，人民文学出版社 2010 年版，第 485 页。
③《汪琬全集笺校·钝翁前后类稿卷二十·文稿八》，人民文学出版社 2010 年版，第 506 页。
④《汪琬全集笺校·钝翁前后类稿卷十九·文稿七》，人民文学出版社 2010 年版，第 485 页。

各时代的诗话,可说更广更深,而成就也更高。"①其中,江苏诗论家的贡献尤著。贺裳的《载酒园诗话》与吴乔的《围炉诗话》便是其中的杰出代表。吴乔又直接承润于江苏诗人冯班与贺裳,自视《围炉诗话》与冯、贺的诗学著作为"谈诗三绝"。

一、贺裳

贺裳,字黄公,号檗斋、九曲阿隐者、白凤词人,丹阳(今属江苏)人。著有《载酒园诗话》《皱水轩词筌》以及《红牙词》等。其中,《载酒园诗话》是贺裳的诗学专著,其内容既有关于理辞、用意与诗歌之关系等宏观层面的问题,也有用事、属对、字法等技法问题,还有关于艳诗、咏物、咏史等不同题材的问题,同时也系统阐述了他对唐宋两代诗家诗派的认知与意见。全书虽不时逗露批驳翻案意味,但整体上内容丰富而富有条理,不乏细致深入的新见。清人吴乔曾谓之"深得三唐作者之意",将其与自己的《围炉诗话》、冯班的《钝吟杂录》并称为"谈诗者之三绝"②。阎若璩也曾说:"近读《载酒园诗话》,颇悟诗道理,近人直是去之万里之遥。"③其诗学旨趣主要体现在以下几个方面。

首先,诗与理的关系问题。宋人严羽诗宗盛唐,讲求"兴趣",谓"诗有别材,非关书也;诗有别趣,非关理也",但他同样重视读书穷理:"然非多读书,多穷理,则不能极其至。"④贺裳的看法与之相近,也主张"理原不足以碍诗之妙""非理可尽废也"⑤。不过相比而言,贺裳对"理"之内涵与外延等相关问题的论述,更显详尽。他说的"理",一方面包含着鼓吹《六经》、寄寓褒贬等政教层面的"理",比如他对元结《舂陵行》、孟郊《游子吟》、韩愈《拘幽操》、李绅《悯农》以及白居易的讽谕之作颇为欣赏。论李贺时,他也一反杜牧"盖《骚》之苗裔,理虽不及,辞或过之"⑥的说法,既称"贺诗诚不能悉合于理,此词人皆然,不独贺也",同时更结合

---

① 郭绍虞撰:《清诗话·前言》,丁福保编:《清诗话》,上海古籍出版社1999年版,第4页。
② 吴乔撰:《围炉诗话·自序》,郭绍虞、富寿荪编:《清诗话续编》,上海古籍出版社1983年版,第469页。
③ 阎若璩撰,李寒光点校:《潜邱札记》卷五,中华书局2023年版,第465页。
④《沧浪诗话校释》,人民文学出版社1961年版,第26页。
⑤ 贺裳撰:《载酒园诗话》,郭绍虞、富寿荪编:《清诗话续编》,上海古籍出版社1983年版,第209页。
⑥ 杜牧撰,陈允吉校点:《樊川文集》卷十《李贺集序》,上海古籍出版社1978年版,第149页。

他备书写采玉人之苦的《采玉歌》说："伤心惨目之悲,及劳民以求无用之意,隐隐形于言外。此真乐天所云'下以泄导人情,上可以补察时政'者,而曰贺诗全无理,岂其然!"①另一方面,贺裳曾说:"论诗虽不可以理拘执,然太背理则亦不堪。"这里的"理",指规律性的情理、事理等。如王元之有诗云"何事春风容不得,和莺吹折数枝花",贺裳即称其与常理相悖:"安有花枝吹折,莺不飞去,和花同坠之理? 此真伤巧。"②诗歌创作不违背规律性的事理、情理,这是贺裳颇为突出的诗学观念,他讨论诗歌之用事、考证等话题时,就往往与此联系在一起。在他看来,诗人使事用典、雕琢辞藻,其实众多佳句都经不起推敲,所谓"语有乍看似佳,细思则疮痏百出者":

> 近代浦长源送人诗"衣上暮寒吴苑雨,马头秋色晋陵山",相传为佳句。按晋陵颇无山色可观,马头所见者,犹然梁溪山耳。作诗时惟计程途,未考事实也。
>
> 文人兴酣落笔,往往不自知其误。如陈伯玉则有"吾闻中山相,乃属放麑翁",李退叔则有"何忍严子陵,羊裘死荆棘",陈纵失记孟孙,李不应忘却加足帝腹事也。语虽可传,事则终误。③

考订事实、辨证事典,这在宋人诗话中颇为经见,如葛立方《韵语阳秋》早就对陈子昂误用典故之事予以细论。贺裳这种论述,并非反对虚构活用、混淆艺术真实,只是更强调构思细致、诗歌不可"苟作"而已。当然,贺裳虽然承认"理"不碍诗,但他并非因"理"轻"文",曾结合"言之无文,行之不远"之论说:"故必理与辞相辅而行,乃为善耳。"④更重要的是,贺裳其实与严羽一样,都追求盛唐诗歌的"兴趣"之妙与含蓄蕴藉等审美特性,他认为不"可以理求"的诗歌才是最高境界:

> 诗又有以无理而妙者,如李益"早知潮有信,嫁与弄潮儿",此可以理求乎? 然自是妙语。至如义山"八骏日行三万里,穆王何事

---

①《载酒园诗话》,《清诗话续编》,上海古籍出版社 1983 年版,第 354 页。
②《载酒园诗话》,《清诗话续编》,上海古籍出版社 1983 年版,第 209—210 页。
③《载酒园诗话》,《清诗话续编》,上海古籍出版社 1983 年版,第 213、215 页。
④《载酒园诗话》,《清诗话续编》,上海古籍出版社 1983 年版,第 209 页。

不重来"，则又无理之理，更进一尘。①

不言理而理在诗中，甚至不言理而理在诗外，这与严羽所云"不涉理路，不落言筌""言有尽而意无穷"的不可凑泊之论极其相似。据此，他在论及宋代理学家的诗歌时，虽也承认"道学诸公诗，亦自有佳句"，如徐侨颇有"清气"，林希逸"用事颇切"，吕祖谦"尤雅靓"，但对他们偏重道德心性且往往"牵入道理"的作品，其实多予批评。论朱熹时就说："诗虽不宜苟作，然必字字牵入道理，则诗道之厄也。吾选晦翁诗，惟取多兴趣者。"②评邵雍也称："读《击壤集》，多欲为魏文侯之听古乐。"③这些评价，都清晰地反映了其诗学取向及在诗理问题上的态度。

其次，衡论前代诗评。尽管贺裳论诗不乏援引宋人的情况，但他整体上对宋代诗评颇为不屑。无论欧阳修、梅尧臣、杨万里等以创作称著的诗家，还是魏泰、刘攽、胡仔等诗话作者，他有时都不免批评，"尝叹宋人论诗如饮狂泉"④。或者认为他们鉴识不足、优劣不辨，如黄庭坚《酴醾》诗云"露湿何郎试汤饼，日烘荀令炷炉香"，杨万里评此"以美丈夫比花"，并赞其立意新奇、前所未有，而贺裳指出："此亦余、宋落花一类，总出玉溪，固非独创。"⑤或者认为他们用思不精、"论事失核"，如在韦应物生平等问题上，贺裳结合韦应物的年谱、传记考其生平、"绎所未备"，认为宋人韩驹、胡仔对韦应物的论述皆有不当："渔隐之贬固谬，子苍亦多此一番回护。"⑥此外，贺裳虽然很重细节考索，对字法、属对、首尾连贯等都极其重视，但他更看重诗歌的整体效果，云："宋人论诗，多用心于无用之地，风气使然，名家不免。如山谷之注'唤起''催归'为二鸟名，东坡之自负'玉楼''银海'，事则然矣。然并无佳处，韩诗不过平常，苏语且不免粗豪之累。作诗用意固当于其大者，不在尺尺寸寸。"⑦用意当立其大，不在尺尺寸寸，认为宋人钩棘琐屑，这是贺裳的典型态度。"宋

---

① 《载酒园诗话》，《清诗话续编》，上海古籍出版社 1983 年版，第 209 页。
② 《载酒园诗话》，《清诗话续编》，上海古籍出版社 1983 年版，第 445 页。
③ 《载酒园诗话》，《清诗话续编》，上海古籍出版社 1983 年版，第 423 页。
④ 《载酒园诗话》，《清诗话续编》，上海古籍出版社 1983 年版，第 226 页。
⑤ 《载酒园诗话》，《清诗话续编》，上海古籍出版社 1983 年版，第 226 页。
⑥ 《载酒园诗话》，《清诗话续编》，上海古籍出版社 1983 年版，第 251 页。
⑦ 《载酒园诗话》，《清诗话续编》，上海古籍出版社 1983 年版，第 212 页。

第六章　清至近代文学思想

人议论拘执"条中也说："宋人作诗极多蠢拙,至论诗则过于苛细,然正供识者一噱耳。"①贺裳对宋代诗评的诋呵,在对诸家的细论中体现得尤其清晰,他尝笑宋人不解刘禹锡、孟郊,谓"宋人多不喜孟诗","大抵宋人评刘诗多可笑者"②。关于明代诗评,贺裳重点辨析了杨慎、王世贞、谢榛、顾璘、袁宏道与竟陵派钟惺、谭元春等人的观点。其中,他指出谢榛论诗缺点："不顾性情义理,专重音响,所谓习制氏之铿锵,非关作乐之本意也。其纠摘细碎,诚有善者,亦多苛僻。"③重"音响"确是谢榛的重要观点,曾说："《三百篇》直写性情,靡不高古……今学之者,务去声律,以为高古。""有意于古,而终非古也。"又称："凡作近体,诵要好,听要好……诵之行云流水,听之金声玉振。"④贺裳称其不得"本意"、纠摘细碎,这与批评宋人用意不大的说法相似。贺裳对王世贞甚为钦佩,"弇州之才,吾所北面","似目空千古,实亦与古人互相发明",但同样认为他论诗往往不能如"鲛客探珠"一般细探情实,多作"膜外之观"。应该说,贺裳对竟陵派的批评是最为峻厉的:

> 钟氏《诗归》失不掩得,得亦不掩失。得者如五丁开蜀道,失者则钟鼓之享鹨鹕。大率以深心而成僻见,僻见而涉支离,误认浅陋为高深,读之使人怏怏耳。然其持论亦偏,曰："诗以静好柔厚为教者也,豪则喧,俊则薄,喧不如静,薄不如厚。"愚意远喧而取静可也,避豪而得闷不可也;戒薄而求厚可也,舍俊而奖纯不可也。何必豪与俊独无诗,夏葛冬裘,曲房旷阁,固不可举一耳。⑤

因"僻"成"支离","深心"成"浅陋",这是清初驳击竟陵派的通论。贺裳说："谭评苏诗,大致不离于僻。"⑥而钟惺则是"僻"而又"辩"："僻不足怪,笑其辩而坚耳。"⑦《诗归》曾评高启《咏梅》"雪满山中高士卧,月明林下美人来"两句"肤不可言",贺裳讥其浅陋："余观此诗,字字危慄,起

① 《载酒园诗话》,《清诗话续编》,上海古籍出版社 1983 年版,第 252 页。
② 《载酒园诗话》,《清诗话续编》,上海古籍出版社 1983 年版,第 253、254 页。
③ 《载酒园诗话》,《清诗话续编》,上海古籍出版社 1983 年版,第 267 页。
④ 《四溟诗话》卷一,《历代诗话续编》,中华书局 2006 年版,第 1137、1138 页。
⑤ 《载酒园诗话》,《清诗话续编》,上海古籍出版社 1983 年版,第 270 页。
⑥ 《载酒园诗话》,《清诗话续编》,上海古籍出版社 1983 年版,第 281 页。
⑦ 《载酒园诗话》,《清诗话续编》,上海古籍出版社 1983 年版,第 279 页。

结皆自占地步,正是寄托之词,亦犹《咏燕》,特稍深耳。若只作梅花诗看,更谓梅花诗必当如此作,岂惟作者之意河汉,诗道亦隔万重。"①另外,贺裳认为"《诗归》之谬,尤在李、杜",比如钟惺评杜甫《客居》"卧愁病脚废,徐步示小园"中"'示'字妙",而贺裳谓本集"示"原为"视",钟惺实为是评赏误字:"偶见其新,遂称为妙。好奇之僻,其蔽为愚,真可一笑!"②钟、谭论诗虽然主厚主静,却不免走入幽深峭僻,所以贺裳称他们对李白诗歌的辨析尤其不当:"太白高旷人,其诗如大圭不琢,而自有夺虹之色……钟、谭细碎人,喜于幽寻暗摸,与光明豁达者气类固自不侔。故《诗归》所选李、杜尤舛,论李之失,视杜尤甚。"③贺裳有见于竟陵派之失,故所论常能直中病灶,但其间也不乏因崇尚不同而是其所是的情况,其关于宋、明诗评的辨析,折射了清前期宗唐派的态度,也反映了他对有明一代诗学的总体认识。

最后,宗唐倾向与对唐宋诗的评论。贺裳在《唐宋诗话缘起》中曾表述对唐宋诗的态度:

> 故所扬榷,断自唐始。又略于初盛,而详于中晚。以嘉、隆以前,谈诗者视中晚,几如汉高帝之视夜郎、滇、僰,度外置之;万历末年,一时推服,又几于尉佗魋结箕踞以见陆生,问与高帝孰贤? 又如幽州张直方母谓其下曰:"天下有贵于我子者乎?"一则忽之过卑,一则尊之过盛,总非造凌云台秤,能令轻重不淆也。抑余读前辈遗言,尤薄宋人,然宋人之诗,实亦数变,非可一概视之。至如近人之称许宋诗,不过喜其尖新僄浅,乃南宋中陆务观一家,亦未能深窥宋人本末也。④

既要矫正明代尚初盛而薄中晚的宗唐风气,也要改变晚明以来宗宋诗而不得要领、仅学陆游的情况,这看似是一种崇重中晚唐且兼采唐宋的观点,但事实上,贺裳还是以宗盛唐为主要倾向的。比如,他对诗

①《载酒园诗话》,《清诗话续编》,上海古籍出版社 1983 年版,第 274 页。
②《载酒园诗话》,《清诗话续编》,上海古籍出版社 1983 年版,第 274 页。
③《载酒园诗话》,《清诗话续编》,上海古籍出版社 1983 年版,第 278 页。
④《载酒园诗话》,《清诗话续编》,上海古籍出版社 1983 年版,第 399 页。

宗盛唐的严羽还是颇为推崇的,谓其"自得力于盛唐""有功诗学不少"①。还说:"不读全唐诗,不见盛唐之妙;不遍读盛唐诸家,不见李、杜之妙。"②他详论中晚唐、细论宋诗,只是为了矫正盲从盲信、专尚初盛唐,或动辄鄙弃宋诗、不辨本末等诗坛流弊。贺裳在《载酒园诗话》中详细论述了唐宋诗歌,一方面,他能对不同阶段的诗歌流变特征进行揭示。如总结初唐诗歌的不足,或称"整缮有余,警醒不足",或称"专务铺叙,读之常令人闷闷",或称"应制"之作"千口一声",于此中更欣赏富有"气格""气骨"的作品。他虽然要"详于中晚",但批评中晚唐诗歌之处尤多,如论中唐不及盛唐:"中唐人故多佳诗,不及盛唐者,气力减耳。雅澹则不能高浑,雄奇则不能沉静,清新则不能深厚。至贞元以后,苦寒、放诞、纤缛之音作矣。"③论晚唐:"诗至晚唐而败坏极矣,不待宋人。大都绮丽则无骨,至郑谷、李建勋,益复靡靡;朴澹则寡味,李频、许棠,尤无取焉。甚则粗鄙陋劣,如杜荀鹤、僧贯休者。"④关于宋代诗歌,他称:"宋初全学晚唐,故气格不高。"⑤论庆历:"诗至庆历后,惟畏俚俗。"⑥论江西诗派:"豫章派最多恶习。"⑦这些评价基本反映了他对唐宋诗歌本末演变的看法。且他也能像王世懋一样,注意到不同阶段间的"逗变"关系,如刘长卿生活于盛唐,前人多称他是中唐诗人,贺裳认为这是由于"随州始有作态之意,实滁暑中之一叶落也"⑧,韩翃虽被列为中唐诗人,但贺裳谓其也有"骎骎已入轻靡,为晚唐风调矣"⑨的特点。另一方面,贺裳细论诸家时屡有新见新说。如,他其实与此期朱鹤龄等人一样,对宋初西昆体作家颇存好感:"尝笑宋人薄馆职诸公,不知当日经营位置,备极苦心,实苦其难驾,为高论讥之,是犹晋人作达,徒利纵

① 《载酒园诗话》,《清诗话续编》,上海古籍出版社 1983 年版,第 454、455 页。
② 《载酒园诗话》,《清诗话续编》,上海古籍出版社 1983 年版,第 315 页。
③ 《载酒园诗话》,《清诗话续编》,上海古籍出版社 1983 年版,第 340 页。
④ 《载酒园诗话》,《清诗话续编》,上海古籍出版社 1983 年版,第 393 页。
⑤ 《载酒园诗话》,《清诗话续编》,上海古籍出版社 1983 年版,第 402 页。
⑥ 《载酒园诗话》,《清诗话续编》,上海古籍出版社 1983 年版,第 426 页。
⑦ 《载酒园诗话》,《清诗话续编》,上海古籍出版社 1983 年版,第 455 页。
⑧ 《载酒园诗话》,《清诗话续编》,上海古籍出版社 1983 年版,第 331 页。
⑨ 《载酒园诗话》,《清诗话续编》,上海古籍出版社 1983 年版,第 334 页。

恣,原不解嗣宗本趣也。"①西昆体虽不乏雕镂堆砌之弊,但用思精密、植根学养,尤其是师法李商隐等人所形成的隽永深幽旨趣,贺裳对此都颇为欣赏。相比而言,欧阳修领起新风,革宋初之弊,但贺裳认为欧阳修的诗歌其实缺少比兴,意随言尽,"散叙处已是以文为诗",此近乎诗之"一厄":"诗道至庐陵,真是一厄,如《飞盖桥望月》中云:'乃于其两间','矧夫人之灵','而我于此时',便开后人无数恶习。"②甚至还说:"吾尝谓庐陵诋杨、钱,无异公安毁王、李。明诗坏自万历,宋诗坏始景祐、宝元,古今有同恨耳。"③这并非贺裳的偶然之论,他评价梅尧臣诗歌"极不堪"等都与之相应,其中虽然不乏矫激意味,但也大抵反映了他反对以文为诗,反对尚平淡而入浅俗、多显露而少蕴藉的诗学审美趋向。整体而言,贺裳衡论唐宋诸家,探查诗歌"升降之所以然",这与盲从盲信者的口耳之言相比,更显精深与宏阔,他对一系列诗家特征的揭示,也为世人提供了参考。吴乔即称:"深得三唐作者之意,明破两宋膏肓,读之则宋诗可不读。此中载其精要者,而实当尽读者也。"④

二、吴乔

吴乔(1611—1695),又名吴殳,字修龄,太仓(今属江苏)人,后入赘昆山。《明遗民录》论吴乔曰:"高才博学,尤工于诗。王阮亭尝称之曰:'善学西昆。'陈其年赠诗,亦有'最爱宝峰禅老子,力追艳体斗西昆'之句。然观其语必沉雄,情多感激,正不仅以金妆抹粉,步趋杨、刘诸公而已。"⑤著有《舒拂集》《答万季野诗问》《围炉诗话》《西昆发微》等。其中,《围炉诗话》是吴乔的诗学专著,他自述成书过程云:"辛酉冬,萍梗都门,与东海诸英俊围炉取暖,啖爆栗,烹苦茶,笑言飚举,无复畛畦。其有及于吟咏之道者,小史录之,时日既积,遂得六卷,命之曰《围炉诗话》。"一生困阨,息交绝游,惟常熟冯定远班、金坛贺黄公裳所见多

①《载酒园诗话》,《清诗话续编》,上海古籍出版社 1983 年版,第 406 页。
②《载酒园诗话》,《清诗话续编》,上海古籍出版社 1983 年版,第 412 页。
③《载酒园诗话》,《清诗话续编》,上海古籍出版社 1983 年版,第 406 页。
④《围炉诗话·自序》,《清诗话续编》,上海古籍出版社 1983 年版,第 470 页。
⑤ 孙静庵编著,赵一生标点:《明遗民录》卷三,浙江古籍出版社 1985 年,第 20 页。

合。"①可见,该书成于言谈交流之中,故多以问答形式为主,他与贺裳、冯班诗论相契,故书中诸多主张也都源自二家。当然,《围炉诗话》内容丰富,涉及诗歌的古今流变、意词关系、韵律、体格、比兴、炼字琢句以及历代诗家诗作,不仅主旨鲜明,富于新义的观点同样历历可见,人称"其自抒心得,尤足以针膏肓而起废疾"②。其诗学思想概有以下两个方面。

首先,论"诗道古今之大端"。吴乔论诗推崇《诗经》、汉魏、唐代,对宋、明多予批评。他以"正大高古"四字概括汉魏诗歌:"正,谓不淫不伤;大,谓非叹老嗟卑;高,谓无放言细语;古,谓不束于韵,不束于粘缀;不束于声病,不束于对偶。"③他认为汉魏流变为唐宋之后,其实正是"正大高古"之风灭裂,偶句、声病、淫诗、步韵、小言细语等愈趋愈甚的过程。如结合《古诗十九首》曰:"诗法须自《十九首》,方烂然天真。唐诗已是声色边事,况宋、元、明耶!"④他还借助书法演变比拟诗歌流变,云:"晋、宋人字萧散简远,智永稍变,至颜、柳而整齐,又至明而变为姜立纲体,恶俗可厌矣! 诗之汉、魏,晋、宋之书也;谢、鲍,智永之书也;唐体,颜、柳之书也;弘、嘉瞎盛唐,姜立纲体也。"⑤由萧散简远变而为整齐,再变而为姜立纲的"台阁体",愈变愈巧、愈变愈下,这种比拟论述,近乎是一种诗歌"代降"的诗史观。但可贵处在于,他还相应提出了"变复"论:

> 诗道不出乎变复。变,谓变古;复,谓复古。变乃能复,复乃能变,非二道也。汉、魏诗甚高,变《三百篇》之四言为五言,而能复其淳正。盛唐诗亦甚高,变汉、魏之古体为唐体,而能复其高雅;变六朝之绮丽为浑成,而能复其挺秀。艺至此尚矣! 晋、宋至陈、隋,大历至唐末,变多于复,不免于流,而犹不违于复,故多名篇。此后难言之矣! 宋人惟变不复,唐人之诗意尽亡;明人惟复不变,遂为叔敖之优孟。⑥

① 《围炉诗话·自序》,《清诗话续编》,上海古籍出版社 1983 年版,第 469 页。
② 《围炉诗话·题跋》,《清诗话续编》,上海古籍出版社 1983 年版,第 684 页。
③ 《围炉诗话》卷一,《清诗话续编》,上海古籍出版社 1983 年版,第 471 页。
④ 《围炉诗话》卷二,《清诗话续编》,上海古籍出版社 1983 年版,第 520 页。
⑤ 《围炉诗话》卷一,《清诗话续编》,上海古籍出版社 1983 年版,第 476 页。
⑥ 《围炉诗话》卷一,《清诗话续编》,上海古籍出版社 1983 年版,第 471 页。

复古与"代降"观相应,变古则有一种发展意味。吴乔认为复、变虽有不同,但不应有所偏废,惟有紧密结合才符合诗道规律。汉魏能复能变,其诗"甚高",同样,盛唐变汉魏古体为"唐体",且能"复其高雅",也是"甚高"之诗,这反映了他在推尊汉魏以外,也宗尚盛唐的鲜明态度。宋人"惟变不复",明人"惟复不变","宋人必欲与唐异,明人必欲与唐同"①,他对此都予以了批评。如,论宋诗云:"诗以《风》《骚》为远祖,唐人为父母,优柔敦厚,乃家法祖训。宋诗多率直,违于前人,何以宗之?"②这是由宋诗率真浅尽、有违温柔敦厚的风格角度,批评宋人不能复古。他还从宋人訾议唐人的角度说:"宋人专寻唐人不是处,实于己无益。寻得唐人好处出,乃有益于己。"③宋与明相较,"作宋诗诚胜于瞎盛唐",故吴乔批评明人更烈,"献吉捊剥盛唐,元美扫剥班、马,妄称复古,遗祸无识"④,"人自有其心思工力,为大为小,各有成就。无志无识,永为人奴,而反自以为大家,为复古"。⑤ 吴乔的这种"变复"主张,凝聚着他对历代诗歌得失与流变规律的审视和理解,也大体反映了他崇汉魏、尊盛唐的诗学取向。

当吴乔在提示学诗路径时,他又常常标举中晚唐。这与其自身的学诗经历和对明人诗学的反思密不可分。吴乔自 13 岁起,"沈酣于弘、嘉之学者十年"⑥,自述道:"自不知揣量,妄意学诗,得何人所刻《盛明诗选》,陈朽秽恶之物,童稚无知,见其铿锵绚丽,竟以盛明直接盛唐,视大历如无有,何况开成! 自居千古人物,李、杜、高、岑乃堪为友,鼻息拂云者十年。癸酉冬,读唐人全集,乃知诗道不然,返观《盛明诗选》,无不蜡屃其外,败絮其中;自所作诗与平日言论,如醉后失礼于人,醒时思之,惭汗无地。"⑦可见,吴乔学诗由七子派入手,开始也以直承盛唐为期求,但经阅读体会,发现七子派等人并不得盛唐真相。他认为,学诗应如

①《围炉诗话》卷五,《清诗话续编》,上海古籍出版社 1983 年版,第 606 页。
②《围炉诗话》卷五,《清诗话续编》,上海古籍出版社 1983 年版,第 602 页。
③《围炉诗话》卷五,《清诗话续编》,上海古籍出版社 1983 年版,第 607 页。
④《围炉诗话》卷六,《清诗话续编》,上海古籍出版社 1983 年版,第 666 页。
⑤《围炉诗话》卷四,《清诗话续编》,上海古籍出版社 1983 年版,第 592 页。
⑥《围炉诗话》卷四,《清诗话续编》,上海古籍出版社 1983 年版,第 596 页。
⑦《围炉诗话》卷六,《清诗话续编》,上海古籍出版社 1983 年版,第 666 页。

"禅人之于公案,有所悟入,而后有语话分"①,"诗无论三唐,看识力实是如何"②,所以诗学盛唐固然天经地义,但没有学问、识力,略无自心,只能是仅得皮毛之形似:"诗岂学大家便是大家,要看工力所至,成家与否,乃论大小。彼拼扯子美、李颀者,如乞儿醉饱度日,何得言家? 岂乞得王侯家余糁,即为王侯家乎?"③由此,他对弘、嘉以来"莫非盛唐"的诗坛现象颇致不满,转而推崇中晚唐,云:"余谓盛唐诗厚,厚则学之者恐入于重浊,又为二李所坏,落笔先似二李。中唐诗清,清则学之者易近于新颖,故谓人当于此入门也。"④"开成已后,诗非一种,不当概以晚唐视之。"⑤按吴乔所述,初盛唐如大雅之音、康庄大道,无奈皆被沈、宋、李、杜等人占满,于是中晚唐人不得不重新"凿山开道";同样,诗宗盛唐固然可贵,但却皆为明人"瞎盛唐"的"异体"做坏。基于这样的认识,吴乔倡学中晚唐,即是要重寻新的诗学出路,而且相比贺裳等人来说,态度更加坚决。

其次,重"意"。论诗注重"意",又强调"法",这是吴乔的特点,他称赞唐诗即云:"唐人作诗,意细法密。"⑥在意与法的主次关系问题上,吴乔明显更重视"意":"唐人七律,宾主、起结、虚实、转折、浓淡、避就、照应,皆有定法。意为主将,法为号令,字句为部曲兵卒。由有主将,故号令得行,而部曲兵卒,莫不如臂指之用,旌旗金鼓,秩然井然。"⑦吴乔所说的"意",有时指作者的"命意",即对法度、布局的经营构思:"今人作诗,须于唐人之命意布局求入处,不可专重好句。若专重好句,必蹈弘、嘉人之覆辙。"⑧但更多情况下,还是指作者的情感思想,如"正意出过即须转,正意在次联者居多,故唐诗多在第五句转。金圣叹以为定法,则固矣。昌黎《蓝关》诗,第三联方出正意,第七句方转"⑨,此处所说韩诗

---

① 《围炉诗话》卷四,《清诗话续编》,上海古籍出版社 1983 年版,第 591 页。
② 《围炉诗话》卷一,《清诗话续编》,上海古籍出版社 1983 年版,第 476 页。
③ 《围炉诗话》卷一,《清诗话续编》,上海古籍出版社 1983 年版,第 475 页。
④ 《围炉诗话》卷四,《清诗话续编》,上海古籍出版社 1983 年版,第 593 页。
⑤ 《围炉诗话》卷三,《清诗话续编》,上海古籍出版社 1983 年版,第 553 页。
⑥ 《围炉诗话》卷三,《清诗话续编》,上海古籍出版社 1983 年版,第 557 页。
⑦ 《围炉诗话》卷二,《清诗话续编》,上海古籍出版社 1983 年版,第 545 页。
⑧ 《围炉诗话》卷一,《清诗话续编》,上海古籍出版社 1983 年版,第 476 页。
⑨ 《围炉诗话》卷二,《清诗话续编》,上海古籍出版社 1983 年版,第 546 页。

第三联之"意",就指作者在被贬途中所欲抒发的思想情感;"人于顺逆境遇间,所动情思,皆是诗材。子美之诗,多得于此。人不能然,失却好诗,乃至作诗,了无意思,惟学古人句样而已"①,这里的"意思"也是指作者在不同境遇下的情思。吴乔认为唐诗高妙的重要原因,即在于有"意":"所谓诗,如空谷幽兰,不求赏识者。唐人作诗,惟适己意,不索人知其意,亦不索人之说好……盖人心隐曲处,不能已于言,又不欲明告于人,故发于吟咏。《三百篇》中如是者不少,唐人能不失此意。"②以诗歌传递隐曲之情,不求人知,所以便推崇意"深"意"厚":"诗以深为难,而厚更难于深。子美《秋兴》,每篇一意,故厚。曹唐《病马》只一意,而得好句六联,成诗三首,乌得不薄?眩于好句而不审本意,大历后之堕坑落堑处也。"③与之相应,吴乔也将"意"作为他衡论宋、明诗歌的重要标准,认为宋诗不失其"意",但弊病在于"欲人人知其意,故多直达",亦即不"深"不"厚";明人优孟衣冠,"有词无意",所以缺陷更为严重:"明之瞎盛唐诗,字面焕然,无意无法,直是木偶被文绣耳。此病二高萌之,弘、嘉大盛,识者祗斥其措词之不伦,而不言其无意之为病。是以弘、嘉习气,至今流注人心,隐伏不觉。"④吴乔对明人尚词无意的现象批评极多,但是他并未忽视"词"的重要性,一方面,他指出"意"的传递有赖于词,有"意"无词自然不成之为诗,"诗苦于无意,有意矣又苦于无辞……诗之所以难得也"。⑤ 另一方面,词对"意"之深浅厚薄及诗道的升降流变,同样具有决定性作用,如他对比宋之问、贾岛的诗歌说:"景同而语异,情亦因之而殊。……景意本同,而宋觉优游,词为之也。然岛句比之问反为醒目,诗之所以日趋于薄也。"⑥可见,吴乔虽然论诗重"意",主张"不以辞害志,不以韵害辞",反对因拘囿词句之末而失诗之大端,但他更讲求"措辞妙而用意深"。

最后,强调比兴寄托。与其重视"意"之深厚紧密相关,吴乔论诗常

①《围炉诗话》卷一,《清诗话续编》,上海古籍出版社1983年版,第474页。
②《围炉诗话》卷一,《清诗话续编》,上海古籍出版社1983年版,第473页。
③《围炉诗话》卷一,《清诗话续编》,上海古籍出版社1983年版,第477页。
④《围炉诗话》卷一,《清诗话续编》,上海古籍出版社1983年版,第472页。
⑤《围炉诗话》卷一,《清诗话续编》,上海古籍出版社1983年版,第504页。
⑥《围炉诗话》卷一,《清诗话续编》,上海古籍出版社1983年版,第479页。

第六章　清至近代文学思想

359

常言及比兴寄托的问题。在审美倾向上,吴乔大抵推崇和缓优柔、含蓄蕴藉,反对率直迫切,他对唐诗的认取也着意于此:"唐诗固有惊人好句,而其至善处在乎澹远含蓄。"①并说:"'诗豪'之名,最为误人。牧之《题乌江亭》诗,求豪反入宋调。章碣《焚书坑》亦然。唐司空图云:'诗须有味外味。'此言得之。"这种论述,与严羽推崇盛唐的旨趣相近,但吴乔称严羽主张以"妙悟"学盛唐,其实玄虚恍惚,指出"比兴"才是能够真正悟入的切实途径:"诗于唐人无所悟入,终落死句。严沧浪谓'诗贵妙悟',此言是也。然彼不知兴比,教人何从悟入? 实无见于唐人,作玄妙恍惚语,说诗、说禅、说教,俱无本据。"②吴乔对比兴的解释,与前人有相通之处,但也略有差异,更具"物感"说的色彩:"人有不可已之情,而不可直陈于笔舌,又不能已于言,感物而动则为兴,托物而陈则为比。是作者固已酝酿而成之者也。"③诗句有"活句"与"死句"之别,诗歌之妙是"贵活句,贱死句",而"比兴"正是达成这种艺术效果的关键:"比兴是虚句活句,赋是实句。有比兴则实句变为活句,无比兴则实句变成死句。"④在吴乔看来,唐诗所以含蓄无尽,正在于以"比兴"为主的"虚做"之法:"大抵文章实做则有尽,虚做则无穷。《雅》《颂》多赋,是实做;《风》《骚》多比兴,是虚做。唐诗多宗《风》《骚》,所以灵妙。"⑤与之相较,宋诗之所以有率直之失,正因为"赋"多而"比兴"少,明人"不知比兴而说唐诗",所以"开口便错"。另外,吴乔强调"比兴",与其美刺寄托追求紧密相连,他说:"优柔敦厚,言之者无罪,闻之者足戒,诗教也。"⑥既讲美刺讽喻,又要风格含蓄敦厚,言而无罪、闻而足戒,这样的"诗教"正需要通过"比兴"来落实:"诗不可以言求,当观其意。讥刺是人,不言其所为之恶,而言其爵位之尊,车服之美,而民疾之,以见其不堪……颂美是人,不言其所为之善,而言其容貌之盛,冠服之华,而民安之,以见其无

① 《围炉诗话》卷一,《清诗话续编》,上海古籍出版社1983年版,第504页。
② 《围炉诗话》卷五,《清诗话续编》,上海古籍出版社1983年版,第603页。
③ 《围炉诗话》卷一,《清诗话续编》,上海古籍出版社1983年版,第479页。
④ 《围炉诗话》卷一,《清诗话续编》,上海古籍出版社1983年版,第481—482页。
⑤ 《围炉诗话》卷一,《清诗话续编》,上海古籍出版社1983年版,第481页。
⑥ 《围炉诗话》卷一,《清诗话续编》,上海古籍出版社1983年版,第502页。

愧。"①明清之际是时局复杂的时期,文人身怀激愤、常婴文网,这样的比兴寄托主张,正合乎一部分士人的情感心态。吴乔追慕晚唐李商隐、韩偓和一些西昆体作家,也与他们意深难测、词微而婉的比兴寄托特征有很大关系。

除此,吴乔在《围炉诗话》中还有诸多颇具价值的观点。如,他反思明诗之弊,痛斥应酬之作,认为"朋友为五伦之一,既为诗人,安可无赠言",但古今"交道"不同,世风愈下、交道愈泛,"诗亦因此而流失"②;他比较唐、明应酬诗的不同,既指出明人的应酬"长技"实源自唐人,又认为明人更胜一筹,"既落应酬,唐人亦不能胜弘、嘉,弘、嘉无让于唐人也"。③ 拒作应酬文字在明清之际呼声颇高,吴乔的论述与此桴鼓相应。他还辨析了"诗文之界",认为二者"意"同而"用"异,所以才产生词达与词婉、实用与虚用等差异,并从用思层面说:"文思如春气之生万物,有必然之道;诗思如醴泉朱草,在作者亦不知所自来。"④另外,吴乔论诗强调"诗中须有人"⑤,即作者要能在诗中呈现人之境域、情感、学问、心术等等,这种主张有明显针对弘、嘉复古派作者而发的意味,同时他以心、境等范畴予以阐释,也与其沾濡佛学的知识背景极有关系。

第四节　金圣叹、毛纶父子、张道深

小说批评是文学批评家表达艺术思想的传统方式,是传统小说艺术走向繁荣的必要条件;同时,也是孕育现代小说理论的必要准备。这些评本中成就最突出当数金圣叹评《水浒传》、毛纶父子评《三国演义》、张道深评《金瓶梅》和脂砚斋评《红楼梦》。这几部评本的作者,除了批评文字中带有苏州方言的脂砚斋扑朔迷离之外,全部都是江苏籍批评家。由此足可见江苏籍批评家为中国小说批评及其理论的发展作出的

①《围炉诗话》卷一,《清诗话续编》,上海古籍出版社1983年版,第504—505页。
②《围炉诗话》卷四,《清诗话续编》,上海古籍出版社1983年版,第594页。
③《围炉诗话》卷四,《清诗话续编》,上海古籍出版社1983年版,第595页。
④《围炉诗话》卷一,《清诗话续编》,上海古籍出版社1983年版,第486页。
⑤《围炉诗话》卷一,《清诗话续编》,上海古籍出版社1983年版,第490页。

杰出贡献。

一、金圣叹与《水浒传》批评

金圣叹(1608—1661),名采,字若采,又名喟,号圣叹。庠姓张。入清后更名人瑞,喜学佛,名书斋为"唱经堂",因被称为唱经先生。长洲(今属江苏苏州)人。顺治十八年,清世祖去世,金圣叹与同郡诸生借哭庙之际,鸣钟击鼓,掀起一场和平的反贪官、抗征粮风波,史称"哭庙案",同年七月金圣叹被杀害。金圣叹性格滑稽诙谐,行为狂怪。曾评点的书主要有《水浒传》《西厢记》与《天下才子必读书》《唐才子诗》《杜诗解》等,还著有《沉吟楼诗选》和其他杂著多种。现有凤凰出版社点校本《金圣叹全集》。其中,对《水浒传》的评点,是金圣叹文学批评方面的代表作。其中体现的文学思想主要有以下几个方面。

首先,审名辨志,削"忠义"而仍"水浒"。金圣叹认为大凡读书,应先识作者心胸,施耐庵作《水浒》的本意是要抨击水浒绿林,而后世于书名之上妄加"忠义"二字,这与作者本意相背。故其评点《水浒》的核心思想,就是要"削'忠义'而仍'水浒'":

> 施耐庵传宋江,而题其书曰《水浒》,恶之至,迸之至,不与同中国也。而后世不知何等好乱之徒,乃谬加以"忠义"之目。呜呼!忠义而在"水浒"乎哉?……若夫耐庵所云"水浒"也者,王土之滨则有水,又在水外则曰浒,远之也。远之也者,天下之凶物,天下之所共击也;天下之恶物,天下之所共弃也。若使忠义而在水浒,忠义为天下之凶物、恶物乎哉!且水浒有忠义,国家无忠义耶?……呜呼!名者,物之表也;志者,人之表也。名之不辨,吾以疑其书也;志之不端,吾以疑其人也。削"忠义"而仍"水浒"者,所以存耐庵之书其事小,所以存耐庵之志其事大。①

削"忠义"而仍"水浒",体现了金圣叹对作者主旨的把握,也反映了自身的正统思想观念。他认为宋江等一百零八人并非忠义之士,"其幼

---

① 金圣叹著,陆林辑校整理:《第五才子书施耐庵水浒传》卷一《序二》,《金圣叹全集》(叁),凤凰出版社2008年版,第17—18页。

皆豺狼虎豹之姿也,其壮皆杀人夺货之行也,其后皆敲扑劓刖之余也,其卒皆揭竿斩木之贼也"①,若以"忠义"称之,无异于劝人入盗。由此,他将后面四十多回描写起义军接受招安的内容全部删去,以免"横添狗尾",最终以"梁山泊英雄惊恶梦"作结,通过卢俊义夜梦"嵇康"收捕、处斩众人等描写,寄寓其反对招安、训诫后世、祈求"天下太平"的意旨:"聚一百八人于水泊,而其书以终,不可以训矣。忽然幻出卢俊义一梦,意盖引张叔夜收讨之一策,以为卒篇也。……吾观《水浒》洋洋数十万言,而必以'天下太平'四字终之,其意可以见矣。"②此外,金圣叹认为梁山英雄的非"忠义"处,在"盗魁"宋江身上体现得最为鲜明,且认为"独恶宋江",正是作者写作《水浒》的突出特征:"《水浒传》有大段正经处,只是把宋江深恶痛绝,使人见之,真有犬彘不食之恨。从来人却是不晓得","《水浒传》独恶宋江,亦是'奸厥渠魁'之意,其余便饶恕了。"③针对世人"每每过许宋江忠义"的现象,金圣叹评点中表暴宋江之恶甚多。第十七回总批中,他认为宋江作反诗事小而放晁盖事大:"放晁盖而倡聚群丑,祸连朝廷,自此始矣。宋江而诚忠义,是必不放晁盖者也。宋江而放晁盖,是必不能忠义者也。"④并结合施耐庵对宋江释放晁盖过程的细致描写,认为作者不但不为之"讳",还能予以深刻地揭露:"凡费若干文字,写出无数机密,而皆所以深著宋江私放晁盖之罪。盖此书之宁恕群盗,而不恕宋江,其立法之严有如此者。世人读《水浒》而不能通,而遽便以'忠义'目之,真不知马之几足者也。"⑤第四十二回总批中,金圣叹认为作者处处将天性诚朴的李逵与奸诈的宋江对照,也意在"做个形击"揭露宋江之不忠不孝:"能忠未有不恕者,不恕未有能忠者。看宋江不许李逵取娘,便断其必不孝顺太公,此不恕未有能忠之验……此书处处以宋江、李逵相形对写,意在显暴宋江之恶,固无论矣。"⑥所以整体

① 《第五才子书施耐庵水浒传》卷一《序二》,《金圣叹全集》(叁),凤凰出版社 2008 年版,第 18 页。
② 《第五才子书施耐庵水浒传》卷七十五,《金圣叹全集》(肆),凤凰出版社 2008 年版,第 1234—1235 页。
③ 《第五才子书施耐庵水浒传》卷三《读第五才子书法》,《金圣叹全集》(叁),凤凰出版社 2008 年版,第 28—29 页。
④ 《第五才子书施耐庵水浒传》卷二十二,《金圣叹全集》(叁),凤凰出版社 2008 年版,第 328 页。
⑤ 《第五才子书施耐庵水浒传》卷二十二,《金圣叹全集》(叁),凤凰出版社 2008 年版,第 329 页。
⑥ 《第五才子书施耐庵水浒传》卷四十七,《金圣叹全集》(肆),凤凰出版社 2008 年版,第 772 页。

来看,金圣叹认为《水浒传》"其人不出绿林,其事不出劫杀,失教丧心,诚不可训",施耐庵"饱暖无事,又值心闲,不免伸纸弄笔,寻个题目"①,也主要意在抨击宋江等人,故不必以忠义、发愤等强作解读。这种思路既反映了金圣叹探求作者本意的评点旨趣,也展现了他有维护纲常伦理的一面。

其次,论人物塑造。金圣叹肯定作者塑造人物的不俗笔力,称这是小说得以引人入胜的关键:"别一部书,看过一遍即休。独有《水浒传》,只是看不厌,无非为他把一百八个人性格,都写出来","《水浒传》写一百八个人性格,真是一百八样。若别一部书,任他写一千个人,也只是一样;便只写得两个人,也只是一样。"②不"一样",强调的是人物形象的差异性。譬如阮小七是"第一个快人","心快口快,使人对之,龌龊都销尽"③,花荣"恁地文秀",林冲则"熬得住,把得牢,做得彻",李逵"一片天真烂漫到底",这些人物的形象都迥然不同。即便性格相近,也个个有异,金圣叹揭示道:"只是写人粗卤处,便有许多写法。如鲁达粗卤是性急,史进粗卤是少年任气,李逵粗卤是蛮,武松粗卤是豪杰不受羁靮,阮小七粗卤是悲愤无说处,焦挺粗卤是气质不好。"④描写性格相近的人物容易重复趋同,而据金圣叹观察,作者在这方面不仅笔法出众,甚至有意连续书写此类相似的人物,第二回总批中即云:"此回方写过史进英雄,接手便写鲁达英雄;方写过史进粗糙,接手便写鲁达粗糙;方写过史进爽利,接手便写鲁达爽利;方写过史进剀直,接手便写鲁达剀直。作者盖特地走此险路,以显自家笔力。读者亦当处处看他所以定是两个人,定不是一个人处,毋负良史苦心也。"⑤金圣叹对作者这种故意不"避"而"犯"手法揭示颇多,从中也可见他对作者"笔力大过人处"的充

---

① 《第五才子书施耐庵水浒传》卷三《读第五才子书法》,《金圣叹全集》(叁),凤凰出版社 2008 年版,第 28 页。
② 《第五才子书施耐庵水浒传》卷三《读第五才子书法》,《金圣叹全集》(叁),凤凰出版社 2008 年版,第 30 页。
③ 《第五才子书施耐庵水浒传》卷三《读第五才子书法》,《金圣叹全集》(叁),凤凰出版社 2008 年版,第 33 页。
④ 《第五才子书施耐庵水浒传》卷三《读第五才子书法》,《金圣叹全集》(叁),凤凰出版社 2008 年版,第 31 页。
⑤ 《第五才子书施耐庵水浒传》卷七,《金圣叹全集》(叁),凤凰出版社 2008 年版,第 85 页。

分肯定。金圣叹还对类型化人物、人物语言、写作技法等进行了评点。第二十回中的阎婆惜等人并非关键人物,金圣叹评价说:"此篇借题描写妇人黑心,无幽不烛,无丑不备","写淫妇便写尽淫妇,写虔婆便写尽虔婆,妙绝"。① 称赞人物语言的个性化、生活化,云:"《水浒传》并无'之乎者也'等字,一样人,便还他一样说话,真是绝奇本事。"②当然,金圣叹在称赞作者能成功塑造一系列栩栩如生人物形象的同时,也由"题目"或题材层面作出了解释,认为施耐庵所以要在众多题目中写此一事,"是贪他三十六个人,便有三十六样出身,三十六样面孔,三十六样性格,中间便结撰得来","只要题目好,便书也作得好"。③ 金圣叹认为《水浒》与《西游记》《三国演义》相比,《西游记》的人物塑造动辄谈论"鬼神怪异之事","逐段捏捏撮撮""太无脚地",而《三国演义》又"人物事体说话太多了,笔下拖不动,趱不转"④。这都说明金圣叹认识到《水浒传》人物形象的成功塑造,其实与题材本身密不可分。

再次,论叙事文法。金圣叹服膺《水浒传》作者,很大程度上源于对其叙事文法的钦佩。他认为子弟读《水浒传》,可以"凭空使他胸中添了若干文法",而"有了这些文法,他便《国策》《史记》等书都不肯释手看","看得《水浒传》出时,他书便如破竹"。⑤ 对此,他详细论述了《水浒传》中别具特色"非他书所曾有"的一系列文法,如倒插法、夹叙法、草蛇灰线法、大落墨法、绵针泥刺法、背面铺粉法、弄引法、獭尾法、正犯法等。其中,金圣叹对"正犯法"谈论尤多,这与其论人物塑造时所说"特地走此险路"相应,都是有意描写相似的人物或情节,《读第五才子书法》中曰:"有正犯法。如武松打虎后,又写李逵杀虎,又写二解争虎;潘金莲偷汉后,又写潘巧云偷汉;江州城劫法场后,又写大名府劫法场;何涛捕

① 《第五才子书施耐庵水浒传》卷二十五,《金圣叹全集》(叁),凤凰出版社 2008 年版,第 381 页。
② 《第五才子书施耐庵水浒传》卷三《读第五才子书法》,《金圣叹全集》(叁),凤凰出版社 2008 年版,第 30 页。
③ 《第五才子书施耐庵水浒传》卷三《读第五才子书法》,《金圣叹全集》(叁),凤凰出版社 2008 年版,第 29 页。
④ 《第五才子书施耐庵水浒传》卷三《读第五才子书法》,《金圣叹全集》(叁),凤凰出版社 2008 年版,第 29 页。
⑤ 《第五才子书施耐庵水浒传》卷三《读第五才子书法》,《金圣叹全集》(叁),凤凰出版社 2008 年版,第 37、31 页。

盗后,又写黄安捕盗;林冲起解后,又写卢俊义起解……正是要故意把题目犯了,却有本事出落得无一点一画相借,以为快乐是也。真是浑身都是方法。"①一般而言,小说创作者在人物情节的设置与叙写上,为了免于重复拖沓,往往以"避"字诀为法门,而金圣叹认为真正的"才子文",却往往是出人意表地"不避"而故"犯",《水浒》作者写过武松打虎后,并不刻意回避后续的打虎情节,反而刻意地再三书写,这种"不避"而故"犯"之叙事法,一方面如金圣叹所揭示,其实是一种以"不避"为"避"的方法,第十一回总批云:"吾观今之文章之家,每云我有避之一诀,固也,然而吾知其必非才子之文也。夫才子之文,则岂惟不避而已,又必于本不相犯之处,特特故自犯之,而后从而避之。此无他,亦以文章家之有避之一诀,非以教人避也,正以教人犯也。犯之而后避之,故避有所避也。若不能犯之而但欲避之,然则避何所避乎哉?是故行文非能避之难,实能犯之难也。"②另一方面,这种"不避"而故"犯",实有赖于作者的"非常之才""非常之笔""非常之力",《水浒传》之所以得被列为"才子文",很大程度上源于金圣叹对作者这种"不避"而故"犯"之叙事才能的钦佩。叙事方法是金圣叹评点《水浒传》的重要内容,其中还涉及叙事节奏等问题,如第三十九回指出该书具有打破常规叙事节奏而以"多用笔"写"急事"的特点:"写急事不得多用笔,盖多用笔则其事缓矣。独此书不然,写急事不肯少用笔,盖少用笔则其急亦遂解矣。"③金圣叹对《水浒传》叙事文法的评点,代表了古代小说叙事理论的较高水平。

最后,在关于《水浒传》文本生成问题上,金圣叹提出了著名的"因缘生法"与"因文生事"论。所谓"因缘生法",他说:

> 格物之法,以忠恕为门。何谓忠?天下因缘生法,故忠不必学而至于忠,天下自然,无法不忠。……吾既忠,则人亦忠,盗贼亦忠,犬鼠亦忠。盗贼犬鼠无不忠者,所谓恕也。夫然后物格,夫然

---

① 《第五才子书施耐庵水浒传》卷三《读第五才子书法》,《金圣叹全集》(叁),凤凰出版社 2008 年版,凤凰出版社 2008 年版,第 35 页。

② 《第五才子书施耐庵水浒传》卷十六,《金圣叹全集》(叁),凤凰出版社 2008 年版,第 235 页。

③ 《第五才子书施耐庵水浒传》卷四十四,《金圣叹全集》(肆),凤凰出版社 2008 年版,第 716 页。

后能尽人之性，而可以赞化育，参天地。今世之人，吾知之，是先不知因缘生法。不知因缘生法，则不知忠。不知忠，乌知恕哉？……忠恕，量万物之斗斛也。因缘生法，裁世界之刀尺也。施耐庵左手握如是斗斛，右手持如是刀尺，而仅乃叙一百八人之性情、气质、形状、声口者，是犹小试其端也。若其文章，字有字法，句有句法，章有章法，部有部法，又何异哉！①

金圣叹认为“作文，全要胸中先有缘故。若有缘故时，便随手所触，都成妙笔”，“因缘生法”论即是金圣叹在融通儒学、易学及佛学基础上对《水浒传》文本世界生成之“缘故”的一种形上审视。《水浒》之文本世界是对现实人世的搬演，人世缘起而生，更因透显着天命之性的纲常而运行，“因缘生法”为“裁世界之刀尺”，“忠恕”为“量万物之斗斛”，金圣叹认为《水浒》作者在文本世界中对一百零八人的形象塑造及相应的文法运用，其终极的根源都可追溯到“因缘生法”及“忠恕”纲常等世界本原问题上去。这种阐说，展现了金圣叹在佛学、易学、儒学等影响下，对包括《水浒传》在内一切文学作品生成问题的宏阔把握。与此相较，其“因文生事”论，则更多由小说艺术本位探析了《水浒》文本的生成问题：“某尝道《水浒》胜似《史记》，人都不肯信，殊不知某却不是乱说。其实《史记》是以文运事，《水浒》是因文生事。以文运事，是先有事生成如此如此，却要算计出一篇文字来，虽是史公高才，也毕竟是吃苦事。因文生事即不然，只是顺着笔性去，削高补低都由我。”②《水浒》胜似《史记》处，按金圣叹所述，一方面在于《水浒传》的一些具体文法往往源自《史记》却另有胜出，“《水浒传》方法，都从《史记》出来，却有许多胜似《史记》处。若《史记》妙处，《水浒》已是件件有”。另一方面则在于二者有“以文运事”与“因文生事”之别，《史记》一书乃司马迁在博稽古代史事的基础上以史学精神创作而成，虽有较强的文学性，但终以直录精神为特质，《水浒传》虽亦有宣和旧事的原型，但作者“顺着笔性去，削高补低

①《第五才子书施耐庵水浒传》卷一《序三》，《金圣叹全集》(叁)，凤凰出版社2008年版，第20页。
②《第五才子书施耐庵水浒传》卷三《读第五才子书法》，《金圣叹全集》(叁)，凤凰出版社2008年版，第29—30页。

都由我"的文学性更为突出。金圣叹这种"因文生事"论,凸显了作者艺术想象与虚构对小说文本生成的关键作用,与叶昼"劈空捏造,以实其事"的论述颇为相契。

二、毛纶、毛宗岗与《三国演义》批评

毛纶,生卒年不详,与金圣叹大约同时,字德音,晚号声山,长洲(今江苏苏州)人。早年困苦,勤奋力学,中年时期双目失明,遂评点《琵琶记》《三国志演义》以自娱。毛宗岗(1632—?1709),字序始,号子庵,与其父毛纶一同评点了《三国志演义》,评书时先由毛纶口授,后由毛宗岗统一校订、删改和整理,最终形成毛评本一百二十回《三国演义》,成为迄今为止流传最广、影响最大的本子。毛氏评点的《三国演义》,前有《凡例》和《读三国志法》两篇文字,《凡例》阐述修订原则,《读三国志法》则探讨了小说在思想、结构、叙事等方面的种种问题,这与每回的总评、夹批等相结合,提出了诸多富有新意的观点。毛氏父子评点的《三国志演义》,是继金圣叹评《水浒》后用功最勤、声名最大的小说评点作品之一,对此后的《三国》理论批评影响至深。其思想内涵主要体现在以下几个方面。

首先,辨正统。对于三国正统问题,历史上曾有不同的认识。晋国承自魏国,故晋人陈寿撰著《三国志》时出于对晋国的回护,以承自汉代的魏国作为正统。宋代司马光作《资治通鉴》,既指出"汉传于魏,而晋受之",又认为刘备"虽云中山靖王之后,而族属疏远",不能"绍汉氏之遗统"①,亦尊魏国为正统。至南宋朱熹作《通鉴纲目》时,一变二家之说,改尊蜀汉,由此尊蜀意识才逐渐为大家接受并流行起来,而三国故事从《三国志平话》直到《三国演义》成书,"尊刘抑曹"的倾向也越来越明显。有鉴于历史上正统问题的歧义与《三国演义》自身的思想特点,毛氏在《读三国志法》的开篇,就对这一不容回避的问题进行了阐述:"读《三国志》者,当知有正统、闰运、僭国之别。正统者何? 蜀汉是也。

---

① 司马光编著,胡三省音注,"标点《资治通鉴》小组"校点:《资治通鉴》卷六十九《魏纪一》,中华书局1956年版,第 2187—2188 页。

僭国者何？吴、魏是也。闰运者何？晋是也。魏之不得为正统者何也？论地则以中原为主，论理则以刘氏为主，论地不若论理，故以正统予魏者，司马光《通鉴》之误也。以正统予蜀者，紫阳《纲目》之所以为正也。"①可见，毛氏尊奉朱子之说，论正统主张以"理"为主，蜀国为汉室之胄，"在所当予"，而吴、魏为篡国之贼，"在所当夺"。晋朝虽然混一宇内，但按理而言是"弑君"夺位，所以与魏国一样，不得称为正统。以蜀汉为正统而贬抑吴、魏，这是毛氏评点小说时一以贯之的思路。小说第十四回写曹操迁帝于许都，第十五回写孙策开辟江东，这两回分别是"曹氏立国之始""孙氏开国之由"，而其中都叙及刘备，毛氏认为这是作者有意"尊刘"："两家已各自成一局面，而刘备则尚茕茕无依。然继汉正统者，备也。故前卷以刘备结，此卷以刘备起。叙两家必夹叙刘备。盖既以备为正统，则叙刘处，文虽少，是正文；叙孙、曹处，文虽多，皆旁文。"②小说最后一回写晋武帝司马炎最终平吴，结束天下三分局势，毛氏谓"此回纪三分之终，而非纪一统之始"，也申明了他不以晋朝为正统的主张；并且，毛氏认为作者既尊蜀汉，其实在蜀汉灭亡后即可终篇，而之所以迟至此回才终篇，推测其原因："篡汉者魏也。汉亡而汉之仇国未亡，未足快读者之心也；汉以魏为仇，于魏之亡，又可以终篇矣；然能助汉者吴也，汉亡而汉之与国未亡，犹未足竟读者之志也，故必以吴之亡为终也。"③毛氏这种本于正统意识对《三国演义》结构安排的探微和把握，虽不乏过度阐释之嫌，但同样不乏见地。

其次，对《三国演义》题材、特征发表了看法。"才子书"的提法在明清之际颇为流行，但究竟何书才是"第一才子书"，诸家往往各有己见。毛氏明确表示"才子书之目，宜以《三国演义》为第一"④，并将其与《西游记》《水浒传》等作了多方面比较，从中可见他对历史小说的理解和肯认。他说："读《三国》胜读《西游记》。《西游》捏造妖魔之事，诞而不经。

① 毛宗岗撰：《读三国志法》，朱一玄、刘毓忱编：《三国演义资料汇编》，百花文艺出版社 1983 年版，第293 页。
② 《三国志演义回评》，《三国演义资料汇编》，百花文艺出版社 1983 年版，第 322、323 页。
③ 《三国志演义回评》，《三国演义资料汇编》，百花文艺出版社 1983 年版，第 489、490 页。
④ 《读三国志法》，《三国演义资料汇编》，百花文艺出版社 1983 年版，第 309 页。

不若《三国》实叙帝王之事，真而可考也。"①又认为读《三国》胜读《水浒》："《水浒》文字之真，虽较胜《西游》之幻，然无中生有，任意起灭，其匠心不难，终不若《三国》叙一定之事，无容改易，而卒能匠心之为难也。"②《水浒传》的结撰以北宋农民起义为原型，这与《西游记》的凭空捏造有所不同，但其"三实七虚"的特点，又表明"无中生有，任意起灭"的杜撰色彩依旧浓烈，构思落笔上保留了较高的随意自由度，而《三国》要在不过分"改易"历史的前提下灵活敷衍成书，这决定其构思经营确实难于《水浒》。毛氏的这种说法，反映了一种崇尚真实可信、本于现实而作的小说观，也体现出一种推尊历史小说的鲜明态度。当然，他并不全然否定历史小说可以存在一定的虚构性，尤其是《三国演义》中一些带有虚幻色彩的情节，在其看来同样具有增添色彩的作用。第八十九回回评云："每读《封神演义》，满纸仙道，满目鬼神，觉姜子牙竟一无所用，不若《三国志》中之偶一见之也。如伏波显圣，山神指迷，入山求草，祝井出泉，未尝不仰邀神助，恍遇仙翁，然不可无一，不容有二。使尽赖神谋，何以见人谋之善，使尽仗仙力，何以见人力之奇哉？"③这种看法，在第九十回、九十四回的评点中都得到了印证。另外，毛氏认为作为历史小说的《三国演义》所以高于《西游记》和《水浒传》，还与其自身的题材有关。《三国》虽然立足历史结撰难度大，但其"天下当乱，人才亦辈出"的历史背景和纷繁多变多奇的史事，却为作者提供了更奇崛的人物形象和更丰富的情节素材，与《水浒传》作比较时即谓："三国人才之盛，写来各各出色，又有高出于吴用、公孙胜等万万者。"④

再次，论结构与叙事。毛氏父子揭示了《三国演义》"总起总结"的结构特征，并从中辨识归纳了六种"起结"脉络：董卓废少帝立献帝为一起，曹丕篡夺为一结；刘备于成都称帝为一起，后主在绵竹出降为一结；刘、关、张桃园结义为一起，白帝托孤为一结；三顾茅庐为一起，诸葛亮六出祁山为一结；曹丕黄初改元为一起，司马氏受禅为一结；孙坚藏匿

---

① 《读三国志法》，《三国演义资料汇编》，百花文艺出版社1983年版，第309页。
② 《读三国志法》，《三国演义资料汇编》，百花文艺出版社1983年版，第309页。
③ 《三国志演义回评》，《三国演义资料汇编》，百花文艺出版社1983年版，第444页。
④ 《读三国志法》，《三国演义资料汇编》，百花文艺出版社1983年版，第309页。

国玺为一起,孙皓衔璧牵羊而出降为一结。这六种"起结",基本钩稽了东汉和魏、蜀、吴三国的兴亡,也带出了刘、关、张与诸葛亮等关键人物的起落轨迹,诸种脉络彼此交织,"或此方起而彼已结,或此未结而彼又起,读之不见其断续之迹,而按之则自有章法之可知也"①,毛氏认为是作者敷衍结构和推动小说发展的关键标尺。在六种"起结"之外,毛氏认为《三国》结构的妙处,还在于"叙三国不自三国始",而"始之汉帝","叙三国不自三国终",而"终之以晋国"②,这样的宏阔开放架构,不仅为作者写出具有波澜、层折的绝世妙文提供了便利,同时更起到了"巧收幻结"的效用:"设令魏而为蜀所并,此人心之所甚愿也。设令蜀亡而魏得一统,此人心之所大不平也。乃彼苍之意不从人心所甚愿,而亦不出于人心之所大不平,特假手于晋以一之,此造物者之幻也。……幻既出人意外,巧复在人意中,造物者可谓善于作文矣。"③可见,这种"巧收幻结"的结构是与作者尊复蜀汉的正统意识紧密相连的。

毛氏评点《三国》,对其叙事特点的分析和归纳尤显系统而精到。他们对《三国》的叙事能力评价极高,《读三国志法》胪列其叙事之妙,谓有"以宾衬主之妙",有"同树异枝、同枝异叶,同叶异花、同花异果之妙",有"星移斗转,雨覆风翻之妙",有"横云断岭,横桥锁溪之妙",有"将雪见霰,将雨闻雷之妙",有"浪后波纹,雨后霹霖之妙",有"笙箫夹鼓,琴瑟间钟之妙",等等。具体来看,"星移斗转,雨覆风翻"是指情节叙事的变化无方、出人意外。如第十一回,"本是陶谦求救,却弄出孔融求救;本是太史慈救孔融,却弄出刘玄德救孔融;本是孔融求玄德,却弄出陶谦求玄德;本是玄德退曹操,却弄出吕布退曹操。种种变幻,令人测摸不出。"④第三十二回写曹操攻打袁谭,含三层转变,"袁尚始欲救谭,既而不救,终而复救;袁谭始欲降曹,既而合尚,终复降曹;曹操始攻冀州,既攻荆州,后复仍攻冀州。诸如此类,皆不测之极。"⑤这种离奇变

①《读三国志法》,《三国演义资料汇编》,百花文艺出版社 1983 年版,第 298 页。
②《读三国志法》,《三国演义资料汇编》,百花文艺出版社 1983 年版,第 297 页。
③《读三国志法》,《三国演义资料汇编》,百花文艺出版社 1983 年版,第 299 页。
④《三国志演义回评》,《三国演义资料汇编》,百花文艺出版社 1983 年版,第 319 页。
⑤《三国志演义回评》,《三国演义资料汇编》,百花文艺出版社 1983 年版,第 350、351 页。

幻,在第四十二、第五十四、第八十九回中都有体现,小说叙事贵在立意新奇,引人入胜,毛氏一再称赞其"妙在猜不着""为人意计之所不及量",既是对作者高超叙事水平的钦佩,也反映了作者和评点者共有的一种浓厚尚奇意趣。"笙箫夹鼓,琴瑟间钟",指不同类型情节事件的相互补益,如第七回写袁绍战公孙、孙坚击刘表,第八回紧接着便写貂蝉等人的"燕语莺声,温柔旖旎","真如铙吹之后,忽听玉箫,疾雷之余,忽见好月,令读者应接不暇"①,这种手法增强了叙事的张力,也使人物形象更显灵动多样。《读三国志法》中对此类叙事进行了详细排布,最后总结道:"人但知《三国》之文是叙龙争虎斗之事,而不知为凤、为鸾、为莺、为燕,篇中有应接不暇者,令人于干戈队里时见红裙,旌旗影中常睹粉黛,殆以豪士传与美人传合为一书矣。"②"横云断岭,横桥锁溪"指叙事的断续节奏,毛氏认为《三国》作者擅长连续叙事,典型的例子是五关斩将、三顾草庐、七擒孟获,但也善于"断"叙,如诸葛亮三气周瑜,"一气周瑜之后,则有张辽合淝之战,孔明汉上之攻,玄德南徐之攻以间之;二气周瑜之后,则又有曹操铜雀台之宴以间之"③,毛氏认为这种叙事使得文势错综尽变、参差入妙,非"后世稗官家"所能及。此外,"隔年下种,先时伏着"指作者擅长伏笔照应,"将雪见霰,将雨闻雷"指叙事情节的铺垫,"添丝补锦,移针匀绣"指补充渲染,等等。总体而言,毛氏父子对《三国》叙事优长的抉发可称竭其所能,评价时不吝赞词,或谓其"叙事之佳"能与《史记》相仿佛,而难度上倍于《史记》,或谓其叙事甚至超过了《左传》《国语》。毛氏所以能在《三国》评点史上占有重要的一席之地,与其能对小说叙事予以擘肌分理的研究密不可分。

最后,论人物形象。取材于三国史事而络绎不绝的奇崛人物形象,是《三国演义》能够引人入胜的关键性因素。毛氏指出:"古史甚多,而人独贪看《三国志》者,以古今人才之众未有盛于三国者也。观才与不才敌,不奇,观才与才敌,则奇;观才与才敌,而一才又遇众才之匹,不

---

①《三国志演义回评》,《三国演义资料汇编》,百花文艺出版社1983年版,第317页。
②《读三国志法》,《三国演义资料汇编》,百花文艺出版社1983年版,第305页。
③《三国志演义回评》,《三国演义资料汇编》,百花文艺出版社1983年版,第394页。

奇；观才与才敌，而众才尤让一才之胜，则更奇。"①《三国演义》有姓名的人物多达上千人，关键性人物数十人，有运筹帷幄者如徐庶、庞统，精于行军用兵者如周瑜、陆逊、司马懿，武功将略超迈绝伦者，如张飞、赵云、黄忠等，更有被毛氏誉为"三奇三绝"的诸葛亮、关羽、曹操，等等。三国作为"人才一大都会"，"入邓林而选名材，游玄圃而见积玉，收不胜收，接不暇接"②，毛氏认为这些都为小说的成功奠定了基础。"三奇三绝"分别是贤相、名将、奸雄三种类型化人物的代表，毛氏的褒赞反映了对类型化人物的喜爱，同时也揭示了三者的性格丰富性。如诸葛亮既有鞠躬尽瘁的臣子用心，又不乏雅人深致，关羽赤心磊落，又不乏严正儒雅，曹操的奸诈"如鬼如蜮"，一生"无所不用其极"，但见到凛正磊落的关羽又有"珠玉在前，觉吾形秽"之心。毛氏着重阐发了对照映衬的描写手法，第二回"写翼德十分性急，接手便写何进十分性慢"，第四十五回回评中，通过比较鲁肃、周瑜与诸葛亮，区分了反衬、正衬的不同："写鲁肃老实以衬孔明之乖巧，是反衬也。写周瑜乖巧以衬孔明之加倍乖巧，是正衬也。譬如写国色者，以丑女形之而美，不若以美女形之而觉其更美。写虎将者，以懦夫形之而勇，不若以勇夫形之而觉其更勇。读此可悟文章相衬之法。"③另外，人物塑造与情节叙事紧密相关，毛氏认为小说"有同树异枝、同枝异叶，同叶异花、同花异果之妙"，即同一类型的人物、事件，作者既"善避"，又故意"以善犯为能"，可以在类型相近的人物刻画中写出差异性："写魏之甄后、毛后，又写一张后：而其间无一字相同。纪戚畹，则何进之后写一董承，董承之后又写一伏完；写一魏之张缉，又写一吴之钱尚：而其间亦无一字相同。"④当然，毛氏对于人物形象的语言与形貌等也有关注，如第五十二回回评中就总结了三国人才的绝异形貌："大耳之玄德，赤面长髯之关公，虎须环眼之翼德，碧眼紫须之仲谋及黄须之曹彰，所皆奇矣；而又有白眉之马良，至今称众中

① 《读三国志法》，《三国演义资料汇编》，百花文艺出版社 1983 年版，第 295 页。
② 《读三国志法》，《三国演义资料汇编》，百花文艺出版社 1983 年版，第 297 页。
③ 《三国志演义回评》，《三国演义资料汇编》，百花文艺出版社 1983 年版，第 373 页。
④ 《读三国志法》，《三国演义资料汇编》，百花文艺出版社 1983 年版，第 300 页。

之尤者,必曰白眉。"①尽管背后也体现着不以貌取人的态度,但也反映了毛氏对人物形貌描写的重视。

三、张道深与《金瓶梅》批评

张道深(1670—1698),字自德,号竹坡,铜山(今江苏徐州)人。年少聪异好学,有才名,但是科举不顺,屡试不中。生平著述除诗集《十一草》外,还评点了《金瓶梅》《东游记》《幽梦影》等。其中,他以竹坡之名批评的《第一奇书金瓶梅》声名最著,不仅写下了《竹坡闲话》《冷热金针》《〈金瓶梅〉寓意说》《苦笑说》《第一奇书非淫书论》《批评第一奇书〈金瓶梅〉读法》等专论文章,还将总评、回评、夹批、眉批、圈点等形式有效地配合使用,围绕《金瓶梅》的思想主旨、人物形象、叙事结构和写作技巧等,进行了系统而深入的剖析,既极大推动了《金瓶梅》小说理论批评的发展,也对后世的小说评点产生了很大影响。

首先,对《金瓶梅》思想主旨的阐论。作为"寄意于时俗"的长篇世情小说,《金瓶梅》"专写市井间淫夫荡妇",内容不乏"淫邪"之处,所以视之为"淫书"者不在少数。张道深断然否定这种观点,认为作者乃"善才化身",小说处处"用意",意旨深刻。所谓"淫词艳语",不过是作者的写作手段而已。《第一奇书非淫书论》中,张道深将《金瓶梅》比附于《诗经》中具有惩创意义的"淫诗","《金瓶梅》一书作者,亦是将《褰裳》《风雨》《箨兮》《子衿》诸诗细为摹仿耳。夫微言之而文人知儆,显言之而流俗知惧",指出《金瓶梅》实乃"惩劝之韦弦",而非"行乐之符节"②,是一部"惩人的书""改过的书",具有不可忽视的劝世价值。在具体评点中,张道深一方面从读者接受层面,提示了诸种正确阅读该书的"读法":"《读金瓶梅》,不可呆看,一呆看便错了。""不可零星看,如零星,便止看其淫处也。"并直言:"凡人谓《金瓶》是淫书者,想必伊止知看其淫处也。若我看此书,纯是一部史公文字。"③另一方面,他更进一步对小说丰富

---

① 《三国志演义回评》,《三国演义资料汇编》,百花文艺出版社 1983 年版,第 387 页。
② 兰陵笑笑生著,王汝梅、李昭恂、丁凤树校点:《张竹坡批评金瓶梅》,《第一奇书非淫书论》,齐鲁书社 1991 年版,第 20 页。
③ 《张竹坡批评金瓶梅》,《批评第一奇书〈金瓶梅〉读法》,齐鲁书社 1991 年版,第 49、42 页。

的思想意蕴予以了充分抉发,分别提出"泄愤说""苦孝说"和"寓意说",来破斥"淫书"之论。

《竹坡闲话》开篇就明确提出"泄愤说":"《金瓶梅》,何为而有此书也哉?曰:此仁人志士、孝子悌弟不得于时,上不能问诸天,下不能告诸人,悲愤呜唈,而作秽言以泄其愤也。……作者不幸,身遭其难,吐之不能,吞之不可,搔抓不得,悲号无益,借此以自泄。其志可悲,其心可悯矣。"①张道深认为作者不幸、身遭其难,这是他在阅读小说后的一种个人化的体会与推测,所谓"不幸"和"遭难",主要是指在争骛财色嗜欲而冷热无常的世风荼毒下,作者的父兄亲人不免泪没其中,或许因此发生家庭变故,作者愤懑不已,于是要"作秽言以丑其仇":"然而吾之亲父子已荼毒矣,则奈何? 吾之亲手足已飘零矣,则奈何? 上误吾之君,下辱吾之友,且殃及吾之同类,则奈何?""欲无言,而吾亲之仇也吾何如以处之? 欲无言,而又吾兄之仇也吾何如以处之?"②所以,张道深的评点,虽常常对小说多层面的批判意旨予以揭示,但他阐述最多的,主要是家庭人伦以及驰骛于嗜欲财色的虚伪丑陋之人性,认为作者流露的"一种愤懑的气象",主要就体现在这些方面:"本以嗜欲故,遂迷财色,因财色故,遂成冷热,因冷热故,遂乱真假。因彼之假者,欲肆其趋承,使我之真者皆遭其荼毒。所以此书独罪财色也。"③张道深屡屡提到作者深恶潘金莲、李瓶儿等"淫邪"的女性人物,第一回评中写道:"写金莲,云'不知这妇人是个使女出身',后文瓶儿出身,又是'梁中书侍妾',春梅不必说矣。然则三人大抵皆同。作者盖深恶此等人,亦见婢妾中邪淫者多也。"④第二十七回写"李瓶儿私语翡翠轩,潘金莲醉闹葡萄架",回评中云:"至于瓶儿、金莲,固为同类,又发深浅,故翡翠轩尚有温柔浓艳之雅,而葡萄架则极妖淫污辱之怨。甚矣,金莲之见恶于作者也!"⑤小说中无耻不义、荒淫无度的西门庆,是作者"最不得意之人",在其笔下,西

① 《张竹坡批评金瓶梅》,《竹坡闲话》,齐鲁书社 1991 年版,第 8 页。
② 《张竹坡批评金瓶梅》,《竹坡闲话》,齐鲁书社 1991 年版,第 9、8 页。
③ 《张竹坡批评金瓶梅》,《竹坡闲话》,齐鲁书社 1991 年版,第 9 页。
④ 《张竹坡批评金瓶梅》第一回,齐鲁书社 1991 年版,第 9 页。
⑤ 《张竹坡批评金瓶梅》第二十七回,齐鲁书社 1991 年版,第 407 页。

门庆"上无父母,下无子孙,中无兄弟",许多亲戚也"通是假的",张道深就此点出:"作者直欲使此清河县之西门氏冷到彻底,并无一人。虽属寓言,然而其恨此等人,直使之千百年后,永不复望一复燃之灰。吁!文人亦狠矣哉!"①凡此诸种,在张道深看来,庶几都灌注着作者强烈的愤懑之情。

泄愤,缘于作者"生也不幸,其亲为仇所算"的悲慨,而根柢则在于作者深沉的孝悌之心。在"泄愤说"的基础上,张道深专门提出"苦孝说",认为作者"其言愈毒,而心愈悲",最终目的其实是使人们归之孝悌:"故作《金瓶梅》者,一曰'含酸',再曰'抱阮',结曰'幻化',且必曰幻化孝哥儿,作者之心,其有余痛乎?则《金瓶梅》当名之曰《奇酸志》《苦孝说》。呜呼!孝子,孝子,有苦如是!"②张道深将"苦孝"作为小说的主旨之一,主要是通过对情节结构的寻绎和对孟玉楼等人物形象的辨识得出的。小说第一回以"西门庆热结十弟兄,武二郎冷遇亲哥嫂"开篇,着重凸显一个"悌"字,最后一回以普静禅师幻化西门庆之子"孝哥"作结,又着重凸显一个"孝"字,张道深由此发论:"夫以'孝弟'起结之书,谓之曰淫书,此人真是不孝弟。"③这种以孝悌为线索来编排结构的特点,张道深在第五十八回、六十七回等评点中都予以了揭橥。人物层面,张道深提出了孟玉楼为"作者之自喻"的观点,作为西门家的"三娘",孟玉楼与贪淫善妒的潘金莲、李瓶儿等人都有不同,"玉楼为作者特地矜许之人,故写其冷,而不写其淫",她的"忍辱"与"含酸",在张道深看来,都是作者的"自喻","苦孝"的主旨在她那里也体现鲜明。第五十八回写孟玉楼"周贫磨镜",接济有子不孝的老者以腊肉、饼锭等食物,张道深谓此:"所以劝孝也。以此点醒'孝'字之意,以便结入幻化之孝也。千里结穴,谁其知之?观磨镜文字,作者必有风水深悲,自为苦孝之人,而作此一回苦语,直结入一百回。"④张道深阐论"苦孝"主旨,认为作者实以孝悌"说法于浊世",这既有助于打破人们祝《金瓶梅》为"淫

①《张竹坡批评金瓶梅》《批评第一奇书〈金瓶梅〉读法》,齐鲁书社1991年版,第47页。
②《张竹坡批评金瓶梅》《苦孝说》,齐鲁书社1991年版,第19页。
③《张竹坡批评金瓶梅》第一百回,齐鲁书社1991年版,第1562页。
④《张竹坡批评金瓶梅》第五十八回,齐鲁书社1991年版,第547页。

书"的狭隘观念,同时又为"专教人空也"的小说意蕴增益了理想化的伦理色彩,反映了批评者"以孝化百恶"的思想旨趣。

关于"寓意说",张道深曾作《〈金瓶梅〉寓意说》一文。其中说道:"稗官者,寓言也。其假捏一人,幻造一事,虽为风影之谈,亦必依山点石,借海扬波。故《金瓶》一部,有名人物不下百数,为之寻端竟委,大半皆属寓言。庶因物有名,托名摭事,以成此一百回曲曲折折之书。"①与"泄愤说""苦孝说"主要发掘小说作者的生命情感内蕴不同,"寓意说"更侧重于对小说构思意趣的探寻。张道深一方面指出《金瓶梅》"假捏""幻造"的虚构特征,又认为它虽属"风影之谈",但作者既然"各有寓意",其"因物有名,托名摭事"的方式背后,其实凝聚着作者精心结撰的独特匠心。对此,他从小说人、物的名称层面,进行了细致地阐释。《金瓶梅》的命名主要抟用潘金莲、李瓶儿、庞春梅这三个女主人公的名字,三人都是"作者特特用意欲写之人",潘金莲与西门庆等人一样,是《水浒传》中原有的人名,而李瓶儿、庞春梅何以取用"瓶""梅"来命名?以此命名的多元意蕴何在?以李瓶儿为例,张道深指出:"瓶因庆生也。盖云贪欲嗜恶,面骸枯尽,瓶之罄矣。特特撰出瓶儿,直令千古风流人同声一哭。"②即认为以"瓶"字命名李瓶儿,是因为西门庆,"庆"与"罄"同音,西门庆因贪欲嗜恶、面骸枯尽而"罄",正对应"瓶之罄"。张道深认为作者由此发散,"因瓶生情,则花瓶而子虚姓花",解释了李瓶儿丈夫花子虚之姓名的由来,"银瓶而银姐名银",解释了花子虚包占的丽春院名妓吴银儿的名字,"瓶与屏通,窥春必于隙",这又点出了小说第十三回"李瓶姐墙头密约,迎春儿隙底私窥"的情节,等等。庞春梅的"梅",是因李瓶儿而生,原因是"瓶里梅花,春光无几。则瓶罄喻骨髓暗枯,瓶梅又喻衰朽在即",都寓意着西门庆之"炎热危如朝露",女主人公的人生也易成"幻景"。而且,"梅雪不相下",又由此引出庞春梅与孙雪娥的斗争,等等。张道深还解释了"作者之自喻"的孟玉楼,他结合"玉楼人醉杏花天",认为"玉楼"乃"杏花之别说",与"莲出污泥""瓶梅为无

①《张竹坡批评金瓶梅》,《〈金瓶梅〉寓意说》,齐鲁书社1991年版,第13页。
②《张竹坡批评金瓶梅》,《〈金瓶梅〉寓意说》,齐鲁书社1991年版,第13页。

根之奔也"相比,孟玉楼在德性上远胜潘金莲、李瓶儿与庞春梅,"金瓶梅花,已占早春,而玉楼春杏,必不与之争一日之先",寓意孟玉楼常常含酸抱屈的经历,但"至其时日,亦各自有一番烂熳,到那结果时,梅酸杏甜,则一命名之间,而后文结果皆见",又暗含着作者对孟玉楼命运的肯定和期许。张道深这种围绕人、物名称所作的钩稽考索,在其评点中大量出现,他以此探寻小说寓意,研味作者独到的艺术构思,不仅为《金瓶梅》提供了丰沛的意蕴,对后来《红楼梦》等小说评点也产生了很大的影响。

其次,对小说艺术经验的总结。张道深自述批评《金瓶梅》的原因,是"喜其文之洋洋一百回,而千针万线,同出一丝,又千曲万折,不露一线"①,对其精妙的叙事结构和卓绝的文法钦佩之至,所以要"递出金针"使人共见,从而不辜负作者的千秋苦心。与金圣叹屡以《史记》论《水浒传》一样,张道深也喜欢将《金瓶梅》与《史记》作对比,"会做文字的人读《金瓶》,纯是读《史记》",甚至认为《金瓶梅》的网状叙事结构,在难度上超过以"独传"或"合传"为主的《史记》:"《金瓶梅》是一部《史记》。然而《史记》有独传,有合传,却是分开做的。《金瓶梅》却是一百回共成一传,而千百人总合一传,内却又断断续续,各人自有一传,固知作《金瓶》者必能作《史记》也。"②张道深曾专作《冷热金针》一文,认为"冷热"二字是全书的"金钥",他由此分析全书结构实是"前冷后热":"前半处处冷,令人不耐看;后半处处热,而人又看不出。前半冷,当在写最热处,玩之即知;后半热,看孟玉楼上坟,放笔描清明春色便知。"③辨析和总结《金瓶梅》一书的叙事特点、叙事技巧,是张道深评点的一大特色,其中有这样几点值得注意:其一,"处处草蛇灰线","从无无根之线"。《金瓶梅》一书塑造了八百多个人物,重要人物有几十个,前后故事一百回,文字有"千曲百曲之妙",但张道深认为作者在叙写一人一事时,其实往往并不专门刻意地"起头绪用直笔、顺笔"来集中书写,而多通过伏笔、穿插、呼应等手法,使人物、情节得以灵活流畅地连贯起来:"手写此处,却心

---

①《张竹坡批评金瓶梅》,《竹坡闲话》,齐鲁书社 1991 年版,第 10 页。
②《张竹坡批评金瓶梅》,《批评第一奇书〈金瓶梅〉读法》,齐鲁书社 1991 年版,第 35 页。
③《张竹坡批评金瓶梅》,《批评第一奇书〈金瓶梅〉读法》,齐鲁书社 1991 年版,第 26 页。

觑彼处;因心觑彼处,乃手写此处。……试看他一部内,凡一人一事,其用笔必不肯随时突出,处处草蛇灰线,处处你遮我映,无一直笔、呆笔,无一笔不作数十笔用。粗人心知安之!"①其二,善于"遮盖"而又故露"破绽"。张道深认为《金瓶梅》一书虽然处处预留伏笔照应,但为避免喧宾夺主,又常常有意淡化伏笔:"作者每于伏一线时,每恐为人看出,必用一笔遮盖之。一部《金瓶》,皆是如此。……于此等处,须要看他学他。"②与此不同的是,作者还往往故意漏出"破绽":"《金瓶》有节节露破绽处。如窗内淫声,和尚偏听见;私琴童,雪娥偏知道;而裙带葫芦,更属险事;墙头密约,金莲偏看见……诸如此类,又不可胜数。总之,用险笔以写人情之可畏,而尤妙在既已露破,乃一语即解,绝不费力累赘。此所以为化笔也。"③"遮盖"是为了不被读者看出,故作淡化处理,"露破绽"则故意让小说中的其他人物看见,从而引发人物冲突、推动情节发展,或通过"一语即解"的处理方式,表暴人性之丑陋。

张道深充分肯定了《金瓶梅》的人物塑造水平。他常以"如画"予以赞美,第四十八回评中云:"写王六儿得银如画,写夏提刑得财又如画。"第二十九回评中说:"凡小说,必用画像。如此回凡《金瓶》内有名人物,皆已为之描神追影,读之固不必再画。而善画者,亦可即此而想其人,庶可肖影,以应其言语动作之态度也。"④《金瓶梅》的人物形象,与《三国演义》中的历史英雄及《西游记》中的神魔妖怪等截然不同,其中的人物主要来自市井日常,其性格与形象都立足于现实"人情事理"之上,张道深的评点常常着眼于此,"其书凡有描写,莫不各尽人情。然则真千百化身现各色人等,为之说法者也。"⑤正因为有这样的"情理",人物的形象性格才体现出丰富的个性化特征:"做文章,不过是'情理'二字。今做此一篇百回长文,亦只是'情理'二字。于一个人心中,讨出一个人的情理,则一个人的传得矣。虽前后夹杂众人的话,而此一人开口,是此

① 《张竹坡批评金瓶梅》第二十回,齐鲁书社 1991 年版,第 299 页。
② 《张竹坡批评金瓶梅》第二回,齐鲁书社 1991 年版,第 40 页。
③ 《张竹坡批评金瓶梅》,《批评第一奇书〈金瓶梅〉读法》,齐鲁书社 1991 年版,第 27 页。
④ 《张竹坡批评金瓶梅》第二十九回,齐鲁书社 1991 年版,第 433 页。
⑤ 《张竹坡批评金瓶梅》,《批评第一奇书〈金瓶梅〉读法》,齐鲁书社 1991 年版,第 43 页。

一人的情理；非其开口便得情理，由于讨出这一人的情理方开口耳。是故写十百千人皆如写一人，而遂洋洋乎有此一百回大书也。"①这种论述，其实充分强调了艺术形象的现实根源。他还从技巧、方法层面，揭示了作者在人物塑造上的特点，认为作者特爱衬托、渲染等手法，第二十二回评中云："写春梅，必用骂李铭衬出者，何也？夫写春梅之心高志大气傲，已随处写出，今必欲特特写出，则必用一因，起一事方好。"②第六十八回评曰："此回特写爱月，却特与桂姐相映，见此时有月无花，一片寒冷天气也。"③另外，张道深总结了一系列诸如"善于加倍写""板定大章法"等规律。"加倍写"指进一步的衬托渲染，举例说："如写西门之热，更写蔡、宋二御史，更写六黄太尉，更写蔡太师，更写朝房，此加一倍热也。如写西门之冷，则更写一敬济在冷铺中，更写蔡太师充军，更写徽、钦北狩，真是加一倍冷。"④"板定大章法"，则是将人物塑造与情节章法联系起来，由此形成某种百变不移的写作模式："《金瓶》有板定大章法。如金莲有事生气，必用玉楼在旁，百遍皆然，一丝不易，是其章法老处。他如西门至人家饮酒，临出门时，必用一人或一官来拜、留坐，此又是'生子加官'后数十回大章法。"⑤这些独具慧眼的发现，既是张道深在熟稔小说后对其艺术特征的恰切解读，也反映了他在小说评点上的深厚造诣。

第五节　叶燮、薛雪、沈德潜

叶燮的《原诗》是一部体系周密，体现清代诗学理论水平的专著。门人薛雪、沈德潜或承因，或新变，对清代诗学各自产生了或隐（薛雪）或显（沈德潜）的影响。

一、叶燮

叶燮（1627—1703），字星期，号已畦，祖籍浙江嘉善，生于南京，晚

---

① 《张竹坡批评金瓶梅》，《批评第一奇书〈金瓶梅〉读法》，齐鲁书社 1991 年版，第 38 页。
② 《张竹坡批评金瓶梅》第二十二回，齐鲁书社 1991 年版，第 338 页。
③ 《张竹坡批评金瓶梅》第六十八回，齐鲁书社 1991 年版，第 1028 页。
④ 《张竹坡批评金瓶梅》，《批评第一奇书〈金瓶梅〉读法》，齐鲁书社 1991 年版，第 33 页。
⑤ 《张竹坡批评金瓶梅》，《批评第一奇书〈金瓶梅〉读法》，齐鲁书社 1991 年版，第 26 页。

年定居吴江横山讲学,学者称横山先生,占籍吴江（今属江苏苏州）。康熙九年进士,十四年任江苏宝应知县。所著《己畦文集》,其中包括《诗集》十卷、《己畦诗集残余》一卷、《文集》二十二卷、《原诗》内外篇四卷、《汪文摘谬》一卷。《原诗》是一部探究诗歌创作本源、批驳复古主义为宗旨的诗歌理论专著。《原诗》分为内外篇,内篇"标宗旨",阐述"数千年诗之正变、盛衰之所以然",是全书的精华所在。外篇"肆博辨",泛论诗歌创作各方面的问题。题名"原诗"①,即标明其著述重在诗歌创作的本原和理论的探讨,力图解决诗歌创作中的一些带有根本性的问题。主要体现在以下几个方面。

  首先,提出了以"源流本末、正变盛衰"为核心的诗学发展观。叶燮认为诗歌"有源必有流,有本必达末"②,不可以简单地以优劣判断之。诗之"源流、本末、正变、盛衰,互为循环"③,"未有一日不相续相禅而或息者也"④。叶燮反对复古模拟,主张抒写性情;反对剿袭摹拟,提倡创新。他认为古今作者,能够卓然自命者,都"不肯稍为依傍,寄人篱下,以窃其余唾",⑤批评"昔李攀龙袭汉、魏古诗乐府,易一二字便居为己作",⑥批评复古派"谓古人可罔,世人可欺,称格称律,推求字句,动以法度紧严,扳驳铢两。内既无具,援一古人为门户,藉以压倒众口",⑦并视其为"诗运之厄"⑧。他屡屡肯定诗歌史上的诸多创新,实质肯定了"创"乃是诗歌发展的动力:"汉苏、李始创为五言,其时又有亡名氏之《十九首》,皆因乎《三百篇》者也;然不可谓即无异于《三百篇》,而实苏、李创之也。"⑨"大变于开元、天宝高、岑、王、孟、李:此数人者,虽各有所因,而实一一能为创。"⑩而集大成如杜甫,杰出者如韩愈,专家如柳宗元、刘禹

---

① 叶燮著,蒋寅笺注:《原诗笺注·叙二》,上海古籍出版社 2023 年版,第 4 页。
②《原诗笺注·内篇上》,上海古籍出版社 2023 年版,第 1 页。
③《原诗笺注·内篇上》,上海古籍出版社 2023 年版,第 6 页。
④《原诗笺注·内篇上》,上海古籍出版社 2023 年版,第 1 页。
⑤《原诗笺注·内篇上》,上海古籍出版社 2023 年版,第 79 页。
⑥《原诗笺注·内篇上》,上海古籍出版社 2023 年版,第 82 页。
⑦《原诗笺注·内篇上》,上海古籍出版社 2023 年版,第 91 页。
⑧《原诗笺注·内篇上》,上海古籍出版社 2023 年版,第 91 页。
⑨《原诗笺注·内篇上》,上海古籍出版社 2023 年版,第 16 页。
⑩《原诗笺注·内篇上》,上海古籍出版社 2023 年版,第 17 页。

锡、李贺、李商隐、杜牧、陆龟蒙等，"一一皆特立兴起"①。但叶燮也标举包蕴诸变、开无穷法门的极致诗人杜甫，他说："杜甫之诗，包源流，综正变。自甫以前，如汉、魏之浑朴古雅，南朝之藻丽秾纤，澹远韶秀，甫诗无一不备。然出于甫，皆甫之诗，无一字句为前人之诗也。自甫以后，在唐如韩愈、李贺之奇矞，刘禹锡、杜牧之雄杰，刘长卿之流利，温庭筠、李商隐之轻艳，以至宋、金、元、明之诗家，称巨擘者无虑数十百人，各自炫奇翻异，而甫无一不为之开先。"②肯定杜诗"长盛于千古，不能衰，不可衰者也"③。在叶燮看来，杜诗之所以成为"无一不备"的集大成者，乃在于其"出于甫，皆甫之诗，无一字句为前人之诗也"，亦在杜诗的灵魂在于"创"，在于"变化而不失其正"④。从这个意义上看，"千古诗人惟杜甫为能"，⑤他标举杜甫为"诗之神者也"⑥，因此，叶燮虽然像后七子一样标举杜甫，但其锋芒恰恰是针对七子派而发，批评七子派虽标举古人，但并未"见古人之真面目"，并不了解"诗之源流、本末、正变、盛衰之相因"⑦。他说："近代论诗者，则曰《三百篇》尚矣，五言必建安、黄初，其余诸体必唐之'初''盛'而后可，非是者必斥焉。如明李梦阳不读唐以后书，李攀龙谓唐无古诗，又谓陈子昂以其古诗为古诗，弗取也。自若辈之论出，天下从而和之，推为诗家正宗，家弦而户习。"⑧他肯定了因七子流行之弊，"起而掊之，矫而反之"⑨的救衰行为。从这个意义上说，叶燮的诗学发展观是遥承晚明公安派的诗学主旨，而纠正其矫激之偏。持论理性平允，这也是叶燮诗学思想受到学界褒评的重要原因。

其次，创作客体论。《原诗·内篇下》系统地讨论了创作的客体与主体，亦即其所谓"在物"与"在我"。就"在物"言，他说："曰理，曰事，曰

①《原诗笺注·内篇上》，上海古籍出版社 2023 年版，第 17 页。
②《原诗笺注·内篇上》，上海古籍出版社 2023 年版，第 68 页。
③《原诗笺注·内篇上》，上海古籍出版社 2023 年版，第 68—69 页。
④《原诗笺注·内篇上》，上海古籍出版社 2023 年版，第 114 页。
⑤《原诗笺注·内篇上》，上海古籍出版社 2023 年版，第 114 页。
⑥《原诗笺注·内篇上》，上海古籍出版社 2023 年版，第 114 页。
⑦《原诗笺注·内篇上》，上海古籍出版社 2023 年版，第 91 页。
⑧《原诗笺注·内篇上》，上海古籍出版社 2023 年版，第 5 页。
⑨《原诗笺注·内篇上》，上海古籍出版社 2023 年版，第 5 页。

情，此三言者足以穷尽万有之变态。凡形形色色，音声状貌，举不能越乎此。此举在物者而为言，而无一物之或能去此者也。"①他提出以表现"理、事、情"的创作论。他以理、事、情为诗之本，表示被反映的客观事物。他说："自开辟以来，天地之大，古今之变，万汇之赜，日星河岳，赋物象形，兵刑礼乐，饮食男女，于以发为文章，形为诗赋，其道万千。余得以三语蔽之，曰理，曰事，曰情，不出乎此而已。然则诗文一道，岂有定法哉！先揆乎其理，揆之于理而不谬，则理得；次征诸事，征之于事而不悖，则事得；终絜诸情，絜之于情而可通，则情得。三者得而不可易，则自然之法立。故法者，当乎理，确乎事，酌乎情，为三者之平准，而无所自为法也。"②

再次，创作主体论。《原诗》对诗歌创作主体有系统的讨论。他由诗人之"胸襟"为基，以"才、识、胆、力"为诗人之本，来说明诗人的主观活动、诗人应具备的条件。他说："诗之基，其人之胸襟是也。有胸襟，然后能载其性情智慧、聪明才辨以出。随遇发生，随生即盛。"③他竭力推赞的"千古诗人"杜甫，之所以能够因遇得题、因题达情、因情敷句，"皆因甫有其胸襟以为基"④。与"胸襟"之基相关，他将"在我"之创作主体表述为"心之神明"。他说："曰才，曰胆，曰识，曰力，此四言者所以穷尽此心之神明。凡形形色色，音声状貌，无不待于此而为之发宣昭著。此举在我者而为言，而无一不如此心以出之者也。"⑤才，主要是天赋的艺术才能；胆，是指诗人的独创精神和艺术自信；识，是指诗人的器识，认识问题的能力；力，指诗人的艺术表现能力。四者之间并非并列的关系，识尤为重要。"识为体而才为用，若不足于才，当先研精推求乎其识。"⑥同样，识亦可生才。他说："惟胆能生才，但知才受于天，而抑知必待扩充于胆耶？"⑦对于识与胆的关系，亦类似于体与用的关系。他说：

---

① 《原诗笺注·内篇下》，上海古籍出版社 2023 年版，第 151 页。
② 《原诗笺注·内篇上》，上海古籍出版社 2023 年版，第 118—119 页。
③ 《原诗笺注·内篇上》，上海古籍出版社 2023 年版，第 97 页。
④ 《原诗笺注·内篇上》，上海古籍出版社 2023 年版，第 97 页。
⑤ 《原诗笺注·内篇下》，上海古籍出版社 2023 年版，第 151 页。
⑥ 《原诗笺注·内篇下》，上海古籍出版社 2023 年版，第 154 页。
⑦ 《原诗笺注·内篇下》，上海古籍出版社 2023 年版，第 169 页。

"识明则胆张,任其发宣而无所于怯,横说竖说,左宜而右有,直造化在手,无有一之不肖乎物也。"①虽然"四者具足,而才独外见"②,但叶燮认为受于天之才,往往受制于后天习得的识以及养成的胆,亦即创新的自信。对于四者之间的关系,叶燮认为合格的作者缺一不可。即他所谓:"大约才、识、胆力,四者交相为济,苟一有所歉,则不可登作者之坛。"③但识为灵魂,他说:"四者无缓急,而要在先之以识;使无识,则三者俱无所托:无识而有胆,则为妄,为卤莽,为无知,其言背理叛道,蔑如也。无识而有才,虽议论纵横,思致挥霍,而是非淆乱,黑白颠倒,才反为累矣。无识而有力,则坚僻妄诞之辞,足以误人而惑世,为害甚烈。若在骚坛,均为风雅之罪人。惟有识则能知所从,知所奋,知所决,而后才与胆力,皆确然有以自信。"④四者又是浑然一体,缺一不可的:"大凡人无才则心思不出,无胆则笔墨畏缩,无识则不能取舍,无力则不能自成一家。"⑤

最后,对诗歌审美特征的认识。吴江沈楙德在《原诗·跋》中尝简论《原诗》宗旨,在于"极论不可明言之理与不可明言之情与事,必欲自具胸襟,不徒求诸诗之中而止"。⑥ 亦即叶燮论诗,目的在于申述诗的审美特色。事实上,叶燮在详论诗歌表现"在物"之"理、事、情"之后,他又说:"可言之理,人人能言之,又安在诗人之言之? 可征之事,人人能述之,又安在诗人之述之? 必有不可言之理,不可述之事,遇之于默会意象之表,而理与事无不灿然于前者也。"⑦叶燮摒绝诗歌"实写"理、事、情,而要依循诗歌的艺术特征,他说:"要之,作诗者实写理、事、情,可以言言,可以解解,即为俗儒之作。惟不可名言之理,不可施见之事,不可径达之情,则幽渺以为理,想象以为事,惝恍以为情,方为理至、事至、情

①《原诗笺注·内篇下》,上海古籍出版社 2023 年版,第 161 页。
②《原诗笺注·内篇下》,上海古籍出版社 2023 年版,第 154 页。
③《原诗笺注·内篇下》,上海古籍出版社 2023 年版,第 190 页。
④《原诗笺注·内篇下》,上海古籍出版社 2023 年版,第 190 页。
⑤《原诗笺注·内篇上》,上海古籍出版社 2023 年版,第 91 页。
⑥《原诗笺注·跋》,上海古籍出版社 2023 年版,第 475 页。
⑦《原诗笺注·内篇下》,上海古籍出版社 2023 年版,第 195 页。

至之语。"①这些"诗语"是诗人"妙悟天开,从至理实事中领悟"②的艺术之境。虽口不能言,意不可解,但又"至虚而实,灼然心目之间,殆如鸢飞鱼跃之昭著"③。这种与俗儒迥异的理、事、情的艺术呈现,正是叶燮对诗歌艺术的准确体认,也是其著述《原诗》的缘起与"宗旨"。

叶燮的《原诗》是惩明代以来节节模仿而不容自致性情之弊而起,承绪公安而又更为平允、更为精微、更为系统,是继《沧浪诗话》之后又一部杰出的诗学专著。

二、薛雪

薛雪(1681—1763?),字生白,号一瓢,江苏苏州人。乾隆时举博学鸿词,不遇。少学诗于同郡叶燮。博学多通,于医学时有独见。著有《周易粹义》《医经原旨》《一瓢斋诗存》《一瓢诗话》等。其诗学理论主要集中于《一瓢诗话》。

薛雪的诗学思想与其师叶燮一样,乃因针砭时弊而发。叶、薛之知音沈楘惪既为《原诗》作跋文,对《一瓢诗话》亦有简跋,其云:"是编自抒心得,痛针俗病,凡所指斥,皆能洞中窾窍,非好为叫嚣者比,先生于诗亦可谓三折肱矣。"④薛雪虽继踵师说,然而亦多"自抒心得"。《一瓢诗话》凡二百三十余,虽体例不及其师系统周密,但也涉及作者、诗法及鉴赏几个方面。承其师的辩证思维几臻极致。

首先,关于作者。薛雪本诸师说,以胸襟为"诗之基"。但薛雪对胸襟又有分疏。一方面,胸襟与师法前人相联系。他说:"既有胸襟,必取材于古人,原本《三百篇》、楚《骚》,浸淫乎汉、魏、六朝、唐、宋诸大家,皆能会其指归,得其神理;以是为诗,正不伤庸,奇不伤怪,丽不伤浮,博不伤僻,决无剽窃吞剥之病矣。"⑤有胸襟方可浸淫于古代诗歌,会其指归,得其神理,成为创作的准备。另一方面,胸襟与人品相联系。他说:"诗

---

① 《原诗笺注·内篇下》,上海古籍出版社 2023 年版,第 211 页。
② 《原诗笺注·内篇下》,上海古籍出版社 2023 年版,第 208 页。
③ 《原诗笺注·内篇下》,上海古籍出版社 2023 年版,第 211 页。
④ 薛雪撰:《一瓢诗话·跋》,丁福保辑:《清诗话》,上海古籍出版社 1999 年版,第 716 页。
⑤ 《一瓢诗话》,《清诗话》,上海古籍出版社 1999 年版,第 679 页。

文与书法一理，具得胸襟，人品必高。人品既高，其一謦一欬，一挥一洒，必有过人处。"①人品是创作主体所必须，他说："作诗与著书一理。有其德而无其位，有其道而无其权，著之可也。"②薛雪疏解"格"，亦及于人品。他说："格有品格之格，体格之格。体格一定之章程，品格自然之高迈。品高虽被绿蓑青笠，如立万仞之峰，俯视一切；品低即拖绅搢笏，趋走红尘，适足以夸耀乡间而已。所以品格之格与体格之格，不可同日而语。"③品格更重于体格。其"品格"，又不局限于德性修养，且包括宏阔的视野，这自然含有深湛的学术根基。在薛雪看来，"人品"乃第一要义。他说："著作以人品为先，文章次之，安可将'不以人废言'为借口？"④若儒者为己之学，薛雪认为诗人亦当作为己之诗，这同样源诸作者之人品。他说："好诗好文，自是吾人分内之事，如居官之廉洁，妇人之贞节，为人子之孝友，一一皆分内之事，何必矜夸，以形人短？"⑤

与此相关，薛雪也与李贽、屠隆等人一样，认为性情决定诗歌的风格与品格。他说："豪快人诗必潇洒，敦厚人诗必庄重，倜傥人诗必飘逸，疏爽人诗必流丽，寒涩人诗必枯瘠，丰腴人诗必华赡，拂郁人诗必凄怨，磊落人诗必悲壮，豪迈人诗必不羁，清修人诗必峻洁，谨敕人诗必严整，猥鄙人诗必委靡。此天之所赋，气之所禀，非学之所至也。"⑥从风格多样性角度侧面破斥了拟古派标举的格法准则，以各各抒写胸襟为旨归。

其次，关于诗法。薛雪主张自然与诗法的统一，秉承了叶燮论诗的辩证思维精神。他说："《易》云：'风行水上，涣。'乃天下之大文也。起伏顿挫之中，尽抑扬反覆之义，行乎所当行，止乎所当止。一波一澜，各有自然之妙，不为法转，亦不为法缚。"⑦薛雪一方面喜好触景而得的自然之作。他说："平生最爱随笔纳忠触景垂戒之作，如：'昨日到城郭，归

---

① 《一瓢诗话》，《清诗话》，上海古籍出版社 1999 年版，第 679 页。
② 《一瓢诗话》，《清诗话》，上海古籍出版社 1999 年版，第 691 页。
③ 《一瓢诗话》，《清诗话》，上海古籍出版社 1999 年版，第 695 页。
④ 《一瓢诗话》，《清诗话》，上海古籍出版社 1999 年版，第 696 页。
⑤ 《一瓢诗话》，《清诗话》，上海古籍出版社 1999 年版，第 701 页。
⑥ 《一瓢诗话》，《清诗话》，上海古籍出版社 1999 年版，第 708 页。
⑦ 《一瓢诗话》，《清诗话》，上海古籍出版社 1999 年版，第 694 页。

来泪满巾。遍身绮罗者,不是养蚕人。'……一日大雨中,小儿不倚自扫叶庄遣人至城,天色未曙,云:为蚕稠叶尽,急不能待。遂为作札,遍扣友朋,了不可得。乃书一绝示之曰:'衔泥觅叶为蚕忙,到处园林叶尽荒。今日始知蚕食苦,不应空著绮罗裳。'并非蹈袭前人,却指一时实事。"①同时亦重诗法技法。他说:"篇中炼句,句中炼字,炼得篇中之意工到,则气韵清高深渺,格律雅健雄豪,无所不有,能事毕矣。"②薛雪论诗的辩证思维还体现在他对蕴藉与气魄的统一及其对平淡的认识之中,他说:"诗重蕴藉,然要有气魄。无气魄,决非真蕴藉。诗重清真,尤要有寄托。无寄托,便是假清真。有寄托者,必有气魄。无气魄者,漫言寄托。犹之有性情不可无学问,有学问乃能见性情,二者原不单行。"③对于平淡,薛雪同样充满着辩证色彩,他说:"文贵清真,诗贵平澹,若误认疏浅为清真,何怪以拙易为平淡。伤千古文士之心,破四海诗人之颊,惟此为最。"④在薛雪看来,诗臻平淡,最重要的是诗人当具深厚的学殖。他对明人叶秉敬(字敬君)所言深为认同。他说:"三衢叶敬君云:'不读《三百篇》,不足以澹诗之渊源;不读五千四十八卷,不足以入诗之幻化;不穷尽《十三经》,不足以闳诗之作用。今人作诗,于前数书宵不接目,第曰:'吾观《选》诗而已,唐诗而已。'与村儿读《千家诗》何异?'千古快论。"⑤从儒典(《十三经》)到佛藏(五千四十八卷),都是诗之幻化、闳诗之必需,而绝非仅仅依凭古诗资源为师习内容。这与明代七子派所依傍的《沧浪诗话》所谓"诗有别才"之说迥然有异。也正因为如此,他别解严羽之说,认为别才乃别裁之误。与此相关,薛雪论诗歌创作时,亦重精思锤炼。他说:"属思久之,诗思渐集,又当淘汰尽情,然后炼成一首,自无可议。"⑥

最后,关于品鉴。薛雪主张以平允的态度品评诗文。他说"诗文无

① 《一瓢诗话》,《清诗话》,上海古籍出版社1999年版,第697—698页。
② 《一瓢诗话》,《清诗话》,上海古籍出版社1999年版,第703页。
③ 《一瓢诗话》,《清诗话》,上海古籍出版社1999年版,第693页。
④ 《一瓢诗话》,《清诗话》,上海古籍出版社1999年版,第707页。
⑤ 《一瓢诗话》,《清诗话》,上海古籍出版社1999年版,第706页。
⑥ 《一瓢诗话》,《清诗话》,上海古籍出版社1999年版,第708页。

定价,一则眼力不齐,嗜好各别;一则阿私所好,爱而忘丑",①认为"从来偏嗜最为小见"②。这是其依循自然性理而得,他说"殊不知天地赋物,飞潜动植,各有一性,何莫非两间生气以成此",论诗者亦应如此,"理有固然,无容执一"③。薛雪对前人的诗作亦持平允理性的态度。一方面,推赞前人佳作,盛赞杜诗"如溟渤,无流不纳;如日月,无幽不烛;如大圆镜,无物不现。"④另一方而,也迳言古人诗歌中的不足,他说:"古人收韵有极不妥处,如'落霞更在夕阳西'之类,宋人最多。因其句子单薄,浅人认为清拔,忘其韵之与本句相戾也。"⑤品鉴之中,学殖因素隐然可寻,辩证思维贯注始终。

《一瓢诗话》虽然篇幅不长,但精审允洽。其中表现出的诗学观念体现了其深湛的《易》学精神,颇具从容气象,辩证色彩。

三、沈德潜

沈德潜(1673—1769),字确士,号归愚,江苏长洲(今江苏苏州)人。乾隆进士,曾任内阁大学士兼礼部侍郎。有《沈归愚诗文全集》《说诗晬语》等,编有《古诗源》《唐诗别裁集》《明诗别裁集》《清诗别裁集》等。

沈德潜科场蹭蹬,中进士时已经 67 岁。由编修历官至礼部侍郎,受到乾隆眷宠,乃至乾隆将自己的诗集请其修改润色,且言"朕与德潜以诗始,亦以诗终"。⑥ 这种独特的经历,使得其诗作"平正而乏精警,有规格法度而少真气,袭盛唐之面目,绝无出奇生新"⑦。但正如明人王世贞"自运多不如其所评"⑧一样,沈德潜的诗论亦稍胜于创作。

沈德潜的诗论深受叶燮的影响。叶燮言诗重源流正变,重温柔敦厚。沈德潜亦步趋其说,且论说不及叶燮系统,因此,学界对沈德潜诗

---

① 《一瓢诗话》,《清诗话》,上海古籍出版社 1999 年版,第 687 页。
② 《一瓢诗话》,《清诗话》,上海古籍出版社 1999 年版,第 685 页。
③ 《一瓢诗话》,《清诗话》,上海古籍出版社 1999 年版,第 685—686 页。
④ 《一瓢诗话》,《清诗话》,上海古籍出版社 1999 年版,第 714 页。
⑤ 《一瓢诗话》,《清诗话》,上海古籍出版社 1999 年版,第 697 页。
⑥ 宋如林修,石韫玉纂:《(道光)苏州府志》卷一百一《文苑六》,清道光四年刻本。
⑦ 朱庭珍撰:《筱园诗话》卷二,《沈德潜诗文集·附录四》,人民文学出版社 2011 年版,第 2233 页。
⑧ 《屠隆集》第八册《鸿苞集》卷十七《论诗文》,浙江古籍出版社 2012 年版,第 443 页。

论的评价颇多异议。沈德潜晚岁得帝王"知遇之隆,从古诗人所未有"①,自树坛坫,与袁枚等人争雄于一时,尤其是所选之《古诗源》、唐、明、清诗《别裁》,风行天下,誉之者谓其"独标心印,诚谈艺家之金丹大药也"②,乃至以"托塔天王"③尊之。贬之者谓:"文悫之教近于摹拟,规格有余,性灵稍乏,为论以肆排挤,固自趋于旁轨,以贻有识者讥而不觉耳。"④"本朝诗学,沈归愚坏之,体貌粗具,神理全无。动以别裁自命,浅学之士,为其所劫,遂至千篇一律,万喙雷同。"⑤所著《说诗晬语》二卷,推论历代风雅源流颇多。平实论之,沈德潜选诗论诗平正理性,使学者有轨辙可循。其时,沈氏于诗坛,"如老鹤一鸣,喧啾俱寂;瑶琴一鼓,瓦缶无声。"⑥蔚为诗家广大教主,与其涵容众说、论说允洽、得乎中庸的气象,且负朝野众望的身份有关。

首先,溯流别,标正宗。沈德潜所尚与清代中期的诗坛状况有关。清代诗坛宗唐宗宋,沈德潜跳出了这一窠臼。云:"'不读唐以后书',固李北地欺人语。然近代人诗,似专读唐以后书矣。又或舍九经而征佛经,舍正史而搜稗史小说,且但求新异,不顾理乖。"⑦沈德潜论诗古体宗汉魏,近体宗盛唐,而溯其源。自《诗经》、屈《骚》、汉、晋、三唐,而迄于明代,以和平敦厚得性情之正为宗。云:"诗至有唐为极盛,然诗之盛,非诗之源也。"他以观水为喻,"至观海止矣,然由海而溯之,近者为九河,其上为泽水,为盟津,又其上由积石以至昆仑之源。"沈德潜对于明代复古派的认识,认为其病之根在于不能上穷诗之源:"有明之初,承宋元遗习。自李献吉以唐诗振,天下靡然从风;前后七子互相羽翼,彬彬称盛。然其敝也,株守太过,冠裳土偶,学者咎之,由守乎唐而不能上穷

① 袁枚撰,顾学颉校点:《随园诗话》卷九,人民文学出版社 1982 年版,第 293 页。
② 郑方坤原编,马俊良删订,杨扬点校:《国朝名家诗钞小传》卷四《竹啸轩诗钞小传》,《三百年来诗坛人物评点小传汇录》,中州出版社 1986 年版,第 262 页。
③ 舒位撰:《乾嘉诗坛点将录》,《沈德潜诗文集·附录四》,人民文学出版社 2011 年版,第 2231 页。
④ 王豫撰:《群雅集》,《沈德潜诗文集·附录四》,人民文学出版社 2011 年版,第 2231 页
⑤ 文廷式撰:《琴风余谭》,《沈德潜诗文集·附录四》,人民文学出版社 2011 年版,第 2234 页。
⑥ 沈德潜著,周淮编:《明诗别裁集》卷三《李东阳》,上海古籍出版社 2013 年版,第 75 页。
⑦ 沈德潜著,潘务正、李言编辑点校:《沈德潜诗文集·说诗晬语》卷下,人民文学出版社 2011 年版,第 1971 页。

其源。"①他的结论是"则唐诗者,宋、元之上流;而古诗,又唐人之初祖也"。②

对于明代诗坛,亦以正声为主脉,品置分判。对其风雅流变概貌,他说:"洪武之初,刘伯温之高格,并以高季迪、袁景文诸人,各逞才情,连镳并轸。然犹存元纪之余风,未极隆时之正轨。永乐以还,体崇台阁,骫骳不振。弘、正之间,献吉、仲默,力追雅音,庭实、昌谷,左右骖靳,古风未坠。余如杨用修之才华,薛君寀之雅正,高子业之冲淡,俱称斐然。于鳞、元美,益以茂秦,接踵曩哲。虽其间规格有余,未能变化,识者咎其鲜自得之趣焉;然取其菁英,彬彬乎大雅之章也。自是而后,正声渐远,繁响竞作:公安袁氏、竟陵钟氏、谭氏,比之自郐无讥。盖诗教衰,国祚亦为之移矣。此升降盛衰之大略也。"③其中,对于后七子以及公安袁氏的评价与钱牧斋的门户意气之论迥异其趣。循正统,尊雅道,贱俚俗,持论平正,允为史家手笔。

沈德潜溯源别流,标举正宗的诗学旨趣,其途径之一是遴选历代诗作。他认为选择之责甚大,云:"使后人心目有所准则而不惑者,唯编诗者责矣。""而诗教之衰,未必不自编诗者遗之也。夫编诗者之责,能去郑存雅,而误用之者,转使人去雅而群趋乎郑,则分别去取之间,顾不重乎!"④他选诗以温柔敦厚之旨为归。数量虽然较钱牧斋《列朝诗选》,朱竹垞《明诗综》,只及十之二三。但较唐殷璠《河岳英灵集》、高仲武《中兴间气集》则又与数为多。目的与牧斋、竹垞以备一代之掌故不同,而惟取诗品之高。与殷璠、高仲武只操一律以绳众人不同,而"惟祈合乎温柔敦厚之旨,不拘一格也"。⑤

对诸家明诗选本,沈德潜亦有些许允论:"编明诗者,陈卧子《皇明诗选》,正德以前,殊能持择;嘉靖以下,形体徒存。钱受之《列朝诗选》,于青丘、茶陵外,若北地、信阳、济南、娄东,概为指斥;且藏其所长,录其

---

① 《沈德潜诗文集·归愚文钞》卷十一《古诗源序》,人民文学出版社 2011 年版,第 1300 页。
② 《沈德潜诗文集·归愚文钞》卷十一《古诗源序》,人民文学出版社 2011 年版,第 1300—1301 页。
③ 《沈德潜诗文集·归愚文钞》卷十一《明诗别裁集序》,人民文学出版社 2011 年版,第 1304 页。
④ 《沈德潜诗文集·归愚文钞》卷十一《唐诗别裁集序》,人民文学出版社 2011 年版,第 1302 页。
⑤ 《沈德潜诗文集·归愚文钞》卷十一《国朝诗别裁集序》,人民文学出版社 2011 年版,第 1305 页。

所短，以资排击。而于二百七十余年中，独推程孟阳一人。而孟阳之诗，纤词浮语，只堪争胜于陈仲醇诸家。此犹舍丹砂而珍溲勃，贵筝琶而贱清琴，不必大匠国工始知其诬妄也。国朝朱锡鬯《明诗综》所收三千四百余家，泯门户之见，存是非之公，比之受之，用心判别。然备一代之掌故，匪示六义之指归，良楛正闰，杂出错陈，学者将问道以亲风雅，其何道之由？"①其中，对钱谦益选列朝诗诋谋甚烈，直斥其诬妄不实，这是诚谨平和的沈德潜鲜见的怒目之论。虽然所谓"舍丹砂而珍溲勃，贵筝琶而贱清琴"轻重雅俗之论稍嫌偏执之外，多理性客观，为诗家普遍认同。

　　其次，尊诗道与写性情的统一。沈德潜期期以尊奉诗道为本，这也是其溯诗源的根本动因。何谓诗道，他说："诗之为道，可以理性情、善伦物、感鬼神、设教邦国、应对诸侯，用如此其重也。"②又说："诗之为道也，以微言通讽谕，大要援此譬彼，优游婉顺，无放情竭论，而人裴徊自得于意言之余。'三百'以来，代有升降，旨归则一也，惟夫后之为诗者，哀必欲涕，喜必欲狂，豪则纵放，而戚若有亡，粗厉之气胜，而忠厚之道衰，其于诗教，日以偾矣。"③亦即诗歌的社会功能，而教化又是其核心。因此，"诗之道"亦可视为诗教。事实上，沈德潜往往将其混用，如他在历述诗道演变过程时云："至有唐而声律日工，托兴渐失，徒视为嘲风雪、弄花草、游历燕衎之具，而'诗教'远矣。"遂有这样的感叹："学者但知尊唐而不上穷其源，犹望海者指鱼背为海岸，而不自悟其见之小也。"④不难看出，沈德潜虽论诗尊唐，但诗道仍需溯源古诗，这主要是恪守儒家传统使其然，同时还与其期以诗坛振兴，而从诗道方面凌越三唐的目的有关，云："今虽不能竟越三唐之格，然必优柔渐渍，仰沂风雅，诗道始尊。"⑤他别裁历代诗歌，目的亦在于读者明乎诗教本原，他说："然备一代之诗，取其宏博，而学诗者沿流讨源，则必寻究其指归。何者？

①《沈德潜诗文集》卷十一《明诗别裁集序》，人民文学出版社 2011 年版，第 1304 页。
②《沈德潜诗文集·说诗晬语》卷上，人民文学出版社 2011 年版，第 1908 页。
③《沈德潜诗文集·归愚文钞》卷十一《施觉庵考功诗序》，人民文学出版社 2011 年版，第 1314 页。
④《沈德潜诗文集·说诗晬语》卷上一，人民文学出版社 2011 年版，第 1908 页。
⑤《沈德潜诗文集·说诗晬语》卷上一，人民文学出版社 2011 年版，第 1908 页。

人之作诗,将求诗教之本原也。"①因此,在沈德潜看来,赋诗以敦行诗教,即是诗人之旨,他称赞时人施觉庵的诗作时说:"和顺以发情,微婉以讽事,比兴以定则。其体渊渊,其风泠泠,味之澹澹,而炙之温温,读者不自觉静其志气,而调其性情也。是可谓诗人之旨也已。"②可见,尊诗道与写性情,在沈德潜看来是一体共存的。这同时也是释读古人诗歌时应秉持的原则。如,他对注杜的种种牵合附会,遮蔽杜诗固有审美意象的诗坛状况甚为不满,他说:"窃见向时读杜诸家,贪多者矜奥博,事必泛引,语必揣摩,甚或伪造典故,以实其说,而一二钩奇喜新之士,意主穿凿,辞务支离,即寻常景物,亦必牵涉风刺,附会忠孝,而诗之天趣亡焉。"③这种"天趣",是诗人自然抒写性情的审美境界。

诗写性情,是沈德潜论诗溢出其格调、诗教的矩矱的重要内容。如,他说:"诗之真者在性情,不在格律辞句间也。"④诗写性情,是古代杰出诗人作品传诸后世的根本原因,他说:"古人之书,必有不可腐坏渐灭者,使人据以为知人论世之实。如读李太白诗,如见其芥视六合;读杜子美诗,如见其忧时爱国;读韩退之诗,如见其怜才若渴,与世龃龉;读苏子瞻诗,如见其不合时宜,风流尔雅。即下至贾岛、马戴、魏野、真山民之流,无不有性情面目存乎其间。苟其人无君形者存,而断断焉求工于章句,彼其所求者,非必不工也,然欲使后世读其书想见其为人,吾恐性情面目隐而不见也久矣。"⑤他指出明代诗坛七子流弊,即在于"期乎苟同",而忽视了诗人"性情境地"各各不同,他说:"夫诗道之坏,在性情境地之不问,而务期乎苟同。前明中叶,李献吉、何大复以复古倡率天下,天下靡然从风,家北地而户信阳。于是土苴文绣詾册。当时咎学李、何者,并李、何而咎之。后济南、娄东,绍述李、何,天下皆王、李也。公安、竟陵,掊击王、李,天下皆二袁、钟、谭也。苟同之弊,必至于此。"⑥

①《沈德潜诗文集·归愚文钞》卷十一《唐诗别裁集序》,人民文学出版社 2011 年版,第 1301 页。
②《沈德潜诗文集·归愚文钞》卷十一《施觉庵考功诗序》,人民文学出版社 2011 年版,第 1314 页。
③《沈德潜诗文集·归愚文钞》卷十一《杜诗偶评》,人民文学出版社 2011 年版,第 1302—1303 页。
④《沈德潜诗文集·归愚文钞》卷十三《南园倡和诗序》,人民文学出版社 2011 年版,第 1352 页。
⑤《沈德潜诗文集·归愚文钞》卷十三《东隅兄诗序》,人民文学出版社 2011 年版,第 1337 页。
⑥《沈德潜诗文集·归愚文钞》卷十二《王东溆柳南诗草序》,人民文学出版社 2011 年版,第 1329—1330 页。

因为本乎性情，沈德潜乃至有诗乃发乎自然之论："世之专以诗名者，谈格律，整队仗，校量字句，拟议声病，以求言语之工。言语亦既工矣，而么弦孤韵，终难当夫作者。惟先有不可磨灭之概，与挹注不尽之源蕴于胸中，即不必求工于诗，而纵心一往，浩浩洋洋，自有不得不工之势。无他，工夫在诗外也。"①乃至有"诗贵以自然为宗，以奇变为用也"。②

尽管如此，沈德潜论及诗之性情、诗之自然仍然不忘以人伦纲常为约束，他说："诗之自然，关乎性情。性不挚，情不深，不能自然也。然挚性深情，惟笃于伦物者有之。"③这是"品端行完"、深蒙主眷的沈德潜的诗论宿命。

再次，才、学、法。沈德潜论诗，除了重诗教之外，还兼重才、趣、法、气、格、学诸范畴，涵蕴广大，冲融平和。他说："古来论诗家，主趣者有严沧浪，主法者有方虚谷，主气者有杨伯谦，主格者有高廷礼，而近代朱竹垞则主乎学。之五者，均不可废也。然不得才以运之，恐趣非天趣，法非活法，气非浩气，格非高格，即学亦徒见其汗漫丛杂，而无所归。盖诗之为道，人与天兼焉。而趣而法而气而格而学，从乎人者也；而才，则本乎天者也。人可强而天不可强，故从来以诗鸣者，随其所长，俱可自见；而诗人中之称才人者，古今来只数余人，相望于天地之间。"④沈德潜认为，才乃天运，非后天习得，他尤以天纵之才李白为证："然青莲之诗，非可学而至也。青莲负旷世才，有浩然之气，识郭汾阳于患难中，视高将军辈如鼠子。故其为诗，落想天外，局自变生，此由天授，而不关人力者。然后之为诗者，亦必负旷世才，有浩然之气，而后发而为言，不求合而自然吻合。彼舍神理袭形似，沾沾焉以率易狂纵求之，去青莲远矣。"⑤

但沈德潜所谓才，与严羽所谓"诗有别才"之"才"又有不同。严羽之"别才"，"非关学也"。沈德潜则颇重"学"的作用，并援李、杜为证，

①《沈德潜诗文集·归愚文钞》卷十二《缪少司寇诗序》，人民文学出版社 2011 年版，第 1318 页。
②《沈德潜诗文集·归愚文钞余集》卷一《练江诗钞序》，人民文学出版社 2011 年版，第 1528 页。
③《沈德潜诗文集·归愚文钞余集》卷三《卞培基诗序》，人民文学出版社 2011 年版，第 1570 页。
④《沈德潜诗文集·归愚文钞》卷十二《李玉洲太史诗序》，人民文学出版社 2011 年版，第 1326 页。
⑤《沈德潜诗文集·归愚文钞》卷十四《许竹素诗序》，人民文学出版社 2011 年版，第 1355 页。

云："古人无不学之诗。李太白旷世逸才也,而其始读书匡山,至十有九年;杜少陵自言所得云:'读书破万卷,下笔如有神。'知古人所以神明其业者,未有不从强学而得者也。"①学识可宏阔诗人襟抱,进而创作出真诗,即如同星宿之海,万源涌出;土膏既厚,春雷一动,万物发生。当然,古来臻此境界者,"屈大夫以下,数人而已"。②

沈德潜虽然与明代七子派一样论诗尊唐诗、重格调,但目的并不相同。明代七子派意在纠矫台阁体的高华及宋元以来的卑弱诗风,而沈德潜则是由盛唐而追溯风雅传统,承绪儒家诗教。因此,沈德潜对严羽的态度与七子派稍有不同。他认为,"诗有别才"之说乃是诗道失坠的重要原因,云:"自严沧浪有'诗有别才,非关学也'之语,而误用其说,遂以空疏鄙倍之辞时形简牍,而原本载籍者罕焉。其去诗道日以远矣,故诗虽超诣之难,而尤不根柢于学之足患。"③但沈德潜又反对作诗溺于学,他说:"作诗谓可废学,持严仪卿'诗有别才'之说而误用之者也。而反其说者,又谓诗之为道,全在征实,于是融洽贯串之弗讲,而剿猎僻书,纂组繁缛以夸奥博,若人挟类书一部,即可以诗人自诩者。究之驳杂支离,锢其灵明,愈征实而愈无所得。"④一如其既尊诗道,又反对动辄牵涉风刺,附会忠孝,泯没诗之天趣。不难看出,沈德潜既兼及学与才,又以才为第一义。这显示了其对诗学特征的持守。

对于法,沈德潜说:"诗贵性情,亦须论法。乱杂而无章,非诗也。然所谓法者,行所不得不行,止所不得不止,而起伏照应,承接转换,自神明变化于其中;若泥定此处应如何,彼处应如何,不以意运法,转以意从法,则死法矣。试看天地间水流云在、月到风来,何处著得死法?"⑤不难看出,沈氏之法,几与东坡《答谢民师书》中所论异世同符。苏轼云:"大略如行云流水,初无定质,但常行于所当行,常止于不可不止。文理自然,姿态横生。"⑥沈氏所谓"活法",实乃以自然为法,以性情自身抒发

---

① 《沈德潜诗文集·归愚文钞》卷十三《许双渠抱山吟序》,人民文学出版社2011年版,第1344页。
② 《沈德潜诗文集·说诗晬语》卷上,人民文学出版社2011年版,第1910页。
③ 《沈德潜诗文集·归愚文钞》卷十三《许双渠抱山吟序》,人民文学出版社2011年版,第1344页。
④ 《沈德潜诗文集·归愚文钞》卷十二《汪荼圃诗序》,人民文学出版社2011年版,第1328页。
⑤ 《沈德潜诗文集·说诗晬语》卷上,人民文学出版社2011年版,第1910页。
⑥ 《明成化本东坡七集·后集》卷十四《答谢民师书》,国家图书馆出版社2019年版,第114页。

的逻辑为法，以无法为法。

最后，尊唐而不废宋，尚格调而求变化。清代康熙年间，诗坛因纠宗唐之弊而起的宗宋之风渐盛，尤其是被吴人奉为不祧之祖的汪琬，中年以后以剑南、石湖为宗。但其偏宕流弊又因之而起。这几乎又承因了明代唐宋诗争衡的矫激之风。对此，沈德潜的态度较为理性客观。虽然沈德潜多为时人视为崇盛唐而斥宋诗，然这一祈向只是相对的，沈德潜对于唐宋诗多为平允之论。一方面，沈德潜视唐诗为正轨，称"诗至有唐，菁华极盛，体制大备"①，且极尊李杜，云："太白想落天外，局自变生，大江无风，涛浪自涌，白云卷舒，从风变灭，此殆天授，非人力也。"②"少陵歌行，如建章之宫，千门万户；如巨鹿之战，诸侯皆从壁上观，膝行而前，不敢仰视；如大海之水，长风鼓浪，扬泥沙而舞怪物，灵蠢毕集，与太白各不相似，而各造其极，后贤未易追逐。"③另一方面，他又分别指出李杜之不足：谓太白："集中《笑矣乎》《悲来乎》《怀素草书歌》等作，开出浅率一派，王元美称为'百首以后易厌'，此种是也。"④对杜甫也说"夔州以后，比之扫残毫颖，时带颓秃"。⑤ 同时，他还认为唐虽为诗之盛，而非诗之源，批评唐诗云："至有唐而声律日工，托兴渐失，徒视为嘲风雪、弄花草，游历燕衍之具，而诗教远矣。"⑥既承认其"有优柔和平、顺成和动之音"，又指出其"有志微噍杀、流僻邪散之响"。⑦ 对宋诗，沈德潜虽然总体评价不高，认为其有"卑靡""近腐"之不足，对吴中诗坛几乎"家至能（范成大）而户务观（陆游）"的现象表示不满，但他对宋人苏轼也甚为推崇，云："苏子瞻胸有洪炉，金银铅锡，皆归镕铸。其笔之超旷，等于天马脱羁，飞仙游戏，穷极变幻，而适如意中所欲出，韩文公后，又开辟一境界也。元遗山云：'只知诗到苏黄尽，沧海横流却是谁？'嫌其有破坏唐体之意，然正不必以唐人律之。"⑧所谓"正不必以唐人律

① 沈德潜撰：《唐诗别裁集·凡例》，上海古籍出版社 2013 年版，第 1 页。
② 《沈德潜诗文集·说诗晬语》卷上，人民文学出版社 2011 年版，第 1937 页。
③ 《沈德潜诗文集·说诗晬语》卷上，人民文学出版社 2011 年版，第 1937 页。
④ 《沈德潜诗文集·说诗晬语》卷上，人民文学出版社 2011 年版，第 1937 页。
⑤ 《沈德潜诗文集·说诗晬语》卷上，人民文学出版社 2011 年版，第 1937 页。
⑥ 《沈德潜诗文集·说诗晬语》卷上，人民文学出版社 2011 年版，第 1908 页。
⑦ 《唐诗别裁集·原序》，上海古籍出版社 2013 年版，第 1 页。
⑧ 《沈德潜诗文集·说诗晬语》卷下，人民文学出版社 2011 年版，第 1950—1951 页。

之",意在标举宋诗自有不同于唐诗的偏胜处。他还对欧阳修、黄庭坚、朱熹多有褒评。尤其是屡屡称叹宋人诗歌的风骨。如,称朱熹五言诗"不必崭绝凌厉,而意趣风骨自见,知为德人之音"。黄庭坚、陈师道的诗虽"神理未浃",但"风骨犹存"①。轻贱宋诗者往往因宋诗有议论之病。对此,沈德潜则不以为然,云:"人谓诗主性情,不主议论,似也,而亦不尽然。试思二《雅》中何处无议论? 杜老古诗中,《奉先咏怀》《北征》《八哀》诸作,近体中《蜀相》《咏怀》《诸葛》诸作,纯乎议论。"②沈德潜对于唐诗的取径也远比王士禛宽广。他说:"司空表圣云:'不著一字,尽得风流。''采采流水,蓬蓬远春。'严沧浪云:'羚羊挂角,无迹可求。'苏东坡云:'空山无人,水流花开。'王阮亭本此数语,定《唐贤三昧集》。"又说"杜少陵云:'鲸鱼碧海。'韩昌黎云:'巨刃摩天。'惜无人本此定诗。"③对高适、岑参、王昌龄、李颀、韩愈、刘禹锡、白居易等人多有褒评。于含蓄蕴藉之外,对于具有雄奇豪迈、风骨凛然的作品,或遇事托讽,表现忠君爱国主题的诗人评价甚高。其取径与视阈,远较明代的七子派宽广。

基于唐宋诗的这一态度,沈德潜对明代诗人的品评也多持中理性,不偏不激。如,对王世贞既肯定其具有卓荦的天分与学殖,"乐府古体,卓尔成家;七言近体,亦规大方",同时也指出其"锻炼未纯,且多酬应牵率之态"。对李攀龙既批评其拟古诗"临摹已甚,尺寸不离,固足招诋諆之口",其流弊更体现在"不可句读者追从之",因此,"那得不受人讥弹?"④同时也肯定其"七言近体,高华矜贵,脱去凡庸,正使金沙并见,自足名家",认为"过于回护与过于掊击,皆偏私之见耳"。⑤

沈德潜以倡格调称著于诗坛,这种格调是与其所尚的诗教相联系的由徐纡婉曲的声韵体式传达出的美学效果。读者可通过吟诵体贴而得:"诗以声为用者也,其微妙在抑扬抗坠之间。读者静气按节,密咏恬吟,觉前人声中难写、响外别传之妙,一齐俱出。"⑥就此而论,他认为

---

① 《沈德潜诗文集·说诗晬语》卷下,人民文学出版社 2011 年版,第 1951 页。
② 《沈德潜诗文集·说诗晬语》卷下,人民文学出版社 2011 年版,第 1971 页。
③ 《沈德潜诗文集·说诗晬语》卷下,人民文学出版社 2011 年版,第 1978 页。
④ 《沈德潜诗文集·说诗晬语》卷上,人民文学出版社 2011 年版,第 1923 页。
⑤ 《沈德潜诗文集·说诗晬语》卷下,人民文学出版社 2011 年版,第 1958 页。
⑥ 《沈德潜诗文集·说诗晬语》卷上,人民文学出版社 2011 年版,第 1909 页。

《骚》体声气自然,而唐人斤斤于对偶平仄,有伤气韵,云:"《骚》体有《少歌》。……盖言之不足,故长言之;长言之不足,故反复咏叹之也。汉人五言兴而音节渐亡;至唐人律体兴,第用意于对偶平仄间,而意言同尽矣。求其余情动人,何有哉?"①他视苏李诗为五言之祖,就是因为其是真情款款、意长神远、声韵谐和的杰出者:"苏李诗言情款款,感寤具存,无急言竭论,而意自长,神自远,使听者油油善入,不知其然而然也,是为五言之祖。"②在沈德潜看来,因乎自然韵律,顿挫变化,方臻文章妙境:"'三百篇'中,四言自是正体。然诗有一言,如《缁衣》篇'敝'字、'还'字,可顿住作句是也;有二言……短以取劲,长以取妍,疏密错综,最是文章妙境。"③又说:"汉五言一韵到底者多,而《青青河边草》一章,一路换韵,联折而下,节拍甚急,而'枯桑知天风'二语,忽用排偶承接,急者缓之,是神化不可到境界。"④

沈德潜的诗论,错综众说而以诗教为本,在突出诗歌社会功能的同时,对诗学进行了诸多细致入微的体贴,较理性地对前贤诗作进行评述。以名工巨卿手操诗坛选政,扩大了诗歌受众,同时也扩大了其诗论的影响。

第六节　郑燮、袁枚、赵翼、洪亮吉、潘德舆

当乾嘉之学盛行之际,新的思想萌芽亦在潜滋暗长,诗坛诸家交相辉映,斗艳争奇。而这一时期的江苏文人堪称诗坛主角,他们以各自不同的诗学理论为清代诗学思想的繁荣作出了贡献,尤其卓荦者以时间为序,分别是郑燮、袁枚、赵翼、洪亮吉、潘德舆。

一、郑燮

郑燮(1693—1765),字克柔,号理庵,又号板桥。江苏兴化人,乾隆

①《沈德潜诗文集·说诗晬语》卷上,人民文学出版社 2011 年版,第 1921 页。
②《沈德潜诗文集·说诗晬语》卷上,人民文学出版社 2011 年版,第 1924 页。
③《沈德潜诗文集·说诗晬语》卷上一三,人民文学出版社 2011 年版,第 1912 页。
④《沈德潜诗文集·说诗晬语》卷上五三,人民文学出版社 2011 年版,第 1925—1926 页。

元年（1736 年）进士，官山东范县知县，调潍县。后因赈灾触忤官员而罢免。晚年客居扬州。郑燮善诗，其"诗词皆别调"，工书画，人以"三绝"称之，为"扬州八怪"之一。诗歌言情述事，悱恻动人。不拘体格，兴至则成。推重杜甫，风格近于香山、放翁。有《板桥全集》。

如果说明代后期出现的泰州学派从百姓日用的角度申说了儒学的基本理念，以保身为格物，从百姓的现实关切中实现了儒学的平民化。郑板桥则直承乡贤之神脉，将泰州学派的平民精神注入艺术理想与实践之中。平民，乃是艺术表现与服务的第一诉求，他说："我想天地间第一等人，只有农夫，而士为四民之末。"①即使是"士"，也要做一个真名士，他在致其弟的尺牍中有这样谆谆之诫："古人云：'诸葛君真名士。''名士'二字，是诸葛才当受得起。近日写字作画，满街都是名士，岂不令诸葛怀羞，高人齿冷？"②他要以艺术"用以慰天下之劳人"。尚真绌伪，乃是其实现艺术理想的途径。基于这样的艺术旨趣，郑板桥的文学思想在内容与形式上都呈现了卓异之处。

首先，重"社稷生民之计""国家兴废得失"的文学经世宗旨。郑板桥曾自评其诗时，有这样深切的省察："古人以文章经世，吾辈所为，风月花酒而已。逐光景，慕颜色，嗟困穷，伤老大，虽刳形去皮，搜精抉髓，不过一骚坛词客尔，何与于社稷生民之计，《三百篇》之旨哉？"③文学"何与于社稷生民之计"，是郑燮体悟的《三百篇》之旨，也是其孜孜以求的理想。为此，他以此为绳尺，以大小乘为喻，衡古论今：

> 文章有大乘法，有小乘法。大乘法易而有功，小乘法劳而无谓。《五经》《左》《史》《庄》《骚》、贾、董、匡、刘、诸葛武乡侯、韩、柳、欧、曾之文，曹操、陶潜、李、杜之诗，所谓大乘法也。理明词畅，以达天地万物之情，国家兴废得失之故。读书深、养气足，恢恢游刃有余地矣。六朝靡丽，徐、庾、江、鲍、任、沈，小乘法也。取青配紫，用七谐三，一字不合，一句不酬，撚断黄须，翻空二西。究何与于圣

---

① 卞孝萱、卞岐编：《郑板桥全集》卷七《范县署中寄舍弟墨第四书》，凤凰出版社 2012 年版，第 244 页。
② 《郑板桥全集》卷七《潍署中寄舍弟墨第五书》，凤凰出版社 2012 年版，第 254 页。
③ 《郑板桥全集》卷八《后刻诗序》，凤凰出版 2012 年版，第 269 页。

贤天地之心，万物生民之命？凡所谓锦绣才子者，皆天下之废物也，而况未必锦绣者乎？此真所谓劳而无谓者矣。①

郑燮之"文章"，大致等同于文学："无论时文、古文、诗歌、词赋，皆谓之文章。"②郑燮所体认的"大小乘"文学，往往"一门之内，大小殊轨"。"曹之丕、植，萧之统、绎，皆有公子秀才气，小乘也。老瞒《短歌行》，萧衍《河中之水》歌，勃勃有英气，大乘也。"③同一作家，作品亦有大小乘之别。如，司马相如虽多为大乘之作，但亦有"以其逞词华而媚合"而入于小乘者。李商隐总体乃小乘作家，但亦有体现"人心世道之忧"的《重有感》《韩碑》等当列于大乘的作品。历史上一些并置而称的作家，在郑燮看来，实有高下之别："青莲多放逸，而不切事情。飞卿叹老嗟卑，又好为艳冶荡逸之调。虽李、杜齐名，温、李合噪，未可并也。"④郑燮以表现国家兴亡、黎民疾苦为衡鉴诗人、诗作的标准，决定了其对忧民爱物的诗人杜甫的推崇。杜诗之"高绝千古"主要在于其"一种忧国忧民，忽悲忽喜之情"，以及状写宗庙邱墟、关山劳戍之苦的现实精神，这从其诗题中即可看出："少陵诗高绝千古，自不必言，即其命题，已早据百尺楼上矣。通体不能悉举，且就一二言之：《哀江头》《哀王孙》，伤亡国也；《新婚别》《无家别》《垂老别》《前后出塞》诸篇，悲戍役也；《兵车行》《丽人行》，乱之始也；《达行在所》三首，庆中兴也；《北征》《洗兵马》，喜复国望太平也。……其题如此，其诗有不痛心入骨者乎！"⑤

在儒学天道人性相贯通的文化背景之下，郑燮认为，达乎民情，乃是圣贤代天地而发之正声。因此，在杜甫看来，"圣贤天地之心"是与"万物生民之命"相贯通的。尝云："忧国忧民，是天地万物之事。"⑥真正关心民瘼的诗人，可与诸圣贤之列，他说："文章动天地，百族相绸缪，天地不能言，圣贤为咙喉。"与其相反，他痛斥雕章琢句，徒事藻饰，表现文

---

① 《郑板桥全集》卷八《与江昱江恂书》，凤凰出版社 2012 年版，第 255 页。
② 《郑板桥全集》卷七《潍署中寄舍弟墨第五书》，凤凰出版社 2012 年版，第 252 页。
③ 《郑板桥全集》卷八《与江昱江恂书》，凤凰出版社 2012 年版，第 256 页。
④ 《郑板桥全集》卷八《与江昱江恂书》，凤凰出版社 2012 年版，第 256 页。
⑤ 《郑板桥全集》卷七《范县署中寄舍弟墨第五书》，凤凰出版社 2012 年版，第 245 页。
⑥ 《郑板桥全集》卷九《板桥后序》，凤凰出版社 2012 年版，第 301 页。

人无聊情志的作品，谓其："雕饰金翠稠，口读《子虚赋》，身著貂锦裘。佳人二八侍，明星灿高楼。名酒黄羊羹，华灯水晶球。偶然一命笔，币帛千金收。歌钟连戚里，诗句钦王侯。浪膺才子称，何与民瘼求。"与其迥然有异的则是杜甫的诗歌："所以杜少陵，痛哭何时休！秋寒室无絮，春雨耕无牛。娇儿乐岁饥，病妇长夜愁。推心担贩腹，结想山海陬。衣冠兼盗贼，征戍杂累囚。"①

郑燮文学思想的现实情怀还表现为对政治环境之于文学的影响。如，《文章》诗云："唐明皇帝宋神宗，翰苑青莲苏长公。千古文章凭际遇，燕泥庭草哭秋风。"②

其次，以"直摅血性""沉着痛快"为尚。清代前期在诗坛深厌王李之肤廓、钟谭之纤仄之时，王士禛标举神韵，扬扢风雅，推本司空图味在酸咸之外以及严羽以禅喻诗之旨，以清远古澹相标榜，但也受到了时人赵执信的批评，谓其"诗中无人""言与心违"。继起者沈德潜标举格调，崇仰风雅传统，阐扬了儒家诗学的理想主义精神，但过于强调"诗外别有事在"的政治伦理原则，且以传统的"温柔敦厚"为尚，这往往会遮蔽诗人的真实情感。郑板桥生当沈德潜为文坛领袖之时，所尚的艺术表现手法与审美取向与王士禛、沈德潜迥然有异。他将作者分为三类：英雄、名士、小儒。作品的表现方式亦各有不同："英雄何必读书史，直摅血性为文章；不仙不佛不贤圣，笔墨之外有主张，纵横议论析时事，如医疗疾进药方。名士之文深莽苍，胸罗万卷杂霸王，用之未必得实效，崇论闳议多慨慷。雕镌鱼鸟逐光景，风情亦足喜且狂。小儒之文何所长，抄经摘史饾饤强。玩其词华颇赫烁，寻其义味无毫芒。弟颂其师客谈说，居然拔帜登词场。初惊既鄙久萧索，身存气盛名先亡。"③"直摅血性"，是其赋诗为文的最高标准。崇尚"沉着痛快"的抒写方式，反对刻意为艺术而艺术，他说："文章以沉着痛快为最，《左》《史》《庄》《骚》、杜诗、韩文是也。间有一二不尽之言，言外之意，以少少许胜多多许者，是他一枝一节好处，非六君子本色。而世间娖娖纤小之夫，专以此为能，

---

① 《郑板桥全集》卷三《偶然作》，凤凰出版社 2012 年版，第 99 页。
② 《郑板桥全集》卷一《文章》，凤凰出版社 2012 年版，第 58 页。
③ 《郑板桥全集》卷一《偶然作》，凤凰出版社 2012 年版，第 5 页。

谓文章不可说破，不宜道尽，遂訾人为刺刺不休。夫所谓刺刺不休者，无益之言，道三不着两耳！至若敷陈帝王之事业，歌咏百姓之勤苦，剖析圣贤之精义，描摹英杰之风猷，岂一言两语所能了事？岂言外有言、味外有味者，所能秉笔而快书乎？吾知其必目昏心乱、颠倒拖沓，无所措其手足也。王孟诗原有实落不可磨灭处，只因务为修洁，到不得李杜沉雄，司空表圣自以为得味外味，又下于王孟一二等。至今之小夫，不及王孟司空万万，专以意外言外，自文其陋，可笑也。"①郑燮之沉着痛快，并不是雄奇的审美风格，而是秉笔快书的抒写方式，是因应诗坛流连风云月露，第以"不著一字，尽得风流"为极则的审美趣味而发。他崇尚自然抒写，隐然承绪了晚明文学传统，云："作文勉强为，荆棘塞喉齿。乃兴勃发处，烟云拂满纸。"②称赞"涂抹古是非，排挞世欢喜。抽思云影外，造语石骨里"③的作品。主张文章当具真气。他说："愚谓本朝文章，当以方百川制艺为第一，侯朝宗古文次之。"即方苞与侯方域之作，与当时众多的"歌诗辞赋，扯东补西，拖张拽李"，拾古人唾余，无真气的作品迥然不同。而方又高于侯一席，云："百川时文精粹湛深，抽心苗，发奥旨，绘物态，状人情，千回百折而卒造乎浅近。朝宗古文标新领异，指画目前，绝不受古人羁绁，然语不遒，气不深，终让百川一席。"④他以"吾辈笔阵凌云烟，扫空氛翳铺青天"⑤为自得，赞叹"大哉侯生诗，直达其肺腑，不为古所累，气与意相辅"⑥的作品。基于这样的艺术理想，他对于抒写真我著称的徐渭的剧作《四声猿》推尊甚至，云："忆予幼时，行匣中唯徐天池《四声猿》、方百川制艺二种，读之数十年，未能得力，亦不撒手，相与终焉而已。"⑦并对世人读《牡丹亭》而不读《四声猿》殊为不解。

基于艺术为生民之利的根本宗旨，郑燮反对沉浸在一己精神世界中模山范水的诗风，他说："若王摩诘、赵子昂辈，不过唐、宋间两画师

① 《郑板桥全集》卷七《潍县署中寄舍弟墨第五书》，凤凰出版社2012年版，第253页。
② 《郑板桥全集》卷一《赠胡天游弟》，凤凰出版社2012年版，第34页。
③ 《郑板桥全集》卷一《赠胡天游弟》，凤凰出版社2012年版，第34页。
④ 《郑板桥全集》卷七《潍县署中寄舍弟墨第五书》，凤凰出版社2012年版，第252—253页。
⑤ 《郑板桥全集》卷一《赠潘桐冈》，凤凰出版社2012年版，第27页。
⑥ 《郑板桥全集》卷一《赠国子学正侯嘉璠弟》，凤凰出版社2012年版，第34页。
⑦ 《郑板桥全集》卷七《潍县署中寄舍弟墨第五书》，凤凰出版社2012年版，第253页。

耳！试看其平生诗文,可曾一句道著民间痛痒?"他将其与此前的经世大臣房、杜、姚、宋以及此后的范、富、欧阳进行比较,谓其乃"门馆才情,游客伎俩,只合剪树枝、造亭榭、辨古玩、斗茗茶,为扫除小吏作头目而已,何足数哉"。① 作品应是作家性灵的自然流溢,而非雕肝琢肾,步趋前人。认为学者当自树其帜,云:"凡作文者,当作主子文章,不可作奴才文章也。"②《赠潘桐冈》:"作文必欲法前古,婢作夫人徒自苦。"诗写真情,艺写个性。"去毛折项葫芦熟,豁齿蓬头婢仆真"③之肖像可见诸诗,书则"字作神禹钟鼎文,杂以蝌蚪点浓漆。怪迂荒幻性所钟,妥贴细腻学之谵"④以自喜。

作为诗书画卓绝一时的艺术家,郑燮深谙艺术规律,基于对艺术灵感的深切体检,他说:"十日不能下一笔,闭门静坐秋萧瑟。忽然兴至风雨来,笔飞墨走精灵出。"⑤

再次,学求精简,诗求精妙。当神韵说受到赵执信等人的批评而渐至消歇之后,诗坛又出现了以学问自炫、饾饤琐屑、堆砌故实的风气。郑燮所谓"抄经摘史饾饤强,玩其词华颇赫烁"的"小儒之文",便是因此而发。郑燮的排拒则从读书的精与博入手,而以精为要。他对过目成诵不以为然,认为《史记》"以《项羽本纪》为最,而《项羽本纪》中,又以巨鹿之战、鸿门之宴、垓下之会为最",值得反复诵观,可欣可泣者,"在此数段耳"。⑥ 相反,对《史记》篇篇都读,字字都记,"岂非没分晓的钝汉"?对魏晋至唐宋时期的"风云月露之辞,悖理伤道之作","常恨不得始皇而烧之"。⑦ 对于众多卷册浩繁的典籍,郑板桥斥之为"犹苍蝇声耳,岂得为日月经天,江河行地哉"? 教其弟读书,"《四书》之上有《六经》,《六经》之下有《左》《史》《庄》《骚》、贾、董策略,诸葛表彰,韩文、杜诗而已。只此数书,终身读不尽,终身受用不尽。"⑧

---

① 《郑板桥全集》卷七《潍县署中寄舍弟墨第五书》,凤凰出版社 2012 年版,第 253—254 页。
② 《郑板桥全集》卷六《板桥先生印册》,凤凰出版社 2012 年版,第 225 页。
③ 《郑板桥全集》卷一《送都转运卢公》,凤凰出版社 2012 年版,第 41 页。
④ 《郑板桥全集》卷一《又赠牧山》,凤凰出版社 2012 年版,第 40 页。
⑤ 《郑板桥全集》卷一《又赠牧山》,凤凰出版社 2012 年版,第 40 页。
⑥ 《郑板桥全集》卷七《潍县署中寄舍弟墨第一书》,凤凰出版社 2012 年版,第 247 页。
⑦ 《郑板桥全集》卷七《焦山别峰庵雨中无事书寄舍弟墨》,凤凰出版社 2012 年版,第 238 页。
⑧ 《郑板桥全集》卷七《焦山别峰庵雨中无事书寄舍弟墨》,凤凰出版社 2012 年版,第 238 页。

郑燮讥讽"读书必欲读五车,胸中撑塞如乱麻。作文必欲法前古,婢学夫人徒自苦"①的习读与创作。他还形象地讽刺苦读而丧失自我主体精神的现象,云:"读书数万卷,胸中无适主,便如暴富儿,颇为用钱苦。"②

对于作品,郑燮也以精为尚,对于冗沓的文化垃圾,他迳欲焚之,诗云:"闻说东村万首诗,一时烧去更无遗。板桥居士重饶舌,诗到烦君并火之。"③求精,是郑燮的艺术追求,自云:"可以终岁不作,不可以一字苟吟。"④所作当"沉著痛快,刻骨镂心,为世所传诵"。⑤郑燮的这一学问与艺术的追求,与当时卖弄故实以炫博的诗风迥异其趣。

最后,以词论诗。以诗论诗早在《诗经》中已初露端倪,至杜甫《戏为六绝句》诗论诗之风之后,以诗论诗,能将独创的审美意象与诗歌品评结合在一起,成为文人表达诗学审美理想,进行诗学批评的重要形式之一。宋代以文为诗、以议论为诗,诗风的变化为论诗诗的流行拓展了广阔的空间。其后,以诗论诗蔚成风气,梅尧臣、苏轼、黄庭坚、杨万里、陆游、元好问、袁枚、翁方纲等都有各具特色的论诗诗传世。比较而言,借倚声之词以论诗则殊为鲜见。而郑燮则"自树其帜""不苟同俗","自出眼孔,自竖脊骨",⑥以词论诗,其《贺新郎·述诗二首》云:

> 诗法谁为准,统千秋姬公手笔,尼山定本。八斗才华曹子建,还让老瞒苍劲,更五柳先生澹永。圣哲奸雄兼旷逸,总自裁本色留深分,一快读,分伦等。　　唐家李杜双峰并,笑纷纷诗奴诗丐,诗魔诗鸩。王孟高标清彻骨,未免规方略近,似顾步骅骝未骋。怪杀《韩碑》扬巨斧,学昌黎险语排生硬,便突过,昌黎顶。

> 经世文章要,陋诸家裁云镂月,标花宠草。纵使风流夸一世,不过闲中自了,那识得周情孔调?《七月》《东山》千古在,恁描摹琐

---

①《郑板桥全集》卷一《赠潘桐冈》,凤凰出版社2012年版,第27页。
②《郑板桥全集》卷一《赠国子学正侯嘉璠弟》,凤凰出版社2012年版,第34页。
③《郑板桥全集》卷二《寄题东村焚诗二十八字》,凤凰出版社2012年版,第64页。
④《郑板桥全集》卷七《范县署中寄舍弟墨第五书》,凤凰出版社2012年版,第246页。
⑤《郑板桥全集》卷七《潍县寄舍弟墨第三书》,凤凰出版社2012年版,第250页。
⑥《郑板桥全集》卷七《范县署中寄舍弟墨第三书》,凤凰出版社2012年版,第243页。

细民情妙,画不出,《豳风》稿。　　文关国运犹其小,剖鸿濛清宁厚薄,直通奥突。寒暑阴阳多殄忒,笔底回旋不少,莫认作书生谈笑。回首少年游冶习,采碧云红豆相思料,深愧杀,杜陵老。①

　　由于以诗论诗因篇幅以及韵语的限制,因此,论诗诗的成熟形态多为组诗。郑燮的论诗词也两首共成一组。同时,在词牌的选择上,也采取了双调一百十六字的《贺新郎》,增加了作品的容量。郑燮的两首论诗词作,既标示了承传儒家诗学正统的祈向,以"姬公手笔,尼山定本"为的,即其所谓"诗学三人,老瞒夕焉,少陵为后,姬旦为先"②,将周公、曹操与杜甫并置,显示了作者强烈的经世情怀。"圣哲奸雄兼旷逸",体现了与同时期沈德潜道德至上迥异的论诗取向。"经世文章要",是其标示诗法准则的核心理念。唐诗李杜双峰并峙,王孟虽有清彻高标,但亦有"规方略近"之憾。第二首则以"经世文章"为标准,批评了裁云镂月、标花宠草的闲中自了之作,不识周情孔调的经世精神。郑燮推尊《诗经》《豳风》中《七月》《东山》。清人方玉润说《七月》一篇:"所言皆农桑稼穑之事,非躬亲陇亩久于其道者,不能言之亲切有味也如是。"又说:"天下淳风,无过农民,此《七月》之诗所以必居变风之末者也。"③《东山》的作者有争议,《毛序》谓"周公东征三年而归,劳归士,大夫美之,故作是诗也"。④ 崔述《丰镐考信录》则说:"细玩其词,乃归士自叙其离合之情耳。"⑤而清人方玉润认为,此诗乃"周公东征凯还以劳归士之诗"。且曰:"非公曲体人情,勤恤民隐,何能言之亲切如此?"⑥参诸郑燮所谓"姬公手笔",显然视《东山》为周公所作的"描摹琐细民情妙"的作品。第二首下阕郑燮总结了文学关乎国运,了解远古历史真相的价值,并为年少轻狂,未能步趾杜陵诗学传统而深深忏悔。不难看出,郑燮寥寥二百余言的二首论诗词作,包含了丰厚的内涵,不啻是文学思想的精要概

---

① 《郑板桥全集》卷五《贺新郎·述诗二首》,凤凰出版社 2012 年版,第 148—149 页。
② 《郑板桥全集》卷二《署中示舍弟墨》,凤凰出版社 2012 年版,第 85 页。
③ 方玉润撰,李先耕点校:《诗经原始》卷之八,中华书局 1986 年版,第 303—304 页。
④ 毛亨传,郑玄笺,陆德明音义,孔祥军点校:《毛诗笺》,中华书局 2018 年版,第 198 页。
⑤ 崔述撰:《丰镐考信录》卷四,清嘉庆二十二年道光二年陈履和递刻本。
⑥ 《诗经原始》卷之八,中华书局 1986 年版,第 320 页。

括。作者以词学独特的韵味，将文学观念融入了音韵谐和的艺术形式，化成别样的审美意象，简要鲜明地传达了作者淑世文学理想。

二、袁枚

袁枚（1716—1797），字子才，号简斋，又号随园老人、仓山居士，浙江钱塘（今浙江杭州）人，性灵派的盟主。乾隆四年（1739 年）进士，选庶吉士。后改知县江南，历溧水、江浦、沭阳，后调江宁。乾隆十九年（1754 年）辞官，卜居于南京小仓山随园，以诗文自娱，优游山水，广交名流，成为诗坛领袖，世称"随园先生"。诗歌与赵翼、蒋士铨齐名，号称"江右三大家"。著有《小仓山房诗文集》《随园诗话》《子不语》《续诗品》等。

袁枚以"性灵说"称著于当时的诗坛，诚如蒋子潇所说："乾隆中诗风最盛，几于户曹刘而人李杜，袁简斋独倡性灵之说，江南北靡然从之。"①郭绍虞谓之"'笔阵横扫千人军'，在当时，整个的诗坛上似乎只见他的理论，其他的作用，其他主张，都成为他的败鳞残甲"。② 但是，袁枚去世后受到了诸多批评，尤其以章学诚、焦循为最。殊异之褒贬，角度不同，内含有别，但不啻是袁枚昭著影响的遮表二诠。袁枚的文学思想主要体现在以下几个方面。

首先，诗论冲和特征及其与诸流派的异同。袁枚虽然有不为时俗认同的行谊，但诗文理论较之于行谊更加冲和融通，不矫不激。这在《续诗品》中得到了明显体现，《续诗品》篇制虽简，但有一毛见骥、片爪窥龙之效，杨复吉《续诗品跋》云："今读三十二品，而《小仓山房全集》可概见矣。"③如，《戒偏》："抱杜尊韩，托足权门；苦守陶韦，贫贱骄人。偏则成魔，分唐界宋。霹雳一声，邹鲁不哄。江海虽大，岂无潇湘！突夏自幽，亦须庙堂。"④因此，他反对门户与攻排诋呵之习，云："前明门户之

① 蒋湘南撰：《游艺录》，袁枚撰，王英志编纂校点《袁枚全集新编》第二十册《袁枚评论资料》，浙江古籍出版社 2015 年版，第 34 页。
② 郭绍虞：《中国文学批评史》，上海古籍出版社 1979 年版，第 566 页。
③ 杨复吉撰：《续诗品跋》，袁枚撰，郭绍虞辑注《续诗品注·附录》，人民文学出版社 1963 年版，第 185 页。
④ 袁枚撰，郭绍虞辑注：《续诗品注·戒偏》，人民文学出版社 1963 年版，第 177 页。

习,不止朝廷也,于诗亦然。当其盛时,高杨张徐,各自成家,毫无门户。一传而为七子,再传而为钟、谭,为公安,又再传而为虞山,率皆攻排诋呵,自树一帜,殊可笑也。凡人各有得力处,各有乖谬处,总要平心静气,存其是而去其非。"①再如,关于师古与著我的关系,他说:"不学古人,法无一可。竟似古人,何处著我! 字字古有,言言古无。吐故吸新,其庶几乎! 孟学孔子,孔学周公,三人文章,颇不相同。"②

对此前主流诗派的评骘、同时期诗学流派的辩论,是袁枚诗学思想呈现的重要途径。袁枚出生于王士祯卒后数年,神韵说在清代诗坛已产生巨大影响。袁枚对神韵有较平允理性的评价,他作诗谓渔洋:"清才未合长依傍,雅调如何可诋娸。我奉渔洋如貌执,不相菲薄不相师。"③又云:"本朝古文之有方望溪,犹诗之有阮亭:俱为一代正宗,而才力自薄。近人尊之者,诗文必弱,诋之者,诗文必粗。"④对阮亭的评价持正冲和,与其对沈德潜、浙诗派的指斥迥然不同,这缘于袁枚性灵说与神韵说存在着内在的联系,对此,他在《再答李少鹤》中云:"足下论诗,讲体格二字固佳,仆意神韵二字尤为要紧。体格是后天空架子,可仿而能;神韵是先天真性情,不可强而至。"⑤而"真性情"正是其性灵说的核心内容。与神韵说重感悟相似,袁枚在《续诗品》中亦列有"神悟"一品:"鸟啼花落,皆与神通。人不能悟,付之飘风。惟我诗人,众妙扶智。但见性情,不著文字。宣尼偶过,童歌沧浪。闻之欣然,示我周行。"⑥明乎此,我们便不难理解其对王士祯有允正之评了。

当时诗坛影响最大的是沈德潜的格调说,袁枚对沈德潜有这样的记述:"同试鸿词科,同举京兆,同登进士,同入词馆者,余平生得二人焉。其一为归愚尚书,其一为书山庶子。尚书以诗名,而先生以说经

---

① 《随园诗话》卷一,人民文学出版社 1982 年版,第 2 页。
② 《续诗品注·著我》,人民文学出版社 1963 年版,第 176 页。
③ 《随园诗话》卷二,人民文学出版社 1982 年版,第 48 页。
④ 《随园诗话》卷二,人民文学出版社 1982 年版,第 48 页。
⑤ 袁枚撰,王英志编纂校点:《袁枚全集新编》第十五册《小仓山房尺牍》卷十《再答李少鹤》,浙江古籍出版社 2015 年版,第 233 页。
⑥ 《续诗品注·神悟》,人民文学出版社 1963 年版,第 171 页。

闻。"①同时,在《答沈大宗伯论诗书》及《再与沈大宗伯书》中,对沈氏格调说提出异议,并申述了自己的诗学观念。其核心是不以宗唐宗宋为畦界,主张诗歌当通达随适,以抒写性情为归,而无古今之辨,云:

> 诗有工拙,而无今古。自葛天氏之歌至今日,皆有工有拙,未必古人皆工,今人皆拙。即《三百篇》中,颇有未工不必学者,不徒汉、晋、唐、宋也。今人诗有极工极宜学者,亦不徒汉、晋、唐、宋也。然格律莫备于古,学者宗师,自有渊源。至于性情遭际,人人有我在焉,不可貌古人而袭之,畏古人而拘之也。今之莺花,岂古之莺花乎? 然而不得谓今无莺花也。今之丝竹,岂古之丝竹乎? 然而不得谓今无丝竹也。天籁一日不断,则人籁一日不绝。孟子曰:"今之乐,犹古之乐。"乐即诗也。唐人学汉、魏,变汉、魏,宋学唐变唐。其变也,非有心于变也,乃不得不变也。使不变,则不足以为唐,不足以为宋也。子孙之貌,莫不本于祖父,然变而美者有之,变而丑者有之。若心禁其不变,则虽造物有所不能。先生许唐人之变汉、魏,而独不许宋人之变唐,惑也。②

袁枚巧妙地通过生物的自然传衍规律,并以丝竹的生物属性及其诗乐一体的历史史实,得出了诗歌因时而迁流,"若心禁其不变,则虽造物有所不能"的结论。

比较而言,袁枚斥责宗宋的浙派诗的态度更加显豁,尤以对浙派施谦的批评最为峻烈。而批评的依据同样是诗本性情,云:"足下见仆《答沈宗伯书》,不甚宗唐,以为大是。蒙辱诐言,欲相与昌宋诗以立教。嘻,子之惑,更甚于宗伯,仆安得无言。夫诗,无所谓唐、宋也。唐、宋者,一代之国号耳,与诗无与也。诗者,各人之性情耳,与唐、宋无与也。若拘拘焉持唐、宋以相敌,是子之胸中有已亡之国号,而无自得之性情,于诗之本旨已失矣。"③又云:"来书极言唐诗之弊,故以学宋为解。所陈

① 袁枚著,周本淳标校:《小仓山房诗文集》卷十一《叶书山庶子日下草序》,上海古籍出版社 1988 年版,第 1400 页。
②《小仓山房诗文集》卷十七《答沈大宗伯论诗书》,上海古籍出版社 1988 年版,第 1502 页。
③《小仓山房诗文集》卷十七《答施兰垞论诗书》,上海古籍出版社 1988 年版,第 1506 页。

诸弊,仆不以病唐人,乃以病吾子。"他将尊宋与陆王之弊相联系。云:"程、朱流弊,不过迂拘;陆、王之弊,一再传而奸猾窜焉。其弊大,故其教不昌。唐诗之弊,子既知之矣;宋诗之弊,而子亦知之乎?不依永,故律亡;不润色,故采晦。又往往叠韵如虾蟆繁声,无理取闹。或使事太僻,如生客阑入,举座寡欢。其他禅障理障,廋词替语,皆日远夫性情。病此者,近今吾浙为尤。"①

不难看出,袁枚对于格调派及浙诗派的评骘,是基于诗写性情之本旨,以破斥唐宋畛界为聚焦点。唐、宋畛界的途径,在于诗人具"识",他说:"作诗有识,则不徇人,不矜己,不受古欺,不为习囿。杜称多师为师,《书》称主善为师。自唐、虞以来,百千名家,皆同源异流,一以贯之者也,何暇取唐、宋国号而扰扰焉分界于胸中哉?"②具此识,便能从容去取前人的成果,善学前人,需"生迹"而不可"循迹",不可以"袭",他说:"夫人臣之不可不皋、夔也,犹诗之不可不唐音也。学皋、夔者,衣以其衣,冠以其冠,戞击而拜扬焉,其皋、夔乎?学唐音者,习其趋慢,声其句读,终日管弦铿锵,其唐音乎?善学皋、夔者,莫如周、召;然其诗无喜起明良一字也。善学周、召者,莫如吉甫、奚斯,然其诗无《卷阿》《东山》一字也。后世王朗学华子鱼,学之愈肖,而离之逾远。此其故可深长思矣。明七子学唐用宫调,而专摩初、盛,故多疵焉;新城学唐兼角羽,而旁及中、晚,故少疵焉。然皆庄子所谓循迹者也,非能生迹者也。"③

其次,性灵说。袁枚以"性灵说"称著于诗坛,但与明代同样以性灵称著于诗坛的袁宏道一样,对其内涵鲜有正面诠说,但通过袁枚的一些论述,我们还是可以推知其意蕴,如他说:"人有满腔书卷,无处张皇,当为考据之学,自成一家。其次,则骈体文,尽可铺排,何必借诗为卖弄?自《三百篇》至今日,凡诗之传者,都是性灵,不关堆垛。惟李义山诗,稍多典故;然皆用才情驱使,不专砌填也。"④性灵与典实无关,是诗歌具有恒久艺术魅力的根本原因。如此等等。

①《小仓山房诗文集》卷十七《答兰垞第二书》,上海古籍出版社 1988 年版,第 1507—1508 页。

②《小仓山房诗文集》卷十七《答兰垞第二书》,上海古籍出版社 1988 年版,第 1508 页。

③《小仓山房诗文集》卷十《高文良公味和堂诗序》,上海古籍出版社 1988 年版,第 1374 页。

④《随园诗话》卷五,人民文学出版社 1982 年版,第 146 页。

性灵首先与诗歌的内容有关。对此,袁枚有一些清晰的表述,他认为诗具写景与言情两题,云:"诗家两题,不过'写景、言情'四字。我道:景虽好,一过目而已忘;情果真时,往来于心而不释。孔子所云'兴观群怨'四字,惟言情者居其三。若写景,则不过'可以观'一句而已。"①他又说:"凡作诗,写景易,言情难。何也? 景从外来,目之所触,留心便得;情从心出,非有一种芬芳悱恻之怀,便不能哀感顽艳。然亦各人性之所近:杜甫长于言情,太白不能也。永叔长于言情,子瞻不能也。王介甫、曾子固偶作小歌词,读者笑倒,亦天性少情之故。"②显然,这样的论说取向与晚明文人之所尚有明显不同。晚明文人推崇东坡,乃至有"东坡临御"的形象表述。但袁枚认为太白、子瞻无言情之质。袁枚为何有这样的判断,当与其对"情"的理解有关。他这里所说的"情"是"一种芬芳悱恻之怀",而非疏放。这既是由其性灵说的内涵所决定的,又与其儒家诗学传统有关。他的言情还结合孔子"兴观群怨"进行诠说,这也是得出"杜甫长于言情"的根本原因。当然,袁枚所言之情,申述最多的是男女之情,即其所谓"情所最先,莫如男女"③。

当然,袁枚论述最多的还是诗写性情。如,他说:"见其面,不如见其诗。何也? 面,形骸也;诗,性情也。性情得而形骸可忘。"④他还将诗本乎性情追溯到诗言志的传统,云:"千古善言诗者,莫如虞、舜,教夔典乐曰:'诗言志。'言诗之必本乎性情也。"⑤

但性情并不等于性灵。性情是宋明理学讨论的重要范畴,因此,这一诗学范畴深植于儒学根基。但性灵则不同,诚如法式善所说:"随园论诗专主性灵。余谓性灵与性情,相似而不同远甚。门人鲍鸿起文逴辩之尤力,尝云:'取性情者,发乎情止乎礼义,而泽之以风骚,汉、魏、唐、宋大家,俾情文相生,辞意兼至,以求其合。'若易'情'为'灵',凡天事稍优者,类皆枵腹可办,由是街谈俚语,无所不可,荒秽轻薄,流弊将

---

① 《随园诗话补遗》卷十,人民文学出版社 1982 年版,第 819—820 页。

② 《随园诗话》卷六,人民文学出版社 1982 年版,第 183 页。

③ 《小仓山房诗文集》卷三十《答蕺园论诗书》,上海古籍出版社 1988 年版,第 1802 页。

④ 《小仓山房诗文集》卷二十八《童二树诗序》,上海古籍出版社 1988 年版,第 1761 页。

⑤ 《随园诗话》卷三,人民文学出版社 1982 年版,第 90 页。

不可胜言矣。"①法式善是从贬斥的角度来认识袁枚性灵说的,他认为症结在于易"情"为"灵",遂而为街谈俚语、荒秽轻薄留下了余地。其说未必持正公允,但其将"性""灵"分判,诚为理解袁枚诗学思想的有效路径。事实上,论者亦多循此而论。如,郭绍虞有这样的描述:"假使说'性'近于实感,则'灵'便近于想象。""假使说'性'是情的表现,则'灵'便是才的表现,而随园诗论也可说是情与才的综合。""假使说'性'近于韵,则'灵'便是才的表现,而随园诗论也可说是情与才的综合。""假使说'性'近于韵,则'灵'便近于趣,而随园诗论又可说是韵与趣的综合。""因此,由情与韵的表现则重在真;由才与趣的表现则重在活,重在新。""看到他'真'与'活'和'新'的意义,然后知道他的性灵说,处处在这几点阐发。"②

　　论解袁枚的性灵说,自然当与晚明袁宏道论性灵相比较。与晚明文人论性灵多带有深厚的佛学学殖明显不同。如,屠隆说:"佛为出世法,用以练养性灵。"③"写性灵者佛祖来印,骋意气者道人指呵。"④显然,其"性灵"之论,主要渊源于佛学。对于袁枚的诗文理论,郭绍虞先生敏锐地发现了颜李学派的程绵庄之于袁枚思想的影响。但这种影响主要限于论文的一面。而袁枚诗、文论面貌颇多殊异。就论诗而言,似乎有得于阳明的痕迹更为清晰。同时,与袁宏道标举的"不拘格套,独抒性灵"明显有别。晚明文人的性灵之论多体现为一统合范畴,那么,袁枚之"性"与"灵"存在着相对独立的意蕴。袁枚谈诗论文屡屡引据阳明,如其尚真绌伪之论即引阳明、顾炎武之说以证之。对阳明著述极其熟悉,如曾作《曾诰言郜鉴王阳明文集述郭璞语皆与正史不符》⑤。因此,袁枚所论之"性"承绪阳明"性""心"同质路径的可能甚大。对于"诗"与"心"的关系,《续诗品·斋心》云:"诗如鼓琴,声声见心。心为人籁,诚中形外。我心清妥,语无烟火。我心缠绵,读者泫然。禅偈非佛,

---

① 法式善撰:《梧门诗话》卷四,清稿本。

②《中国文学批评史》,上海古籍出版社 1979 年版,第 568—570 页。

③《屠隆集》第六册《佛法金汤》上,浙江古籍出版社 2012 年版,第 585 页。

④《屠隆集》第六册《娑罗馆清言》卷下,浙江古籍出版社 2012 年版,第 550 页。

⑤ 详见《袁枚全集新编》第十四册《随园随笔》卷二十三《不符类》,浙江古籍出版社 2015 年版,第 448 页。

理障非儒。心之孔嘉，其言蔼如。"①诗与心，是"诚中显外"的关系，亦即"性"或"心"是诗所表现的内容。对于"灵"，当具有多维度的意蕴，如可以《空行》显之，《续诗品·空行》："钟厚必哑，耳塞必聋。万古不坏，其惟虚空。诗人之笔，列子之风。离之愈远，即之弥工。仪神黜貌，借西摇东。不阶尺水，斯名应龙。"②虚空方可"借西摇东"，为灵动提供场域。"灵"当是鲜活、自然的，而与拘执死板相对，其《品画》诗云："品画先神韵，论诗重性情。蛟龙生气尽，不如鼠横行。""灵"当为才情突出者所秉，具有风趣的审美特征。他服膺杨诚斋所谓"风趣专写性灵，非天才不办"。③批评"今人浮慕诗名而强为之，既离性情，又乏灵机"④。因是之故，袁枚所说的"性灵"是与笃实的考据之学迥异其趣的，他说："余向读孙渊如诗，叹为奇才。后见近作，锋芒小颓，询其故，缘逃入考据之学故也。孙知余意，乃见赠云：'等身书卷著初成，绝地通天写性灵。我觉千秋难第一，避公才笔去研经。'"⑤但袁枚认为诗、学虽有有情无情、糟粕精英之别，但又不可摒弃学殖，其《续诗品·博习》："万卷山积，一篇吟成。诗之与书，有情无情。钟鼓非乐，舍之何鸣？易牙善烹，先羞百牲。不从糟粕，安得精英！曰'不关学'，终非正声。"⑥与"灵"相联系，他认为学诗者当以具"心虚"之质，云："作诗如鼓琴然，心虚则声和，心窒则声滞。未有靳拳胶目，仡仡自贤，而能学诗者也。"⑦与其相关，袁枚认为，作为诗之源的性情，以"清冽"为上，云："伊尹论百味之本，以水为始。夫水，天下之至无味者也，何以治味者，取以为先？盖其清冽然，其淡泊然，然后可以调甘酛，加群珍，引之于至鲜，而不病其腐腐。诗之道亦然。性情者，源也；词藻者，流也。源之不清，流将焉附？迷途乘骥，愈速愈远。此古人所以有清才之重也。"⑧

与性灵诗学相关，袁枚尤重诗人有别于史家的"才"与"情韵"，云：

①《续诗品注·斋心》，人民文学出版社1963年版，第167页。
②《续诗品注·空行》，人民文学出版社1963年版，第162页。
③《随园诗话》卷一，人民文学出版社1982年版，第2页。
④《小仓山房诗文集》卷二十八《钱玙沙先生诗序》，上海古籍出版社1988年版，第1754页。
⑤《随园诗话》卷十六，人民文学出版社1982年版，第553页。
⑥《续诗品注·博习》，人民文学出版社1963年版，第147页。
⑦《小仓山房诗文集》卷十《龚旭开诗序》，上海古籍出版社1988年版，第1390页。
⑧《小仓山房诗文集》卷三十一《陶怡云诗序》，上海古籍出版社1988年版，第1843页。

"作诗如作史也,才、学、识三者,宜兼,而才为尤先。造化无才,不能造万物;古圣无才,不能制器尚象;诗人无才,不能役典籍,运心灵。才之不可已也,如是夫!"①才盛方可运心灵,使诗人的情感现诸审美的形式。袁枚尤重诗人才、学、识兼融一体,创作出情韵悠长的审美形象,云:"余尝谓作诗之道,难于作史,何也?作史三长,才、学、识而已。诗则三者宜兼,而尤贵以情韵将之。所谓弦外之音,味外之味也。"②对于才与情的关系,他说:"夫才者情之发,才盛则情深;风者韵之传,风高则韵远。"③

袁枚高倡诗本性情,同时他又注重诗歌的艺术形式,重视词采,《续诗品·振采》云:"明珠非白,精金非黄。美人当前,烂如朝阳。虽抱仙骨,亦由严妆。匪沐何洁,非熏何香。西施蓬发,终竟不臧。若非华羽,曷别凤皇。"④乃至袁枚又得出了这样的悖论:"盖至亲无文,诗固言之文者也。不文,不可以为诗;文,则不可以为子。两者相背而驰。故从来画家无画天者,挽诗无挽父者。"⑤

最后,文论。袁枚对文的功能殊为崇佑,要求更为严格。他说:"枚尝核诗宽而核文严。何则?诗言志,劳人思妇,都可以言,《三百篇》不尽学者作也。后之人虽有句无篇,尚可采录。若夫始为古文者,圣人也。圣人之文而轻许人,是诬圣也。《六经》,文之始也,降而《三传》,而两汉,而六朝,而唐、宋,奇正骈散,体制相诡,要其归宿无他,曰顾名思义而已。名之为文,故不可俚也;名之为古,故不可时也。古人惧焉,以昌黎之学之才,而犹自言其迎而距之之苦,未有绝学捐书,而可以操觚率尔者。"⑥在袁枚看来,文与圣道相关,而绝非劳人思妇可言。这是基于其古代文道合一的历史而言的。他说:"文章始于《六经》,而范史以说经者入《儒林》,不入《文苑》,似强为区分。然后世史家俱仍之而不变,则亦有所不得已也。大抵文人恃其逸气,不喜说经。而其说经者,

---

① 《小仓山房诗文集》卷二十八《蒋心余藏园诗序》,上海古籍出版社 1988 年版,第 1757 页。
② 《小仓山房诗文集》卷二十八《钱竹初诗序》,上海古籍出版社 1988 年版,第 1761 页。
③ 《小仓山房诗文集》卷三十一《李红亭诗序》,上海古籍出版社 1988 年版,第 1974 页。
④ 《续诗品注·振采》,人民文学出版社 1963 年版,第 156 页。
⑤ 《小仓山房诗文集》卷十八《与某刺史书》,上海古籍出版社 1988 年版,第 1522 页。
⑥ 《小仓山房诗文集》卷十九《与邵厚庵太守论杜茶村文书》,上海古籍出版社 1988 年版,第 1544 页。

又曰：吾以明道云尔，文则吾何屑焉？自是而文与道离矣。不知《六经》以道传，实以文传。《易》称修词，《诗》称词辑，《论语》称为命至于讨论修饰，而犹未已，是岂圣人之溺于词章哉？盖以为无形者道也，形于言谓之文。既已谓之文矣，必使天下人矜尚悦绎，而道始大明。若言之不工，使人听而思卧，则文不足以明道，而适足以蔽道。故文人而不说经可也，说经而不能为文不可也。"①从圣人重视词章以及明道的目的，反证了为文的重要。

但袁枚并不是经生，不是道学家，而以文士称著。尚真绌伪，是袁枚为人为文的基本底色。因此，他对当时的义理之学雷同附和之病深为不满，认为其丢失了古文的真精神。"善乎郑夹漈曰：'千古文章，传真不传伪。'古人之文醇驳互殊，皆有独诣处，不可磨灭。自义理之学明，而学者率多雷同附和，人之所是是之，人之所非非之，问其所以是所以非之故，而茫然莫解。"②同样，对于考据之学亦颇多不屑，形象地论述了古文家与考据家的区别："考据之学，形而下，专引载籍，非博不详，非杂不备，辞达而已，无所为文，更无所为古也。尝谓古文家似水，非翻空不能见长。果其有本矣，则源泉混混，放为波澜，自与江海争奇。考据家似火，非附丽于物，不能有所表见。极其所至，燎于原矣，焚大槐矣，卒其所自得者皆灰烬也。以考据为古文，犹之以火为水，两物之不相中也久矣。""近见海内所推博雅大儒，作为文章，非序事噂沓，即用笔平衍，于剪裁、提挈、烹炼、顿挫诸法，大都懵然。是何故哉？盖其平素神气沾滞于丛杂琐碎中，翻撷多而思功少，譬如人足不良，终日循墙扶杖以行，一旦失所依傍，但伥伥然卧地而蛇趋，亦势之不得不然者也。且胸多卷轴者，往往腹实而心不虚；藐视词章以为不过尔尔，无能深探而细味之。"③

袁枚论文主张得乎自然之理，而不废骈偶。他说："文之骈，即数之偶也，而独不近取诸身乎？头，奇数也；而眉目，而手足，则偶矣。而独不远取诸物乎？草木，奇数也；而由萼而瓣鄂，则偶矣。山峙而双峰，水

①《小仓山房诗文集》卷十《虞东先生文集序》，上海古籍出版社 1988 年版，第 1380 页。
②《小仓山房诗文集》卷三十《答蕺园论诗书》，上海古籍出版社 1988 年版，第 1803 页。
③《小仓山房诗文集》卷三十《与程蕺园书》，上海古籍出版社 1988 年版，第 1800—1801 页。

分而交流,禽飞而并翼,星缀而连珠,此岂人为之哉？古圣人以文明道,而不讳修词。骈体者,修词之尤工者也。《六经》滥觞,汉、魏延其绪,六朝畅其流。论者先散行后骈体,似亦尊乾卑坤之义。然散行可蹈空,而骈文必征典。骈文废,则悦学者少,为文者多,文乃日敝。"①认为文章各具其用,不应纠结于骈与散:"夫高文典册,用相如;飞书羽檄,用枚皋:文章家各适其用。若以经世而论,则纸上陈言,均为无用。古之文,不知所谓散与骈也。"②他对明人茅坤八家之说不以为然,不应强分硬判,云:"凡类其人而名之者,一时之称也。""未有取千百世之人而强合之为一队者也。有之者,自鹿门八家之目始。明代门户之习,始于国事,而终于诗文。故于诗则分唐、宋,分盛、中、晚,于古文又分为八,皆好事者之为也,不可以为定称也。夫文莫盛于唐,仅占其二;文亦莫盛于宋,苏占其三。鹿门当日,其果取两朝文而博观之乎,抑亦就所见所知者而撮合之乎？且所谓一家者,谓其蹊径之各异也。三苏之文,如出一手,固不得判而为三。曾文平钝,如大轩骈骨,连缀不得断,实开南宋理学一门,又安得与半山、六一较伯仲也。"不但如此,他对茅坤总结的古文起伏之法甚为不屑:"若鹿门所讲起伏之法,吾尤不以为然。《六经》《三传》,文之祖也,果谁为之法哉？能为文,则无法如有法;不能为文,则有法如无法。"同样,依乎自然之理,唐宋之文固然有其优胜处,但南朝之文亦不可废。比较而言,学八家之文而不得要领者,流弊更甚于学南朝之文:"文之为道,亦何异焉！或问:有八家,则六朝可废欤？曰:一奇一偶,天之道也;有散有骈,文之道也。文章体制,如各朝衣冠,不妨互异,其状貌之妍媸,固别有在也。天尊于地,偶统于奇,此亦自然之理。然而学六朝不善,不过如纨绔子弟,熏香剃面,绝无风骨,止矣。学八家不善,必至于村媪呶呶,顷刻万语,而斯文滥焉。"③袁枚不废骈偶的文学观念在创作中亦得以体现。袁枚著述中有骈体文六卷,成《小仓山房外集》,表启贺谢,碑铭书序无所不及,古藻缤纷,大气旋转。这种为文实践,正是其文论的切实注脚。

---

① 《小仓山房诗文集》卷十《胡稚威骈体文序》,上海古籍出版社1988年版,第1398页。
② 《小仓山房诗文集》卷十九《答友人论文第二书》,上海古籍出版社1988年版,第1548页。
③ 《小仓山房诗文集》卷三十《书茅氏八家文选》,上海古籍出版社1988年版,第1813—1814页。

比较而言，袁枚认为散行文最难，云："奈数十年来，传诗者多，传文者少，传散行文者尤少。所以然者，因此体最严，一切绮语、骈语、理学语、二氏语、尺牍词赋语、注疏考据语，俱不可以相侵。以故北宋后，遂至希微而寥寂焉。"①古代的散行文与今人所习之古文并不相同，不能因时代变迁而否认古代散行文的当下影响。乃至于他主张绝俗拒今，以复古奏雅："夫古文者，即古人立言之谓也，能字字立于纸上，则古矣。今之为文者，字字卧于纸上。夫纸尚不能立，安望其能立于世间乎？不知者，动引隋柳虬之言，以为时有古今，文无古今。唐、宋之不能为汉、秦，犹汉、秦之不能为三代也。此言是也。然而《韶》，舜乐也，孔子云：'乐则《韶》舞。'使夫子得邦家，则《韶》乐未必不可复。文章之道，何独不然！仆以为欲奏雅者先绝俗，欲复古者先拒今。俗绝不至，今拒不儳，而古文之道思过半矣。韩子非三代、两汉之书不观，柳子自言所得亦不过《左》《国》《荀》《孟》《庄》《老》《太史》而已。当唐之时，所有之书，非若今之杂且夥也，然而拒之惟恐不力，况今日之仆邈相从，纷纷喋喋哉？"②诗歌高倡性灵的袁枚，于文，提出复古奏雅，根本原因在于对文坛俚俗之弊的不满。对于唐宋之文，袁枚更重唐文，宋元文之卓荦者王安石、姚燧，其优长之处，亦在于其"闯昌黎之室"，他曾勉励孙俌之云："仆愿足下博心壹志，专学唐之文章，而入门则自宋之王介甫、元之姚燧始。之二人者，皆闯昌黎之室，周其匽溷，不自知为宋、元人也。大抵唐文峭，宋文平；唐文曲，宋文直；唐文瘦，宋文肥；唐人修词与立诚并用，而宋人或能立诚不甚修词。圣人论为命，尚且重修饰润色，所谓'言之不文，行之不远'也。"③知文，尤其是知散文，是袁枚深为自得的，尝云："今知诗者多，知文者少，知散行文者尤少。枚空山无俚，为此于举世不为之时，自甘灰没。"④

三、赵翼

赵翼（1727—1814），字云崧，号瓯北，阳湖（今江苏常州）人。乾隆

---

① 《小仓山房诗文集》卷三十一《与孙俌之秀才书》，上海古籍出版社 1988 年版，第 1859 页。
② 《小仓山房诗文集》卷三十五《与孙俌之秀才书》，上海古籍出版社 1988 年版，第 1859—1860 页。
③ 《小仓山房诗文集》卷三十一《与孙俌之秀才书》，上海古籍出版社 1988 年版，第 1859—1860 页。
④ 《小仓山房诗文集》卷三十《答平瑶海书》，上海古籍出版社 1988 年版，第 1804 页。

二十六年（1761 年）进士，授翰林院编修，官至贵西兵备道，后辞官归隐，讲学、著述长达 30 余年。赵翼学问渊博，除长于史学、考据外，尤以诗名。著有《廿二史札记》《陔余丛考》《瓯北诗话》《瓯北集》等。其诗学思想与袁枚相近，反对沈德潜的格调说。但赵翼论诗具有史家特质，持论亦较平允。他又能兼采兴会、肌理，诗云："是知兴会超，亦贵肌理亲。"① 其诗学旨趣可从《瓯北诗话小引》中窥得。据其自述，《瓯北诗话》乃是展玩诸家全集而后成，赵氏所得最重要的是明乎诸家之"真才分，真境地"，"得识各家独至之处"。② 这不啻是其论诗的基本要义。

首先，重"才分"：对诗学特征的认识。赵翼论诗重才，这是其尤其推尊李白的重要原因。他在论及李、杜的关系时说："杜虽独有千古，而李之名终不因此稍减。读者但觉杜可学而李不敢学，则天才不可及也。"③ 他认为李白乃天纵之才："李青莲自是仙灵降生。司马子微一见，即谓其有仙风道骨，可与神游八极之表。贺知章一见，亦即呼为'谪仙人'。放还山后，陈留采访使李彦允为请于北海高天师授道箓。其神采必有迥异乎常人者。"发之为诗，"诗之不可及处，在乎神识超迈，飘然而来，忽然而去，不屑屑于雕章琢句，亦不劳劳于镂心刻骨，自有天马行空，不可羁勒之势。若论其沉刻，则不如杜；雄鸷，亦不如韩。然以杜、韩与之比较，一则用力而不免痕迹，一则不用力而触手生春：此仙与人之别也。"④ 虽然李白的诗歌同样有对偶声韵，但因才气豪迈而迥异于通常的诗人，他说："盖才气豪迈，全以神运，自不屑束缚于格律对偶，与雕绘者争长。然有对偶处，仍自工丽；且工丽中别有一种英爽之气，溢出行墨之外。"⑤ 他认为李白尤擅乐府，亦与其才思有关："青莲工于乐府。盖其才思横溢，无所发抒，辄借此以逞笔力；故集中多至一百十五首。"⑥

赵翼于明代诗坛仅推高启一人，誉其"才气超迈，音节响亮，宗派唐人，而自出新意，一涉笔即有博大昌明气象，亦关有明一代文运论者。

---

① 赵翼著，李学颖、曹光甫校点：《瓯北集》卷四十六《论诗》，上海古籍出版社 1997 年版，第 1174 页。

② 赵翼著，霍松林、胡主佑校点：《瓯北诗话》小引，人民文学出版社 1963 年版，第 1 页。

③《瓯北诗话》卷二《杜少陵诗》七，人民文学出版社 1963 年版，第 20 页。

④《瓯北诗话》卷一《李青莲诗》一，人民文学出版社 1963 年版，第 3 页。

⑤《瓯北诗话》卷一《李青莲诗》三，人民文学出版社 1963 年版，第 4 页。

⑥《瓯北诗话》卷一《李青莲诗》五，人民文学出版社 1963 年版，第 5 页。

推为开国诗人第一,信不虚也"。^① 他推赞的亦是高启卓绝的才禀:"独青邱如天半朱霞,映照下界,至今犹光景常新,则其天分不可及也。"虽然赵翼也列举了青邱学杜、学韩,神似长庆、温飞卿等挫笼万有、学无常师的一面,但其主要风格,更似青莲。他说:"李青莲诗,从未有能学之者,惟青邱与之相上下,不惟形似,而且神似。"^②"一种迈往高逸之致,自见于楮墨之外,此正是学青莲处。"其才禀尤似青莲,云:"昔司马子微谓青莲有仙风道骨;而青邱《赠降陶先生》亦云:'谓子有仙契,泥滓非久沦。'盖二人实皆有出尘之才,故相契在神识间耳。"^③

赵翼同样对杜甫也极为推重,杜诗并非独以学力卓异,而是才、学兼及。他说杜甫:"至于寻常写景,不必有意惊人,而体贴入微,亦复人不能到。如东坡所赏'四更山吐月,残夜水明楼','暗飞萤自照,水宿鸟相呼'等句,若不甚经意,而已十分圆足,益可见其才力之独至也。"^④少陵之笔力豪劲,正是副其才思之所至。对于明代李梦阳等人认为"李太白全乎天才,杜子美全乎学力"的说法不以为然,谓其"真耳食之论也"。^⑤

作为一位史学家,赵翼论诗重才而不废学。学以及诗歌的锤炼工夫,是诗人才思尽显的必要条件。他在论杜时说:"思力所到,即其才分所到,有不如是则不快者。此非性灵中本有是分际,而尽其量乎? 出于性灵所固有,而谓其全以学力胜乎?"^⑥

同样,对东坡诗歌,赵翼也认为其中不乏研炼之极的作品,他说:"坡诗不以炼句为工;然亦有研炼之极,而人不觉其炼者。如:'年来万事足,所欠惟一死。''饥来据空案,一字不堪煮。''周公与管蔡,恨不茅三间;人间无正味,美好出艰难。''剑来有危炊,毡针无稳坐。'……此等句在他人虽千锤万杵,尚不能如此爽劲;而坡以挥洒出之,全不见用力之迹,所谓天才也。"^⑦又说:"诗人遇成语佳对,必不肯放过。坡公尤妙

① 《瓯北诗话》卷八《高青邱诗》一,人民文学出版社 1963 年版,第 124 页。
② 《瓯北诗话》卷八《高青邱诗》,人民文学出版社 1963 年版,第 124—125 页。
③ 《瓯北诗话》卷八《高青邱诗》二,人民文学出版社 1963 年版,第 125 页。
④ 《瓯北诗话》卷二《杜子美诗》四,人民文学出版社 1963 年版,第 17 页。
⑤ 《瓯北诗话》卷二《杜少陵诗》二,人民文学出版社 1963 年版,第 16 页。
⑥ 《瓯北诗话》卷二《杜少陵诗》二,人民文学出版社 1963 年版,第 16 页。
⑦ 《瓯北诗话》卷五《苏东坡诗》二十一,人民文学出版社 1963 年版,第 75 页。

于剪裁,虽工巧而不落纤佻,由其才分之大也。"①

诗人性情各别,才、学、识各有不同。赵翼认为,才、学不足者,可以精思锐笔而成诗,他认为元好问即是这样的一位杰出诗人,他说:"元遗山才不甚大,书卷亦不甚多,较之苏、陆,自有大小之别。然正惟才不大、书不多,而专以精思锐笔,清炼而出,故其廉悍沉挚处,较胜于苏、陆。盖生长云、朔,其天禀本多豪健英杰之气;又值金源亡国,以宗社邱墟之感,发为慷慨悲歌,有不求而自工者:此固地为之也,时为之也。"②他们以各不相同的个人禀赋,不同的精进路径,"天工人巧"各争新,为诗苑写就了不同的篇章。

其次,明"境地":对诗学的史家表达。赵翼以诗、史称著于时。所著之《廿二史札记》与钱大昕《廿二史考异》、王鸣盛《十七史商榷》并称为清代三大史学名著,而影响远超《考异》与《商榷》。晚清张之洞示人读史路径时说:"考史之书约之以读赵翼《廿二史札记》。王氏《商榷》可节取;钱氏《考异》精于考古,略于致用,可缓。"③其史家的意趣,在诗学思想中得到了明显体现。具体言之,概有三方面的意蕴。

其一,确立历史坐标,通过比较以厘定诗人在诗学史上的地位。赵翼主张诗歌因时代变,即其所谓"诗文随世运,无日不趋新"。④在著名的《论诗》绝句中说:"李杜诗篇万口传,至今已觉不新鲜。江山代有才人出,各领《风》《骚》数百年。"他评品历代诗人,是将其置于诗学发展的大背景之下进行的。具体言之,主要是先确定一些诗人作为坐标,其他诗人通过与其比较而实现历史定位。如,对于苏轼,他将其置于韩愈与陆游之间的诗学流变过程中进行考察:"昌黎之后,放翁之前,东坡自成一家,不可方物。"并通过与韩愈、陆游诗歌比较,以凸现其偏胜处、优长处:"昌黎好用险韵,以尽其锻炼;东坡则不择韵,而但抒其意之所欲言。放翁古诗好用俪句,以炫其绚烂;东坡则行墨间多单行,而不屑于对属。

① 《瓯北诗话》卷五《苏东坡诗》四,人民文学出版社 1963 年版,第 58 页。
② 《瓯北诗话》卷八《元遗山诗》二,人民文学出版社 1963 年版,第 117 页。
③ 张之洞编撰,范希曾补正,孙文泱增订:《增订书目答问补正》附三《劝学篇·守约》,中华书局 2011 年版,第 676 页。
④ 《瓯北集》卷四十六《论诗》,上海古籍出版社 1997 年版,第 1173 页。

且昌黎、放翁，多从正面铺张；而东坡则反面、旁面，左萦右拂，不专以铺叙见长。昌黎、放翁，使典亦多正用；而东坡则驱使书卷入议论中，穿穴翻簸，无一板用者。此数处，似东坡较优。"同时，他还以史家独有的理性平允态度，客观指出其不及韩愈、陆游处："然雄厚不如昌黎，而稍觉轻浅；整丽不如放翁，而稍觉率略。此固才分各有不同，不能兼长也。"①

对黄庭坚的诗学史地位，则借助苏轼为坐标得以实现："北宋诗推苏、黄两家，盖才力雄厚，书卷繁富，实旗鼓相当；然其间亦自有优劣。东坡随物赋形，信笔挥洒，不拘一格，故虽澜翻不穷，而不见有矜心作意之处。山谷则专以拗峭避俗，不肯作一寻常语，而无从容游泳之趣。且坡使事处，随其意之所之，自有书卷供其驱驾，故无掎摭痕迹。山谷则书卷比坡更多数倍，几于无一字无来历，然专以选材庀料为主，宁不工而不肯不典，宁不切而不肯不奥，故往往意为词累，而性情反为所掩。此两家诗境之不同也。"②因黄庭坚与苏轼大致同时，因此，赵翼又引苏、黄各自所述为证。东坡云："读鲁直诗，如见鲁仲连、李太白，不敢复论鄙事。虽若不适用，亦不无补于世也。"又云："鲁直诗文如蝤蛑、江瑶柱，格韵高绝，然不可多食；多食则发风动气。"③同样，他又引黄山谷自述，以说明其得乎东坡："（黄山谷）又语杨明叔云：'诗须以俗为雅，以故为新。百战百胜，如孙、吴之用兵；棘端可以破镞，如甘蝇、飞卫之射。此诗人之奇，昔得此秘于东坡，今举以相付'云。"④遂云："此可见其得力之处矣。"同样，他对吴梅村的诗学史定位，亦通过与高启的比较得以彰显："若论其气稍衰飒，不如青邱之健举；语多疵累，不如青邱之清隽，而感怆时事，俯仰身世，缠绵凄惋，情余于文，则较青邱觉意味深厚也。"⑤将查慎行与陆游进行比较，以实现对查氏的诗史定位："放翁使事精工，写景新丽，固远胜初白；然放翁多自写胸臆，非因人因地，曲折以赴，往往先得佳句，而足成之；初白则随事随人，各如其量，肖物能工，用意必

---

① 《瓯北诗话》卷五《苏东坡诗》九，人民文学出版社 1963 年版，第 63 页。
② 《瓯北诗话》卷十一《黄山谷诗》一，人民文学出版社 1963 年版，第 168 页。
③ 《瓯北诗话》卷十一《黄山谷诗》四，人民文学出版社 1963 年版，第 169 页。
④ 《瓯北诗话》卷十一《黄山谷诗》二，人民文学出版社 1963 年版，第 168 页。
⑤ 《瓯北诗话》卷九《吴梅村诗》一，人民文学出版社 1963 年版，第 130 页。

切,其不如放翁之大在此,而较放翁更难亦在此。"①又云:"要其功力之深,则香山、放翁后一人而已。"②"初白近体诗最擅长,放翁以后,未有能继之者。"③如此等等。这堪称是赵翼评品诗人,明其在诗歌史之"境地"的基本方法。赵翼寻绎的诗歌流变史即是诗人们"天工人巧各争新"的历史。

其二,对诗人本身进行历时考察。赵翼诗文随世运而变的思想是与个人诗学的历时变迁的考察相联系的。其《论诗》诗云:"词客争新角短长,迭开风气递登场。自身已有初中晚,安得千秋尚汉唐?"同一诗人在不同的人生阶段诗歌表现的内容及风格都各有不同,诗歌的历史变迁同样如此,因此,不必荣古虐今,尊尚汉唐。赵翼对陆游推崇备至,是《瓯北诗话》唯一以两卷书之的诗人。他对放翁诗进行了历时考察:"放翁诗凡三变。宗派本出于杜,中年以后,则益自出机杼,尽其才而后止。观其《答宋都曹诗》云:'古诗三千篇,删去才十一。《诗》降为《楚骚》,犹足中六律。天未丧斯文,杜老乃独出。陵迟至元白,固已可愤嫉。'……此可见其宗尚之正。故虽挫笼万有,穷极工巧,而仍归雅正,不落纤佻。此初境也。后又有自述一首云:'我昔学诗未有得,残余未免从人乞。力屡气馁心自知,妄取虚名有惭色。……《广陵散》绝还堪惜。'是放翁诗之宏肆,自从戎巴、蜀而境界又一变。及乎晚年,则又造平淡,并从前求工见好之意亦尽消除,所谓'诗到无人爱处工'者,刘后村谓其'皮毛落尽'矣。此又诗之一变也。"④对另一位诗人查慎行的骇俗之评,也是着意于从动态体贴其"真境地":"当其年少气锐,从军黔、楚,有江山戎马之助,故出手即沉雄踔厉,有幽、并之气。中年游中州,地多胜迹,益足以发抒其才思,登临怀古,慷慨悲歌,集中此数卷为最胜。"⑤

赵翼对诗人不同阶段"真境地"的细致考察,使其得出了一些迥乎他人的结论。如,他说:"黄山谷谓:'少陵夔州以后诗,不烦绳削而自

①《瓯北诗话》卷十《查初白诗》五,人民文学出版社1963年版,第161页。
②《瓯北诗话》卷十《查初白诗》一,人民文学出版社1963年版,第147页。
③《瓯北诗话》卷十《查初白诗》四,人民文学出版社1963年版,第161页。
④《瓯北诗话》卷六《陆放翁诗》二,人民文学出版社1963年版,第78—79页。
⑤《瓯北诗话》卷十《查初白诗》四,人民文学出版社1963年版,第161页。

合。'此盖因集中有'老去渐于诗律细'一语,而妄以为愈老愈工也。今观夔州后诗,惟《秋兴》八首及《咏怀古迹》五首,细意熨贴,一唱三叹,意味悠长;其他则意兴衰飒,笔亦枯率,无复旧时豪迈沉雄之概。入湖南后,除《岳阳楼》一首外,并少完璧。即《岳麓道林》诗为当时所推者,究亦不免粗莽;其他则拙涩者十之七八矣。"① 同时,基于史家的眼光,赵翼注意将诗人的得与失与特定的时代相联系,将历史与逻辑相统一,客观地还原诗人所处的"真境地"。如,他论李白:"惟七律究未完善。内有《送贺监归四明》及《题崔明府丹灶》二首,尚整练合格;其他殊不足观,且有六句为一首者。盖开元、天宝之间,七律尚未盛行,至德以后,贾至等《早朝大明宫》诸作,互相琢磨,始觉尽善;而青莲久已出都,故所作不多也。"②

其三,客观平允,褒贬相兼。史家以秉笔直书为职志。赵翼晚年再三展玩诸家全集,挫笼参会,扩才进功,深有所得。但他又并不讳言诸家之不足。而这往往又是踵事者开出新境界的前提。因此,持中理性、褒贬兼及,是《瓯北诗话》表现史家赵翼诗学观的一个显著特征。如,他既赞叹"李青莲自是仙灵降生",③ 又不为青莲讳言,云:"李阳冰序谓:唐初诗体,尚有梁、陈宫掖之风,至青莲而大变,扫尽无余。然细观之,宫掖之风,究未扫尽也。"④ 赵翼推佑东坡,谓其"坡诗放笔快意,一泻千里",但又存在着"不甚锻炼"的不足,并与少陵相较以说明:"如少陵《登慈恩寺塔》云:'俯视但一气,焉能辨皇州?'以十字写塔之高,而气象万千。东坡《真兴寺阁》云:'山川与城郭,漠漠同一形;市人与鸦鹊,浩浩同一声。'以二十字写阁之高,尚不如少陵之包举。此炼不炼之异也。又少陵《出塞》诗:'落日照大旗,马鸣风萧萧。'觉字句外别有幽燕沉雄之气。坡公《五丈原怀诸葛公诗》:'吏士寂如水,萧萧闻马挝。'虽形容军容整肃,而魄力不及远矣。"⑤ 虽然也称叹陆游"古来作诗之多,莫过于

① 《瓯北诗话》卷二《杜少陵诗》八,人民文学出版社 1963 年版,第 20 页。
② 《瓯北诗话》卷一《李青莲诗》三,人民文学出版社 1963 年版,第 4 页。
③ 《瓯北诗话》卷一《李青莲诗》一,人民文学出版社 1963 年版,第 3 页。
④ 《瓯北诗话》卷一《李青莲诗》六,人民文学出版社 1963 年版,第 6 页。
⑤ 《瓯北诗话》卷五《苏东坡诗》八,人民文学出版社 1963 年版,第 62 页。

放翁""信古来诗人未有之奇"①，同时也客观指出"放翁之不忘恢复，未免不量时势，然亦多娱于传闻之不审"②等不足。是其不全是，非其不全非，以史家笔法而彰显诸家之"真才分，真境地"。

最后，"识各家独至之处"。赵翼《论诗》诗云："满眼生机转化钧，天工人巧日争新。预支五百年新意，到了千年又觉陈。"③他纵论诸家，最重者乃"各开生面，遂独有千古"④的成就。诗人的才禀各有不同，"灞浐终南景，何与西湖春。"⑤不必步趋前人，各极其"独至之处。"其作诗云："共此面一尺，竟无一相肖。人心亦如面，意匠戛独造。同阅一卷书，各自领其奥。同作一题文，各自擅其妙。问此胡为然，各有天在窍。乃知人巧处，亦天工所到。所以才智人，不肯自弃暴。力欲争上游，性灵乃其要。"⑥他在论述韩愈卓异时说："韩昌黎生平，所心摹力追者，惟李、杜二公。顾李、杜之前，未有李、杜；故二公才气横恣，各开生面，遂独有千古。至昌黎时，李、杜已在前，纵极力变化，终不能再辟一径。惟少陵奇险处，尚有可推扩，故一眼觑定，欲从此辟山开道，自成一家。此昌黎注意所在也。"⑦又说："自沈、宋创为律诗后，诗格已无不备。至昌黎又斩新开辟，务为前人所未有。……《答张彻》五律一首，自起至结，句句对偶，又全用拗体，转觉生峭。此则创体之最佳者。"⑧称赞东坡："以文为诗，自昌黎始；至东坡益大放厥词，别开生面，成一代之大观。"⑨"东坡大气旋转，虽不屑屑于句法、字法中别求新奇，而笔力所到，自成创格。"⑩他还曾就元好问所说的"苏门若有功臣在，肯放公诗百态新"，申说了对创新以成大家的看法，云："此言似是而实非也。'新'岂易言！意未经人说过，则新；书未经人用过，则新。诗家之能新，正以此耳。若反以新

---

① 《瓯北诗话》卷六《陆放翁诗》一，人民文学出版社1963年版，第79页。
② 《瓯北诗话》卷六《陆放翁诗》十二，人民文学出版社1963年版，第92页。
③ 《瓯北集》卷二十八《论诗》，上海古籍出版社1997年版，第630页。
④ 《瓯北诗话》卷三《韩昌黎诗》一，人民文学出版社1963年版，第28页。
⑤ 《瓯北集》卷四十六《论诗》，上海古籍出版社1997年版，第1174页。
⑥ 《瓯北集》卷二十四《书怀》，上海古籍出版社1997年版，第515页。
⑦ 《瓯北诗话》卷三《韩昌黎诗》一，人民文学出版社1963年版，第28页。
⑧ 《瓯北诗话》卷三《韩昌黎诗》六，人民文学出版社1963年版，第32页。
⑨ 《瓯北诗话》卷五《苏东坡诗》一，人民文学出版社1963年版，第56页。
⑩ 《瓯北诗话》卷五《苏东坡诗》六，人民文学出版社1963年版，第60页。

为嫌,是必拾人牙后,人云亦云;否则,抱柱守株,不敢逾限一步:是尚得成家哉? 尚得成大家哉?"①称赞元好问的独特处,亦在于与苏、陆的不同,云:"苏、陆古体诗,行墨间尚多排偶;一则以肆其辨博,一则以侈其藻绘,固才人之能事也。遗山则专以单行,绝无偶句;构思窅渺,十步九折,愈折而意愈深、味愈隽,虽苏、陆亦不及也。七言律则更沉挚悲凉,自成声调。唐以来律诗之可歌可泣者,少陵十数联外,绝无嗣响,遗山则往往有之。"②

正是着意于识得"各家独至之处",追求创新的精神,使赵翼的诗论颇多新颖的见解。如,赵翼对清人查慎行推佑备至,迥乎时论,他说:"故梅村后,欲举一家列唐、宋诸公之后者,实难其人。惟查初白才气开展,工力纯熟,鄙意欲以继诸贤之后,而闻者已掩口胡卢。不知诗有真本领,未可以荣古虐今之见,轻为訾议也。"③他不畏时人的讥笑,独立思考,一依自己的判断为归。同样,对于苏轼、陆游的定位与评价,赵翼亦有戛戛独造之论,云:"宋诗以苏、陆为两大家。后人震于东坡之名,往往谓苏胜于陆,而不知陆实胜苏也。盖东坡当新法病民时,口快笔锐,略少含蓄,出语即涉谤讪。'乌台诗案'之后,不复敢论天下事。及元祐登朝,身世俱泰,既无所用其无聊之感,绍圣远窜,禁锢方严,又不敢出其不平之鸣。故其诗止于此;徒令读者见其诗外尚有事在而已。放翁则转以诗外之事,尽入诗中。时当南渡之后,和议已成,庙堂之上,方苟幸无事,讳言用兵;而士大夫新亭之泣,固未已也。于是以一筹莫展之身,存一饭不忘之谊,举凡边关风景、敌国传闻,悉入于诗。虽神州陆沉之感,已非时事所急,而人终莫敢议其非。因得肆其才力,或大声疾呼,或长言永叹。命意既有关系,出语自觉沉雄。此其诗之易工一也。东坡自黄州起用后,敻历中外,公私事冗,其诗多即席、即事、随手应付之作;且才捷而性不耐烦,故遣词或有率略,押韵亦有生硬。放翁则生平仕宦,凡五佐郡、四奉祠,所处皆散地,读书之日多,故往往有先得佳句,而后标以题目者。"遂作出这样的结论:"由斯以观,其才之不能过于苏

① 《瓯北诗话》卷五《苏东坡诗》十,人民文学出版社 1963 年版,第 63 页。
② 《瓯北诗话》卷八《元遗山诗》二,人民文学出版社 1963 年版,第 117 页。
③ 《瓯北诗话》卷十《查初白诗》一,人民文学出版社 1963 年版,第 146 页。

在此,其诗之实能胜于苏亦在此。试平心以两家诗比较,当不河汉其言矣。"①

再如,对曾季貍《艇斋诗话》所谓"前人论诗,不知有韦苏州,至东坡而后发此秘,遂以配陶渊明"②的说法,赵翼以凿凿文献为证,予以驳斥,云:"韦苏州同时人刘太真与韦书云:'顾著作来,知足下郡斋宴集。何以情致畅茂,趣逸如此! 宋、齐间沈、谢、吴、何,始精于意理,缘情体物,得诗人之旨。后之传者少矣。唯足下制其横流,师挚之始,《关雎》之乱,于足下之文见之。'是韦诗已为同时人所贵。其后白香山又宗陶、韦,有诗云'时时自吟咏,吟罢有所思:苏州及彭泽,与我不同时。'又云:'尝受陶彭泽,文思何高玄! 又怪韦苏州,诗情亦清闲。'是香山亦已推韦诗以比彭泽,不待东坡始重之也。坡诗云:'乐天长短三千首,却爱韦郎五字诗。'亦明说香山之重韦。岂至坡始发其秘耶?"③同样,他对欧阳修的体认,亦不以苏东坡为是,云:"东坡举其'万马不嘶听号令,诸番无事乐耕耘'以为集中杰作。然非其至也。惟《崇徽公主和番诗》云:'玉颜自昔为身累,肉食何人与国谋。'此何等议论,乃镕铸于十四字中,自然英光四射。又如《送杜岐公致仕》云:'貌先年老缘忧国,事与心违始乞身。'意更沉郁深挚,即少陵集中,亦无可比拟也。"④

总之,赵翼的诗论秉持着史家的理性精神,在探求诗家的"真才分、真境地"的过程中,亦呈现了自己诗论的"独至之处"。

四、洪亮吉

洪亮吉(1746—1809),字君直,一字稚存,号北江,晚年自号更生居士,常州府阳湖(今江苏常州)人。乾隆五十五年(1790 年)进士,授编修,五十七年,充顺天乡试同考官,后任贵州学政。嘉庆元年(1796 年)返京,充咸安宫官学总裁。后因《乞假将归留别成亲王极言时政启》触帝怒,遣戍伊犁。不久赦归,自号更生居士。今有刘德权点校《洪亮吉

---

① 《瓯北诗话》卷六《陆放翁诗》三,人民文学出版社 1963 年版,第 79—80 页。
② 《瓯北诗话》卷十一《韦苏州》,人民文学出版社 1963 年版,第 163 页。
③ 《瓯北诗话》卷十一《韦苏州》,人民文学出版社 1963 年版,第 163 页。
④ 《瓯北诗话》卷十一《欧阳诗》,人民文学出版社 1963 年版,第 166 页。

集》,诗论主要集中在《北江诗话》六卷中。其诗学理论主要集中在以下两个方面。

首先,以写性为上,兼得情、气、趣的诗文观。洪亮吉的文学观最为重要的表述见于《北江诗话》卷二,其云:

> 诗文之可传者有五:一曰性,二曰情,三曰气,四曰趣,五曰格。诗文之以至性流露者,自六经四始而外,代殊不乏,然不数数觏也。其情之缠绵悱恻,令人可以生,可以死,可以哀,可以乐,则《三百篇》及《楚骚》等皆无不然。"河梁""桐树"之于友朋,秦嘉荀粲之于夫妇,其用情虽不同,而情之至则一也。至诗文之有真气者,秦、汉以降,孔北海、刘越石以迄有唐李、杜、韩、高、岑诸人,其尤著也。趣亦有三:有天趣,有生趣,有别趣。庄漆园、陶彭泽之作,可云有天趣者矣;元道州、韦苏州亦其次也。东方朔之《客难》,枚叔之《七发》,以及阮籍《咏怀》,郭璞《游仙》,可云有生趣者矣。《僮约》之作,《头责》之文,以及鲍明远、江文通之涉笔,可云有别趣者矣。至诗文讲格律,已入下乘。然一代亦必有数人,如王莽之摹《大诰》,苏绰之仿《尚书》,其流弊必至于此。明李空同、李于鳞辈,一字一句,必规仿汉、魏、三唐,甚至有窜易古人诗文一二十字,即名为己作者,此与苏绰等亦何以异! 本朝邵子湘、方望溪之文,王文简之诗,亦不免有此病。则拘拘于格律之失也。①

洪亮吉将"性"列为诗文可传诸后世的第一要义。他还说:"写景易,写情难;写情犹易,写性最难。"②原因在于这类诗文包含了儒家经典,承载着儒家的价值传承,而见诸文学作品的"至性流露者",虽然"代殊不乏",但为数甚少,亦在于写性之作是写人心灵最本真,且为儒学所尚的善性。他举例云:"若全椒王文学厘诗二断句,直写性者也。'呼奴具朝餐,慰儿长途饥。关心雨后寒,试儿身上衣。''儿饥与儿寒,重劳慈母心。天地有寒燠,母心随时深。'实能道出慈母心事。"③写出的是最真

---

① 洪亮吉撰,陈迩冬校点:《北江诗话》卷二,人民文学出版社 1983 年版,第 22 页。
②《北江诗话》卷二,人民文学出版社 1983 年版,第 32 页。
③《北江诗话》卷二,人民文学出版社 1983 年版,第 32 页。

切人性,或者是源于天性的自然情感。基于以"性"为上的诗学本体论,洪亮吉注重诗人之品,云:"诗人不可无品,至大节所在,更不可亏。杜工部、韩吏部、白少傅、司空工部、韩兵部,上矣。李太白之于永王璘,已难为讳。又次则王摩诘。再次则柳子厚、刘梦得。又次则元微之。最下则郑广文。若宋之问、沈佺期,尚不在此数。至王、杨、卢、骆及崔国辅、温飞卿等,不过轻薄之尤,丧检则有之矣,失节则未也。"①关于情,洪亮吉则以《诗》《骚》以及其后抒写友朋、夫妇等后天产生的因主体间性产生的情感的作品。洪亮吉将性与情分置,显示了其对自然情感、至真之性的特别重视,这在《徐南庐先生诗集序》中也得到了佐证。他说:"即云抒写性情矣,如苏、李河梁之什,曹、刘赠答之篇,于友朋交旧缠绵悱恻之情则有之,求其绘门内之至行,状目前之真景,词近旨远,言简意深者,常十不得一焉。岂非以质直则易近于腐,缘饰则又流于伪故乎?若唐之赵弘智、李日知,宋之徐仲车,其人可谓孝子悌弟之人,其诗亦可谓孝子悌弟之诗矣。"②三人均为至孝著称。而贵阳太守徐松圃之祖徐南庐亦"生性至孝","自其母孺人亡,庐墓至十三年,年六十九即卒于墓所",乃至其诗表达了"每饭不忘其亲"③自然情性,在洪亮吉看来,"先生虽不藉诗以传,而诗之中不可无先生之一境。"可见,洪亮吉所谓诗文之"性",乃是见诸"门内之至行",缘乎人性的至真情感,这同时也是与儒家孝亲观念相一致人伦的最真切的、自然的情感,这就是洪亮吉将"六经"置于写"性"一类的根本原因。

对于气,洪亮吉则列举以说明,其具真气作品,见诸孔北海、刘越石、李、杜、韩、高、岑等人。不难看出,洪氏所尚都是具有雄健豪迈气韵的作家。这从洪亮吉《北江诗话》卷一中系统品评时人诗作时得到了印证。诸如,陈奉兹之诗"如压雪老梅,愈形倔强",蒋士铨诗"如剑侠入道,犹余杀机",朱筠之诗"如激电怒雷,云雾四寒",毕沅之诗"如飞瀑万仞,不择地流",王鸣盛之诗"如霁日初出,晴云满空",汪中之诗"如病马振鬣,时鸣不平",李鼎元诗"如海山出云,时有奇采",吴锡麒之诗"如青

①《北江诗话》卷四,人民文学出版社 1983 年版,第 65 页。
② 洪亮吉撰,刘德权点校:《洪亮吉集》补遗《徐南庐先生诗集序》,中华书局 2001 年版,第 248—249 页。
③《洪亮吉集》补遗《徐南庐先生诗集序》,中华书局 2001 年版,第 249 页。

绿溪山,渐趋苍古",黎简之诗"如怒猊饮涧,激电搜林",等等。①

对于"趣",洪亮吉将其分为天趣、生趣、别趣三类。他将庄子与陶渊明的作品,视为"天趣"之作。就诗而言,洪亮吉对陶诗推崇备至,他说:"陶彭泽诗,有化工气象。余则惟能描摹山水,刻画风云,如潘、陆、鲍、左、二谢等是矣。"②其"天趣",亦可从其"化工"之作中得到印证,他说:"余最喜观时雨既降、山川出云气象,以为实足以窥化工之蕴。古今诗人虽善状情景者,不能到也。陶靖节之'平畴交远风,良苗亦怀新',庶几近之。次则韦苏州之'微雨夜来过,不知春草生',亦是。此陶、韦诗之足贵。他人描摹景色者,百思不能到也。"③又说:"诗除《三百篇》外,即《古诗十九首》亦时有化工之笔,即如'青青河畔草'及'四顾何茫茫,东风摇百草',后人咏草诗有能及之者否?"④不难看出,其"天趣"之作,与李贽等人所倡,洪亮吉承绪的"化工"正相应合,亦即是因乎自然、朴质浑成的作品。洪氏言"生趣"则列举了东方朔《客难》、枚乘《七发》、阮籍《咏怀》、郭璞《游仙》等。与陶诗不同,这些作品都蕴藉深刻,内涵丰富。"别趣",则以王褒《僮约》和张敏的《头责子羽文》等为例,可见,这是指俳谐游戏,颇具谐趣的作品。五者之中最下者乃为格,是唯一的持贬斥态度的范畴。从王莽摹《大诰》到苏绰仿《尚书》,迄于明代前后七子的字程句仿,以及不免此病的清代邵子湘、方望溪之文,王文简之诗等。虽然并未将同样标举格调的沈德潜见列其中,但从他对沈氏以名工巨卿手操选政,而"专主体裁,而性情反置不言"的做法批评甚烈,更明显的是,同样将肇兴此弊的王文简、沈文悫同列,正可与此论相印证:"又尝论之王文简、沈文悫,以名工巨卿手操选政,文简则专主神韵,而跖实或所未及;文悫则专主体裁,而性情反置不言。其病在于以己律人,又强人以就我。"⑤洪亮吉对拘拘于格律,且强人同己的名工巨卿们对文坛的影响深为不满。当然,洪亮吉对沈德潜并不一概否认,他与沈

① 《北江诗话》卷一,人民文学出版社 1983 年版,第 5—7 页。
② 《北江诗话》卷二,人民文学出版社 1983 年版,第 24 页。
③ 《北江诗话》卷一,人民文学出版社 1983 年版,第 1 页。
④ 《北江诗话》卷三,人民文学出版社 1983 年版,第 60 页。
⑤ 《洪亮吉集·更生斋文续集》卷一《读雪山房唐诗选序》,中华书局 2001 年版,第 1135—1136 页。

德潜一样具有溯诗源、重比兴的意趣。据伍崇曜《粤雅堂丛书北江诗话跋》载："先是：赵瓯北撰《七家诗话》，欲以查初白配作八家。先生止之，赋诗云：'初白差难步后尘'；又云：'只我更饶怀古癖，溯源先欲到周秦。'自注云：'余亦作诗话一卷，自屈、宋起。'见《更生斋集》。则先生之宗旨可知。"①关于比兴，洪亮吉由唐而溯及诗源，与沈德潜持论亦大致相似，云："唐诗人去古未远，尚多比兴，如'玉颜不及寒鸦色''云想衣裳花想容''一片冰心在玉壶'及玉溪生《锦瑟》一篇，皆比体也。如'秋花江上草''黄河水直人心曲''孤云与归鸟，千里片时间'以及李、杜、元、白诸大家，最多兴体。降及宋元，直陈其事者十居其七八，而比兴体微矣。"②缘此，洪亮吉诗论又有近沈德潜而远袁枚、赵翼之征象。但其溯源的目的又在于写性灵，诚如王国均在《重刊北江诗话序》中所说："夫不探昆仑之源者，不足与观水；不登泰岱之巅者，不足与观山。诵先生之诗话，必想见先生之胸襟，而后能知其扶植根柢，陶冶性灵，作诗家之指南者，若是其难能而可贵也。"③在与袁枚的异同纠结之中，构成了洪氏诗论的大致轮廓。

与"写性最难"相联系，洪亮吉亦标举性灵，但与袁枚并不相同。从其论"性灵"的内容来看，其性灵多指诗歌表现的内容。即他所谓"性灵自足供抒写，美丑都看入陶冶"。④洪亮吉之性灵，并非一空依傍，性灵与"学"相关联的，只有积学方可消解世俗对性灵的窒息，才可保任作家性灵不泯，他说："今世士惟务作诗，而不喜涉学，逮世故日胶，性灵日退，遂皆有'江淹才尽'之诮矣。"⑤洪亮吉屡屡称叹陶渊明的诗歌，他又说："人但知陶渊明诗一味真淳，不填故实，而以为作诗可不读书。不知渊明所著《圣贤群辅录》等，又考订精详，一字不苟也。"⑥他所认为的李白亦然："李太白诗，不特天才卓越，即引用故实，亦皆领异标新，如'蓬莱文章建安骨'。《后汉书·窦章传》：'是时学者称东观为老氏藏室，道

① 伍崇曜撰：《北江诗话跋》，《北江诗话》附录，人民文学出版社 1983 年版，第 108 页。
② 《北江诗话》卷一，人民文学出版社 1983 年版，第 2 页。
③ 王国均：《重刊北江诗话序》，《北江诗话》附录，人民文学出版社 1983 年版，第 110 页。
④ 洪亮吉集·卷施阁诗卷二十《遣兴》，中华书局 2001 年版，第 950 页。
⑤ 《北江诗话》卷三，人民文学出版社 1983 年版，第 59 页。
⑥ 《北江诗话》卷三，人民文学出版社 1983 年版，第 47 页。

家蓬莱山邓康，遂荐章入东观为校书郎。'是白所言'蓬莱文章'即东观文章也。……白诗不肯作常语如此。他若《行路难》《上云乐》等乐府，皆非读破万卷者，不能为也。"①洪亮吉在《原友》中列述了友朋中性命之交、气谊之交、契重之交、文字之交、礼节之交五种类型，其中得交"独抒性灵，远迹风雅"者仅一人，是洪亮吉文字之交中的最上品类。某种意义上也可视为文学理想的表现。

　　要言之，洪亮吉的诗文理论具有抒写性情，得乎自然与儒家诗学传统相统一的特征。其品，关乎写性，其学，关乎汲古以成变化。对此，他在《庄达甫征君春觉轩诗序》中，以"惟人足以传诗"表达了与"诗文之可传者有五"相辅成的观点，其云："今之伸纸握管者，不下千百人矣，何足传者不少慨见乎，此其故不在语言文字间也。品之不端，则无以立其干；气之不盛，则无以举其辞；性情之不挚，则无以发其奇；心思之不沉，则无以扶其奥；学术之不赡，则无以极古今上下屈伸变化之方。五者具而始足以言诗，始足以言诗之传。然则诗岂易言哉？若征君之性情之品之学固夫人而知之者也，其言皆有物，不苟作流连光景之语，而又加之以气息之渊雅，意匠之深邃，而诗之道亦遂无不备焉。"②

　　其次，超越宗派的诗学批评。洪亮吉将诗运与国运相联系，他说："诗虽小道，然实足以觇国家气运之衰旺。"③洪亮吉慷爽正直，因忧时而直言，其志行气节，为儒林引重。其政治态度方面如此，诗论亦然。反对分宗立派："诗至今日，竞讲宗派，至讲宗派，而诗之真性情真学识不出，尝略论之。康熙中，主坛坫者，新城王尚书士祯、商丘宋尚书荦。新城源出严沧浪，诗品以神韵为宗，所选《唐贤三昧集》，专主王、孟、韦、柳而已，所为诗，亦多近之，是学王、孟、韦、柳之派。商丘诗主条畅，又刻意生新，其源出于眉山苏氏，游其门者，如邵山人长蘅等，亦皆靡然从风。同时海盐查编修慎行亦有盛名，而源又出于剑南陆氏，是又学苏、陆之派；秀水朱检讨彝尊，始则描摹初唐，继则泛滥北宋，是又学初唐北宋之派；博山赵宫赞执信，复矫王、宋之弊，持论一准常熟二冯，以唐温、

①《北江诗话》卷五，人民文学出版社 1983 年版，第 84 页。
②《洪亮吉集·更生斋文续集》卷一《庄达甫征君春觉轩诗序》，中华书局 2001 年版，第 1146 页。
③《北江诗话》卷六，人民文学出版社 1983 年版，第 106 页。

李为极则,是又学温、李之派。迨乾隆中叶,长洲沈尚书德潜以诗名吴下,专以唐开元、天宝为宗,从之游者,类皆摩取声调,讲求格律,而真意渐漓,是又学开元、天宝之派。盖不及百年,诗凡数变,而皆不出于各持宗派,何则?才分独有所到,则嗜好各有所偏,欲合之,无可合也。"①

与其论诗"必另具手眼"②一样,洪亮吉对当时诗坛的现状亦有异乎时论之评。与当时诗坛共推袁、王、蒋、赵不同,洪亮吉认为其"虽各有所长,亦各有流弊","四家之传,及传之久与否,亦均未可定"。而他认为"必可不朽者","其为钱、施、钱、任乎。宗伯(载)之诗精深,太仆(朝干)之诗古茂,通副(澧)之诗高超,侍御(大椿)之诗凄丽,其故当又求之于性情、学识、品格之间,非可以一篇一句之工拙定论也。今四家俱在,试合袁、蒋等四家并观之,吾知必有以鄙言为然者矣。"③《北江诗话》中以审美意象的形式,对当时诗坛的卓荦者 105 人进行批评,意象丰富,中肯直接,如:"钱宗伯载诗,如乐广清言,自然入理。纪尚书昀诗,如泛舟苕、雪,风日清华。"④这种品评与钱谦益等人带着浓烈的个人好恶迥然有别,洪亮吉能以平允的态度论之。如,虽然洪亮吉曾称袁枚"于亮吉有师友渊源之益",⑤但他在《北江诗话》中品评诗坛群贤时说:"翁阁学方纲诗,如博士解经,苦无心得。袁大令枚诗,如通天神狐,醉即露尾。"⑥客观地指出了翁方纲诗歌存在堆垛书卷之失。在肯定了袁枚诗作抒写性灵的同时,又有"醉即露尾"之讥。这一方面是指袁诗在艺术上"诗固忌拙,然亦不可太巧。近日袁大令枚《随园诗集》颇犯此病",另一方面是其内容上"失之艳淫"之不足。"张检讨问陶诗,如骐骥就道,顾视不凡",不但如此,亦有自评"仆诗如激湍峻岭,殊少回旋",等等。

洪亮吉力避个人好恶,即使是同乡的诗作亦不讳言,他说:"余颇不喜吾乡邵山人长蘅诗,以其作意矜情,描头画角,而又无真性情与气也。

① 《洪亮吉集·卷施阁集》文甲集卷十《西溪渔隐诗序》,中华书局 2001 年版,第 218—219 页。
② 《北江诗话》卷四,人民文学出版社 1983 年版,第 81 页。
③ 《北江诗话》卷五,人民文学出版社 1983 年版,第 84 页。
④ 《北江诗话》卷一,人民文学出版社 1983 年版,第 4 页。
⑤ 洪亮吉撰:《答随园前辈书》,《袁枚全集新编》第十九册《续同人集》文类卷四,浙江古籍出版社 2015 年版,第 392 页。
⑥ 《北江诗话》卷一,人民文学出版社 1983 年版,第 4 页。

晚年,入宋商丘莘幕,则复学步邯郸,益不足观。其散体文,亦惟有古人面目,苦无独到处。"①他对同一诗人,常常褒贬兼及,一依其体认的诗学准则为绳。如,对沈德潜的诗作,既有正面的褒赞,云:"近时沈文悫德潜《七夕感事》一篇,极自然、亦极大方。其一联云:'只有生离无死别,果然天上胜人间。'盖沈时悼亡期近故也。"②亦有峻烈的批评:"沈文悫之学古人也,全师其貌,而先已遗神。"③虽然对李空同、王弇州的格调拟古之论多有排诘,但又说:"明李空同、王弇州皆以长句得名,李之'战胜归来血洗刀,白日不动青天高',王之'老夫兴废不可删,大海回风生紫澜',皆属歌行中杰作。"④

本于诗歌以写性为上、性情为旨归的诗学本体论,洪亮吉认为,诗人才情有别,风格、体裁所擅各有不同。他屡屡申说诗人各有偏胜处。如,他说:"杜工部之于庾开府,李供奉之于谢宣城,可云神似。至谢、庾各有独到处,李、杜亦不能兼也。"⑤又说:"诗各有所长,即唐、宋大家,亦不能诸体并美。每见今之工律诗者,必强为歌行古诗以掩其短;其工古体者,亦然。是谓舍其所长,用其所短。心未尝不欲突过名家、大家,而卒至于不能成家者,此也。"⑥"谪仙独到之处,工部不能道只字;谪仙之于工部亦然。退之独到之处,白傅不能道只字;退之之于白傅亦然。所谓可一不可两也。外若沈之与宋,高之与岑,王之与孟,韦之与柳,温之与李,张、王之乐府,皮、陆之联吟,措词命意不同,而体格并同,所谓笙磬同音也。唐初之四杰,大历之十子亦然。"⑦主张诗人各有偏胜处,是其诗写性情文学观的逻辑延展,同时也是对名工巨卿主选政而"以己律人,强人就我"现象的反拨。这是其力避雷同因袭的风气的逻辑起点,因袭模仿必无上品,他屡屡述往古以说明:"宋初杨、刘、钱诸人学'西昆',而究不及'西昆',欧阳永叔自言学昌黎,而究不及昌黎;王荆公亦

①《北江诗话》卷二,人民文学出版社 1983 年版,第 43 页。
②《北江诗话》卷四,人民文学出版社 1983 年版,第 76 页。
③《北江诗话》卷四,人民文学出版社 1983 年版,第 78 页。
④《北江诗话》卷二,人民文学出版社 1983 年版,第 37 页。
⑤《北江诗话》卷二,人民文学出版社 1983 年版,第 27 页。
⑥《北江诗话》卷四,人民文学出版社 1983 年版,第 77 页。
⑦《北江诗话》卷六,人民文学出版社 1983 年版,第 102—103 页。

言学子美,而究不及子美;苏端明自言学刘梦得,而究亦不能过梦得。所谓棋输先著也。"①"杜牧之与韩、柳、元、白同时,而文不同韩、柳,诗不同元、白,复能于四家外,诗文皆别成一家,可云特立独行之士矣。韩与白亦素交,而韩不仿白,白亦不学韩,故能各臻其极。"②"朱检讨彝尊《曝书亭集》,始学初唐,晚宗北宋,卒不能镕铸自成一家。"③诗歌之得与失,要在自得还是因袭之分。

五、潘德舆

潘德舆(1785—1839),字彦博,号四农,山阳(今江苏淮安)人。道光八年(1828 年)举人,道光十五年(1835 年)大挑一等,以知县发安徽,四年未得实授而病卒于乡里。著有《养一斋诗文集》《养一斋诗话》等。

《养一斋诗话》凡三百二十余则,全面体现了他的诗学思想。该书评述了历代诗歌的发展源流,品评各家诗歌的得失,持论较为允当,是清代嘉道年间较有影响的诗话之一,乃至有"私谓为国朝论诗第一书"④"近时诗话,当以此为首矣"⑤的褒评。

潘德舆的诗论是因应诗坛现状而发。当袁枚性灵诗派以清新自然的风格在乾嘉诗坛形成昭著影响,但往往也失之纤佻、轻薄,乃至周实谓之"简斋主张'性情',而其失也在狎亵"。⑥ 其后的性灵诗人舒位、孙原湘等人逐渐转而词采浓艳。嘉道间的陈文述乃至偏嗜香奁体,作二十卷之多。据此,潘德舆为纠诗坛之弊,论诗以《三百篇》为本,秉持儒家诗教"必求合于温柔厚、兴观群怨之旨",提倡质实。钟昌《养一斋诗话序》云:"此书所言,于天下之风俗,非无益也。是即生之仁心及物者与?"⑦徐宝善序则径揭其基本旨趣,云:"今潘子之书以《三百篇》为根本,以孔门之言诗为准则,扬抉列代,至胜国而止,近世门户声气之习鉏

---

① 《北江诗话》卷二,人民文学出版社 1983 年版,第 27 页。
② 《北江诗话》卷一,人民文学出版社 1983 年版,第 3 页。
③ 《北江诗话》卷一,人民文学出版社 1983 年版,第 21 页。
④ 谢章铤撰:《赌棋山庄集》文集卷七《记钞通甫类稿续编》,清光绪十年刻本。
⑤ 陆以湉:《冷庐杂识》卷七《养一斋诗话》条,清咸丰六年刻本。
⑥ 周实著,朱德慈校:《无尽庵遗集·诗话》,陕西人民出版社 2009 年版,第 172 页。
⑦ 《养一斋诗话》,中华书局 2010 年版,第 3 页。

而去之，可谓公矣。"①

　　首先，厚为诗之诀。潘德舆《养一斋集·卷之首》开宗明义，说："诗只一字诀，曰厚。厚必由于性情，然师法不高，乌得厚也？清赡方可学诗，遒炼方可作诗，超雅方为名家，浑化方为大家，试自考来。"②《养一斋诗话》也有同样的申述："诗有一字诀，曰厚。偶咏唐人'梦里分明见关塞，不知何路向金微'，'欲寄征鸿问消息，居延城外又移军'，便觉其深曲有味。今人只说到梦见关塞，托鸿问消息便了，所以为公共之言，而寡薄不成文。"③从这些表述可以看出，厚的审美表现是"深曲有味"，亦即具有含蕴婉曲的特征，而非浅卤率易。潘德舆之谓"厚"具有两个条件：一是性情，二是师法需高。关于性情，他在《李杜诗话》中还曾据朱熹论太白诗而得到启示，说："诗有本原，不可不究。性情既厚，心声乃精。"④不难看出，"厚"是潘德舆基于诗学本体论提出的一个范畴。"厚"是源诸诗人性情并体现于作品的一种深曲有味的意象。"厚"是诗人性情的流露，但这种性情显然与袁枚不同。潘德舆所说并非一己之性情，而是传统的儒家仁义观念。他说："诗积故实，固是一病，矫之者则又曰：'诗本性情。'予究其所谓'性情'者，最高不过嘲风雪、弄花草耳，其下则叹老嗟穷，志向龊龊；其尤悖理，则荒淫狎媟之语皆以入诗，非独不引为耻，且曰：'此吾言情之什，古之所不禁也。'于呼！此岂性情也哉！"⑤他所说的性情是"于《三百篇》取一言，曰'柔惠且直'而已。此不畏强御，不侮鳏寡之本原也"。⑥"柔惠且直"是《诗经·大雅·崧高》中的一句，是尹吉甫称赞周宣王的母舅申伯和顺正直的德行和"揉此万邦，闻于四国"的功绩。对此，潘德舆《诵芬堂诗序》中还有一段话可资参证："盖今之性情，非古之性情也。古之所谓性情者，吾于《周诗》得一言焉，曰'柔惠且直'。美矣哉，此性情之圭臬也。晚近之诗，于己矜而褊，非'柔惠'也；于人伪而谀，非'直'也。夫柔惠，仁也；直，义也。二者

①《养一斋诗话》，中华书局 2010 年版，第 4 页。
②潘德舆撰：《养一斋集》卷首，清道光二十九年刻本。
③《养一斋诗话》卷首，中华书局 2010 年版，第 16 页。
④《养一斋诗话》卷一，中华书局 2010 年版，第 192 页。
⑤《养一斋诗话》卷十，中华书局 2010 年版，第 160 页。
⑥《养一斋诗话》卷十，中华书局 2010 年版，第 160 页。

参和而时发,韩子所谓'仁义之人,其言蔼如'者也。"①可见,"柔惠且直"实乃"仁义",潘德舆之性情,乃援古之性情,而非袁枚等人的一己之性情。潘德舆以此衡鉴古代诗人,"合乎此则为诗人","不合乎此则非诗人",乃至"虽晋唐名家、照耀千古者,吾亦唾弃之不顾"。②潘德舆以偏激的态度,目的是要纠矫"于己矜而褊"的诗坛现状。可见,袁枚之谓"厚",首先是性情之"厚","性情既厚,心声乃精"。潘德舆的诗论是基于以人为本,诗乃人之性情的呈现。他批评"晚近以诗为本,以人为末,诗遂无足观",③秉持仁义之性情而现诸诗,方可得乎诗之诀。潘德舆以仁义为性情,与其诗之本教在于美天下风俗的旨趣有关。

潘德舆认为,厚必由于古之性情,同时还需师法得乎高而后成。他说:"然师法不高,乌得厚也?""师法高"指学师从源头始,学习《三百篇》。他批评严羽《沧浪诗话》"第溯入门工夫,不自《三百篇》始,而始于《离骚》,恐尚非顶颡上作来也。"④他要学习《三百篇》的神理意境。他说:"《三百篇》之体制、音节不必学,不能学。《三百篇》之神理、意境,不可不学也。神理意境者何?有关系寄托,一也;直抒己见,二也;纯任天机,三也;言有尽而意无穷,四也。不学《三百篇》则虽赫然成家,要之纤琐摹拟,饾饤浅尽而已。"⑤而其最经意者,乃是《三百篇》中的《绿衣》《燕燕》《硕人》《黍离》等篇,"有言外无穷之感",以"得风人之旨",缘此方可臻于"厚"的境界。

其次,诗贵质实。"质实"是潘德舆孜求的与"厚"相关的另一个诗境。他说:"吾学诗数十年,近始悟诗境全贵'质实'二字,盖诗本是文采上事,若不以质实为贵,则文济以文,文胜则靡矣。"⑥"质实",显然与袁枚所尚之"性灵"迥然异趣。何以臻于质实之境?他同样也孜求师法之高。他说:"或言诗贵质实,近于腐木湿鼓之音,不知此乃南宋之质实,而非汉、魏之质实也。南宋以语录议论为诗,故质实而多俚词;汉、魏以

---

①《养一斋诗话》,中华书局 2010 年版,第 262—263 页。

②《养一斋诗话》,中华书局 2010 年版,第 262—263 页。

③《诵芬堂诗序》,引自《养一斋诗话》,中华书局 2010 年版,第 263 页。

④《养一斋诗话》卷一,中华书局 2010 年版,第 10 页。

⑤《养一斋诗话》卷一,中华书局 2010 年版,第 7 页。

⑥《养一斋诗话》卷三,中华书局 2010 年版,第 45—46 页。

性情时事为诗,故质实而有余味。"①可见,他追求的是抒写性情时事而富有余味的诗作。与其论性情以人为本、诗为末一样,他论"质实",同样基于诗人的品质以及赋诗的目的,他说:"凡悦人者,未有不欺人者也。末世诗人求悦人而不耻,每欺人而不顾。若事事以质实为的,则人事治矣;若人人之诗以质实为的,则人心治而人事亦渐可治矣。诗所以厚风俗者此也。"②孔子曰:"古之学者为己,今之学者为人。"(《论语·宪问》)潘德舆一秉孔子之教以论诗衡文。作诗不以悦人为目的,才能写出质实的诗境。"质则不悦人,实则不欺人",③才能达到美教化、厚风俗的目的。

潘德舆还分别以虞集与顾炎武为"质""实"诗境的代表性作家。他说:"道园诗乍观无可喜,细读之,气苍格迥,真不可及。其妙总由一'质'字生出。'质'字之妙,胚胎于汉人,涵咏于老杜,师法最的。故其长篇,铺放处虽时仿东坡,而不似东坡之疏快无余地;老劲斩绝又似山谷,而黄安排用人力,虞质直近天机,等级亦易明耳。"④对于"实",他取顾亭林诗为范,他说:"吾取虞道园之诗者,以其质也;取顾亭林之诗者,以其实也。亭林作诗不如道园之富,然字字皆实,此修辞立诚之旨也。"⑤他倾慕虞集,是因为虞集的诗歌着意于从诗经到乐府民歌中汲取营养,多元继承,取径宽广,综合圆融而成其典雅雄深、凝练厚重的诗风。潘德舆取法古人亦不以时代为碍,他说:"唐宋者,历代之国号,与诗无与;诗者,各人之性情,与唐宋无与。"⑥事实上,清人翁方纲对于道园之诗亦有相似的褒评:"道园兼有六朝人蕴藉,而全于含味不露中出之,所以其境界高不可及。"⑦梁章钜亦云:"周文公之雅颂,惟杜少陵能执笔为之。然杜公具此能事,而未尝有此篇章。厥后千百年,亦更无能具此手腕者,或者虞道园足以当之。"⑧而顾亭林则"凡文之不关于六经

① 《养一斋诗话》卷三,中华书局 2010 年版,第 46 页。
② 《养一斋诗话》卷三,中华书局 2010 年版,第 46 页。
③ 《养一斋诗话》卷三,中华书局 2010 年版,第 46 页。
④ 《养一斋诗话》卷三,中华书局 2010 年版,第 41 页。
⑤ 《养一斋诗话》卷三,中华书局 2010 年版,第 46 页。
⑥ 《养一斋诗话》卷五,中华书局 2010 年版,第 73 页。
⑦ 翁方纲撰:《石洲诗话》卷五,人民文学出版社 1981 年版,第 162 页。
⑧ 梁章钜撰:《退庵随笔》卷二十一《学诗二》,清道光十六年刻本。

之指、当世之务者,一切不为",①决不作悦人之"巧言"。沈德潜论顾炎武的诗:"词必己出,事必精当,风霜之气,松柏之质,两者兼有。"②不难看出,潘德舆所尚的质实之诗,是得乎风雅传统,"胚胎于汉人,涵咏于老杜"的浑厚典重、阔大雄健的气象,而迥异于绮靡之风。

潘德舆论诗对于救治诗坛靡弱之弊具有一定的积极意义,但不可否认的是,他对诗的审美作用鲜有论及,以厚为诀,贵乎质实,根本原因在于他论诗重教化的旨趣,这同样也失之片面。

第七节　清代江苏词学思想

清代词家辈出,流派纷呈,形成了词学中兴的局面。而江苏则是词学最为繁盛的地区。清代词学流派较著的凡三家:阳羡派、浙西派、常州派。其中的两派在江苏境内,且以江苏地域称名。兹分别论之。

一、陈维崧及其阳羡派词学思想

陈维崧(1626—1682),字其年,号迦陵,江苏宜兴人,陈贞慧之子。康熙十八年(1679 年)召试博学鸿词科,授翰林院检讨,后与修《明史》,著有《陈迦陵文集》《湖海楼诗集》《迦陵词》等。陈维崧天才绝艳,少年时期随侍陈贞慧,"每名流燕集,援笔作序记,千言立就,瑰玮无比,皆折行辈与交"③。他长于诗文,并尤以骈文、词体著称,早自顺治七年(1650年)开始,他就与邹祗谟、董以宁以词相唱和,此后领起了声势颇大的阳羡词派,主要成员包括陈维岳、陈维岱、史惟圆、任绳隗、徐喈凤、万树、蒋景祁、曹亮武等。他们煽起词风,编选《今词苑》《荆溪词初集》《瑶华集》等词选,扩大了阳羡派的影响力,与以朱彝尊为代表的浙西派,并称清初两大词派。陈维崧是阳羡派的首领,成就也最大,陈廷焯在《白雨斋词话》中即称:"迦陵词气魄绝大,骨力绝遒,填词之富,古今无两。"

①《顾亭林诗文集·亭林文集》卷四《与人书三》,中华书局 1983 年版,第 91 页。
②《明诗别裁集》卷十一《顾绛》,上海古籍出版社 2013 年版,第 300 页。
③《清史稿》卷四百八十四《文苑一》,中华书局 1977 年版,第 13341—13342 页。

"国初词家，断以迦陵为巨擘。"①

　　首先，肯定词体。陈维崧诸体兼擅，对于不同文体多持宽宏通达态度，认为诸文体之间虽有质文、疏密等差异，但其实往往古今同贯，"趣本同归"，"理惟一致"，"原非泾渭，讵类玄黄"②，展现出了一种平等允正的文体意识。世人向来鄙弃词体、薄视词人，陈维崧在明清之际"天下填词家尚少"之时就雅好词作，对于这种偏见，更有着强烈的切身感受。他回顾与史惟圆的论交、作词经历时说："沉思畴昔，知益不足道矣。会客撫邑中故事，谈次偶及一先辈巨公。客曰：此公人品颇足传，恨其生平曾作词曲耳。余与云臣闻之，皆大笑。"③结合多年的作词体会说："嗟乎！曾闻长者，呵《兰畹》为外篇；大有时贤，叱《花间》为小技。十年艳制，坐收轻薄之名；一卷新词，横受俳优之目。"④在为纳兰容若所作《赠成容若》中也写道："不值一钱张三影，尽旁人、拍手揶揄汝。何至作，温韦语？"⑤有激于此，陈维崧为词体予以了积极辩护，他一反世俗轻视词人的态度，以一种"生才实难，审音不易"的宽容心态，指出词家之作若能"人人缮写""字字流传"实属不易，"讵云小道，亦曰多能"⑥，对词家的才能表示肯定。对词体功能，他强调以词抒情的重要性，更重要的是，陈维崧还从词体渊源角度阐述了词体地位，《今词选序》中曰：

　　　　盖诗自皇娥而下，词沿赵宋而前，历代相仍，变本加厉，其间因革，可得而言。七绝平韵，即名为《小秦王》；七绝仄韵，遂命为《鸡叫子》。《瑞鹧鸪》便是七言近体，《生查子》不过五古遗声。以至三字九字，在乐府已引其端；及夫《柳枝》《竹枝》，彼唐人夙娴其体。考其祖禰，俱为《骚》《雅》之华胄；咀其隽永，绝非典谟之剩馥也。⑦

　　词家尊奉词体，或由诗词同源于乐的角度，以一种大而化之的论

---

① 陈廷焯著，杜未未校点：《白雨斋词话》卷三，人民文学出版社 1959 年版，第 71 页。

② 陈维崧著，陈振鹤标点，李学颖校补：《陈维崧集·陈迦陵俪体文集》卷六，上海古籍出版社 2010 年版，第 333—334 页。

③ 《陈维崧集·陈迦陵散体文集》卷二，上海古籍出版社 2010 年版，第 50 页。

④ 《陈维崧集·陈迦陵俪体文集》卷七，上海古籍出版社 2010 年版，第 386 页。

⑤ 《陈维崧集·迦陵词全集》卷二十八，上海古籍出版社 2010 年版，第 1568 页。

⑥ 《陈维崧集·陈迦陵俪体文集》卷七，上海古籍出版社 2010 年版，第 395 页。

⑦ 《陈维崧集·陈迦陵俪体文集》卷七，上海古籍出版社 2010 年版，第 397 页。

述,将词体与诗体并列;或由具体的音律层面,谓词律精严、词难于诗,以"别是一家"抬高词体地位。应该说,陈维崧并未超出这些逻辑,不过他以诗词考索的方式详论二者之间互相启益、密不可分,且同源《骚》《雅》而不同于"典谟"等实用性文体,这种论证途径更显稳实,也呈现了他对诗、词的真实态度及对词体地位的肯定。而在《词选序》中,陈维崧更进一步,甚至将词体与经史并置:

> 客或见今才士所作文,间类徐庾俪体,辄曰此齐梁小儿语耳,掷不视。是说也,予大怪之。又见世之作诗者,辄薄词不为,曰为辄致损诗格。或强之,头目尽赤。是说也,则又大怪。夫客又何知。客亦未知开府《哀江南》一赋,仆射在河北诸书,奴仆《庄》《骚》,出入《左》《国》,即前此史迁、班椽诸史书,未见礼先一饭;而东坡、稼轩诸长调,又骎骎乎如杜甫之歌行与西京之乐府也。盖天之生才不尽,文章之体格亦不尽……鸿文巨轴,固与造化相关,下而谰语卮言,亦以精深自命。要之穴幽出险以厉其思,海涵地负以博其气,穷神知化以观其变,竭才渺虑以会其通,为经为史,曰诗曰词,闭门造车,谅无异辙也。……然则余与两吴子、潘子,仅仅选词云尔乎?选词所以存词,其即所以存经存史也夫![1]

陈维崧连同骈文赋体与词体一起予以了辩护,这实源于他对词、赋关系的一种独特认知,认为二者在源流关系、表现特征等方面更为密切,这种看法,在其词序类文章中屡屡可见。他批评世人轻视俪体、"薄词不为",谓庾信之赋熔铸《庄子》《离骚》出入《左传》《国语》,苏、辛词作堪比杜甫歌行与西汉乐府,其成就并不逊于世人所推尊的散文与诗歌。更重要的是,陈维崧为词注意原本经史学问,"诸生平所诵习经史百家古文奇字,一一于词见之"[2],所以在坚持文章"体格"多样性的基础上,他特从作者之才、学、气与精思营构层面,充分揭示了词与经、史、诗的相通性,称其选词、存词,正所以"存经存史"。这种论述,不仅打破了以词为"小技""小道"的思想藩篱,更极大地推动了词体地位的提升。

---

① 《陈维崧集·陈迦陵散体文集》卷二,上海古籍出版社 2010 年版,第 54—55 页。
② 《陈维崧集》附录,上海古籍出版社 2010 年版,第 1832 页。

其次，推尊苏、辛而不拘一格的词学旨趣。陈维崧自述年少读《诗》尤喜《秦》风："每当困顿无聊时，辄歌《驷铁》以自豪。"①与此有异，他早年作词却以婉丽轻巧为主，后经思想转变、自悔少作，"顾余当日妄意词之工者，不过获数致语足矣，毋事为深湛之思也。乃余向所为词，今覆读之，辄头颈发赤，大悔恨不止"②，由此渐渐转向沉雄豪放一路。他明确反对毫无情志的绮靡纨艳风格，云："其学为词者，又复极意《花间》，学步《兰畹》，矜香弱为当家，以清真为本色。神瞽审声，斥为郑卫。甚或爨弄俚词，闺禤冶习，音如湿鼓，色若死灰。"③批评吴地士子，"第能歌《西曲》《寻阳》诸乐府"，"其声靡靡不足听也"④。后世论家评其词作，多称他能接续苏、辛，如蒋兆兰说："苏辛派至此可谓竭尽才人能事。后之人无可措手，不容作、亦不必作也。"⑤陈廷焯谓其沉雄俊爽："迦陵词，沉雄俊爽，论其气魄，古今无敌手。若能加以浑厚沉郁，便可突过苏辛，独步千古。惜哉！"⑥但是，陈维崧在取法苏、辛的豪放之外，对不同词家的多元风格也多予肯认，认为风土不同，词人气质有异，风格不必强同，对此他以诗歌为例说："譬之诗体，高岑韩杜，已分奇正之两家；至若词场，辛陆周秦，讵必疾徐之一致。"⑦奇正对举、刚柔并蓄，可见无论是豪放派，还是清真婉约派，都应是词坛不可或缺的部分。他还在《金天石吴日千二子词序》中追溯婉约派的源流，对此评价道："词有千家，业归二李。斯则绮袖之端门，红牙之哲匠矣。若易安之婉娈清新，屯田之温柔倩媚，虽为风雅之罪人，实则闺房之作者。由斯以降，我无讥焉。"⑧不难发现，他认为李清照、柳永过于"婉娈""倩媚"的作品有伤"风雅"，对婉约派尚有保留意见。

陈维崧多元宽宏的词学意识，在其创作中得到了体现。陈廷焯认为他能得诸家情、词、骨、韵之长而熔铸为词："其年《沁园春》最佳者，如

<hr>

① 《陈维崧集·陈迦陵散体文集》卷一，上海古籍出版社 2010 年版，第 9 页。
② 《陈维崧集·陈迦陵散体文集》卷二，上海古籍出版社 2010 年版，第 53 页。
③ 《陈维崧集·陈迦陵散体文集》卷二，上海古籍出版社 2010 年版，第 54 页。
④ 《陈维崧集·陈迦陵散体文集》卷一，上海古籍出版社 2010 年版，第 10 页。
⑤ 《词说》，《词话丛编》，中华书局 2005 年版，第 4632 页。
⑥ 《白雨斋词话》卷三，人民文学出版社 1959 年版，第 72 页。
⑦ 《陈维崧集·陈迦陵俪体文集》卷七，上海古籍出版社 2010 年版，第 397 页。
⑧ 《陈维崧集·陈迦陵俪体文集》卷七，上海古籍出版社 2010 年版，第 387 页。

《题徐渭文钟山梅花图》后半云：'如今潮打孤城，只商女船头月自明。叹一夜啼乌，落花有恨，五陵石马，流水无声。寻去疑无，看来似梦，一幅生绡泪写成。携此卷，伴水天闲话，江海余生。'情词兼胜，骨韵都高，几合苏、辛、周、姜为一手。"①不过，陈廷焯评陈维崧词，更常着眼于他与前人的差异性，如谓其"学稼轩"而"非稼轩也"。这种学而不似，其实恰是陈维崧的学词意旨，他曾在《胡二斋拟古乐府序》中提出"纬昔事以今情，传新声于古意，绝无依傍，略少抚摹"②的主张，《贺新凉·题曹实庵珂雪词》中亦云："万马齐喑蒲牢吼，百斛蛟螭困蠢。算蝶拍莺簧休混。多少词场谈文藻，向豪苏腻柳寻蓝本。吾大笑，比蛙黾。"③可见，其用意不仅仅是模拟各家辞藻、耽于形式，而是要借此寄寓"坎坷""孤愤"，放抒怀抱，所以也就不拘一格，所谓"作达放颠无不可"。从这一层面看，陈廷焯称陈维崧"蹈扬湖海，一发无余，是其年短处，然其长处亦在此"④，是非常准确的。

最后，"援微词而通志"，强调情意寄托。陈维崧对婉约派词风有保留意见，这主要是因为此类词作多泥于脂粉，情志不足。《蝶庵词序》引述史惟圆的词论，说明了这一问题："今天下词亦极盛矣。然其所为盛，正吾所谓衰也。家温韦而户周秦，抑亦《金荃》《兰畹》之大忧也。夫作者非有《国风》美人、《离骚》香草之志意以优柔而涵濡之，则其入也不微，而其出也不厚。人或者以淫亵之音乱之，以佻巧之习沿之，非俚则诬。"⑤强调"美人""香草"背后的情志寄托，追求"入微"而"出厚"，这是陈维崧厌弃世俗亵佻之作的原因所在。与明清之际归庄等人有激于世事而强调借诗歌发愤抒情一样，陈维崧所强调的情志内涵，也指向历史转换、兴亡悲慨。在《乐府补题序》中，他结合王沂孙、周密等宋代遗民的事迹与词作发论道："飘零孰恤，自放于酒旗歌扇之间；惆怅畴依，相逢于僧寺倡楼之际。盘中烛炧，间有狂言；帐底香焦，时而谰语。援微

①《白雨斋词话》卷三，人民文学出版社 1959 年版，第 76、77 页。
②《陈维崧集·陈迦陵俪体文集》卷七，上海古籍出版社 2010 年版，第 400 页。
③《陈维崧集·迦陵词全集》卷二十八，上海古籍出版社 2010 年版，第 1568 页。
④《白雨斋词话》卷三，人民文学出版社 1959 年版，第 72 页。
⑤《陈维崧集·陈迦陵散体文集》卷二，上海古籍出版社 2010 年版，第 49 页。

词而通志,倚小令以成声。此则飞卿丽句,不过开元宫女之闲谈;至于崇祯新编,大都才老梦华之轶事也。"①肯定王沂孙等人以词"通志",暗抒"狂言"与"谰语",认为温庭筠与《花间集》诸作无非闲谈、轶事,可见家国悲慨、兴亡之感,正是其"援微词而通志"的重要内涵。当然,这些又与个人的身世之感紧密结合在一起,《叶桐初词序》中云:"与君此日,颇多嬉笑之言;顾我何人,亦有激昂之作。别几何时,欢真不再。"②《三芝集序》云:"嗟乎!我辰安在,笑口难开;生世不谐,忧心曷极。棋上有不平之局,酒边多《懊恼》之歌,寄语尊公,何劳永叹。"③另外,陈维崧强调情志寄托,亦即"入微",而所谓"出厚",则指含蓄优柔、温柔敦厚。陈维崧注意到了词、赋体裁的优越性:"且夫鸩岂善于为媒,鱼宁可以作媵。子虚亡是,讵常真有其人;暮雨朝云,要亦绝无之事。然而宋玉以寄其形容,相如以成其比兴。固知情难摭实,事比镂尘。托隐谜以言愁,借嘲诙以写志。凡兹抹月批风之作,悉类诅神骂鬼之章。达者喻之空花,愚夫求之楮叶。"④辞赋可通过比兴、用事乃至虚构的形式来达到"讽"的目的,词体也可借助"风月"等题材形式寄寓情志哀愁,"情难摭实""事比镂尘",都堪称"入微""出厚"的极佳选择。以艳情词曲等寄寓悲慨,这是明清之际陈维崧、贺贻孙等众多作家的选择,与这一特定的历史时空极有关。陈维崧这种重情感寄托的思想,此后在张惠言、周济等常州词派那里也得到了充分重视。

二、张惠言等常州词派的词学思想

常州词派是清代嘉庆以后由张惠言开创的重要的词学流派。清代康熙、乾隆年间,浙派词人占据词坛,他们推崇姜夔、张炎,追求清空醇雅的词风,词的内容比较狭窄。嘉庆初年,浙派词人"慕竹垞之标韵,缅樊榭之音尘",⑤往往留于朱彝尊、厉鹗的形式,更专注于格律声调,饾饤

① 《陈维崧集·陈迦陵俪体文集》卷七,上海古籍出版社 2010 年版,第 401 页。
② 《陈维崧集·陈迦陵俪体文集》卷七,上海古籍出版社 2010 年版,第 386 页。
③ 《陈维崧集·陈迦陵俪体文集》卷六,上海古籍出版社 2010 年版,第 321 页。
④ 《陈维崧集·陈迦陵俪体文集》卷七,上海古籍出版社 2010 年版,第 380 页。
⑤ 吴锡麒撰:《有正味斋集》骈体文卷八《仔月楼分类词选自序》,清嘉庆十三年刻本。

不实,脱离生活,失去了词作的生气与活力。浙派末流以醇雅清空相标榜,而实乃空椟无物。常州词人张惠言有感于此,主张意内言外,比兴含蓄,"以《国风》《离骚》之旨趣,铸温、韦、周、辛之面目",①期以提高词的地位,使词与《风》《骚》同科。一时应和者甚众,常州词派缘此而产生。

首先,张惠言与常州词派词学思想的肇兴。张惠言(1761—1802),字皋文,号茗柯,江苏常州人。张惠言虽然早年即中举,但其后七试场屋不第。嘉庆二年(1797 年),屡试不中的张惠言与弟弟张琦馆于著名经学家金榜的家中,《词选》便是他在金氏家中给金氏子弟讲授词学的教本。当时他已 37 岁,两年后考中进士,但不到 3 年即辞世。由于张惠言享世不永,他对词学的才华未能充分展开,《词选》虽然问世,常州词派的基本词学宗趣在其序言中得以揭示,但主要是作为金氏家中课读的选本,尚未形成昭著的影响。其后,张琦及其甥董士锡等逐渐弘广,才渐成"词派"之规模。虽然张氏词论尚具草创之特点,且词作才华尚未得以尽情展露,但其骈骊开道之功毋容置疑。其盛况诚如龙榆生先生所指出的那样:"迨张氏《词选》刊行之后,户诵家弦,由常而歙,由江南而北被燕都,更由京朝士大夫之闻风景从,南传岭表,波靡两浙,前后百数十年间,海内倚声家,莫不沾溉馀馥,以飞声于当世,其不为常州所笼罩者盖鲜矣!"②

张惠言的词学观点主要要集中在《词选序》之中。他说:

> 词者,盖出于唐之诗人,采乐府之音以制新律,因系其词,故曰词。传曰:意内而言外谓之词。其缘情造端,兴于微言,以相感动。极命风谣里巷男女哀乐,以道贤人君子幽约怨悱不能自言之情。低回要眇以喻其致。盖诗之比兴,变风之义,骚人之歌,则近之矣。然以其文小,其声哀,放者为之,或跌荡靡丽,杂以昌狂俳优。然要其至者,莫不恻隐盱愉,感物而发,触类条鬯,各有所归,非苟为雕琢曼辞而已。自唐之词人李白为首,其后韦应物、王建、韩翃、白居

---

① 周济:《味隽斋词自序》,陈乃乾辑:《清名家词》第 7 卷,上海书店 1982 年版,第 379 页。
② 龙榆生:《论常州词派》,《龙榆生词学论文集》,上海古籍出版社 1997 年版,第 387—388 页。

易、刘禹锡、皇甫松、司空图、韩偓并有述造，而温庭筠最高，其言深美闳约。五代之际，孟氏、李氏君臣为谑，竞作新调，词之杂流，由此起矣。至其工者，往往绝伦。亦如齐梁五言，依托魏晋，近古然也。宋之词家，号为极盛，然张先、苏轼、秦观、周邦彦、辛弃疾、姜夔、王沂孙、张炎渊渊乎文有其质焉。其荡而不反，傲而不理，枝而不物。柳永、黄庭坚、刘过、吴文英之伦，亦各引一端，以取重于当世。而前数子者，又不免有一时放浪通脱之言出于其间。后进弥以驰逐，不务原其指意，破析乖刺，坏乱而不可纪。故自宋之亡而正声绝，元之末而规矩隳。以至于今，四百余年，作者十数，谅其所是，互有繁变，皆可谓安蔽乖方，迷不知门户者也。今第录此篇，都为二卷。义有幽隐，并为指发。几以塞其下流，导其渊源，无使风雅之士惩于鄙俗之音，不敢与诗赋之流同类而风诵之也。[1]

其中的核心思想概有以下几个方面。其一，借"意内言外"以推尊词体。词因其初兴时与歌筵酒席间的遣兴有关，而常常被儒家正统文人视为"艳科"，因此，历代词家为推尊词体作出了种种努力。张惠言则通过"意内言外"的途径，以达到尊体的目的。他所谓"意"，是"贤人君子幽约怨悱不能自言之情"，而从其《词选》中的内容可以看出，这种情包括"感士不遇""忠爱之忱"等情感。诚如况周颐所说："意内者何？言中有寄托也。"[2]这样，词就与诗之比兴、变风之义、骚人之歌更加趋近，从而根本上提高了词的地位，而"非苟为雕琢曼辞而已"。张惠言之"意内"主要是针对浙派词标榜的"清空""醇雅"及其流弊而发，是以词的内容及其社会意义来补救浙西派的空疏之失。其"言外"则是词具有低回要眇、深美闳约的审美特征，这主要是为了补救阳羡派粗率叫嚣之失。简言之，张惠言期以"《国风》《离骚》之情趣，铸温、韦、周、辛之面目"[3]。他将宋词与《风》《骚》并列，提高了词的地位。其二，比兴寄托的表达及解词方式。张惠言为推尊词体而将其与《诗》《骚》相类，因此，词亦具有

---

① 张惠言撰：《张惠言论词》附录《词选序》，唐圭璋编：《词话丛编》，中华书局 2005 年版，第 1617—1618 页。
② 况周颐撰，孙克强辑校：《况周颐词话五种·外一种·词学讲义》，浙江古籍出版社 2014 年版，第 280 页。
③《味隽斋词自序》，陈乃乾辑：《清名家词》第 7 卷，上海书店 1982 年版，第 379 页。

第六章　清至近代文学思想

了风雅比兴的表现方式,以香草美人喻贤人君子幽约怨悱的情怀。基于这样的标准,他以温庭筠为"深美闳约"的最高典范,而对元代以后的词作均认为"迷不知门户者也"。当然,张惠言以比兴说词与其擅于经术有关。清人黄彭年尝言:"常州自北江、皋文渊如,以经术倡导,后进宗之。"①其解《易》的学术背景,影响了其评词探颐索隐方法的形成。这种方法固然对准确地理解词作固有内涵不无裨益,乃至被誉为"倚声家之金针也",②但如果执守此法,一味以寄托说词,亦有强作解人之嫌。如,谢章铤说:"虽然,词本于诗,当知比兴,固已。究之尊前花外,岂无即境之篇,必欲深求,殆将穿凿。夫杜少陵非不忠爱,今抱其全诗,无字不附会以时事,将《漫兴》《遣兴》诸作,而皆谓其有深文,是温柔敦厚之教,而以刻薄讥讽行之,彼乌台诗案,又何怪其锻炼周内哉。即如东坡之《乳燕飞》,稼轩之《祝英台近》,皆有本事,见于宋人之纪载。今竟一概抹杀之,而谓我能以意逆志,是为刺时,是为叹世,是何异读诗者尽去小序,独创新说,而自谓能得古人之心,恐古人可起,未必任受也。前人之纪载不可信,而我之悬揣,遂足信乎?故皋文之说不可弃,亦不可泥也。"③谢章铤虽然对皋文屡有赞辞,但也道出了皋文寄托说的不足。这是中肯的评价。事实上,即使是常州词派中人,对此亦持谨慎态度。如,宋翔凤说:"张皋文先生《词选》,申太白、飞卿之意,托兴绵远,不必作者如是。是词之精者,可以仁者见仁,智者见智。"④

　　张惠言的词论于当时词坛起到了振聋发聩的作用。当张惠言标举意内言外,称赞"渊渊乎文有其质"的宋词盛况时,这一取向受到了时人的景从,谓其:"此论高出流辈,发前人所未发。"⑤尤其是张惠言推尊词体,使词坛呈现出了健康积极的气象,出现了大量忧时患世的词作。张惠言去世后不久,救亡图存成为时代主题,张惠言所倡导的风雅比兴,为词作唱响救亡之音提供了可能。常州词派遂取代浙西派成为词坛主流。

① 闵尔昌辑:《碑传集补》卷五十一《文学八》,民国十二年排印本。
② 谢章铤撰:《赌棋山庄词话》续编一,《词话丛编》,中华书局 2005 年版,第 3485 页。
③ 《赌棋山庄词话》续编一,《词话丛编》,中华书局 2005 年版,第 3486 页。
④ 宋翔凤:《乐府余论》,凤凰出版社 2019 年版,第 659 页。
⑤ 江顺诒撰:《词学集成》卷一,《词话丛编》,中华书局 2005 年版,第 3222 页。

其次,董士锡、宋翔凤与常州词学思想的传承。董士锡,字晋卿,一字损甫,江苏武进(今常州)人。嘉庆副贡生,候选直隶州州判。董士锡的学术与词学深受其舅张惠言的影响。著有《齐物论斋集》等。董士锡的词学思想主要集中在《周保绪词叙》《餐华吟馆词序》等词叙中。

《周保绪词叙》主要讨论了词的功能。董士锡认为,词可以化解几微过中之情,使之不越乎礼,他说:

> 士不能出其怀,持以正于世,不得已而取其生平悲喜怨慕之情,发而为文,以见其志,亦非君子之所尚矣。故曰:君子之道,修身以待命,正也;怨,非正也。虽然,将抑其情而不予之,遂邪;抑之不已,其气惨黯而不舒,其体屈挠而不宁,而偏激躁矜之疾生。故君子之道,不引乎情,不可以率乎礼。盖及其治心泽身之学既大成,其几微过中之情,固可以渐而化之。然则吾徒俯仰一世,感慨人己,情之所发,跌荡往返,固所不自己者也。[1]

《餐华吟馆词叙》则主要通过对宋代以降的词学诸家的品评,申述了其审美旨趣,他说:

> 昔柳耆卿、康伯可未尝学问,乃以其鄙嫚之辞,缘饰音律,以投时好,而词品以坏。姜白石、张玉田出,力矫其弊,为清雅之制,而词品以尊。虽然,不合五代、全宋以观之,不能极词之变也;不读秦少游、周美成、苏子瞻、辛幼安之别集,不能撷词之盛也。元明至今,姜、张盛行,而秦、周、苏、辛之传响几绝,则以浙西六家独宗姜、张之故。盖尝论之,秦之长,清以和,周之长,清以折,而同趋于丽;苏辛之长,清以雄;姜、张之长,清以逸。而苏、辛不自调律,但以文辞相高,以成一格,此其异也。六子者,两宋诸家皆不能过焉。然学秦病平,学周病涩,学苏病疏,学辛病纵,学姜、张病肤。盖取其丽与雄与逸,而遗其清,则五病杂见,而三长亦渐以失。……夫词之为艺也小,其为文也精,秦、姜名高一代,其成章只数十篇。辛称

---

① 董士锡撰:《周保绪词叙》,冯乾编校:《清词序跋汇编》卷七,凤凰出版社 2013 年版,第 713 页。

最多，亦惟数卷，其难也如此。至放者为之，始列为多编，而词学滴矣。①

董士锡秉持其舅本于经学正统思想以律词的精神，斥柳永等人"荡而不反"的词风。董士锡认为，柳永、康与之的鄙嫚之辞，与其"未尝学问"有关。董士锡论诗以清雅为本，兼以和、折、雄、逸，认为宋词以秦观、周邦彦、苏轼、辛弃疾、姜夔、张炎六子为极致。比较而言，苏、辛有"不自调律""以文辞相高"的不足，虽"自成一格"，但毕竟是词中异格。董士锡反对专学一家，学秦、周、苏、辛、姜、张则有"五病杂见"之失。在这一方面，董士锡与浙派并不相同。他主张广综博取，合五代、全宋词以观之，且读诸别集之全部，方能撷词之盛。显然，董士锡持论殊为平允理性，并无入主出奴意味。

宋翔凤（1776—1860），字虞廷，又字于庭，江苏长洲（今吴县）人。嘉庆五年（1800年）举人，后科场蹭蹬，仕途坎坷，委于小官。著述收录于《浮溪精舍丛书》中。就学术方面而言，宋翔凤与张惠言一样，精于经学而又通于词苑。就词学方面而言，有词集《浮溪精舍词》三种（《香草词》《洞箫词》《碧云词》），并有词学理论方面的著述《乐府余论》等。

宋翔凤对词学的认识，从其对张惠言词的推敬中得到了体现。《香草词序》中述及张惠言的词学贡献时云："先生于学皆有源流，至于填词，自得宗旨。其于古人之词，必缒幽凿险，求义理之所安，若讨河源于积石之上，若推经度于辰极之表；其自为词也，必穷比兴之体类，宅章句于情性，盖圣于词者也。"②更重要的是，宋翔凤通过填词经历以及体验表达了对词学的认识。宋翔凤自念与张惠言相去甚远，不敢于鄙倍未化之时，轻涉词学藩篱。但此时，受到汪全德（字小竹，一字修甫）的有益启示，汪氏言："凡情与事，委折抑塞，于五七字诗不能尽见者，词能短长以陈之，抑扬以究之。盖穷居则气郁，气郁则志衰，志衰而虑乱，虑乱而词碎，而能归之节辏之微，道以声音之变，各使就理，靡不开畅。又能包含蕴蓄，不尽其声，俾皆平其气以和其疾，是以填词之道补诗境之穷，

---

① 董士锡撰：《餐华吟馆词叙》，引自冯乾编校《清词序跋汇编》卷七，凤凰出版社2013年版，第706页。
② 宋翔凤撰：《香草词序》，冯乾编校《清词序跋汇编》卷八，凤凰出版社2013年版，第851页。

亦风会之所必至也。"宋翔凤在自己词集的序言中详细引述汪氏所言，显然对其深为认同，乃至可视为宋翔凤自己对词的体认。汪氏所言乃作为长短句的词，表达了"气郁""虑乱"的缠绵婉曲情感的独特功能，从而丰富了常州派词学的内涵。宋翔凤正是据此而为，当其"身心若桎梏，名字若黥劓"之时，乃"有感于气而不自知，有动于中而不自觉"。形诸词作，"轻薄之行，素鄙于中怀；妙喻所触，每寄于即事。使以溱洧之兰芍，媲沅湘之兰芷；取屠沽之面目，合伶籍之形迹。其事若出于一条，其趣自暌乎千里。识沉沦之可悲，谅疏狂之有托。"①宋翔凤以词作消解自己的塞难苦痛，践行和追慕张惠言"穷比兴之体类，宅章句于情性"的词学旨趣。当然，宋翔凤对张惠言的词学思想又有所发展，这就是张惠言所说的比兴寄托主要是从前人词作中体味大义，宋翔凤则将其付诸填词实践之中。同时，宋翔凤认为，词与诗一样，都是表达情感的方式，他在《与陆祁生书》中说："盖歌词之始，必生于情。情之所钟，由于恻怛。伦常之大，交际之广，以及动植之触感，时序之流连，罔不索之沈冥，寄乎遥远。故咏其词者，分辙于郁陶；论其世者，别涂于深浅。"②

　　宋翔凤与张惠言、董士锡一样，对姜夔予以高度评价。他说："词家之有姜石帚，犹诗家之有杜少陵，继往开来，文中关键。其流落江湖，不忘君国，皆借托比兴，于长短句寄之。如《齐天乐》，伤二帝之北狩也。《扬州慢》，惜无意恢复也。《暗香》《疏影》，恨偏安也。盖意愈切，则辞愈微，屈宋之心，谁能见之。乃长短句中，复有白石道人也。"③宋翔凤对姜夔的褒赞与浙派词人并不相同。浙派词推重姜夔主要在于形式，而宋翔凤则是继承了常州词派重意，亦即注重内容的传统，其"流落江湖，不忘君国"，词作中"惜无意恢复""恨偏安"的情感与"屈宋之心"。正是在这个意义上，姜夔才被宋翔凤允为"犹诗家之杜少陵"。宋翔凤的人生经历，以及所处的列强侵凌的时代，也是其服膺白石的重要因素。而这正是他对常州词派词学思想从内容到形式两方面的发展。

---

① 《香草词序》，《清词序跋汇编》卷八，凤凰出版社 2013 年版，第 851 页。
② 宋翔凤：《朴学斋文录》卷一，清嘉庆二十五年刻浮溪精舍丛书本。
③ 宋翔凤撰：《乐府余论·姜白石继往开来》，唐圭璋编：《词话丛编》，中华书局 2005 年版，第 2503 页。

三、周济与常州词派词学思想的光大

周济（1781—1839），字保绪，又字介存，晚号止安。江苏荆溪（今宜兴）人。嘉庆十年（1796年）进士，官淮安府学教授。其词学思想主要集中在其所编著的《介存斋论词杂著》《词辨》以及《宋四家词选》之中。

周济对常州词派的发扬光大起到了关键的作用。常州词派后劲谭献对此有允评："周氏撰定《词辨》《宋四家词筏》（即《宋四家词选》）推明张氏之旨而广大之。此道遂与于著作之林，与诗赋文笔同其正变也。"① 周济早年曾从张惠言的外甥及弟子董士锡学词，对张惠言深为敬服，称张氏《词选》"叙文旨深词约，渊乎登古作者之堂而进退之矣"。② 实乃张氏的再传弟子。

周济之所以步武张惠言之后尘，一个不可忽视的题外功夫是他们都有强烈的济世情怀。张惠言推尊词作，目的是要将词与诗骚一样，既可以表现里巷男女之哀乐，亦可以道贤人君子幽约怨诽不能自言之情。如果说张惠言主要是从儒家正统的济世情怀出发，以经学为津梁而对历来被视为小道的词进行了规执，那么，周济则以豪侠精神、以史家的情怀对词体提出了新的要求。从这个意义上看，他们都是通过词外功夫而成就了常州词派。当然，张惠言与周济于词学还有一个不可忽视的区别。张惠言于常州词派实乃"无心插柳"，而周济于词学则颇多经意。他"少嗜此，中更三变，年逾五十，始识康庄"，③ 亦即他对于词学的热衷与执着几乎贯及一生。虽然我们无法确认"中更三变"的轨迹，但就其对词学的著述来说，远过于张惠言。早年所作《词辨》十卷，其写本在黄河粮船失事时亡佚，而"既无副本"，后经"稍稍追忆，仅存正变两卷"，④ 有记载其词学体悟的《介存斋论词杂著》，更有影响巨大的《宋四家词选》。其基于济世情怀而产生的词学理论贡献主要集中在"词亦有史""寄托出入说"和主张"别态同妍"之美。

---

① 徐珂撰：《清词选集评》卷上，葛渭君编：《词话丛编补编》，中华书局2013年版，第2885页。
② 周济撰：《词辨序》，黄苏等选评，尹志腾校点：《清人选评词集三种》，齐鲁书社1988年版，第163页。
③ 周济撰：《宋四家词选序论》，唐圭璋编：《词话丛编》，中华书局2005年版，第1646页。
④ 周济撰：《介存斋论词杂著》，唐圭璋撰：《词话丛编》，中华书局2005年版，第1636页。

首先，"词亦有史"。如果说张惠言从经学的角度言词，是从中国古代经学所独有的地位而具有包容性、贯通性、一体性的角度来提升词学的地位，那么，周济则是从尊史的角度，通过为词叙史，期以提升其地位。不但词有史，还可以通过词以见史。所谓见史，即是通过词窥见社会，而绝非"宜于宴嬉逸乐"的小技。因此，他说：

> 感慨所寄，不过盛衰；或绸缪未雨，或太息厝薪，或己溺己饥，或独清独醒，随其人之性情、学问、境地，莫不有由衷之言。见事多，识理透，可为后人论世之资。诗有史，词亦有史。庶乎自树一帜矣。若乃离别怀思，感士不遇，陈陈相因，唾渖互拾，便思高揖温、韦，不亦耻乎。①

周济通过列举《诗经·鸱鸮》、贾谊《新书·数宁》和《孟子·离娄》《楚辞·渔父》等具有时代盛衰印记的典故，以说明表现作家由衷之言的词作，与杜甫的诗作体现强烈的苍生社稷意识而被视为"诗史"一样，词也可以具有同样的功能。周济不屑于词作仅表现"离别怀思，感士不遇"的题材，期望词作中应"事多""理透"，以描写苍生社稷题材为首位，以现实社会生活为首位，以使词具有"论世之资"。显然，这比张惠言隐喻词之与《风》《骚》相似更进了一步。同时，"词亦有史"，从内容上使张惠言的尊体思想得到了发展。词具有的"论世之资"品质，从根本上赋予了词与诗相似的地位。

其次，寄托出入说。常州词派的肇基者张惠言以比兴言词，提高了词的社会地位。但由于张惠言的比兴说带有明显的治《易》色彩，因此，牵强附会以说词也受到了时人的批评，乃至常州词派的谭献承认这样的现实："以常派挽朱、厉、吴、郭佻染饾饤之失，而流为学究。"②周济承祧了张惠言比兴寄托旨趣，但又将寓意内涵以浑融含蓄的审美形象出之，给读者以充分的想象与回味空间。他根据习词的步骤，在其51岁所编的《宋四家词选》序论中有这样的表述："夫词，非寄托不入，专寄托不出。一物一事，引而伸之，触类多通，驱心若游丝之胃飞英，含毫如郢

---

① 《介存斋论词杂著》，唐圭璋撰：《词话丛编》，中华书局 2005 年版，第 1630 页。
② 谭献撰：《复堂词话》，人民文学出版社 1998 年版，第 31 页。

斤之斫蝇翼，以无厚入有间。既习已，意感偶生，假类毕达，阅载千百，
罄欬弗违，斯入矣。赋情独深，逐境必寤，酝酿日久，冥发妄中。虽铺叙
平淡，摹绩浅近，而万感横集，五中无主。读其篇者，临渊窥鱼，意为鲂
鲤，中宵惊电，罔识东西。赤子随母笑啼，乡人缘剧喜怒，抑可谓能出
矣。"①其寄托出入说，与其刊行于嘉庆十七年（1812 年），时年 31 时所
说的一段话相印合："初学词求空，空则灵气往来，既成格调求实，实则
精力弥满，初学词求有寄托，有寄托则表里相宣，斐然成章。既成格调，
求无寄托，无寄托，则指事类情，仁者见仁，知者见知。"②所谓"非寄托不
入"是就初习词而言，即注重词作的寄意内涵，使言意相洽、表里相宜。
显然，周济所言是要强调作词需寄意，这也是其"词亦有史"的内在要
求。而"专寄托不出"则是指"既成格调"，亦即熟练地掌握创作方法以
后，需消泯寄托形迹，以生动浑融的艺术形象出之，给读者留下丰富的
多维度的想象空间和回味余地。以上两段表述前后经历了 20 年，可见
"寄托出入说"是周济经过多年研磨体会而始终认同的结论。对于"初
学词"到"既成格调"的进路，周济主张逐渐提高艺术修养，说："学词先
以用心为主，遇一事、见一物，即能沉思独往，冥然终日，出手自然不
平。"③他认为周邦彦"思力独绝千古"④，由入到出，体现了周济对词学
审美的至高要求。这也是常州词派走向成熟的理论标志之一。

最后，"别态同妍"之美。浙西词派末流有以南宋为正宗，唯姜、张
为山斗的现象。张惠言则以温庭筠词为极诣。周济在尊常州词派的基
本词学旨趣，"意仍张氏"的前提之下，还"言不苟同"⑤，这表现在其强调
"建章千门，非一匠所营"⑥，亦即重视风格的多样性上。他历数词坛卓
荦者时是这样说的："自温庭筠、韦庄、欧阳修、秦观、周邦彦、周密、吴文
英、王沂孙、张炎之流，莫不蕴藉深厚，而才艳思力各骋一途，以极其致。

江苏文学思想史

450

①《宋四家词选序论》，《词话丛编》，中华书局 2005 年版，第 1643 页。
②《介存斋论词杂著》，《词话丛编》，中华书局 2005 年版，第 1630 页。
③《介存斋论词杂著》，《词话丛编》，中华书局 2005 年版，第 1630 页。
④《介存斋论词杂著》，《词话丛编》，中华书局 2005 年版，第 1632 页。
⑤ 潘祖荫撰：《周济宋四家词选序》，唐圭璋编：《词话丛编》，中华书局 2005 年版，第 1658 页。
⑥ 周济撰：《宋四家词选》，唐圭璋编：《词话丛编》，中华书局 2005 年版，第 1649 页。

譬如匡卢、衡岳，殊体而并胜；南威、西施，别态而同妍矣。"①虽然他与张惠言一样，以温庭筠的深美闳约、酝酿含浑为尚，但他更着意的是"各骋一途"之胜、"别态而同妍"之美，魏紫姚黄，摇曳多姿，各尽其妍。风格的多样，乃"才艳思力"的不同所致，亦即是由作者的才情与学力差异而形成的。可见，周济肯认了风格的多样，且分析了其成因。常州词派与浙派相区别的表征在于风格以及所推尊的词人有别。周济虽然也曾将周邦彦、辛弃疾、王沂孙、吴文英四家作为"领袖一代"的词家典范，同时还将晏殊等四十七家列为"附庸"，这些"附庸"不及四家卓荦，但就其品评之辞来看，亦甚为推敬。如，评价附庸于清真的几位曰："耆卿熔情入景，故淡远。方回熔景入情，故秾丽。少游最和婉醇正，稍逊清真者，辣耳。少游意在含蓄，如花初胎，故少重笔；然清真沉痛至极，仍能含蓄。子野清出处，生脆处，味极隽永，只是偏才，无大起落。"②周济之品评，虽未必都能为论者所是，但多以褒赞之语论之。可见，其取径较为宽广，这与张惠言之严苛不同，亦与浙派"家白石而户玉田"③有所区别，体现了周济词论的圆融理性，也是常州词派成为词坛主流的重要原因。

四、陈廷焯及"沉郁"说与常州词学的发展

陈廷焯（1853—1892），原名世焜，字耀光，一字亦峰，江苏丹徒人。光绪十四年（1888 年）举人，一生未官，专心治词，初从浙派，编有《云韶集》二十六卷，著《词坛丛话》一卷。后步踵常州派，编《词则》二十四卷，著《白雨斋词话》八卷。其中，《白雨斋词话》凡五易其稿，经反复研磨，而成中国词论史上篇制最大的一部著作，是其词学思想的集中体现。

陈廷焯在常州词派理论的基础上提出了"沉郁"说。陈廷焯认为，"沉郁"是词的重要特征。他认为诗词一理而稍有不同。诗之高境在沉郁，以杜甫为典范。诗家"或以古朴胜，或以冲淡胜，或以巨丽胜，或以雄苍胜。纳沉郁于四者之中，固是化境"，而不同在于诗歌亦有不尽沉郁者，"如五七言大篇，畅所欲言者，亦别有可观"。而词则不然，"若词

---

①《介存斋论词杂著》附录一《周济词辨自序》，《词话丛编》，中华书局 2005 年版，第 1637 页。
②《宋四家词选序论》，《词话丛编》，中华书局 2005 年版，第 1643 页。
③ 冯金伯辑：《词苑萃编》卷八《品藻六》，清嘉庆刻本。

则舍沉郁之外,更无以为词",这是因为词"篇幅狭小,倘一直说去,不留余地,虽极工巧之致,识者终笑其浅矣"。① 对于"沉郁"的内涵及其词学思想构成中的位置,他在自述撰写《白雨斋词话》的旨趣时有这样的表述:"本诸《风》《骚》,正其情性,温厚以为体,沉郁以为用。"②基于这样的表述,以及陈廷焯的整个词学著述,大致可以寻绎出他以"沉郁说"为表征的词学思想,体现了这样的逻辑结构:《风》《骚》为源,温厚为体,沉郁为用,比兴为法,常州词派为归属。

首先,以《风》《骚》为源。陈廷焯论及学南宋的词人往往只得到句琢字炼,归于纯雅,而不及于深厚。因此,学南宋并不能得其本原。又说:"本原何在? 沉郁之谓也。不本诸《风》《骚》,焉得沉郁?"③沉郁需浸润于《风》《骚》的学殖而成,而《风》又主要是指变风。他说:"顾沉郁未易强求,不根柢《风》《骚》,乌得沉郁? 十三国变风,二十五篇楚词,忠厚之至,亦沈郁之至,词之源也。不究心于此,率尔操觚,乌有是处?"④

沉郁顿挫,原用以称扬杜甫风格,这是因为杜甫在《进雕赋表》中对自己作品有这样的表述:"沉郁顿挫,随时敏捷,而扬雄、枚乘之流,庶可跂及。"⑤严羽《沧浪诗话》更将"沉郁"作为与李白"飘逸"相区别的诗歌特征。陈廷焯诗尊杜甫,词尊王沂孙,将其视为诗词之典范,亦是沉郁风格的范则。但陈廷焯又认为,少陵诗、碧山词风格都可溯及《风》《骚》。他说:"少陵每饭不忘君国,碧山亦然。然两人负质不同,所处时势又不同。少陵负沉雄博大之才,正值唐室中兴之际,故其为诗也悲以壮。碧山以和平中正之音,却值宋室败亡之后,故其为词也哀以思。推而至于《国风》《离骚》,则一也。"⑥陈廷焯追慕《风》《骚》为"沉郁"之源,是由其所理解的"沉郁"的情感特征所决定的。

其次,温厚为体,沉郁为用。陈廷焯自谓其《词话》宗旨在于"温厚以为体,沉郁以为用",清晰地说明了温厚乃是词作的情感内容,沉郁是

① 《白雨斋词话》卷一,人民文学出版社 1959 年版,第 4 页。
② 《白雨斋词话》自序,人民文学出版社 1959 年版,第 2 页。
③ 《白雨斋词话》卷四,人民文学出版社 1959 年版,第 89—90 页。
④ 《白雨斋词话》卷一,人民文学出版社 1959 年版,第 4 页。
⑤ 《全唐文》卷三百五十九《进雕赋表》,中华书局 1983 年版,第 3650 页。
⑥ 《白雨斋词话》卷二,人民文学出版社 1959 年版,第 46 页。

见于外的审美形态。对于这种体用关系，我们可以借助于他对"沉郁"词品典范的王沂孙的评价中看出，他说："诗有诗品，词有词品。碧山词性情和厚，学力精深。怨慕幽思，本诸忠厚，而运以顿挫之姿，沉郁之笔。论其词品，已臻绝顶，古今不可无一，不能有二。"①其"性情和厚""本诸忠厚"，当是词人的性情诉诸词作的内容，"顿挫之姿""沉郁之笔"即是碧山词中体现怨慕幽思的风格特征。对于"厚"，当是体现于词作中的"味"，这较诸"法"与"格"更为重要。这从其对"词坛三绝"比较而尤尊碧山可以看出，他说："词法之密无过清真，词格之高无过白石，词味之厚无过碧山，词坛三绝也。"他认为王沂孙"品最高，味最厚，意境最深，力量最重"。② 可见，味之"厚"，是"沉郁"说的重要内容。何谓"厚"？他有一些相关的描述："凄凉幽怨，郁之至，厚之至。"③"中有怨情，意味便厚。"④亦即意味厚的作品，都是表现哀怨情感的作品，这也是其溯源于变风、《离骚》的原因。陈廷焯身当国运窘迫之世，论词崇尚沉郁顿挫、表现忠爱缠绵的境界，亦因所处的时代使其然。

再次，比兴为法。常州词派崇尚比兴寄托，陈廷焯的"沉郁"说承绍了这一传统，乃至某种意义上就是以比兴为特征的词学观念。他对沉郁有这样的正面阐述："所谓沉郁者，意在笔先，神余言外。写怨夫思妇之怀，寓孽子孤臣之感。凡交情之冷淡，身世之飘零，皆可于一草一木发之。"⑤他又说："所谓兴者，意在笔先，神余言外。极虚极活，极沉极郁，若远若近，可喻不可喻，反复缠绵，都归忠厚。"⑥这两段所述相似，显示"沉郁"与"兴"都具"意在笔先，神余言外"的特征，可见两者存在着一体性。以比兴的方式，以求含蓄不露，这便是沉郁，他说："感慨时事，发为诗歌，便已力据上游，特不宜说破，只可用比兴体。即比兴中，亦须含蓄不露，斯为沉郁，斯为忠厚。"⑦陈廷焯认为，借比兴而出之，以显沉郁

①《白雨斋词话》卷二，人民文学出版社 1959 年版，第 40 页。
②《白雨斋词话》卷二，人民文学出版社 1959 年版，第 40 页。
③《白雨斋词话》卷二，人民文学出版社 1959 年版，第 50 页。
④《白雨斋词话》卷四，人民文学出版社 1959 年版，第 83 页。
⑤《白雨斋词话》卷一，人民文学出版社 1959 年版，第 5 页。
⑥《白雨斋词话》卷六，人民文学出版社 1959 年版，第 158 页。
⑦《白雨斋词话》卷二，人民文学出版社 1959 年版，第 28 页。

之致，是词作的不二选择，"诗词皆贵沉郁，而论诗则有沉而不郁，无害其为佳者，杜陵情到至处，每多痛激之辞，盖有万难已于言之隐，不禁明目张胆一呼，以舒其愤懑，所谓不郁而郁也。作词亦不外乎是，惟于不郁处，犹须以比体出之，终以狂呼叫嚣为耻，故较诗为更难。"①可见，比兴，乃是沉郁的基本要素。同时，这也体现了其沉郁说承秉了常州词派词学基因。

　　最后，以常州词派为归属。陈廷焯的词学初从浙派，但其后则宗奉常州词派，尤其对常州词派开派宗师张惠言推赞备至。他评价张氏词作时说："皋文《水调歌头》五章，既沉郁，又疏快，最是高境。陈、朱虽工词，究曾到此地步否，不得以其非专门名家少之。"②他认为张惠言的《词选》："精于竹垞《词综》十倍，去取虽不免稍刻，而轮扶大雅，卓乎不可磨灭。古今选本，以此为最。"③他充分肯定常州词人对词史的贡献，说："词盛于宋，亡于明。国初诸老，具复古之才，惜于本原所在，未能穷究。乾、嘉以还，日就衰磨，安所底止。二张出而溯其源流，辨别真伪。至蒿庵而规模大定，而词赖以存矣。"④陈廷焯对常州词派的宗奉还体现在对温庭筠的推重。常州词派张惠言、周济都推崇温庭筠的词作，陈廷焯有过之无不及，说："飞卿词全祖《离骚》，所以独绝千古。《菩萨蛮》《更漏子》诸阕，已臻绝诣，后来无能为继。"⑤"飞卿《菩萨蛮》十四章，全是《离骚》变相，古今之极轨也。徒赏其芊丽，误矣。"⑥将温词视为回归词统的开端，说："飞卿、端己，首发其端，周、秦、姜、史、张、王，曲竟其绪；而要皆发源于《风》《雅》，推本于《骚》《辩》，故其情长，其味永，其为言也哀以思，其感人也深以婉。"⑦虽然所言并不完全符合实情，温词中的比兴寄托殊难实证，而这种刻意解读恰恰证明陈廷焯执挚于承祧常州词派的意趣。

---

① 陈廷焯撰：《白雨斋词话》卷六，凤凰出版社 2014 年版，第 206 页。
②《白雨斋词话》卷四，人民文学出版社 1959 年版，第 101 页。
③《白雨斋词话》卷五，人民文学出版社 1959 年版，第 127 页。
④《白雨斋词话》卷四，人民文学出版社 1959 年版，第 102 页。
⑤《白雨斋词话》卷一，人民文学出版社 1959 年版，第 5 页。
⑥《白雨斋词话》卷一，人民文学出版社 1959 年版，第 7 页。
⑦《白雨斋词话》序，人民文学出版社 1959 年版，第 1 页。

第八节　清代中期江苏的骈散文理论

骈散之争是清代中期文坛较突出的现象,而江苏文人扮演了重要的角色。阳湖派文论家和阮元是突出的代表。他们的骈散文理论影响了清代文论的走向。

一、阳湖派文论

阳湖是清雍正四年(1726年)由武进析出的一个县,与武进同属常州府(今江苏常州)。阳湖文派是以当时武进、阳湖两县的志同道合的文人形成的一个文学流派。一般认为,该文派以恽敬、张惠言为首,以李兆洛、陆继辂为主要成员。恽敬(1757—1817),字子居,号简堂,江苏阳湖人。乾隆四十八年举人,官至南昌同知,署吴城同知。著有《大云山房文稿》。张惠言(1761—1802),字皋文,江苏武进人。嘉庆四年进士,官庶吉士,翰林院编修。以治《易》《礼》著称,经学论著有《周易虞氏义》《周易虞氏消息》《周易郑荀义》等20余种,是常州词派的开创者,影响词坛深远。文学著作有《茗柯文编》《茗柯词》等,编有《词选》《七十家赋钞》《刘海峰文钞》等。李兆洛(1769—1841),字绅绮,更字申耆,晚号养一老人,江苏阳湖人,嘉庆十年(1805年)进士,选翰林院庶吉士,充武英殿协修,改凤台知县。丁父忧去职后,主讲江阴书院。著有《养一斋集》,选辑《骈体文钞》等。陆继辂(1772—1834),字祁孙,一字修平,江苏阳湖人。嘉庆五年(1800)举人,官合肥县训导,贵溪县知县。著有《崇百药斋文集》《合肥学舍札记》。

阳湖文派是在桐城派已崭然兴起于文坛之后形成的散文流派。对此,《清史稿》有这样的记载:"常州自张惠言、恽敬以古文名,继辂与董士锡同时并起,世遂推为阳湖派,与桐城派相抗。"①当然,阳湖与桐城派又存在着较复杂的关系。重要代表人物之一张惠言尝言:"余友王悔生,见余《黄山赋》而善之,劝余为古文,语余以所受于其师刘海峰者。

---

① 《清史稿》卷四八六《文苑传三》,中华书局1977年版,第13410页。

为之一二年,稍稍得规矩。"①张惠言又说"海峰之文,有学《庄子》《史记》为之者,弗至也",②为刘大櫆之文抱憾昭然可见。对于桐城派的文论纲领"义法",李兆洛便提出异议,说:"古文义法之说,自望溪张之,私谓义充则法自具,不当歧而二之。文之有法,始自昌黎,盖以酬应投赠之义无可立,假于法以立之,便文自营而已,习之者遂藉法为文,几于以文为戏矣。"③"相抗"抑或从桐城"得规矩",似乎都难以完整地体现阳湖与桐城的关系。阳湖派同人其实并无明显的门派意识,相反,他们多鄙视入主出奴。主要代表人物的文体意识通融而不胶执,这种通融本身即存在着汲取桐城的可能并确是事实。就文学思想而言,主要代表人物文论的内容参差不齐。比较而言,恽敬最为丰富、明确。其古文思想主要体现在以下两个方面。

首先,评析文坛历史与现状,别其短长,救之以"天成"。恽敬的古文思想是通过对时贤往哲的品鉴中得以实现的。他认为"古文,文中之一体耳,而其体至正,不可余,余则支;不可尽,尽则敝;不可为容,为容则体下"。④ 他与方苞一样,着意追寻古文正脉。他与方苞有相似的看法,认为古文正脉已失传七百年。这样,明代的王慎中、归有光等诸古文名家都有些许不足,不足之因是"有意为古文","有意为古文,而平生之才与学不能沛然于所为之文之外,则将依附其体而为之;依附其体而为之,则为支、为敝、为体下,不招而至矣。是故遵岩之文赡,赡则用力必过,其失也,少支而多敝;震川之文谨,谨则置辞必近,其失也,少敝而多支;而为容之失,二家缓急不同,同出于体下,集中之得者十有六七,失者十而三四焉。"迄至清代,侯方域、魏禧之失跟王慎中相似,"而锐过之",其病因可追溯至三苏。汪琬之失近且弱于归有光,其病因可溯至欧阳修。因为"欧与苏二家所畜有余,故其疾难形";而侯方域、魏禧、汪琬"所畜不足,故其疾易见"。⑤ 晚明袁宏道等人更是等而下之,他说:

---

① 张惠言著,黄立新校点:《茗柯文三编·文稿自序》,上海古籍出版社 2015 年版,第 121 页。

② 《茗柯文补编》卷上《书刘海峰文集后》,上海古籍出版社 2015 年版,第 183 页。

③ 李兆洛撰:《养一斋诗文集·文集》卷八《答高雨农书》,清道光二十三年活字印二十四年增修本。

④ 恽敬著,万陆等标校,林振岳集评:《恽敬集·大云山房文稿言事》卷一《与舒白香(其一)》,上海古籍出版社 2013 年版,第 486 页。

⑤ 《恽敬集·大云山房文稿初集》卷三《上曹俪笙侍郎书》,上海古籍出版社 2013 年版,第 133 页。

"其最粗者如袁中郎等,乃卑薄派,聪明交游客能之;徐文长等乃瑣异派,风狂才子能之;艾千子等乃描摹派,占毕小儒能之。"①但归有光及清代诸子惩其弊而又各有"枪棓气"或"袍袖气"之不足,他说:"侯朝宗、魏叔子进乎此矣,然枪棓气重;归熙甫、汪苕文、方灵皋进乎此矣,然袍袖气重。"在恽敬看来,救此之弊而踵继古文正脉概有两途:其一,"能摔脱此数家,则掉臂游行,另有蹊径。"其二:"亦不妨仍落此数家,不染习气者,入习气亦不染,即禅宗入魔法也。"②而恽敬显然选择了另辟蹊径,方法便是从陆游"文章本天成,妙手偶得之"③中得到启发,作"天成"之文。他说:"文章之事,工部所谓'天成',著力雕镂,便觑面千里。俪体尚然,何况散行?"恽敬"观古今之文,越天成越有法度"。④ 他还以《史记》伯夷、屈原列传为例,说:"如《史记》,千古以为疏阔,而柳子厚独以洁许之。今读伯夷、屈原等列传,重叠拉杂,及删其一字一句,则其意不全,可见古人所得矣。至所谓疏古,乃通身枝叶扶疏,气象浑雅,非不检之谓也。"⑤亦即,这种天成之文,看似疏阔烂漫,其实是雅洁而自成法度。

其次,"介乎奇正之间"的为文特征。恽敬不满时人之文,期以"摔脱此数家""掉臂游行,另有蹊径"。具体而言,即是奇正相兼。就正而言,他以韩愈为最,云:"夫后世之言文者,未有如退之之为正者也。"他依循孔子"辞达而已矣"之教,孟子"诐辞知其所蔽,淫辞知其所陷,邪辞知其所离,遁辞知其所穷"的规训。对"辞达"予以恽氏训释,亦可视其为对"正"的理解。他说:"其心严而慎者,其辞端;其神暇而愉者,其辞和;其气灏然而行者,其辞大;其知通于微者,其辞无不至。言理之辞,如火之明,上下无不灼然,而迹不可求也;言情之辞,如水之曲行旁至,灌渠入穴,远来而不知所往也;言事之辞,如土之坟壤咸泻,而无不可用也。"以此为本,附之以"其机如弓弩之张"等以为末,"如是,其可以为能于文者乎?"⑥恽敬以宏肆健笔描摹了文章各各不同的言理、言情、言事

① 《恽敬集·大云山房文稿言事》卷一《与舒白香(其一)》,上海古籍出版社 2013 年版,第 486 页。
② 《恽敬集·大云山房文稿言事》卷一《与舒白香(其一)》,上海古籍出版社 2013 年版,第 486 页。
③ 陆游撰,钱仲联校注:《剑南诗稿校注》卷八十三《文章》,上海古籍出版社 1985 年版,第 4469 页。
④ 《恽敬集·大云山房文稿言事》卷一《与舒白香(其一)》,上海古籍出版社 2013 年版,第 486 页。
⑤ 《恽敬集·大云山房文稿言事》卷一《与舒白香(其一)》,上海古籍出版社 2013 年版,第 486 页。
⑥ 《恽敬集·大云山房文稿初集》卷三《与刼之论文书》,上海古籍出版社 2013 年版,第 129—130 页。

的审美形式。恽敬认为"文之体,文之矩矱,无所谓新奇,能善用之则新奇,万变在其中矣"。① 因此,作者培养其性灵气魄,根据言理、言情、言事的内容取去有致,亦即得乎文之奇。同时,恽敬为文还从文学传统中获取"奇"的营养。陆心源在比较姚鼐与恽敬等人之文的特色时尝言:"惜抱之文洁,从欧柳入,其失也柔,子居之文坚,从秦汉入,其失也矜。"②恽敬斟酌奇正的古文观念,在其为文实践中得到了证明,清人张维屏评析数十年来诸家文章时说:"愚以为文气之奇推魏叔子,文体之正推方望溪,而介乎奇正之间则恽子居也。诸家为古文,多从唐宋八家入,唯魏叔子、恽子居从周秦诸子入,而皆得力于《史记》。"③恽敬的古文观,在其创作实践中得到了体现。

与恽敬相比较,阳湖派中的张惠言、李兆洛、陆继辂等人往往从不同的侧面申述了其文章学观念。同时,还通过创作或文选编辑传达出了他们的为文旨趣。阳湖派共同的文章学祈向,概有以下几个方面。

首先,以闳通之学济文。阳湖派是带有浓厚的学术背景的一个文章学流派。其中的主要人物恽、张、李、陆无不具有深湛的学术、宽广的学术视野,跳出宗派畛界,几乎是他们共同的祈向,并贯注于文论之中。恽敬既研精经训,深求史传,且旁览纵横、名法、兵农、阴阳家言。著作除诗文集之后尚有《历代冠服图说》等。恽敬说:"人以恽子居为宋学者固非,汉唐之学者亦非。要之,男儿必有自立之处,不随人作计,如蚊之同声、蝇之同嗜,以取富贵名誉也。"④这种为学精神为其文学"掉臂游行,另有蹊径"提供了学术支撑。他跳出汉宋之学,而是经史通贯,他说:"言史不折以经不安,言经不推以史不尽。"⑤这种宏通的学术取向,克服了"学"本身的传统、拘执的束缚,而往往更容易化成为滋养文章的有机土壤,为文注入丰厚的养分,而不是窒息文的灵动恣肆的特质。他们虽然有深厚的经学基础,但是也时有批评。如李兆洛说:"汉学兴,于是乎以注攻注,以为得计,其实非为解经,为八股耳。""掇拾愈细,其味愈薄。"①李兆洛是一位通儒,魏源在《武进李申耆先生传》中说:"近代通儒,一人而矣……李先生出,学无不窥,而不以一艺自名,醇然粹然,莫测其际也。"②他将博学与致用作为自己的志向,这与专尚博雅的学问家有所不同。他能错综于汉宋之上,博识会通,他在《诒经堂续经解序》中说"能守专家者,莫如郑氏康成","能发心得者,莫如朱子",反对学术专己守殊。他尤嗜舆地学。辑有《大清一统舆地全图》《凤台县志》《地理韵编》等。这种开阔的学术视野,使他们对文赋予了宏大优容的气象,大大地越出了义理、文章、考据的绳墨。如,李兆洛《皇朝文典序》云:"大圜不言,星云烂然,实代之言,大方无纪,河岳迤逦,以为之纪。其在于人,精者曰文,下挟河岳,上昭星云,所以经纬宇宙,炳朗丝纶者也。其儒墨之训,雕瑑之词,畸人术流之驰说,春女秋士之抽思,皆一花一叶,一翾一蚑,各有可观,而非其至者矣。"③这种宏阔的学术视野使得他们不守故常,不拘一格,不衷一是。张惠言在《赠毛洋滇序》中就提出这一现象,虽然不相识的两人,为文都以古人为规矩,始于法而成于化,但最终的风格迥然不同,一人"其文跌宕尚奇气",一人"进退有法,其为文亦然"。④ 可见,他们并不墨守一家之法。张惠言博识广求,目的在于致用,文能传诸后世,也是因为其具有治平之功。他说:"古之以文传者,传其道也。夫道,以之修身,以之齐家、治国、平天下,故自汉之贾、董,以逮唐宋文人韩、李、欧、苏、曾、王之侪,虽有淳驳,而就其所学,皆各有以施之天下,非是者其文不至,则不足以传今。"⑤他又说:"古之为学,非博其闻而已,必有所用之;古之为文,非华其言而已,必有所行之。必其有所用,则二帝、三王、周孔之道,如工之有矩,不可以意毁也。必其有所行,则发于中而有言,如鼓之有挎,不可以外遏也。"⑥就张惠言而言,

① 徐世昌等编纂,沈芝盈、梁运华点校:《清儒学案》卷一百二十七《养一学案·李先生兆洛》,中华书局2008年版,第5045—5046页。
② 魏源撰,中华书局编辑部编:《魏源集》上册《武进李申耆先生传》,中华书局2018年版,第370页。
③ 《清儒学案》卷一百二十七《养一学案·李先生兆洛》,中华书局2008年版,第5025页。
④ 《茗柯文二编》卷下《赠毛洋滇序》,上海古籍出版社2015年版,第70页。
⑤ 《茗柯文补编》卷上《送徐尚之序》,上海古籍出版社2015年版,第205页。
⑥ 《茗柯文二编》卷上《毕训咸咏史诗序》,上海古籍出版社2015年版,第63页。

期以致用之学与期以践行之文一体通贯,论是非,考治乱,是其究古学、为古文的目的。张惠言基于这样的认识:"道成而所得之浅深醇杂见乎其文,无其道而有其文者,则未有也。"①因此,"乃退而考之于经,求天地阴阳消息于《易》虞氏,求古先圣王礼乐制度于《礼》郑氏,庶窥微言奥义,以究本原。"可见,其治经动力,源于考究文之本原。逆推之,其究学经籍之时,如何以学济文,是其时时萦回脑际的归趣。张氏学与文关系,阮元于《茗柯文编序》中开篇即申述了其"以经术为古文"的特色。恽敬对古文现状的忧虑在《上曹俪笙侍郎书》中有明显的表述,主要是"文人之见日胜一日,其力则日逊焉,是亦可虞者也"。② 他的解决方案是"使平生之才与学""沛然于所为之文之外",跳出"有意为古文"的格局。通过"文之外"的涵养,"尽其才与学以从事焉"。也就是以学济文。他在《大云山房文稿二集叙录》中详细讨论了这一问题。他认为六艺与百家相协是往古文道兼茂的原因,并为历史所证明,这就是:"六艺要其中,百家明其际会;六艺举其大,百家尽其条流。"他的结论:"修六艺之文,观九家之言,可以通万方之略。"③其后百家微而文集、经义起,但结果是"经义散而文集益漓","学者少壮至老,贫贱至贵,渐渍于圣贤之精微,阐明于儒先之疏证,而文集反日替"。他认为问题出在"盖附会六艺,屏绝百家,耳目之用不发,事物之赜不统,故性情之德不能用也"。④解决的办法:"百家之敝当折之以六艺;文集之衰,当起之以百家。"因凭"人之所性"之高下、远近、华实之别,呈现出各自不同的为文特征。显然,以学济文,是恽敬开出的救治"文集之衰"的重要药方。

最后,骈散相兼。与桐城古文不同,阳湖派文人一般对骈文持欣赏的态度。张惠言的散文创作分为两个阶段:"少为辞赋,尝拟司马相如、扬雄之言;及壮为古文,效韩氏愈、欧阳氏修。"⑤其《七十家赋钞》即辑录了《离骚》至南北朝庾信辞赋二百零六篇。重视辞赋与词采,这在其作

---

① 《茗柯文三编·文稿自序》,上海古籍出版社 2015 年版,第 121 页。
② 《恽敬集·大云山房文稿初集》卷二《上曹俪笙侍郎书》,上海古籍出版社 2013 年版,第 134 页。
③ 《恽敬集·大云山房文稿二集》自序,上海古籍出版社 2013 年版,第 277 页。
④ 《恽敬集·大云山房文稿二集》自序,上海古籍出版社 2013 年版,第 278 页。
⑤ 《恽敬集·大云山房文稿初集》卷四《张皋文墓志铭》,上海古籍出版社 2013 年版,第 231 页。

品中也得到了明显的体现。李兆洛辑有《骈体文钞》，在其序文中，从天人相参的宏大视野，论述了骈文、古文相杂迭用的理由，他说：

> 天地之道，阴阳而已，奇偶也，方圆也，皆是也。阴阳相并俱生，故奇偶不能相离，方圆必相为用。道奇而物偶，气奇而形偶，神奇而识偶。孔子曰：道有变动故曰爻，爻有等故曰物，物相杂故曰文。又曰：分阴分阳，迭用柔刚。故《易》六位而成章，相杂而迭用。文章之用，其尽于此乎？六经之文，班班具存，自秦迄隋，其体递变，而文无异名。自唐以来，始有古文之目，而目六朝之文为骈俪。而为其学者，亦以是与古文殊。路既歧，奇与偶为二，而于偶之中又歧六朝与唐与宋为三。夫苟第较其字句，猎其影响而已，则岂徒二焉三焉而已，以为万有不同可也。夫气有厚薄，天为之也；学有纯驳，人为之也。体格有迁变，人与天参焉者也；义理无殊途，天与人合焉者也。得其厚薄纯杂之故，则于其体格之变，可以知世焉；于其义理之殊，可以知文焉。文之体，至六代而其变尽矣。沿其流，极而泝之，以至乎其源，则其所出者一也。吾甚惜乎歧奇偶有二之者之毗于阴阳也。毗阳则躁剽，毗阴则沈膇，理所必至也，于相杂迭用之旨，均无当也。[①]

李兆洛认为骈文古文相离，有悖自然法则，亦不利古文的发展。其论述方式，一秉其学究天人的通儒气象。

陆继辂论文也不以时代、文体为别，他说："夫文者，说经、明道、抒情之具也，特文不工则三者皆无所附丽。故札记出而说经之文亡，语录出而明道之文亡。何者？言之无文则趋之者易也。既已言之而文矣，江（淹）、鲍（照）、徐（陵）、庾（信）、韩（愈）、柳（宗元）、欧阳（修）、苏（轼）、曾（巩），何必偏有所废乎？"[②]他说："治古文者往往薄四六为不屑为，甚者斥为俳优侏儒之伎，入主出奴之见，亦犹考据、词章两家，隐然如敌国。甚可笑也。"[③]陆继辂取径闳通优容，他在《删定望溪先生文序》中兼

---

① 《清儒学案》卷一百二十七《养一学案·李先生兆洛》，中华书局 2008 年版，第 5023—5024 页。
② 《崇百药斋文集》卷一四《与赵青州书》，清嘉庆合肥学舍刻本。
③ 《崇百药斋文集》卷一四《与赵青州书》，清嘉庆合肥学舍刻本。

综桐城、阳湖魁杰,但骈散融通之论又与桐城家法明显有别,其原因则在于,他为文孜求自竭才识,而不以文体为碍。这显示了阳湖派共同的文学取向。

阳湖派文论在与桐城派称盛之时,为文坛注入了新的动能,注入了宽宏的精神气质,为传统文论步入近代提供了些许必要的思想与心理准备。

二、阮元的骈文思想

阮元(1768—1849),字伯元,号芸台,江苏仪征人。乾隆五十四年(1789年)进士。先后出任山东、浙江学政,浙江、河南、江西巡抚,湖广、两广、云贵总督,累官体仁阁大学士。提倡经学,主编《经籍籑诂》,校刻《十三经注疏》,编刻《皇清经解》等,著有《揅经室集》。

清代中期,文坛骈、散文之争渐兴,一时"世之袭徐、庾者诮八家之空疏,而袭《史》《汉》者每讥南朝为撮拾"。① 古文以桐城派为代表,而乾隆时期的汉学家孔广森、汪中、孙星衍、洪亮吉、凌廷堪、江藩等则工于骈文,以与古文派相抗。阮元主张以骈文为文章正统,这一思想的形成与阮元的生活环境、师从与交游有关。阮元的家乡扬州(仪征属扬州)从唐代曹宪、李善始就有重视《文选》的传统。阮元8岁时跟随胡廷森学习《文选》。其后,与为文尚音韵对偶的凌廷堪游,著有《四六丛话》的孙梅乃阮元的乡举房师,这些都对阮元文学思想的形成有着显著的影响。

阮元从训诂出发,继承和发展了肇始于南北朝时期的文笔说,严格区分文与非文,认为只有"以文为本"的作品才能称为文章,否则只能称为笔、言、语。其《文言说》追溯文源至金石文字,以证骈文与"文"的相似,他说:

> 古人无笔砚纸墨之便,往往铸金刻石,始传久远。其著之简策者,亦有漆书刀削之劳。非如今人下笔千言,言事甚易也。许氏《说文》:"直言曰言,论难曰语。"《左传》曰:"言之无文,行之不远。"

---

① 师范撰:《二余堂文稿》卷四,《丛书集成续编》本。

此何也？古人以简策传事者少，以口舌传事者多，以目治事者少，以口耳治事者多。故同为一言，转相告语，必有愆误。是必寡其词，协其音，以文其言，使人易于记诵。无能增改，且无方言俗语杂于其间，始能达意，始能行远。此孔子于《易》所以著《文言》之篇也。古人歌诗、箴铭、谚语凡有韵之文皆此道也。①

阮元从书写之难，非简词协音成韵无以传事达意以行远，说明"文"因便于记忆，遂有古人歌诗、箴铭等"文"的出现。他还征圣以证："孔子于《乾》《坤》之言，自名曰'文'。此千古文章之祖也。"因此，他说："为文章者，不务协音以成韵，修词以达远，使人易诵易记，而惟以单行之语，纵横恣肆，动辄千言万字，不知此乃古人所谓直言之言，论难之语，非言之有文者也，非孔子之所谓文也。"②他还从孔子言《易》以发明乾坤之蕴，多用韵、用偶。因此，后世反孔子之道而自命为文，且尊之为古是十分荒唐的。阮元在为孙梅《四六丛话》作序时，又说明了"人文大著，肇始六经"。③ 周末诸子奋兴，百家并驾，但这些都是以立意为宗，而非能文为本。史家则重于序事，并非真正意义上的文。只有到了屈原特起，遂开文学的新传统。而在《书梁昭明太子文选序后》，他对《文选》以"沈思翰藻"为文的标准进行申说，将经、子、史与自孔子《易·文言》始的"文"相区别，他说："或曰：昭明必以沈思翰藻为文，于古有征乎？曰：事当求其始。凡以言语著之简策，不必以文为本者，皆经也，子也，史也。言必有文，专名之曰文者，自孔子《易·文言》始。《传》曰：'言之无文，行之不远。'故古人言贵有文。孔子《文言》实为万世文章之祖。此篇奇偶相生，音韵相和，如青白之成文，如咸韶之合节，非清言质说者比也，非振笔纵书者比也，非佶屈涩语者比也。是故昭明以为经也，子也，史也，非可专名之为文也，专名为文，必沈思翰藻而后可也。"④为了弥缝《文选》以"事出于沉思，义归于翰藻"为文与刘勰《文心雕龙》"无韵者笔也；有韵者文也"的差异，他又作《文韵说》，将韵释为宫商，并将文的标

---

① 阮元撰，邓经元点校：《揅经室集·三集》卷二《文言说》，中华书局1993年版，第605页。
② 《揅经室集·三集》卷二《文言说》，中华书局1993年版，第605页。
③ 《揅经室集·四集》卷二《四六丛话序》，中华书局1993年版，第738页。
④ 《揅经室集·三集》卷二《书梁昭明太子文选序后》，中华书局1993年版，第608页。

准限于形式。他说:"综而论之,凡文者,在声为宫商,在色为翰藻。即如孔子《文言》'云龙风虎'一节,乃千古宫商、翰藻、奇偶之祖;'非一朝一夕之故'一节,乃千古嗟叹成文之祖;子夏《诗序》'情文声音'一节,乃千古声韵性情排偶之祖。吾固曰,韵者即声音也,声音即文也。然则今人所便单行之文,极其奥折奔放者,乃古之笔,非古之文也。"①标准已定,遂对"古文"发起了攻击,云:"然则今人所作之古文,当名之为何?曰:凡说经讲学皆经派也,传志记事皆史派也,立意为宗皆子派也,惟沈思翰藻乃可名之为文也。非文者尚不可名为文,况名之曰古文乎。"②循此而推论,骈文不但争得了文之正统,且成为文之唯一。而"近代古文名家,徒为科名时艺之累,于古人之文有益时艺者,始竞趋之"。③ 阮元点出了桐城古文流弊之结穴所在:受时艺之累,空疏、拘执而鲜有创新。

清代骈散之争,实际是汉学与宋学争论在文学领域的表现。阮元等人起而反击古文,实与宋学的空疏有关,但他们倡骈文又流于形式的层面。因此,其为骈文争场并不能救古文空疏之弊,客观效果不啻是一次散文审美价值申论。明乎此,我们便不难理解他远溯《文言》《系辞》等,且对两汉之文则多有褒赞,认同班固所说的"雍容揄扬,著于后嗣,大汉之文章炳焉与三代同风"的表述,说:"两汉文章,著于班、范,体制和正,气息渊雅,不为激音,不为客气。若云后代之文有能盛于两汉者,虽愚者亦知其不能矣。"④相反,对于齐梁以迄于唐代的四六文则持批评的态度,说:"自齐、梁以后,溺于声律,彦和雕龙,渐开四六之体。至唐,而四六更卑。"可见,阮元最尚的是具有审美价值而又相对自由的《文言》《诗大序》以及"著于班、范"的体制,和正、气息渊雅的文章,而非矩尺森严的齐梁四六。这也与其诗文以经史为根柢的主张相符合,阮元尝云:"作文之道,不尽自文出;作诗之道,亦不尽自诗出。自古未有不求根柢于六经诸史,而可以自立者。"⑤这才是阮元文学思想的全面体

① 《揅经室续三集》卷三《文韵说》,中华书局 1993 年版,第 1066 页。
② 《揅经室集·三集》卷二《书梁昭明太子文选序后》,中华书局 1993 年版,第 609 页。
③ 《揅经室集·三集》卷二《与友人论古文书》,中华书局 1993 年版,第 609—610 页。
④ 《揅经室集·三集》卷二《与友人论古文书》,中华书局 1993 年版,第 609—610 页。
⑤ 陈文述撰:《颐道堂集》卷首《颐道堂集自序》,清嘉庆十二年刻道光增修本。

现,这也是他对过于拘执形式、内容空洞的作品的否定态度,亦可窥知其为骈文辨的真正意图。

阮元之尊骈文的意义,需要将其置于现代的文学的艺术特征背景之下进行观照与评价,对阮元为文学的纯粹性而做的努力有所体察。这就是他虽然对齐梁以后,溺于声律,渐开四六之体,至唐而四六更卑的现象予以批评的同时,又说"然文体不可谓之不卑,而文统不得谓之不正"。[1] 这种"文统",就是承绍于《文言》以来重审美的传统,这种传统四六文体并未得到真正体现。作为汉学泰斗的阮元提出的"文言"说对其后的古文、骈文之争注入了动能,一时间,奉《易·文言》为根柢,《诗·大序》为范围,《春秋》内外传为程式,以熔铸秦汉后之文的为文风尚。汪中创作的骈文高古醇雅,被誉为八代高文。桐城派与扬州学派的为文旨趣差异,以及引起的讨论绵延甚久,直至新文化运动的兴起。这些争论促进了对文章学的深入思考,为中国古代文论续写了最后的篇章。而在桐城派笼盖文坛之时,阮元发出的"千年坠绪,无人敢言"[2]的诘问,打破了文坛的沉闷局面,激活了骈文、古文各自的思考与创作,乃至于相互汲取与融合。

第九节　近代江苏文学思想

自历史步入近代以来,思想文化亦随之发生了显性变化。就中国文学思想史而言,由传统到现代的转型便成为时代主题。总结历史以继往,吸收新知以开来,便成为文学思想家们的重要使命。而江苏文人则以一部杰出的分体文学史——《艺概》,完成了对传统文学的总结,以充满现代意识的小说理论与实践,充当了文学思想新变的探路先锋。

一、刘熙载与《艺概》

刘熙载(1813—1881),字伯简,号融斋,又字熙哉,晚年自号寤崖

①《揅经室集·三集》卷二《书梁昭明太子文选序后》,中华书局1993年版,第608页。
②《揅经室集·三集》卷二《与友人论古文书》,中华书局1993年版,第610页。

子。江苏兴化人。道光二十四年（1844年）进士，以文章与书法均优，改翰林院庶吉士，授编修。后入值上书房，为诸王师。官至广东提学使。晚年主讲于上海龙门书院。生前自订著作，汇刻为《古桐书屋六种》。遗书由其子与及门弟子结集为《古桐书屋续刻三种》。《艺概》是刘熙载学术著作中的代表作，是文艺理论史上继《文心雕龙》之后又一部通论各种文体的杰作。

首先，《艺概》的主要内容。《艺概》分为《文概》《诗概》《赋概》《词曲概》《书概》《经义概》六部分，以札记的形式论文衡艺，自谓其方式为"举此以概乎彼，举少以概乎多"，是考察刘熙载文学思想的主要文献。

刘熙载的《艺概》虽然仍然以札记的形式呈现，但与传统的诗话、词话不尽相同，其结构存在着自身的规律与逻辑。对此，刘熙载在开篇的叙文中即申明了名之为"概"的意旨，亦即该书区别于一般诗话、词话类著作的特征："举此以概乎彼，举少以概乎多。"①就《艺概》中关乎文学思想的部分而言，主要集中在前四概，分别是《文概》《诗概》《赋概》与《词曲概》，各成一卷，同时又统摄于《艺概》。这样，既有"艺"的总体的、共性的理论关切，又能根据诸种文体的特点进行专题论述。

各卷由三部分内容组成。第一部分内容最为简括，是诸文体的概述，主要述及该文体的渊源，性质等。如，《文概》开卷即云："《六经》，文之范围也。圣人之旨，于经观其大备。其深博无涯涘，乃《文心雕龙》所谓'百家腾跃，终入环内'者也。"②《诗概》首先引述《诗纬·含神雾》以及文中子所言，以说明"诗为天人之合"③的诗学本体论。《赋概》则述赋之渊源，即"赋，'古诗之流'"。又说："言情之赋本于《风》，陈义之赋本于《雅》，述德之赋本于《颂》。"④《词曲概》论述了词曲的性质。刘熙载从词即为古代的乐歌，以揭示词的声学特质，云："乐歌，古以诗，近代以词。如《关雎》《鹿鸣》，皆声出于言也，词则言出于声矣。故词，声学也。"⑤第

① 刘熙载著，薛正兴点校：《刘熙载文集·艺概叙》，江苏古籍出版社2000年版，第53页。
② 《刘熙载文集·艺概》卷一《文概》，江苏古籍出版社2000年版，第55页。
③ 《刘熙载文集·艺概》卷二《诗概》，江苏古籍出版社2000年版，第93页。
④ 《刘熙载文集·艺概》卷三《赋概》，江苏古籍出版社2000年版，第121页。
⑤ 《刘熙载文集·艺概》卷四《词曲概》，江苏古籍出版社2000年版，第137页。

二部分内容最为丰富,大致以时代为序简要地对历代作家作品分条评述,各条基本勾勒了该体裁的基本历史脉络。对此,作者在开篇的叙文中即有明确的申说:"盖得其大意,则小缺为无伤,且触类引申,安知显缺者非即隐备者哉!"①读者不可仅限于一曲。各体专史中诸作家、作品之间的空缺,读者需触类引申,以求"通道"。这一部分,作者常常通过对作家的比较以彰显各自的特色,以及在文学史上的独特价值。对诸家的精微体贴与点示,展示了文学史斑斓多姿的历史画卷。从对比辨析之中,点示出文学创作的规律和刘氏的文学旨趣,如,他说:"东坡、放翁两家诗,皆有豪有旷。但放翁是有意要做诗人,东坡虽为诗,而仍有夷然不屑之意,所以尤高。"②昭示的是自然抒写的为诗之道,等等。第三部分,分别论述诸体的特点与写作技法,篇幅仅次于第二部分。如,他说:"绝句于六义多取风、兴,故视他体尤多委曲、含蓄、自然为尚。"③当然,述及体式特点时,也时有史家情怀、流变意趣。如,刘熙载在讨论乐府的特征时说:"乐府之出于《颂》者,最重形容。""乐府有陈善纳诲之意者,《雅》之属也,如《君子行》便是。"④这一部分颇多刘氏自己对诸文体的体验心得。刘熙载深谙音韵,对词曲的声学属性多有独到的见解和细腻精微的昭示。如,"曲辨声、音,音之难知过于声。声不过如平仄、顿送、阴阳而已,音则有出字、收音、圆音、尖音之别;其理颇微,未易悉言。姑举其概曰:萧出西,江出几,尤出移,鱼收于,模收呜,齐收噫,麻收哀巴切之音,圆如其、孝,尖如齐、笑。"⑤再如,"辨小令之当行与否,尤在辨其务头。盖腔之高低,节之迟速,此为关锁。故但看其务头深稳浏亮者,必作家也。俗手不问本调务头在何句何字,只管平塌填去,关锁之地既差,全阕为之减色矣。"⑥这些对于初习词曲者多有启示。同时,即使是点示特点的部分,作者还时有溯流别的内容,这既明晰了各体的本质特征,又显示了作者贯及全书的史家情怀、"通道"意识。如

---

① 《刘熙载文集·艺概叙》,江苏古籍出版社 2000 年版,第 53 页。
② 《刘熙载文集·艺概》卷二《诗概》,江苏古籍出版社 2000 年版,第 107 页。
③ 《刘熙载文集·艺概》卷二《诗概》,江苏古籍出版社 2000 年版,第 112 页。
④ 《刘熙载文集·艺概》卷二《诗概》,江苏古籍出版社 2000 年版,第 113 页。
⑤ 《刘熙载文集·艺概》卷四《词曲概》,江苏古籍出版社 2000 年版,第 156 页。
⑥ 《刘熙载文集·艺概》卷四《词曲概》,江苏古籍出版社 2000 年版,第 154 页。

《文概》云："儒学、史学、玄学、文学，见《宋书·雷次宗传》。大抵儒学本《礼》，荀子是也；史学本《书》与《春秋》，马迁是也；玄学本《易》，庄子是也；文学本《诗》，屈原是也。后世作者，取途弗越此矣。"①

其次，以创新为主的文学因革论。刘熙载所描述的各体文学历史，正是在循正脉与创新境的互动中随时代而演进的。一方面，他持守儒家文学思想传统，如《文概》中，他据刘劭《人物志》，将文列为四家：道理之家、义理之家、事理之家、情理之家。但归其要，"孰非经所统摄者乎？"②又说："九流皆托始于《六经》，观《汉书·艺文志》可知其概。左氏之时，有《六经》未有各家，然其书中所取义，已不能有纯无杂。扬子云谓之'品藻'，其意微矣。"③论白居易诗时说："余谓诗莫贵于知道，观香山之言，可见其或出或处，道无不在。"④在刘熙载看来，杰出作家及其作品正是在对传统的汲取与继续的基础上开出各自新的境界。这也是《艺概》"通道"情怀的自然呈现。如他论李白时说："太白诗以《庄》《骚》为大源，而于嗣宗之渊放，景纯之俊上，明远之驱迈，玄晖之奇秀，亦各有所取，无遗美焉。"⑤传统成就了作家质实深固的学殖，成为作家形成创作特色的前提，他在比较韩愈、孟郊和李贺诗作时说："昌黎、东野两家诗，虽雄富清苦不同，而同一好难争险。惟中有质实深固者存，故较李长吉为老成家数。"⑥他尊古而不复古，因为时代不同，作品也要因时而变，他说："文之道，时为大。《春秋》不同于《尚书》，无论矣。即以《左传》《史记》言之，强《左》为《史》，则噍杀；强《史》为《左》，则啴缓。惟与时为消息，故不同正所以同也。"⑦各个时代的语言特征有别，节奏的舒缓与急促不同，作品亦需"与时为消息"，因此，他注重学习古人的意趣精神，而不必一意复古，即所谓："雅人有深致，风人骚人亦各有深致。后人能有其致，则《风》《雅》《骚》不必在古矣。"⑧文学的历史正在对传统

①《刘熙载文集·艺概》卷一《文概》，江苏古籍出版社 2000 年版，第 82 页。
②《刘熙载文集·艺概》卷一《文概》，江苏古籍出版社 2000 年版，第 55 页。
③《刘熙载文集·艺概》卷一《文概》，江苏古籍出版社 2000 年版，第 55 页。
④《刘熙载文集·艺概》卷二《诗概》，江苏古籍出版社 2000 年版，第 105 页。
⑤《刘熙载文集·艺概》卷二《诗概》，江苏古籍出版社 2000 年版，第 99 页。
⑥《刘熙载文集·艺概》卷二《诗概》，江苏古籍出版社 2000 年版，第 104 页。
⑦《刘熙载文集·艺概》卷一《广概》，江苏古籍出版社 2000 年版，第 63 页。
⑧《刘熙载文集·艺概》卷二《诗概》，江苏古籍出版社 2000 年版，第 117 页。

的承绍与变异之中演变而成,他说:"诗以出于《骚》者为正,以出于《庄》者为变。少陵纯乎《骚》,太白在《庄》《骚》间,东坡则出于《庄》者十之八九。"①他说:"五言如《三百篇》,七言如《骚》。《骚》虽出于《三百篇》,而境界一新。"②因此,虽然刘熙载衡文论艺注意溯源别流,寻求正轨,但他更重作家别开生面的努力,他在论谢灵运的诗歌时说:"谢客诗刻画微眇,其造语似子处,不用力而功益奇,在诗家为独辟之境。"③如,他屡屡肯定陈子昂、张九龄诗歌在汲取前人的基础上开出的独至之境:"曲江之《感遇》出于《骚》,射洪之《感遇》出于《庄》,缠绵超旷,各有独至。"④又说:"唐初四子沿陈隋之旧,故虽才力迥绝,不免致人异议。陈射洪、张曲江独能超出一格,为李、杜开先。"⑤承续与开新又体现为正与奇的关系,他认为韩愈的诗歌便体现了这一特点,他说:"诗文一源,昌黎诗有正有奇,正者即所谓'约《六经》之旨而成文',奇者即所谓'时有感激怨怼奇怪之辞。'"⑥韩愈是"善用"古,最终扫古的典范,"韩文起八代之衰,实集八代之成。盖惟善用古者能变古,以无所不包,故能无所不扫也"。⑦ 他称叹韩愈的创新精神,他说:"昌黎诗'陈言务去',故有倚天拔地之意。"⑧肯定"昌黎诗往往以丑为美"。⑨ 他屡屡称叹"凿道乱道""凿空而道":"《十九首》凿空乱道,读之自觉四顾踌躇,百端交集。诗至此,始可谓其中有物也已。"⑩称叹李白的诗歌:"凿空而道,归趣难穷。"⑪传承与创新,他还将其归诸"古"与"我"的关系,他以诗歌为例,说:"诗不可有我而无古,更不可有古而无我。典雅、精神、兼之斯善。"⑫"典雅"主要源诸古,"精神"则在我。而"精神""有我"才是作品的生命。求真、求

① 《刘熙载文集·艺概》卷二《诗概》,江苏古籍出版社 2000 年版,第 107 页。
② 《刘熙载文集·艺概》卷二《诗概》,江苏古籍出版社 2000 年版,第 108 页。
③ 《刘熙载文集·艺概》卷二《诗概》,江苏古籍出版社 2000 年版,第 98 页。
④ 《刘熙载文集·艺概》卷二《诗概》,江苏古籍出版社 2000 年版,第 99 页。
⑤ 《刘熙载文集·艺概》卷二《诗概》,江苏古籍出版社 2000 年版,第 99 页。
⑥ 《刘熙载文集·艺概》卷二《诗概》,江苏古籍出版社 2000 年版,第 103 页。
⑦ 《刘熙载文集·艺概》卷一《文概》,江苏古籍出版社 2000 年版,第 70 页。
⑧ 《刘熙载文集·艺概》卷二《诗概》,江苏古籍出版社 2000 年版,第 104 页。
⑨ 《刘熙载文集·艺概》卷二《诗概》,江苏古籍出版社 2000 年版,第 104 页。
⑩ 《刘熙载文集·艺概》卷二《诗概》,江苏古籍出版社 2000 年版,第 95 页。
⑪ 《刘熙载文集·艺概》卷二《诗概》,江苏古籍出版社 2000 年版,第 100 页。
⑫ 《刘熙载文集·艺概》卷二《诗概》,江苏古籍出版社 2000 年版,第 119 页。

是，贵古而不泥诸古，才是刘熙载的文论归趣，他说："文贵法古，然患先有一'古'字横在胸中。盖文惟其是，惟其真。舍是与真，而于形模求古，所贵于古者果如是乎？"①因此，他对一些有关不循正脉的文论范畴进行了辩证。如，他不以"野"为贬，说："野者，诗之美也。故表圣《诗品》中有'疏野'一品。"②如，对于"清新"，他说："东坡《题与可画竹》云：'无穷出清新。'余谓此句可为坡诗评语，岂偶借与可以自寓耶？杜于李亦以'清新'相目。诗家'清新'二字，均非易得。元遗山于坡诗，何乃以'新'讥之？"③乃至，他视"清新"为词学发展的要义，说："词要清新，切忌拾古人牙慧。盖在古人为清新者，袭之即腐烂也。拾得珠玉，化为灰尘，岂不重可鄙笑。"④"新"乃是刘熙载以史家情怀论文学的基本旨趣。

最后，综合创新，多有独到见解。《艺概》成书于近代，是植基于深厚、丰富的古典文艺思想资料之上而成，也是践履其"不可有古而无我"文学观的重要成果，是秉持其所体认的"真"与"是"的论文与为文准则的一部著作。因此，其中提出了诸多新颖的观点，如他认为李白与杜甫一样具有经世之志。他说："太白与少陵同一志在经世，而太白诗中多出世语者，有为言之也。"并引屈原为证，云："屈子《远游》曰：'悲时俗之迫阨兮，愿轻举而远游。'使疑太白诚欲出世，亦将疑屈子诚欲轻举耶！"⑤论证甚严，难以驳诘。他对东坡词的评价亦与时议迥然有异，予以很高评价，他说："东坡词颇似老杜诗，以其无意不可入，无事不可言也。若其豪放之致，则时与太白为近。"⑥又说："东坡词具神仙出世之姿，方外白玉蟾诸家，惜未诣此。"⑦对稼轩词的评价亦然，他说："白石才子之词，稼轩豪杰之词。才子豪杰，各从其类爱之，强论得失，皆偏辞也。"⑧对苏辛词如此褒评，是基于这样的理念："诗品出于人品。人品悃

---

① 《刘熙载文集·艺概》卷一《文概》，江苏古籍出版社 2000 年版，第 90 页。
② 《刘熙载文集·艺概》卷二《诗概》，江苏古籍出版社 2000 年版，第 96 页。
③ 《刘熙载文集·艺概》卷二《诗概》，江苏古籍出版社 2000 年版，第 106—107 页。
④ 《刘熙载文集·艺概》卷四《词曲概》，江苏古籍出版社 2000 年版，第 148 页。
⑤ 《刘熙载文集·艺概》卷二《诗概》，江苏古籍出版社 2000 年版，第 100 页。
⑥ 《刘熙载文集·艺概》卷四《词曲概》，江苏古籍出版社 2000 年版，第 138 页。
⑦ 《刘熙载文集·艺概》卷四《词曲概》，江苏古籍出版社 2000 年版，第 139 页。
⑧ 《刘熙载文集·艺概》卷四《词曲概》，江苏古籍出版社 2000 年版，第 140 页。

款朴忠者最上,超然高举、诛茅力耕者次之,送往劳来、从俗富贵者无讥焉。"①他认为:"苏辛皆至情至性人,故其词潇洒卓荦,悉出于温柔敦厚。世或以粗犷托苏辛,固宜有视苏辛为别调者哉!"②相反,对于词坛甚崇的周邦彦、史念祖的词,刘熙载则多有异议,云:"周美成词,或称其无美不备。余谓论词莫先于品。美成词信富艳精工,只是当不得个'贞'字。是以士大夫不肯学之,学之则不知终日意萦何处矣。""周美成律最精审,史邦卿句最警炼,然未得为君子之词者,周旨荡而史意贪也。"③他对一些重要词人作了这样的比况:"词品喻诸诗:东坡、稼轩,李、杜也;耆卿,香山也;梦窗,义山也;白石、玉田,大历十子也。其有似韦苏州者,张子野当之。"④他还引陈亮《三部乐》词,提出了判词"三品"说:"'没些儿婴姗勃窣,也不是峥嵘突兀,管做彻元分人物。'此陈同甫《三部乐》词也。余欲借其语以判词品。词以'元分人物'为最上,'峥嵘突兀'犹不失为奇杰,'婴姗勃窣'则沦于侧媚矣。"⑤"婴姗勃窣"出自《汉书·司马相如传》,颜师古注曰:"婴姗勃窣,谓行于丛薄之间也。"刘熙载当是指以终南之名、冷僻之辞以邀媚于上的文人,"元分人物"当是忧世爱民者。这样的分判体现了正直君子刘熙载巨大的理论勇气,因此,他也为韩愈以人品推赞卢仝、孟郊而击节称赞:"以卢、孟之诗名,而韩所盛推乃在人品,真千古论诗之极则也哉!"⑥反之,他也通过作品以反溯人品,这就是其所秉持的"颂其诗,贵知其人"的理念,他举杜诗为例,说:"杜诗云:'畏人嫌我真。'又云:'直取性情真。'一自咏,一赠人,皆于论诗无与,然其诗之所尚可知。"⑦刘熙载以这一观念,深入体贴作品,时常得出独到的见解。如,他说:"《古诗十九首》与苏、李同一悲慨,然《古诗》兼有豪放旷达之意,与苏、李之一于委曲含蓄,有阳舒阴惨之不同。知人论世者,自能得诸言外,因不必如钟嵘《诗品》谓《古诗》'出于《国风》',

① 《刘熙载文集·艺概》卷二《诗概》,江苏古籍出版社 2000 年版,第 118 页。
② 《刘熙载文集·艺概》卷四《词曲概》,江苏古籍出版社 2000 年版,第 140 页。
③ 《刘熙载文集·艺概》卷四《词曲概》,江苏古籍出版社 2000 年版,第 140 页。
④ 《刘熙载文集·艺概》卷四《词曲概》,江苏古籍出版社 2000 年版,第 142 页。
⑤ 《刘熙载文集·艺概》卷四《词曲概》,江苏古籍出版社 2000 年版,第 149 页。
⑥ 《刘熙载文集·艺概》卷二《诗概》,江苏古籍出版社 2000 年版,第 104 页。
⑦ 《刘熙载文集·艺概》卷二《诗概》,江苏古籍出版社 2000 年版,第 101 页。

李陵'出于《楚辞》'也。"①刘熙载《艺概》中的诸多精审的结论,多为其真切的体悟而得。他曾记述这样的感慨,从中可见其赋诗立说的态度:"代匹夫匹妇语最难,盖饥寒劳困之苦,虽告人人且不知,知之必物我无间者也。杜少陵、元次山、白香山不但如身入间阎,目击其事,直与疾病之在身者无异。颂其诗,顾可不知其人乎?"②正因为如此,对于《艺概》中的《诗概》,夏敬观有这样的允评:"自来阐明作诗之法,能透彻明晓者,无过于刘融斋《艺概》中之《诗概》。"③

二、近代江苏小说理论

晚清以来,江苏在小说创作方面创作成就卓著,"四大谴责小说"中的三部是由江苏籍作家撰写的,即《老残游记》的作者江苏丹徒人刘鹗,《官场显形记》的作者江苏武进人李伯元,《孽海花》的作者江苏常熟人曾朴。其中,曾朴(1872—1935),字孟朴,早年入洋务派办的同文馆学习法文,翻译过雨果等人的小说,参加过维新运动。后创立《小说林》书社,出版小说及翻译作品。与此同时,以小说林社为核心的由曾朴、徐念慈、黄人为首的一批文人,对小说理论进行了深入的探讨。其后,常州人管达如与吕思勉又分别发表了论小说的长文《说小说》与《小说丛话》,将晚清以来小说理论研究推到了一个新的高度。

(一)黄人、徐念慈及其《小说林》

《小说林》是以江苏常熟人曾朴、黄人、徐念慈等为主的小说林社于1907年创办的小说同人刊物,曾朴为"总理",实际运作者为徐念慈。黄人是"主要供稿者",并为《小说林》撰写了《发刊词》,并连载了《小说小话》《蛮语摭残》。刊物出至十一期时,因实际董理其事的徐念慈误服药而身亡,十二期出专刊纪念徐念慈之后遂告停刊。《小说林》对中国近代小说理论的发展及翻译小说产生了积极的影响。

黄人(1866—1913),原名振元,中年更名人,字慕韩,号摩西,江苏

①《刘熙载文集·艺概》卷二《诗概》,江苏古籍出版社2000年版,第95页。
②《刘熙载文集·艺概》卷二《诗概》,江苏古籍出版社2000年版,第105页。
③ 夏敬观撰:《刘融斋诗概诠说》,刘熙载撰,袁津琥校注:《艺概注稿·前言》,中华书局2009年版,第6页。

常熟人。曾执教于东吴大学,与曾朴、徐念慈等创办小说林社,辛亥革命后,因愤懑国事,发狂疾而卒。黄人的小说理论和关于小说史的著作颇具意义,他在《小说林发刊词》中批评了鄙视小说和神化小说的两种倾向,他在《小说林发刊词》中有这样的论述:

> 昔之视小说也太轻,而今之视小说又太重也。昔之于小说也,博弈视之,俳优视之,甚且酖毒视之,妖孽视之;言不齿于缙绅,名不列于四部(古之所谓小说家者,与今大异)私衷酷好,而阅必背人;下笔误征,则群加嗤鄙。……今也反是:出一小说,必自尸国民进化之功;评一小说,必大倡谣俗改良之旨。吠声四应,学步载途。以音乐舞踏"蹈",抒感甄挑卓之隐衷;以磁电声光,饰牛鬼蛇神之假面,虽稗贩短章,菁茆恶札,靡不上之佳谥,弁以吴词;一若国家之法典,宗教之圣经,学校之科本,家庭社会之标准方式,无一不傀于小说者,其然,岂其然乎?①

作者以平允的态度,纠正了以梁启超为代表的维新派过于夸大小说社会作用的看法。他一方面承认"小说之应〔影〕响于社会,固矣,而社会风尚,实先有构成小说性质之力,二者盖互为因果也"②,亦认为历史小说"感化社会之力则甚大,几成为一种通俗史学",③强调了小说是"文学之倾向于美的方面之一种"。他主张小说的艺术性与社会效用的统一。他在《小说林发刊词》中说:"宝钗罗带,非高蹈之口吻;碧云黄花,岂后乐之襟期?微论小说,文学之有高格可循者,一属于审美之情操,尚不暇求真际而择法语也。然不佞之意,亦非敢谓作小说者,但当极藻绘之工,尽缠绵之致,一任事理之乖僻,风教之灭裂也。玉颒珠颔,补史氏之旧闻,气液日精,据良工所创获,未始非即物穷理之助也。不然,则有哲学、科学专书在。吁天诉虐,金山之同病堪怜,渡海寻仇,火窟之孝思不匮,固足收振耻立懦之效也;不然,则有法律、经训原文在。

---

① 黄人撰:《小说林发刊词》,陈平原、夏晓虹编:《二十世纪中国小说理论资料》(第一卷),北京大学出版社 1997 年版,第 253—254 页。
②《小说小话》,《二十世纪中国小说理论资料》(第一卷),北京大学出版社 1997 年版,第 265 页。
③《小说小话》,《二十世纪中国小说理论资料》(第一卷),北京大学出版社 1997 年版,第 263 页。

且彼求诚止善者，未闻以玩华绣帨之不逮，而变诚与善之目的以迁就之；则从事小说者，亦何必椎髻饰劳，黪容示节，而唐捐其本质乎？"乃至迳言："一小说也，而号于人曰：吾不屑屑为美，一秉立诚明善之宗旨，则不过一无价值之讲义、不规则之格言而已，恐阅者不免如听古乐，即作者亦未能歌舞其笔墨也。"①孜求真善美的统一，以审美的形式影响读者。黄人在其《中国文学史》中将小说列为专章，并高度评价了古代小

说具有的表现社会现实的作用。在《小说小话》中，黄人认为描写人物当如镜中取影，其美丑让读者自行判断，"令观者自知，最忌搀入作者论断"②，其审美效果应摒弃"作者之见"，让艺术形象感动读者，使读后有"余味"。他还列举古代优秀小说为证，说："如《水浒》之写侠，《金瓶梅》之写淫，《红楼梦》之写艳，《儒林外史》之写社会中种种人物，并不下一前提语，而其人之性质、身份若优若劣，虽妇孺亦能辨之，真如对镜者之无遁形也。夫镜，无我者也。"③同时，黄人还认为，小说虽然寄予了社会、人生的理想，但人物塑造不应脱离社会生活，而任意拔高，他说："古来无真正完全之人格，小说虽属理想，亦自有分际，若过求完善，便属拙笔。"④人物性格的多样性、复杂性是艺术反映现实的要求，形象的人格高下并不影响其在艺术画廊中的地位。人物各自不尽纯粹的特征，恰恰是社会生活的真实反映，具有恒久的艺术生命力和感染力。他说："《水浒记》之宋江、《石头记》之贾宝玉，人格虽不纯，自能生观者崇拜之心。""《金瓶梅》主人翁之人格，可谓极下矣，而其书历今数百年辄令人叹赏不置。"⑤黄人屡屡将小说与《左传》《史记》相比较，对杰出的人物形象的艺术魅力的认识，"惟熟于盲、腐二史者心知之，固不能为赋六合、叹三恨者之徒言也。"⑥《水浒传》中的精彩情节以及对人物性格复杂性的表现，其颊上添毫的奇妙手段，"惟盲史有之，史迁尚有未逮也"。⑦ 黄

① 《小说林发刊词》，《二十世纪中国小说理论资料》(第一卷)，北京大学出版社1997年版，第254页。
② 《小说小话》，《二十世纪中国小说理论资料》(第一卷)，北京大学出版社1997年版，第258页。
③ 《小说小话》，《二十世纪中国小说理论资料》(第一卷)，北京大学出版社1997年版，第259页。
④ 《小说小话》，《二十世纪中国小说理论资料》(第一卷)，北京大学出版社1997年版，第260页。
⑤ 《小说小话》，《二十世纪中国小说理论资料》(第一卷)，北京大学出版社1997年版，第260页。
⑥ 《小说小话》，《二十世纪中国小说理论资料》(第一卷)，北京大学出版社1997年版，第260页。
⑦ 《小说小话》，《二十世纪中国小说理论资料》(第一卷)，北京大学出版社1997年版，第261页。

人还提出小说作者当博览群书,广通世务。他说:"小说中非但不拒时文,即一切谣俗之猥琐,闺房之诟谇,樵夫牧竖之歌谚,亦与四部三藏鸿文秘典,同收笔端,以供馔箸之资料。而宇宙万有之运用于炉锤者(施耐庵《水浒记》自序,可为作小说者之标准),更无论矣。故作时文与学时文者,几于一无所知;而作小说与读小说者,几于无一不知。其不同也如此。"①他十分厌恶当时将古代小说一笔抹煞和对西洋小说无限崇拜的倾向,表现了强烈的爱国精神。他说:"吾国民喜新厌故,轻己重人,辄崇拜欧美侦探家如神明,而置己国侠义事迹为不屑道,何不思之甚也!"②黄人的《中国文学史》凡 170 万字,是中国最早的文学史著作,一秉其论小说时孜求的真善美相结合的原则。

徐念慈(1875—1908),字彦士,别号东海觉我,江苏昭文县(今江苏常熟)人。1905 年为曾朴创办小说林书社的编辑部主任,1907 年与黄人等一起创办小说月刊《小说林》,实为主编。徐念慈喜爱科学,懂外文,思想敏锐,这促使他很早就对著译科幻小说发生兴趣。著有《月球殖民地小说》,被视为中国近代科幻小说的先行者。徐念慈一生著述甚多,其中小说理论文字有《小说林缘起》《余之小说观》及《小说管窥录》等。

徐念慈对小说美学研究成就较著。在小说与社会的关系上,徐念慈认为社会是第一性的,小说是社会的反映。他论述了小说特殊的社会作用,并立足于社会现实探讨了小说的功能。徐念慈的探索,代表了当时我国小说理论的新高度。对于小说的社会作用,徐念慈较之此前的梁启超等人,论述更加平允理性,而着意于小说之于人生的意义:

> 小说者,文学中之以娱乐的,促社会之发展,深性情之刺戟者也。昔冬烘头脑,恒以鸩毒莓菌视小说,而不许读书子弟,一尝其鼎,是不免失之过严。近今译籍稗贩,所谓风俗改良,国民进化,咸惟小说是赖,又不免誉之失当。余为平心论之,则小说固不足生社会,而惟有社会始成小说者也。社会之前途无他,一为势力之发

①《小说小话》,《二十世纪中国小说理论资料》(第一卷),北京大学出版社 1997 年版,第 259 页。
②《小说小话》,《二十世纪中国小说理论资料》(第一卷),北京大学出版社 1997 年版,第 267 页。

展，一为欲望之膨胀。小说者，适用此二者之目的，以人生之起居动作，离合悲欢，铺张其形式，而其精神湛结处，决不能越乎此二者之范。故谓小说与人生，不能沟而分之，即谓小说与人生，不能阙其偏端，以致仅有事迹，而失其记载，为人类之大缺憾，亦无不可。①

与其对小说的价值定位相关，徐念慈更重视小说的审美价值，这在其《小说林缘起》中得到充分的体现。他依据黑格尔、康德等人的美学观点，系统地总结了小说之所以具有巨大的艺术感染力，是因为具有"合于理性之自在"等特征，抓住了艺术的形象性、典型化和美感作用等关键问题。对于小说的审美特征，他援据邱希孟氏（Kirchmann）美的快感是由实体形象而起的观点，并通过中国古代小说《水浒传》《西游记》《野叟曝言》《花月痕》以及西方小说《福尔摩斯探案集》中的人物、情节，以说明小说足以令人快乐、令人轻蔑、令人苦痛尊敬等种种审美体验。他提出"形象者，实体之模仿"，②认为形象性是引起读者审美愉悦的关键。徐念慈还援据西方理论而讨论到了小说审美理想化问题。他说："理想化者，由感兴的实体，于艺术上除去无用分子，发挥其本性之谓也。"③这一思想涉及文学形象的典型性问题。所谓"除去无用分子"，即是指艺术形象的凝练、升华。他还根据黑格尔美的究竟在于具象理想的观点，分析了中西小说的区别，认为中国小说："事迹繁，格局变，人物则忠奸贤愚并列，事迹则巧细奇正杂陈，其首尾联络，映带起伏，非有大手笔、大结构，雄于文者，不能为此，盖深明乎具象理想之道，能使人一读再读即十读百读亦不厌也，而西籍中富此兴味者实鲜。"④徐念慈注意到了中国小说具有感性的丰富性，以及含蓄蕴藉的特征，而西方小说长于逻辑性，以抽象见长的特征。当然，他对中西小说的优劣之判带有某些感性的色彩，但其注意到中西小说的差异性，所论亦具一定的合理

---

① 徐念慈撰：《余之小说观》—《小说与人生》，陈平原、夏晓虹编：《二十世纪中国小说理论资料》（第一卷），北京大学出版社 1997 年版，第 332—333 页。

② 徐念慈撰：《〈小说林〉缘起》，陈平原、夏晓虹编：《二十世纪中国小说理论资料》（第一卷），北京大学出版社 1997 年版，第 256 页。

③ 《〈小说林〉缘起》，《二十世纪中国小说理论资料》（第一卷），北京大学出版社 1997 年版，第 256 页。

④ 《〈小说林〉缘起》，《二十世纪中国小说理论资料》（第一卷），北京大学出版社 1997 年版，第 256 页。

性。徐念慈对小说艺术及其审美特征的研究,堪称独步于时。

(二)管达如的《说小说》与吕思勉的《小说丛话》

辛亥革命后,小说界的理论探索仍在继续,并逐渐得到了系统和深入。其中,通过连载刊出,署名管达如的《说小说》与成之的《小说丛话》尤其重要。有学者认为,管达如疑为管际安(1892—1975),名义华,一字霁庵,江苏吴县(今苏州)人。①《说小说》连载于《小说月报》(1921年)第5、7、8、9、10、11 期。连载于《中华小说界》月刊第3—8 期署名"成""成之"的《小说丛话》,是清末民初小说理论文献中篇幅最长、理论最为系统的一篇。"成之"为著名史学家吕思勉(1884—1957),字诚之,江苏武进人。学者曾认为《小说丛话》是针对《说小说》而发。如《近代文学批评史》说:"(《小说丛话》)是明显针对管达如的《说小说》而发的。""它实际上是一篇与《说小说》争鸣的文章,在一些地方对《说小说》观点有所发展。"②但近年对《说小说》的作者又有新的发展,指出:"吕思勉有关遗稿的发现,出人意料地使我们对于这一问题有了一种全新的认识。有吕氏手稿为证,吕思勉至少撰写了《说小说》一文中的两章,《说小说》由管、吕两人合撰而成,应当是确定无疑的事实。"③据吕氏《自述》载:"年十七,始识从母兄管达如君。"并考得管达如(1882—1941)实有其人,名联第,字达如,小字达官,江苏常州人。因此,吕思勉写作《小说丛话》,"实际上是在先前论述的基础上,经过两年的深入思考,感到意犹未尽,有必要重新加以申说,故再次撰写了这一三万余字的宏论。文中作了更多的论证和阐发,或修正补充,或引申发挥,以补充前文的不足,深化与完善自己这方面的认识。这显然表明了其思想的演化与发展。"④因此,兹据两文分别述之。

首先,管达如的《说小说》。《说小说》分为六章,分别是《小说之意义》《小说之分类》《小说之势力及其风行于社会理由》《小说在文学上之位置》(第五章阙题,据其内容当为《译本小说》)《中国旧小说之缺点及

---

① 黄霖:《近代文学批评史》,上海古籍出版社 1993 年版,第 636 页。
② 黄霖:《近代文学批评史》,上海古籍出版社 1993 年版,第 646 页。
③ 邹国义撰:《民初小说理论:管达如〈说小说〉与吕思勉〈小说丛话〉新探》,《文史哲》2015 年第 4 期。
④ 邹国义撰:《民初小说理论:管达如〈说小说〉与吕思勉〈小说丛话〉新探》,《文史哲》2015 年第 4 期。

今日改良之方针》。从其结构即可看出，与此前文学界对小说的论述多为吉光片羽不同，系统、全面是《说小说》的显著特点，堪称是一部简明的《小说学概论》。其中《小说之意义》章从事实界与理想界的关系入手，说明了小说乃人类理想的诉诸方式："人类既有此理想，则必有所以发表之者；其所以发表之之具，则小说是已。""理想界之事实，人类精神之所构造者是已。一切书籍皆所以记载事实界之事实，小说则所以记载理想界之事实者也。"①揭示了小说凭借状写"空虚无据之物"以表现人类理想的本质特征。《小说之分类》章将小说从文学、体制、性质三个维度进行了不同的分类。其中，文学上的分类则是根据语言特征而成，分为文言体、白话体、韵文体，揭示了各自的特征及其成因。当然，这一分判也带有明显的时代烙印，如将戏剧与弹词亦归于小说等等。体制上则是根据结构差异分为笔记体与章回体两类，简述了各自的优缺点。其中，对章回体所具的小说艺术的典型特征尤多褒赞，并分析了其在小说中占主导地位的原因："趣味之浓深，感人之力之伟大，亦倍蓰之而未有已焉。盖小说之所以感人者在详，必于纤悉细故，描绘靡遗，然后能使其所叙之事，跃然纸上，而读者且身入其中而与之俱化。"②管达如性质上将小说分为武力的、写情的、神怪的、社会的、历史的、科学的、侦探的、冒险的、军事的等，前五种主要是指中国古代小说而言，后四种主要是指从外国翻译的小说。这种性质分判的相对性，作者亦有清晰的认识，尤其是前三种，"一篇之中，三者错见，不能判别其性质者；又有其宗旨虽注重于一端，而亦不能偏废其他之二种者。"③第三章到第六章除了对小说流行的原因、小说的特征进行了综合归纳之外，在以下两方面又有较新颖的论述。其一，对译本小说进行了理性分析。他说："译本小说之善，在能以他国文学之所长，补我国文学之所短。"尤其是"吾国社会，缺于核实之思想，凡事皆不重实验致之也。西洋则不然。彼其国之

---

① 管达如撰：《小说之意义》，陈平原、夏晓虹编：《二十世纪中国小说理论资料》（第一卷），北京大学出版社 1997 年版，第 398 页。
② 管达如撰：《小说之分类》，陈平原、夏晓虹编：《二十世纪中国小说理论资料》（第一卷），北京大学出版社 1997 年版，第 400 页。
③《小说之分类》，《二十世纪中国小说理论资料》（第一卷），北京大学出版社 1997 年版，第 401 页。

科学,已极发达,又其国民崇尚实际,凡事皆重实验,故决无容著述家向壁虚造之余地。著小说者,于社会上之一事一物,皆不能不留心观察,其关涉各种科学处,亦不能作外行语焉。"①译介外国小说,乃了解外国情状的有效途径,他说:"欲求世界之智识,其道多端,而多读译本小说,使外国社会之情状,不知不觉,而映入于吾人之意识区域中,实最便之方法也。"②同时,又对译本小说的缺点进行了理性分析:"矫正社会恶习之功力较小也。""趣味不如自著者之浓深也。"概而言之,"中国今日,正在渴望良小说之时,则无论其为自著,为移译,苟其佳者,实多多益善也。"③其二,对当时中国社会"受小说之害者深,而蒙小说之赐者少"的现状,提出了"今日改良之方针"。凡四点,分别是"道德心宜充足也""智识宜求完备也""阅历宜求广博也""文学宜求高尚也"等。基于强烈的经世意识,最后作者提出:"欲贡献于今日之小说界者:则作小说,当多用白话体。"④

管达如的《说小说》对梁启超发表《论小说与群治之关系》以来文学界关于小说理论的探讨进行了系统总结,对译介小说进行了理性分析,是一篇近代小说理论的重要文献。

其次,吕思勉的《小说丛话》。《小说丛话》是晚清以来最长的一篇小说专论。在该文中,吕思勉将小说标识为近世文学,而与古代文学相区别。他说:"小说者,近世的文学,而非古代的文学也。此小说所以有势力之总原因,而其他皆其分原因也。何谓近世文学? 近世文学者,近世人之美术思想,而又以近世之语言达之者也。"⑤在吕思勉看来,近世文学具有三方面的特质:切近、详悉、皆事实而非空言。此三种特质,"惟小说实备具之"。⑥ 值得注意的是,吕思勉将小说定位于近世文学的代表,意味着将小说追溯到《汉书·艺文志》"小说家者流"的文学史系

① 《小说之分类》,《二十世纪中国小说理论资料》(第一卷),北京大学出版社 1997 年版,第 407—408 页。
② 《小说之分类》,《二十世纪中国小说理论资料》(第一卷),北京大学出版社 1997 年版,第 408 页。
③ 《小说之分类》,《二十世纪中国小说理论资料》(第一卷),北京大学出版社 1997 年版,第 409 页。
④ 吕思勉撰:《小说丛话》,陈平原、夏晓虹编:《二十世纪中国小说理论资料》(第一卷),北京大学出版社 1997 年版,第 412 页。
⑤ 《小说丛话》,《二十世纪中国小说理论资料》(第一卷),北京大学出版社 1997 年版,第 438 页。
⑥ 《小说丛话》,《二十世纪中国小说理论资料》(第一卷),北京大学出版社 1997 年版,第 439 页。

统相区别。这一认识,对于文学的现代转型颇具意义。

吕思勉从审美的角度讨论小说的性质。小说的性质有多种不同的认识,诸如,"小说者,社会现象之反映也","人间生活状态之描写也",等等。吕思勉认为,这些说法都具有一定的道理,但并不完整。吕思勉从审美的角度,通过小说的创作过程,论述了小说的本质特征。他认为,小说作为一种艺术(吕思勉将其归诸"美术")不以摹拟为能事。因为模拟极其技,作品不过是与实物相同,并无意义。小说的创作分为四个不同的阶段:模仿、选择、想化、创造。尤堪注意的是后两个阶段。想化是"不必与实物相触接,而吾脑海中自能浮现一美的现象之谓也"。他举例说:"艳质云遥,闭目犹存遐想;八音既歇,倾耳若有余音。"①这些都是离乎实物的想象。而创造,则是在想化的基础上,表现于实际。因此,小说艺术是一种表现想象之美的艺术,且是"吾人之美的性质之表现"。吕思勉遂而总结道:"小说者,第二人间之创造也。"所谓"第二人间之创造",是"人类能离乎现社会之外而为想象,因能以想化之力,造出第二之社会之谓也"。② 吕思勉从事实与理想分途的角度考察了小说的性质。认为小说因应了人类不以现实社会为满足,而别求一更上之境,遂而有小说中呈现的"第二人间"。在吕思勉看来,作为文学的一种,小说广泛流行于中国社会,就在于小说具有"第二人间之创造"的功能,能诱导社会,具有改变社会之力。其"第二人间"之说,明显有得于西方美学思想之处。达·芬奇《画论》中提出艺术家应"面向自然",且要"胜过自然",以创造出"第二自然",吕思勉所说的"第二人间",与其"第二自然"具有相似的内涵。

吕思勉言小说具有小的特征,实具有典型性意义。他指出,小说所描写的社会,较之实际社会,差异有二:一是小,二是深。他说:"小说所描写之事实在小;非小也,欲人之即小以见大也。小说之描写之事实贵深;非故甚其词也,以深则易入,欲人之观念先明确于一事,而因以例其余也。然则小说所假设之事实,所描写之人物,可谓之代表主义而已,

---

①《小说丛话》,《二十世纪中国小说理论资料》(第一卷),北京大学出版社 1997 年版,第 440 页。
②《小说丛话》,《二十世纪中国小说理论资料》(第一卷),北京大学出版社 1997 年版,第 440 页。

其本意固不徒在此也。"①吕思勉从"小"与"大"、"深"与"浅"的关系，说明了小说中人物、事实乃"代表主义"的产物，亦即文学形象的典型性意义。吕思勉还用了大量篇幅以《红楼梦》为例，阐明文学形象的典型性问题。他说："《红楼梦》中之人物，为十二金钗。所谓十二金钗者，乃作者取以代表世界上十二种人物者也；十二金钗所受之苦痛，则此十二种人物在世界上所受之苦痛也。"②作者围绕《红楼梦》第五回《红楼梦曲》，在对十二金钗的分析过程中，始终以此为旨归，深入阐述此十二种人的具体情境与特征，并发掘出各类人物的典型意义。如，论第二折王熙凤时说："试问权力加于人，使我身外之物，无不服从于我之意思，究亦何所得乎？试一反诘之，未有不哑然自笑者也。此等人，于己一无所得，而徒放任其性，以酝酿天下之乱源，不亦愚乎！"③吕氏所论，明显受到西方"类型说"的影响，深化了对小说理论的认识。

在小说分类方面，吕思勉也参据西方文艺思想而有迥出时人之上的认识。他说："西人论戏剧，分喜剧与悲剧二种。吾谓小说亦可作此分类。而二者之中，又各可分为纯粹的与不纯粹的二者。"④并从社会功能的角度，论述了悲情小说与喜情小说的不同作用，深化了对小说的认识。对于中西小说，吕思勉取更平允的态度。他说："以言乎感人，译本小说之力，自不若著者之伟大。然文学贵取精用宏，吸收异己者之所长，益足以增加其固有之美，则译本小说，亦不可偏废也。"⑤并对小说在文学中的地位，吕思勉又一次作了申述："今风气一变，知小说为文学上最高等之制作，且为辅世长民之利器，文人学士，皆将殚精竭虑而为之。"⑥吕思勉发展了管达如《说小说》中对小说的相关认识，并与之一起，代表了当时小说理论的水准。

---

①《小说丛话》,《二十世纪中国小说理论资料》(第一卷),北京大学出版社 1997 年版,第 457—458 页。
②《小说丛话》,《二十世纪中国小说理论资料》(第一卷),北京大学出版社 1997 年版,第 458 页。
③《小说丛话》,《二十世纪中国小说理论资料》(第一卷),北京大学出版社 1997 年版,第 467 页。
④《小说丛话》,《二十世纪中国小说理论资料》(第一卷),北京大学出版社 1997 年版,第 447 页。
⑤《小说丛话》,《二十世纪中国小说理论资料》(第一卷),北京大学出版社 1997 年版,第 479 页。
⑥《小说丛话》,《二十世纪中国小说理论资料》(第一卷),北京大学出版社 1997 年版,第 479 页。

结　语

　　江苏先贤写就了绚丽的江苏文学思想史篇章,这主要基于两个方面的原因。

　　首先,江苏独特的人文环境滋育了江苏文人的灵心慧性,创作出了丰采各异的文学作品。这些作品不但为文学理论的深入开展提供了土壤;同时,有些作家基于创作体验提出的文学思想构成了江苏文学思想史的重要组成部分。如,清代阳羡派与常州词派,既是文学流派,也是思想主体。这是江苏文学思想繁荣的基础。

　　其次,文学思想史是歧出于思想史之下,带有思想史某些基因的学科,文学思想史产生的动因、发展的脉络是与思想史学殖密切相关的。正因为这一特征,使得文学思想史与文学本身存在着一定的差异性。考察江苏文学思想的发展历史便不难看出,江苏文学思想史在中国思想史中的地位较之于江苏文学史在中国文学史上的地位更加突出。中国文学思想史中的许多代表性理论成就是由江苏先贤提出的,这与江苏突出的思想学术传统密切相关。

　　江苏文学思想史是中国思想史的重要组成部分,评判江苏文学思想家的价值,厘定其历史地位,当以对中国文学思想史的贡献作为主要标准。这既是基于江苏学术文化在中国传统文化中突出地位的历史事实,也是由文学思想史所具有的形上特征决定的。通过以上的历史巡览,不难看出,江苏先贤成就了江苏文学思想的辉煌历史,这也成为我们江苏文学发展的重要历史依傍,并成为江苏历史文化中最为耀眼的一部分。

参考文献

一、古籍类

左丘明传,杜预注,孔颖达正义:《春秋左传正义》,《十三经注疏》标点本,北京大学出版社1999年版。

毛亨传,郑玄笺,陆德明音义,孔祥军点校:《毛诗传笺》,中华书局2018年版。

刘安编,刘文典撰,冯逸、乔华点校:《淮南鸿烈集解》,中华书局2013年版。

司马迁著,裴骃集解,司马贞索隐,张守节正义:《史记》,中华书局2013年版。

刘向撰,向宗鲁校证:《说苑校证》,中华书局1987年版。

刘向编著,石光瑛校释,陈新整理:《新序校释》,中华书局2009年版。

王充著,黄晖校释:《论衡校释》,中华书局2006年版。

班固著,颜师古注:《汉书》,中华书局1962年版。

王弼注,楼宇烈校释:《老子道德经注校释》,中华书局2008年版。

陆机著,张少康集释:《文赋集释》,人民文学出版社2002年版。

葛洪著,杨明照校笺:《抱朴子外篇校笺》,中华书局1991年版。

陶潜著,龚斌校笺:《陶渊明集校笺》,上海古籍出版社1999年版。

范晔撰,李贤等注:《后汉书》,中华书局1965年版。

沈约撰:《宋书》,中华书局1974年版。

萧子显撰:《南齐书》,中华书局1972年版。

萧统编,李善注:《文选》,上海古籍出版社 1986 年版。

萧绎撰,许逸民校笺:《金楼子校笺》,中华书局 2011 年版。

刘勰著,范文澜注:《文心雕龙注》,人民文学出版社 1958 年版。

刘勰著,黄叔琳注,纪昀评,李祥补注,刘咸炘阅说,戚良德辑校:《文心雕龙》,上海古籍出版社 2015 年版。

钟嵘著,曹旭集注:《诗品集注》,上海古籍出版社 2011 年版。

颜之推撰,王利器集解:《颜氏家训集解》,中华书局 1993 年版。

王通著,张沛校注:《中说校注》,中华书局 2013 年版。

房玄龄等撰:《晋书》,中华书局 1974 年版。

姚思廉撰:《梁书》,中华书局 1973 年版。

李延寿撰:《南史》,中华书局 1975 年版。

魏徵、令狐德棻撰:《隋书》,中华书局 1973 年版。

刘知几著,浦起龙通释,王煦华整理:《史通通释》,上海古籍出版社 2009 年版。

卢照邻著,李云逸校注:《卢照邻集校注》,中华书局 1998 年版。

王昌龄著,胡问涛、罗琴校注:《王昌龄集编年校注》,巴蜀书社 2000 年版。

殷璠编,傅璇琮、陈尚君、徐俊编:《河岳英灵集》,中华书局 2014 年版。

杜甫著,仇兆鳌注:《杜诗详注》,中华书局 1979 年版。

独孤及撰:《毗陵集》,四部丛刊景清赵氏亦有生斋本。

权德舆撰,郭广伟校点:《权德舆诗文集》,上海古籍出版社 2008 年版。

韩愈著,马其昶校注,马茂元整理:《韩昌黎文集校注》,上海古籍出版社 1986 年版。

刘禹锡著,卞孝萱校订:《刘禹锡集》,中华书局 1990 年版。

白居易著,谢思炜校注:《白居易文集校注》,中华书局 2011 年版。

陆龟蒙著,何锡光校注:《陆龟蒙全集校注》,凤凰出版社 2015 年版。

杜牧撰,陈允吉校点:《樊川文集》,上海古籍出版社 1978 年版。

司空图撰,祖保泉、陶礼天笺校:《司空圣表诗文集笺校》,安徽大学出版社 2002 年版。

殷元勋辑,宋邦绥补注:《才调集补注》,清乾隆五十八年宋思仁刻本。

刘昫等撰:《旧唐书》,中华书局 1975 年版。

徐铉撰,李振中校注:《徐铉集校注》,中华书局 2018 年版。

李昉等辑:《太平御览》,四部丛刊三编景宋刻配补日本聚珍本。

杨亿编,王仲荦注:《西昆酬唱集注》,中华书局 1965 年版。

范仲淹撰,李勇先、王蓉贵校点:《范仲淹全集》,四川大学出版社 2007 年。

欧阳修著,洪本健校笺:《欧阳修诗文集校笺》,上海古籍出版社 2009 年版。

欧阳修撰,郑文校点:《六一诗话》,人民文学出版社 1963 年版。

欧阳修、宋祁撰:《新唐书》,中华书局 1975 年版。

曾巩著,陈杏珍、晁继周点校:《曾巩集》,中华书局 1984 年版。

司马光编著,胡三省音注,"标点《资治通鉴》小组"校点:《资治通鉴》,中华书局 1956 年版。

王安石撰,刘成国点校:《王安石文集》,中华书局 2021 年版。

沈括撰,金良年点校:《梦溪笔谈》,中华书局 2015 年版。

程颢、程颐撰,潘富恩导读:《二程遗书》,上海古籍出版社 2020 年版。

苏轼撰,孔凡礼点校:《苏轼文集》,中华书局 1986 年版。

苏轼撰,邹同庆、王宗堂校注:《苏轼词编年校注》,中华书局 2002 年版。

苏辙撰,曾枣庄、马德富校点:《栾城集》,上海古籍出版社 1987 年版。

黄庭坚撰,刘琳、李勇先、王荣贵校点:《黄庭坚全集》,四川大学出版社 2001 年版。

吕南公撰:《灌园集》,文渊阁四库全书 1123 册,台湾商务印书馆 1986 年版。

秦观撰,徐培均笺注:《淮海集笺注》,上海古籍出版社 1994 年版。

张耒撰,李逸安、孙通海、傅信点校:《张耒集》,中华书局 1999 年版。

李廌撰:《师友谈记》,中华书局 2002 年版。

陈师道著,任渊著,冒广生补笺,冒怀辛整理:《后山诗注补笺》,中华书局 1995 年版。

陈师道著:《后山居士文集》,上海古籍出版社 1984 年版。

晁补之撰:《鸡肋集》,明崇祯八年刻本。

邹浩:《邹忠公集》,明成化六年刻本。

汪藻撰:《浮溪集》,武英殿聚珍版书本。

叶梦得撰,徐时仪校点:《避暑录话》,上海古籍出版社 2012 年版。

叶梦得撰,逯铭昕校注:《石林诗话校注》,人民文学出版社 2011 年版。

叶梦得撰:《建康集》,民国二十四年长沙中国古书刊印社汇印郋园先生全书本。

周紫芝撰:《竹坡词》,汲古阁本。

周紫芝撰:《太仓稊米集》,文渊阁四库全书 1141 册,台湾商务印书馆 1986 年版。

李纲著,王瑞明点校:《李纲全集》,岳麓书社 2004 年版。

张元幹:《芦川归来集》,清抄本。

晁公武撰:《群斋读书志》,文渊阁四库全书第 674 册,台湾商务印书馆 1986 年版。

朱彧撰,李伟国点校:《萍洲可谈》,中华书局 2007 年版。

胡仔撰,廖德明校点:《苕溪渔隐丛话》,人民文学出版社 1962 年版。

洪迈撰,孔凡礼点校:《容斋随笔》,中华书局 2005 年版。

陆游撰,钱仲联校注:《剑南诗稿校注》,上海古籍出版社 1985 年版。

张孝祥撰,宛敏灏校笺:《张孝祥词校笺》,中华书局 2010 年版。

叶寘撰:《爱日斋丛钞》,守山阁丛书本。

严羽著,郭绍虞校释:《沧浪诗话校释》,人民文学出版社 1961 年版。

赵孟坚撰:《彝斋文编》,嘉业堂丛书本。

王应麟著,翁元圻辑注,孙通海点校:《困学纪闻注》,中华书局 2016 年版。

普济撰,苏渊雷点校:《五灯会元》,中华书局 1984 年版。

沈义父著,蔡嵩云笺释:《乐府指迷笺释》,人民文学出版社 1981 年版。

元好问撰,郭绍虞笺释:《元好问论诗三十首小笺》,人民文学出版社 1978 年版。

辛文房著,傅璇琮主编:《唐才子传校笺》,中华书局 1995 年版。

方回撰:《桐江续集》,清乾隆抄本。

方回选评,李庆甲集评校点:《瀛奎律髓汇评》,上海古籍出版社 1986 年版。

马端临编:《文献通考》,文渊阁四库全书第 614 册,台湾商务印书馆 1986 年版。

杨维桢:《东维子文集》,上海商务印书馆四部丛刊本。

杨维桢:《铁崖先生复古诗集》,上海商务印书馆四部丛刊本。

脱脱等撰:《宋史》,中华书局 2013 年版。

杨士弘编选,张震辑注,顾璘评点,陶文鹏、魏祖钦整理点校:《唐音评注》,河北大学出版社 2006 年版。

施耐庵、罗贯中著,凌赓、恒鹤、刁宁校点:《容与堂本水浒传》,上海古籍出版社 1988 年版。

宋濂著,黄灵庚辑校:《宋濂全集》,人民文学出版社 2014 年版。

王祎撰:《王忠文集》,景印文渊阁四库全书第 1226 册。

王行:《半轩集》,文渊阁四库全书第 1231 册,台湾商务印书馆 1986 年版。

高启著,金檀辑注,徐澄宇、沈北宗校点:《高青丘集》,上海古籍出版社 1985 年版。

王彝:《王常宗集》,景印文渊阁四库全书第 1229 册。

王达:《翰林学士耐轩王先生天游杂稿》,《北京图书馆古籍珍本丛刊》第 103 册,书目文献出版社 2000 年版。

高棅编选:《唐诗品汇》,上海古籍出版社 1982 年版。

倪谦撰:《倪文僖集》,景印文渊阁四库全书第 1245 册。

吴宽:《匏翁家藏集》,明正德三年吴奭刻本。

王鏊著,吴建华点校:《王鏊集》,上海古籍出版社 2013 年版。

李东阳著,李庆立校释:《怀麓堂诗话校释》,人民文学出版社 2009 年版。

文徵明著,周道振辑校:《文徵明集》,上海古籍出版社 1987 年版。

李梦阳撰,郝润华校笺:《李梦阳集校笺》,中华书局 2020 年版。

王廷相著,王孝鱼点校:《王廷相集》,中华书局 1989 年版。

顾璘撰:《顾华玉集》,文渊阁四库全书第 1263 册,台湾商务印书馆 1986 年版。

顾璘撰:《国宝新编》,四库全书存目丛书史部第 89 册,齐鲁书社出版社 1996 年版。

徐祯卿著,范志新编年校注:《徐祯卿全集编年校注》,人民文学出版社 2009 年版。

何景明撰:《大复集》,文渊阁四库全书第 1267 册,台湾商务印书馆 1986 年版。

唐顺之著,马美信、黄毅点校:《唐顺之集》,浙江古籍出版社 2014 年版。

归有光撰,周本淳校点:《震川先生集》,上海古籍出版社 1981 年版。

茅坤著,张大芝、张梦新校点:《茅坤集》,浙江古籍出版社 1993 年版。

钱榖编:《吴都文粹续集》,景印文渊阁四库全书第 1385 册。

李开先:《李开先全集》,文化艺术出版社 2004 年版。

何良俊撰:《四友斋丛说》,中华书局 1959 年版。

徐师曾著,罗根泽校点:《文体明辨序说》,人民文学出版社 1962 年版。

李攀龙著，包敬第标校：《沧溟先生集》，上海古籍出版社1992年版。

王世贞著，姚大勇、许建平等校点：《王世贞全集》，上海古籍出版社2021年版。

王世贞撰：《读书后》，文渊阁四库全书第1285册，台湾商务印书馆1986年版。

宗臣撰：《宗子相集》，文渊阁四库全书第1287册，台湾商务印书馆1986年版。

王世懋：《王奉常集》，四库全书存目丛书集部第133册，齐鲁书社1997年版。

袁黄撰：《游艺塾续文规》，续修四库全书第1718册，上海古籍出版社2002年版。

王骥德著，陈多、叶长海注释：《曲律注释》，上海古籍出版社2012年版。

焦竑撰，李剑雄点校：《澹园集》，中华书局1999年版。

屠隆著，汪超宏主编：《屠隆集》，浙江古籍出版社2012年版。

屠隆撰，李亮伟、张萍校注：《由拳集校注》，浙江大学出版社2016年版。

胡应麟：《诗薮》，上海古籍出版社1979年版。

沈璟著，徐朔方辑校：《沈璟集》，上海古籍出版社1991年版。

董其昌著，李善强校点：《容台集》，上海书画出版社2013年版。

冯琦原编，陈邦瞻纂辑：《宋史纪事本末》，中华书局1977年版。

徐复祚：《曲论》，中国戏曲研究院编：《中国古典戏曲论著集成》四，中国戏剧出版社1959年版。

陶望龄：《歇庵集》，续修四库全书第1365册。

许学夷著，杜维沫校点：《诗源辩体》，人民文学出版社1987年版。

孙慎行：《玄晏斋文钞》，四库禁毁书丛刊第246册，北京出版社1997年版。

袁宏道著，钱伯城点校：《袁宏道集笺校》，上海古籍出版社1981年版。

胡震亨：《唐音癸签》，古典文学出版社 1957 年版。

冯梦龙著，高洪钧编笺注：《冯梦龙集笺注》，天津古籍出版社 2006 年版。

吕天成撰，吴书荫校注：《曲品校注》，中华书局 2006 年版。

郑鄤：《峚阳草堂诗文集》，《四库禁毁书丛刊》集部第 126 册，北京出版社 1997 年版。

张岱撰：《石匮书后集》，明文书局 1991 年版。

张溥撰，曾肖点校：《七录斋合集》，齐鲁书社 2015 年版。

张溥著，殷孟伦注：《汉魏南朝百三家集题辞注》，中华书局 2007 年版。

王道焜、赵如源编：《左传杜林合注》，文渊阁四库全书第 171 册，台湾商务印书馆 1986 年版。

钱谦益撰：《列朝诗集小传》，上海古籍出版社 1983 年版。

钱谦益著，钱曾笺注，钱仲联标校：《牧斋有学集》，上海古籍出版社 1996 年版。

钱谦益著，钱曾笺注，钱仲联标校：《牧斋杂著》，上海古籍出版社 2007 年版。

冯舒撰：《诗纪匡谬》，清乾隆三十七年至道光三年长塘鲍氏刻知不足斋丛书本。

冯班撰，何焯评，李鹏点校：《钝吟杂录》，中华书局 2013 年版。

冯班撰：《冯定远集》，清毛晋汲古阁康熙陆贻典递刻本。

朱鹤龄撰：《愚庵小集》，上海古籍出版社 1979 年版。

金圣叹著，周锡善编校：《天下才子必读书》，万卷出版公司 2009 年版。

金圣叹著，陆林辑校整理：《金圣叹全集》，凤凰出版社 2008 年版。

吴伟业著，李学颖集评标校：《吴梅村全集》，上海古籍出版社 1990 年版。

黄宗羲著，吴光编校：《黄宗羲全集》，浙江古籍出版社 2012 年版。

黄宗羲编：《明文海》，中华书局 1987 年影印版。

顾炎武撰，黄汝成集释，栾保群、吕宗力校点：《日知录集释》，上海古籍出版社 2014 年版。

顾炎武撰，华忱之点校：《顾亭林诗文集》，中华书局 1983 年版。

归庄撰：《归庄集》，上海古籍出版社 1984 年版。

魏禧著，胡守仁等校点：《魏叔子文集》，中华书局 2003 年版。

汪琬撰，李圣华笺校：《汪琬全集笺校》，人民文学出版社 2010
年版。

计东撰：《改亭集》，清乾隆十三年计琏刻本。

叶燮著，蒋寅笺注：《原诗笺注》，上海古籍出版社 2023 年版。

陈维崧著，陈振鹤标点，李学颖校补：《陈维崧集》，上海古籍出版社
2010 年版。

朱彝尊著，姚祖恩编，黄君坦校点：《静志居诗话》，人民文学出版社
1990 年版。

屈大均著，欧初、王贵忱主编：《屈大均全集》，人民文学出版社 1996
年版。

王士禛撰，湛之点校：《香祖笔记》，上海古籍出版社 1982 年版。

阎若璩撰，李寒光点校：《潜邱札记》，中华书局 2023 年版。

彭定求等编，中华书局编辑部点校：《全唐诗》，中华书局 1999
年版。

何焯著，崔高维点校：《义门读书记》，中华书局 1987 年版。

张廷玉等撰，中华书局编辑部点校：《明史》，中华书局 1974 年版。

沈德潜著，潘务正、李言编辑点校：《沈德潜诗文集》，人民文学出版
社 2011 年版。

沈德潜著，周淮编：《明诗别裁集》，上海古籍出版社 2013 年版。

王应奎撰，王彬、严英俊点校：《柳南随笔》，中华书局 1983 年版。

郑板桥著，卞孝萱、卞岐编：《郑板桥全集》，凤凰出版社 2012 年版。

袁枚撰，顾学颉校点：《随园诗话》，人民文学出版社 1982 年版。

袁枚撰，王英志编纂校点：《袁枚全集新编》，浙江古籍出版社 2015
年版。

袁枚撰，郭绍虞辑注：《续诗品注》，人民文学出版社 1963 年版。

袁枚著，周本淳标校：《小仓山房诗文集》，上海古籍出版社 1988

年版。

　　纪昀撰:《纪文达遗集》,清嘉庆十七年纪树馨刻本。

　　赵翼著,霍松林、胡主佑校点:《瓯北诗话》,人民文学出版社 1963年版。

　　赵翼著,李学颖、曹光甫校点:《瓯北集》,上海古籍出版社 1997年版。

　　翁方纲撰:《石洲诗话》,人民文学出版社 1981 年版。

　　李调元撰:《雨村赋话》,清乾隆绵州李氏万卷楼刻嘉庆十四年李鼎元重校印函海本。

　　宋如林修,石韫玉纂:《(道光)苏州府志》,清道光四年刻本。

　　章学诚著,叶瑛校注:《文史通义校注》,中华书局 1994 年版。

　　冯金伯辑:《词苑萃编》,清嘉庆刻本。

　　崔述撰:《丰镐考信录》,清嘉庆二十二年道光二年四年陈履和递刻本。

　　董诰等编:《全唐文》,中华书局 1983 年版。

　　孙希旦著,沈啸寰、王星贤点校:《礼记集解》,中华书局 1989 年版。

　　永瑢等撰:《四库全书总目》,中华书局 1965 年版。

　　严可均编:《全上古三代秦汉三国六朝文》,中华书局 1958 年版。

　　恽敬著,万陆等标校,林振岳集评:《恽敬集》,上海古籍出版社 2013年版。

　　张惠言著,黄立新校点:《茗柯文三编》,上海古籍出版社版 2015年版。

　　洪亮吉撰,陈迩冬校点:《北江诗话》,人民文学出版社 1983年版。

　　洪亮吉撰,刘德权点校:《洪亮吉集》,中华书局 2001 年版。

　　吴锡麒撰:《有正味斋集》,清嘉庆十三年刻本。

　　师范撰:《二余堂文稿》,《丛书集成续编》本。

　　法式善撰:《梧门诗话》,清稿本。

　　王照圆撰:《列女传补注》,华东师范大学出版社 2012 年版。

　　陈文述撰:《颐道堂集》,清嘉庆十二年刻道光增修本。

阮元撰，邓经元点校：《揅经室集》，中华书局1993年版。

李兆洛撰：《养一斋诗文集》，清道光二十三年活字印二十四年增修本。

陆继辂：《崇百药斋文集》，清嘉庆合肥学舍刻本。

梁章钜著，陈水云、陈晓红校注：《梁章钜科举文献二种校注》，武汉大学出版社2009年版。

梁章钜撰：《退庵随笔》，清道光十六年刻本。

宋翔凤：《朴学斋文录》，清嘉庆二十五年刻浮溪精舍丛书本。

宋翔凤撰：《乐府余论》，凤凰出版社2019年版。

潘德舆撰，朱德慈辑校：《养一斋诗话》，中华书局2010年版。

潘德舆撰：《养一斋集》，清道光二十九年刻本。

魏源撰，中华书局编辑部编：《魏源集》，中华书局2018年版。

陆以湉：《冷庐杂识》，清咸丰六年刻本。

陈澧：《切韵考》，中国书店1984年版。

谢章铤撰：《赌棋山庄集》，清光绪十年刻本。

方玉润撰，李先耕点校：《诗经原始》，中华书局1986年版。

刘熙载著，薛正兴点校：《刘熙载文集》，江苏古籍出版社2000年版。

谭献撰：《复堂词话》，人民文学出版社1998年版。

陆心源撰：《仪顾堂集》，清光绪二十四年刻本。

张之洞编撰，范希曾补正，孙文泱增订：《增订书目答问补正》，中华书局2011年版。

郭庆藩撰，王孝鱼点校：《庄子集释》，中华书局1961年版。

皮锡瑞著，周予同注释：《经学历史》，中华书局1959年版。

陈田辑撰：《明诗纪事》，上海古籍出版社1993年版。

陈廷焯著，杜未末校点：《白雨斋词话》，人民文学出版社1959年版。

况周颐撰，孙克强辑校：《况周颐词话五种》，浙江古籍出版社2014年版。

周实著，朱德慈校：《无尽庵遗集》，陕西人民出版社2009年版。

黄苏等选评，尹志腾校点：《清人选评词集三种》，齐鲁书社 1988 年版。

孙静庵编著，赵一生标点：《明遗民录》，浙江古籍出版社 1985 年。

赵尔巽等撰，中华书局编辑部点校：《清史稿》，中华书局 1977 年版。

佚名著，王钟翰点校：《清史列传》，中华书局 1987 年版。

徐世昌等编纂，沈芝盈、梁运华点校：《清儒学案》，中华书局 2008 年版。

何文焕辑：《历代诗话》，中华书局 2004 年版。

丁福保辑：《历代诗话续编》，中华书局 2006 年版。

王水照编：《历代文话》，复旦大学出版社 2007 年版。

余祖坤编：《历代文话续编》，凤凰出版社 2013 年版。

唐圭璋编：《词话丛编》，中华书局 2005 年版。

葛渭君编：《词话丛编补编》，中华书局 2013 年版。

丁福保编：《全汉三国晋南北朝诗》，中华书局 1959 年版。

逯钦立辑校：《先秦汉魏晋南北朝诗》，中华书局 1983 年版。

北京大学古文献研究所编：《全宋诗》，北京大学出版社 1991 年版。

曾枣庄、刘琳主编：《全宋文》，上海辞书出版社、安徽教育出版社 2006 年版。

李修生主编：《全元文》，凤凰出版社 2004 年版。

陈乃乾辑：《清名家词》，上海书店 1982 年版。

冯乾编校：《清词序跋汇编》，凤凰出版社 2013 年版。

程毅中主编：《宋人诗话外编》，国际文化出版公司 1996 年版。

丁福保编：《清诗话》，上海古籍出版社 1999 年版。

郭绍虞、富寿荪编：《清诗话续编》，上海古籍出版社 1983 年版。

钱仲联主编：《清诗纪事》，凤凰出版社 2004 年版。

上海古籍出版社编：《清代笔记小说大观》，上海古籍出版社 2007 年版。

陈平原、夏晓虹编：《二十世纪中国小说理论资料》（第一卷），北京大学出版社 1997 年版。

朱一玄、刘毓忱编:《三国演义资料汇编》,百花文艺出版社 1983 年版。

黄寿祺、张善文译注:《周易译注》,上海古籍出版社 2001 年版。

朱季海撰:《南齐书校议》,中华书局 2013 年版。

闵尔昌辑:《碑传集补》,民国十二年排印本。

[日]遍照金刚著,卢盛江校考:《文镜秘府论汇校汇考》,中华书局 2006 年版。

二、著述类

陈寅恪:《金明馆丛稿初编》,上海古籍出版社 1980 年版。

陈钟凡:《中国文学批评史》,中华书局 1927 年版。

成复旺:《中国文学理论史》,北京出版社 1987 年版。

郭绍虞辑:《宋诗话辑佚》,中华书局 1980 年版。

郭绍虞:《宋诗话考》,中华书局 1979 年版。

郭绍虞:《照隅室古典文学论集》,上海古籍出版社 1983 年版。

郭绍虞:《中国文学批评史》,上海古籍出版社 1979 年版。

黄侃著,黄延祖重辑:《文心雕龙札记》,中华书局 2006 年版。

黄霖:《近代文学批评史》,上海古籍出版社 1993 年版。

廖可斌:《明代文学思潮史》,人民文学出版社 2016 年版。

刘师培:《中国中古文学史讲义》,上海古籍出版社 2000 年版。

鲁迅撰:《汉文学史纲要》,人民文学出版社 1958 年版。

罗根泽:《中国文学批评史》,上海古籍出版社 1984 年版。

罗宗强:《魏晋南北朝文学思想史》,中华书局 2019 年版。

罗宗强:《明代文学思想史》,中华书局 2019 年版。

钱基博:《明代文学》,商务印书馆 2011 年版。

钱锺书:《宋诗选注》,人民文学出版社 1958 年版。

钱锺书:《谈艺录》,生活·读书·新知三联书店 2001 年版。

许结:《汉代文学思想史》,人民出版社 2010 年版。

张少康:《中国文学理论批评史》,北京大学出版社 2005 年版。

张毅:《宋代文学思想史》,中华书局 2016 年版。

左东岭:《明代文学思想研究》,商务印书馆 2013 年版。

左东岭:《王学与中晚明士人心态》,商务印书馆 2014 年版。

周群:《中国文学思想史(先秦至北宋)》,南京大学出版社 2019 年版。

〔日〕青木正儿:《中国文学思想史》,开明书店 1977 年版。

后　记

　　承蒙发贵先生的信任和荐剡,有幸承担了《江苏文学思想史》的写作任务。江苏文学思想史堪称江苏文化史上最精彩的篇章之一,其文献异常丰富。为了在努力保证质量的同时不使该书延宕太久,故而请博士生刘立群共同承担这一项目的写作任务,并得到了江苏省社科规划办和江苏省社科院文脉研究院的认可。立群为学笃实,为人诚谨,是一位进德修业、终日乾乾的青年才俊。他将《江苏文学思想史》与博士学位论文的写作结合在一起,撰成了《江苏文学思想史》近半初稿。同时,董韦彤博士为书稿的完成付出了一定的劳动。我本人除了撰写部分章节之外,负责全书的脉络梳理及修改润色。书稿完成后,博士生倪缘完善并校核了全书的文献,繁冗殊甚但一字不苟。书稿完成后,数位知名专家在充分肯定书稿内容的同时,也提出了中肯的修改意见。自承担项目以来,江苏省社科院文脉研究院的领导、同仁一直予以默默而有力的关心与支持。江苏人民出版社编辑张凉女士精心编校,付出了大量的劳动。在此,对各位表示衷心的感谢。当然,虽竭虑殚力而为之,但拙作的不足及讹误仍在所难免,诚祈各位批评指正。

周群

2024 年 5 月于远山近藤斋